미쁘지
아니한가

미쁘지아니한가 1

초판 1쇄 찍은 날 | 2017년 12월 07일
초판 1쇄 펴낸 날 | 2017년 12월 14일

지은이 | cosmos
펴낸이 | 서경석

편 집 책 임 | 조윤희
편   집 | 이은주
           이예진
디 자 인 | 신현아

펴 낸 곳 | 도서출판 청어람
등록번호 | 제387-1999-000006호
등록일자 | 1999. 5. 31
어람번호 | 제11-0069호

주소 | 경기도 부천시 부일로 483번길 40 서경B/D 3F (우) 14640
전화 | 032-656-4452 팩스 | 032-656-4453
http://www.chungeoram.com
E—mail | chungeorambook@daum.net

ⓒ cosmos, 2017

ISBN 979-11-04-91545-1   04810
ISBN 979-11-04-91544-4   (SET)

미쁨이지 아니한가

1

cosmos
장편소설

목차

1. 고자남, 변태녀를 만나다

3월, 봄 햇빛이 잘 드는 넓은 상담실. 그 한쪽에 놓여 있던 폭신한 안락의자에 설희, 그가 누워 있었다.

"뭐가 보여?"

"어두워요. 아무것도 보이지 않아요."

눈을 감은 채 최면에 취한 설희는 자신의 앞에 앉은 정 교수의 질문에 멍하니 답했다.

"느껴지는 것도 없니?"

"눈. 반짝이는 눈이 보여요."

"눈?"

눈이라는 단어에 정 교수의 표정이 점차 굳어갔다.

"네. 꼭 뱀 눈 같아요. 뱀…… 뱀이에요. 무서워요."

"어떤 뱀?"

"굉장히 커요. 시커먼 능구렁이……."

"그 뱀이 지금 뭘 하고 있는지 말해줄 수 있을까?"

"저에게 오고 있어요. 제 팔을 감아요. 다리도, 몸도……! 못 움직이겠어요. 목을 졸라요."

설희의 손에 힘이 들어갔다. 그의 호흡이 가빠졌고, 얼굴이 일그러졌다.

"숨을…… 쉴 수가 없……!"

"설희야, 괜찮아. 진정해!"

정 교수가 괴로움에 들썩이는 설희의 몸을 안정감 있게 눌러주었다. 그러자 그의 몸도 표정도 점차 편안하게 진정되었다. 그리고 그때.

"기분이 이상해요."

어딘지 살짝 끈적이는 느낌이 다분한 목소리로 설희가 말했다. 그의 입꼬리에 미소가 살짝 돌았다.

"기분이, 어떻게?"

정 교수의 물음에 설희의 고개가 관능적으로 들렸다. 꿀꺽. 그가 침을 삼키자 목젖이 꿈틀꿈틀 움직였다.

"묘해요."

"묘…… 하다고……?"

"뱀이 제 몸을 스칠 때마다 찌릿찌릿한 것이……."

설희가 파르르 떨리는 숨을 아찔하게 내쉬었다. 하아…….

"야한 느낌이 나요."

"이……."

"흥분돼……."

정 교수의 눈 밑에 경련이 일었다. 윤설희 저놈한테 또 낚였구나!

"야 이 새끼야! 안 일어나?"

번쩍! 정 교수의 소리침에 설희는 기다렸다는 듯이 눈을 떴다. 그는 실실 쪼개고 있었다.

"최면에 안 걸렸으면 그렇다고 말을 하든가. 이 시끼가 사람을 골리고

미쁨이지아니한가

있어?"

"재밌잖아요."

설희는 최면에 걸린 척 연기하느라 피곤했는지 기지개를 쭉 켰다. 장난기 가득한 어투와 반대로 그의 안색은 파리할 뿐이었다.

"너, 나랑 상담하는 이 시간이 얼마짜리인지 알아?"

높은 억양으로 묻는 정 교수의 말에 설희가 피식 웃었다.

"당연히 알죠. 우리나라 일등 교수님이신데."

자타 공인 대한민국 최고 신경정신과 전문의 정재훈. 그가 바로 정 교수였다. 그런 정 교수와 설희의 인연은 설희가 열한 살 때부터 지금까지, 이십이 년간 이어져 왔다.

"그렇게 시간이 아까우시면 약 처방만 간단히 해주세요. 교수님 때문에 제 시간도 빼앗겼잖아요."

"너 말 다했냐? 내가 네 할아비만 아니었어도, 니미."

"어이구 구성져라. 저희 할아버지도 아세요? 교수님 욕쟁이인 거."

"그럼 네 회사 사람들은 아냐? 너 그쪽에 문제 있는 거."

정 교수가 설희의 아랫도리를 의미심장하게 바라보았다. 설희는 당황한 듯하더니 곧 피식 웃었다.

"웃어?"

정 교수가 눈을 치켜뜨며 말했다.

"사람 하나 못 믿어서 여자랑 연애도 못하는 놈이 흥분? 야한 느낌? 하이고오, 지나가는 개가 웃겠다."

설희는 정 교수의 말이 재밌다는 듯 계속 웃었다.

"미친놈. 남자구실 못한다는 말이 그렇게도 좋냐?"

"나쁘지 않은데요."

설희는 자리에서 일어나 벗어놨던 외투를 입었다. 그런 그를 바라보는 정 교수의 눈빛에서 안쓰러움이 배어났다.

"너도 이제 그만하고 평범하게 살아라. 여자도 좀 만……."

"말씀 다 하셨죠?"

'평범'이란 말이 듣기 싫었던 설희는 정 교수의 말을 잘라먹었다.

"나 아직 안 끝났……."

"저 이만 가볼게요."

그는 도망치듯 상담실을 빠져나가 버렸다. 어른 공경이고 뭐고 없었다. 그런 설희의 회피적인 태도가 답답하다는 듯, 정 교수는 한숨을 푹 내쉬었다.

"어휴."

"그리고."

간 줄 알았던 그가 갑자기 상담실 안쪽으로 얼굴을 쑥 들이밀었다.

"욕 좀 줄이세요. 그래도 교수신데 언어에 신경 좀 쓰셔야겠어. 쯧쯧."

"저 새끼가 진짜 끝까지!"

설희는 정 교수의 소리침을 만끽하며 완전히 상담실을 나갔다.

"어휴, 저놈 저거, 그동안 든 정만 아니었어도 한 대 후려갈겼다."

정 교수는 의자에 몸을 푹 기대고 앉아 엄지와 검지로 눈 사이 콧대를 지그시 지압했다. 설희와의 상담이 이만저만 피로한 게 아니었다.

"뱀이라……."

그는 설희가 말했던 동물을 읊조렸다. 아무리 장난이라지만, 이유 없이 뱀이라는 동물이 튀어나올 리 없었다.

'필시 저 녀석의 상태와 관련 있어.'

설희는 어렸을 때 '그 사건' 이후로 지금껏 악몽에 시달리며 잠을 거의 이루지 못했다. 그래서 오늘, 최면을 통해 꿈 내용을 되짚어보며 악몽의 원인을 찾고자 했던 거였다. 그런데 장난질이라니!

'하지만 그 장난질 역시 자신의 마음을 숨기기 위한 하나의 수단이겠지.'

늘 그랬다. 설희는 자신의 감정을 장난스러운 표정이나 행동으로 포장했고, 솔직한 모습을 보이는 걸 피했다. 악몽을 꾸기 시작한 '그 사건' 이후로 말이다.

'이십 년도 더 된 일인데, 아직도 머릿속에 선명하게 남아 있는 것일까.'

정 교수는 곰곰이 생각에 잠겼다.

'……하긴, 그럴 만도 하지. 설희에겐 쉽게 잊을 수 없는 사건일 테니까. 아니, 잊을 수 있는 것 자체가 불가능하겠지.'

그는 두려움에 떨면서 아무에게도 마음을 열지 못하는 설희를 충분히 이해할 수 있었다.

'그래도 희미해지기라도 할 수 있다면 얼마나 좋겠는가…….'

후우. 정 교수는 답답한 마음에 넥타이를 풀었다.

"설희야. 넌 언제쯤에야 다시 사람을 믿고 사랑할 거니?"

그는 설희가 나간 상담실 문을 하염없이 바라보았다. 정 교수의 눈동자엔 설희가 행복해졌으면 하는 진심 어린 염원이 담겨 있었다.

설희는 상담실 밖으로 나오자마자 휘청이며 벽에 기대었다. 앞이 보이지 않을 만큼 극심한 두통 때문에 정신을 차리기가 힘들었다. 이 또한 수면 부족에서 오는 것이었다. 잔뜩 찡그러진 설희의 미간을 따라 식은땀이 흘러내렸다.

'빌어먹을. 이제 한계다.'

그는 힘겹게 걸음을 옮겨 엘리베이터에 몸을 실었고, 택시를 잡아타기 위해 1층 버튼을 눌렀다. 천천히 내려가는 엘리베이터의 안쪽 벽에 기댄 설희는 숨을 힘겹게 내쉬었다.

'어서 집에 가야 해. 정신이 끊기기 전에, 편하게 누울 수 있는 집으로 가야 한다고.'

1층에 도착한 엘리베이터의 문이 열리자, 그는 무거운 발걸음을 옮겼다. 쏟아지는 잠과 지독한 두통을 정신력으로 버티며 설희는 병원 앞에 있는 택시 승강장에 가까스로 도착했다.

'이제 택시만 잡으면 된다. 그러기만 하면 집까지 가는 건 시간문제일 거야.'

그는 택시가 지나가길 바라는 마음으로 도로 끝을 바라보았다. 하지만 빈 택시는 나타나지 않았다.

'젠장.'

설희는 결국 근처에 있던 벤치에 털썩 주저앉았다. 그는 겹겹이 쌓이는 피곤함에 고개를 푹 숙였고, 그대로 잠이 들 것만 같았다.

'자면 악몽을 꿀 텐데. 꿈꾸기 싫은데……'

"선생님. 저 정말 변태인 걸까요?"

그때 한쪽에서 웬 여자의 목소리가 들려왔다.

"사람마다 각기 특이한 취향을 가지기 마련입니다. 평범이라는 범주 안에도 아주 다양한 취향들이 존재하죠."

이어서 남자의 목소리도 들려왔다.

'상담하는 건가? 어떤 미친 의사가 이런 오픈된 장소에서 상담을 하고 난리야? 시끄럽게.'

설희는 미간을 찌푸리며 그 미친 의사의 면상을 구경하기 위해 고개를 들었다. 그러자 자신의 옆, 벤치에 앉아 있던 두 남녀가 눈에 들어왔다. 여자는 동그란 어깨를 파르르 떨며 훌쩍이고 있었고, 의사로 보이는 남자는 흰 가운을 입은 채 다소 불편한 표정을 짓고 있었다.

"남자의 배꼽이 좋아요."

응? 설희는 자신의 귀를 의심했다. 저 여자, 지금 뭐라고 한 거야? 배꼽이라고 했어? 설희가 당황하든 말든, 여자의 말은 이어졌다.

"남자의 겨드랑이도 좋고요. 엉덩이는 말도 못하게……"

미쁘지아니한가

"아…… 뭐…… 생물학적으로 페로몬이 그런 부위에서……."

"일단 제가 사랑에 빠지면요, 상대방의 세밀한 것들을 다 느끼고 싶어 해요. 시각, 청각, 후각, 촉각, 미각을 통해 다 느끼고 싶다고요. 봉긋한 엉덩이도, 탄탄한 등짝도, 복슬복슬한 겨털도, 꼬소한 방귀 냄새도 전부 다요. 머리끝부터 발끝까지 전부 다! 추저분하다고요? 아뇨. 저에겐 다 아름답게 느껴질 뿐인걸요. 내 남자의 모든 것들을 죄다 갖고 싶다……."

남자 의사는 여자가 하나하나 말할 때마다 멈칫거렸다. 그는 그녀에서 조금이라도 멀어지고 싶다는 듯이 몸을 뒤로 슬금슬금 빼고 있었다. 설희는 그런 남자의 심정을 이해할 수 있었다.

'저거 위험한 거 아닌가?'

설희는 저도 모르게 그들의 대화에 빠져들었다. 그들의 대화에 집중하다 보니 밀려오던 졸음도, 두통도 얼추 사라져 가는 느낌이었다.

"아…… 네…… 그러시구나…… 뭐 그 정도는 괜찮……."

"근데 왜! 왜 날 찼니?"

콜록! 뭐야. 둘이 연인 사이였어? 설희는 급작스러운 전개에 당황해 괜히 기침을 하고 말았다.

"내가 얼마나 널 사랑하는데! 우리 아직 늦지 않았어. 다시 시작하자. 응?"

"미안하지만 이미 끝났어. 그리고 이제 환자인 척 병원에 찾아오지 않았으면 좋겠다."

"뭐가 문젠데? 알려주면 내가 다 고칠게."

그녀의 애원에도 남자는 단호하게 잘라 말했다.

"고치고 말고의 문제가 아냐."

"말해봐! 나 할 수 있어! 날 믿어!"

참다못한 남자는 욱했는지, 여자를 향해 소리쳤다.

"아, 좀! 싫다고! 너 변태잖아!"

큭큭. 변태라니! 설희는 웃음이 새어나갈세라 손으로 입을 막았다.

"아깐 아니라며!"

"너 정도 가지고 그럼, 정신병자니까 입원해서 약물 치료 받으라고 할까? 아까 그랬잖아. 평범함의 범주 안에도 다양한 취향들이 존재한다고. 단지 난 머리로는 알지만 마음으로 받아들이지 못할 뿐이야."

"언젠 색달라서 좋다며! 화끈해서 흥분된다며! 제발 잡아먹어 달라고 네가 그랬잖아!"

푸훗. 결국 설희의 웃음소리가 입을 막고 있던 손가락 사이로 튀어나가고 말았다. 그의 웃음소리를 진즉 들었던 눈물범벅의 여자, 양미쁨. 그녀는 그를 힐끗 쳐다보았다.

'저 새끼 뭐야?'

그녀는 사실 아까부터 계속 그의 웃음소리가 거슬리던 참이었다.

'남은 지금 한참 진지하게 남자친구와 대화 중인데 웃어? 이게 웃을 만한 일이니?'

미쁨은 설희를 째려보았지만 곧 자신의 남자친구, 지완에게 신경을 쏟았다. 지완은 한숨을 푹 쉬더니 그녀에게 말했다.

"난 네가 아저씨처럼 침 흘리며 날 쳐다보는 게 무서워. 해부하듯 내 몸을 관찰하는 그 눈빛도. 내가 보기에 너, 관음증 증세가 좀 있는 것 같아."

"아니, 그냥 보기 좋으니까……."

"냄새도 그래. 무슨 개도 아니고, 킁킁대면서 내 몸 구석구석을…… 너, 도대체 무슨 냄새를 그렇게 맡아? 내 체취 긁어서 향수라도 만들게?"

"냄새가 좋으니까……."

미쁨이 우물거리며 답했지만, 지완은 그녀의 말이 채 끝나기도 전에 눈살을 찌푸리며 쏘아붙였다.

"뭐가 그렇게 다 좋은 건데? 넌 나에 대해 싫은 부분이 단 하나라도 없어? 사귀는 이 년 동안 권태기도 없고! 너 좀 이상해."

"좋은 걸 어떡해! 네 모든 것들이 다 사랑스럽고 싫은 게 하나도 없는 걸 어떡하냐고!"

그들의 대화를 듣고 있던 설희의 표정이 사뭇 진지해졌다.

'여자 쪽이 굉장하군. 어떻게 사람을 저 정도까지 사랑할 수 있는 거지?'

"부담스러워. 항상 이번이 마지막인 것처럼 날 사랑하는 네가. 날 믿는 네가."

사랑…… 믿음……? 지완의 말에 그의 눈썹 끝이 씰룩거렸다.

"그럼 사랑하는데, 최선을 다해야지. 열렬하게 사랑하고 믿고 결혼해도 이혼할 판에!"

미쁨이 울며 소리쳤지만 지완의 생각은 변하지 않았다. 아니, 오히려 헤어지겠다는 의지가 굳건해졌다.

"네 말이 맞아. 하지만 네가 그렇게 날 옥죄면 옥죌수록 도망가고 싶어져. 숨이 막히고, 답답해진다고."

"너도 날 사랑한다며……."

"네가 날 사랑하는 만큼, 난 널 사랑하지 않는 것 같아."

"괜찮아. 기다릴 수 있어. 지금 당장은 아닐지도 모르지만, 앞으로 계속 이런 고비를 이겨가다 보면……."

"그만하자. 너를 위해서도, 나를 위해서도 헤어지는 게 옳아."

지완은 자리에서 일어섰다.

"부디 네가 너와 쿵짝이 잘 맞는 사람과 만났으면 좋겠다. 더불어 네 해괴한 변태 짓까지 포용해 줄 수 있는 남자면 더 좋을 거고."

그는 병원으로 돌아가기 위해 몸을 틀었다.

"간다. 다신 연락하지 마. 또 오면 진짜 신고할 거야."

"지완아! 이지완! 내가 조심할게! 내가 좀 더 자제할게!"

미쁨은 지완을 놓치고 싶지 않았다. 끝까지 붙잡고 싶었다. 내 사랑인데, 내 남자인데!

"변태 짓 그만할게!"

푸학! 갑자기 치고 들어오는 그녀의 발언에 설희는 또다시 웃고 말았다.

'아. 이번엔 좀 크게 웃었는데.'

그는 슬쩍 고개를 돌려 여자를 바라보았다. 이런. 설희는 눈물과 분노가 뒤섞여 붉으락푸르락하는 여자와 눈이 딱 마주쳤다. 화장이 잔뜩 번져 엉망인 그녀의 얼굴 사이로 안광이 시퍼렇게 빛났다.

"이봐요!"

설희는 직감했다.

'이 여자, 모든 울분을 내게 쏟아낼 기세다.'

한편 미쁨은 눈을 똑바로 마주하고 나서야 비로소 설희의 면상을 제대로 볼 수 있었고 그의 수려한 외모에 살짝 놀라 흠칫했다.

차가워 보이지만 하나같이 예쁘게 잘생긴 이목구비, 우아하게 쭉 뻗은 목과 넓은 어깨, 적당히 잘 빠진 허리와 긴 다리가 마치 황금 비율을 가진 배우를 연상케 했다. 아니, 배우보다도 더 배우 같았다. 하지만 그런 것들이 미쁨의 불쾌감을 덜어주진 않았다.

'멀쩡하게 생긴 놈이 왜 비웃고 지랄이야, 지랄은.'

오히려 설희를 향한 그녀의 악감정을 더 돋웠을 뿐이었다.

"지금 그쪽, 저보고 웃는 거예요?"

"네."

허! 미쁨은 너무나도 당당한 그의 대답에 순간 말문이 막혔으나 곧바로 따져 물었다.

미쁨이지아니한가

"뭐가 그렇게 웃긴데요?"

"전부 다요."

"어, 어떻게 이게 웃길 수가 있어요?"

그녀의 목소리가 물기를 머금어 울렁울렁 떨리기 시작했고, 눈에는 눈물이 다시 차올랐다.

"믿고 사랑하던 사람을 잃었는데, 이게 어떻게 웃길 수 있냐구요!"

어허엉! 미쁨이 그만 또 울음을 터뜨리고 말았다. 그녀의 울음소리에 머리가 아파와, 설희는 인상을 찌푸렸다. 제발 그 입 좀 다물어.

"짜증나게 진짜."

"뭐요?"

무심코 튀어나온 그의 중얼거림에 미쁨이 울컥했다.

"지금 저한테……."

"그쪽 같이 질질 짜기나 하는 여자를 누가 좋아하겠어. 보아하니 할 줄 아는 건 매달리는 것뿐인 것 같은데."

설희는 이 상황이 괜히 기분 나빴다. 저 여자가 심하게 불쾌했다.

"간, 쓸개 다 빼줄 것처럼 정성을 쏟아부으면 누구나 다 어이쿠 감사합니다, 라고 할 줄 알았어요?"

설희는 미쁨의 얼굴을 바라보았다. 그녀의 동그란 얼굴과 눈물 맺힌 커다란 눈망울이 가장 먼저 시선에 들어왔다. 그 다음으로 보인 도톰한 입술은 파들파들 떨리며 분노를 표출하고 있었고, 아담한 체구엔 힘이 잔뜩 실려 금방이라도 폭발할 것 같았다.

눈물에 번지고 뭉친 화장 때문에 잘 보이지 않았지만 그녀는 꽤나 독특한 분위기를 가지고 있었다. 콕 집어 어디가 예쁘다고 말할 순 없었지만, 왠지 모르게 눈길이 갈 법한 매력적인 느낌을 가졌다고 해야 할까, 아니면 무의식중에 계속 생각나는 얼굴이라 해야 할까. 하지만 미쁨이 아무리 매력적이면 무얼 하리. 설희에겐 보이지 않는 것을.

그의 눈에 비친 그녀의 얼굴은 그저 눈물범벅 되어 얼룩덜룩하게 물든, 지저분함의 극치였다. 매력이고 뭐고 눈곱만치도 보이지 않았다.

"정신 차려요. 지금 그쪽 모습, 흉해."

설희의 입에서 차가운 말이 툭 튀어나왔다. 그의 무례한 언사에 미쁨의 표정이 일그러졌다.

사실 그는 사람을 외모로 판단하는 파렴치한이 아니었다. 외양이 어떻든 상관없었다. 깔끔하기만 한다면. 때문에 그는 그녀가 정말로 싫었다. 지저분한 화장, 지저분한 얼굴, 그리고 자신의 감정에만 심취해 상대방 생각은 전혀 하지 않고 매달리는 저 지저분한 행동.

사랑이 뭐라고. 믿음이 뭐라고.

"마, 말 다했어요?"

"머리 아프니까 그만 좀 떽떽거려요."

미쁨이 따지려고 할 그때, 설희가 갑자기 자리에서 일어섰다. 그러더니 긴 팔을 뻗어 허공에 두어 번 흔들었다. 그의 시선이 향하는 곳에서 빈 택시가 오고 있었다.

"진심으로 충고하는데, 적당히 하세요. 사랑이든 믿음이든."

"하."

미쁨이 황당하다는 듯이 실소했다.

"그쪽은 사랑해 본 적도, 받아본 적도 없죠? 그 감정은 적당히 할 수 있는 게 아니거든요?"

그녀의 말에 설희는 순간 멈칫하며 그녀와 눈을 맞췄다. 곧 피식 비웃으며 한마디 던졌다.

"그렇게 잘 아시는 분 꼴이 참 볼만합니다?"

그의 말에 미쁨이 움츠러들었다. 살짝 찔렸던 것이었다.

"현실 좀 직시하시고, 주위에 있는 수많은 사람들처럼 적. 당. 히 사세요. 변태 아줌마."

"아, 아줌마?"

우드득. 그녀의 이성이 끊어지고 말았다.

"야!"

미쁨은 참을 수 없는 분노에 설희의 정강이를 향해 다리를 뻗었다. 그러나 그는 얄밉게 쓱 피했고, 목표를 잃은 그녀의 다리는 허공에서 초라하게 허우적거렸다. 그런데 오마나! 신발이 쑝- 하고 날아가네? 그녀의 발을 떠나 아름다운 포물선을 그리며 하늘로 치솟은 운동화는 그대로 떨어져, 팁! 그의 손에 살포시 안착했다.

설희는 손에 쥔 미쁨의 신발을 바라보았다. 지금 나를 차려고 한 건가? 그는 기분이 나쁘면서도 그녀가 가소로웠다. 그때 그의 뒤로 택시가 섰다.

"마침 택시가 왔네요."

설희는 씨익 웃으며 미쁨의 신발을 손에 쥔 채 차에 올랐다.

"어……? 어어? 내 신발!"

그녀는 당황스러운 나머지 택시의 문손잡이를 잡았다. 그러나 아무리 당기고 흔들어봐도 안쪽에서 굳게 잠긴 문이 열릴 리 없었다.

"출발해 주세요."

설희의 말에 택시는 그렇게 하염없이 멀어져만 갔다.

"내 신발! 야 이 미친놈아, 거기 서!"

그녀의 목소리를 들었는지, 저 멀리 가던 택시가 별안간 끼익! 멈춰 섰다. 그러더니 열리는 창문 밖으로 그의 손이 튀어나와 퉤! 하고 침 뱉듯 미쁨의 신발을 던져 버리는 게 아니겠는가! 옜다! 신발 여기 있으니까 잘 가져가라! 하는 것처럼.

"와, 저 새끼 미친 거 아냐? 너 내 눈에 띄면 뒈진다, 진짜!!"

다시 움직이는 택시를 향해 그녀가 고래고래 소리쳤다. 미쁨의 성난 목소리가 공중에 흩뿌려졌다. 그녀의 고함은 설희가 앉아 있던, 택시의 뒷좌석까지 뚫고 들어왔다. 기차 화통을 삶아먹은 것처럼 우렁찬 여자의 목소리에 그는 고개를 절레절레 저었다.

풋. 문득 다시 떠오른 그녀의 모습에 설희는 무심코 웃음을 터뜨렸다.

'저렇게 웃긴 여자는 난생 처음이야.'

멍청하리만큼 사람을 믿고 사랑하는 한심한 변태녀가 계속 그의 머릿속에 메아리쳤다.

'또 볼 일은 없겠지만.'

"구려요."

막 프레젠테이션을 마친 하 프로에게 설희가 던진 말이었다. 그의 말 한마디에 회의실 안은 무겁고도 서늘하게 변해갔다. 또 어떤 독설을 날리려고 저러나. 회의실 내 모든 사람들의 이목이 설희의 입으로 집중되었다.

"기업 이미지 개선에, 뭐? 3B(실패하지 않는 광고요소. Baby, Beauty, Beast) 중 뷰티를 내세워요? 이딴 쓰잘데기 없는 것도 계획서라고. 이래서 우리 회사가 똥 마케팅의 선두주자라는 말을 들었던 거예요. 제품을 잘 만들어놓으면 뭐 해. 기업이 알짜배기면 뭐 하냐고요. 여기서 다 죽 쑤고 있는데."

그가 독설을 내뿜을 때마다 하 프로의 어깨가 점점 움츠러들었다. 거기에 목은 또 어찌나 짧아졌는지, 자신의 등딱지 속으로 숨어버린 거북이와 별반 다를 게 없었다.

"광고를 시리즈로 제작하면……."

"그렇게 하면 기억률이 높아진대요?"

개미 엉덩이 긁는 소리처럼 미미한 하 프로의 추가 의견에 설희가 찬

물을 확 끼얹었다.

"공부나 좀 더 하고 오세요. 다음."

그의 말에 하 프로는 준비했던 서류들을 끌어 모아 품에 안고 자신의 자리로 돌아갔다. 꼽등이처럼 굽은 등이 서글퍼 보였다. 그 이후로도 설희의 '다음'이라는 말은 계속되었다.

"다음."

"다음."

"후…… 다음."

"다음!"

"아, 진짜!"

그는 도저히 참을 수 없다는 듯이 신경질적으로 파일을 내려놓았다.

"현재 세성그룹의 이미지가 무엇인 것 같아요?"

날 선 그의 질문에 누구도 쉽사리 답하지 못했다. 단어 하나 잘못 내뱉었다가 무슨 악담을 들을지 알 수 없기 때문이었다.

"아는 사람 아무도 없어요? 당신들은 도대체 아는 게 뭡니까? 뇌 좀 챙기고 다니세요. 집에 두고 오지 마시고."

사람들의 입이 불만으로 삐죽댔다. 네가 얼마나 개지랄이면 우리가 이렇게까지 쫄겠니. 그들이 머뭇대든가 말든가, 설희는 말을 이었다.

"세성그룹 이미지로는 멍청이, 경쟁사 들러리, 똥 생성기 등등 부정적인 것들만 수두룩하죠."

사람들이 고개를 끄덕이며 수긍했다.

"하지만 그런 것들을 다 떠나서 제일 큰 문제인 건, 바로 보수적인 이미지입니다. 인터넷엔 꽉 막힌 아재들의 세상이란 말까지 돌고 있다죠. 취업 기피 대기업 1위가 세성그룹이라더군요. 이거 문제 있는 거 아닙니까?"

"그래서, 넌 어떻게 했으면 좋겠는데?"

설희의 말을 듣고 있던 그의 선배, 강 프로가 물었다. 이에 설희는 씨익 웃어 보였다. 저 웃음! 저 웃음은 필시 이루기 어려운 목표를 기필코 달성하겠다고 마음먹었을 때 나오는 무시무시한 것이 아닌가! 침이 목구멍으로 넘어가는 소리가 곳곳에서 들려왔다. 꼴깍. 꼴깍. 꼴깍.

"대대적인 면접 몰카를 좀 찍어보죠."

웅성웅성. 사람들이 이해가 안 된다는 듯이 중얼거렸다. 저게 무슨 소리야? 몰카? 설희는 아랑곳하지 않고 자신의 계획에 대해 브리핑했다.

"누가 봐도 움츠러들 만한 포스의 면접관들을 앞에 세워놓고, 말도 안 되는 질문을 하도록 시키는 겁니다. 외모 비하부터 성차별, 수치스러운 발언까지. 그런 상황에서 주눅 들지 않고 자기 생각을 당당하게 마구 쏟아내는 지원자들의 모습을 카메라에 담는 거죠. 취업 성공을 위해 거짓 Yes가 아닌 진심 No를 외친 지원자들을 채용해 보수적이고 답답했던 기업 이미지를 새롭게 만드는 겁니다."

"그럼 서류 심사는 어떻게 되는 건가요? 떨어진 사람들 중에도 그런 당찬 지원자가 있을 수도 있잖아요."

아까 그에게 된통 혼났던 하 프로가 조심스레 질문을 던졌다. 그런 그의 물음에 설희는 한쪽 눈썹 끝을 쭉 올렸다 내렸다.

"당연히 서류는 다 통과시켜야죠."

허허허. 사방에서 헛웃음 소리가 팡팡 터졌다. 저게 말이야 방구야? 지원자가 얼마나 많은데. 수군거리는 소리에도 불구하고 그의 말은 계속 이어졌다.

"그런 당찬 이들의 모습을 광고에 담아 '새로운 인재를 취하다' 혹은 '기업의 신선한 미래, 당신입니다'라는 타이틀을 내거는 겁니다. 잘만 된다면 세성그룹의 보수적인 기업 이미지가 젊음, 신선함, 패기, 깡으로 바뀌는 건 시간문제일 거라 확신합니다."

설희의 브리핑이 끝나자마자 회의실에 정적이 감돌았다.

미쁘지아니한가

"너는 그게 현실적으로 가능하다고 보냐? 지원자 수가 상상을 초월할 텐데, 서류로 걸러내지도 않겠다고?"

강 프로가 자신의 목을 갑갑하게 조이던 넥타이를 쭉 잡아당겨 풀었다.

"안 될 것도 없죠. 시작도 하기도 전에 겁부터 집어먹고 뒷걸음질 치는 것보다야, 해보는 것이 더 좋을 것 같은데요."

"넌 말을 해도!"

강 프로가 벌떡 일어났다가 곧 진정하고 다시 자리에 앉았다.

"후…… 좋아. 규모는?"

"우리 세성기획은 물론이고, 세성전자, 세성화학, 세성디스플레이, 세성상사, 세성건설 등 세성이란 이름을 가진 계열사 모두입니다."

"하아…… 뭐, 나쁜 기획은 아냐. 가능하다면 더없이 좋은……."

"그럼 진행하는 걸로 알고, 오늘 중으로 계획서 작성해서 결재 올리겠습니다."

"야, 잠깐……."

"이만 회의 마치겠습니다."

설희는 제 할 말만 딱 하고는 회의실을 나가 버렸다.

'지금 뭐가 지나갔다냐? 순식간에 안건, 통과된 거야?'

강 프로는 황당함에 눈만 껌뻑거렸다.

"저 또라이."

"개 똘추 새끼."

설희가 눈앞에서 사라지자마자 기다렸다는 듯, 사람들의 입에서 욕설이 툭툭 튀어나왔다.

"아, 윤 프로, 너 진짜 왜 그러니. 나 좀 살려주라."

강 프로는 두 손으로 머리를 벅벅 긁으며 짜증을 표현했다.

'저 기획 통과되면 앞으로 개고생 할 게 뻔한데, 큰일 났다.'

한숨을 푹푹 쉬던 그는 다시 한 번 설희를 욕했다.

"아, 윤설희 미친놈."

강 프로는 가만히 앉아 이 사태를 어떻게 해야 잠재울 수 있을까 고민했다. 하지만 딱히 떠오르는 수가 없었다.

'내가 아무리 반대해도 저놈은 끝까지 밀고 나가겠지. 무엇이든 한다고 하면 해내고 마는 미친놈이니까.'

실제로 설희는 오 년 전 사장뿐만 아니라 임원들에게 마케팅에 신경 좀 써달라고 단체 닦달 메일을 보낸 적도 있었다. 들어온 지 얼마 되지도 않은 신입 프로가 말이다! 그 덕에 강 프로를 비롯한 팀 전체가 똥줄 제대로 탔었다.

그런데 설희의 말을 귀담아 들었던지, 아니면 '어디 한번 두고 보자!'라는 식으로 오기를 부렸던지, 임원 회의에서 마케팅에 지원을 집중적으로 하자는 의견이 돌았고, 그대로 빠르게 세성기획은 바뀌어갔다.

다행히 결과는 최고였다. 쓰레기 마케팅의 선두주자, 세성그룹 내부의 적이라는 별명을 가진 세성기획의 이미지가 탈바꿈됐으니까. 그리고 그 중심엔 윤설희, 그가 있었다. 타고난 감각! 끊임없이 솟구치는 영감! 말로 표현할 수 없는 특별함! 이 세 박자를 고루 갖춘 이가 바로 윤설희 프로였다.

그의 머릿속에서 팍팍 튀어나오는 반짝이는 기획들은, 뛰어난 성능의 제품들을 만들어냈음에도 불구하고 거지같은 마케팅으로 똥망했던 세성그룹의 매출을 확 올려주었다. 그뿐만 아니라 경쟁사인 HM그룹의 뒤꽁무니만 쫓아다니던 기업 이미지 또한 단독 1위로 이끌어주었다. 광고계의 슈퍼스타, 기획의 신, 아이디어의 지배자. 이보다 더 그를 완벽히 표현할 말이 또 있을까. 물론 또라이, 똘추가 있지만.

기업의 매출을 넘어 이미지까지 한 단계, 아니 수십 단계 올려놓은 그는 단연 초고속 승진을 밟았고, 서른셋이라는 젊은 나이에 팀장직을 맡고 있었다.

"어휴."

설희가 얼마나 대단한 놈이든 뭐든 간에, 강 프로는 그저 답답할 뿐이었다.

'저 기획, 제발 위에서 결재 떨어지지 않게 기도나 하자.'

그를 포함한 회의실 내부에 있는 모든 이들의 간절한 염원이었다. 그러나 애석하게도 설희의 기획은 회의가 있던 날 바로 결재되고 말았다.

"헬 게이트 열리겠네."

최종 승인됐다는 말을 들은 강 프로는 자신의 책상에 앉아 힘없이 중얼거릴 뿐이었다.

❦

그로부터 반년 후 늦가을, 모 회사 면접실.

"72번은 우리 회사보단 다른 회사가 더 적합하지 않겠어요?"

미쁨은 함박 미소를 얼굴에 붙이고, 앞에 앉아 있던 면접관들의 질문을 귀담아듣고 있었다.

"해보지 않고 그렇게 속단하는 것은 옳지 않다고 생각합니다."

그녀의 입술이 웃는 모양을 한 채 바들바들 떨렸다. 그것은 필시 억지로 내뱉는 입바른 소리 때문이리라.

'서류 붙었다고 연락한 건 너네들이면서 왜 딴 데로 보내려 들어? 추천서 써줄 거 아니면 닥치고 입사나 시켜줘.'

그녀의 본심이었다. 그때 다른 면접관이 쓰고 있던 안경을 만지작거리며 말했다.

"가만 보면 72번은 통통한 편이지만 몸매가 굉장히 좋네요. 나올 데 나오고, 들어갈 데 들어가고. 살 조금만 더 빼면 모델 저리 가라겠어."

"예?"

미쁨은 순간 자신의 귀를 의심했다.

'지금 몸매 얘기한 거야? 여기, 면접실에서? 이거 성추행 아닌가?'

미쁨은 일단 웃었다. 화알짝. 아무리 더럽고 치사해도 면전에 대고 소리칠 수는 없는 것 아니겠는가.

"하하. 네. 감사합니다."

"면접 보러 오신다고 옷도 잘 차려입으셨는데, 혹시 장기 있어요?"

"장기요?"

"노래라든가, 성대모사라든가. 제일 무난한 게 춤인 것 같은데, 춤 한 번 춰봐요."

하하하하하하. 저게 지금 나랑 뭐하자는 거지? 나더러 몸매 좋다고 이빨 까더니 고작 한다는 말이, 뭐? 추움? 저 변태 새끼들. 미쁨은 억지웃음을 고수한 채 면접관들을 찬찬히 바라보았다. 다들 하나같이 기대에 찬 눈빛으로 그녀를 바라보았다. 그들의 눈빛을 본 그녀는 확신할 수 있었다.

'이 회사는 똥이구나. 저딴 변태들을 면접관들이라고 세워놓다니. 이딴 회사에 들어가 내 반평생을 바치느니 차라리 혀 깨물고 죽겠습니다!'

미쁨은 그렇게 다짐하자마자 저 면접관 시끼들을 어떻게 해야 엿 먹일 수 있을까 하는 고민을 하기 시작했다. 그녀는 다시 한 번 더 면접관들을 바라보았다. 그들의 눈동자는 여전히 빛나고 있었다.

'그래, 좋아. 저 위대하신 면접관님들께서 이 몸이 추는 춤이 보고 싶으시다는데 보여드려야지, 그럼. 하하하. 내가 춰준다, 그 놈의 춤!'

미쁨은 자리에서 스윽 일어섰다.

'내 우아한 춤사위에 아주 어마어마한 빅 엿을 담아드리리!'

그녀의 속마음을 모르는 면접관들이 오오 하며 탄성을 내질렀다.

"후우……."

미쁨은 옷을 단정하게 여미고 심호흡을 한 뒤, 반주 없이 춤을 추기 시작했다.

빙글빙글 허리에 웨이브를 주며 제자리에서 도는가 하면, 팔과 다리를 유려하게 휘저으며 발레가 절로 떠오르는 아름다운 춤을 선보였다. 그녀의 머릿속에서는.

"헛. 헛."

현실 속 미쁨의 춤은 차마 눈을 뜨고 보기에 민망할 정도로 엉망이었다. 뻣뻣한 상체는 웨이브는커녕 허리를 튕기는 것만으로도 힘에 부쳐 보였고, 팔과 다리는 각기 춤을 연상케 했다. 그러나 그녀의 표정만큼은 세계 정상의 댄서 못지않게 진지했다. 풋. 푸홋. 미쁨의 양옆에 있던 취업 준비생들과 면접관들 사이에서 웃음소리가 튀어나왔다. 그때 그녀가 갑자기 주먹 쥔 오른손을 위로 뻗으며 반대쪽 손으로 쳐든 오른팔의 팔꿈치를 쳐 댔다.

"에라이, 이 시끼들아. 요거나 먹어라."

미쁨의 팔 동작은 바로 대왕 뻐큐였다. 그야말로 면접관들에게 날리는 빅 엿이었다. 그녀는 그렇게 얼쑤, 얼쑤 춤추며 면접장 밖으로 나갔다.

–귀하의 뛰어난 역량과 잠재력에도 불구하고 아쉽지만, 제한된 모집 인원으로 인해 금번 채용에서 함께할 수 없게 되었습니다.

미쁨은 채용 불합격 소식을 접할 때마다 원룸 창문 앞에 쪼그려 하염없이 하늘을 바라보며 담배를 태웠다. 지금도 그랬다.

'오늘따라 하늘에 구름도 많네.'

미쁨은 자신의 미래를 보여주는 것 같은 흐린 하늘의 모습에 더더욱 우울해졌다.

'전 직장에 충실할걸.'

사실 그녀는 지완과 사귈 때까지만 해도 번듯한 직장을 가지고 있었다. 그러나 그와 헤어지고 난 후 암울의 구렁텅이에 빠져 도저히 출근을 할 수 있는 상태가 아니었고, 그대로 무단결근을 좀 했더니 뎅강 잘리고 말았던 것이다.

'예전 직장도 겁나 힘들게 들어갔었는데, 그 짓거리를 또 해야 하는 건가.'

미쁨은 웅크리고 앉은 채, 세웠던 두 무릎 사이로 얼굴을 묻었다.

'그때보다 더 힘들 거야. 그 회사는 내가 파릇파릇한 이십대일 때 들어간 것이었지만 지금은……'

그녀는 두 팔로 자신의 다리를 꼬옥 끌어안았다.

'꺾어진 육십 아닌가!'

미쁨은 빠르게 지나간 세월이 야속했고, 그 시간을 허무하게 흘려보낸 자신이 후회스러웠으며, 아무것도 해놓은 것 없이 서른이 되어버린 현재가 미웠다.

그녀는 고개를 들어 다시 하늘을 바라보았다. 하늘로 향한 그녀의 얼굴엔 분노와 후회, 그리고 슬픔이 뒤섞여 있었다.

"하. 나 이러다 취업이나 할 수 있을까."

그녀는 중얼거리며 자신이 지원했던 회사들 이름을 적은 수첩을 들여다보았다. 그리고 방금 탈락 소식을 받은 회사의 이름에 줄을 쫙 그었다.

"하나 남았네."

미쁨은 빗금을 긋지 않은 마지막 회사의 이름을 바라보았다. 세성기획.

"여기는 될 리가 없지."

미쁨은 씁쓸한 미소를 지으며 그 회사 이름에도 줄을 그어버렸다. 우리나라 대기업 중 단연 최고인 세성그룹. 특히 세성기획은 세성의 수많은 계열사들 중 최고 주가를 달리며 새로운 기록을 갱신 중인 곳이었다.

'이런 대단한 회사가 나같이 나이도 많고 학력도 거지인 여자를 뽑아줄 리가 없지. 세상에 젊고, 이쁘고, 날씬하고, 머리도 똑똑한 애들이 얼마나 많은데.'

세성그룹은 보수적인 이미지가 아주 강한 회사였다. 이 또한 미쁨은 알고 있었다.

'외모, 학벌, 분명히 볼 거야.'

띵동. 그때 들려오는 문자 수신음. 미쁨은 옆에 놓여 있던 휴대전화를 주섬주섬 들어 올렸다.

〈1313번 양미쁨 씨. 축하드립니다. 세성기획 1차 서류 심사에 합격되셨습니다. 자세한 면접 일정은 메일로 보내드렸으니 확인하시기 바랍니다.〉

"어머! 어머머머! 이게 무슨 일이래?!"

그녀는 눈을 크게 뜨고 문자 내용을 다시 확인했다.

"이건 분명 내 이름! 내 번호! 나야! 나 맞아!"

잘못 본 게 아니라는 걸 재차 확인한 미쁨은 기쁜 마음을 감추지 못하고 환호했다.

"아쟈뵤!"

그녀는 담뱃불을 후다닥 끄고는 그 자리에서 일어나 막춤을 춰댔다. 너무 기뻐 가만히 있을 수 없었다.

"세성기획, 이거 미친 거 아냐? 날 왜 뽑아준 거지? 물론 면접이 남아 있지만, 어떻게 나 같은 사람을 뽑아줄 수 있는 거냐고! 광고 회사라 생각이 남다르신가?"

미쁨은 가슴을 팡팡 튕기며 막춤의 절정으로 치달았다.

"이러면 나…… 면접까지 기대하게 돼버리잖아!"

춤을 다 춘 그녀는 하늘을 향해 소리쳤다.

"하느님 아버지 감사합니다! 이번 면접 진짜 잘 볼게요!"

그녀는 쫙 그었던, 수첩 속의 세성기획이란 글자에 동그라미도 모자라 별까지 그려놨다.

❦

"윽. 으윽!"

남자의 신음 소리가 작은 방 한쪽에서 들려왔다. 사람이 사는 곳이라고 하기엔 너무나도 적막한 집. 가구라고는 침대와 옷장, 그리고 책상이 전부였고, 집 안 어떤 곳에도 사진이 담긴 액자나 책, 혹은 취미 생활에 관련된 것들 같은, 사람 냄새가 나는 물건은 아무것도 없었다.

그 차갑기만 한 공간 속, 침대 위에 웅크리고 누워 있던 설희는 잔뜩 일그러진 얼굴로 심하게 뒤척였다. 악몽을 꾸는지, 두려움이 가득 담긴 그 얼굴에는 식은땀이 비 오듯 쏟아졌다.

헉! 몸을 크게 들썩이며 그가 자리에서 벌떡 일어났다. 그러고는 바로 화장실로 달려갔다. 곧이어 들려오는 구토 소리. 악몽을 꾼 직후, 설희는 언제나 식도를 타고 올라오는 역겨움을 견딜 수가 없었다. 꿈속에서 보았던 끔찍한 것들이 그의 속을 뒤집어놨았기 때문이었다. 잠에서 깼음에도 불구하고 그것들은 그의 주위에 맴돌며 끊임없이 그를 괴롭혔다.

곧 물 내리는 소리와 함께 샤워하는 소리가 들려왔다. 이후 멀쩡해 보이는 설희가 모습을 드러냈다. 겁에 질렸던 아까와 달리, 그의 얼굴은 차분히 가라앉아 있었다. 악몽 자체가 일상이라는 듯 덤덤하기까지 했다. 설희는 출근 준비를 하기 위해 옷장 문을 열었다. 문 안쪽에 붙어 있던 거울에 촉촉이 젖은 그의 몸이 비쳐, 아찔함이 무엇인지 제대로 보여주었다.

탄탄하고 날씬한 몸에 적당히 붙은 근육은 누구나 다 홀릴 정도로 요염함이 넘쳐났으며, 흘러내릴 듯 말 듯 장골에 살짝 걸쳐진 수건은 수 없이 많은 농염한 상상들을 불러일으켰다.

설희는 평소 외모에 별 신경을 쓰지 않았기에 젖은 머리칼도 대충 털어 말렸고, 옷도 손에 잡히는 대로 대강대강 입었다. 그럼에도 불구하고 그의 뒤로 뿜어져 나오는 후광은 더더욱 빛을 발했다. 순식간에 준비를 마친 설희는 밖으로 나가기 위해 가방을 챙겼다.

위잉위잉. 그의 휴대전화가 갑자기 울리기 시작했다. 하동민 프로에게서 온 것이었다.

"네. 하 프로님."

[강 프로님께서 빨리 오라고 성화세요. 면접 때문에 정신 없으시다고.]

지각이 아님에도 오는 독촉 전화에 설희는 질렸다는 듯 이마를 짚었다. 면접 시즌에 돌입하면서 하루가 멀다 하고 이렇게 아침마다 전화가 왔다.

"지금 출발할 겁니다."

[알겠습니다. 조금 있다 봬요, 선배님.]

그는 전화를 끊자마자 한숨을 내쉬었다. 3주째 이어지고 있는 면접. 앞으로 한 만큼 더 해야 했다. 서류 통과자가 많은 만큼 면접 기간도 길어진 것이다. 설희는 출근하기도 전인데 벌써부터 피곤했다. 그는 미묘하게 쑤셔오는 머리에 신경이 쓰였다.

그 두통은 언제나 그렇듯 수면 부족 때문이었다. 비록 수면제의 힘을 빌렸지만, 며칠 만에 잔 건지 기억도 안 날 지경이었다. 설희는 무거운 몸을 이끌고 집을 나섰다.

'오늘은 부디 괜찮은 지원자들이 있어야 할 텐데.'

"변태 짓 그만 할게!"

풋. 설희의 입 밖으로 웃음소리가 튀어나왔다. 지금처럼 문득 그 여자가 떠오를 때면 언제나 그랬다. 오랜 시간이 지났음에도 불구하고 선명하게 잔상이 남아 있는 그 멍청한 여자, 그 지저분한 여자, 그리고……재미있는 여자.

'그런 사람이 이번 면접에 지원했어야 하는데. 아쉽군.'

"아이고. 이거 큰일인데, 윤 프로. 인재가 영 없어."

강 프로가 손바닥으로 얼굴을 벅벅 문지르며 모니터를 바라보았다. 그 속에는 세성기획에 원서를 넣었던 지원자들의 면접 모습이 담겨 있었다. 여섯 명씩 한 그룹으로 이루어진 그들은 하나같이 거짓된 미소를 지으며 기분 좋게 예스라고 답하고 있었다. 허수아비에 불과한 면접관들에게 좋은 인상을 남기기 위해서.

이토록 화끈한 자들이 없는 것인가. 깡으로 똘똘 뭉친 젊은이들은 도대체 어디로 사라졌단 말인가. 면접실의 옆방에 앉아 모니터를 바라보던 세 명의 진짜 면접관들 사이에 우울함이 맴돌았다.

면접관은 아니지만 뒤에서 모든 정황을 살펴보던 설희는 그저 묵묵하게 모니터를 바라만 보았다. 그의 머릿속엔 오직 '전에 봤던 그 변태녀가 이 면접에 왔더라면 볼만할 텐데' 하는 생각뿐, 면접에는 좀처럼 손이 가질 않았다. 왜 이러는 거지. 왜 계속 그녀의 모습이 떠오르는 것인가. 일에 집중해야 하는데. 설희는 고개를 푸르르 흔들었다.

'집중하자, 집중.'

그때 그의 눈에 익숙한 얼굴이, 아니 잊을 수 없는 얼굴이 들어왔다. 설희의 눈이 커졌다.

"새로운 여섯 명이 들어온다, 온다, 온다! 이번엔 좀 있어라, 투견들아!"

미쁨이지아니한가

강 프로가 손바닥을 비비며 소리쳤다. 그가 마이크에 대고 가짜 면접관들에게 명령하려는 순간, 다짜고짜 설희가 끼어들었다. 피곤함과 두통에 찌들어 팍 죽어 있던 그의 눈동자에, 어쩐 일로 반짝반짝 빛이 일었다. 입가엔 미소까지 돌았다.

"시작부터 악질적으로 가죠. 외모에 자신 있는 사람들만 자리에 앉으라고 하세요."

설희의 목소리는 마이크 전선을 따라, 블루투스 주파수를 타고 면접관들의 귀에 꽂혀 있는 이어폰으로 흘러들어갔다.

"외모에 자신 있는 지원자들만 앉으세요."

가짜 면접관의 말에 의자에 앉지도, 서지도 못한 어중간한 자세로 미쁨이 굳었다. 깔끔한 옷차림과 반대로 미쁨의 얼굴엔 복잡한 심정들이 마구 뒤섞여 있었다.

창문을 등지고 앉아 있던 면접관들의 깐깐해 보이는 눈동자와 꽉 다문 입은 굉장한 압박감을 불러 일으켰고, 그 무거움은 그녀의 어깨를 짓눌렀다. 거기다 그들의 옆에 세워진 커다란 방송국 카메라 또한 이 숨막히는 긴장감에 크게 이바지했다. 하지만 미쁨에겐 그 모든 것들이 그렇게 큰 문제가 되지 않았다. 면접장에 들어서자마자 들은 말 때문에.

"외모에 자신 있는 지원자들만 앉으세요."

그녀는 치솟는 분노에 머리가 어지러울 지경이었다.

'아아. 처음부터 외모 지적이라니, 이 세상이 드디어 미치려는 모양이구나. 왜 면접 보는 회사마다 질문이 이따위로 저질이니! 외모가 그렇게 중요하니?'

슬슬 미쁨의 안에서 쌈닭의 본능이 눈뜨기 시작했다.

'참아야 해. 여기서 터지면 안 돼! 합격해야만 한다고……! 이게 어떻게 얻은 기회인데! 으아아아!'

그. 러. 나.

"1313번은 왜 자리에 앉지 않나요? 외모에 그렇게 자신이 없나 보죠?"

그녀는 거만하게 질문을 던지는 면접관에게 툭, 하고 말을 내뱉고 말았다.

"네. 없는데요."

심기가 불편했던지 미쁨의 말투는 퉁명스럽기 그지없었다.

"하긴. 쉬이 앉을 수 있을 것 같아 보이진 않네요."

면접관이 그녀의 몸을 위아래로 훑어보며 기분 나쁘게 비꼬았다. 그의 몰상식한 행동에 미쁨의 이마에 핏대가 불뚝 튀어나왔고, 그녀의 혈압이 수직으로 상승했다.

'아, 젠장. 저번 면접 때도 그러더니, 다들 왜 내 몸에 그렇게 불만들이 많으실까? 그래, 알아! 나 살 좀 찐 거! 그래도 내가 왕년엔 길거리 헌팅도 많이 받아봤던 사람이야, 이거 왜 이래? 지완이와 헤어지고 나서 사알짝 소홀했던 탓에 살이 쬐애끔 쪄서 그렇지, 맘먹고 다이어트하면 금방 뺄 수 있다고!'

한편, 그런 미쁨을 바라보던 옆방의 진짜 면접관들은 일제히 의자를 당겨 앉으며 감탄했다. 오호.

"좀 더 밀고 나가세요."

설희가 마이크에 대고 말했다.

"외모에 자신이 없으면 투자를 해야지."

"백수 주제에 투자할 돈이 있어야죠."

설희의 지시에 따라 면접관이 외모에 대해 더 물고 늘어지자, 미쁨도 깔끔하게 맞받아쳤다.

미쁨이지아니한가

'일거리가 없는데 돈이 있을 리 있겠냐? 외모만 중요시하는 저 근본 없는 새끼들. 너희 따위들에게 내 자질 평가를 맡기는 건 어불성설이다!'

점점 이성이 날아가는 듯 그녀의 얼굴이 시뻘게졌다.

"그럼 1313번. 만약 이 회사에 입사해 월급을 받는다면 몇 퍼센트 정도를 외모에 투자할 건가요?"

"투자할 마음 전혀 없는데요. 살면서 불편하지도 않은데 왜 해요? 누굴 위해서? 왜요. 면접관님들의 그 맑고 영롱한 안구를 위해서 제가 꼭 투자해야만 하나요? 100프로 투자하겠다고 하면 입사시켜 줄 건가요?"

하! 미쁨의 말에 면접관들이 너도나도 조소를 날렸고, 그녀에게 질문을 던진 면접관은 혀를 차며 비아냥거렸다.

"자기 관리는 현대사회의 기본 아닌가? 주위를 좀 둘러봐요. 1313번 같은 사람이 어디 있는지. 나이가 많으면 기본에라도 충실하든가. 쯧쯧."

미쁨의 눈 밑으로 경련이 일었다. 그녀는 기분이 무척이나 더러웠다.

'참나, 어이가 없어서. 너나 기본 개념부터 머리통에 탑재하세요. 그리고 이렇게 까댈 거면 1차 서류에서부터 그냥 떨어뜨리든가. 왜 붙여놔 가지고 지랄이야, 지랄은!'

따박따박 말대답하며 부조리와 치열하게 싸우는 미쁨과 반대로, 설희는 마이크를 잡고 신나 있었다. 화면 속에 보이는 그녀의 붉으락푸르락하는 얼굴이 굉장히 신선하고 즐거웠던 것이다.

'내가 왜 이렇게 웃는 거지?'

그는 스스로도 이유를 알 수 없었다. 하지만 미쁨을 보는 순간 반사적으로 웃음이 나왔다. 풍부한 감정을 알록달록하게 분출하는 그녀의 모습이 설희의 눈에 반짝반짝 들어찼다. 그는 미쁨의 사진이 박힌 지원서를 바라보며 어떤 질문으로 그녀의 성질을 건드릴 수 있을까 고민했다.

'어떻게 해야 저 강한 여자가 당황해서 흔들릴까?'

그러던 설희는 미쁨이 전에 했던 말이 떠올랐다.

"그럼 사랑하는데, 최선을 다해야지. 열렬하게 사랑하고 믿고 결혼해도 이혼할 판에!"

그는 눈을 빛내며 마이크에 대고 뭔가를 전달했다. 설희의 목소리는 가짜 면접관의 귀에 그대로 들어갔다.

"만약 당신이 이 회사에 합격한 후 커다란 프로젝트를 맡았다고 칩시다. 발표를 앞둔 상태인 그때, 당신의 연인이 당장 만나자고 하네요. 지금 보지 않으면 헤어질 거라 통보를 한 상태입니다. 그 상황에서 당신은 프로젝트를 택하겠습니까, 아니면 연인을 택하겠습니까?"

"전 당연히 연인을 택하겠습니다."

그녀는 한 치의 망설임 없이 답했다. 그 대답에 면접관들은 불쾌하다는 듯이 인상을 구겼다.

"그 프로젝트의 가치가 억대라고 해도요?"

"솔직히 그 어마어마한 가치의 프로젝트가 좀 엎어진다 해도 이 회사는 잘 돌아갈 거잖아요. 반대로 전 그 사람뿐일 텐데, 사랑을 택하는 건 당연한 거 아닌가요?"

"아주 열렬한 사랑꾼 나셨네."

면접관의 중얼거림에 미쁨은 미묘한 기시감을 느꼈다.

'저 말투…… 어디선가 들어본 것 같은데…….'

그녀가 생각에 잠겨 있을 무렵, 면접관의 입이 다시 열렸다.

"적어도 이 자리에선 거짓말을 좀 해야 하는 거 아닌가? 회사에 뼈를 묻겠다 해도 모자란 이 시점에. 융통성이라고는 없는 자네 같은 사람들 때문에 이 사회가 잘 안 돌아가는 겁니다. 어디 생긴 건 축구공 같이 생겨 가지고는."

미쁨이지아니한가

"축구…… 공이요?"

"연애하는 족족 차이게 생겼단 뜻입니다."

"지, 지금 뭐라고 하셨어요?"

미쁨의 목소리가 부들부들 떨렸다.

"큭큭큭큭."

그때 면접실 옆방에는 설희의 웃음소리가 들어차 있었다. 그는 손으로 입을 틀어막고 아주 적나라하게 즐거워했다.

'아, 저 여자 반응, 너무 재밌는 거 아닌가. 너무 즐겁지 않은가.'

"그쪽은 사랑해 본 적도, 받아본 적도 없죠? 그 감정은 적당히 할 수 있는 게 아니거든요?"

순간 설희의 머릿속으로 그녀의 목소리가 스쳐 지나갔다. 오호. 이거 괜찮은데? 그는 다시 마이크에 입을 가져다 댔다.

"1313번은 사랑 받아본 적도, 해본 적도 없죠? 꼭 그쪽같이 무, 무식한 것들이 사랑 운운하더라고. 나 참 웃겨서. 저, 정도라는 게 있지……."

가짜 면접관은 더듬거리며 이어폰에서 흘러나오는 설희의 말을 따라 했다. 그는 자신이 생각하기에도 심한 막말에 지시를 따르면서도 얼굴이 푸르뎅뎅하게 식어갔다. 이, 이래도 돼? 그런 면접관의 복잡한 속내를 아는지 모르는지, 뚝. 미쁨의 이성이 끊어지고 말았다. 지금 나한테 무식한 것들이라고 했더냐……?

"아 나. 이런 개 같은 경우를 봤나."

그녀는 시원스레 욕을 투척하며 단정하게 잠갔던 정장 단추를 풀었다.

"저기요, 그러는 님은 제대로 된 연애 해보셨어요? 면접관님 상판 보아하니 한숨 푸욱푹 나오는 게 모쏠일 것 같은데. 어휴. 결혼은 고사하고 연애도 못 해봤겠네."

"이, 이봐, 1313번! 비하적인 발언 그만하시죠……!"

"왜, 그쪽도 나 무식하다고 비하했잖아요. 내 외모 가지고 뭐라고 했잖아요! 어때, 수치심 느끼세요? 우쭈쭈 불쌍해라. 나이 한 쉰 정도 잡수신 것 같은데, 그대로 팍 쉬셨네. 맛탱이가 갔어."

"1313번 자리에 안 앉습니까?"

미쁨의 말에 면접관이 인상을 구기며 책상을 내려쳤다.

"아까 말했잖아요. 나 외모에 자신 없어서 못 앉는다고. 치매 걸리셨나 봐요? 본인이 했던 말도 기억 못하시네. 그쪽도 얼마 안 남은 것 같은데 회사 빨리 관둬요. 그 면상에 모쏠이고, 인생 참 행복하다, 그죠잉?"

미쁨은 속에서 끓어오르는 말을 죄다 토해냈다.

"이딴 개소리 지껄이는 거 보니까 이 회사도 참 볼만하구나. 광고 회사라길래 좀 생각도 남다르고 개방적일 줄 알았더니, 이건 뭐 극보수잖아."

그녀는 카메라를 째려보았다.

"저, 저 카메라 꼬라지 하고는. 왜, 그걸로 찍어다가 내 행동 뿌리기라도 하려고? 야, 야. 이런 회사는 내 쪽에서 거절이야, 알아? 여기서 일하는 모든 사람들의 인생과 땀과 열정이 아깝다. 이봐요. 여기서 시간 낭비하지들 마요."

미쁨은 같이 들어왔던 다른 지원자들에게도 거침없이 말했다. 그녀의 입담에 휘둘린 몇 명은 엉덩이를 들썩이기까지 했다.

"세성기획인지 지랄 기획인지 지켜본다, 얼마나 가나. 이 상태면 십년 안에 망한다!"

미쁨은 그대로 카메라에 대고 중지를 세워 들어 보였다.

"이것도 카메라에 잡히는 거지? 아주 이~쁘게 클로즈업해라! 알겠냐?"

미쁨이지아니한가

그녀는 그렇게 면접실을 나가며 문을 세차게 닫았다.

쾅!

"브라보!"

강 프로는 자리에서 일어나, 모니터에 꽉 찬 미쁨의 거대한 중지를 보며 박수를 쳐 댔다. 그의 눈엔 감동의 눈물이 금방이라도 떨어질 듯 그렁그렁 맺혀 있었다.

"와, 이거 대박 세다."

강 프로의 옆에 앉아 있던 다른 면접관이 휘유, 휘파람을 불며 즐거워했다.

"윤 프로, 봤어? 완전 대박이지? 너보다도 더 또라이다, 야."

강 프로는 고개를 절레절레 저으며 미쁨의 대찬 행동에 혀를 내둘렀다.

"드디어 명장면이 나왔구나!"

그는 기쁜 마음에 박수를 멈출 수가 없었다. 해일처럼 밀려오는 감동에 코가 찡했다. 듣는 사람의 속까지 후련해지는 그의 박수 소리를 들으며 설희는 남몰래 미소 지었다.

'역시 재미있는 여자야. 앞으로 회사 생활이 즐거워지겠어.'

"인생 뭐 있냐, 막 살다 가는 거지."

미쁨은 난폭하게 풀어 헤친 정장을 여미지도 않은 채 터덜터덜 밖으로 나왔다. 지칠 대로 지친 그녀의 안색은 하얗게 질리다 못해 흙색이었다.

"자고로 인생이란 탱자탱자 놀며 낭비해야 즐거운 것이여."

미쁨은 침착하게 이 상황을 인정하려 애썼다.

"조금 더 돈 탕진하고 시간 소비하며 인생까지 말아먹고 바닥 치며 놀라는, 거룩하신 신의 계시라 생각하자. 하하하하."

그녀는 등 뒤로 우뚝 솟은 세성기획의 초고층 건물을 노려보며 허공에 주먹을 날렸다.

"팍 씨! 재수 없는 회사 같으니."

미쁨은 그렇게 한참 동안 세성기획 건물을 향해 주먹질을 한 후에야 터덜터덜 집으로 걸어갔다. 간만에 신은 하이힐에 삐끗, 아이고 하며 우스꽝스럽게 휘청거리기도 했다. 그리고 정확히 4주 후, 그녀는 당연히 떨어질 거라 생각했던 세성기획에서 합격 소식을 받았다.

❦

미쁨은 최종 합격 후 4주 동안 기본 교육 연수를 받았다. 그리고 연수원에서 많은 사실들을 접했다. 그중 하나가 바로, 그녀가 이번에 지원했던 공채에 대한 것이었다. 공채 자체가 기업 이미지 개선을 위한 일종의 마케팅 프로그램이었다나? 그 프로그램 덕분에 미쁨을 포함한 지원자 모두가 서류 전형에 통과되었던 것이었고, 면접관의 막장 질문에 자신의 생각을 거침없이 털어놓은 이들이 채용됐다고 했다.

'어쩐지. 그런 세상에도 없을 개진상 짓을 해댔는데 뽑히더라니. 다 이유가 있었구만.'

연수를 받으면서 보낸 한 달이란 시간은 굉장히 빨랐다. 눈 깜짝할 새에 벌써 정식으로 출근하는 날이 오늘로 훌쩍 다가왔다.

그녀의 첫 출근 장소는 세성기획 인사팀 사무실이었다.

"언니! 여기야!"

"누님! 오랜만이에요!"

먼저 와 모여 있던 신입 사원들 틈에서 젊은 남녀가 미쁨을 반겼다. 그들은 연수 기간 동안 미쁨과 친하게 지냈던 동기들로, 그녀만큼이나 골 때리는 성격의 소유자들이었다.

우선 여자의 이름은 한세련. 세련은 미쁨보다 다섯 살이나 어렸다. 그녀는 연수받는 동안 미쁨과 같은 방을 썼는데, 미쁨을 보자마자 하는 말이 아주 가관이었다.

"저요? 전 외모에 대한 지적 같은 거 하나도 안 들었는데요? 솔직히 제 외모에 흠이 어디 있겠어요."

늘씬한 몸매와 큰 키를 자랑하는 그녀는 모델 포스 좔좔 흐르는 미인 중의 미인이었다.

"전 여기 윤설희 프로님 잡으러 왔어요. 언니, 윤설희가 누군지 아시죠? 이번 면접 프로그램 추진한 팀의 팀장! 암튼 그런 유능한 사람은 나 같은 여자와 만나야 해. 나는 나이도 어리구, 집도 잘 살구, 이 정도면 얼굴 몸매 괜찮구. 안 그래요?"

세련이는 설희에 대한 이야기를 할 때면 언제나 긴 생머리를 찰랑 넘기며 자신감을 표했다. 그녀는 당당하고 예뻤으며, 미워할 수 없을 정도로 통통 튀는 매력까지 가지고 있었다.

그리고 남자의 이름은 박동혁. 연수 기간 내내 사람들과 북적대며 지내다 보니 미쁨을 누님이라 부르며 따르는 많은 수컷 동생들이 생겼는데, 그중 제일 싹싹했던 게 동혁이, 바로 그놈이었다.

"누님, 나중에 술 한잔?"
"첫 월급 무사히 받으면. 호호호."

덩치 큰 사내놈이 능글거리는 게 징그러웠지만, 꼬박꼬박 누님이라 부르며 장난질을 쳐 오는 동혁의 모습은 제법 귀여웠기에 미쁨은 기분 좋게 맞장구쳐 주곤 했다.

세련이도, 동혁이도, 다른 동기들도 모두 연수 기간 동안 지겹도록 본 얼굴들이었는데, 어쩐지 회사에서 보니 그녀는 그들이 굉장히 반갑게 느껴졌다.

미쁨이 인사팀 사무실에 도착한 지 얼마 되지 않아, 어떤 사람이 유인물을 나눠주었다.

-면접 때 귀하의 모습이 담긴 영상을 마케팅에 사용해도 되겠습니까?

그녀는 그 질문에 움찔했다.

'어마어마하게 추잡한 짓을 했는데, 그 모습을 마케팅에 쓰겠다고? 미친 거 아냐?'

물론 얼굴을 공개할 것인가 말 것인가, 혹은 목소리를 공개할 것인가 말 것인가 등등 세부적인 선택 사항도 있었다. 그러나 미쁨은 그런 것들을 떠나서 '동의' 자체에 쉽게 체크하지 못했다. 얼굴이나 목소리를 가려도 자신이 누구인지 알아볼 사람들이 주위에 허다했으니까.

하지만 옆에 있던 동기들이 쉬이 체크하는 모습에 그녀 또한 군중심리에 휘둘려 덩달아 동의하고 말았다.

'적당히 잘 편집해 주겠지. 회사 이미지가 걸려 있는데 그냥 올리겠어? 통편집을 하면 했지 그대로 내보내진 않을 거야.'

질문들을 확인하며 체크하던 미쁨의 눈에 문득 유인물 하단에 적혀 있는 세 글자가 들어왔다. '윤설희', 공채 프로젝트를 성사시킨 팀의 팀장 이름이었다.

'흠…… 이 인간이 세련이가 말했던 그 사람이지? 아는 건 당신 이름

뿐이지만, 그쪽 때문에 여기에 합격했으니 무쟈게 감사합니다!'

그녀는 배시시 웃으며 속으로 진심 어린 감사의 인사를 전했다.

"따라오세요."

미쁨은 다른 신입 사원들과 함께 인사 관계자의 안내를 받아, 앞으로 일하게 될 마케팅팀 사무실로 향했다. 마케팅팀에는 미쁨과, 세련, 그리고 동혁을 포함해 총 일곱 명의 신입 사원들이 배정되었다.

"자자. 이번에 새로 들어온 신입 프로들입니다. 박수!"

"안녕하십니까! 양미쁨입니다."

강 프로의 소개말에 미쁨을 포함한 신입 사원들이 고개 숙여 인사했다. 그러자 옆에 있던 하 프로가 그들의 자리를 안내해 주었다.

"양 프로님 자리는 여기예요."

"감사합니다."

그녀는 하 프로의 옆자리에 배정받았다. 컴퓨터만 덩그러니 놓여 있던 빈자리에는 사무용품이 아무것도 없어 허전하기 그지없었으나 그럼에도 불구하고 미쁨에겐 아름답게 느껴졌다.

'그보다 신기하네. 회사에 부장, 차장, 대리 같은 직급이 없다니.'

사람들 사이에 차별을 두고 싶지 않다는 회사 방침상 팀장 같은 직책만이 있었고, 모두들 너나 할 것 없이 서로를 '프로'라고 불렀다.

'프로······! 내가 무슨 어떤 특정 분야의 전문가가 된 것 같잖아! 오글거려! 꺅!'

미쁨은 저절로 쪼그라드는 손가락을 쥐락펴락하며 소리 죽여 킥킥 웃었다.

그때 한 남자가 길게 뻗은 다리로 조용히 걸어 들어왔다. 그는 강 프로의 옆자리로 향했다. 그의 등장과 동시에 주위가 환하게 밝아졌고, 모든 것이 슬로우 모션처럼 느리게 움직였다.

깔끔한 남색 슬랙스와 흰 셔츠, 넓은 어깨와 길게 뻗은 목과 매끈한 살결. 그리고 하얀 피부와 선명한 대비를 이루는, 검은 머리칼과 눈동자.

'뭐지? 저 꽃돌이는. ……되게 잘생겼네.'

"언니! 저 사람이 우리 설희 씨야! 내 남편!"

미쁨의 앞자리에 앉은 세련이 그녀에게 슬쩍 귀띔해 주었다.

'대박. 저, 저 사람이 윤설희라고? 날 이 회사에 붙을 수 있게 해준 은인이라 이 말이지……?'

미쁨은 넋 놓고 그를 바라보았다. 이는 사내 모든 여자들도 마찬가지리라.

'그런데 좀 이상하다. 눈에 익어.'

미쁨은 불현듯 느껴지는 낯익음에 고민에 빠졌다.

'어디서 봤지? 여기저기 지나치다 마주쳤나? 혹시 우리 동네에 사나? 분명 어디선가 본 얼굴인데…….'

"현실 좀 직시하시고, 주위에 있는 수많은 사람들처럼 적. 당. 히 사세요. 변태 아줌마."

미쁨은 아래턱이 뚝 떨어지는 것 같은 느낌이 들었다.

'맞다, 그 무개념 또라이! 저게 왜 여기 있는 거지?'

미쁨은 밀려오는 당혹감에 어찌할 줄 몰라 다리만을 달달달달 떨어 댔다.

"윤 프로님. 오늘 신입 프로들 왔어요."

하 프로의 소개와 동시에 설희는 미쁨을 슬쩍 바라보았다. 그녀의 얼빠진 모습에 기분이 절로 좋아진 그의 한쪽 입꼬리가 슬쩍 올라갔다.

"정말 반갑네요. 그렇죠?"

그의 인사말을 들음과 동시에 미쁨은 등골을 타고 소름이 쭈뼛 도는 것이 느껴졌다.

'오 마이 갓. 저 음흉한 표정! 분명 날 알아본 거야! 어쩌지? 어떡하지? 어떡하냐고! 으아! 회사 생활이 아주 주옥같겠구나!'

2. 두근두근 애정의 전조?

미쁨의 회사 생활 첫 일주일은 그야말로 지옥이었다. 대기업, 대기업 하더니 정말 시키는 업무량이 대기업 수준이었던 것이다. 그녀는 아침 일찍 출근해 하루 종일 이리 뛰고 저리 뛰며 전쟁을 치르다가 야근으로 정점을 찍었다. 신입이고 뭐고 없었다. 미쁨은 첫날부터 밤 10시에 퇴근했다. 뭐 한 것도 없는 것 같은데 정신 차려보니 시간 이동을 한 느낌이라 해야 할까.

'나 오늘 뭐했니? 밥은 먹었니? 화장실은 갔니? 똥은 눴니?'

눈코 뜰 새 없이 바쁜 와중에 그나마 다행이었던 건, 설희라는 인간이 병원에서의 개떡 같은 첫 만남을 빌미로 자신을 갈구지 않는다는 거였다. 다만 그는 사람을 무시하는 경향이 좀 있었는데, 그 태도는 딱히 미쁨에게만 그런 것이 아니라 만인에게 공통된 것이었다.

'휘유. 공과 사를 확실히 구분 짓는 아주 바람직한 남자로고.'

그러나 역시 싸가지가 바가지였다.

"내가 이런 것까지 봐야 합니까?"

설희는 단번에 서류를 통과시키는 법이 없었다. 뭐가 그렇게 마음에 안 드는지 사람을 굴리고 괴롭혔다. 그는 지금도 막 자신에게 서류를 내민 한 여자 프로에게 사나운 말을 쏘아대고 있었다.

'여자든 남자든 봐주질 않는구나.'

미쁨은 설희를 바라보며 쯧쯧 거릴 뿐이었다.

"걸러낼 건 좀 걸러내고 가져오세요. 저는 쓰레기통이 아닙니다."

설희가 차갑게 말하자 여자 프로뿐만 아니라 주위 모든 사람들의 어깨가 마치 단체로 춤을 추듯 동시에 움츠러들었다.

'와. 성격 정말 아름답다.'

미쁨은 속으로 혀를 내둘렀다.

"이 서류 참여자들은 오늘 안에 마무리 지으세요. 쉬는 시간을 반납하든, 밤을 새든. 알아들었어요?"

"저……."

설희의 말이 끝나자 하 프로가 조용히 손을 들었다. 설희는 그를 날카로운 눈으로 바라보았다. 하 프로는 침을 꼴깍 삼키며 힘겹게 입을 열었다.

"오늘 환영회 일정이 잡혀서요. 야근은……."

"그럼 주말에도 출근하세요. 설마 일 처리를 이따위 거지꼴로 했으면서 주말이라고 놀 생각이었던 건 아니셨겠죠, 다들?"

그의 물음에 다들 꿀 먹은 벙어리가 된 듯 묵묵부답이었다.

'빌어먹을. 주말에도 출근해야 하나?'

그녀는 눈을 질끈 감았다.

'아, 정말 너무 빡세잖아, 이 회사!'

환영회는 미쁨의 생각보다 평범했다. 술 마시고, 수다 떨고, 마음 맞는 사람들끼리 모여 상사 뒷담화를 까는 것 정도였다. 이제 막 들어와

짬밥이 안 되는 그녀는 그저 선배들의 말장난에 장단 맞춰주는 것이 고작이었다.

"소녀시대가 좋아하는 음식이 뭔 줄 알아?"

"모르겠어요. 뭔가요?"

강 프로가 아재개그를 시전하기 시작했다.

'설마 소시지는 아니겠지.'

"소시지잖아! 소시지! 소녀시대! 소시! 하하하하!"

"하하…… 하하하하…… 와, 재밌다……."

미쁨을 포함한 많은 사람들이 오버스럽게 웃어댔다. 그 와중에 설희는 당당하게 웃지 않았다. 아니, 오히려 신경질적으로 보였다.

'능력이 쩔면 윗사람에게 조아리지 않아도 되는 것인가! 오오.'

그녀는 그가 살짝 대단해 보였다.

테이블 위아래로 보이는 빈 술병들이 육십 개를 넘어갈 무렵, 사람들이 하나둘씩 나가떨어지기 시작했다. 몇 명은 이미 도망가고 없었고 몇 명은 비틀비틀 고주망태가 되어 택시에 실려 보내졌다.

반면 미쁨은 의외로 멀쩡했다. 첫 회식이라 긴장했던 탓이었다. 그녀는 자신의 앞에 있던 강 프로가 테이블 위로 엎어지고, 옆에 있던 하 프로가 화장실로 급히 뛰어가고 나서야 꼿꼿이 세웠던 상체를 마음 편히 의자 등받이에 기댈 수 있었다.

'휘유. 이 회사 사람들 말술이네, 말술이야. 사람 수는 꼴랑 이십여 명이면서 빈 술병이 도대체 몇 개야? 한 사람당 거의 세 병씩은 마신 거잖아. 대단하다, 대단해.'

긴장이 풀린 미쁨은 그제야 술기운이 오르는 것을 느꼈다. 인사불성 멍멍이가 될 정도는 아니었지만, 위에서부터 식도를 타고 열기가 오르는 느낌이 들었던 것이다.

'더워.'

그녀는 시원한 바람이 쐬고 싶어졌다. 동시에 담배도 피고 싶었다. 세성기획에 합격했다는 소식을 들은 뒤부터 마음을 새로 다질 겸 금연을 해온 상태였는데, 막상 술이 들어가니 흡연에 대한 욕구를 잠재울 수가 없었다. 그녀는 밖으로 나가 근처 편의점에서 담배를 사 피우기로 결심했다.

살짝 비틀거리며 일어선 미쁨은 밖으로 발걸음을 옮겼다.

설희는 술집 밖에 있는 작은 벤치에 앉아 담배를 태우고 있었다. 그는 자신을 괴롭히는 두통을 잊고자 노력 중이었다. 그러나 오히려 더 괴로웠다. 최악의 컨디션에 흡연까지 했더니 핑 하고 현기증이 일며 속까지 울렁거렸다.

'괜히 폈어.'

설희는 얼굴을 찡그리며 지끈거리는 관자놀이를 손으로 꾹꾹 눌러 지압했다. 그는 오늘로 나흘째 잠을 자지 못한 상태였다. 악몽을 꾸고 싶지 않다는 일념 하에 견디고 견뎌 지금에 이른 것이었다.

"제길."

설희는 나지막이 욕설을 중얼거렸다.

'여기서 쓰러지면 안 돼. 잠을 자면 안 된다고.'

그는 이 담배를 마지막으로 집에 가야겠다고 생각했다.

딸랑, 그때 문 열리는 소리와 함께 술집 안에서 누군가가 나왔다. 그 사람은 다름 아닌 양미쁨, 그 변태녀였다. 미쁨의 등장에 설희는 저도 모르게 그녀를 응시했다. 이유는 모른다. 그냥 눈이 저절로 움직였다.

사실 회사에서도 그랬다. 다른 사람들은 모를 테지만 자신만큼은 확실히 알고 있었다. 의식하기도 전에 이미 제 눈이 그녀를 향하고 있다는 것을 말이다.

설희는 미쁨과 같은 사무실에서 근무하기 시작한 이후로 자꾸 그녀에게 향하려는 시선을 돌리느라 고생했다. 거기다 아까 회식 자리에선 그녀를 의식하지 않으려 인상까지 써야 했다.

'도대체 왜 이러는 거지?'

그렇게 뛰어난 미모를 가진 것도 아니었고, 그렇다고 사적인 말을 주고받을 정도로 친한 사이도 아닌데 왜 자꾸만 저 여자에게 눈이 가는 것인가. 설희는 미쁨을 바라보는 자신의 행동을 인지할 때마다 그 원인을 찾고자 했지만 매번 실패했다.

'재밌는 여자니까. 이렇게 아픈 와중에도 웃음이 나오니까. 단지 그런 것일 뿐이야. 그저 양 프로가 재밌는 여자라서……'

그는 생각을 마치기도 전에 양 프로란 단어에 반응하듯 미소를 지었다. 그러나 곧 미소를 지우고 아무렇지도 않은 척하기 위해 표정을 더 딱딱하게 굳혔다. 설희는 통제가 안 되는 자신의 행동이 불안했다. 그녀에게 시선이 향하는 횟수가 많아질수록, 저절로 지어지는 미소가 선명해지면 해질수록 사람들과 적당한 거리를 유지한 채 지내오던 자신의 일상이 깨질 것만 같았기 때문이었다.

냉랭해 보이는 설희와 눈이 딱 마주친 미쁨은 놀라 흠칫했고, 그는 그런 그녀의 모습에 참지 못하고 또 픽 웃고 말았다.

'아무리 내가 껄끄럽다지만 상사에게 저런 표정을 짓다니. 표정 관리 어지간히 못하는군.'

그에게 미쁨은 역시나 웃긴 여자였다. 사회생활을 못한다고 해야 할지, 아니면 솔직하다고 해야 할지. 처음 병원에서도 그렇고, 면접 때도 그렇고, 지금도 그랬다. 그녀는 말로든 표정으로든 행동으로든, 솔직하게 표현을 해야 직성이 풀리는 모양이었다.

'저렇게 단순하면 나중에 큰코다칠 텐데. ……하긴. 그러든가 말든가 나와 무슨 상관이겠어.'

그는 입에 머금었던 담배 연기를 후 하고 내뱉었다.

"쯧."

그런 그를 바라보던 미쁨이 혀를 찼다. 설희의 예상대로 그녀는 그의 존재가 별로 달갑지 않았다.

"하필 저놈이 여기 있냐."

미쁨은 쩝 입맛을 다셨다. 불타오르던 흡연 욕구가 한순간에 꺼졌다.

'그냥 들어가자. 저 인간이랑 있다간 한기에 얼어 뒈지겠다.'

그녀가 그대로 뒤돌아 다시 들어가려는데, 갑자기 문이 왈칵 열리고 말았다! 술집의 손님들이 집에 돌아가기 위해 가게 안쪽에서 문을 연 것이었다.

"어? 어? 어어?"

미쁨은 열린 문을 피한다는 것이 그만 발을 헛디디고 말았고, 그대로 중심을 잃고 엉덩방아를 찧었다.

삑!

찌리릿. 극심한 고통이 척추를 타고 빠르게 올라왔다. 그녀는 엉덩이를 부여잡고 옆으로 픽 쓰러졌다. 미쁨이 너무 조용하게 엎어진 탓인지 문을 열고 나왔던 술집 손님 그 누구도 바닥에 나뒹구는 그녀를 발견하지 못했다. 그들은 거나하게 취해서 자기들끼리 정신없이 떠들기 바빴다. 비틀거리며 지나가는 사람들 사이에서 움직임 없는 미쁨의 모습에 설희는 살짝 신경이 쓰이기 시작했다.

어디 잘못 넘어진 것인가 싶어 그는 입에 물고 있던 담배꽁초를 쓰레기통 상단의 재떨이에 비벼 끄고는 그녀에게 다가갔다.

"이봐요, 양 프로. 괜찮아요? 일어나 보세요."

"으흑…… 못…… 나겠…… 요."

설희의 물음에 미쁨의 목소리가 모기 소리처럼 가늘게 들려왔다. 너무 심하게 웅얼거려서 알아듣기 힘들었다.

"무슨 소린지 못 알아듣겠으니까, 똑바로 말해요."

"못 일어나겠다고요! 보지만 말고 일으켜 주든가!"

땅바닥에 엎어진 채 고통스러워하던 그녀가 그의 딱딱한 목소리에 이성을 잃고 버럭 소리 질렀다.

'가지가지 하는구나.'

설희는 어이가 없어 고개를 절레절레 저으며, 미쁨의 팔을 잡아 쭉 당겨 올렸다.

"살살! 사알사알!"

그녀는 그의 팔에 대롱대롱 매달려 일어섰다. 너무 아팠다. 조금이라도 움직이려 하면 정신 차리기 힘들 정도로 날카로운 고통이 골반을 타고 찌르르 올라왔다.

'뭐야. 이거 왜 이래?'

그녀는 심상치 않은 통증에 불길함을 느꼈다.

"너, 너무 아파요…….."

"어디가 어떻게 아픈데요."

"어, 엉덩이가 너무 아파요."

"아프다고만 하지 말고 어떻게 아프냐니까."

"그냥 아프다고, 그냥! 미치게 아프다고요! 엉덩이가 조각조각 깨진 것처럼!"

이 여자가 진짜. 설희는 짜증을 삭이며 심호흡했다.

"후……"

그러고는 애써 침착한 목소리로 다시 물었다.

"걸을 수는, 있겠어요?"

"아, 아뇨! 어, 어떡해요……! 너무 아파요……!"

"……일단 병원부터 가죠."

설희는 술집 안에서 자신의 가방과 미쁨의 가방을 챙긴 후 그녀를 부축한 상태로 택시를 잡았다. 마침 근처를 지나가던 차 한 대가 멈춰 서

자 설희는 택시의 뒷문을 열고 미쁨을 차 안쪽으로 부축했지만, 그녀가 이를 거부했다.

"모, 못 앉겠어요."

"의자 푹신하니까 그냥 앉아요."

"아, 아, 안 돼요! 엉덩이에 의자가 닿으면 죽을지도 몰라요! 어, 어떡해……!"

그녀는 눈물이 주렁주렁 매달린 얼굴로 엉덩이를 부여잡았다.

'아, 아파! 또, 똥꼬가, 똥구멍이 아파서 못 앉겠다고!'

앉지도 서지도 못하는 미쁨에 설희는 점점 더 피곤해졌다. '병원에 가든 약국에 가든 혼자 알아서 하세요'라고 말하고 집에 가버릴까 싶기도 했지만, 일단 그는 그녀의 상사이기에 애써 참았다. 설희는 부글부글 끓는 속을 이 악물고 참아내며 차에 먼저 탔다.

"다리를 살짝 벌릴 테니까 그 사이에 엉덩이 잘 끼세요. 그렇게 앉으면 엉덩이가 의자에 닿지 않고 공중에 떠 있는 상태가 될 테니까 그나마 괜찮을 겁니다. 알아듣겠어요?"

그의 설명에 미쁨이 고개를 격하게 끄덕였다. 말씨가 싸가지가 바가지였지만, 그래도 어쩔쏘냐. 그가 있어서 병원에 갈 수 있는 것을. 미쁨은 상체를 조심조심 숙여 택시 안으로 기어들어 갔고, 민망함이고 뭐고 설희의 다리 사이에 살포시 엉덩이를 갖다 댔다.

포옥. 그녀의 엉덩이가 그의 두 다리 사이에 쏙 들어갔다.

'생각보다…… 괜찮은데?'

걱정과 달리 견딜 만한 통증에 그녀는 안심했다. 차 안이 좁아 허리를 살짝 접어야 했지만, 차 시트에 앉는 것보다야 고통이 훨씬 덜했다. 아니, 오히려 구멍 뚫린 좌욕 의자에 앉은 것처럼 편안했다.

"근처 병원으로 가주세요."

설희의 요구에 택시가 천천히 출발했다.

"아아! 흙! 큭! 하윽! 아파……!"

차가 요철이 있는 도로 위를 지나거나, 과속방지턱을 넘을 때면 어김 없이 미쁨의 입에서 신음 소리가 튀어나왔다. 앞좌석의 등받이를 꽉 쥔 그녀의 손이 부르르 떨렸다.

"커흠. 흐흠!"

운전석의 택시 기사가 괜히 헛기침했다.

남자의 다리 사이에 엉덩이를 묻은 채 신음 소리를 내뱉는 여자라니. 미쁨의 상태를 모르는 택시 기사의 눈에 두 남녀의 모습은 야동 그 자 체였다.

한편, 설희는 말없이 창밖을 내다보며 인상을 쓰고 있었다. 그의 얼 굴에는 난감한 기색이 역력했다. 불안정하게 떨리던 그의 검은 동공이 곧 천천히 움직이기 시작했고, 자신의 무릎 위에 앉아 있는 그녀의 목덜 미에 시선이 닿았다. 하나로 묶은 머리 밑, 희고 얇은 목을 따라 몇 가 닥의 잔머리와 미세한 솜털이 보였다.

설희는 괜히 신경질적으로 미간을 구기며 다시 창밖으로 시선을 던졌 고, 창가에 팔을 걸친 채 주먹 쥔 손으로 입을 막았다. 설희의 귀가 붉 어져 있었다.

미묘한 기류가 흐르는 좁은 택시 안, 민망스레 포개어 앉은 두 사람 은 택시 기사의 따가운 눈총을 받으며 병원으로 향했다.

"꼬리뼈 골절이요?"

황당한 진료 결과에 미쁨과 설희가 이구동성으로 외쳤다.

'도대체 어떻게 넘어졌기에 꼬리뼈가 부러져 나가?'

그녀는 침대에 엎드려 황당하다는 듯 허허 웃었다.

"꼬리뼈 부분이 되게 애매해요. 깁스도 할 수 없고, 그저 집에 가셔 서 관리를 잘하는 수밖에 없어요."

"관리는 어떻게 해야 하는데요?"

미쁨이 묻자 의사가 안경을 고쳐 쓰며 답했다.

"최대한 엉덩이가 딱딱한 곳에 닿지 않게 해주시고요. 부득이하게 바닥이나 의자에 앉을 땐 두툼한 도넛 모양 방석을 사용하세요. 온찜질이 고통 완화에 도움 될 겁니다. 집에 가족들은 있으세요?"

"아뇨, 없어요."

"어쩔 수 없네요. 처방약 꼬박꼬박 챙겨 드시고 최대한 조심하세요. 방석은 꼭 사시고. 통증은 2주 정도 지나면 차차 없어지기 시작할 겁니다. 만약 통증이 완화되지 않으면 그때 다시 오세요."

의사의 말에 그녀는 고개를 푹 숙였다.

'하. 정말 미치겠다. 하필 넘어져도 꼬리뼈가 나가게 넘어질 건 또 뭐람. 출근한 지 얼마나 되었다고.'

"도대체 몸무게가 몇이에요?"

미쁨을 등에 들쳐 업고 3층 계단을 힘겹게 오르며 설희가 투덜댔다.

'이 여자, 겉보기엔 평범해 보였는데 업고 보니 쌀가마니보다 무거운 것 같다. 뱃속에 쇳덩이라도 들었나.'

그의 이마에 땀이 송글송글 맺혔다.

"걷질 못하겠는데 어떡해요. 죄송해요……."

설희의 불평불만에 미쁨이 기어가는 목소리로 답했다. 그녀는 그에게 미치도록 미안했다. 사실 미쁨은 설희가 이렇게까지 자신을 도와줄 거라고는 생각도 못했다. 그저 병원에만 던져 두고 나 몰라라 할 거라 확신했었다.

그런데 이렇게 병원까지 같이 가주고, 택시 안에서도 아프지 않게 무릎 위에 앉혀주고, 또 집까지 업어다주고…….

'윤설희 이 사람, 완전 인간 말종 상 또라이일 줄 알았는데, 알고 보

니 따뜻한 구석도 있는 모양이야.'

그녀는 그의 배려에 감동 제대로 받았다. 미쁨은 배시시 웃으며 떨어지지 않기 위해 설희의 등에 착 달라붙었다.

'응? 이게 무슨 냄새지?'

그의 목에 손을 감고 매달려 있는 그때, 문득 굉장히 좋은 냄새가 났다. 시원한 박하향이라고 해야 할까, 달콤한 꽃 냄새라고 해야 할까, 아니면 향긋한 비누 냄새라고 해야 할까?

'땀을 흘리는 남자에게서 왜 이렇게 좋은 냄새가 나는 거지? 구리구리한 땀 냄새가 나야 정상 아냐?'

쿵쿵. 미쁨은 설희의 냄새를 맡기 위해 코를 은밀하게 벌렁거렸다. 그렇게 조금씩, 조금씩 그의 목덜미 쪽으로 얼굴을 가져다 댔다.

"이 건물엔 왜 엘리베이터가 없어가지고. 불편하게."

"아! 여, 여기예요, 여기. 305호."

갑작스레 치고 들어오는 설희의 말에 미쁨이 화들짝 놀라 그의 목 가까이로 다가갔던 자신의 코를 뗐다.

'우와! 큰일 날 뻔했어! 하마터면 저 사람 목에 대놓고 코를 박을 뻔했다! 체취가 너무 좋잖아!'

그녀의 얼굴이 울긋불긋해져 금방이라도 녹을 것 같았다. 도착했다는 미쁨의 말에 설희는 기다렸다는 듯이, 그녀를 등에서 내려놓기 위해 허리를 세웠다. 그의 체취에 몽롱하게 취했던 것도 잠시, 미쁨은 설희가 움직일 때마다 엄습해 오는 항문의 고통에 소리쳤다.

"살살, 살살살살!"

그녀의 소리침에 그는 이를 뿌득뿌득 갈며 분부대로 살. 살. 내려놓았다.

"빨리 들어가세요. 다쳤으니까 주말에 출근하지 마시고."

설희는 말을 마치자마자 한시라도 빨리 이곳을 벗어나기 위해 급하게 몸을 돌렸다. 그는 너무나도 피곤했다. 회사에서부터 지금 집 앞에 도착할 때까지, 계속 미쁨이 미묘하게 신경 쓰이는 탓에 정신이 없었다. 무의식적으로 그녀에게 향하는 시선을 고정시키느라 여간 고생한 게 아니었다. 특히 아까 택시 안에서는 정말 끔찍할 정도로 힘들었다.

도대체 왜 신경 쓰이는 것인가. 왜 자꾸 시선이 향하는 것이냐 말이다. 설희는 해답을 알 수 없는 문제에 지쳐 갔고, 기분까지 나빠지려 했다. 그 불쾌함은 그의 얼굴에 그대로 드러났다.

"감사합니다…… 근데 저기요, 팀장님."

그때 서둘러 돌아가려는 설희를 미쁨이 불러 세웠다. 그의 어깨가 움찔했다. 불안하게 또 왜.

"죄송한데요……."

"죄송하면 하지 마세요."

설희가 짜증 섞인 어투로 그녀의 말을 도중에 끊자, 미쁨은 울컥한 듯 인상을 팍 썼다.

'아까 따뜻한 인간일지도 모른다는 생각 확 취소할까 보다!'

하지만 그녀에겐 그를 부를 수밖에 없는 이유가 있었다.

"아까 의사 선생님이 도넛 모양 방석이 필요하다고 했잖아요."

"그런데요."

"제가 걷기 힘들어서 그걸 사러 갈 수가 없네요……."

"하."

설희는 밀려오는 황당함에 실소를 참지 못했다. 그래서 지금 나더러 사다 달라, 이건가?

"그럼 사러 갈 수 있을 때까지 방석 없이 지내세요. 의자나 바닥에 앉지 않으면 되고, 잘 때도 엎드려서 자면 되잖아요."

"아니, 사람이 어떻게 안 앉고 살 수가 있어요? 주말 동안에도 혼자 있게 될 텐데. 솔직히 제가 넘어진 것도 팀장님 피하려다가 이렇게 된 거고. 그러니까……."

"그래서, 그쪽 엉덩이 깨진 게 내 잘못이다? 전 양 프로한테 제가 있던 곳으로 오지 말라고 한 적 없는 걸로 아는데요."

"말은 안 했어도, 사람이 눈치라는 게 있죠. 솔직히 팀장님은 좀 그 뭐랄까…… 아주아주 높은 직장 상사님인 데다가 친하지도 않고……."

'성격도 개 더럽고, 예전에 신발 훔쳐 갔다가 버린 재수 없는 인간이넌데 내가 가고 싶었겠니? 물론 오늘 살짝 다르게 보이긴 하다만.'

설희는 그녀의 앙잘거림이 듣고 싶지 않다는 듯 손을 휘휘 내저었다.

"아아, 됐어요. 사다줄 테니까, 그 입 좀 다물어요. 머리 울리니까."

'입 다물라니. 저 주둥이를 확 그냥!'

미쁨은 순간 그의 입술을 쥐어뜯으려 손을 뻗을 뻔했으나 그 충동을 가까스로 참으며 자신의 가방을 뒤적거려 지갑 속에서 오천 원을 꺼내 설희에게 내밀었다.

"요 앞 편의점에 가면 도넛 방석 있을 거예요. 얼마 전에 봤거든요. 그리고 고마우니까 남는 돈으로 음료수 하나 사 드셔도-"

그는 그녀가 말하는 도중에 돈을 사납게 낚아채더니 올라왔던 계단 쪽으로 걸어갔다.

"쯧쯧쯧. 성격이 아주 찰지네, 찰져."

미쁨은 설희의 등판을 바라보며 중얼거렸다. 그래도 자신을 도와준 게 고마웠던 그녀는 살짝 웃었다. 동시에 황홀했던 그의 냄새도 떠올랐다. 미쁨은 핑크빛이 감도는 얼굴을 한 채 집 안으로 들어갔다.

설희는 곧장 미쁨이 알려준 편의점으로 향했다. 짜증이 그득 담긴 그의 얼굴이 굉장히 창백해 보였다. 피곤함이 쌓이고 쌓여 최고조에 오른 것이었다. 그는 편의점 문을 열기 위해 손잡이를 잡았다. 휘청. 그런데 손잡이를 제대로 잡지 못했다. 멀미처럼 올라오는 어지러움에 삐끗해

놓치고 만 것이었다. 그의 컨디션은 말 그대로 최악이었다.

'이런.'

그는 편의점에 들어가자마자 그녀에게 줄 방석과, 현기증을 완화시키기 위한 이온음료를 하나 골랐다.

"7,180원입니다. 봉투 필요하세요?"

"네? 얼마요?"

고작 물건 두 개 샀을 뿐인데 팔천 원에 육박하는 금액이라니. 설희는 자신의 귀를 의심했다.

"칠천, 백, 팔십 원이요. 이 방석이 세일 중이라 4,980원이거든요."

4,980원! 설희는 황당함에 하하 웃었다. 그의 손에 쥐어져 있던 오천 원짜리 지폐가 파르르 떨렸다.

'남는 돈으로 음료수 사 먹으라며. 양 프로, 당신의 세상엔 20원으로 사 먹을 수 있는 음료도 있는 모양입니다?'

설희는 이도저도 할 수 없는 상황에, 자신의 지갑을 꺼내려 가방을 찾았다. 그런데…….

'가방이 없어?'

그제야 그는 아까 미쁨을 업었을 때 자신의 가방이 거치적거려 그녀에게 맡겼던 게 생각났다.

'아, 진짜 상황 잘 돌아가는군.'

"……음료수는 뺄게요."

설희는 직원에게 오천 원을 내밀고 20원만 달랑 받아 편의점을 나섰다.

"집에 가서 보자, 이 여자야."

그는 온 힘을 다해 방석을 구겨대며 그녀의 집 쪽으로 발걸음을 옮겼다.

미쁨은 방에 들어와서도 편히 앉지 못하고 엉거주춤 서 있었다. 쑤셔오는 엉덩이가 괴로워 미칠 지경이었다. 그때 복통이 살살 밀려오기 시작했다.

"아 왜! 왜 지금 배가 아픈 거야!"

그녀는 엉덩이에서 뭔가가 비죽비죽 나오려는 느낌이 들 때마다 두둠칫 둠칫 둠칫 움찔거리며 화장실로 들어갔다. 미쁨은 바지를 벗고 천천히, 조심스럽게 변기 위에 앉았다.

"어흑. 아학!"

배는 아파오는데, 힘을 줄 때마다 느껴지는 꼬리뼈의 찌릿한 통증에 그녀는 끝내 변을 보지 못했다. 미쁨의 엉덩이 사이에서는 방귀만 피시 시식 나올 뿐이었다. 누고는 싶은데, 누지 못하는 이 처량함. 그녀의 눈가에 고통과 서글픔이 뒤섞인 눈물이 살짝 맺혔다.

"으……."

배변이라는 기본적인 생리 활동도 못하는 자신의 처지가 스스로 생각하기에도 너무나 불쌍해, 미쁨은 갑자기 우울해지기 시작했다. 아픈 배를 끌어안고, 저릿저릿한 엉덩이를 부여잡은 채, 방귀 냄새 가득한 화장실에 웅크리고 앉아 있는 이 민망하고도 서글픈 상황에 도달하니 그녀는 절로 엄마 아빠를 떠올렸다.

"그냥 다 관두고 엄마 아빠가 있는 집으로 돌아갈까?"

미쁨은 코를 훌쩍였다.

'돌아가긴 무슨. 어떻게 취직한 대기업인데.'

그녀는 단념하고 화장실에서 나가기로 마음먹었다. 엉덩이를 닦으려 휴지걸이를 보는데, 휴지도 없었다.

"이씨……."

다행히 똥을 누지 못해 뭔가 묻었을 리 없었지만, 찝찝한 건 어쩔 수 없었다. 미쁨은 문을 슬쩍 열고 화장실 밖으로 얼굴을 내밀어 휴지를

미쁨이지아니한가

찾아 두리번거렸다. 그러자 방 한가운데에 놓여 있는 앉은뱅이책상과 그 위에 있던 휴지가 눈에 띄었다.

"아씨, 너무 먼데. 어쩌지."

그녀는 고민하며 현관문을 바라보았다.

'나중에 문 열어주러 가기 힘들 것 같아서 안 잠갔는데…… 설마 그 인간, 이렇게 빨리 돌아오진 않겠지? 온다 하더라도 남의 집인데 막 문 열고 들어오진 않을 거야. 예의상 노크 정도는 하겠지.'

그렇게 생각한 미쁨은 화장실 밖으로 엉금엉금 기어 나왔다. 엉덩이가 아려 빨리 움직이기 힘들었다. 그러다 문득, 그녀는 비참해졌다. 엉덩이를 깐 채 휴지가 있는 곳까지 빌빌 기어가는 자신의 모습을 상상하니 심하게 흉했던 것이다.

미쁨은 자기 집에 혼자 있음에도 수치스러웠다. 창피했고, 서글펐다. 그래도 어쩌겠는가, 휴지가 저기에 있는 것을.

"엄마…… 아빠……."

미쁨은 구슬프게 엄마 아빠를 찾았다. 그녀의 입을 통해 침방울이 후두둑 떨어졌다. 그녀의 눈엔 눈물이 금방이라도 떨어질 듯이 맺혀 있었고, 콧물은 진작 줄줄 흘러내리고 있었다. 너무 슬픈 나머지 미쁨은 눈물과 콧물과 침을 제어할 수가 없었다.

"진짜 혼자 생활하는 거 너무 힘들어……."

띵동.

"문 열어요."

그녀가 한창 우울함에 젖어 있을 무렵, 초인종 소리와 함께 설희의 음성이 들렸다.

"으악! 드, 들어오지 마요! 기다려요! 가만히 있어요!"

당황한 미쁨이 소리쳤다. 흐르려던 눈물이 쏙 들어갔다. 그녀는 휴지 챙기는 것도 잊은 채 더듬더듬 후진했다.

"들어오지 마! 문 열어줄 테니까! 알겠어요?!"

미쁨은 그가 들어올세라 계속 비명을 질렀다. 핏대가 잔뜩 선 목에서 쩍쩍 갈라진 목소리가 뻗어 나왔다.

'들어오면 진짜 안 돼! 내 엉덩이를 보여줄 순 없다고!'

그녀는 아픈 엉덩이를 부여잡고 최대한 빨리 화장실로 돌아가기 위해 고군분투했다. 미쁨이 서두르면 서두를수록 그녀의 엉덩이도 촐랑촐랑 씰룩댔다.

"……들어오……! 문 열어 ……겠어요?"

"뭐라는 거야."

그는 일말의 기다림 없이 문을 확 열었다. 문을 열고 들어가자, 미쁨이 없는 빈 방만이 보였다.

'뭐야. 이 여자 어디 갔어?'

그는 그녀를 찾아 두리번거리며 집 안으로 발을 들였다. 한편 설희가 찾는 미쁨은 거친 숨을 몰아쉬며 화장실 변기통 위에 앉아 있었다.

"헉헉. 큰일 날 뻔했다."

그녀는 간발의 차로 엉덩이 노출을 피할 수 있었다.

'죽는 줄 알았네.'

"아무도 없어요?"

"저 화장실에 있어요!"

설희의 목소리에 그녀가 소리쳤고, 곧 화장실에서 나갔다.

"방에서 무슨 냄새가 이렇게 나요? 하수구라도 막혔나."

흠칫. 미쁨의 눈 아래에 경련이 일었다. 저건 필시 내 방귀 냄새!

"가, 가끔 하수도가 역류해요! 호호."

그녀는 어색한 미소를 한가득 지으며 웃어 보였다. 그런 그녀를 설희는 사나운 눈빛으로 계속 쏘아보았다.

'저 인간 왜 저렇게 쳐다보냐? 내 거짓말이 티 났나?'

그의 눈빛에 미쁨은 그저 불안하기만 했다.

"남는 돈으로 음료수 사먹으라면서요. 그쪽은 이 돈으로 사먹을 수 있는 음료가 있다고 봅니까?"

그가 주머니에서 십 원짜리 동전 두 개를 꺼내 침대 위로 툭 던졌다. 미쁨의 눈이 동그랗게 떠졌다.

'헐. 남는 돈이 겨우 20원이었어? 방석이 그렇게 비싸? 삼사천 원 할 줄 알았는데.'

그녀는 괜히 그에게 미안해졌다.

"저기 그럼, 차 한잔하고 가세요. 금방 가져올 테니까."

"됐어요. 그냥 가겠습니다. 여기에 더 있다가는 몸과 마음이 남아나지 않을 것 같네요."

"고맙고 미안하니까 그러죠. 조금만 기다려요."

미쁨은 설희를 두고 싱크대로 어기적어기적 걸어갔다.

미닫이문으로 공간이 나누어진 부엌에서 그녀는 차를 준비하기 시작했다. 달그락달그락하는 소리가 정감 있게 들려왔다. 그 소리 속에서 그는 미쁨의 방을 쭉 훑어보았다. 그녀의 원룸은 나름 깨끗하게 정리되어 있었다. 그때 그의 눈에 빨래 건조대 하나가 들어왔다. 그리고 그 위에 걸려 있는 팬티와 브래지어들까지도.

설희는 못 볼 걸 봤다는 듯이 인상을 썼다. 그는 급격히 올라오는 당황스러움에 괜히 얼굴이 뜨거워지는 것 같았다.

'무슨 사람이 남을 집에 들이는 와중에 자기 속옷도 정리 안 해?'

설희는 고개를 절레절레 가로저으며 건조대 한편에 걸려 있던 수건으로 속옷을 덮어버렸다.

'오늘 내 눈이 아주 제대로 혹사당하는군.'

"아, 저기 내올 만한 게 이것밖에 없어서……."

그가 속옷에서 시선을 돌리자마자 미쁨이 부엌에서 나왔다. 이에 그는 아무것도 보지 못한 척, 그녀가 들고 있던 찻잔을 받아 들었다.

"하, 녹차……."

설희는 쯧쯧 혀를 찼다.

'최소한 냉녹차라도 가져오든가.'

열 받아서 목 타 죽겠는데, 미쁨이 준 차의 온도는 뜨겁기 그지없었다. 그래도 그는 일단 받았으니 마시기 위해 자리 잡으려 주위를 살폈다. 그런데 그녀의 방에는 의자나 방석같이 마땅히 앉을 만한 자리가 없었다.

"앉을 데 없어요?"

"바닥에 앉으세요. 깨끗해요."

설희는 미쁨을 바라보았다. 폭신한 침대로도 모자라 그가 사다준 방석까지 깔고 앉아 있는 그녀를.

'지는 침대 위에 앉고, 나는 바닥에 앉으라고?'

약이 바짝 오른 설희는 미쁨의 옆에 비집고 들어가 앉았다.

"어머머, 여자 침대에 남자가 멋대로 앉는 법이 어딨어요?"

"찾아온 손님을 맨바닥에 내치는 법도 없습니다."

윽. 그녀는 할 말이 없었다. 자기 침대에 앉아 뜨거운 차를 천천히 마시던 설희를 노려볼 뿐이었다.

'아 진짜, 아까 간다고 할 때 그냥 가라고 할걸!'

꾸르륵. 그때, 좀 전에 미쁨이 보지 못한 변들이 다시 뱃속에서 요동치기 시작했다. 어머, 이런 젠장. 그녀는 설희 몰래 배를 움켜쥐었다.

꾸르륵, 꽈락!

"어, 엄마!"

격한 복통에 미쁨이 반사적으로 엄마를 찾았다.

"뭐라고요?"

그는 그런 그녀의 모습을 아니꼽게 바라보았다. 그러다 곧 식은땀이 맺히기 시작하는 미쁨의 이마를 발견하고는 컵을 내려놓았다.

"또 왜요. 방석 하나로도 모자라요?"

"아, 아니, 그게……."

꽈라락 꾸르락!

"어, 어뜩해……!"

뱃속이 뒤틀리면서 그녀의 몸도 흠칫흠칫 요동쳤다.

"왜 그러는데요?"

"사, 사실……."

미쁨은 차마 입이 떨어지지 않았다.

'똥이 마려워 죽겠는데, 엉덩이가 아파서 눌 수 없다고 하면 너무 창피하잖아! 오, 신이시여. 제발 내 대장 좀 진정시켜 주소서!'

꾸꽈락 꾸륵!

'이 신 개새끼! 좀 도와달라니까!'

꼬로록 꾸루콱!

'으헉! 도저히 못 참겠…….'

"제, 제가 지금 몹시 배가 아프거든요?"

"하."

설희는 답답하다는 듯이 한숨을 쉬었다.

"깨지고 쏟아내고, 아주 가지가지 하네요."

익! 그녀는 그의 몰상식한 언사에 바로 따지고 싶었지만, 덩어리들이 밑으로 밀고 나오려는 급박한 항문의 느낌에 뭐라 말할 틈이 없었다. 미쁨은 자리에서 벌떡 일어섰다.

"저 화장실 좀 갔다 올게요. 오래 걸릴 것 같으니까, 차 다 드시면 그냥 가셔도 돼요."

"변비까지 있으신가 보네. 알면 알수록 가관입니다, 그쪽 엉덩이."

발끈! 그녀는 그를 째려보았다.

'저 면상, 한 대 후려갈겨 버릴까?'

꾸르락!

윽! 그런 생각도 잠시, 미쁨은 다시 올라오는 복통에 화장실로 냅다 뛰어 들어갔다. 물론 휴지는 잊지 않고 챙겼다.

그녀가 화장실로 들어가고 난 후, 혼자 남은 설희는 가만히 앉아 있었다. 시끌시끌했던 주위가 고요해지자 그제야 살 것 같아 그의 표정이 점점 풀어지기 시작했다.

풋. 설희는 갑자기 웃음을 터뜨렸다.

'아무리 생각해도 이 상황, 결코 평범하지 않잖아. 어떻게 이럴 수 있지? 뭐 저런 여자가 다 있어? 너무 무방비한 것 아닌가? 이상해. 진짜 생각하고 싶지 않을 만큼 추잡하고 흉하지만…… 웃겨.'

웃긴 것도 웃긴 것이지만, 그는 미쁨이 저렇게 엉뚱한 짓을 할 때마다 뭔가 편안해지는 느낌이 들었다.

"큭큭."

설희는 밀려오는 웃음을 주체하지 못하고 손으로 입을 막았다.

'하, 오늘 하루 정말 다사다난하구나.'

그는 고개를 절레절레 저으며 차를 마시기 위해 컵을 들어올렸다. 그때,

푸닥딱!

……극명하게 들려오는 비둘기 날갯짓 소리.

"아, 진짜."

온갖 지저분한 상상을 불러일으키는 소리에 입맛이 뚝 떨어진 설희는 침대 옆 작은 선반 위에 몇 모금 마시지 못한 찻잔을 탁 내려놓았다.

'어떻게 된 사람이 조심성이 없어.'

비위 제대로 상한 그가 얼굴을 구겼다.

'저러니까 남자한테 차이고나 다니지. 쯧쯧.'

설희는 더 이상 이 공간에 있고 싶지 않았다. 이곳에 있다가는 자기 자신까지 추저분함에 물들 것만 같았다. 그가 자신의 집으로 돌아가기 위해 자리에서 일어선 그때, 핑 하고 현기증이 일었다.

"윽."

잠을 자지 않고 버티는 것도 한계에 다다른 것이었다.

설희는 어질어질한 눈앞에 차마 똑바로 서 있기 힘들었다. 벽이 흐물흐물하게 녹아내리는 것 같았고, 바닥은 당장에라도 그를 덮칠 것처럼 울렁울렁거렸다.

'이런. 큰일이다.'

설희는 비틀거리며 다시 침대에 앉았다. 급작스레 악화된 몸 상태에 당황스러웠다.

"젠장."

관자놀이에서 송곳으로 후벼 파는 듯한 고통이 느껴졌다. 그는 괴로움을 참으며 손으로 머리칼을 쥐었다. 속이 메슥거림과 동시에 위경련이 일듯 가슴팍이 아프고 호흡 또한 가빠졌다. 앉아 있는 상태임에도 불구하고 몸을 가누기 힘들었고, 그 고통은 식은땀이 되어 그의 몸과 얼굴을 적셨다.

결국 설희는 미쁨의 침대에 쓰러지듯 풀썩 눕고 말았다. 그는 마른침을 삼키며 천장을 바라보았다. 빙글빙글 어지럽게 도는 천장 때문에 눈까지 아플 지경이었다.

'진정해. 정신 차려야 한다고. 조금만…… 조금만 누워 있자.'

그는 숨을 천천히 들이쉬었다 내쉬는 것을 반복했다. 불규칙적인 숨을 안정시키려 노력했다.

'잠을 자면 안 돼. 참아야 해. 악몽을 꾸더라도 집에 가서 꾸는 것이 좋아. 다른 사람에게 이런 모습을 보여주고 싶지 않아.'

설희는 심호흡하며 최악에 치달은 몸이 어느 정도 회복하기를 기다렸다.

쏴아아. 물이 시원하게 내려갔다. 장을 깨끗이 비운 미쁨이 헤헤 웃으며 바지를 입고 다시 엉거주춤, 흠칫흠칫하는 걸음걸이로 가까스로 화장실 밖으로 걸어 나왔다. 그런데 이게 웬일? 커다란 남자가 자기 침대에 누워 있는 것이 아닌가? 그는 제집인 양 아주 편하게 누워 색색거리며 자고 있었다. 이게 뭐시당가?

"저기, 팀장님?"

미쁨이 설희를 조심스레 불렀다. 그녀의 목소리를 못 들은 건지, 아니면 무시하는 건지. 그는 아무런 반응을 보이지 않았다.

"여기서 주무시면 어떡해요? 집에 가서 주무세요!"

미쁨은 설희를 흔들었다. 그러나 그는 여전히 깰 생각조차 하지 않았다.

'헐. 너무 깊게 잠들었네.'

그녀는 난감했다.

'어쩌지. 여기서 그냥 재워야 하나. 그러면 나는? 난 엉덩이가 아파서 바닥에서 잘 수 없는 상태라고!'

그렇다고 자신이 설희를 옮기자니 도저히 엄두가 나질 않았다.

'이런 큰 남자를 옮기려면 똥 누기 위해 줬던 힘보다 적어도 몇 십 배는 큰 힘을 써야 할 텐데, 그러면 내 항문은 아작이 날걸?'

미쁨은 지금 일어난 이 사태에 아무런 조치도 취하지 못하고 발만 동동 굴렀다.

'이 인간은 왜 여기서 처자고 지랄이야? 내가 분명 차 다 마시면 가라고 했을 텐데!'

그녀는 이 상황의 해답을 찾지 못한 채 허탈한 표정으로 그를 바라보

미쁨이지아니한가

았다. 잠에 흠뻑 취한 설희는 편안하게 팔을 올리고 아기처럼 자고 있었다.

샤랄랄라.

그때 미쁨의 두 눈으로 별가루가 흩날리는 광경이 들어오기 시작했다. 그 별가루들은 잠을 자는 설희의 주위에 떠다니며 반짝였다.

'어라? 뭐지? 왜 자는 남자의 몸과 얼굴에서 빛이 나는 거지? 왜 별가루가 퐁퐁 솟아나는 거냐고?'

눈부신 그의 모습에 미쁨은 눈살을 찌푸렸다. 재수 없는 인간이 생긴 건 왜 이렇게 매력적인 건지. 그녀는 설희의 얼굴을 더 자세히 보고 싶은 마음에 슬금슬금 그의 옆으로 다가갔다.

회식 자리에서의 술기운이 뒤늦게 오르는지 붉게 달아오른 그의 얼굴에선 청초한 소년의 모습이 보였다. 거기다 꼬옥 감은 눈은 마치 아기 같았다. 하지만 소년과 아기가 섞인 것 같은 여린 느낌과 반대로 남정네의 냄새가 짙게 흐르는 곳이 있었으니! 그곳은 바로 핏줄과 힘줄이 아름답게 솟아오른, 근육질의 팔뚝과 탱탱하고 탄탄한 허벅지였다. 그뿐만이 아니라 우아하게 긴 목과 넓은 어깨, 그리고 미끈하게 떨어지는 허리 라인도 아주 죽여줬다.

어맛! 순수해 보이지만 어딘지 색기가 넘쳐흘러! 아름답지만 퇴폐적이야! 꽁꽁 싸매 보호하고 싶지만 당장 벗기고 싶어! 깨끗함과 섹시함이 적절히 반죽된 이 묘하기 짝이 없는 저 생물체는 도대체 무어란 말인가?

'거 참, 내 맴이 아주 펄펄 끓어오르는구려.'

미쁨이 자신의 허벅지를 꼬집으며 설희의 모습을 감상하고 있던 그때, 그가 천천히 뒤척였다.

"으음……."

그가 내쉬는 숨에서 방금 마셨던 녹차향이 났다.

'와, 진짜 하다하다 이젠 입냄새까지 사람 미치게 만드는구나.'

미쁨에게 그 향기는 매혹적이었고, 달콤했으며, 또 굉장히 야하게 다가왔다. 미쁨은 쩝, 입맛을 다셨다.

'어쩌지. 덮치고 싶잖아.'

두근, 두근, 두근두근.

'뭐야. 왜 이래? 진정해! 주책맞게 나대지 마, 내 심장아. 저 새끼는 세상에 더없는 싸가지에 또라이라고!'

미쁨은 쿵쾅거리는 가슴을 손으로 쥔 채, 눈을 질끈 감았다. 그러다 갑자기 뭔가 생각 난 듯 고개를 번쩍 들었다.

'아니, 잠깐. 아주 싸가지는 아니지 않나? 오늘 날 알뜰살뜰히 돌봐 준 걸 보면 생각보다 인간적인 면도 있다고. 살짝 틱틱대긴 하지만, 봐. 오늘 내 부탁도 다 들어줬잖아.'

그녀는 손으로 턱을 괴고 곰곰이 생각에 빠졌다. 하지만 곧 고개를 세차게 저으며 속으로 외쳤다.

'아니지! 그런 걸 떠나서 이건 아냐! 지금 난 잘 알지도 못하는 남자를 단지 외모만 보고 달려들고 있다고! 이게 말이 돼? 나 이렇게 막 나가는 여자였어?'

그녀는 자신의 행동이 잘못됐다고 생각하며, 두근대는 심장을 진정시키기 위해 손으로 자신의 가슴을 쓸어내렸다.

'마인드 컨트롤, 마인드 컨트롤.'

그때 그녀의 눈에 설희의 반쯤 벌어진 입술이 들어왔다.

'저 입술…… 무슨 맛일까…….'

미쁨은 멍하니 그의 입술을 바라보았다. 그녀의 얼굴이 점점 설희의 얼굴 쪽으로 다가갔다.

'그냥 막 나갈까……?'

헉! 미쁨은 순간 놀라며 설희에게서 멀리 떨어졌다. 본능이 이끄는 대로 행동하려는 자신의 모습이 위험하다고 느꼈다.

'안 돼! 그만 생각해야 해! 지금 여기서 이 남자를 덮쳤다간 회사에서는 물론이고 이 원룸에서까지 완전 추방당할 거야!'

— 세기의 변태녀 양 모씨, 자고 있는 남자를 상대로 겁탈을 시도하다!

자신의 이름이 신문에 대문짝만하게 걸릴 것을 상상하며 그녀는 조심하려 애썼다.

"도, 동해애물과 백! 두산이…… 마르고 다앓도록…… 하아느니임이 보오우우하아사…… 우, 우리이나라 만쉐에에에……."

미쁨이 아무리 애국가를 부르면 무얼 하리. 그녀의 시선은 설희의 얼굴에서 떨어지지 않았고, 그녀의 몸은 그에게로 점점 다가가는 것을. 미쁨의 손이 앞으로 나아가 설희의 뺨을 감싸고는 점점 그의 얼굴로 다가갔다. 미쁨의 입술은 이미 설희의 입을 향해 마중 나가듯 쭈욱 튀어나온 상태였다.

'그만해! 너 여기서 이러는 거 범죄다! 거기다 지금까지 남자들에게 당한 게 얼만데 또 이러니? 학습 능력 제로야? 멍청이냐고! 제발 미친 짓 좀 그만해!'

그녀의 이성이 아무리 고래고래 소리쳐도, 점점 짧아지는 두 사람 사이의 거리를 떨어뜨리지 못했다. 점점 가까워지던 두 사람 사이의 거리는 결국 0cm.

그들은 그렇게 닿았다.

'아, 너무 맛있다.'

미쁨은 설희의 입술에서 느껴지는 달콤함에 몸이 녹을 것 같았다. 입과 입을 통해 황홀했던 그의 향기가 그녀에게로 옮겨왔다. 아찔한 감각이 미쁨의 척추를 타고 찌르르 올라왔다.

춉. 미쁨의 입술과 설희의 입술이 떨어졌다. 하아. 그녀가 키스하며 참았던 숨을 몰아쉬었다.

감았던 눈을 천천히 뜨는 그때, 그녀는 보고야 말았다.

"티, 팀장님!"

눈을 멀뚱멀뚱 뜨고 있는 설희를 말이다!

"그, 그게 그러니까……!"

미쁨은 당황해 말을 버벅거리며 그에게서 후다닥 떨어졌다.

"양 프로."

그는 낮은 목소리로 미쁨을 불렀다. 그녀의 얼굴이 당혹과 불안으로 흙빛이 되었다.

'난 이제 죽었다!'

"티, 팀장님! 그러니까 그게……!"

"양 프로."

설희는 낮은 목소리로 미쁨을 다시 불렀다.

'난 이제 죽었다! 신고당하면 어쩌지? 이 인간은 신고하고도 남을 인사야! 허락 없이 남의 입술을 훔쳤으니, 신고당하는 건 불 보듯 뻔하다고! 제길! 취직한 지 일주일밖에 안 됐는데 이렇게 짤리는 건가? 나가 죽어라, 양미쁨!'

미쁨은 속으로 자기 자신에게 온갖 욕을 퍼부었다.

"시끄러."

뭐? 그녀는 순간 자신의 귀를 의심했다.

'이 남자, 방금…… 시끄럽다고 했나?'

미쁨은 놀란 눈으로 그를 바라보았다. 어딘지 멍한 눈동자. 초점 잃은 시선. 붉게 상기된 피부.

'뭐지, 저 익숙한 얼굴은?'

미쁨의 눈에 비친 설희의 표정은 그녀가 잠에서 덜 깼을 때의 표정과 똑같았다. 막 일어나 잠에 취해 비몽사몽한 채 폼클렌저로 이를 닦을 것만 같은 그런 표정.

스르륵. 아니나 다를까, 그의 눈이 다시 감겼다. 설희는 그렇게 침대와 물아일체가 된 듯 움직이지 않았다.

"저기…… 팀장님?"

미쁨이 그를 흔들어 깨웠다.

"잠 좀 잡시다. 잠 좀……."

그는 잠시 눈을 뜨는가 싶더니 웅얼거리며 다시 눈을 감았다.

"저기요?"

그녀가 더 세게 흔들었지만 그는 역시나 일어나지 않았다.

"여기서 자면 어떡해요?"

설희는 그새 아주 깊은 잠에 빠진 듯 숨소리조차 들리지 않았다. 정말 죽은 듯이 자고 있었다.

'오. 이거 혹시…… 잘 하면 키스한 것도 기억 못 하겠는데?'

그녀가 능글능글 웃었다.

❦

설희는 한없이 따뜻하고 포근한 느낌을 느낄 수 있었다. 어딘가에서 달콤한 향도 나는 것 같았다. 밝은 햇살이 내리쬐는 잔디밭에 누워 편안히 책을 읽는 느낌, 박하향 은은한 솔솔바람을 쐬며 즐거운 웃음소리를 듣는 듯한 기분 좋은 나른함. 폭신폭신, 몰랑몰랑한 감동이 천천히 피어올랐다. 잠을 자던 그의 얼굴에 미소가 돌았다.

'이런 기분 도대체 얼마만이지? 아니, 생각해 보니 처음이구나. 난생 처음 느껴보는구나, 이런 몽글몽글한 부드러움은. ……아마도 꿈이겠

지. 꿈이라면 평생 깨어나고 싶지 않다. 언제고 이곳에 머물면서 행복하게…….'

"배고프다."

'배고프고 싶다…… 응?'

설희는 급작스레 치고 들어온 여자의 목소리에 눈을 번쩍 떴다.

'헉! 여긴 어디지?'

그는 자신의 집과 다른 광경에 벌떡 일어났다.

'여긴…… 양 프로의 집이잖아? 내가 왜 여기 있는 거지? 집에 안 갔나?'

"일어나셨어요?"

그때 다시 한 번 더 여자의 목소리가 들려왔다. 설희는 침대 가장자리 쪽으로 주춤주춤 다가가 목소리의 근원지를 바라보았다. 그러자 침대 옆의 바닥에 엎드려 있던 미쁨이 보였다.

"제가 왜 여기에……."

"기억 안 나세요?"

그녀의 질문에 그가 고개를 끄덕였고, 설희의 답에 미쁨은 속으로 환호했다.

'나이스! 어제의 키스는 아득히 저편으로 가셨군. 하하.'

그녀는 싱긋 웃으며 그에게 어찌 된 일인지 말해주었다.

"어제 저 화장실 가 있는 동안 잠드셨어요. 아무리 깨워도 안 일어나셔서 그냥 이불 덮어드렸죠, 뭐. 어찌나 깊게 주무시던지. 팀장님 원래 이렇게 아무 데서나 잘 주무세요? 누가 업어 가도 모르겠던데요."

"제가…… 잤다고요?"

설희는 미쁨의 말을 듣고도 믿을 수 없었다.

'내가 깊게 잤다고? 아무리 깨워도 일어나지 않았다고?'

그리고 보니 악몽도 꾸지 않았다. 항상 공포감에 젖어 눈을 떴고, 심할 땐 깨자마자 화장실로 달려가 속을 게워내야 했는데 지금은 그렇지 않았다. 오히려 평소보다 몸이 가벼웠고, 정신은 얼룩 하나 없는 맑은 유리창 같았다.

"이, 이게 무슨……."

설희는 혼란스러웠다. 아니, 불쾌했다. 언제나 악몽 없는 일상을 바랐던 그였지만 이렇게 갑작스러운 변화를 느끼자 즐거움보단 불안함과 두려움이 앞섰던 것이다.

"양 프로. 제가 여기서 잔 게 맞아요? 자는 동안 악몽을 꾸거나 가위에 눌린 것 같이 뒤척이거나 하지도 않고?"

"그렇다니까요. 왜요?"

설희는 아무 말도 하지 못하고 손으로 입을 가린 채 그대로 굳어 있었다. 그런 그의 모습에 미쁨은 입을 삐죽거렸다.

'뭐야. 우리 집에서 잔 게 그렇게 싫은가? 아무리 서로 아니꼬운 사이라지만 하룻밤까지 같이 지내놓고 저런 반응을 보이면 내가 뭐가 돼. 우리 집이 무슨 병균의 집합체도 아니고. 되게 싫어하네.'

그때, 설희가 갑자기 침대에서 일어섰다.

"일단 전 이만 가보겠습니다."

그는 그렇게 씻지도 않고, 자신의 가방을 챙기더니 도망치듯 그녀의 집을 나섰다.

'방금 뭐가 지나갔냐?'

순식간에 문을 닫고 사라진 그의 모습에 미쁨은 눈만 끔뻑끔뻑 떴다.

'겁나 잘 자놓고, 저 인간 진짜 왜 저래?'

그녀는 이 상황을 좀처럼 이해할 수 없었다.

월요일 아침, 미쁨은 설희의 미스터리한 행동에 대한 궁금증을 가슴한 가득 품은 채, 평소처럼 출근했다. 그녀는 회식 이후로 엉덩이 통증이 많이 나아져, 누구의 도움 없이 사무실까지 걸어갈 수 있었다. 물론 방석 없이 의자에 앉는 건 아직 힘들었지만 말이다. 미쁨은 도넛 모양 방석을 대롱대롱 들고 회사 사무실에 도착했다.

"그 방석…… 누님. 치질 걸리셨어요?"

동혁이 장난기가 가득 담긴 어조로 물었다.

'내 그 소리 나올 줄 알았다.'

아침에 방석을 챙길 때부터 치질에 대한 질문을 예상했던 그녀는 고개를 저으며 대충 대답했다.

"아니. 잘못 넘어져서 다쳤어. 병원에 갔었는데 이 방석을 쓰라고 하더라."

회식 날에 있었던 그 장황한 과정을 설명하기는 귀찮았던 것이다.

"에이. 창피해하지 않으셔도 돼요. 요즘 치질이나 치핵 굉장히 흔하대요."

"글쎄 아니라니까……."

미쁨은 그가 자신의 말을 믿지 않자 한숨을 푹 쉬었다.

'왜 내 말을 믿어주질 않는 거니. 내가 뭐 치질, 치핵 달고 사는 사람일 것 같니?'

그러나 그녀는 더 이상 구구절절하게 설명하고 싶지는 않았기에, 그쯤에서 동혁이와의 대화를 마치고 자신의 자리에 방석을 놓았다. 그리고 우주정거장과 우주선이 도킹하는 것보다도 더 정교하고 조심스레 엉덩이를 방석에 맞췄다.

포옥. 미쁨의 엉덩이가 부드럽게, 그리고 사뿐하게 방석에 닿았다.

"하…… 됐다."

고통 없는 착석에 성공한 그녀는 만족스럽다는 듯이 웃었다. 그때,

사무실 안으로 설희가 걸어 들어왔다. 그는 평소보다도 더 차갑고, 딱딱한 얼굴을 하고 있었다. 미쁨은 그에게 당장 달려가서 왜 그렇게 도망치듯 사라졌냐고 물어보고 싶었지만, 애써 참으며 설희를 뚫어져라 쳐다보았다.

두근두근두근······.

'어, 뭐지? 왜 가슴이 뛰는 거야?'

그녀는 설희를 쳐다보자 갑자기 팔딱팔딱 뛰는 심장의 움직임에 당황했다. 미쁨은 심호흡을 하며 손으로 가슴을 꾹 눌렀다.

'왜 뛰고 지랄이야? 진정해, 이 근육 덩어리 새끼야!'

그러나 그녀의 심장은 차분해지지 않았고, 오히려 더한 것들이 머릿속을 덮쳤다. 바로 아기처럼 잠들었던 그의 아름다운 모습과 황홀할 만큼 맛있었던 탐스러운 입술이······!

'헉! 이거 아니야! 안 돼, 안 돼! 그땐 그저 술에 취해 뇌가 잠시 돌았었을 뿐이라고! 절대로 사랑 같은 감정일 리가 없······.'

철렁! 제자리에 앉던 설희와 눈이 마주친 그 순간, 미쁨은 머릿속이 하얗게 백지가 되어 아무 생각도 할 수 없었다. 그녀는 자신의 심장이, 아니 흉부 전체가 꿍! 하고 떨어지는 것을 느꼈다.

'맙소사. 그렇게 사랑에 데고선 또 이러는 거냐! 거기다 윤설희 저 인간은 완전 초 개싸가지에 또라이란 말이야!'

그리고 무엇보다 그녀는 그가 자신을 좋아하지 않을 거라 믿고 있었다. 첫 만남도 개떡 같았고, 회식 이후 엉덩이가 아프다며 추태도 많이 부렸으니까. 다시 생각해도 정말 민망하고 창피할 정도로 추잡한 짓을 많이 했으니까. 때문에 그녀는 지금은 물론이고 앞으로도 설희가 자신을 좋아할 일 따위 없을 거라 확신했다.

'아니, 잠깐만.'

미쁨이 고개를 번쩍 들었다.

'난 왜 이렇게 확신하는 거지? 저 남자 머리 뚜껑이라도 열어봤어? 그 속내를 봤냐고. 아닐 수도 있잖아.'

물론 가슴 두근대는 호감은 아닐지언정, 병원에서 만났을 때의 그 악감정 정도는 없어졌을지도 모른다는 생각이 문득 그녀의 머릿속에서 일었다. 그러니까 회식 날 자신과 함께 병원에도 같이 가주고, 무거운 그녀를 업어다 집까지 데려다준 거 아니겠는가. 거기다 그는 미쁨의 집에서 자기까지 했다. 그것도 완전 편하게!

그 긴긴 하룻밤을 함께 보냈는데, 마음이 1cm라도, 아니 1mm라도 가까워지지 않았을까?

'나…… 포기하긴 이른 것 같아.'

그렇다. 아직 모르는 거였다. 조금씩 더 친해져서 보다 가까운 사이가 되면…….

'친구도 되었다가, 여차하면 사귀기도 하고. 허허.'

하. 지. 만!

"양 프로. 이딴 쓰레기를 나한테 서류라고 내미는 겁니까?"

"도대체 머리에 뭐가 들은 거죠? 소꿉장난하러 회사에 온 건 아닐 테고."

"정말로 할 말이 없을 정도로 대단하시군요. 이런 최악의 서류는 처음 봅니다."

무슨 이유에선지 평소보다 날이 잔뜩 선 설희는 사사건건 그녀의 모든 것을 걸고넘어지는 악마가 되어 있었다. 전에는 만인에게 싸가지 없게 굴었다면, 지금은 오직 미쁨에게만 모든 화살이 쏠렸다. 오죽하면 하 프로가 그녀를 따로 불러내 물어볼 정도였다.

"양 프로. 혹시 환영회 때 윤 프로님에게 뭐 밉보인 거라도 있으세요?"

미쁨 또한 도저히 이해할 수 없는 상황이었다.

미쁨이지아니한가

'저 인간 진짜 왜 저래? 그날 분위기 좋았잖아. 많이는 아니더라도 조금은 가까워졌다고 생각했는데!'

"다시 해오세요."

이번이 다섯 번째 퇴짜였다. 윤설희 그는 아예 파일조차 열어보지도 않았다. 미쁨은 슬슬 악이 차오르기 시작했다.

'뭐하자는 거지? 지금 장난하자는 건가?'

그녀는 더 이상 참지 못하고 그에게 따지듯이 말했다.

"어디가 문제인지 알려주시면 수정하겠습니다."

설희는 그런 미쁨을 아니꼽다는 듯이 올려다보았다. 그의 눈동자가 살벌하게 빛났다. 사무실 안의 다른 사람들이 서로 마주한 미쁨과 설희를 불안한 눈으로 바라보았다. 그들 주변의 공기가 차갑게 식어갔다.

"알려주면 그대로 수정하겠다?"

"네."

그녀의 대답에 그가 피식 웃었다. 실로 재수 없는 비웃음이었지만 미쁨은 일단 참았다.

'상사잖아. 아니꼽고 빌어먹을지언정 상사니까 참자, 참자, 참자. 저 인간이 화를 내는 이유가 있을지도 모르니 들어보기나 하자고.'

그녀는 설희와의 눈싸움에서 지지 않으려는 듯, 눈을 더 힘주어 빡! 떴다. 그런 미쁨이 가소로웠던 그는 한쪽 입꼬리를 올리며 씨익 웃어 보인 뒤 문제의 그 서류를 느리게 펼쳐 들었다.

"양 프로는 이런 정리 같은 거 한 번도 안 해보셨어요? 아니면 회사 경력이 여기가 처음이신가?"

설희는 그녀를 기분 나쁘게 비꼬기 시작했다. 미쁨의 눈썹이 분노로 꿈틀댔다.

'그래. 어디 계속 해봐라.'

그녀는 주먹을 꽉 쥐면서도 차분하게 대답했다.

"아뇨. 그전에도 해봤습니다만."

설희는 종이를 난폭하게 넘기며 인상을 구겼다.

"고쳐야 할 부분이 좀 많아야죠. 여기도. 여기도. 여기도. 봐줄 수 있는 수준이 아니에요. 기본이 되어 있어야 무슨 얘기를 해주든가 하지. 아까 알려주면 수정하겠다고 하셨죠?"

"네."

찌이익. 쫙! 쫙!

미쁨의 대답에 그가 갑자기 서류를 쫙쫙 찢기 시작했다.

'지, 지금 뭐하는 짓이야?'

당황한 그녀가 뭐라 하기도 전에 설희가 손에 쥐고 있던 것을 미쁨에게 냅다 던졌다.

"이건 서류가 아니라 쓰레기야. 재활용도 안 되는."

그녀의 서류 조각들이 그대로 공중에 흩날렸다.

"전부 다 고치세요."

조각조각 찢어진 서류 조각들이 미쁨의 머리와 어깨에 살포시 내려앉았다. 순간 그녀는 저절로 뚜껑이 열리는 걸 느낄 수 있었다.

"⋯⋯야."

결국 참지 못한 미쁨이 강속구를 던졌다. 에라, 모르겠다.

"너 지금 나랑 장난 까냐? 전부 다 고치라고. 그게 할 말이야? 나 참 어이가 없어서. 상사면 다야? 선배면 다냐고. 그래, 상사가 아랫사람 갈구는 거 좋아. 근데 이유나 좀 알자. 내가 뭘 그리 잘못했니? 그날 우리 집에서 내가 뭐 실수라도 했⋯⋯!"

했다. 실수.

'키스했잖아⋯⋯! 혹시 그걸 기억하는 건가? 그래서 이렇게 날 괴롭히는 거야?'

그때였다.

"양미쁨 씨!"

쾅!

설희가 책상을 내려쳤고, 그 소리가 사무실 전체에 울렸다. 그녀는 그제야 정신을 차릴 수 있었다. 미쁨은 싸늘하게 식은 그의 시선을 피하려 고개를 푹 숙였다.

'내 잘못이야. 내가 키스한 것 때문에 이 인간이 이렇게 뿔난 거라고! 이제 곧 소리치겠지? 당장 사무실 밖으로 나가라고 개지랄 떨 거야. 취직한 지 한 달도 안 돼서 이렇게 잘리는 건가?'

미쁨은 고개 숙인 채 눈동자를 최대한 끌어올려 설희의 입을 바라보려 애썼다. 꽉 다문 그의 입술에는 분노가 가득 들어차 있었다.

'그렇게 맛있었던 저 입술이, 지금은 사신 저리 가라 싶을 만큼 섬뜩하구나!'

그의 입이 뭔가 말하려 슬쩍 열렸다.

'으……! 제발 해고만은……!'

미쁨은 눈을 질끈 감았다.

"계속 여기에 서 계실 겁니까?"

그러나 그녀의 귀에 들린 말은, 예상한 것과는 딴판이었다.

'응? 뭐야. 이 허벌나게 심심하고 평범한 대사는.'

미쁨이 두 눈을 동그랗게 뜨고 설희를 바라보았다. 그런 그녀를, 그는 뭘 보냐는 듯이 마주했다. 생각보다 밍밍한 그의 반응에 미쁨은 상황 정리를 하기 시작했다. 팽팽 돌아가는 그녀의 뇌에서 열이 날 지경이었다.

'……설마 나, 사고 친 거 아니었어? 다 내 상상이었던 거야?'

그랬다. 설희에게 '야'라고 반말한 것도, '장난 까냐'라고 따진 것도 다 현실이 아니었던 것이었다.

'오, 지저스. 고맙다 내 주둥이야. 간신히 참아냈구나. 그래 잘했어.

여기서도 잘리면 난 이제 갈 곳도 없다고.'

미쁨은 슬쩍 미소 지으며 안심했다. 그런 그녀를 보지도 않고 설희가
차갑게 말했다.

"자리로 돌아가세요. 오늘 중으로 퇴근하시려면 빨리 수정하셔야죠."

"아, 네네. 가서 수정해야죠."

그녀는 허허허 웃으며 쪼그려 앉아 바닥에 널브러진 종잇조각들을 끌
어 모아 품에 안고 자리로 돌아갔다. 분노와 증오 대신 안도감이 미쁨
의 주위에 둥둥 떠다녔다.

'휘유. 살았다.'

그녀가 자리에 앉자 옆의 하 프로가 슬쩍 쪽지를 건넸다. 그 안의 내
용은 이러했다.

　　ㅡ제가 커피 심부름을 시킬 테니, 밖에서 진정하고 들어오세요. 사무실 안에서
우는 거 좋지 않아요.

'아, 이런 깜찍이. 내가 큰 상처 받아 울 것 같아쩌요? 우리 하 프로
너무 귀여운 거 아냐? 아무리 잘생겼어도 저 윤설희 개자식보단 하 프
로가 훨씬 더 괜찮네.'

미쁨은 힘들지만 괜찮다는 듯 연기하며 힘겹게 고개를 끄덕이는 척했
다.

"양 프로. 커피 한 잔 부탁해요."

그는 쪽지 속에 썼던 것 그대로 그녀에게 심부름을 시켰다.

"네……."

미쁨은 기운이 쪽 빠진 척 답하고는 비척비척 사무실 밖으로 발걸음
을 옮겼다. 그때였다.

"양 프로."

설희가 묵직한 어투로 그녀를 불러 세웠다. 그의 표정엔 살벌하다 못해 누구 하나 잡아먹지 않고서는 못 배길 섬뜩함이 잔뜩 담겨 있었다.

'뭐, 뭐야. 나와 하 프로님의 꼼수가 들통 났나?'

미쁨의 등이 긴장감으로 인해 절로 구부정하게 말렸다.

"아무래도 안 되겠네요. 당장 면담실로 따라오세요."

헉! 면담실이란 말에 주위 사람들의 안색이 금방이라도 기절할 듯 창백하게 변했다. 이는 미쁨도 마찬가지였다.

면. 담. 실! 여기 사람들은 그곳을 사신의 방이라 불렀다. 말이 면담이지 어마어마한 악담과 욕설이 오간다고⋯⋯. 특히 저 윤설희 프로와 함께 들어가면 피만 안 볼 뿐 온갖 스릴러와 고어가 난무한다고 했다. 인정사정 봐주지 않는 그의 언어에 충격과 공포로 사람의 넋이 반쯤 나간다나 뭐라나.

'그런 곳에 정식 출근한 지 일주일도 안 돼서 들어가게 되다니. 진짜 우울하다. 어휴.'

미쁨의 속은 꺼이꺼이 울기 바로 직전이었다.

"양 프로, 힘내요."

하 프로가 미쁨의 어깨를 토닥이며 위로했다.

"언니⋯⋯ 살아 돌아오길 빌어."

세련이가 주먹을 꽉 쥐며 응원해 줬다.

"누님. 누님이라면 충분히 이겨낼 겁니다."

동혁이가 고개를 끄덕여 줬다.

'아, 정말 미치겠네.'

미쁨은 고개를 푹 숙였다.

"안 따라옵니까?"

앞서 걸어가던 설희가 그 자리에 그대로 서 있던 미쁨을 향해 쏘아붙였다.

"가, 갑니다!"

그녀는 어금니를 꽉 깨물고 그의 뒤를 따랐다. 사내 모든 사람들의 시선이 미쁨과 설희에게 쏠렸다.

영영 도착하지 않길 바랐던 면담실에 결국 도착하고 만 미쁨은 긴 테이블을 사이에 두고 설희와 마주 앉았다. 숨 막히는 긴장감. 그 속에서 그녀는 질식할 것만 같았다.

'이 인간 왜 아무 말도 없냐.'

근 이십 분째, 설희는 아무 말도 하지 않고 가만히 있었다. 그저 묵묵히 미쁨을 바라만 보았다.

'내 얼굴 뚫리겠다. 차라리 소리를 치든, 욕을 하든 뭐라도 좀 해!'

그녀는 힐끗힐끗 설희의 상태를 살펴보며 마음을 졸였다.

'근데…… 정말로 키스한 거 기억하는 걸까?'

미쁨이 생각하기에 그가 심통 부리는 이유는 그것밖에 없는 것 같았다.

'빌어먹을. 내가 왜 그랬지? 미쳤다고 입술을 들이댔냐고!'

그녀의 시선이 다시금 그의 입술에 닿았다. 살짝 건조해 보이지만 몰랑몰랑 탐스럽게 잘 익은 붉은 입술이 빛나 보였다.

'인간적으로 저 입술, 어떻게 탐하지 않고 배기겠어?!'

꼴깍. 미쁨은 침을 삼키며 입맛을 다셨다.

'그 키스……. 진짜 맛있었는데.'

그녀의 얼굴이 회상에 젖어 몽롱해졌다.

"양미쁨 씨."

그때 설희가 입을 열었다. 주위가 너무 조용해서 그런가, 미쁨은 그의 낮은 목소리에도 화들짝 놀라 흠칫했다.

"당신, 도대체 저에게 무슨 짓을 한 겁니까?"

"……네?"

그의 이상한 질문에 미쁨은 크게 움찔했다.

'서, 설마 키스 ……에 대해서 묻는 건가?'

3. 당신의 첫 경험은 소중하니까요

"당신의 집에서 잔 이후로 모든 것들이 뒤틀렸어요. 제 일상도, 제 몸도, 모두 다요."

"무, 무, 무, 무슨……."

미쁨은 당황한 나머지 말을 심하게 더듬었다. 도둑이 제 발 저린 양심하게 동요했다.

'저 인간, 키스 얘기하는 거 맞지? 결국 기억하고 말았구나!'

그녀는 고개를 푹 숙인 채 머리를 굴렸다.

'뭐라고 말해야 이 상황을 모면할 수 있을까? 미안하다고, 그땐 제정신이 아니었다고 사과해야 할까? 아니면 저 인간더러 술 때문에 착각한 거 아니냐고 끝까지 모르는 척해야 할까?'

미쁨은 속으로 모든 경우의 수를 따져가며 어떻게 해야 이 상황을 해결할 수 있을지 고민하고 또 고민했다. 그런 그녀를 바라보며 설희가 입을 열었다.

"책임지세요."

"네? 채, 책임이요?"

미쁨은 황당했다.

'책임이라니? 고작 키스 하나 가지고 책임이라니! 입술에 금이라도 둘 렀어? 아니면 내 키스가 평생 머리에 남을 만큼 강력하기라도 했나?'

그녀는 곰곰이 생각에 빠졌다.

'내가 한 키스 하긴 하지.'

그녀는 속으로 우훗, 하고 웃었다.

'그래도 책임은 말도 안 돼! 입술 살짝 훔쳤다고 닳는 것도 아니고……거기다 저 남자 상판으로 보면 여자 여럿 울렸을 것 같은데, 키스 하나 가지고 책임까지는 어불성설이야!'

미쁨은 억지웃음을 지으며 몸을 뒤로 슬쩍 뺐다.

"하하…… 채, 책임이라뇨, 팀장님. 고작 입술 한 번 슬쩍했다고……."

"어디를 뭘 해요?"

자신의 말을 되묻는 설희의 모습에 미쁨의 몸이 딱딱하게 굳었다.

'응? 키스에 대한 이야기가 아니었던가……?'

그녀는 자신의 예상과 다른 설희의 반응에 당황스럽기만 했다. 그녀의 눈동자가 심하게 떨렸다. 미쁨의 반응이 심상치 않자 그가 고개를 갸웃했다.

"혹시, 제가 잠든 동안에 이상한 짓이라도……."

"어머! 무슨 소리세요! 뚫린 입이라고 말 함부로 하면 큰일 나요!"

설희의 말을 도중에 잘라먹은 미쁨이 펄쩍 뛰며 고래고래 소리쳤다.

"뚫린…… 입?"

그녀가 내뱉은 단어를 되새기며 그가 인상을 팍 썼다. 지금 상사에게 뚫린 입이라고 한 건가? 설희는 기분이 언짢아졌다.

"아, 아무튼 저는 팀장님께 이상한 짓, 하나도 한 적……."

미쁨은 거짓말에 따른 죄책감으로 인해 일순간 말문이 막혔지만 곧 아무 일도 없었다는 척 말을 이었다.

"······한 적 없고요, 책임질 일도 없······."

"일주일에 두 번. 당신의 집에서 잠 좀 잡시다."

그녀의 말이 끝나기도 전에 설희가 다짜고짜 말했다.

'엥? 이게 무슨 개뻑다구 굴러가는 소리냐? 우리 집에서 잠 좀 자자니?'

갑자기 치고 들어온 설희의 어이없는 발언에 미쁨은 머리가 아플 지경이었다.

"아, 아니 잠깐만. 뭐라고요?"

"양 프로의 집에서 잠 좀 자자고요."

"어······ 누구 집? 저희 집이요?"

그녀가 그의 말을 이해하지 못 하고 같은 이야기를 여러 번 되묻자, 설희가 답답하다는 듯이 한숨을 푹 쉬었다.

"몇 번을 말해요? 그쪽 때문에 제 일상이 틀어졌다고. 그래서 당신 집에서 잠 좀 자자고요."

자신을 무시하는 그의 태도에 미쁨의 미간에 절로 주름이 잡혔다.

'저 싸가지가 지금 뭔 개소리를 지껄이고 자빠졌냐. 건장한 사내새끼가 가녀린 여자 집에 들어와서 잠 좀 재워달라니. 미친 거 아냐? 변탠가? 내가 분명 책임질 일 없다고 말했을 텐데!'

그녀는 잽싸게 설희의 눈치를 살폈다.

'보아하니 키스한 것도 기억 못 하는 것 같은데, 뭐 때문에 내가 널 우리 집에서 재워줘야 하니?'

미쁨은 욱하는 마음에 주먹을 불끈 쥐었다.

'아니 그게 문제가 아니지. 설령 저 인간이 내가 몰래 키스한 사실을 안다고 해도 절대로 허락 못 해!'

그녀는 강하게 나가기로 결심하고 딱 잘라 말했다.

미쁨이지아니한가

"안 돼요."

"왜요?"

미쁨의 거절에 설희가 일말의 틈도 없이 캐물었다.

"왜요라뇨. 당연한 거 아니에요? 잘 알지도 못하는 남자가 성인 여자 집에 와서 자겠다는데, 어느 여자가 한 번에 오케이 하겠어요? 이건 경우가 아니죠."

미쁨이 자신의 생각을 정리하여 답했다. 그러자 고개를 끄덕이며 그녀의 말을 듣던 설희가 피식 웃었다.

"아아. 혹시나 하는 말인데, 제가 당신을 강압적으로 제압하려 하거나 성적으로 이상한 짓을 할 거라는 생각은 하지 않으셔도 됩니다. 양프로 같은 사람은 제 취향이 아니거든요."

"뭐, 뭐요?"

미쁨이 저도 모르게 언성을 높이고 말았다.

'부탁하는 주제에 뭐가 그렇게 잘났어?'

그녀는 당장에라도 그를 향해 주먹을 날리고 싶었지만 이를 악물고 가까스로 참았다. 진정, 진정. 저 자식의 말에 놀아나지 말자.

"하, 하하, 촤! 어이가 없어서. 팀장님도 제 취향 아니거든요? 그리고 팀장님의 말에 의하면 저희 집에서 잔 뒤로 모든 것들이 다 뒤틀렸다고 하셨는데, 확신할 수 있어요?"

"네. 그날 평소와 달랐던 것이 있다면 당신의 집에서 잔 것밖에 없으니까요."

그의 어투엔 확신이 담겨 있었다.

"아니, 그래도 이건 아니죠. 저희 집에서 완전 잘 자놓고선 뜬금없이 책임지라고 하시면 제가 어떡해야 하는 거예요?"

"제가 양 프로의 집에서 잘 수 있게 허락만 하면 됩니다."

그의 말에 미쁨은 입을 꾹 다물었다. 할 말이 없었다. 저렇게 앞뒤 없이 무작정 재워달라고 덤벼드는데, 솔직히 그녀는 아무리 타당한 이유를 대더라도 저 인간을 이겨먹을 자신이 없었다.

'이건 뭐, 말이 통해야 대화를 하든가 말든가 하지. 나는 말할 테니, 넌 내가 원하는 답만 내뱉으면 돼! 라는 듯이 덤비는데 내가 무슨 수로 저 변태 싸가지를 설득할 수 있겠냐고. 저 개떡 같은 답정너 새끼.'

그때 미쁨의 머릿속에 어떤 생각이 문득 떠올랐다.

'잠깐. 설마 이 무시무시한 면담실에 날 끌고 들어온 이유가…… 고작 재워달라는 말을 하기 위한 거였어?!'

그녀는 혹시나 싶으면서도 확인을 위해 설희에게 물어보았다.

"팀장님…… 설마 이런 얘기를 하려고 절 부르신 건 아니겠죠?"

"맞습니다."

'설마가 사람 잡는다더니, 정말로 그 이유 때문에 업무 시간에 날 불러낸 거야? 고작 이거 때문에 내 마음을 졸이게 만든 거냐고! 와, 대박 싸이코네, 저거?'

미쁨은 그의 행동을 도저히 이해할 수 없었다.

'생긴 건 멀쩡하게 생겨가지고는 왜 저런다냐. 일을 많이 하더니 드디어 머리가 가셨네. 뇌는 열에 약하다더니, 열 받아서 익었나.'

그녀는 고개를 절레절레 저으며 그에게 딱 잘라 말했다.

"전 똑 부러지게 거절했고, 팀장님께 더 이상 할 말도 없으니 이만 가볼게요."

미쁨은 흥! 하고 콧방귀를 뀐 뒤 자리를 박차고 일어섰다. 설희는 뒤 한 번 돌아보지 않고 면담실을 나가는 그녀의 모습을 말없이 바라보았다.

사실 그는 미쁨을 이해했다. 성인 남자가 혼자 사는 여자에게 재워달라고 하다니, 이게 말이나 되는 소리인가. 세상이 얼마나 흉흉한데. 그러나 어쩔 수 없었다. 말도 안 되는 억지를 부려서라도 그는 그녀의 집을 원했다. 앞서 미쁨에게 말한 것처럼, 그녀의 집에서 잔 이후로 그의 모든 것들이 뒤틀리고 어긋나 하루하루가 지옥이었으니까.

미쁨의 옆에서 맛봤던 그 깊은 수면이 계속해서 떠올라 일상생활에 큰 방해가 되었고, 휴식을 느꼈던 이후로 몸까지 병에 걸린 듯 나른해졌다. 육체와 정신이 한 번 맛본 편안함과 따뜻함을 기억하고 계속 찾는 것이었다.

평소 같았으면 주말에 잠을 자지 않아도, 수요일까지는 너끈히 견디곤 했는데, 지금은 고작 월요일밖에 되지 않았음에도 불구하고 평생 겪어본 적이 없을 정도의 피곤함이 끊임없이 밀려왔다. 그렇다고 잘 수도 없었다. 설희는 포근함이 무엇인지 깨달아 약해진 정신으로 악몽을 견딜 자신이 없었다. 그는 이런 상태로 악몽을 꾼다면 정말로 미쳐 버릴지도 모른다는 공포심까지 들었다.

이러지도 저러지도 못하는 상황에 설희는 짜증이 났다. 때문에 오늘 하루 종일 이유 없이 그녀를 괴롭혔다. 저 여자 때문에 이렇게 된 것 아니겠는가, 하는 억하심정에 말이다. 하지만 괴롭힌다고 해서 무엇이 달라지겠는가. 변하는 건 아무것도 없었다. 무서운 것도 그대로였고, 딱 죽지 않을 만큼 괴로운 것도 그대로였다. 오히려 미쁨을 괴롭히면 괴롭힐수록 아무 죄 없는 여자애에게 관심이 좀 있단 이유로 짓궂게 구는 어린아이가 된 것 같은 자신이 한심하게 느껴질 뿐이었다.

견디기 힘들었다. 괴로웠다.

그는 그녀의 집에서 잤던 그 꿈같은 하룻밤이, 너무나도 달콤하고 향긋해 아카시아 꿀같이 느껴졌던 그 평온함이 절실했다. 그 갈증은 마약 중독이라 해도 과언이 아닐 정도로 그의 몸과 마음을 어지럽게 뒤흔들었다. 그로 인해 그는 이성적인 생각 따윈 할 수가 없었다.

일단 설희는 그저 푹 자고 싶었다. 다른 사람에겐 일상일 휴식이, 그에겐 그 어떤 것보다도 간절한 희망이었다. 설희는 한숨을 쉬며 손으로 머리를 짚었다. 두통이 다시금 올라왔다.

'어떻게 허락을 받지?'

그는 고민에 빠졌다.

'……좋아. 정 그렇게 나온다면 어쩔 수 없지.'

설희는 곧 좋은 생각이 났다는 듯 숙였던 고개를 들며 웃었다.

'설득으로 안 된다면, 강제로라도 허락을 받아야겠어. 유치해도 어쩔 수 없어. 나도 살아야 하니까.'

결론을 내리자 수면 부족으로 인해 탁했던 그의 눈동자에 점차 생기가 들어찼다.

❧

미쁨은 면담실에서 설희와 말도 안 되는 대화를 나눈 이후, 일주일 내내 그에게 지긋지긋하게 시달려야 했다.

"양 프로, 오늘 안으로 디자인 받아놓으세요. 그리고 전에 면담실에서 제가 했던 말 다시 생각해 보시고."

"새벽 두 시 쯤에 급하게 시안 넘겨받아야 하니까 퇴근하지 말고 대기하고 있으세요. 그리고 제가 한 말, 생각은 해보셨어요?"

"받을 서류가 있는데 양 프로가 평소보다 세 시간 일찍 출근해서 받아놓으세요. 그리고 언제까지 질질 끌 겁니까. 깔끔하게 알겠다고 말만 하면 될 것을."

"이 서류…… 실력이 도통 늘지를 않는군요. 밤을 새서라도 다시 해오세요. 제가 원하는 답이 온다면 봐줄 수도 있고요."

그녀는 파도처럼 끊임없이 밀려오는 그의 갈굼에 노이로제까지 걸릴 것 같았다.

"저 개똥같은 개새끼……."

미쁨은 설희에게 시달리는 것도 모자라 11시가 넘은 지금까지 쓸쓸히 자리에 남아 있었다. 그가 맡긴 일을 처리해야 했기 때문이었다.

"언니, 수고해. 우리 설희 씨가 왜 언니한테만 저러시는 걸까?"
"누님, 파이팅입니다."

세련과 동혁이 먼저 퇴근하며 했던 말이 그녀의 머릿속을 웽웽 돌아다녔다.

'빌어먹을! 나도 퇴근하고 싶어!'

미쁨은 야근의 원인인 설희를 찌릿! 째려보았다.

'아오, 저 방귀 썩는 냄새보다도 더 구린 놈! 우리 집이 뭐라고 그렇게 자고 싶어 안달인 건데? 미친 거 아냐? 아니, 차라리 미쳤으면 다행이지! 확 신고해서 병원에 처넣을 수라도 있으니까! 엉덩이 통증이 점차 나아져 이제 살 만하다 싶더니, 저 인간이 대신 날 조지는구나!'

그녀는 속으로 방방 날뛰었다. 미쁨도 이젠 정말로 참기 힘들었다. 초반엔 못 이기는 척 집에 들여 재워줄까 싶기도 했지만, 저런 개 미친 집착 때문에 무서워서라도 집에 들이기 싫었다. 그렇게 미쁨은 저 악마 윤설희에게 치여 사직서를 썼다 지웠다를 수십 번 했다. 취직한 지 얼마 되지도 않았는데 말이다.

"양 프로. 윤 프로님이 왜 저러시는진 모르지만, 이유 없이 사람 괴롭히는 분이 아니니 너무 속상해하지 마세요."

미쁨의 머릿속으로 하 프로가 했던 말이 떠올랐다. 그 말을 하던 그의 목소리엔 설희에 대한 믿음이 담겨 있었다.

'그래요. 하 프로님의 말이 맞아요. 저 빌어먹을 윤설희 팀장은 이유 없이 사람을 갈구거나 괴롭히지 않아요. 다만 그 이유가 겁나 어이 털린다는 게 문젭니다!'

그녀가 생각하기에 재워주지 않는다고 저러는 설희의 태도는 정상이 아니었다.

'팀장씩이나 된 놈이 어쩜 저렇게 애 같고 변태적인 행동을 하는 것인지!'

미쁨은 설희를 잡아먹을 듯이 노려보았다. 그는 업무에 집중하고 있는지, 자신의 책상에 앉아 컴퓨터만 바라보고 있었다.

'저 면상 그만 좀 봤으면 좋겠네! 하루 종일 보니까 이젠 반사적으로 화가 부글부글 끓어오른드아!'

그녀는 손에 쥐고 있던 펜을 으스러뜨릴 듯이 세게 쥐었다.

'저 새끼는 집에서 쉬지도 않나!'

……그런 것도 같았다. 그녀가 회사에 있을 때면 언제나 설희도 있었으니까 말이다. 그녀가 다른 사람들보다 일찍 출근해도, 늦게 퇴근해도 그가 항상 동행했던 것이다.

'내가 일하는 만큼, 아니 나보다도 더 많은 시간을 회사에서 보내는 것 같은데, 저 사람은 피곤하지 않을까?'

미쁨은 눈에서 힘을 풀고 설희를 물끄러미 바라보았다. 자세히 보니 그의 몰골이 영 아니었다. 설희는 아무렇지도 않은 표정을 짓고 있었지만, 그의 메마른 피부와 짙은 다크서클에서 고단함이 배어났다. 그럴 만도 했다. 그녀도 이렇게 피곤한데, 그라고 다르겠는가.

'집에 가서 좀 쉬지. 사람 꼴이 말이 아니네……'

설희를 바라보던 미쁨의 표정이 안쓰럽게 변했다. 그득하던 분노가 사라지고 걱정이 그 빈자리를 대신했다. 그러던 그녀는 퍼뜩 정신 차리며 눈을 희번덕거렸다.

'헛. 뭐야! 나 지금 저 인간을 두둔하는 거야? 저 싸가지 싸이코 개 변태를 순간 불쌍히 여기며 걱정한 거야? 미쳤구나! 돌았어! 제정신이 아니야!'

미쁨은 고개를 세차게 가로저었다. 그러고는 다시 그를 노려보았다.

'일 못해서 죽은 귀신이라도 붙은 게지.'

그녀는 자신의 모니터로 고개를 휙 돌리며 혀를 쯧쯧 찼다.

'일하다 죽든지 말든지 내 알 바 아냐.'

"양 프로."

"엄마야!"

미쁨은 바로 옆에서 갑작스레 들려오는 설희의 목소리에 비명을 지르고 말았다. 그녀가 놀란 가슴을 부여잡고 고개를 돌려 보니 그가 옆에 서서 인상을 팍 쓰고 있었다. 한쪽 귀를 막고 있는 걸로 보아 미쁨의 목청에 자신도 놀란 모양이었다.

"귀신이라도 봤어요?"

설희는 얼얼한 귀를 만지작거리며 짜증 섞인 목소리로 물었다. 그러자 미쁨이 헤헤 웃어 보였다.

"아, 아닙니다. 그냥 갑자기 목소리가 들려와서 놀란 나머지, 하하하."

'귀신보다 더한 네놈 때문에 간 떨어질 뻔했다! 일 못해서 죽은 귀신이 붙은 게 아니라, 네가 그 귀신 자체인 것 같네!'

미쁨의 웃는 입가가 파르르 떨렸다.

"아직 반도 못 했네요? 이래서 오늘 안에 집에 들어갈 수나 있으려나 모르겠군요."

그가 웃으며 비아냥대자 그녀의 얼굴에 겉치레로나마 붙어 있던 미소가 싹 달아났다.

'그렇지 않아도 피곤하고 짜증나 죽겠는데, 지금 내게 엿을 선사하는 것이냐?'

미쁨은 이를 악물었다. 너무 화가 난 나머지 뒤돌아서서 자신의 자리로 돌아가는 설희의 등짝을 내려치기 위해 오른쪽 주먹을 들었다.

'아, 안 돼! 내 오른손에 잠들어 있던 흑염룡이 날뛰려고 해! 그만해! 난 이 회사에서 잘리고 싶지 않아! 으아아아아!'

그녀는 왼손으로 자신의 오른손을 꼭 잡고 가까스로 무릎 위에 올려놓았다.

'잘했어…… 잘 참았어…… 이 위기를 참아낸 나, 아주 훌륭해.'

미쁨은 땀에 흥건히 젖은 자신의 손바닥을 바지에 슥슥 문질러 닦았다.

'릴랙스. 캄 다운, 캄 다운.'

"아, 참."

자신의 자리로 돌아가던 그가 별안간 우뚝 멈춰 섰다. 그러고는 그녀 쪽으로 몸을 빙글 돌려 활짝 웃어 보였다.

"야근 그만하고 싶으시면, 면담실에서 당신이 했던 거절, 철회하세요."

설희의 말에 미쁨의 얼굴이 싸악 굳었다. 가까스로 잠재운 오른손의 흑염룡이 다시 깨어나려는 듯 움찔댔다. 그녀는 정말 더 이상 참기 힘들었다. 그간 축적된 피로와 스트레스가 찌릿찌릿하게 뒷골을 타고 올라와 머리 위에서 땡땡땡 종을 치는 느낌마저 들었다.

'으윽……! 하윽……! 참아야 해! 아무리 저 인간이 씨발라먹을 수박 같은 놈이어도 내 상사야! 거기다 회사 내에서 굉장히 영향력 있는 인사라고! 참아야 해…… 참아야……!'

미쁨이 아무 말도 하지 않자, 설희가 고개를 가로저었다.

"대답이 없는 걸로 보니, 아직은 견딜 만한가 보네요. 내일부턴 좀 더 세게 가야 하나."

그의 말에 그녀의 눈썹이 꿈틀댔다.

'좀 더 세게…… 라고? 지금 대놓고 날 괴롭히겠다 선전포고하는 거

야? 아무리 상사여도…… 이건 아니지 않…… 나……? 공과 사는 구분해야 할 거 아냐?!'

미쁨은 자신의 가슴속이 불타는 것처럼 뜨거워지며 부푸는 것을 느낄 수 있었다.

"야."

결국 팽창하는 분노를 참지 억누르지 못한 그녀가 그를 불러 세웠다. 이번엔 상상이 아니었다. 현실이었다. 미쁨의 짧은 부름에 설희가 실소했다.

"야? 지금 제게 야라고 한 겁니까?"

"그래, 야. 오랜만이지? 병원 앞에서도 내가 야라고 불렀잖아."

설희는 겁도 없이 과하게 짧아진 어투로 말하는 미쁨을 내려다보았다. 거만하게 내리깐 그의 눈동자에서 가소로움이 배어났다.

"막 나가자는 건가요? 정신 차리세요. 여기 회사예요."

"정신은 네가 차려야지. 하는 짓이 하도 구질구질해서 더 이상 못 봐주겠다. 뭐? 우리 집에서 재워줘? 이런 개 미친 신종 변태를 봤나."

그녀의 말에 설희가 피식 웃곤 팔짱을 끼며 미쁨의 앞에 똑바로 섰다.

"변태는 그쪽이지. 병원에서 보고 들은 게 있는데. 그리고 말하지 않았던가요? 양 프로의 집에서 잔 뒤로 저의 모든 것들이 다 어긋났다고. 제가 회사에서 해야 할 모든 중요한 일들이 그쪽 하나 때문에 다 꼬였다고요, 지금. 그러니까 응당 책임져야 하는 거 아닌가."

"책임? 개똥 퍼먹는 소리하고 앉았네. 내가 아무 남자나 막 집에 들이는 싼 여자로 보이냐?"

분노에 으르렁거리는 미쁨을 바라보며 설희는 얄밉게 어깨를 으쓱했다.

"그쪽이 싼 여자인지 비싼 여자인지는 알 길이 없지만, 사용하는 언어는 굉장히 저렴하네요. 언어 구사력이 그 정도면…… 얼추 예상이 가긴 합니다만."

"말장난하지 마라?"

"전 장난 같은 거 안 합니다."

"야, 이 개자식아!"

미쁨은 결국 깨어난 흑염룡을 제어하지 못했다.

'그래, 그냥 한 대 후려갈기고, 멋지게 회사 때려치자!'

그녀는 눈을 질끈 감고 주먹을 휘둘렀다. 하지만 눈을 감은 게 화근이었다. 설희가 옆으로 가볍게 피했다는 걸 인지하지 못하고 온 체중을 주먹에 실었더니, 허공에 내뻗은 주먹을 따라 그녀의 몸도 점차 기운 것이었다.

"어, 어, 어어?!"

꿍!

결국 미쁨은 그의 비웃는 표정을 마주하며 앞으로 철퍼덕 엎어졌다. 손으로 지탱할 틈도 없이 얼굴을 냅다 바닥에 박았다. 그녀의 눈앞에 별이 번쩍거렸다.

"큭큭큭."

엎어진 그녀의 옆으로 설희의 웃음소리가 들려왔다. 그는 미쁨이 너무나도 재밌고 우스웠다. 그녀는 설희의 웃음소리를 들으며 고통으로 인해 후끈거리는 얼굴을 두 손으로 감싸고 천천히 일어섰다.

"전에도 날 때리려다 당해놓고선, 또 이러시네. 학습 능력이 정녕 없는 겁니까?"

그는 미쁨이 신기했다. 지금까지 자신을 이렇게 웃게 만든 사람은 아무도 없었다. 오직 그녀가 처음이었다. 그만큼 설희는 미쁨의 행동 하나하나가 즐거웠다. 그녀의 집 문제와는 별개로 계속 괴롭히고 싶을 정도로 말이다.

"폭력을 자주 쓰시는 모습이 조폭 두목이라도 해도 믿겠어요."

그의 조롱 가득한 어투에 미쁨은 아무런 대꾸도 하지 않았다. 그녀는 그저 숨을 죽이며 얼굴을 감쌌던 손을 내렸다. 광대뼈가 욱신거리는 걸로 보아하니 부닥친 부위가 그 부분인 것이 확실했다.

미쁨은 말없이 화를 삭이며 책상 위를 나뒹굴던 펜을 쥐었다. 그러고는 설희에게서 퇴짜를 맞았던 서류 중 한 장을 빼어 들고는 그 뒷장에다 뭐라 뭐라 적기 시작했다.

"뭐하는 겁니까?"

그녀의 행동이 궁금했던 그가 슬쩍 물었다. 그러나 미쁨은 여전히 묵묵부답이었고, 그저 뭔가를 적었던 종이를 꾹꾹 눌러 고이고이 접었다.

"이거나 받아라!"

그러더니 갑자기 소리치며 설희의 면상으로 그 종이를 냅다 던지는 것이 아닌가!

"사표다, 이 십잡스 같은 놈아! 오늘 너도 죽고, 나도 죽는 날이다, 이 개새끼야!"

그녀는 손톱을 바짝 세우며 설희에게 달려들어 그의 머리채를 한 움큼 쥐었다.

"앗!"

미쁨은 설희의 외마디 비명을 들으며 그의 머리통을 거침없이 뒤흔들기 위해 손가락에 힘을 실었다.

"뒤져쓰!"

미쁨이 설희의 머리칼을 쥐고 흔들려는 그때.

"거기 무슨 일 있습니까?"

난데없이 경비 아저씨의 목소리가 들리는 것이 아니겠는가. 그 아저씨는 엉겨 붙은 미쁨과 설희를 이상한 눈초리로 바라보았다.

"큰 소리가 들리기에 와봤는데, 혹시 무슨 문제라도 있는 겁니까?"

"아…… 그게……."

경비원의 등장에 미쁨이 말을 더듬으며 설희의 머리에서 손을 뗐다. 그녀의 손가락 사이로 그의 머리카락이 우수수 떨어졌다.

"아무것도 아닙니다. 너무 졸려서 잠 좀 깰 겸, 두피 스트레칭을 하고 있었습니다."

머뭇거리는 미쁨 대신, 설희가 지금 상황을 경비 아저씨에게 설명했다.

'두피 스트레칭? 그런 것도 있나?'

그의 말에 경비 아저씨가 고개를 갸웃했지만, 일단 알겠다며 사무실을 나가자 덩그러니 남겨진 미쁨과 설희 사이로 정적이 흘렀다.

'아으. 맥이 딱 끊긴 와중에 머리채를 다시 잡을 수도 없고!'

미쁨은 안절부절못하며 설희의 눈치를 슬쩍슬쩍 살폈다. 그런 와중에 바닥에 떨어진 사표도 계속 눈에 밟혔다.

'제대로 한 판 뜨지도 못했는데, 저 사표 수리되면 나만 너무 억울한 거 아닌가? 그냥 다시 잡아서 찢어버릴까? 그래! 찢으면 수리될 사표도 없을 거고, 거기다 대고 제깟 놈이 뭐라 할 수 있겠어?'

그녀는 자신이 던졌던 사표를 집기 위해 후다닥 상체를 숙였다. 그러나 설희의 신발이 미쁨의 손보다도 빠르게 그 종이를 사뿐히 지르밟았다.

"어허, 어딜."

그는 얼얼한 두피를 쓰다듬으며 자신이 밟은 사표를 집어 들어 상의 안주머니 깊숙이 쑤셔 넣었다. 설희의 얼굴엔 승리감이 가득하다 못해 철철 넘치고 있었다.

'저놈 표정을 보아하니 분명 저 사표를 빌미로 날 괴롭힐 게 분명해!'

미쁨은 애써 웃으며 모든 자존심을 내려놓고 꼬리를 살랑살랑 치기 시작했다.

"하하, 팀장님. 아까는 제가 잠깐 미쳤었나 봐요. 그 사표는 진심이 아니었습니다. 왜 회사에 다니는 사람이라면 다들 하나씩은 있잖아요. 가슴속에 고이 품은 사표 같은 거. 그렇다고 그 사표를 냅니까? 아니거든요! 그저 마음의 위로랄까요? 저도 그 정도의 의미지 그 이상도! 그 이하도! 아니었습니다. 그러니까 그거 그냥 저 주시면 안 될까요? 제 손에 들어오는 즉시 쫙쫙 찢어 깔끔하게 쓰레기통에 슈웅~ 하고 버릴게요! 아니! 아주 그냥 씹어 먹어버리겠습니다!"

"품고 있던 게 아니라 새로 쓰셨던 것 같은데요? 한 자, 한 자, 정성스럽게."

"어휴, 우리 팀장님 헛것을 보시는 걸 보니 많이 피곤하신가 보네요. 아니에요! 가방에 고이 모셔뒀던 그 마음의 위로를 살짝 꺼낸 것뿐이었죠. 호호호. 그, 그러니까 주세요…… 네?"

그녀가 아무리 좋은 말을 해도 그는 사표를 내주려 하지 않았다. 아니, 애초에 줄 생각조차 없었다. 아주 좋은 약점을 잡았는데 왜 주겠는가. 물론 펜으로 엉성하게 적은 사표가 수리될 리 없겠지만, 해고할 수 있는 이유로는 충분했다. 이런 점을 이용해 설희는 미쁨을 이리저리 주무를 계획이었다.

"좋아요. 그럼 사표를 다시 돌려드리기 전에, 듣고 싶은 말이 있는데?"

'으으으! 올 것이 왔다!'

그의 말에 그녀는 눈을 질끈 감았다.

'어쩌지? 어쩌지? 저딴 미친놈을 집에 들이면 분명 불미스러운 일이 생길 게 분명해! 아니 저놈과 별일이 없다 해도, 이상한 소문이 돌지도 몰라! 사내 소문이 얼마나 무서운데!'

미쁨은 선뜻 답을 할 수가 없었다.

"왜요, 아직도 그렇게 고민이 되세요?"

설희가 피식 웃으며 말했다. 이에 그녀는 눈을 번쩍 떴다.

'그래! 이대로 당하는 건 내 스타일과 맞지 않아!'

"그럼! 왜 그렇게 저희 집에서 주무시길 원하는지 알려주세요!"

"말했잖아요. 저의 모든 것들이 뒤틀렸······."

"뭐가 어떻게 뒤틀렸고, 그로 인해 어떤 문제가 생겼는지. 또 그 문제가 얼마나 심각한 건지 등등, 전부 다요. 솔직히 전 제 집을 내줘야 하는데, 기본적인 것 정도는 알아야 하지 않겠어요?"

미쁨의 말에 설희가 이해한다는 듯이 고개를 끄덕였다.

"······생각해 보니 양 프로의 말도 일리는 있네요. 개인적인 사정이라 전부는 불가하지만, 대강 말씀드릴 순 있습니다."

그의 말에 미쁨이 슬쩍 웃었다.

"그럼 자세한 이야기를 나누러 가볼까요? 회사에서 그런 심도 깊은 얘기를 하긴 좀 그렇고······ 제가 아주 잘 가는 술집이 있는데, 거기 적당히 소음도 있고 괜찮아요. 거기로 가죠."

그녀는 나름대로의 꿍꿍이가 있었다.

'하하하하! 술집에서 네놈에게 슬쩍 술을 먹인 다음, 정신없는 틈을 타 사표를 빼앗겠다! 그리고 겸사겸사 우리 집을 내주지 않는 쪽으로 유인을 할 거야!'

미쁨은 자신의 보금자리를 어떻게든 사수할 생각이었다.

"네? 어서 가요."

그녀는 그의 입술을 뚫어져라 바라보며 다시 권했다.

'자, 어서 같이 가자고 대답을 해! 그 술집에 가서 천천히 밥을 먹으며 대화하자고 말을 하란 말이야!'

그런 미쁨의 눈빛을 느꼈던지, 설희의 입술이 살짝 벌어졌다.

"좋아요. 가죠."

나이쓰! 설희의 동의와 동시에 미쁨의 얼굴에 웃음꽃이 피었다. 움찔대는 콧구멍에서는 음흉함이 흘러나왔다.

"호호. 그럼 갈까요?"

미쁨의 말에 설희가 고개를 끄덕였다. 그런 그를 바라보며 미쁨은 마음을 굳게 다졌다.

'후후후. 두고 보자. 오늘! 내가 너 술로 죽인다.'

사람들이 왁자지껄 떠드는 술집, 그 안에서 설희와 미쁨이 마주 보고 앉아 있었다. 주문했던 소주가 나오자 그녀는 기다렸다는 듯이 그의 잔에 술을 따랐다.

"솔직한 이야기를 나누기 전에 뜨끈하게, 위부터 데우죠!"

"전 피곤해서 마시지 않을 겁니다."

와장창! 그의 단호한 거절에 미쁨의 계획은 연약한 유리가 깨지듯 산산조각 났다.

'내가 왜 널 여기까지 끌고 왔는데! 술 진탕 먹여서 적당히 설득 좀 시키려 데려왔건만, 뭐?! 술을 안 마시겠다고? 이건 경우가 아니지!'

그녀는 돌처럼 굳은 채 그를 바라보았다. 미쁨의 얼굴엔 절망이 그대로 떠올랐다.

"왜요, 저 술 먹여서 취한 틈을 노려 사표라도 가져가시게요?"

그녀의 표정을 단번에 읽은 설희가 피식 웃어 보였고, 이에 미쁨은 흠칫했다.

"취, 취한 틈을 노리다뇨! 팀장님도 참! 하하하하. 그냥 제가 마시고 싶어서 그래요, 제가……."

'제길, 망했다!'

그녀는 자신의 잔에 술을 채운 후 바로 꿀떡 삼켰다. 오늘따라 술이 썼다. 지독하게 썼다.

'이렇게 쉽게 들통 날 거, 여기까지 뭐 하러 왔나 몰라.'

미쁨은 한숨을 내쉬며 다시 술을 따랐다.

'어쩔 수 없다. 기왕 이렇게 된 거 술 먹이기 계획은 일단 보류하고, 우리 집에서 자길 원하는 진짜 이유라도 물어보자.'

그렇게 결심한 그녀는 눈을 부릅뜨며 설희를 바라보았다. 그리고 입을 열었다.

"그럼 이제 말씀해 주세요. 왜 저희 집에서 주무시겠다는 건지."

"그쪽이랑 있으면 악몽을 꾸지 않거든요."

'악몽? 지금, 고작 악몽 하나 꾸기 싫어서 우리 집에서 자겠다는 거냐, 시방?'

그의 말을 이해하지 못한 미쁨이 고개를 갸웃했다. 그러자 설희가 추가 설명을 시작했다.

"저는 평소에 심한 악몽에 시달리느라 잠을 잘 못 자는 사람입니다. 그런데 지난주 회식이 끝난 후 양 프로의 집에 가서 처음으로 악몽 없이 잤습니다. 다시 한 번 더 그런 잠을 자고 싶어요."

"아아, 그러시구나……."

그의 설명을 들었음에도 불구하고 그녀는 아리송한 마음에 말끝을 흐렸다.

'뭐 수면욕을 채우지 못한다는 것 자체가 어마어마한 고통일 거라고 짐작은 가는데…… 얼마나 심한 악몽이기에 저 정도로 필사적인 거지?'

"도대체 무슨 꿈이기에 잠도 못 주무세요?"

미쁨은 막 안주로 나온 골뱅이무침과 소면을 맛깔스럽게 비비며 물었다. 설희는 그런 그녀를 내려다볼 뿐, 팔짱을 낀 채 아무 대답도 하지 않았다. 대신 그의 두 눈썹 사이로 미묘한 주름이 자리 잡았다. 대답하길 꺼리는 것 같았다.

"뭐, 말하기 싫으면…… 안 하셔도……."

미쁨이 말을 마치자마자 기다렸다는 듯이 설희의 인상이 펴졌다.

'대화를 하겠다는 거야, 말겠다는 거야?'

그녀는 그를 슬쩍 노려보았다. 딱딱하게 굳은 몸, 신경질적으로 보이는 표정, 그리고 창백한 피부. 설희의 모습은 그야말로 세상 최고로 성질 더러워 보이는 인간의 정석이었다. 생각 없이 질문을 던졌다간 우레 같은 질타를 쏟아낼 것 같은 아우라가 그의 등 뒤로 새어 나왔다. 이에 미쁨은 조심스레 다른 것을 물었다.

"그럼 악몽은 왜 꾸시는데요?"

"그건 알 필요 없고요."

빠직. 설희의 냉담한 말투에 그녀의 이마로 핏대가 불뚝 솟아올랐다.

'뭐 하자는 거냐. 내 인내심이라도 시험하겠다는 거야? 얘기해 주겠다며. 대강이라도 말해 주겠다며! 고작 악몽을 꾸는 게 싫어서 우리 집에서 자겠다는 게 말이나 되는 이야기니? 아오, 짜증나!'

미쁨은 더 이상 참지 못했고, 또 참고 싶지도 않았다.

"아니, 이러면 대화하러 여기까지 온 이유가 없잖아요."

솔직하게 내뱉은 그녀의 말에 그의 눈썹 끝이 치켜 올라갔다.

"말했잖아요. 악몽을 꾸지 않기 위해선 그쪽의 집이 필요하다고."

"그렇게만 말하면 제가 어떻게 이해해요? 악몽이 얼마나 심한지, 잠은 왜 못 주무시는지, 그래서 어느 정도로 괴로운지! 기본적으로 이 정도는 말씀해 주셔야 하는 거 아녜요?"

"그것까진 말할 수 없습니다."

"아……."

미쁨은 설희의 철벽에 탄식했다.

'뭐 저런 앞뒤 꽉 막힌 인간이 다 있다냐.'

그녀는 고개를 가로저었다.

'됐다. 저 인간이랑은 말이 안 통할 것 같아.'

미쁨은 골뱅이소면을 크게 말아 입속에 넣고는 가방을 주섬주섬 챙겨 자리에서 일어섰다.

'차라리 회사를 그만두는 게 낫지.'

그녀는 여전히 설희를 자신의 집에 들이기 싫었다. 그에게서 제대로 들은 게 없으니 당연한 결과였다.

'집을 내줄 수 없다고 거절한다면 저 옛 같은 새끼가 가만히 있지 않을 걸? 사표를 빌미로 계속 괴롭힌다에 내 손모가지를 건다.'

미쁨은 실컷 괴롭힘 당하다 초라하게 쫓겨나는 것보다야 스스로 나오는 게 더 좋을 거라 생각했다. 그런 그녀의 일방적인 행동에 설희가 팔짱을 풀며 물었다.

"지금 뭐 하시는 겁니까, 양미쁨 씨."

"보면 몰라요? 집에 가려고요."

"하."

그녀의 당당한 대답에 설희가 실소했다. 곧바로 그는 비장의 무기를 꺼내듯이 상의 안주머니 속에서 미쁨이 썼던 사표를 슬쩍 올려 보였다.

"이게 제 손에 있는데, 그냥 가시겠다는 겁니까? 이대로 회사 나가시게요?"

"……내가 이런 말까진 안 하려고 했는데, 너 그딴 식으로 살지 마라. 말도 안 되는 부탁이나 해대고, 안 들어준다고 갈구고, 약점 잡아 괴롭히는 거, 개 한심해."

미쁨은 웃음기 없이 진지하게 말했다. 그녀의 낮은 어조에 설희는 직감했다. 이제 더 이상 이 사표는 아무런 효용이 없다는 것을. 그는 사표를 다시 안주머니에 집어넣었다.

"회사에서 자르든, 그 사표 수리하든 네 맘대로 해라. 아니, 제발 좀 그래주라. 병원에서부터 이어진 네놈과의 이 빌어먹을 연 좀 끊게. 어휴, 저 지긋지긋한 놈."

미쁨은 혀를 쯧쯧 차며 걸음을 옮겼다. 그녀가 한 걸음, 한 걸음 멀어지자 설희의 마음이 급해졌다.

'평소처럼 성질내고 소리치다 굽신굽신 고개 숙이고 들어올 줄 알았더니, 저렇게 쌩하니 돌아설 줄이야. 그동안 내가 너무 심하게 대했나?'

그는 머리가 복잡했다.

'이건 아냐. 이렇게 저 여자를 놓치면 언제 다시 그런 평온함을, 그리고 따뜻함을 느낄 수 있을지 모르는 일이라고. 이번엔 내가 사과해야겠군.'

설희는 미쁨을 붙잡기 위해 자리에서 일어섰다.

"양미쁨…… 씨……."

그러나 어쩐 일인지 그는 그녀의 이름을 온전히 부를 수 없었다. 목소리가 나오지 않았다. 아니, 목소리뿐만 아니라 눈앞도 컴컴하니 잘 보이지 않았다. 일어나는 순간 두통과 함께 현기증이 올라온 것이었다. 설희는 미쁨의 집에서 환상적인 평온함을 느낀 이후 악몽이 더더욱 두려워졌고, 이겨낼 자신이 없었기에 회식 날 이후부터 일주일이 지난 오늘까지 잠을 못 자고 있던 상태였다.

이미 체력과 정신력의 한계를 넘긴 상태이기에 술조차 입에 대지 않은 것이었는데……. 그는 쓰러지지 않기 위해 테이블을 손으로 짚으며 몸을 지탱했다. 시야가 바람 앞에 놓인 촛불처럼 흔들렸지만 지금 설희에겐 그것이 문제가 아니었다. 저 멀리 앞서가고 있는 여자, 양미쁨을 불러 세워야 했다.

"미쁨……."

그는 극심한 두통에 말을 이을 수조차 없었다. 머리가 깨질 것만 같았다. 술집 안의 사람들이 금방이라도 쓰러질 듯한 설희를 바라보며 웅성거렸다.

"응?"

뒤쪽에서 느껴지는 소란스러움에 미쁨이 고개를 돌렸다. 그러자 아슬아슬하게 서 있던 설희가 그녀의 눈에 들어왔다. 그는 창백한 얼굴로 머리를 짚고는 미쁨을 바라보고 있었다. 안쓰럽게 떨리는 눈동자가 오직 그녀만을 향했다.

"뭐, 뭐야……?"

설희의 눈빛에 미쁨은 순간 흠칫했다. 마치 세상에서 가장 소중한 보물을 눈앞에서 잃어버리는 듯한 그의 애처로운 표정에 그녀는 자신의 마음도 덩달아 아파지는 걸 느꼈다.

"저 인간 왜 저런 눈으로 날 보는 건데……?"

그녀는 멍하니 서서 그를 바라보았다. 설희 또한 미쁨을 바라보았다.

"양미쁨 씨, 저 부축 좀…….'

말을 채 끝내지도 못한 그의 몸이 앞으로 천천히 기울었다.

"어머, 어머머! 팀장님!"

설희의 기우는 몸에 당황한 그녀는 후다닥 그에게 달려가 가까스로 부축했다. 하지만 설희의 몸은 미쁨이 지탱할 수 있을 만큼 작지도 가볍지도 않았고, 급기야 그녀까지 뒤로 기우뚱 기울었다.

쿠당탕!

결국 미쁨은 그를 품에 안은 채 뒤로 나자빠졌다.

콰직!

뒤로 넘어지는 순간 그녀의 엉덩이가 바닥에 세게 닿았고, 통증이 얼추 가라앉았던 엉덩이에서 다시금 불타는 것 같은 고통이 느껴졌다.

"아악!"

미쁨은 다른 사람들의 시선을 한 몸에 받으며 설희와 포개진 채 비명을 질렀다.

풀썩!

폭신한 침대 위로 설희가 떨어졌다. 흔들리는 매트리스를 따라 끼익, 끼익하는 야릇한 소리도 들렸다.

"아오! 죽겠다!"

미뿜은 그를 침대 위로 내던지자마자 근처에 있던 미니 냉장고에서 차가운 생수를 꺼내 마셨다. 그녀는 얼굴로 흐르는 땀을 손등으로 닦으며 세상모르고 잠든 설희를 바라보았다.

"쯧쯧. 악몽 때문에 못 잔다며. 드럽게 잘만 자는구만."

그녀는 고개를 절레절레 저으며 그를 업고 오느라 고생한 자신의 허리를 두드렸다.

미뿜은 술집에서 사람들의 도움을 받아 자신을 깔아뭉갠 설희를 치우고 일어설 수 있었고, 거기서부터 이곳까지 그를 질질 끌고 온 거였다.

"엉덩이가 거의 다 나아서 망정이지, 안 그랬으면 진짜 오도 가도 못했을 거야."

그래도 엉덩이가 살짝 아린 건 사실이라, 미뿜은 중얼거리며 설희를 째릿 흘겨봤다.

그들이 있는 방은 미뿜의 집이 아니었다. 이곳은 요사스러운 붉은 조명과 함께 퇴폐적인 분위기가 좔좔 흘렀고, 방 한가운데에 놓여 있는 새빨간 원형 물침대에선 어딘지 범상치 않은 색기가 흘렀다. 그렇다. 바로 모텔이었다.

사실 그녀는 설희를 데리고 자신의 집에 갈까 싶기도 했다. 그러나 거리가 너무 멀어 무리이기도 했고, 설령 가깝다 하더라도 그를 집 안에 들여서는 안 된다는 직감에 모텔을 선택했다.

미뿜은 땀 좀 식히고 숨 좀 돌린 후 집에 돌아가리라 마음먹었다. 그렇게 가만히 침대 끝에 앉아 있는데, 뒤에서 설희의 숨소리가 들려왔다. 하아. 하아. 그의 숨이 그녀의 귀에 닿을 듯 말 듯 아슬아슬하게 맴돌았다. 그 깊은 숨소리에 미뿜의 심장이 괜히 두근대기 시작했다.

'내 심장 왜 이래? 설마 저깟 숨소리 때문에 이러는 건 아니겠지?'

그녀는 방정맞게 뛰어대는 가슴을 부여잡고, 삐걱삐걱 설희를 돌아보았다. 눈을 꼭 감고 잠든 그의 얼굴이 보였다. 살짝 상기된 얼굴과 뜨거운 숨이 새어 나오는 입이 굉장히 자극적으로 느껴졌다.

'이 인간…… 너무 섹시하게 자는 거 아냐?'

미쁨은 입을 헤벌레 벌리고 설희를 바라보았다.

'아. 미쳐 버리겠다. 성격도 지랄 맞고, 남의 약점을 잡아 장난이나 일삼는 놈인데 왜 이렇게 좋니…… 눈이 제대로 호강하는구나…… 조금만 더 가까이서 볼까……? 조금만 더…….'

헉! 코와 코가 닿을락 말락 할 정도로 가까워졌을 때에야 미쁨은 가까스로 정신을 차릴 수 있었다. 그녀는 빛의 속도로 그에게서 떨어졌다.

'또 키스할 뻔했어! 위, 위험해. 집에 가야겠다.'

그녀는 자신의 이성이 남아날 것 같지 않자 자리에서 벌떡 일어섰다.

'조금만 더 있다간 이번엔 진짜로 덮칠지 몰라. 그땐 키스로도 성에 안 찰걸?'

미쁨은 짐을 후다닥 챙기고는 몸을 틀었다. 하아. 하아. 문 앞까지 왔음에도 그의 숨소리가 선명히 들렸다.

'자는 주제에 숨소리가 왜 저렇게 크고 거칠어? 열병 앓고 있는 것도 아니고…….'

열병? 미쁨은 고개를 휙 돌려 설희를 다시 바라보았다. 붉은 얼굴, 땀에 촉촉이 젖은 피부, 그리고 불규칙한 숨소리……. 아까는 야릇한 분위기에 취해 못 알아봤지만 이성을 되찾은 지금, 그는 누가 봐도 아픈 사람의 모습이었다.

"저기, 팀장님. 괜찮으세요?"

그녀는 곧바로 설희에게 다가가 흔들어 깨우며 물었다. 그러나 그는 대답은커녕 깨어날 기미조차 없었다. 미쁨은 손으로 설희의 이마를 짚어보았다. 손을 타고 올라오는 그의 뜨거운 체온에 그녀는 깜짝 놀라지 않을 수 없었다.

"헐. 진짜 아픈 거야?"

그녀는 당황한 나머지 일순간 멀뚱멀뚱 있었다.

'뭐부터 해야 하지? 열을 내리려면 뭐가 필요하냐고! 그래! 물수건! 차가운 물에 적신 수건!'

미쁨은 정신을 차리자마자 후다닥 욕실로 뛰어들었다. 곧바로 벽에 걸려 있던 수건을 찬물에 적신 뒤 꼬옥 짜서 그의 곁으로 다가왔다. 그리고 설희의 이마 위에 그 물수건을 올려놓고 생각에 잠겼다.

'잘 생각해 보자. 보통 로맨스 드라마에선 꼭 남자 주인공이 아픈 장면이 나왔어. 그럴 때마다 여자 주인공은 지금의 나처럼 물수건으로 이마의 열을 내려주었고, 그 다음엔……'

미쁨의 눈이 반짝였다.

'옷을 벗겼지, 아마?'

그녀는 침을 꼴깍 삼키며 설희를 내려다보았다.

'옷을 벗겨야…… 겠지?'

아픈 사람을 앞에 두고 이러면 몹쓸 짓이지만, 미쁨의 입꼬리가 희열로 인해 파르르 떨리며 슬슬 올라갔다. 땀을 흘리며 괴로워하고 있는 설희의 모습이…… 굉장히 에로틱하게 느껴졌다.

'저런 모습을 보니까 깨워서 울리고 싶잖아. 괴롭히고 싶어…… 잘생긴 사람을 보면 울리고 싶은 나, 비정상인가요?'

그녀의 벌렁거리는 콧구멍으로 긴장과 떨림, 그리고 욕정이 스멀스멀 기어 나왔다.

'윤설희 팀장의 몸…… 대박 좋겠지? 옷매가 제대로 사는 걸로 보아 백 프로 좋을 거야.'

미쁨은 다시 한 번 더 침을 삼키며 끙끙 앓는 설희를 바라보았다.

'아, 물론! 몸이 목적이 아냐! 그저 저 남자의 높은 체온이 정상으로 돌아왔으면 하는 순수한 마음에 옷을 벗길지 말지 고민을 하는 거라고!'

그녀의 머리가 이성과 본능의 사이를 왔다 갔다 하며 팽팽 돌아갔다. 벗길까 말까, 벗길까 말까, 벗길까 말까……. 십 분 남짓한 시간 동안 저울질한 끝에 미쁨은 마침내 답을 내렸다.

'벗기자.'

본능의 승이었다.

"땀 때문에 어쩔 수 없이 벗기는 거야……."

미쁨은 혼자 중얼거리며 자신의 행동을 합리화했다. 그녀는 긴장한 듯 삐끗거리는 손동작으로 설희의 셔츠 단추를 하나하나 풀었다. 숨을 쉴 때마다 오르락내리락하는 그의 가슴과 꿈틀거리는 복근에 미쁨의 몸과 마음이 뜨겁게 불타 재가 될 것만 같았다.

'무슨 사람이 이다지도 쓸데없이 야하단 말인가!'

그녀는 입안에 고인 침을 츄릅 삼키며, 그나마 조금 남아 있던 이성의 끈을 놓지 않기 위해 속으로 구구단을 외기 시작했다.

육 일은 육.

육 이 십이.

육 삼 십팔.

육 삼 십팔.

육 삼 십팔…….

'육 삼 십팔. 십팔. 십팔! 이 얼마나 나의 마음을 잘 대변해 주는 숫자란 말이냐!'

미쁨은 설희의 셔츠를 풀어 헤치던 손을 멈추고 천장을 올려다보며 한숨을 푹푹 내쉬었다.

'하느님 아버지! 저를 시험에 들게 하지 마옵소서! 저런 무방비 상태의 꽃돌이라니요! 개 싸가지 싸이코 또라이 섹시남이라니요!'

그녀는 결국 고개를 세차게 가로저으며 그의 옷을 벗기던 것을 그만 두었다.

'어린애도 아니고, 체온 좀 높다고 죽거나 하진 않을 거 아냐. 시간이 지나면 알아서 정상 체온으로 돌아올 거라고.'

미쁨은 설희의 옆에 앉아 그의 얼굴과 눈높이를 맞췄다. 아픈 남자를 덮칠 것 같은 불안감에 몸 구경하는 건 그만뒀지만, 얼굴 정도는 괜찮을 것 같았다.

'그래. 얼굴로 흥분할 리는 없을 거야. 물론 회식 날 얼굴만 보다가 흥분해서 키스해 버렸지만, 이미 한 번 해봤으니 면역력이 생겼을 거라고!'

미쁨은 가만히 앉아 그를 바라보았다. 숙면을 취하는 편안한 표정과 반대로 식은땀과 함께 짙은 다크서클이 눈에 들어왔다. 그 외에도 얼굴 곳곳에서 고단함의 흔적이 계속 눈에 띄었다. 피곤함이 역력한 설희의 얼굴을 계속 보고 있자니 그녀는 그가 안쓰러워 보이기 시작했다.

'악몽 때문에 수면 부족에 시달린다고 그러던데, 혹시 지금 이 열도 그 때문일까? 이렇게 앓을 정도로 심각한 수준이었어?'

미쁨은 설희를 바라보며 욕정에 눈이 멀었던 자신이 창피해졌다.

'저렇게 괴로워하는 사람을 앞에 두고 색에 눈이 멀어 날뛰었다니. 난 정말로 변태인 걸까……'

순간 그녀의 머릿속으로 자신을 변태라 손가락질하며 떠났던 연인들이 하나둘씩 떠올랐다. 미쁨은 답답하고 착잡한 마음에 한숨을 푹 내쉬었다.

'지금까지 거리낌 없이 감정 표현을 하는 게 좋다고 생각해 왔는데, 대부분 사람들이 기피하는 거 보면 마냥 솔직해선 안 되나 봐. 적절히 숨겨야 하는 건가……'

그녀는 우울한 얼굴로 짙은 사색에 잠겼다. 그러다 곧 정신을 차리려는 듯, 양손으로 뺨을 촥촥 쳤다.

'숨기기는 무슨! 난 기필코, 내 감정을 다 받아주는 남자를 만날 거라고!'

주먹을 불끈 쥔 미쁨은 아픈 그를 다시 바라보았다. 색색거리며 곤히 잠든 모습이 아까보단 퍽 괜찮아 보였다.

"어쩜 이렇게 어린애처럼 자냐. 너무 무방비한 거 아냐? 누가 이상한 짓을 하려 들면 어쩌려고 저래. 하여간 남자가 돼가지고 조심성이 없어요."

그녀가 중얼거린 대로 설희는 정말로 순진한 아이처럼 눈 꼬옥 감고 자고 있었다. 다 큰 성인 남자에게 좀 아이러니한 표현이겠지만, 그가 자고 있는 모습에서 작고 깨끗한 느낌이 들었다.

'키가 180cm는 훌쩍 넘어 보이는 놈한테 작고 깨끗한 느낌이라니.'

이런 생각을 한 자신이 어이없었던 미쁨은 혼자 푸학 웃었다. 그러면서도 설희의 큰 덩치와 상반되는 분위기에 신기함을 느꼈다.

그녀는 그의 얼굴로 조심스레 다가갔다. 어디서 저런 느낌이 나는 건지 알고 싶었다. 미쁨은 손을 뻗어 설희의 얼굴을 만져 보았다. 그러자 보드라운 피부가 느껴졌다. 기분 좋게 감기는 그 감촉에 그녀는 그의 얼굴에서 손을 뗄 수 없었다. 미쁨은 작은 아이를 어루만지듯 설희의 얼굴을 쓰다듬었다.

그녀의 손길을 느꼈던지, 설희가 천천히 눈을 떴다. 그렇게 두 사람의 시선이 서로 닿았다.

"티, 팀장님……?"

그와 눈이 마주치자 미쁨의 몸이 그대로 굳어버렸다.

'이 상황을 어떻게 설명하지? 열이 올라서 간호하던 중이었다고 말하면 되지 않을까? 그러면서 다시 편하게 자라고 말하면 될 거야. 아니, 아니! 잠에서 깼으니 집으로 돌아가라고 하는 게 맞겠다.'

그녀는 더듬거리며 변명하기 시작했다.

"티, 팀장님이 아파 보이셔서 간호하느라……."

미쁨은 그의 얼굴에서 손을 떼어내려 했다. 그런데 그 순간, 설희가 그녀의 손을 붙잡는 게 아닌가!

"왜, 왜 이러시는……."

미쁨은 당황스러움에 그를 뿌리치지도 못하고 바라만 보았다. 심장이 미친 듯이 뛰어 입 밖으로 튀어나올 지경이었다. 그런 긴장감 속에서 미쁨은 그의 눈을 피하지도 못했다. 그의 얼굴이 너무나도 매력적이어서 빠져드는 것만 같았기 때문이었다.

'계속 보고 싶다…….'

미쁨은 눈조차 깜빡이지 않고 그를 응시했다. 그리고 알 수 있었다. 그의 눈이 심상치 않다는 것을. 한없이 몽롱하기만 한 눈동자, 초점이 맞지 않아 어딜 보는지 알 수조차 없는 모호한 눈빛.

'이 남자, 잠에서 덜 깼구나!'

그녀의 생각대로 설희는 비몽사몽간이었다. 그는 붙잡고 있던 미쁨의 손을 그대로 자신의 뺨에 가져다 댔다. 그의 몽환적인 분위기에 취한 미쁨 역시 설희를 뿌리치지 않고 계속 바라보았다. 아니, 뿌리치기는커녕 오히려 그의 뺨을 보드랍게 쓰다듬었다. 그런 그녀의 손길을 기다렸다는 듯이 설희가 다시 눈을 감았다. 꿀꺽. 미쁨의 목으로 침 넘어가는 소리가 들렸다.

'계속 이러고 있어도 될까? 팀장님의 얼굴에서 내 손을 떼야 하는 건 아닐까?'

고민하던 그녀가 조심스럽게 입을 열었다.

"저, 팀장님…… 깨셨으면 집에…… 헉!"

미쁨은 숨을 삼켰다. 똑바로 말을 할 수가 없었다. 그가! 설희가! 자신의 뺨을 쓰다듬고 있던 미쁨의 손에 얼굴을 폭 묻는 것이 아닌가! 그는 아기가 엄마 손에 얼굴을 비비듯, 미쁨의 손에 자신의 얼굴을 맡겼다. 그녀의 감촉을 세세히 느끼고픈 마음에 그는 눈을 감고 천천히, 그리고 감미롭게 미쁨의 손에 얼굴을 비볐다. 그의 날렵한 콧대와 보드라운 입술, 그리고 긴 속눈썹이 그녀의 손바닥을 간지럽혔다.

'으아아아아! 왜, 왜, 왜, 왜 이러는 거냐?'

미쁨은 속으로 비명을 질렀다.

'설희 님하, 술 취하셨어요? 아무리 아프고 정신없는 상태라지만……
이거 너무…….'

야하잖아! 본인은 잠에 취해 하는, 별거 아닌 행동일지 몰라도 당하는 그녀에겐 세상에서 최고로 아찔하고 자극적인 감각이었다.

'나 설마 손바닥도 느끼는 여자였어?'

미쁨은 터질 듯 뻘게진 얼굴로 설희를 바라보았다. 그녀는 그에게서 손을 떼려 했지만 도저히 그럴 수 없었다. 그가 미쁨의 손을 계속 원했으니까, 커다란 손으로 그녀를 잡았으니까.

꿈과 현실 그 중간 어디쯤을 헤매고 있는 설희에겐 오직 원하는 감촉을 계속 느끼고 싶은 욕구밖에 없었다. 그것은 그저 좋은 느낌이 계속 이어지길 바라는 순수한 애원이었다.

"아, 아아…… 그, 그만하세요…….''

미쁨은 이러지도 저러지도 못한 채 눈을 질끈 감고 그를 저지했다. 그녀의 목소리가 바르르 떨렸다. 손바닥에 설희의 속눈썹과 입술이 스칠 때마다 미쁨은 등골을 따라 소름이 쭈뼛 돋는 것을 느꼈다.

'더, 덮칠까……?'

'아냐. 저 인간 제정신도 아닌 것 같은데, 참자. 참는 게 옳은 거야. 거기다 세련이가 짝사랑하는 사람이잖아!'

'참는 게 옳다고? 왜 참아? 그리고 세련이를 염려할 필요는 없어! 남자는 먼저 잡는 년이 임자니까! 본능대로 하자! 인간은 어쩔 수 없는 동물이야!'

'안 돼! 동물이라니! 동물이라니! 난 교미에 눈이 먼 동물이 아니다!'

그녀의 머릿속에서 이성과 본성의 공방이 어지럽게 오갔다. 양쪽 다 한 치의 물러섬이 없었다. 미쁨의 복잡한 속내를 아는지 모르는지, 그는 여전히 그녀의 손을 잡고 놔주지 않았다. 하지만 곧 승패가 결정 났으니, 그때가 바로…….

하아아……. 설희가 숨을 내뱉은 때였다. 뜨거운 공기가 그의 폐 깊숙한 곳에서 입과 코를 통해 미쁨의 손바닥으로 전해지는 순간, 그녀의 이성과 본성이 동시에 말했다.

"그냥 덮쳐."

미쁨은 천천히 일어서서 그의 코앞까지 다가갔다. 그녀는 그대로 설희의 뺨을 감싸 쥐고 그의 입술을 사탕처럼 핥아 먹기 시작했다. 설희도 그 움직임에 호응했다. 잠에 취해 제정신이 아니어서 그런가, 그는 별다른 거부감을 드러내지 않았다. 오히려 기분이 좋다는 듯 계속 눈을 감고 있었다. 미쁨의 숨이 점점 거칠어졌다.

'어쩌지. 너무 좋잖아. 키스만으로도 사람이 갈 수 있나?'

그녀는 머릿속이 새하얘져서는 자기 자신을 잃을 것만 같았다.

'얘 도대체 정체가 뭐야?'

그때, 설희가 감았던 눈을 떴다.

"잠깐……."

미쁨과의 키스 도중 정신이 돌아온 설희는 그녀를 밀어내기 위해 그녀의 어깨를 손으로 쥐었다. 그러자 미쁨이 그의 눈을 손으로 가렸다.

"조금만 더 해……."

아찔한 감각에 젖어 이성이 완전히 날아가 버린 그녀가 중얼거렸다. 그렇게 그녀는 키스를 멈추지 않았다.

'정신을 차리기엔 이미 늦어버렸어. 멈추고 싶으면 네가 힘으로 날 뿌리쳐야 할걸? 내 정신이 활딱 깨버리게 말이야.'

하지만 설희는 미쁨을 밀어내지 않았다. 아니 밀어낼 수 없었다. 가려진 시야만큼 예민해진 청각과 촉각이 그녀와의 키스를 원했으니까. 그는 그녀의 입술이…… 좋았다.

하아아……. 떨리는 숨과 함께 두 사람의 입술이 떨어졌다. 설희의 눈을 가렸던 미쁨의 손도 거둬졌다. 그들은 손가락 하나가 들어갈까 말까 할 정도로 가까운 거리에서 그렇게 서로를 마주 보고 있었다. 뜨거운 호흡이 그들 사이에 가득했다.

'……뭐지? 뭔가 익숙해.'

설희는 가까이 붙어 있던 미쁨의 얼굴을 바라보며 생각했다. 언젠가 이런 적이 있던 것 같은 느낌에 기분이 묘하기만 했다. 그 순간 그의 머릿속에 그녀가 면담실에서 했던 말이 떠올랐다.

"책임이라뇨, 팀장님. 고작 입술 한 번 슬쩍했다고……."

'나 몰래 키스했군.'

설희는 미쁨이 자신의 입술을 훔쳤다는 사실에 화가 날 법도 했지만 어쩐 일인지 참을 만했다. 이상하게…… 나쁘지 않았다.

'내가 이렇게까지 사람에게 관대했던가.'

스스로를 이해할 수 없었던 그가 피식 웃었다.

'왜, 왜 웃는 거지? 내 키스가 좋았나?'

설희의 웃음에 그녀의 가슴이 덜컥 내려앉았다. 미쁨의 심장이 벌렁대기 시작했다.

'저 남자, 지금 이 상황을 싫어하는 것 같지 않은데, 그렇다면 이후의 진도를 좀 더 나가도 괜찮지 않을까?'

그녀의 눈이 흥분과 열기로 인해 핑핑 돌기 시작했다. 미쁨은 자신의 얼굴을 그의 입술 쪽으로 내밀었다.

"양미쁨 씨, 이제 그만……."

그녀는 설희가 하려는 말을 자신의 입술로 먹어버렸다. 그렇게 그들은 다시 입을 맞추었다. 미쁨은 눈을 감고 그의 입술을 느꼈다. 키스하는 데 온 집중을 다하는 그녀를, 설희는 멍하니 눈을 뜨고 바라보았다.

'넘어가지 말자. 고작 이런 스킨십에 넘어가지 말자.'

그는 마음속으로 외고 또 외웠지만, 미쁨을 밀어내지 못하고 결국 눈을 감고 말았다.

'이러면 안 되는데.'

설희가 속으로 중얼거렸다. 그녀를 밀어내고 싶었으나 생각처럼 몸이 따라주질 않았다. 처음 느껴보는 진득한 자극에 몸과 마음이 힘없이 휩쓸릴 뿐이었다.

'조금만…… 그래, 아주 조금은……'

미쁨을 밀어내기 위해 그녀의 어깨를 붙들었던 그의 손이 통통한 팔을 따라 밑으로, 밑으로 내려갔다. 곧 설희의 손은 미쁨의 허리에 부드럽게 닿아 안착했다.

그녀는 그와 선을 넘을 듯 말 듯 아슬아슬한 경계의 키스를 나누며 풀다 말았던 설희의 셔츠 속으로 손을 집어넣었다. 근육이 적당히 붙어 있어 탄력 있게 굴곡진 복부를 지나, 군살 없이 매끈한 허리를 훑고, 탄탄하게 올라간 가슴을 어루만지며 그의 몸을 천천히 그리고 세세히 음미했다. 그리고 남은 단추를 풀어버리고는 셔츠를 확 벗겼다.

이리저리 쓰다듬고 더듬느라 바쁜 미쁨의 손에 비해 설희의 손은 그녀의 허리를 감싼 채 움직이지 못했다.

'얘, 뭐니. 난 낮져밤이가 좋다고. 좀 더 적극적으로 해봐. 날 부숴 버릴 듯이 꽉 안으라고. 차라리 망가뜨려 줘!'

미쁨은 누워 있던 그의 몸 위로 올라가 앉았다. 활발하게 다가가는 그녀가 무색하게, 설희의 손은 소심하기만 했다.

'짜식. 부끄러워하기는. 뭐 이것도 나쁘지 않아.'

미쁨은 그와 몸을 밀착시켰다. 그들의 몸이 맞닿았다. 갑작스레 느껴진 색다른 감촉에 그의 몸이 움찔했다.

"저기……."

"그냥 솔직하게 느껴."

그녀의 말에 설희의 몸이 순간 흠칫했다.

'솔직…… 하게?'

그 순간 설희는 아찔한 뭔가가 뒷골을 타고 서늘하게 올라오는 것을 느꼈다.

'위험해.'

그의 뇌리에 거부감이 올라왔다.

'어쩌다 이 지경까지 온 거지?'

그의 미간이 구겨졌다.

'이건 아냐. 더 이상은 안 돼.'

그는 미쁨의 어깨를 커다란 손으로 감싸 쥐어 밀어냈다. 숨조차 쉬기 어려울 만큼 날카롭고 야릇했던 그녀의 모든 것들이 설희에게서 떨어졌다. 하아. 하아. 두 사람의 사이에는 촉촉이 젖은 뜨거운 호흡만이 가득했다.

"왜? 무슨 문제 있어요?"

한껏 달아오른 그녀가 곧바로 묻자 그가 조심스레 답했다.

"이건 아닌 것 같습니다."

이런 상황까지 왔는데도 이성적으로 거리를 두는 설희의 모습에 미쁨은 불현듯 뭔가가 떠올랐다.

"팀장님 설마 그쪽 기능에 문제가 있……."

그녀는 고개를 숙여 그의 그쪽을 바라보았다.

"……는 건 아닌데."

다행히 설희는 아주 건강한 남자였다.

'그런데 왜? 왜 밀어내는 건데? 본인도 좋아하고 있으면서 도대체 왜!'

미쁨은 이 상황을 도통 이해하기 힘들었다. 에잇. 그가 그러든가 말든가, 그녀는 설희를 밀어 눕혔다.

"이런 거 저런 거 따지지 말고 몸이 움직이는 대로 하죠. 팀장님의 몸도, 내 몸도 원하는 건 이거라고."

그녀는 입맛을 다시며 그의 바지 버클을 두 손으로 잡았다. 미쁨이 지퍼를 풀기 위해 옷을 살짝 비틀 때, 그녀는 듣지 말아야 할 말을 듣고 말았다.

"제가 이런 경우는 처음이라."

멈칫. 미쁨의 모든 움직임이 순간 정지했다.

"설마 여자가 먼저 덮치는 게 처음이라는 거죠? 잠자리 자체가 처음이라는 건 아니죠?"

"후자 맞아요."

말. 도. 안. 돼. 그녀는 그의 말을 믿을 수가 없었다.

'이렇게 키스를 잘하는 남자가 아직까지 아무런 경험이 없다고? 뭣보다 이런 허벌나게 훌륭한 상판과 조각 같은 몸매를 가졌는데? 소름끼치는 반전이로세.'

"거짓말하지 마……."

설희의 말을 믿을 수 없었던 미쁨은 어색하게 하하 웃으며 그의 얼굴을 바라보았다. 거짓이라고는 눈을 씻고 현미경으로 들여다봐도 없는 얼굴이었다.

'껄껄. 내 취향대로 길들이는 맛 또한 일품이지.'

그녀는 능구렁이처럼 씨익 웃었다.

"괜찮아. 괜찮아. 우리 설희, 이 누나가 잘해줄게."

경험이 없단 말에 미쁨은 설희를 어르고 달랬다.

'그의 망가지는 모습이 보고 싶다. 평생 살면서 처음 느끼는 짜릿한 감각에 어찌할 줄 몰라 매달리는 모습이 보고 싶다. 봇물 터지듯 뿜어져 나오는 모든 감정을 주체하지 못해 야하게 우는 모습이 보고 싶다!'

그녀의 가슴속에서 욕망이 들끓었다.

'이대로 난 상변태가 되어가는 건가.'

미쁨은 생각했다. 그러나 그 답은 금방 나왔다.

'그래, 그냥 난 변태가 되련다.'

생각을 마치자마자 그녀는 그의 가슴에 진하게 입을 맞췄다. 그러자 설희의 몸이 크게 들썩였다.

'허허. 감도 좋구나.'

미쁨은 흐뭇했다. 그러던 순간, 그녀의 머릿속으로 자신의 첫 경험이 스쳐 지나갔다. 십대 때부터 가슴속에 품고 오던 성적 판타지가 와장창 깨졌던 그 순간이. 욕정에 눈이 멀어 막 열린 새초롬한 과일을 따 먹겠다는 일념 하나로 달려들던 짐승, 첫 남자친구의 돌아버린 눈이 생각난 것이다.

끔찍했던 그날을 떠올린 미쁨은 잠시 가출했던 이성이 거지꼴로 꺼이꺼이 울며 돌아오는 것을 느꼈다. 그 이성은 '집 나가면 개고생이야!'를 외치며 그녀의 뇌 속으로 껑충 점프해 들어왔다.

'얘도 첫 경험 판타지가 있을 텐데 내가 너무 막 몰아세우는 거 아냐?'

미쁨은 걱정스러운 마음에, 설희의 몸에 밀착했던 자신의 상체를 일으켜 세웠다. 그는 하던 모든 행위를 멈추고 일어선 그녀를 놀란 눈동자로 바라보았다.

'저렇게 순진한 눈을 가진 애의 첫 경험을 이렇게 허무하게 빼앗을 순 없지.'

설희의 위에서 내려온 미쁨은 그의 옆에 누워 쾌남, 아니 쾌녀처럼 멋지게, 폼 나게 팔베개를 해주었다. 설희는 영문도 모르고 그녀의 팔을 베고 누웠다. 순수한 느낌을 팍팍 풍기는 그의 얼굴을 보며 미쁨은 괜히 킁 하고 콧바람을 내뱉었다. 그것은 흡사 '너의 순결은 내가 지켜주마'와 같은, 크나큰 결의를 내포하고 있는 듯했다.

"나중에 네가 먼저 끓어오르고 애달플 때 하자. 그때까진 내가 참아줄게."

그녀가 호탕하게 말했다.

"……알겠어요."

설희는 난데없는 반말에다가 이게 무슨 소리인가 싶었지만, 일단 고개를 끄덕이며 대답했다.

'하, 겁나 쿨한 년. 멋지다.'

짝짝짝, 속으로 박수 쳐 대며 스스로를 치켜세우던 미쁨은 이 어린양 설희의 첫 경험 수호자가 되어 판타지를 지켜주겠노라 맹세했다.

4. 깊게 빠지는 남자

콩닥콩닥콩닥…… . 설희의 귓가에 심장 소리가 규칙적으로 들려왔다. 얼굴에선 보드라운 감촉도 느껴졌고, 온몸은 따뜻한 물속에 들어 있는 것처럼 편안하고 기분 좋았다.

설희는 마음 같아선 이 상태 그대로 깨고 싶지 않았지만, 애석하게도 정신이 점점 선명해졌다. 그렇게 그가 눈을 떴다. 그러자 눈앞에 보이는 가슴. 옷을 걸치고 있었지만 특유의 볼륨감으로 볼 때 여자의 것이 분명했다.

숨을 들이쉬고 내쉴 때마다 유연하게 오르락내리락하는 그 가슴을, 잠에서 완전히 깨지 못한 설희가 물끄러미 바라보았다.

'내 눈앞에 있는 이게 뭐지?'

그가 멍하니 고개를 들었다. 그러자 그의 시야로 미쁨의 얼굴이 들어왔다. 설희는 깜짝 놀라 후다닥 몸을 뒤로 뺐다.

'뭐야! 내가 왜 이 여자랑 붙어서 자는 거지?'

그는 당혹스러움을 감추지 못했다. 동시에 어제 있었던 일을 기억해

내기 위해 머리를 열심히 굴렸다. 그러자 미쁨이 자신에게 팔베개를 해 줬던 것이 두둥실 떠올랐다.

'그 상태로 그냥 잠들었구나.'

설희는 지금 이 상황까지 오게 된 이유를 알게 된 후에야 조금 안도할 수 있었다.

'아무런 일도 없었군.'

그는 그대로 자리에서 일어나기 위해 손으로 침대를 짚었다. 그렇게 막 일어서려는 찰나, 미쁨의 팔이 설희의 어깨를 팍 덮치는 게 아닌가!

"잠깐……!"

"그냥 좀 더 자……."

그녀는 잠에 취한 목소리로 웅얼거리며 그를 끌어안았다.

'이 여자가 지금 뭐 하는 짓이지?'

설희는 미쁨의 품속으로 끌려가지 않기 위해 몸에 힘을 주었다. 하지만 너무 갑작스러운 일이라 제대로 저항하지 못하고 그대로 그녀의 팔에 갇히고 말았다.

'무슨 여자가 힘이 이렇게 세?'

그는 황당한 이 상황에 뻣뻣하게 굳은 채 누워서 헛웃음만 지을 뿐이었다.

"엄청 피곤하다면서 왜 이렇게 일찍 깼대…… 더 자, 더 자."

마치 인형을 끌어안듯, 미쁨이 그를 꽈악 끌어안았다. 설희는 그녀의 품속에서 숨이 막힐 지경이었다.

'이런 상태로 잠들 수 있을 리 없잖아……'

그는 미간을 구긴 채 중얼거렸지만, 신기하게도 곧 머릿속이 몽롱해졌다.

'어떻게 잠이 올 수 있는 거지……?'

그는 이해가 가지 않았다.

'분명 정신도 선명해졌고, 아까 놀란 탓에 잠도 싹 달아났는데 잠이
또 오다니. 나에게 무슨 이상이 생긴 거 아닐까?'

그때 미쁨에게서 따뜻한 냄새가 느껴졌다. 햇빛에 잘 말린 폭신폭신
한 이불 속에 들어가 있는 느낌이라 해야 할까. 그녀의 품속은 뭔가 포
근하고 편안했다. 거기다 그는 자신을 꽉 붙잡아주는 미쁨의 팔에 마음
이 놓이기도 했다. 지금이라면 꿈속에 나타나는 그 끔찍한 것들이 실제
로 눈앞에 있다 하더라도 괜찮을 것 같았다. 그녀의 팔이 자신을 지켜
줄 것 같아서. 그는 그녀의 팔에서 어떤 위험도 능히 막을 수 있을 것
같은 강인함을 느꼈다.

'여자에게서 이런 느낌 받기 정말 힘든데…… 양미쁨 이 여자, 확실히
뭔가 있다. 전생에 사내대장부였을지도 모르지.'

선명했던 머릿속이 다시 멍해지고, 설희의 눈이 감겼다. 콩닥콩닥콩
닥……. 그는 다시 그녀의 심장 소리에 취해 잠에 빠져들었다. 그 후, 그
들이 깬 것은 모텔 주인의 독촉 전화가 왔을 때였다.

미쁨과 설희는 씻지도 못해 후줄근한 상태로 택시 뒷좌석에 나란히
앉아 있었다. 모텔에서 쫓겨나다시피 나온 그들은 아무 말도 나누지 않
고 바로 택시를 잡아탄 거였다.

"저기, 정리를 좀 해야 하지 않나?"

먼저 말을 꺼낸 건 미쁨이었다.

"뭘요?"

"뭐긴 뭐야. 저희 집에서 재워달라면서. 언제, 어떻게, 얼마나 자주
잘 건지 말해줘야 내가 준비를 하든가 말든가 하죠."

설희는 미묘하게 반말과 존댓말을 섞어 하는 미쁨이 살짝 거슬렸지만
일단 참았다. 그녀가 자신의 집에서 자는 것을 허락해 주겠다는 이 시
점에 말투까지 걸고넘어지면 간신히 얻은 저 허락을 놓칠지도 모른다는

생각이 들었기 때문이었다.

"수요일, 일요일에 양 프로의 집에서 잤으면 좋겠습니다. 출근도 거기서 바로 하면 좋을 것 같고요."

설희의 말에 미쁨이 고개를 끄덕였다. 그러다 문득 뭔가를 깨달은 그녀가 입을 열었다.

"생각해 보니까, 저희 집 때문에 악몽을 안 꾸는 건 아닌 것 같아요. 숙면의 원인이 저희 집이었으면 모텔에서 잘 때 악몽을 꿨어야지."

"맞아요. 당신의 집 때문은 아닌 것 같습니다."

"그럼…… 나 때문?"

미쁨의 말에 설희가 고개를 끄덕였다. 인정하고 싶진 않았지만 그녀 덕분에 잠을 잘 자는 것이 맞았다. 이유는 아마도…….

'든직함?'

풋. 여자에게서 든직함을 느끼다니. 설희는 이런 어처구니없는 상황에 웃음을 참지 못했다.

"왜 웃어?"

"아닙니다."

그는 미쁨의 물음에 바로 얼굴을 굳히며 부정했다. 하지만 끊임없이 올라오는 웃음을 참기 위해 입술을 꽉 깨물어야 했다. 그 순간 설희의 머릿속에 이미지 하나가 떠올랐다.

그것은 든직한 근육질의 체구에 미쁨의 얼굴을 한 공주와 그녀의 품속에서 보호를 받는, 자신의 얼굴을 한 기사의 이미지였다.

"푸흑."

누가 공주고 누가 기사인지, 누가 누구를 지키는 것인지 알 수 없는 그 이상한 이미지에 설희는 결국 웃음을 참지 못했다.

'빌어먹을. 너무 웃기잖아, 이거.'

"뭐야, 또 웃어?"

"아, 아닙…… 큭큭."

자신을 추궁하는 미쁨의 얼굴과 마주치자 그는 새어 나오는 웃음을 참을 수가 없었다. 자꾸만 그녀의 모습과 듬직한 공주의 이미지가 겹쳐졌다.

"왜 웃는 건데요? 설명을 좀 해줘 봐! 같이 웃기라도 하게."

"정말 아무것도 아닙니…… 큭큭큭."

택시 안은 그렇게 설희의 웃음과 미쁨의 궁금증으로 가득 찼다.

"주말 동안 회사에 안 나오셔도 됩니다."

미쁨의 집 앞에 택시를 세운 설희가 차에서 내려 그녀를 들여보내며 말했다. 그의 얼굴은 택시 안에서와는 달리 차갑게 식어 있었다. 아니, 식은 게 아니라 원래대로 돌아왔다는 표현이 더 옳았다.

"어머머머! 지금 나한테 고마움의 표시로 그러는 거예요? 오예!"

설희는 좋아하는 미쁨을 바라보며 인상을 구겼다. 물론 그녀의 말마따나 고마움의 표시도 어느 정도 있었지만, 미쁨의 웃는 모습이 괜히 거슬렸다. 그는 어쩐지 그녀를 괴롭히고 싶어졌다.

"무슨 소리예요. 손님 맞을 준비나 하시라고요."

"손님…… 맞을 준비? 그 손님이란 게, 설마 그쪽을 말하는 건……."

"저 맞습니다. 제가 양 프로의 집에 가기 전에 청소 같은 것들 좀 해 두세요. 오늘이 토요일이니까, 내일까지."

설희가 딱딱하게 말하자 미쁨의 얼굴이 굳어갔다.

'지금 뭐냐. 내가 니 시다바리냐?'

"아니, 어제 잤잖아요. 그럼 일요일은 건너뛰어도 되지 않나?"

그녀가 그에게 불만을 토로하자 설희는 한쪽 눈썹을 거만하게 치켜세우며 답했다.

"안 됩니다. 어제는 일종의 사고였으니 제외시켜야죠. 아까 택시에서 얘기했던 대로 내일 바로 미쁨 씨의 집으로 오겠습니다. 내일 뵐 땐 부디, 집이 좀 깨끗했으면 좋겠네요."

그는 회식 날 빨래 건조대에 널브러져 있던 그녀의 속옷들을 떠올렸다.

"저번 회식 때처럼 그런 상태라면 좀 곤란합니다."

"하! 그 정도면 깨끗한 편이었거든요? 그렇게 싫으면 오지 마세요!"

미쁨의 소리침에 설희는 얄밉게 어깨를 들썩였다. 그의 어깨가 그녀에게 '싫은데? 난 올 건데?'라며 깐죽대는 것 같았다.

"그럼 이만 가보겠습니다. 내일 봬요."

설희는 말 한마디 툭 던지고는 몸을 돌렸다. 그런 그의 뒷모습을 바라보면서 미쁨이 이를 뿌득뿌득 갈았다.

'저 갈아 마셔도 시원찮을 놈!'

그녀가 설희의 뒤통수에 대고 손가락 욕을 날리던 그때, 그가 갑자기 빙글 돌아섰다.

그러자 미쁨은 폈던 가운뎃손가락을 잽싸게 접으며 급히 날파리를 잡는 척했다.

"아우 씨, 이 날파리 새끼."

설희는 아무 의심 없이 그녀를 바라보며 다시 입을 열었다.

"휴대폰 번호는 회사 내에서 검색하면 다 나오니까, 굳이 주고받진 말죠."

"그러시든가요."

미쁨은 입술을 삐죽대며 꿍얼거렸다.

'폰 번호를 각자 알아내서 저장하자는 말이 나오다니. 대단하다, 저 인간. 로봇이 따로 없다, 증말. 아무리 별거 아닌 번호라도 주고받는 과정에서 미묘한 감정이 생기기 마련이거늘.'

미쁨은 설희의 냉랭함에 감탄했다.

'왜, 그런 거 있잖아. 상대방의 번호가 찍힐 때 드는 신기함 같은 거. 저런 인간의 번호가 내 휴대폰 안으로 들어오다니! 하는 벅참이나 기대 감 같은 거 말이야.'

그녀는 그의 변하지 않는 차가움이 아쉬웠다. 모텔에서 그렇게 진한 하룻밤을 보냈는데, 그 정도면 좀 나긋하게 변할 만도 하지 않은가.

'물론, 저 시끼의 번호가 내 휴대폰에 찍힐 땐 찝찝함이 들겠지만.'

그녀는 벅참이든, 기대감이든, 찝찝함이든 그런 세세한 감정들을 하나하나 느끼지 않고 허투루 허비하는 설희가 마음에 들지 않았다. 그렇다고 해서 그를 자신의 집에서 재우는 걸 후회하는 건 아니었다. 그의 상태가 생각보다 심각해서 놀라기도 했지만, 자신의 품속에서 새근새근 잘 자는 설희의 모습이 너무 귀엽고 깜찍했기 때문이었다.

그리고 무엇보다! 그의 순결을 지켜줘야 하지 않겠는가! 미쁨의 가슴 속에서 책임감이 활활 불타올랐다.

'최고의 첫 경험을 가질 수 있도록 내가 널 도와주마, 이 귀여운 놈아! 물론 그 첫 경험은…… 나와 함께?'

"꺄아아아아악! 넘흐 좋아!"

그녀는 혼자 소리를 꽥꽥 지르며 몸을 배배 꼬았다.

'저 남자의 첫 경험을 내가…… 내 손으로…… 흙흙.'

그녀는 어떻게 해야 저 무르익은 과일을 냠냠짭짭 잘 먹었다는 소리를 들을 수 있을까 고민하며 타고 왔던 택시에 올라타는 설희를 이글이글 타오르는 눈으로 바라보았다. 그건 마치 어린 양을 노리는 늑대 같은 눈빛이었다.

"조금만 기다려라. 일단 너도 야시시에 한 번 눈뜨고 나면 짐승이 될 것이다. 그리고 난 짐승을 아주 좋아하지."

미쁨은 입맛을 삭 다시며 집 안으로 들어갔다.

"나와 있어야만 잠을 잘 수 있다는 건, 우리가 서로에게 의지가 되는 이상적인 커플이 될 수 있다는 뜻 아니겠어?"

그녀는 절로 나오는 콧노래를 흥얼흥얼거렸다.

'거기다 저 인간은 내가 사람을 어떻게, 얼마나 좋아하는지 알고 있을 거 아냐! 병원 앞에서 그렇게 떠들어댔으니 분명 알고 있을 거라고.'

미쁨의 입꼬리가 귀에 걸릴 듯 솟구쳤다.

'내가 변태라는 걸 알면서도 도망가지도 않고 붙어 있는 거 보면……'

기대감으로 가득 찬 그녀의 눈동자가 반짝반짝 빛났다.

'어쩌면 저 사람, 내 인생에 다시없을 남자일 수도 있다구!'

설희와 모든 감정을 믿고 나눌 수 있는 관계가 될지도 모른다는 희망이 그녀의 가슴속에서 팽팽하게 부풀었다.

'거기다 잘생긴 얼굴과 조각 같은 몸까지 덤으로 딸려오다니!'

미쁨의 가슴이 불타올랐다.

"내가 너 잡는다!"

❦

[이번 달 말에 개봉 예정인 영화 '케이브'로 돌아온 영화배우, 차해아 씨입니다. 안녕하세요.]

[안녕하세요.]

[이제 영화가 개봉을 앞두고 있는데요…….]

차해아. 그는 뛰어난 연기력과 탁월한 작품 선택으로, 대한민국의 유일무이한 국민배우로 자리매김한 남자였다. 훤칠하게 큰 키, 훌륭한 외모. 삼십대 중반 특유의 섹시미와 어딘지 아슬아슬한 퇴폐미를 자랑하는 그는 이번에 '케이브'라는 영화 속에서 어린아이와 공감하여 사랑을 느끼는 뱀파이어 역으로 돌아와 인터뷰하고 있었다.

"저 배우는 어때요?"

설희는 해아의 인터뷰 영상을 보며 의견을 제시했다. 그는 회의실 긴 테이블 중앙에 앉아 창문 너머 회의실 밖에 걸려 있던 벽걸이 모니터를 바라보았다.

설희는 세성전자에서 출시 예정인 신상 TV '블라인드'에 대한 회의를 주도하고 있었다. 그는 미쁨과 헤어지고 난 어제도, 그리고 일요일인 오늘도 출근해 업무에 집중했다. 그럴 수밖에 없었다. 집에 혼자 있으면 기분 나쁜 생각들이 떠올랐으니까. 악몽은 기본이요, 그 외 갖가지 부정적인 것들이 설희를 괴롭혔다. 그럴 바엔 차라리 일에 집중하는 게 낫다는 것이 그의 생각이었다.

그런 이유로 현재 진행되고 있는 회의는 블라인드 TV의 모델부터 컨셉, 카피까지 전체적인 것들을 정하는 자리였다. 그러나 딱딱하고 심드렁한 설희의 표정을 보아하니 마음에 드는 의견이 없는 듯했다.

"차해아 씨요? 그 사람은 좀⋯⋯."

TV 모델로 해아를 제시한 그의 의견에 후배 하 프로가 난감한 기색을 비쳤다.

"왜요?"

설희가 그 까닭을 묻자 하 프로는 애써 웃으며 그 이유를 설명했다.

"저 사람 연기가 워낙 현실적이잖아요. 배우로선 인정받는 사람이긴 한데 뭐랄까, 너무 리얼해서 광고로서의 환상을 불러일으키기 힘들다고 할까요?"

그의 말이 맞았다. 해아는 국민배우라는 별칭과 조각 같은 외모라는 조건에도 불구하고 광고계에선 영 시원찮은 존재였다. 영화마다 맡는 배역이 워낙 개성적이었던 탓도 있지만, 광고에서 나타나는 그의 생생한 연기력이 오히려 마이너스였던 것이다.

예를 들면, 해아가 숙취해소음료 광고에 나와 술 취한 연기를 할 때면 그 연기가 너무 사실적이어서 정작 음료가 무엇인지 기억나지 않았다. 음료를 먹어도 저 정도의 숙취는 풀리지 않을 거야, 하는 불안감이 일어날 정도였다.

"오히려 더 좋은데요?"

응? 하 프로의 말에 동의하던 사람들은 자신들과 반대인 설희의 견해에 다들 고개를 갸우뚱댔다. 그것은 그의 옆에 앉아 회의를 참관하던 강 프로도 마찬가지였다.

"이번 블라인드의 컨셉이 뭡니까? 타 제품들과 비교할 필요가 없는 선명함과 뛰어난 음향 아닙니까. 다른 유사 제품들 따윈 눈에 들어오지 않는 부분적 맹인이 될 정도로 말이죠. 현실을 담고, 진짜를 들려주는 것과 같은 착각. 차해아 씨는 블라인드와 더없이 부합한 모델 아닌가요?"

설희의 말에 사람들은 아직도 좀 이해하기 힘든지 웅성웅성댔다. 누구 하나 확고히 동의하는 이가 없었다.

"개발자들이 제시한 키워드는 생생함, 리얼함, 섬세함, 그리고 현실을 담은 환상."

그는 손으로 턱을 괴고 생각에 잠겼다. 설희는 키워드와 해아라는 모델의 중간을 엮을 무언가를 찾고 있었다. 그 순간 그의 머릿속에 미쁨과의 키스가 떠올랐다.

"입맞춤."

"네?"

설희의 뜬금없는 말에 하 프로가 당황했다. 아니, 그뿐만 아니라 회의실 내에 있던 모든 이들이 전부 다 당황했다. 입맞춤이라고? 저 감정이라고는 없는 돌덩이 같은 놈의 입에서 입. 맞. 춤이라고?!

그들이 놀라 어버버하고 있는 사이, 설희는 자신이 상상한 머릿속의 이미지를 설명하기 시작했다. 그의 입에서 어떤 스토리가 나올지 궁금했던 회의 참석자들은 일제히 귀 기울였다.

"인어와 같은 환상적인 존재와 아름다운 키스를 나누는 배우 차해아 씨가 나옵니다. 물속에 잠겨 흩날리는 머리카락과 옷자락이 굉장히 몽환적이죠."

사람들은 너도나도 설희의 말에 따라 이미지를 상상하기 시작했다. 몇몇은 눈까지 감고 있었다.

"하지만 그는 어딘지 허전함과 공허함을 느낍니다. 그리고 눈을 뜬 순간, 키스를 나누던 그 꿈같은 존재가 가득 찬 화면을 발견하게 되죠. 느꼈던 모든 것들이 다 화면 속 거짓임을 알게 된 겁니다."

그의 말을 듣던 사람들의 표정이 굳어졌다. 그들은 저마다 작은 목소리로 중얼거렸다.

"거짓이라니. 광고 컨셉이 설마 '거짓'은 아니겠지?"

"상품을 팔겠다는 거야, 말겠다는 거야?"

"아니, 아직 몰라. 천하의 윤설희 아닌가. 일단 들어보기나 하자."

그들은 곧 설희의 말을 끝까지 듣기 위해, 일단 조용히 입을 다물었다.

"해아 씨가 바라보던 화면 속 그 존재는 점점 어두운 심해 속으로 사라져 가고, 그는 그녀를 붙잡지 못합니다. 손을 뻗고 뻗어도 결국 블라인드라는 벽에 막히고 마니까요."

절로 머릿속에 떠오르는, 사랑하는 연인을 하염없이 바라보며 허탈해하는 해아의 모습에 회의실 내 사람들의 표정이 점차 굳어갔다.

"모든 것이 현실로 다가올 정도로 보여주고 들리게 해준 블라인드에 해아 씨는 회의감을 느낍니다. 그러던 도중 떠오르는 한 가지 생각. 나 또한 어딘가에 갇힌 인위적인 존재가 아닐까."

설희의 말을 듣는 이들의 표정이 불안으로 가득 찼다. 그의 설명에 따라 감정이입이 되는지 다들 사뭇 진지한 모습이었다. 그들은 반전 스릴러 영화를 보는 사람들의 얼굴이라 해도 믿을 정도로 설희의 이야기에 심취하고 있었다.

"그는 불안한 눈동자로 카메라를 응시합니다. 시청자들과 눈을 맞춥니다. 천천히 뒤로 밀리는 카메라 앵글 속에 그의 얼굴이 담긴 블라인드가 보입니다. 결국 그도 제품 속의 존재였다는 것을 시청자들에게 알려주는 것이죠. 그리고 그의 불안정한 눈동자에 시청자들도 느끼게 됩니다. 혹시 나도 블라인드 속 존재가 아닐까. 그 순간 그에 어울리는 카피가 뜹니다."

"그, 그래서? 좀 더 말해봐."

강 프로는 의자를 설희 쪽으로 바짝 붙여 앉으며 추궁하듯 물었다.

"도대체 그 카피 내용이 뭔데!"

재미있는 이야기를 듣다 중간에 끊긴 어린아이처럼 다음을 독촉하는 그의 모습에 설희는 생각에 잠겼다. 그는 주름이 깊게 파인 미간과 함께 눈을 감은 상태로 길고 하얀 손가락으로 관자놀이를 톡톡 쳤다.

"카피는…… 리얼함, 섬세, 그리고 현실, 현실…… 아."

그때 뭔가 왔다는 듯이 설희가 딱 눈을 떴다. 그는 관자놀이에 위치해 있던 손을 책상 위로 가지런히 올렸다. 사람들은 눈 하나 깜빡이지 않고 설희의 입만 쳐다보았다. 꿀꺽. 침 넘어가는 소리가 이곳저곳에서 들렸다.

"진실은 이곳에. 블라인드."

탁, 데구루루.

강 프로는 자기도 모르게 손에 들고 있던 펜을 떨어뜨렸다. 온몸에 소름이 돋았다.

'대박이다. 이건 대박이야!'

그의 눈동자가 빛났다.

'역시 윤설희!'

설희는 다른 사람들의 반응에 아랑곳하지 않고 설명을 이었다.

"현실적 연기의 대가 차해아라는 배우를 내세워 현실을 담은 듯한 착각을 불러일으키는 겁니다. 그가 블라인드이고 블라인드가 곧 그인 것처럼 말이죠."

그의 설명을 옆에서 듣던 하 프로가 신이 나서 맞장구치기 시작했다.

"더불어 공포감 조성까지! 거기다 블라인드의 장점도 엄청 부각시키고 말이에요. 이 정도면 확실히 시청자들의 관심도 끌고 구매욕 상승도 노릴 수 있겠어요. 그런 현실과 비현실의 모호한 경우를 좀 더 만들어서 두세 가지 시리즈로 만들면……."

"그런데 문제가 있어."

그때 강 프로가 하 프로의 말을 도중에 끊고 설희의 의견에 브레이크를 걸었다.

"아마 에어 쪽에서 저 친구를 내주지 않을걸? 차라리 다른 배우를 찾아봐."

그는 모니터 속에서 한창 인터뷰 중이던 해아를 '저 친구'라고 불렀다. 그가 말한 에어란 해아가 소속된 회사 에어 엔터테인먼트의 줄임말이었다.

"아뇨. 그 사람만큼 잘 어울리는 사람이 없다고 봅니다. 그런데 왜죠?"

"그게…… 한 구 년 정도 됐지, 아마? 비타민 광고였는데, 비실비실 피곤에 쩔었던 남자가 비타민 제품을 먹고 활력을 되찾는다는 내용이었거든? 거기서 저 친구의 비실비실한 모습과 연기가 너무 리얼해서 그 짤이 아직도 돌아다녀. 아마 앞으로도 평생 쫓아다니겠지. 그리고 그 짤을 탄생시킨 광고사가 바로 우리야."

강 프로의 말에 사람들이 다들 고개를 끄덕였다. 오래전의 일이라 그 광고가 무엇인지는 몰라도 그 '짤'만큼은 알고 있었다. 거지꼴로 바닥에 나뒹구는 그 웃긴 사진은 남녀노소 다 알 정도로 유명한 엽기 짤이었고, 제목은 '돌아온 상거지'였다.

에어 엔터테인먼트의 대표는 평생 그림자처럼 따라다닐 그 엽기 사진의 원인을 제공한 세성기획을 그다지 달가워하지 않았다. 다른 배우들을 내세운 광고는 대환영이었지만 해아만큼은 웬만하면 내주지 않았던 것이다. 해아 역시 그 이후로 광고는 거의 찍지 않고 있었고.

"……제가 직접 연락해 보죠."

설희가 무덤덤하게 말했다. 그러자 강 프로의 얼굴이 밝아졌다.

"오, 네가 연락하면 좀 다를 수도 있지."

설희는 이 바닥에서 이름만 들어도 알 정도로 유명한 인사였다. 그의 손을 거친 모든 연예인이나 제품들, 혹은 기업들이 탈바꿈했다는 평을 얻을 정도로 변화했으니까. 때문에 다른 광고 기획사들은 설희라는 인재를 데려가길 원했고, 연예인 소속사들은 누구나 다 그에게 소속 연예인들을 인사시키고 싶어 안달이었다.

'설희의 입지라면 아무리 에어 엔터테인먼트라 해도 해아를 내주지 않을까?'

강 프로의 눈동자가 기대감으로 반짝거렸다.

"하 프로님은 에어 쪽 번호 좀 제게 주세요. 이만 회의 마치겠습니다."

설희는 자신의 앞에 있던 서류들을 손에 들고 일어서며 말했다. 그렇게 회의가 마무리되었다.

"저기, 선배님."

그가 회의실 밖으로 나가려는 그때, 하 프로가 설희를 붙잡았다.

"무슨 일이시죠?"

"……양 프로가 안 나와서요. 혹시 무슨 일 있나 싶어서……."

하 프로가 말끝을 흐렸다. 그는 미쁨이 설희의 등쌀에 못 이겨 사표라도 써내지 않을까, 하고 걱정하던 참이었지만, 차마 설희에게 '윤 프로님의 갈굼에 지쳐 출근을 안 한 거 아닐까요?'라고 물을 수는 없었다.

"주중에 고생한 것 같아서, 주말엔 쉬라고 말했습니다."

"아, 그렇군요."

설희의 대답에 하 프로는 안심했다는 듯이 고개를 끄덕였다.

"그보다 선배님, 오늘 회의 완전 대단했습니다. 입맞춤이라니, 선배님
이 그런 단어를 사용하실 거라고는 생각도 못했어요."

하 프로가 사무실로 발걸음을 옮기며 다시 입을 열었다. 그의 말을
잠자코 듣고 있던 설희도 내심 동의했다.

'나 역시 생각지도 못했어.'

평소의 그였다면 누군가가 자신을 덮치자마자 당장 성추행범으로 신
고해 인생의 쓴맛을 겪도록 했을 것이다. 하지만 그러지 못했다. 그뿐만
이 아니라 모텔에서의 일들이 자꾸 떠오르기까지 했다. 진한 스킨십의
느낌은 물론이고 주고받았던 말, 그리고 그때의 분위기까지 전부 다 말
이다.

'거기다 오늘, 회의실에서 언급까지 하다니.'

설희는 아까 회의하던 도중 입맞춤이라는 단어를 내뱉었을 때, 순간
자신이 미친 게 아닌가 하는 생각까지 들었다.

'왜 그 여자를 뿌리치지 못했을까? 반말을 지껄이며 팔베개를 해준
그 변태를 왜 밀어내지 못했느냔 말이야. 그리고 왜 계속 그녀의 살결이
떠오르는 걸까?'

그가 한참 머릿속의 복잡함과 씨름하고 있을 때, 하 프로가 장난스럽
게 말을 던졌다.

"선배님, 혹시 연애하세요?"

"뭐라고요?"

그의 말에 설희의 얼굴이 일순간 일그러졌다.

"아, 아니…… 평소와는 사뭇 다른 단어 선택에 짐작한 것뿐인데……

죄송합니다."

하 프로는 설희의 무서운 표정에 바로 꼬리를 내렸다.

"하하하. 그럼 전 이만 급한 일이 있어서 먼저 가보겠습니다. 에어 쪽 번호는 책상 위에 올려놓겠습니다."

그는 되도 않는 핑계를 대며 빠른 걸음으로 앞질러 갔고, 그런 그의 뒷모습을 보는 설희의 표정은 여전히 굳어 있었다.

'연애라니. 그런 말 같지도 않은 소리를. 어떻게 그런 생각을 할 수가 있지?'

그는 당황스럽기 그지없었다.

"나중에 네가 먼저 끓어오르고 애달플 때 하자. 그때까진 내가 참아 줄게."

하긴 뭘 해, 이 여자야! 설희는 저절로 떠오르는 미쁨의 목소리에 저도 모르게 발끈했다.

'아니, 왜 이렇게 시도 때도 없이 양미쁨, 그 여자가 떠오르는 거지? 모텔에서의 밤이 그렇게나 강력했나?'

그는 고개를 세차게 저으며 그녀에 대한 생각을 털어버리려 애썼다. 하지만 그래봤자 소용없는 일이었다. 퇴근 후 그녀의 집에 가야 했으니까. 그녀의 집에서 자기로 한 날은 수요일과 일요일이었는데, 오늘이 바로 일요일이었다. 일단 금요일에 같이 잤으니 일요일 정도는 넘어갈 수도 있겠지만, 그는 그러고 싶지 않았다. 일요일에 자둬야 다음 수요일까지 견딜 수 있을 것 같았기 때문이었다.

설희는 이제 일주일을 온전히 버티려면 양미쁨, 그녀가 필요했다.

"이러다 큰일 날까 봐 무서워요."

해아의 매니저, 창희가 에어 엔터테인먼트 대표이사실에서 TV를 보며 말했다. TV 화면에는 영화에 관해 인터뷰를 하는 해아의 모습이 들어 있었다. 창희의 맞은편에 앉아 있던 성 대표도 고개를 끄덕였다. 긴 머리를 우아하게 풀어 헤친 그녀의 얼굴에 걱정으로 인한 그림자가 짙게 드리워져 있었다.

"저러다 자살…… 같은 이상한 생각을 하는 건 아니겠죠? 왜, 작품 캐릭터에 심취하는 천재 배우들 보면 그런 사람들 많잖아요."

창희의 말에 그녀는 한숨을 푹 쉬었다.

"그래서 해아는, 아직도 그래?"

성 대표의 물음에 창희가 고개를 끄덕이며 답했다.

"네……"

해아는 심각한 우울증에 걸린 상태였다. 그는 이번에 찍은 영화 '케이브'에서 순수한 뱀파이어 역을 맡았는데, 비극적인 결말을 맞이하는 그 캐릭터에 심취해 평소 자기 자신의 모습으로 쉬이 돌아오지 못하고 있었던 것이다. 그는 영화 촬영이 전부 끝나고 개봉을 앞둔 상태임에도 불구하고 아직도 자신이 뱀파이어인 것 같았고, 상대역을 잊지 못해 깊은 절망감에 빠져 있었다. 지금 해아는 대낮에 밖으로 나가는 것도 꺼렸으며 사람들을 보며 입맛을 다시기도 했다.

이런 상황은 비단 이번뿐만이 아니었다. 그는 언제나 자신이 맡은 역할에 충실했고, 그만큼 배역에 잘 몰입했으며, 몰입한 만큼 헤어나지 못했다. 그런 해아 덕분에 그가 출연한 영화들은 대부분 연기에 대한 극찬과 더불어 흥행에 성공했고, 그가 출연한 영화 중 무려 아홉 개가 천만 관객을 돌파했다.

"조금 이따 화보 촬영이지? 데리러 가야 하는 거 아냐?"

"이러면 안 되겠다 싶어서 근처 공원으로 나오라고 했죠. 형님은 빛을 좀 쐐야 해요."

성 대표의 물음에 창희가 어깨를 으쓱하자, 그녀는 잘했다며 칭찬했다.

"잘했어! 어휴. 다음 작품은 좀 밝은 걸로 골라봐야겠어. 이러다간 정말……."

"저기 대표님, 세성기획 쪽에서 연락이 왔는데요."

그때 여비서가 대표이사실 문을 열고 들어와 조용히 말했다. 성 대표는 세성기획이란 단어에 고개를 갸웃했다.

"세성기획? 무슨 일이라니?"

"차해아 씨 일로 할 이야기가 있다고……."

"됐다 그래. 그 사람들은 염치가 없어도 정도껏 없어야지."

성 대표는 비서의 말을 다 듣지도 않고 짜증부터 냈다. 이에 비서가 우물쭈물하며 말을 이었다.

"그…… 연락 온 사람이 윤설희 프로님이라서요……."

"윤설희 프로?"

비서의 말에, 반감이 잔뜩 어렸던 성 대표의 얼굴에 놀라움과 미소가 번졌다.

"어머머머. 윤 프로라면 다르지. 나한테 당장 전화 돌려줘."

"알겠습니다."

비서가 나가자 바로 전화벨이 울렸고, 때맞춰 창희도 자리에서 일어섰다.

"대표님. 그럼 전 이만 형님에게 가볼게요."

"어, 그래. 촬영하다가 무리다 싶으면 바로 집으로 가. 알았지?"

"네, 알겠습니다."

창희는 꾸벅 인사하고 대표이사실을 나갔다.

"후우."

성 대표는 그가 나가자마자 숨을 한 번 고른 후 전화를 받았다.

"어머, 윤 프로님! 오랜만이네요! 어떻게, 그간 잘 지내셨어요? 제가 진작 연락드렸어야 했는데, 호호호."

❦

미쁨은 지금 사상 초유의 비상사태를 맞닥뜨리고 있었다. 밀려오는 아랫배의 복통으로 인해 한 발자국도 걷기 힘들었다.

'집에 나오기 전에 볼일 좀 보고 나올걸!'

그녀는 공원에 화장실 하나 정도는 있을 거라고 안일하게 생각한 과거의 자신이 정말 뒤통수를 후려갈기고 싶을 정도로 미웠다.

사실 미쁨은 설희와의 모텔 사건을 기점으로 '타도 뱃살!'을 외치며 운동을 시작했다.

'윤설희 그 인간이 오늘도 우리 집에 온다는데, 혹시 알아? 만리장성 쌓을지. 아니, 당장 오늘이 아니어도 언젠간 거사를 치를 거야! 그전에 내 복부를 둘러싼 이 지방 튜브를 좀 빼야 당당하게 옷을 벗을 수 있을 것 같아!'

그녀는 출렁이는 자신의 똥배를 쥐고 흔들며 혼자 김칫국을 원샷했다. 그렇게 오늘 아침, 그 원대한 첫 걸음을 떼려는데 이게 웬걸. 첫날부터 급 똥의 기운이 올라오는 게 아닌가.

'가다 보면 화장실 하나 없겠어?'

집에 다시 들어가기 귀찮았던 미쁨은 별생각 없이 뛰기 시작했다. 하지만 얼마 지나지 않아 배가 살살 아파왔고 주위엔 건물 하나 없었다. 그녀는 그렇게 현재에 이르렀다.

"아오 이 빌어먹을 씹빱빠 같은······!"

미쁨은 욕을 중얼거리며 공원 한복판에 서서 복통을 이겨보려 애썼지만 쉽지 않았다. 오히려 항문은 금방이라도 대변을 쏟아낼 듯이 울컥울컥했다.

'내 대장아, 제발 진정해.'

그녀가 이렇게 대장에게 간절히 청원할 때마다 대장은 '하하하 어디서 개가 짖나'라며 변들을 죄다 쥐어짰다.

'오, 제발!'

미쁨은 엉덩이를 부여잡고 석상처럼 서 있었다. 온몸에 닭살이 돋았다.

'으아! 나온다! 뱃속의 덩어리들이 너도나도 우르르 쏟아져 나오려고 해!'

그녀는 발을 동동 굴렀다.

'여기서 노상방분했다간 사회에서 매장당할 거야!'

미쁨은 그런 사태만큼은 막기 위해 필사적으로 참으면서 어기적어기적 걸었다. 동시에 계속 주위를 두리번거렸다.

'제발 아무나! 아무나 나 좀 도와줘!'

그때 실낱같은 희망이 그녀의 눈에 들어왔다. 저 멀리 벤치에 한 남자가 앉아 있었던 것이다!

'오, 나의 구세주여! 감사합니다!'

미쁨은 조금이라도 격하게 움직이면 장 속의 덩어리들이 부다다닥 튀어나올 것 같은 엉덩이를 부여잡고 괄약근에 온 힘을 집중한 채, 그에게 다가갔다.

'벤치에 앉아 있는 착할 것 같은 님아! 제발 나를 위해 화장실 좀 찾아주세요……!'

미쁨이 발견한 남자는 시원하게 뻗은 팔과 다리에 넓은 어깨와 날씬한 허리가 더해져 굉장히 멋진 몸을 가지고 있었다. 그는 검은색 선글라스와 커다란 마스크로 얼굴 대부분을 가리고 있었지만, 그것들로도 남자의 입체적인 이목구비를 가리지는 못했다.

하지만 그 멋질 것으로 예상되는 남자는 알고 있을까. 똥 기운을 가득 실은 한 여인이 자신에게 다가오고 있단 것을. 남자는 먹잇감을 노리는 죠스처럼 서서히 다가오고 있는 미쁨을 인지하지 못한 채, 선글라스 속에 감춰진 눈으로 지나다니는 사람들을 조용히 바라보았다.

'저 사람 맛있어 보여. 어떤 맛일까…… 앗! 아냐! 이러지 마!'

그는 이런 생각을 하는 자신이 정상이 아니라 생각했다. 하지만 스스로의 의지와는 반대로 끊임없이 올라오는 피에 대한 갈증에 비참하고 절망적일 뿐이었다.

'난 인간인데. 뱀파이어는 그저 역할일 뿐이었는데. 사라져 버린 연인 또한 만들어진 캐릭터인데…….'

그는 고개를 숙이며 좌절했다.

"저, 저기요……?"

남자가 한참 우울해하고 있을 때, 가까스로 당도한 미쁨이 그에게 말을 걸어왔다. 고개를 돌린 그의 눈에 처음 보는 여자가 들어찼다. 창백한 안색의 그녀는 식은땀을 줄줄 흘리며 세상에서 제일 괴로운 사람의 얼굴을 하고 있었다.

"무슨 일이시죠?"

"제, 제가 급해서 그런데요…… 혹시 화장실이 어디 있는지 아세요? 아니면 화장실이 있을 법한 건물이라도……."

그녀는 다리를 배배 꼬고 엉덩이를 뒤로 쭉 뺀 채 서 있었다.

'뭐야, 이 여자는?'

남자는 고개를 갸웃하며 답했다.

"아…… 제가 여기 사는 사람이 아니라서요."

그의 말은 미쁨에게 사형선고와 다름없었다.

'제길! 빌어먹을! 오 마이 갓!'

그녀는 더 이상 참기 힘들었다. 지금 당장 무슨 수를 쓰지 않으면 정말로 돌이킬 수 없는 일이 벌어질 것만 같았다. 그녀는 달달달 떨리는 목소리로 남자에게 말했다.

"제, 제가 지금…… 몹시 그…… 그……!"

하지만 미쁨은 차마 처음 보는 남자에게 똥이 마렵다고 말할 수가 없었다. 그러나 이미 눈치챈 남자는 당황하며 일어섰고, 당장에라도 엎어질 듯 아슬아슬한 자세의 그녀를 부축했다.

"저, 저기 괜찮으세요?"

"그, 그러니까…… 힙!"

꾸루루룩. 미쁨의 아랫배에서 장기들이 격하게 요동치는 소리가 들려왔다. 그와 동시에 대장 속에 들어 있는 모든 변들이 엉덩이로 쏠리는 것 같은 느낌이 들었다.

'아, 안 돼……!'

이제 미쁨에게는 더 이상 창피고 뭐고 없었다. 일단 살고 봐야 했다.

"또, 똥이 마렵, 아니 화장실이 몹시 가고 싶은데, 어떻게 안 될까요?"

"일단 업히세요! 댁이 가까우시면 거기로 가죠."

남자는 한 걸음도 걷기 어려운 그녀를 위해 선뜻 등을 내주었다.

"가, 감사합니다……."

미쁨은 염치고 뭐고 없었다. 냅다 그의 등에 몸을 맡겼다. 그녀는 남자의 등에 매달려 머릿속이 새하얘지는 와중에도 최대한 항문에 온 힘을 집중할 뿐이었다.

'제발 밀고 나오지 마! 이 빌어먹을 똥들아!'

"일단 직진을…… 하시면 돼요……."

남자의 등에 업힌 그녀는 떨리는 목소리로 자신의 집에 가는 길을 안내하기 시작했다.

"헙."

"윽."

"허억."

미쁨은 그가 발걸음을 옮길 때마다 듣기에도 민망한 신음을 내뱉었다. 그녀의 신음 소리가 들릴 때마다 남자의 걷는 속도도 빨라졌다.

'제발, 제발 조금만 더 참으세요!'

그의 이마를 따라 땀이 비 오듯 흘러내렸다. 뛰느라 숨도 찼다. 흡혈귀처럼 차갑기만 했던 남자의 손끝과 발끝에도 열이 올랐다. 부악. 미쁨의 엉덩이 골 사이에서 방귀가 수줍게 새어 나올 때마다 그녀는 부끄러움을 무릅쓰고 말했다.

"죄송합니다…… 그보다 조금만 더 빨리 부탁할 수 있을까요……."

미쁨은 길 한복판에서 처음 보는 남자의 등에 업힌 채 변을 뿜어대는 불상사를 피하기 위해 필사적이었다.

'수치심이고 뭐고 일단 가요. 어서 집으로 갑시다. 가서 내 엉덩이와 변기가 상봉하게 해주세요. 똥이 새어 나와 돌이킬 수 없게 되기 전에 말이죠……!'

❦

남자는 '수정원룸'이라 적힌 5층짜리 작은 건물 앞에 멍하니 서서 3층 다섯 번째 문을 바라보았다. 그곳이 바로, 자신이 업어줬던 여자가 황급히 뛰어 들어간 집이었다.

"이 은혜는 정말 잊지 않겠습니다. 나중에 꼭 사례할게요오!"

그의 눈에 엉덩이를 부여잡고 뛰어가던 그녀의 모습이 선했다. 되감기 되듯 반복되었다.

'내가 누군지도 모르면서 어떻게 사례한다는 거야?'

피식 웃은 남자는 문득 건물 문 앞에 붙어 있는 안내문을 쳐다봤다.

월세, 전세방 있음. 010-1234-5678

오호. 그는 미소 지었다.

남자는 그녀와 있으면서 일순간 자신이 사람임을 느꼈다. 이마에 땀이 흘러내린 것도, 열기가 올라온 피부도, 당혹감으로 어벙했던 모습까지도 자기 자신이 사람이라는 것을 증명해 주었다. 그는 우울함으로 가득 찼던 정신이 맑아지면서 완벽히 배역에서 빠져나오는 느낌이 들었다. 이렇게 빨리 배역에서 자기 자신으로 회복된 것은 이번이 처음이었다.

띠리리리링.

남자의 주머니에서 휴대폰 벨소리가 요란하게 들려왔다. 그는 발신인을 확인하자마자 인상을 팍 쓰며 전화를 받았다.

[형님, 어디세요? 저 공원인데…….]

"야. 너 내가 한동안 풀어줬더니 아주 살 만하지? 나 하나 못 찾아?"

남자는 전화기에 대고 소리쳤다. 미쁨을 대할 때와 사뭇 다른 말투였지만, 이게 배역에서 벗어난 그의 원래 모습이었다.

[엇. 형님, 괜찮아지신 거예요?]

"괜찮아지고 자시고 빨리 튀어와. 그리고 번호 하나 줄 테니까 거기로 전화해서 3층에 방 하나 구해놔."

[네? 갑자기 그게 무슨…….]

"나 이사 가야겠다."

남자는 선글라스를 살짝 내려 문 앞에 붙어 있는, 건물주의 것으로 보이는 전화번호를 바라보았다. 장난기가 가득 담긴 눈이 초롱초롱 빛났다. 그의 이름은 차해아. 대한민국 대표 국민배우였다.

미쁘지아니한가

5. 그렇고 그런 밤

"먼저 퇴근하겠습니다."

설희는 6시가 되자마자 자리에서 일어서서는 뒤도 돌아보지 않고 사무실을 나섰다. 사무실 안의 사람들은 그런 그의 뒷모습을 멀뚱멀뚱 바라만 보았다.

"뭐지? 방금 무슨 일이 일어난 거야?"

"팀장님…… 퇴근하신 거야?"

"이 시간에? 진짜 칼퇴하신 거 맞아?"

"헐."

충격적인 모습을 본 사람들이 웅성웅성했다. 그들은 직장 상사가 일찍 퇴근했다는 사실에 기뻐하기는커녕 오히려 불안해하고 있었다.

"내일 지구 멸망하는 거 아냐?"

"해가 서쪽에서 뜨려나?"

"저 인간 왜 저래…… 무서워……."

설희는 지금까지 단 한 번도 제시간에 퇴근한 적이 없었다. 오늘 같은 주말도 예외라곤 없었다. 그에게 있어 야근은 일상이었고, 그렇기에 설희가 외근을 나가거나 하지 않는 이상 회사 사람들의 퇴근 시간 또한 한두 시간씩 늦어지곤 했다.

그런데! 그런 야근 덕후가 일찍 퇴근해 버리다니! 이게 무슨 날벼락인가! 회사에 덩그러니 남은 사원들은 여전히 겁에 질린 채 앉아 있었다.

사무실을 혼란의 도가니로 만든 설희는 회사에서 나오자마자 주차장에 세워놨던 차에 올라탔다. 그는 이전까지 극심한 피곤함과 두통 때문에 운전을 망설였는데, 지금은 전혀 그렇지 않았다. 모텔에서 잠을 잘 잔 덕분인지 정신이 아주 맑았다.

설희는 시동을 걸고는 그대로 미쁨이 있는 수정원룸을 향해 차를 몰았다. 그의 차는 부드럽게 주차장을 빠져나가 도로로 진입했다. 설희는 조금이라도 빨리 쉬고 싶다는 마음에 그녀의 집까지 단숨에 달려갔다.

설희는 회사에서 적어도 삼십 분 이상은 걸리는 그녀의 집까지 단 십오 분 만에 도착했다. 이제 초인종만 누르면 되는데, 그는 어쩐지 주저했다. 미쁨과 주고받았던 진한 스킨십이 떠올랐기 때문이었다.

선을 넘을락 말락 하며 아슬아슬했던 그때의 그 감각들, 그리고 정신이 아찔해져 이성을 붙잡고 있기 힘들었던 그 순간들……

"조금만 더 해……."

"그냥 솔직하게 느껴."

"팀장님의 몸도, 내 몸도 원하는 건 이거라고."

"괜찮아. 괜찮아. 우리 설희, 이 누나가 잘해줄게."

"나중에 네가 먼저 끓어오르고 애달플 때 하자. 그때까진 내가 참아줄게."

설희는 머릿속으로 미쁨의 얼굴을 떠올렸다. 어딘지 자극적이던 그녀의 표정을 말이다. 그리고 그런 미쁨을 바라보며 차마 그녀를 밀어내지 못한 자신도 되새겼다.

'또 그런 상황이 온다면…… 어쩌지?'

설희는 이후의 일이 걱정되었다. 물론 잠을 잘 수 있다는 사실은 좋긴 했지만, 예측할 수 없는 미래가 불안하다고 해야 할까. 그는 타인과 적당한 거리를 두고 살아온 자신의 삶이 미쁨이라는 여자로 인해 깨질까 봐 조마조마했다.

'몸이 가까워지는 만큼 마음도 가까워지겠지.'

그는 사람과 긴밀해지는 것이 거북했다. 아니, 무서웠다.

'사람을 싫어하는 내가 어쩌자고 이 여자에게 기대는 것인지…….'

그는 이 현실이 마음에 들지 않았다. 하지만 아무리 싫어도 미쁨을 떠날 수 있는 것도 아니었다. 그녀의 품속에서 맞이했던 악몽 없는 잠이 너무 달콤했으니까, 그녀의 든든한 팔이 떠올랐으니까, 건장한 공주와 연약한 기사의 이미지가 생각나서 저절로 웃게 되어버렸으니까. 그리고 미쁨이 계속 그의 주위를 맴돌았으니까…….

이러나저러나 설희는 그녀를 멀리할 수 없는 상황이었다.

"후우……."

이윽고 숨을 고르며 마음을 다잡은 그가 초인종을 누르기 위해 손을 들었다.

띵동.

"접니다."

설희가 초인종을 누르자 문 안쪽에서 미쁨이 걸어오는 소리에 뒤이어 잠금장치가 해제되는 소리가 나더니 천천히 문이 열렸고, 그 틈으로 그녀가 모습을 드러냈다. 그녀의 눈동자와 설희의 눈동자가 딱 마주쳤다.

'모텔에서의 불상사가 다시는 일어나지 않도록 해야겠어.'

설희는 미쁨을 바라보며 다짐했다.

"들어와요."

미쁨의 말에 그는 고개를 끄덕이며 그녀의 집 안으로 발을 들였다.

설희가 미쁨의 집 안으로 들어가자 그녀의 방이 바로 모습을 드러냈다. 전과 비교해 봤을 때 크게 깨끗해졌다거나 달라진 건 없었다. 그나마 다행인 건 회식 때 널려 있던 속옷들이 싹 치워져 있었다는 것이었다.

'청소를 하긴 한 모양이군.'

설희는 속으로 안심했다. 아무리 그가 남에게 관심이 없다지만, 여자 속옷을 보는 건 고역이었다. 거기다 그것들을 모르는 척하는 건 더 짜증이 났고.

"밥은 먹었나 모르겠네?"

미쁨이 그에게 물었다.

'또 반말……'

설희는 미간을 살짝 구기며 답했다.

"먹진 않았지만 괜찮습니다."

"아니, 어떻게 저녁을 먹지 않았는데 괜찮을 수가 있어요? 배 안 고파요?"

"네."

미쁨의 물음에 설희는 고개를 끄덕이며 답했다. 하지만 그녀는 그에게 뭐라도 먹이고 싶었다. 아니, 같이 저녁을 먹고 싶었다.

사실 미쁨은 설희가 올 것에 대비해 저녁을 먹지 않고 기다리고 있었다. 다이어트를 결심한 탓도 있었지만, 그래도 손님이 온다는데 혼자 밥을 먹기는 좀 미안했기 때문이었다.

"배 안 고파도 저녁은 챙겨 먹어야죠. 저도 아직 못 먹었거든요? 같이 먹게 조금만 기다려요. 간단하게 라면 끓일게요."

미쁨이 부엌으로 향했고, 그는 그런 그녀를 말렸다.

"아뇨, 전 정말로 먹고 싶은 마음이 없습니다."

"끼니 거르면 속 버려요. 그리고 나 혼자 먹기 좀 그렇잖아. 그러니까 잔말 말고 기다려요."

혼자 밥 먹기 싫었던 미쁨은 기어코 그를 자리에 앉히고는 라면을 끓이기 위해 물을 올렸다.

후르륵! 라면 면발을 빨아들이는 맛있는 소리가 그녀의 방을 가득 메웠다. 아삭아삭 김치 씹는 소리도 들려와, 듣는 이로 하여금 침이 절로 흐르게 만들었다. 미쁨은 앉은뱅이책상을 가운데에 두고 자신의 맞은편에 앉아 있는 설희를 말없이 바라보았다.

'배 안 고프다더니 잘만 먹네.'

그랬다. 설희는 먹고 싶은 마음이 없다고 말한 사람치고 라면을 굉장히 맛있게 먹었다. 얼마나 복스럽게 먹는지, 그녀는 그가 먹는 모습을 보기만 해도 배부를 지경이었다. 그런 미쁨의 시선을 느낀 설희가 그녀를 힐끗 바라보았다.

"……라면 굉장히 잘 끓이시네요."

그가 민망하다는 듯이 뒤통수를 긁적였다. 이에 미쁨이 흐뭇하게 웃으며 입을 열었다.

"먹는 모습이 참 보기 좋네. 많이 먹어요."

그녀는 그의 그릇 속에 먹기 좋게 자른 김치 한 조각을 넣어줬다.

'많이 먹으렴. 넌 이제 곧 내 것이 될 테니까. 호호호. 우리 설희 귀여워 죽겠네. 오구오구.'

설희는 미쁨이 준 김치 조각을 물끄러미 바라보았다. 라면에 팔렸던 정신이 그제야 돌아오는 느낌이 들었다.

'하마터면 또 정신 못 차리고 저 여자에게 휩쓸릴 뻔했다.'

그는 젓가락을 슬쩍 놓았다.

"더 안 먹어?"

"할 말이 있습니다. 짚고 넘어가야 할 것 같아서요."

"뭔데…… 요?"

그녀는 스멀스멀 느껴지는 불길한 기운에 마음이 떨렸다.

'왜 갑자기 저렇게 무게를 잡고 그래? 그냥 편하게 있지.'

미쁨의 입술이 삐죽댔다. 설희는 그런 그녀의 입술을 바라보며 말하기 시작했다.

"더 이상 제게 다가오지 않으셨으면 좋겠습니다. 일주일에 두 번 자는 거 가지고 친해졌다, 어쩐다 하는 착각도 하지 말았으면 하고요."

그의 단호한 말에 미쁨은 머리를 망치로 한 대 얻어맞은 것과 같은 충격을 받았다.

'저게 뭔 개소리야? 다가오지 말라니? 착각하지 말라니!'

그녀의 표정이 딱딱하게 굳어갔다.

"아니, 이미 충분히 가까워졌거든요? 그리고 앞으로도 수많은 밤을 같이 보낼 사이인데, 안 가까워지기도 힘들겠다."

"사람과 사람 사이의 관계도 그렇지만, 신체 접촉의 거리도 포함하는 겁니다, 제 말은."

"신체 접촉? 키스나 스킨십 같은…… 그런 걸 말하는 거예요, 지금?"

미쁨의 되물음에 설희가 고개를 끄덕였고, 이에 그녀는 어이없을 뿐이었다.

"거짓말하지 마요. 분명 그쪽도 나와 키스하는 거 좋았잖아. 몸이 아주 생생하게 반응을 하던데 뭐!"

"반응이 있었으니까, 거부하지 못했으니까 이런 말을 하는 겁니다."

미쁨은 그를 이해할 수 없었다. 거부를 못 하겠으면 그냥 받아들이라고 소리치고 싶을 정도였다.

'좋으면 좋다, 싫으면 싫다 말하면 되지. 왜 좋으면서 싫다고 거짓말을

하는 걸까?'

그녀는 화난 표정으로 설희에게 질문을 던졌다.

"저는 머리가 돌이어서 그렇게 말하면 이해를 못 하거든요? 좀 제대로 설명해 줄래?"

미쁨의 말에 그가 숨을 골랐다. 말해야 할까, 말아야 할까? 설희는 잠시 고민했다. 하지만 앞으로도 그녀의 집에서 같이 자야 했기에, 말하는 게 좋겠다 싶었다.

"사실 전 사람과 개인적으로 가까워지는 게 싫습니다."

설희의 말을 듣는 순간 미쁨은 병원 앞에서 그와 처음 만났을 때 들었던 말이 떠올랐다.

"진심으로 충고하는데, 적당히 하세요. 사랑이든 믿음이든."

"혹시 뭐든 적당히 하길 바라는…… 거야?"

"네. 적당한 게 좋아요."

설희의 대답에 미쁨의 머릿속으로 한 가지 생각이 떠올랐고, 그녀는 그에게 단도직입적으로 물었다.

"팀장님, 혹시 사람한테 크게 데인 적 있어요? 그래서 이러는 거예요?"

미쁨의 물음에 설희는 그저 묵묵부답이었다. 그녀의 물음대로 그는 사람에게 데인 적, 있었다. 그것도 트라우마가 남을 정도로 심하게 말이다. 그로 인해 악몽에 시달리고 있고, 잠도 못 자고 있으며, 대한민국 최고 신경정신과 교수에게 억지로 상담까지 받고 있었다. 그래도 나아지지 않았다. 모든 두려움의 시작은 '그 사건'이었다. 설희는 저절로 떠오르는 악몽에 입을 꾹 다물었다. 그의 몸에 무의식적으로 힘이 들어갔다.

"데인 적 있다고 치죠. 그래서 전 사람을 못 믿어요. 그리고 세상엔 믿을 사람도 없고요."

미쁨은 '데인 적 있다고 치죠'라며 정확한 대답을 회피하는 설희의 모습에 굳이 더 이상 캐묻지 않았다.

'윤설희, 저 인간…… 사람에게 크게 상처 입은 일이 있었던 게 분명해. 얼마나 큰 상처를 받았기에 저렇게까지 사람을 피하는 걸까?'

미쁨은 미치도록 궁금했지만, 억지로 알아봤자 좋을 게 없다고 생각했다. 대신 그에게 해줄 말이 있었다. 그것은 바로…….

"전 믿어도 돼요."

자신은 믿어도 된다는 말이었다. 그녀의 말에 설희는 황당하다는 듯이 눈을 크게 떴다.

'저 여자가 지금 내 말을 귓등으로 들었나. 세상에 믿을 사람 없다고 말한 지 일 분도 지나지 않았는데, 본인을 믿으라니.'

그는 자기도 모르게 피식 웃었다. 그것은 실소였고, 비웃음이었다.

"내가 당신의 뭘 보고 믿어요?"

"제 이름 뜻이 뭔지 알아요?"

미쁨의 뜬금없는 질문에 설희가 고개를 끄덕였다. 그는 그녀의 이름의 뜻을 알고 있었다. 미쁨. 믿음직하게 여기는 마음. 순우리말이었다.

그는 그녀의 이름을 처음 알게 됐을 때 살짝 놀랐다. 사람을 잘 믿는다 했더니, 이름마저 '믿음'일 줄이야. 하지만 이 상황이 이름과 무슨 상관인가?

미쁨은 의아해하는 설희에게, 자신의 이름 뜻에 대해 물어본 이유를 또박또박 말해주었다.

"내 이름의 뜻을 알고 있다고 하니 설명할 필요도 없고 잘 됐네. 저는 평생을 믿음이라 불리면서 살아온 사람이에요. 그래서 그런가, 저 역시 제 이름대로 살아왔고요."

그녀의 말을 듣는 순간 그의 귓가에 미쁨이 했던 말이 맴돌았다.

"그럼 사랑하는데, 최선을 다해야지. 열렬하게 사랑하고 믿고 결혼
해도 이혼하는 판에!"

처음 병원에서 만났을 때, 눈물에 범벅돼 엉망인 얼굴로 소리치던 그
녀의 모습은 아직도 눈앞에 선했다. 그 모습은 연인을 끝까지 믿고 사랑
하는 사람의 표상이었다.

'저 여자는 마지막까지 희망을 놓지 않고 매달리고 매달렸지.'

그는 고개를 끄덕이며 인정했다.

그런 그녀의 진실된 모습을 본 적 있어서 그런가, 설희는 자신을 믿으
라는 그녀의 말에 솔직히 흔들렸다. 그의 표정이 한층 더 어두워졌다.

한편 미쁨은 불안함이 가득 어린 눈동자로 생각에 잠긴 설희를 가만
히 바라보았다. 마음 같아서는 믿으라고 소리치고 싶었지만, 꾹 참는 중
이었다.

'믿으라면 믿을 것이지, 무슨 고민이 저렇게 많아? 아니, 병원에서 봤
잖아! 내가 얼마나 사람을 믿고 사랑하는지. 그 정도면 충분히 설명이
되는 거 아닌가?'

그래도 그녀는 그를 독촉하지 않았다. 설희가 혼자 생각하고 답을 내
리기를 바랐다. 자고로 믿음이란 가슴속에서 우러나와야 하는 것이라
고 생각하기에 미쁨은 그에게 믿음을 강요하고 싶지 않았다.

'잠깐, 그럼 저 인간…… 혹시 첫 경험 판타지 같은 것도 없는 거 아
냐?'

그녀는 불현듯 떠오른 생각에 불안해지기 시작했다.

'하긴, 사람과 가까워지는 것을 싫어하는 인간이 그런 판타지가 있겠
어?'

미쁨의 눈동자가 초점 잃고 흔들렸다.

'그거 지켜주려고 지금 내가 이러는 건데, 없으면 어쩌지?'

결국 궁금증을 참지 못한 그녀는 침을 꼴깍 삼키며 힘겹게 입을 열었다.

"저기, 그럼 팀장님은…… 첫 경험 판타지나 성적 판타지…… 같은 거 없겠네요? 왜 그런 거 있잖아요. 막 남녀가 서로 사랑을 할 때 이랬으면 좋겠다, 저랬으면 좋겠다 같은 그런 생각……."

"하."

미쁨의 질문에 설희가 헛웃음을 지으며 그녀를 바라보았다. 그는 얼빠진 표정으로 말이 없었다.

'지금 이 상황에 그런 게 궁금하다니, 진짜 변태인가? 사람을 믿지도 않는 판에 그런 판타지가 있을 리 없잖아, 이 여자야!'

그는 애써 화를 가라앉히며 답했다.

"……없습니다. 아까도 말했다시피 사람과 가까워지는 것 자체가 싫어요."

미쁨은 설희의 말을 들으며 그의 말과 행동이 일치하지 않는다는 생각이 들었다.

'뭔가 이상해.'

그녀는 모텔에서 자신의 손을 붙잡고 놓아주지 않았던 설희의 모습을 떠올렸다. 그 모습은 누군가의 손길을 그리워하고, 또 원하는 느낌이었다.

'그런데 사람과 가까워지는 게 싫다고?'

미쁨은 곰곰이 생각한 끝에 하나의 가설을 세웠다.

'혹시, 이 남자…… 억지로 사람을 밀어내는 거 아닐까? 겉으로는 시크한 척하며 적당한 게 좋다고 말은 하지만, 사실은 사람을 사랑하고 싶고, 믿고 싶은 걸지도 몰라. 그런데도 저런 방어적인 태도를 보인다는 건…… 아마도 믿었던 사람에게 배신을 당했거나, 버려졌거나…… 혹은 상처 입었던 기억 때문에 무서워서……?'

그녀는 어쩐지 이 가설이 맞을 것 같았다. 아까 설희가 말하지 않았던가. 데인 적 있다고. 그 순간 미쁨은 저 남자의 성적 판타지가 무엇인지 알 수 있었다.

"나 알 것 같아."

그녀가 그의 눈동자를 똑바로 바라보며 말했다. 설희는 밑도 끝도 없는 그녀의 말에 이제 포기했다는 듯이 한숨 쉬며 되물었다.

"뭐를요?"

"그쪽이 뭘 원하는지."

그는 미쁨의 말을 도저히 이해할 수 없었다.

"제가 알아들을 수 있게 제대로 설명을 좀……."

"내 성적 판타지가 뭐냐면, 나를 변태라고 여기지 않고 내 사랑과 믿음을 부담스러워하지 않는 사람과 아무 거부감 없이, 그리고 사랑 가득한 분위기 속에서 몸과 마음을 나누는 거야. 그렇게 터질 듯 말 듯 야릇한 감촉을 느끼다가 환상적인 절정에 치닫는 거지! 완전 멋있지 않아? 생각만 해도…… 너무 아름다울 것 같아……."

설희는 그녀의 말에 더더욱 머리가 복잡해졌다.

'그런 얘기를 왜 하는 건데. 난 그쪽 판타지가 뭔지 안 궁금해.'

그가 미간을 구겼다.

"갑자기 그게 무슨 소리입니까?"

"일단 들어봐. 어쩐지 그쪽 판타지도 나와 비슷할 것 같아."

"네?!"

황당한 말에 설희의 언성이 살짝 높아졌다. 이 여자가 드디어 미쳤나? 그의 속내를 아는지 모르는지, 미쁨은 말을 계속했다.

"팀장님 말로는 사람과 가까워지는 게 싫다고 하는데, 내가 보기엔 아닌 것 같거든."

"그래서요."

"진심으로 자신을 믿어주고 사랑해 주는 사람과, 불안함이나 두려움 없이 사랑을 나누는 게 팀장님의 판타지 아닐까요? 그 불안함과 두려움은 버려질지도 모른다는, 혹은 상처 입을지도 모른다는 생각에서 오는 것일 것 같고요."

"그게 무슨 말도 안 되는……."

설희는 말을 잇지 못했다. 그녀의 말로 인해 설희의 머릿속이 복잡해졌다. 관자놀이가 지끈거리기 시작했다. 때 아닌 두통에 그는 손으로 머리를 짚었다.

'괜히 저 여자가 이상한 말을 꺼내서…… 짜증나게…….'

설희는 머리가 깨질 듯한 두통을 겪는 와중에도 생각을 멈추지 않았다.

'저 여자의 말대로 난 그동안 악몽을 꾸면서, 그 악몽에 기겁하고 깨어나면서 한 번도, 단 한 번도 나를 감싸주는 그런 사람을 상상한 적 없던 것인가?'

하지 않았을 리 없었다. 그도 사람인데, 살아 있는 사람인데, 이 지옥에서 벗어나고 싶은 건 당연했다. 특히나 혼자 남겨진 현실은 그에게 무척이나 외로운 것이었다. 설희는 항상 자신이 어떤 사람인지, 어떤 상황에 처해 있는지, 그리고 주위에 어떤 괴물들이 있는지 전혀 상관하지 않고 곁에 머물러 줄 그런 사람이 나타나길 바랐다.

두려워하지 않고, 오직 자신만을 바라보며 믿고 사랑해 줄 그런 사람. 자신을 버리지 않을 그런 사람……. 그런 바람 때문에 병원 앞에서 봤던 미쁨이라는 여자가 더더욱 인상 깊게 남았을지도 모른다. 그래서 계속 그녀가 떠오른 것일지도.

'어쩌면, 저 여자 옆에서 편히 잘 수 있는 것 또한 겁 없이 사람을 믿

미쁨이지아니한가

고 사랑할 줄 아는 그녀의 강인함 때문일지도 모르지.'

그의 머릿속으로 병원 앞에서 들었던 미쁨의 말들이 물밀 듯 밀고 들어왔다.

"선생님. 저 정말 변태인 걸까요?"

그래, 당신은 변태야. 정말 여태껏 본 적 없는 그런 변태.

"일단 제가 사랑에 빠지면요, 상대방의 세밀한 것들을 다 느끼고 싶어 해요. 시각, 청각, 후각, 촉각, 미각을 통해 다 느끼고 싶다고요. 봉긋한 엉덩이도, 탄탄한 등짝도, 복슬복슬한 겨털도, 꼬소한 방귀 냄새도 전부 다요. 머리끝부터 발끝까지 전부 다! 추저분하다고요? 아뇨. 저에겐 다 아름답게 느껴질 뿐인걸요. 내 남자의 모든 것들을 죄다 갖고 싶다……."

흉한 부분까지 다 아름답게 느껴진다고? 그게 가능한 일이야? 어떻게 사람이 그렇게까지 좋을 수가 있어? 그 마음이…… 나 같은 사람에게도 동일하게 작용할까?

"좋은 걸 어떡해! 네 모든 것들이 다 사랑스럽고 싫은 게 하나도 없는 걸 어떡하냐고!"

당신은 정말로 이상한 사람이야. 처음에도 그랬고, 지금도 그렇고. 멀쩡하게 잘 살아오던 사람 마음을 어지럽게 들쑤셔 놓잖아.
"윽."
설희의 입에서 작은 신음소리가 새어나왔다. 감정이, 두려움이, 그리고 그동안 무의식적으로 원했던 희망이 한꺼번에 밀려와 괴로웠다. 그 수많은 것들은 그의 가슴 속에서 불꽃 터지듯 마구 폭발했다. 계속 이렇게 지속되다간 이성이 산사태처럼 무너져 내릴 것만 같았다. 미쳐 버릴지도 모른다는 생각까지 들었다.

피하고 싶었다. 설희는 이 급작스러운 변화를 그만 느끼고 싶었다. 자기 자신이 어떻게 변할지 알 수 없어서, 그래서 무서웠다. 결국, 그는 미쁨의 시선을 피해 눈을 질끈 감았다.

"읍."

그때 부드러운 무언가가 그의 입술에 닿았다. 그 달콤하고 촉촉한 것은 그를 안심시켜 주려는 듯 조심스럽게 그의 입술을 어루만졌다. 설희는 그 황홀한 느낌에 숨을 쉴 수가 없었다.

"어때, 나쁘지 않잖아요."

미쁨이 그와 꼭 닿았던 입술을 살짝 떼며 속삭였다. 하지만 설희는 너무 순식간의 일이라 정신을 차리기 힘들었다.

"잘 모르겠……."

"모르겠다고? 그럼 한 번 더."

미쁨이 그의 입술을 다시 덮쳤다. 그녀의 보드라운 입술이 설희의 입술에 다시 한 번 더 닿았다. 그는 미쁨과 입을 맞추고 있는 상황에서도 이성의 끈을 놓지 않으려 노력했다. 그러나 자신의 입술을 비집고 들어오는 그녀 때문에 여간 힘든 게 아니었다.

부드럽고, 말랑하고, 촉촉하며 향기로운 그녀의 살결.

설희는 거부해야 한다고 생각했지만, 도저히 그럴 수 없었다.

"이제 말해봐요. 너도 좋지?"

미쁨이 한층 가빠진 숨을 가다듬으며 설희에게 물었다.

'한 번만 더 모르겠다고 말해봐, 또 덮칠 테니까. 이번엔 키스로 안 끝나.'

그녀는 속으로 단단히 벼르고 있었다. 그렇게 입맛을 다시며 그의 대답을 기다렸다. 그러나 그의 대답은 뜻밖의 것이었다.

"……반말이든, 존댓말이든 하나만 해요, 하나만."

설희의 말에 미쁨이 씨익 웃었다. 그녀는 그가 한 말의 의미를 알 수 있었다. 그것은 키스가 좋았다는, 무언의 동의였다.

"그럼 난 반말."

미쁨이 설희의 입술에 다시 입을 맞췄다. 그녀는 그의 무릎 위로 올라가 앉아 더 편한 자세로, 더 가까운 마음으로 그렇게 살을 맞대었다. 혀로, 타액으로 그를 쓰다듬었다.

오감으로 느껴지는 미쁨의 모든 것들로 인해 설희의 머릿속은 꽃잎이 흩날리는 것처럼 어지러웠다.

"으음……."

미쁨이 작게 신음했다. 그녀는 설희의 무릎 위에 앉아 그의 어깨에 팔을 두른 채 진한 키스를 나누었다. 미쁨의 입술이 움직일 때마다 설희의 입술도 호응하듯 같이 움직였다. 그의 눈이 감겼다. 그녀도 눈을 감았다. 미쁨은 설희를 더더욱 세게 끌어안았다. 그녀는 그와 맞닿은 입술에서 느껴지는 촉촉함에 몸이 녹는 것만 같았다.

'역시나 너무 좋아.'

미쁨은 설희와 키스를 하고 있으면 힘이 풀리는 동시에 등골을 따라 전율이 흐르는 것을 느낄 수 있었다. 찌릿찌릿하면서 간질간질한, 그런 묘한 기분이었다.

'이 상태에서 내 몸에 그의 손가락이 닿으면 난 야한 소리를 내뱉겠지.'

서로의 몸에 기댄 채 느껴지는 아슬아슬한 감촉과 농염하고 진득한 키스 사이의 그 아찔한 감각은 계속 이어졌다. 설희도 거부하지 않았다.

"이제 말해봐요. 너도 좋지?"

　미쁨의 물음에 그는 그녀와의 키스가 나쁘지 않다는 것을, 정확히는 좋다는 것을 인정할 수밖에 없었다.

　'선을 넘으면 안 되는데…….'

　설희는 자신이 정해놨던 선을 지키려 노력했지만, 그 선을 미묘하게 넘나드는 그녀의 대담함에 정신 차리기 힘들었다.

　'이렇게 허무하게 무너질 줄이야.'

　그는 미쁨의 몸을 두 팔로 감았다. 자신의 품에 쏙 들어오는, 보드랍고 몰캉몰캉한 그녀의 감촉에 저절로 미소가 지어졌다. 그때 미쁨의 입술이 그에게서 떨어졌다. 그러자 놀란 설희는 눈을 동그랗게 떴다. 갑자기 왜 멈추는 거지? 그가 고개를 갸웃했다. 그녀는 그대로 설희의 무릎에서 내려와 앉았다. 그러고는 웃으며 말했다.

　"더 하고는 싶은데, 참을래."

　"뭘를요?

　"키스 이상의 진도."

　설희는 더더욱 이해가 가지 않았다. 그는 지금 자신이 멍청해진 것인지, 아니면 미쁨이 어려운 말을 하는 것인지 구분하기가 힘들었다.

　"너에게 나에 대한 믿음이 생기고, 좀 더 깊은 감정이 생길 때까지 참겠다고. 지금 이건 한순간의 엔조이일 뿐이잖아. 난 이런 거 싫어."

　그녀는 한숨을 푹 쉬었다. 미쁨의 말에는 아쉬움이 짙게 묻어났다.

　사실 그녀는 이런 어중간한 관계로 몸을 섞고 싶지 않았다. 적어도 확실한 명분이 있는 사이일 때 키스를 하든 관계를 갖든 하고 싶었다. 예를 들면…… 연인 사이가 됐다거나? 그러기 위해선 설희가 먼저 미쁨에게 고백을 하거나, 그녀가 먼저 그에게 들이대거나 해야 했다.

　평소의 미쁨이라면 설희에게 아무런 거리낌 없이 '우리 오늘부터 1일?'

이라고 말했을 것이다. 하지만 이번만큼은 아니었다. 그녀는 그에게 먼저 들이대고 싶지 않았다. 미쁨은 지금까지 삼십 년을 살아오면서 항상 먼저 반하고 먼저 대시했다.

'그리고 멋있게 차였지. 뻥! 하고.'

그녀는 그 끔찍하고 슬프기만 한 굴레를 벗어나고 싶었다. 그리고 그 희망을 설희에게 걸고 싶었다.

'이 남자라면 내 감정을 부담스러워하지 않고 온전히 받아줄 것 같아. 변태라며 도망가지도, 무섭다고 피하지도 않을 것 같다고!'

그동안 만나왔던 남자들과 사뭇 다른 남자, 윤설희. 잘생긴 얼굴과 더러운 성격 뒤로 연약함을 품고 있던 그는 뭇 남성과는 확연하게 달랐다.

미쁨의 눈에 비친 설희는 애정결핍에 걸린 사람이었다. 사랑이든, 믿음이든 자신에게로 향하는 감정을 오매불망 기다리고 있는 그런 사람 말이다. 그녀는 그간 봐온 그의 모습들을 떠올렸다. 잠에 취해 미쁨을 꼭 붙잡거나, 그녀가 옆에 있어줘야 악몽을 꾸지 않는 설희의 모습들을 찬찬히 돌이켜 본 미쁨은 비로소 깨달을 수 있었다.

'저 남자, 어린아이 같아. 애정을 넘치도록 받고 자라야 하는 작은 어린아이.'

그에게서 어린아이의 모습을 보자, 미쁨의 가슴속에서 책임감이 불타올랐다. 설희가 다시는 사람에게 상처받지 않도록, 슬퍼하지 않도록 지켜줘야 할 것 같은 그런 책임감 말이다.

'저 남자는, 일단 믿기 시작하면 나에게 진심으로 기대며 의지할 것 같아. 마음을 활짝 연 순수한 어린아이처럼 말이야.'

그녀는 미소를 지었다.

'그는 나에게 기대고, 나는 그를 보호해 주며 애정을 퍼부어주고. 이 얼마나 아름다운 관계인가! 그 오롯한 관계를 위하여 내가 너만은 지켜

준다! 하지만 지켜주기 전에!'

미쁨이 설희를 똑바로 바라보며 생각했다.

'너도 날 믿고 사랑했으면 좋겠다. 네가 먼저 고백으로 신호탄을 쏘아주면, 나도 최선을 다해 널 믿고 사랑할게. 절대로 피하거나 버리지 않을게. 맘 같아선 내가 먼저 너에게 다가가고 싶지만 나 역시 사람인지라 무서워. 그간 당해온 실연의 아픔에 겁만 잔뜩 먹어서 이러지도 저러지도 못하는 소심쟁이가 되어버렸어.'

그녀는 씁쓸하게 웃으며 설희를 바라보았다. 그와 눈이 마주치자 미쁨이 히죽 웃어 보였다.

"가슴이 두근대거나 간질간질한 느낌이 생기면 바로 말해줘. 그땐 좀 더 진하게…… 내 말 무슨 의미인 줄 알지? 응? 그런 거 있잖아, 그런 거! 화끈하고! 어? 전기에 감전된 것 같고! 어? 천국 같은 그런 거 말이야! 그런 거를 함께하자구. 하하하!"

미쁨이 흥분으로 터질 것 같은 얼굴로 소리쳤다. 그녀는 혼자 웃다가 쑥스러워하며 난리도 아니었다. 그런 미쁨을 바라보던 설희는 살짝 무서워졌다.

'저 여자 왜 저래? 정말로 괜찮은 거겠지?'

그때 그는 그녀가 병원 앞에서 전 연인에게 소리쳤던 말이 기억났다.

"언젠 색달라서 좋다며! 화끈해서 흥분된다며! 제발 잡아먹어 달라고 네가 그랬잖아!"

설희는 귓가에 쟁쟁한 그 목소리에 풋 하고 웃음을 터뜨렸다.

'설마 저 여자, 정말로 상대방을 잡아먹을 듯이 달려들었던 걸까?'

그가 그녀를 바라보았다. 미쁨은 갑자기 웃은 설희의 반응에 어리둥절해하고 있었다. 그런 그녀의 얼굴을 바라보며 설희는 생각했다.

'날 악몽에서 꺼내줄 수 있는 존재가 저 여자라면…… 잡아먹혀도 상관없을지도.'

순간 그는 자신이 속으로 한 생각에 스스로 놀라 흠칫했다.

'내가 이런 생각을 다 하다니. 정말 미쳤군.'

그는 그렇게 생각하면서도 웃음을 참을 수 없던지, 손으로 얼굴을 가려 버렸다.

"왜 웃어? 내 말이 웃겨?"

미쁨의 질문에 설희가 고개를 끄덕였다. 맞아. 당신, 너무 웃겨. 곧 그는 진정하고는 미쁨을 바라보며 말했다.

"미쁨 씨 말대로 그런 간질간질한 느낌이 생기면 바로 말할게요."

그의 말에 그녀의 얼굴에도 웃음이 만발했다.

'잘 생각했다, 짜샤. 나도 죽기 전에 꽃돌이한테 고백 한번 받아보자!'

미쁨의 머릿속에는 멋들어지게 차려입고 꽃다발을 건네며 사랑한다 속삭이는 설희의 모습이 영화처럼 상영되고 있었다.

'어쩜, 생각만 해도 이리 행복할 수가!'

그녀의 입가로 침이 고였다. 그 침을 쓰읍, 삼킨 미쁨은 아름다운 상상에 취해 행복에 잠겼다.

톡. 톡. 퇴근 시간이 훌쩍 지난 늦은 밤, 사무실에 혼자 남은 성 대표는 책상에 앉아 오래전에 받아놨던 설희의 명함을 손가락으로 가볍게 치며 바라보았다.

'이 남자라면 해아를 광고에 어떻게 녹여줄까?'

그녀는 기대감에 피식 웃으며 그에게 처음 이 명함을 받았을 때를 되돌아보았다. 그녀가 설희를 알게 된 건 세성기획에서 당시 막 데뷔한 신인 여배우를 모델로 쓰고 싶다고 연락해서였다. 기분 좋은 마음으로 그 배우와 함께 미팅에 참석했는데, 그때 설희에게 직접 명함을 받았다.

성 대표는 배우라고 해도 믿을 법한 얼굴과 몸을 지녔던 그의 외모에 놀랐지만, 더 큰 충격은 설희에게 건네받은 명함에 있었다.

"어머? 윤 프로라고 했나? 젊어서 그런가, 패기가 아주 상당하시네?"

무슨 자신감인지, 명함에는 회사 이름이나 그 외 자질구레한 설명도 전혀 없이 이름과 연락처만 덩그러니 박혀 있었다. 성 대표는 그런 그가 우습기도 했고, 안쓰럽기도 했다.

"이 바닥이 얼마나 거지같고 치열한데, 어디 햇병아리 주제에 이런 명함을 들고 다녀? 이름만 박힌 명함은 아무나 들고 다닐 수 있는 게 아냐."

하지만 그때 그를 비웃던 그녀는 미처 알지 못했다. 이름만 투박하게 적힌 무례하기 짝이 없는 이 명함처럼 윤설희, 그가 이름만 들어도 설명이 필요 없는 존재가 될 줄은……

성 대표에게 비웃음을 받았던 그 남자는 어마어마한 돌풍을 일으키며 이 바닥 구석구석까지 자신의 이름을 알렸다. 설희는 그때의 명함처럼, 아니 그 명함 자체가 되어버렸다. 이름이 곧 설명인 존재, 이름만 제시해도 이 바닥 사람들이라면 다 아는 그런 존재 말이다.

'정말 대단한 남자다.'

그녀가 새삼스레 설희에 대해 감탄하고 있을 때, 그새 들어온 해아가 소파에 풀썩 앉아 다리를 꼬며 말했다.

"빨리 집에 가서 쉬고 싶은데, 왜 부르고 난리야?"

"왔어?"

"피곤한데 왜 불렀냐니까?"

해아는 오만상을 짓고 있었다. 고된 하루 일정을 마치고 집에 들어가는 길에 사무실로 불려온 이 상황이 짜증나는 모양이었다. 그런 그의 맞은편에 성 대표가 앉으며 물었다.

"배역에서 벗어났다더니, 정말 창희 말이 맞네? 어떻게 이렇게 금방 나왔어?"

"알 거 없고, 왜 불렀냐고. 자꾸 묻게 할 거야?"

"광고 들어왔는데 안 할……."

"안 해. 또 거지 짤 남길 일 있어?"

해아는 어떤 광고인지 듣지도 않고, 딱 잘라 거절했다. 그러자 성 대표가 씩 웃으며 그에게 설희의 명함을 내밀었다.

"이 사람인데도?"

명함 속 이름을 확인한 해아의 눈동자가 일순간 흔들렸다.

'거봐. 너도 그 남자에 대해 알지?'

성 대표는 설희의 인지도에 대해 다시 한 번 감탄했다.

'저 똥고집 해아가 흔들리다니.'

그녀는 그에게 들어온 광고에 대해 설명하기 시작했다.

"이번에 세성전자에서 TV 출시된다더라. 들어보니까 너랑 이미지가 딱 맞아. 현실적인 생생함! 어때, 너도 좀 끌리지 않아? 거기다 윤설희 프로한테 직접 연락 왔었어."

"직접?"

해아가 설희의 명함을 이리저리 살펴보며 물었다.

"그러엄! 감히 우리 차해아를 섭외하겠다는데, 연락한 사람이 윤설희 프로 정도는 돼야 하지 않겠어?"

"흠……."

성 대표의 말에 그가 자신감 가득한 표정으로 고개를 끄덕였지만, 곧 명함을 내려놓았다.

"그래도 안 해."

그녀는 당연히 승낙할 줄 알았던 해아가 딱 잘라 거절하자 당황스러 웠다.

"왜?"

"바빠. 새로운 사냥감이 생겼다고나 해야 할까?"

"그게 무슨 소리야?"

"그런 게 있수다. 끝났지? 나 이만 간다."

해아는 뒤도 안 돌아보고 쌩하니 사무실을 나갔다.

'어머머머. 쟤가 지금 무슨 소릴 하는 거야? 이게 얼마만의 기회인데!'

그의 반응에 멍하니 앉아 있던 그녀는 금방 정신을 차리고는 자신의 휴대전화를 들어 해아의 매니저, 창희에게 연락했다.

[네, 대표님.]

"요즘 해아 쟤, 뭐 때문에 저러는지 아니? 배역 후유증도 빨리 회복 된 데다가, 자기가 바쁘다네? 걔 지금 영화 일정 말고는 없잖아."

[아, 형님이요? 글쎄요, 저도 아직은 잘 모르는데 뜬금없이 원룸으로 이사 가겠다고 고집이에요. 내일 당장 들어가야 한다나 뭐라나…….]

"워언룸?"

성 대표는 너무 어이없는 나머지 저도 모르게 언성을 높이고 말았다.

'천하의 차해아가 원룸?'

혹시나 싶었던 그녀는 창희에게 캐물었다.

"창희 씨. 혹시 해아한테 여자가 생긴 건 아니지?"

[에이. 그건 아니에요. 형님 상태를 보면 여자라기보단…… 갖고 놀 장난감이 생겼다는 게 더 맞는 것 같은데요?]

'이건 또 무슨 소리지?'

성 대표가 고개를 갸웃했다.

"장난감?"

[네네. 장난감이요. 막 고집 부리고 집착하고 하고 싶은 것만 생각하는 게 꼭…… 작년에, 새로 출시된 게임기 기다렸던 모습과 똑같아요.]

"그으래……? 그래도 혹시 모르니까 해아 잘 감시하고, 이번에 광고 들어왔는데 그것도 좀 잘 꼬드겨 봐. 알았지? 광고에 대한 자료는 창희 씨 메일로 보내놓을게."

[안 하려고 할 텐데……?]

"지금 이 광고, 윤설희 프로에게서 직접 연락 온 거야!"

[헐! 그건 당연히 해야죠! 제가 형님 꼭 설득시킬게요!]

"그래, 그래. 창희 씨만 믿는다?"

[알겠습니다.]

그녀는 전화를 끊고도 여전히 께름칙한 듯 고개를 갸웃했다.

"여자 때문도 아닌데 원룸으로 이사를 가? 자존심에 살고 자존심에 죽는 그 차해아가?"

성 대표는 여전히 풀리지 않는 의문에 한숨을 푹 쉬었다.

"나는 침대 위에서, 넌 바닥에서. 불만 없지?"

미쁨의 말에 설희가 고개를 끄덕였다. 그녀는 고분고분한 그의 모습에 만족스럽게 웃었다.

'우쭈쭈. 말 잘 듣네.'

그들은 먹은 것들을 다 치우고, 간단하게 씻은 후 이제 막 잘 준비를 마친 참이었다. 미쁨이 붙박이 장롱 속에서 두툼한 이불을 꺼냈다. 너무 두꺼워 한겨울이 아니면 쓰지 않는 것이었는데, 딱딱한 바닥에서 잘 설희에겐 딱 좋다 싶어 냉큼 바닥에 깔아주었다.

그는 그녀가 바닥에 깔아준 이불 속으로 쏙 들어가 누웠다. 그러고는 누운 지 일 초도 되지 않아 바로 잠에 빠져들었다.

'뭐여. 벌써 잠든 것이여, 시방? 새 나라의 어른이여, 뭐여.'

미쁨은 침대 위에서 비스듬히 누워, 빛의 속도로 잠든 그의 모습을 바라보며 피식 웃었다. 눈을 꼬옥 감고 새근새근 잠든 설희는 굉장히 귀여웠다.

'순수와 섹시를 자유자재로 넘나드는 모습이 참 보기 좋구려, 그래.'

그녀는 속으로 허허 껄껄 웃으며, 그의 얼굴을 좀 더 가까이에서 보기 위해 슬금슬금 다가갔다. 미쁨은 침대 가장자리에 떨어질 듯 말 듯 붙어서는 눈도 깜빡이지 않고 집중해서 잠든 설희를 관찰했다.

칠흑보다 검은 그의 머리칼은 윤기가 좌르르 흐르며 실크보다 부드러워 보였고, 흰 피부는 그것과 강하게 대비되어 뽀얗게 빛나는 것 같았다. 거기다 오뚝한 콧대는 설희의 얼굴이 얼마나 입체적인지 보여주었으며, 붉은 입술은 당장에라도 훔치고 싶을 정도로 탐스러워 보였다.

그리고 섹시하게 튀어나온 목울대! 그의 목울대가 꿈틀댈 때마다 미쁨은 헉! 하고 숨을 삼키며 심장을 부여잡았다.

'나 울대뼈 페티시 있다고…… 저 섹시하게 튀어나온 목에 키스 한 방 찐하게 할 수 있다면 얼마나 좋을까…….'

그녀의 시선이 곧 설희의 목에서 슬금슬금 내려가 어깨로 향했다. 이불 밖으로 살짝 나온 그의 넓은 어깨에 미쁨이 오오, 하고 작게 탄성을 내질렀다. 곤히 자느라 흐트러진 라운드 티셔츠 속으로 설희의 피부가 살짝 드러났다. 그녀는 괜히 고개를 이리저리 갸웃거리며 그의 옷 속을 훔쳐보려 애썼다.

'저 옷 속엔 어마어마하게 아름다운 장관이 펼쳐져 있겠지? 저번에

만져보니까 근육도 적당히 예쁘게 자리 잡고 있던데. 허리랑 허벅지도 탄탄하고……'

미쁨은 이글이글 불타오르는 눈빛으로 설희의 몸을 뚫어져라 쳐다보았다. 그러다 갑자기 고개를 세차게 흔들며 마음을 진정시켰다.

'이제 그만! 그만해야 해! 상상을 너무 과하게 하면 저번 모텔에서처럼 또 덮칠지도 몰라. 그만하자, 그만하자.'

그녀는 야한 생각으로 가득 찼던 머릿속을 비우고 그를 바라보았다. 깊게 잠든 그의 모습은 소년같이 순수했고, 그 순수함은 치명적인 섹시함으로 변모해 다가왔다.

'기승전 섹시군.'

미쁨은 입을 쩝 다셨다. 그녀는 순수함과 섹시함이 공존하는 그의 오묘한 느낌에 다시 홀리기 시작했다.

'저런 무방비함으로 유혹하다니, 어마어마한 고단수일세.'

몽롱한 표정의 미쁨은 침대 밖으로 상체를 내밀며 설희의 얼굴로 점점 다가갔다. 두 사람의 얼굴이 서로 포개질 듯, 조금씩 천천히 가까워졌다.

'이 남자는 분명 꼬리 백 개는 달린 불여우임이 틀림없어.'

그의 숨결이 얼굴에 느껴질 만큼 가까워지자 그녀는 눈을 감았다.

'그렇지 않고서야 내가 이렇게 주체 못할 리 없잖아.'

미쁨은 그의 콧등에 살짝 입을 맞췄다. 그녀의 머리칼이 얼굴에 닿은 게 간지러웠는지, 설희가 눈을 떴다. 그의 눈꺼풀이 올라가며 동공조차 안 보일 정도로 새까만 눈동자가 보였다. 티 없이 하얀 눈밭에 흑요석이 박혀 있는 것 같았다. 아름다웠다. 미쁨은 그의 얼굴을 바라보며 조용히 말했다.

"악몽이 아닌 좋은 꿈꾸라고, 설희야."

미쁨이 설희의 이름을 부르며 천연스럽게 웃어 보였다. 샥 올라간 입꼬리에서 유쾌함이 묻어나왔다. 졸려서 그런가, 그는 그런 그녀의 미소가 퍽 보기 좋았고 자신의 이름을 부르는 미쁨이 싫지 않았다. 설희는 마음이 따뜻해지는 것을 느낄 수 있었다. 어쩐지 그녀의 말대로 좋은 꿈을 꿀 것 같은 밤이었다.

6. 적당히, 그러나 욕심이 일어

설희는 회사에 출근하기 위해 아침 일찍 눈을 떴다. 그는 눈을 비비며 이불 밖으로 나왔다. 기분 좋게 숙면을 취한 덕분인지 설희의 얼굴에는 혈색이 돌았고, 표정도 밝았다. 간단하게 샤워를 한 그는 집에서 미리 챙겨왔던 옷으로 갈아입은 후, 잠을 잔 이부자리와 사용했던 세면도구들을 말끔하게 정리하는 것으로 출근 준비를 완벽하게 마쳤다.

설희가 회사에 가기 위해 집을 나서려는데, 한참 잠에 빠져 있는 미쁨이 눈에 들어왔다. 그녀는 호탕한 성격을 반영하듯 대자로 뻗어 자고 있었다. 이불도 내팽개치고는 입까지 쩍 벌리고 자는 모습이 아주 볼만했다. 눈도 미묘하게 떠져 흰자까지 보였다.

"쯧쯧쯧."

설희는 미쁨의 자는 모습을 바라보며 고개를 가로저었으나, 그의 얼굴엔 웃음이 가득했다. 그녀의 자는 모습이 좋은 꼴은 아니었지만, 재미는 있었다. 사람이 저렇게 자기도 하는구나 싶어 신기하기도 했다.

설희는 미쁨을 바라보던 도중 손목시계를 들여다보았다. 7시를 살짝 넘은 시각.

'제 시간에 출근하려면 슬슬 일어나야 할 텐데, 저렇게 계속 자고 있어도 괜찮으려나······.'

그는 걱정이 되기는 했지만, 굳이 그녀를 깨우거나 하지 않고 집을 나섰다. 한두 살 먹은 어린애도 아니고 어련히 알아서 잘 하겠지 싶은 마음에서였다.

사실 설희는 미쁨이 지각하길 바라는 마음도 살짝 있었다.

'내가 지각을 빌미로 화를 내면 저 여자, 과연 어떤 반응을 보일까? 죄송하다며 머리를 조아릴까, 아니면 사람들의 시선을 의식해 억울한 표정으로 가만히 화를 참을까?'

그는 상상만으로도 재밌는 듯 피식 웃었다.

'혹시 모르지, 욱하는 성격을 참지 못하고 곧바로 소리칠지도.'

그녀라면 집과 회사에서의 행동을 구분하지 못하고 설희의 이름을 불러 젖히며 반말까지 툭툭 할지도 모르는 일이다.

'뭐, 어떤 반응이든 볼만하겠군.'

그는 원룸 건물에서 나와 차에 시동을 걸었다. 혼자 키득키득 웃으며 회사로 향했다. 오늘따라 하늘이 참 맑았다.

"양 프로."

싸늘하게 식은 설희의 목소리가 사무실 안에 나직이 울렸다. 미쁨을 향한 그 목소리엔 살기가 가득 담겨 있었다.

"네, 네······."

설희 앞에 선 그녀는 잔뜩 움츠러든 채 그의 눈치만 살피고 있었다. 그렇다. 미쁨은 결국 지각을 하고 만 것이었다. 알람 소리를 못 들은 탓도 있었지만, 윤설희 저 인간이 깨워줄 것이라 믿으며 안일했던 게 결정적이었다.

미쁨이지아니한가

'치사하게 먼저 가냐? 좀 깨워주면 어디 덧나냐고!'

그녀는 분노를 참기 위해 주먹을 꽉 쥐었다.

'아니, 그전에 그렇게 찌인한 하룻밤을 보냈으면 좀, 사람이 친근하게 바뀔 수도 있지 않나? 어째 그대로야! 아오! 짜증나!'

미쁨은 입을 우물거리며 소리 없이 욕을 해댔다. 그때 설희가 그녀에게 차갑게 물었다.

"여기 학교예요, 회사예요?"

"회사입니다."

미쁨은 남모르게 어금니를 악물고는 애써 웃으며 답했다. 그러자 설희가 아니꼽다는 듯이 조소를 날렸다.

"아는 사람이 출근을 굉장히 일찍 하시네요. 자체 휴강하시려는 줄 알고 혹시나 해서 물어봤습니다."

"······죄송합니다."

그녀는 고개를 푹 숙이며 죄송하다는 말만 반복했다.

'미안하다고! 그러니까 이제 그만해, 이 로봇 같은 놈아! 이렇게 혼낼 거면 왜 혼자 갔냐? 좀 깨워주고 가든가!'

미쁨은 속으로 고래고래 소리쳤다.

"또 늦으면 그땐 말로는 안 끝날 겁니다."

설희는 살벌하게 경고했고, 그녀는 그 경고 폭탄에 맞아 움찔했다.

'으으으. 저 시끼는 정말 말로 안 끝날 거야. 어휴, 끔찍한 놈. 어제의 그 깜찍하고 귀여웠던 설희는 도대체 어디로 사라졌니?'

그는 미쁨에게 자리로 돌아가라며 턱짓했다. 그녀는 설희의 거만하기 짝이 없는 행동에 꽉 쥔 주먹을 몸 뒤로 숨기며 자신의 자리로 돌아갔다.

미쁨이 자신의 자리에 앉자마자 그가 일어섰다. 책상 위에 있던 서류들을 챙긴 설희는 강 프로와 함께 사무실을 나섰다.

"회의 갔다 올게요. 다들 오늘 하루 파이팅입니다!"

차갑기만 한 그와 반대의 성격인 강 프로가 활기차게 사원들을 응원했으나, 설희는 사무실 사람들에게 눈길 하나 주지 않고 문 밖으로 나갔다. 그들이 사라지자, 사무실 내 모든 사람들이 동시다발적으로 한숨을 푹 쉬었다. 하아……. 사무실 사람들의 표정이 한시름 놓았다는 듯이 편안하기 그지없었다. 이는 미쁨도 마찬가지였다.

설희는 회의실로 가는 내내 손으로 입을 가리고 있었다. 그는 슬금슬금 기어 나오는 웃음을 도저히 참을 수가 없었다. 설희는 자신의 예상대로 지각한 미쁨의 반응이 즐거웠고, 그 원망이 고스란히 담겨 있던 그녀의 얼굴 또한 재밌었다.

'그 구겨진 얼굴로 죄송하다며 억지로 웃는 꼴이란. 속으로는 욕이란 욕은 죄다 퍼붓고 있었겠지.'

그에게 미쁨은 파악하기가 너무 쉬운 여자였다.

'계속 괴롭히고 싶어.'

결국 웃음을 참지 못한 설희는 들고 있던 파일로 얼굴을 가렸다.

"큭큭큭."

그가 회의실로 걸어가는 내내 파일로 얼굴을 가린 채 앞을 보지 않자 강 프로가 고개를 갸웃하며 물었다.

"얌마, 너 뭐하냐?"

"아무것도 아닙니다."

설희는 얼굴색을 싹 바꾸고는 평소 모습으로 돌아왔다. 하지만 그의 입꼬리는 살짝 올라가 있었다.

❦

미쁨의 옆집인 306호 한가운데에 잘생긴 남자 한 명이 떡하니 앉아 있었다. 그는 얼굴만 보면 이런 작은 원룸이 아니라 호화스러운 저택과 어울릴 것 같은 사람이었다. 남자의 몸은 길쭉하니 일반인과는 종족 자체가 달라 보였고, 입고 있던 옷은 굉장히 세련되고 멋있었다. 그의 정체는 바로 영화배우 차해아였다.

해아는 기어코 하루 만에 미쁨의 옆집으로 이사 오는 데에 성공했다. 하지만 그의 얼굴엔 심각함이 가득 들어차 있었고, 달달 떨고 있는 다리에선 불안함이 흘러나왔다.

'어떻게 말할까? 그냥 가서 내가 그때 똥 마려운 널 업고 뛰었던 사람이다, 라고 말할까? 그러면서 내게 사례한다고 했으니 그 사례로 날 좀 도와달라고 하면 될까?'

사실 그는 미쁨을 자신의 스위치로 삼고 싶었다. 자신이 한 작품을 끝내고 배역에 물들어 허덕일 때마다 똑딱, 하고 원래 모습으로 돌아올 수 있도록 해주는 그런 스위치 말이다. 그러기 위해선 일단 다가가 인사부터 나눠야 하는데, 다짜고짜 국민배우가 떡하니 나타난다면 그 여자, 놀라 자빠질 것이 뻔했다.

'그러다 나한테 반하면 어쩌지.'

그는 생각만으로도 불안해서 가만히 있질 못했다. 그가 그녀에게 필요한 건 스위치라는 역할일 뿐이지 마음이 아니었기 때문이었다.

'내가 좋다고 막 달려들면, 그땐 어떡해야 하나? 처음으로 알게 된 소중한 스위치인데 떠나보낼 수도 없는 노릇이잖아.'

그는 진심으로 걱정되었다.

"됐어. 그냥 가보지 뭐."

고민하던 해아는 일단 저질러 보기로 답을 내리고는 자리에서 일어나 집을 나갔다. 그는 그 와중에도 선글라스와 모자, 마스크를 착용하는 건 잊지 않았다.

해아는 누가 봐도 수상한 차림으로 미쁨의 집 앞을 서성였다. 그러다 용기를 가지고 초인종을 눌렀다.

띵동.

초인종이 울렸음에도 불구하고 305호 안에선 아무도 나오지 않았다.

'안에 없나?'

그는 다시 초인종을 눌렀다.

띵동띵동.

역시나 답이 없었다.

'뭐야, 없어?'

어이없이 문을 바라보던 그는 오기가 발동해 초인종을 계속 눌러댔다.

띵동띵동띵동띵동.

'아 나, 정말.'

그는 이를 악물고 초인종이 고장 날까 걱정될 만큼 계속 누르고 또 눌렀다. 해아는 집착이 강한 성격이었다. 그래서인지 그는 평소에도 한 번 목표가 생기면 그걸 이룰 때까지 도전하곤 했는데, 이번에도 마찬가지였다. 그는 집 안에 사람이 있든 없든, 누군가 올 때까지 초인종을 누르고 문을 두들길 생각이었다.

"이봐요, 거기서 뭐 하는 거예요? 계속 그렇게 누르면 초인종 고장 나요."

그때 한 중년 여성이 나타나 그를 제지했다. 이에 해아는 모자를 깊게 눌러쓰며 사과했다.

"죄송합니다."

그가 돌아서서 자신의 집으로 들어가려는 찰나,

'오오! 기가 막힌 생각이 떠올랐다.'

그는 돌연 획 돌아서서 중년 여성에게 천천히 다가갔다.

"왜, 왜 오시는 거예요……?"

수상한 차림의 남자가 다가오자 그녀는 살살 뒷걸음질 치며 긴장했다. 해아는 그녀를 안심시키기 위해 모자와 선글라스, 그리고 마스크를 하나하나 벗었다.

"에구머니나!"

그녀는 그가 국민배우 차해아라는 것을 알아차리자마자 소리를 꽥 지르며 두 손으로 입을 가렸다. 그녀는 양 볼을 발그레 물들인 채 소녀처럼 쑥스러워 어쩔 줄 몰라 했다.

"네, 접니다. 차해아."

그는 영업용 미소를 날리며 중년 여성의 귀에 대고 속닥속닥 말하기 시작했다.

"혹시…… 여기 수정원룸에 사시나요?"

"저는 이 원룸 주인인데요……."

해아의 질문에 그녀가 떨리는 눈빛으로 고개를 끄덕였다. 이에 해아가 씨익 웃었다.

"여기 건물주시구나! 다름이 아니라 여기 305호 사람이 제 오래된 친구거든요. 연락하려고 했는데, 제 휴대폰이 고장 나는 바람에 그만 번호가 지워지고 말았어요. 혹시 어머님은 이 친구 전화번호 아세요?"

"아…… 여기 노처녀요? 알지요, 그럼……."

중년 여성은 요괴에 홀린 듯, 흐리멍덩한 표정으로 말했다.

"그럼 번호 좀 알 수 있을까요?"

"그럼요, 그럼요……."

그녀는 덜덜 떨리는 손으로 주머니에서 휴대전화를 꺼내 들어, 전화번호 목록을 뒤적거려 '305호 노처녀'를 찾아 해아에게 보여주었다.

'아싸, 득템!'

그는 신나서 미쁨의 번호를 자신의 휴대전화에 옮겨 적었다.

"감사합니다."

"별말씀을요……."

"그럼 이만. 아, 저의 존재는 어머님만 알고 계셔야 합니다. 이건 저와 어머님만의 소중한 약속이란 거 기억하셔야 해요. 알겠죠?"

"명심할게요……."

해아는 꾸벅 인사하고는 자신의 집 안으로 쏙 들어가 버렸다.

그가 사라지고 난 후 혼자 남은 중년 여성은 해아를 만난 게 꿈인가 의심하면서, 복도에 선 채 찬바람을 맞으며 한동안 석고처럼 굳어 있었다.

❦

위잉. 위잉. 회의를 마치고 회의실에서 막 나온 설희의 주머니 속에서 휴대전화가 울렸다. 그는 지나가는 사람들 틈에서 휴대전화를 꺼내 발신인을 확인했다.

윤선우

설희의 동생이었다.

설희는 전화를 선뜻 받지 못하고 멍하니 서서, 액정 화면에 선명하게 새겨진 동생의 이름 세 글자를 바라보기만 했다. 하지만 전화는 쉽게 끊기지 않았다. 어쩔 수 없다는 듯이 한숨을 쉬며 설희는 사람들 사이에서 빠져나와 복도 끝, 인적이 드문 곳에 도착하고 나서야 전화를 받았다.

"선우야. 어쩐 일이야?"

그의 목에선 딱딱한 표정과 어울리지 않는 밝은 목소리가 흘러나왔다.

[어쩐 일이긴. 동생이 형에게 전화하겠다는데 이유가 필요해?]

"글쎄. 넌 아주 확실한 이유가 있을 것 같은데."

[에이, 날 뭘로 보시나.]

설희는 피식 웃었지만, 곧 손목시계를 바라보며 시간을 확인하고는 단도직입적으로 물었다.

"뭔데. 빨리 말해. 나 회사야. 사무실에 들어가 봐야 해."

[요즘 형에 대한 이상한 얘기를 들었어.]

"무슨 얘기?"

[요 며칠간 집에 잘 안 들어갔다며? 도대체 어딜 돌아다니는 거야?]

선우의 말에 설희는 미간을 구기며 이마를 짚었다. 그는 자신의 행적에 대해 정확히 파악하고 있는 동생의 말에 속이 울렁거렸다.

최근에 설희는 선우의 말대로 집에 자주 들어가지 못했다. 미쁨과 모텔에서 잠을 잤고, 그 외에도 그녀의 집에서 두 번이나 잤으니까 말이다. 하지만 그는 이 상황에 대해 아무에게도 말한 적이 없었다. 그런데도 동생은 이미 알고 있었다. 아니, 동생뿐만이 아니었다. 설희의 가족들이라면 모두 다 알고 있을 터였다. 평소 그는 선우를 비롯한 온 가족들이 자신을 지켜보고 있다는 것을 알고 있었다.

선우가, 아니 집안사람들이 설희를 비상식적으로 주시하는 것은 그가 어렸을 때부터 쭉 이어져 온 버릇 같은 것이었다. 이유는 간단했다. '그 사건' 때문이었다. 설희가 태어난 후 열한 살이 될 때까지 겪은 '그 일' 때문에 그는 사람들의 시선 속에서 살아야 했다.

설희도 그들을 이해하지 못하는 것은 아니었다. 어쩌면 당연한 것이었다. 걱정이 되었을 테니까. 억지로 정신과 상담을 받게 한 할아버지처럼 말이다. 다만, 그는 가슴이 조금 답답할 뿐이었다.

"내 뒷조사 좀 그만하라니까. 질리지도 않아?"

설희는 애써 웃었다.

[뒷조사는 무슨! 형을 걱정하는 동생의 지극한 우애라고나 해야 할까.]

"우애? 할 말 없으면 나 전화 끊는다."

[아아아! 잠깐!]

그가 전화를 끊으려 하자, 선우는 그제야 전화를 건 목적을 실토했다.

[이번 주 주말에 가족 모임 있는 거 알지? 할아버지가……]

"바빠. 못 갈 것 같아."

설희는 선우의 말이 끝나기도 전에 거절했다. 그의 거절을 이미 예상하고 있었던 선우가 피식 웃었다.

[그렇게 말할 줄 알았어. 그래도 한번 생각해 봐. 이게 도대체 벌써 몇 번째야? 아무리 바빠도 그렇지, 업무량으로만 보면 우리 집안사람들이 형보다 더 많을걸? 너무 바쁜 척하는 거 아냐?]

"그래, 그래. 어마어마하게 잘나신 집안이다."

[형네 집안이기도 하거든요! 가끔 형은 우리 집안과 관계없는 것처럼 말하더라? 아무튼 생각이나 해봐.]

동생과의 통화에 진이 다 빠진 설희는 수화기 너머의 선우가 듣지 못하게끔 조용히, 땅이 꺼져라 한숨을 쉬었다.

"……나 이만 전화 끊는다. 나중에 연락해."

그가 먼저 통화의 끝을 알리자 이번엔 선우 쪽이 조용해졌다.

그러다 곧 선우도 답했다.

[알겠어. 그럼 수고!]

전화가 끊긴 후, 설희는 아무 소리가 들리지 않는 휴대전화를 한동안 귀에 대고 있었다. 그는 마음이 무거웠다. 집안사람들과 자신 사이의 애매한 관계와 멀게만 느껴지는 거리감이 가슴에 사무치게 와 닿았다.

설희는 누군가에게 위로받고 싶었다. 나아질 기미가 보이지 않는 이 상황과 그 속에서 밀려오는 외로움을 누군가에게 조금만이라도 덜고 싶었다.

"악몽이 아닌 좋은 꿈꾸라고, 설희야."

문득 미쁨의 목소리가 귓가에 아른거렸다.

'설희야'라며 이름을 부르던 목소리를 떠올리자, 그녀가 보고픈 마음까지 들었다.

'최근 들어 내 이름을 부른 사람이 있던가⋯⋯.'

설희는 골똘히 생각에 잠겼다. 아무리 기억을 되새겨 보아도, 그의 이름을 부른 사람은 단 한 명도 없었다. 미쁨을 제외하고는. 윤 프로, 팀장님, 선배님 등등, 모두들 설희의 사회적 위치로 그를 부를 뿐이었다. 그렇기에 설희는 미쁨의 입술과 혀를 통해 흘러나온 '설희'라는 단어가 생소했다. 신기하기도 했고, 듣기 좋았기도 했다.

그는 휴대전화를 주머니에 쑤셔 넣고 손으로 눈을 가린 채 어깨를 들썩이며 웃었다.

"어처구니가 없군."

설희는 무의식적으로 미쁨의 모습과 목소리를 되새기는 자신의 모습이 당혹스러울 뿐이었다. 그러나 어쩌겠는가, 의식하기도 전에 생각부터 나는 것을. 그는 곧바로 사무실을 향해 발걸음을 옮겼다.

'아무래도 기분 전환을 좀 해야겠어.'

그는 걸으면서 미쁨을 어떻게 괴롭힐까 고민하기 시작했다.

"아니, 어쩌다가 팀장님에게 찍혔어요? 이유 없이 그러실 분이 아니신데."

미쁨과 하 프로는 설희가 없는 틈을 타 수다타임을 가지고 있었다. 그들의 대화 주제는 윤설희 팀장이었다.

"하하. 글쎄요. 제가 일을 너무 못하나 보죠, 뭐."

그녀도 설희의 행동을 이해할 수 없었다. 맘 같아선 그의 머리라도 열어서 그 안을 살펴보고 싶을 정도였다.

'왜 아직까지 까칠한 거지? 어젯밤, 분위기 좋지 않았나?'

미쁨은 한숨을 푹 쉬었다.

'회사는 회사고, 하룻밤은 하룻밤이라 이건가! 공사 구분 겁나게 쩌는 놈!'

그녀는 설희의 명확한 구별에 감탄스러울 따름이었다. 하 프로는 미쁨의 자리 쪽으로 넘어와 그녀가 작업 중이던 문서를 살펴보았다. 궁금했던 동혁도 그와 같이 보았다.

"제가 보기엔 무난한데. 양 프로 일 못하는 거 아니에요."

"맞아요. 제 눈에도 괜찮아 보이는데요, 누님."

하 프로가 말하자, 동혁도 동감했다. 이에 미쁨이 억울하다는 듯이 하소연했다.

"그렇죠? 저 일 못하는 거 아니죠? 이것 봐. 아무리 좋게 봐도 팀장님의 행동은 명백한 차별이에요!"

"근데, 우리 윤 프로님이 이유 없이 언니를 갈굴 리가 없잖아?"

어느새 다가온 세련이도 세 사람의 대화에 슬쩍 끼어들었다. 그녀의 말에 하 프로 역시 고개를 끄덕였다.

"한 프로 말처럼 선배님은 차별 대우 같은 거 하시는 사람이 아니에요. 다만…… 성격이 좀 많이 모나긴 했죠. 꽤 까다로우세요."

"모가 좀 많이 난 정도가 아니라 그냥 고슴도치 수준이에요. 성격은 또 어찌나 지랄 맞은, 아니 날카로운지 손 베이게 생겼다니까요."

미쁨은 순간 튀어나온 비속어를 정정하며 흥분을 가라앉혔다. 하 프로는 이해한다는 듯이 고개를 끄덕이며 그녀의 어깨를 토닥였다. 그는 눈빛으로 미쁨에게 '힘내세요!'라고 말하고 있었다.

그때였다.

"한가하게 놀 시간이 있나 봅니다, 다들?"

네 사람의 뒤에서 서늘한 목소리가 뻗쳐 나왔다. 그들이 목소리가 들리는 쪽으로 고개를 돌리자 싸늘하게 식은 표정으로 서 있는 설희가 보였다. 그는 팔짱을 낀 채 수다 삼매경에 빠져 있던 네 사람을 내려다보고 있었다. 화기애애하던 네 사람 사이의 분위기가 한순간에 얼어버렸다.

"아…… 하하…… 지금 하고 있습니다."

미쁨이 화알짝 웃으며 뒤통수를 긁적였다.

"주말 동안 쉬셨으면, 적어도 월요일엔 열심히 하셔야죠. 안 그래요, 하 프로님?"

"열심히 하겠습니다."

설희가 살벌한 표정으로 하 프로에게 묻자, 그는 고개를 팍 숙이고 자신의 자리로 돌아갔다.

'난 주말에도 출근했는데……'

하 프로는 억울했지만 항변할 만한 분위기가 아니라는 건 그 자신이 누구보다 잘 알고 있었다. 동혁과 세련도 슬금슬금 뒷걸음질을 쳤다. 설희는 미쁨에게서 멀어지는 사람들을 싸늘하게 바라보다가, 다시 그녀에게 시선을 돌렸다.

"안 그러냐고요, 양 프로."

"그, 그렇죠! 하하하! 여, 열심히 하고 있습니다……."

미쁨이 삐거덕거리며 자리에 앉았다. 그녀는 모니터를 바라보며 키보드 위에 손을 얹었지만, 등 뒤에선 여전히 그의 따가운 눈총이 느껴졌다.

'왜 계속 그러고 서 있는 거냐? 빨리 네 자리로 가!'

미쁨은 설희가 자신의 뒤에서 일분일초라도 빨리 사라지기만을 바랐다.

"잠깐 나와보세요. 중간 점검 좀 해봅시다."

그때 그가 그녀의 어깨를 툭툭 치며 말했다.

"네, 네?"

미쁨은 화들짝 놀라 설희를 올려다보았다. 그의 표정은 차갑기 그지 없었다.

"나와요."

"네……."

설희는 그녀를 밀어내고 의자에 앉아 마우스를 움직이며, 미쁨이 작업 중이던 서류를 살펴보았다.

"휴……."

그가 한숨을 터뜨린 것은 의자에 앉은 지 불과 삼 초만의 일이었다.

"오늘도 야근하셔야겠네."

'빌어먹을, 또 야근!'

설희의 말에 미쁨의 주먹 쥔 손이 부들부들 떨렸다.

'참자, 참자, 참자! 아무리 하 프로님의 눈에 내 일 처리 실력이 무난하게 느껴질지라도, 저 윤설희 새끼 기준엔 아닐지도 모르지!'

그녀는 그렇게 생각하며 이 상황을 이해하려 애썼다.

"하하하하하하하. 네…… 야근…… 해야죠……."

미쁨은 바르르 떨리는 목소리로 답했고, 그런 그녀의 목소리를 들으며 설희는 남몰래 웃었다.

'밤늦게까지 회사에 있어보세요, 양미쁨 씨.'

그는 미쁨을 갈군 후, 한층 가벼워진 발걸음으로 그녀의 자리를 떠났다.

'저와 함께 말이죠.'

❦

늦은 저녁, 영화 무대 인사를 앞둔 해아는 최신식 밴 뒷좌석에 앉아 자신의 휴대전화를 물끄러미 바라보고 있었다.

'옆집 여자에게 전화를 할까, 말까? 할 거라면 뭐라고 해야 할까?'

그는 미쁨에게 어떻게 연락해야 할지 여전히 고민 중이었다.

'다짜고짜 내 스위치가 되어줘! 라고 말하면 미친놈 취급받겠지?'

해아는 고개를 절레절레 저었다.

"근데 이 여자는 도대체 언제 집에 들어오는 거야?"

사실 해아는 진즉 그녀를 만났더라면 이런 고민을 하지도 않았을 것이다. 그러나 그는 처음 만났던 그날 이후 지금까지 한 번도 보지 못한 그 여자 때문에 점점 애가 끓었다.

"왜 집에 없는 거야? 직장이 있는 건가? 감히 나를 만나지도 않고 일하러 가버려?"

해아는 기다림에 지쳐 정상적인 생각을 하기 힘들었다. 심지어 그녀가 일하러 간 상황조차 짜증이 났다.

"안 되겠어."

그는 긴긴 고민 끝에 결론을 내렸다.

"그래. 내가 누군지 솔직하게 말하자. 내 이름을 말하면서 스위치가 되어달라고 정중하게 부탁하는 거야. 설마 이 차해아가 부탁하겠다는데 단칼에 거절하겠어?"

그는 오늘 아침에 건물주에게서 받았던 여자의 번호를 찾아 전화를 걸었다.

미쁨은 퇴근 시간이 지난 지금까지 책상 앞에 앉은 채 모니터만 쳐다보고 있었다.

'도대체 어딜 어떻게 고쳐야 하는 거야?'

그녀는 이미 수십 번은 고친 파일을 보며 한숨을 쉬었다.

띠리리링 띠링.

그때 미쁨의 주머니에서 휴대폰 벨소리가 울렸다.

"아오, 깜짝이야!"

갑작스레 울린 벨소리에 화들짝 놀란 그녀는 목소리를 가다듬고 전화를 받았다.

"여보세요?"

[네, 안녕하세요. 차해아입니다.]

"안 합니다."

미쁨은 차해아라는 유명인의 이름을 듣자마자 광고 전화라 생각하고는 가차 없이 끊어버렸다.

'요즘 기술이 많이 좋아졌나 보네. 녹음된 배우 목소리가 엄청 생생하잖아? 진짜 통화하는 것 같았어.'

그녀는 쩝 하고 입맛을 다시며 휴대전화를 책상 구석으로 밀어놓았다.

"언니, 뭔데 전화를 그렇게 끊어?"

퇴근할 준비를 하던 세련이 광속으로 끊어진 미쁨의 통화 내용이 궁금했던지 고개를 갸웃하며 그녀에게 물었다.

"어? 어어. 광고 전화. 지가 차해아래."

"그냥 끝까지 들어보지. 요즘 그 사람 영화 대박 났다잖아. 완전 독보적 1위라던데? 혹시 언니, 무슨 이벤트 같은 거에 당첨된 거 아냐?"

"뭘 신청해야 당첨이 되든가 말든가 하지. 그 영화 보지도 못했구만. 쯧."

미쁨은 기지개를 켠 뒤 남은 업무에 집중하기 위해 자세를 고쳐 앉았다.

"그럼 언니, 오늘도 수고행. 내일 봐!"

"누님, 저도 갑니다. 수고하세요."

그녀에게 인사한 세련은 동혁과 같이 나갔다. 미쁨은 사무실 밖으로 걸음을 옮기는 그들의 등으로 부러움의 눈빛을 잔뜩 쏘아보냈다.

'좋겠다! 나도 퇴근하고 싶어!'

퇴근도 못하는 자신의 처지가 짜증 났던 그녀는 설희를 매섭게 노려보았다. 그러나 일하느라 바쁜 그는 그런 미쁨의 눈총을 느낄 여력이 없어 보였다.

'저 개뼉다구 같은 놈! 어떻게든 엿을 먹이고 싶은데, 방법이 없나?'

그녀는 분통이 터져 가슴을 주먹으로 턱턱 쳐 댔다.

"아, 안 합니다?"

해아는 통화가 끊긴 휴대전화를 손에 들고 부들부들 떨었다.

"이 여자가 지금 나랑 뭐 하자는 거야?"

그는 눈을 부라리며 통화가 종료된 화면을 노려보았다.

"하! 그래! 갑자기 유명인의 이름과 목소리를 들으니까 떨렸겠지. 그래도 이거 너무 튕기시는데?"

해아는 혼자 하하하 웃어대며 이 상황을 이해하려 애썼다. 그러나 마음은 좀처럼 가라앉지 않았다.

"어디 한 번 또 끊어봐라."

발동 걸린 그가 통화 버튼을 누르려 손가락을 뻗었다. 액정 화면에 해아의 손끝이 닿으려는 찰나, 매니저인 창희가 밴 문을 열고 그를 불렀다.

"형님, 영화 끝날 때 됐대요. 무대 인사 가셔야죠."

"야. 기다려. 잠깐 뭐 좀 하고."

"안 돼요! 지금 감독님이랑 스태프들 다 기다리고 있다고요. 빨리 와요."

그는 휴대전화를 째려보는 해아에게 당장 가야 한다고 독촉했다.

"젠장."

창희의 말에 그는 결국 욕설을 내뱉으며 자리에서 일어섰다.

'조금 이따 보자, 이 똥방구녀야. 절대 가만 안 둬.'

해아는 속으로 결의를 다지며 밴을 나섰다.

❦

벽에 걸려 있던 시계가 어느덧 11시를 가리키고 있었다. 사무실엔 미쁨과 설희를 제외하고는 아무도 없었다. 그녀는 피곤함에 찌든 얼굴로 그의 앞에 서서 막 수정한 서류를 설희의 책상에 올려놓았다.

"다 했습니다."

그는 미쁨이 내려놓은 서류를 보고는 고개를 들어 그녀를 바라보았다. 설희의 입꼬리가 미묘하게 올라가 있었다.

"수고하셨어요. 그만 퇴근하세요."

미쁨이 그의 말을 듣고 뒤돌아서는데, 뭔가 께름칙한 게 기분이 더러웠다. 그녀는 다시 빙글 돌아서서 설희를 바라보았다.

"근데 제가 해온 그 서류, 안 보실 거예요?"

"볼 필요 있나요? 지금까지 해온 것과 별반 다를 바 없겠죠."

"보지도 않을 거면 지금 이 시간까지 왜 붙잡고 계셨던 거예요?"

"그냥요."

"뭐요?!"

결국 미쁨의 언성이 높아졌다. 그녀는 혈압이 오르며 목덜미가 팽팽해지는 것을 느낄 수 있었다.

"제, 제가 잘 못 들어서 그런데 다시 한 번 말씀해 주실래요?"

"다 들어놓고선 굳이 왜 물어보시는 겁니까."

"이……."

그녀의 이마로 핏줄이 불뚝 솟아올랐다.

"아니 지금 장난하자는 거야? 너 솔직히 말해봐. 내가 쓴 문서, 고칠 것도 없으면서 그냥 시키는 거지? 나 엿 먹이려고. 맞지?"

미쁨은 결국 터지고 말았고, 집에서 설희를 대하던 것처럼 반말이 툭 튀어나왔다.

"왜 그렇게 생각하시죠?"

"하 프로님이 분명 이 정도면 무난하다고 했거든?"

"맞아요, 무난해요."

"그런데 이런 개고생을 왜 시키냐고!"

그녀는 너무 화나고, 짜증 나서 고래고래 소리쳤다.

'넌 왜 날 못 괴롭혀서 안달이니? 어?! 도대체 왜!'

미쁨이 이를 뿌득 갈았다. 그때 설희가 입을 열었다.

"재밌어서요."

"뭐, 뭐라고?"

그녀는 그의 대답에 말을 잇지 못했다.

'저게 사람으로서 할 말이야? 재미? 재애미?!'

그녀의 부글거리는 속마음을 아는지 모르는지, 설희는 설명까지 덧붙였다.

"미쁨 씨가 그렇게 화내고 당황하는 모습이 퍽 볼만하다, 이 말이죠."

그의 말이 길어지면 길어질수록 미쁨은 머리가 띵해지는 것을 느꼈다. 그녀는 이제 한계였다.

"네, 네 말은 그러니까, 지금 너의 그 재미를 위해 나를 굴렸다는 거야? 너 미쳤……."

"정말로……."

설희는 미쁨의 말을 도중에 끊었다. 그의 눈빛은 어딘지 깊은 생각에 잠긴 것처럼 몽롱했다.

"정말로 유쾌해요. 이상할 정도로 말이죠."

조용조용한 설희의 음성에 그녀의 화가 순식간에 식어버렸다. 미쁨은 어떤 말도 하지 못했다. 그녀는 그저 자신과 함께 있는 이 시간이 진심으로 행복하다는 듯한 그의 표정에 당혹스러울 뿐이었다.

"미쁨 씨는 왜 재밌는 거죠?"

"그, 그걸 내가 어떻게 알아?"

그의 물음에 미쁨이 버벅거리며 답했다.

"당신은 괴롭히기에 아주 최적화되어 있어요. 계속 옆에 두고 괴롭히고 싶다고요."

설희의 말에 미쁨이 움찔했다.

'나를 계속 옆에 두고 싶다는 말은 참 좋은데, 괴롭히고 싶다니……
이거 좋아해야 해, 말아야 해?'

그녀의 눈에 설희는 마치 재밌는 장난감을 처음 접한 어린아이처럼
보였다. 신기하다는 듯이 장난감을 바라보며 세상을 다 가진 것처럼 기
뻐하는 그런 아이 말이다. 보통 남자들이라면 어렸을 때 로봇이든, 미
니 자동차든 장난감 하나씩은 꼭 가지고 놀아보지 않던가.

'그렇기 때문에 성인 남자에게 이런 느낌을 받기는 힘든데……?'

미쁨이 고개를 갸웃했다. 물론 남자들도 평소 원하던 물건을 사게 되
면 뛸 듯이 기뻐하겠지만 설희는 뭔가 달랐다. 정말로 '처음' 장난감을
가진 그 미묘한 기쁨이 느껴졌다. 그래서 미쁨은 그가 안쓰러우면서도
귀여웠다.

'혹시 어린 시절, 굉장히 어렵게 살아온 탓에 장난감 구경도 못 해본
거 아닐까?'

그녀는 설희의 모습을 보며 생각에 잠겼다.

'커서도 악착같이 돈을 버느라 너무 바쁜 나머지, 장난감을 사서 놀기
는커녕 사람과 즐겁게 놀았던 적도 거의 없었던 거야!'

미쁨은 그의 실제 과거 모습이 어땠는지 알지도 못하면서 맘대로 상
상에 상상을 더했고, 그의 불운하고 가난한 과거 모습에 감정이입을 하

기 시작했다. 곧 그녀의 입이 슬픔으로 인해 삐죽거렸다. 동시에 미쁨의 눈동자는 금방이라도 눈물을 쏟을 듯이 글썽거렸다.

'뭐야…… 갑자기 저 인간, 엄청 불쌍해 보이잖아. 서글퍼 보이잖아.'

그녀는 아련한 눈빛으로 설희를 바라보았다.

'어쩐지 가끔 가슴이 아플 정도로 안쓰러워 보일 때가 있더라니……'

그녀의 얼굴이 북받쳐 오르는 감정으로 인해 울긋불긋 물들어갔다.

"그, 그래도 사람을 괴롭히는 건 아니지……."

화가 한풀 꺾인 그녀가 중얼거렸다. 미쁨은 어쩐지 설희를 위로해 줘야 할 것 같다는 생각이 들었다.

"……퇴근 안 해?"

그녀는 괜히 마음이 찡해져서 설희에게 물었다.

"저는 아직 일이 남아서요. 먼저 퇴근하세요."

웃음기 없는 차가운 얼굴로 건조하게 답한 그는 미쁨이 가져온 서류를 옆에 치우며 하던 업무에 집중하기 위해 모니터를 바라보았다. 설희의 거울 같은 눈동자에 네모난 직사각형 모니터가 비쳤다.

"같이…… 있어줄까?"

그녀는 그를 바라보며 조심스레 말을 꺼냈다. 미쁨은 설희의 옆에 머물면서 조금이라도 덜 외롭게 해주고 싶었다. 생각해 보라, 이 넓은 사무실에 혼자 남아 있을 이 남자를. 얼마나 쓸쓸하고 춥겠는가? 그러나 그녀에게 돌아온 그의 대답은 애석하게도 딱딱하기 그지없었다.

"양 프로는 할 일이 그렇게 없나 봅니다? 자처해서 더 남으려고 하시고. 연말에 우수사원 상이라도 받으시겠어요. 하긴 그것도 일을 잘해야 받지. 그쪽은 아예 회사에서 살아도 어림없겠네요."

윽. 그의 말을 듣자마자 미쁨의 얼굴이 확 굳었다.

"그리고 여기 회사예요. 반말은 좀 아니지 않습니까?"

"예, 예! 알겠습니다요! 그럼 쇤네는 이만 갑죠! 일 열~심히 해서, 돈

많~이 버세요! 부우~자 되세요!"

설희에게 비꼬아 말하며 그녀는 그대로 자신의 자리로 돌아가 짐을 대충 챙기고는 쿵쾅쿵쾅 거친 발걸음으로 사무실을 나섰다.

'하여간 잘해줄래야 잘해줄 수가 없어요! 어의! 재수 없는 놈! 두고 봐! 내가 너 똑같이 복수해 주마!'

쾅!

미쁨이 난폭하게 문을 닫은 탓에 커다란 소음이 사무실 내에 메아리쳤다. 설희는 그 소리를 들으며 가만히 앉아 그녀가 나간 문을 바라보기만 했다. 그의 표정은 심각하게 굳어 있었다.

'……큰일이다.'

설희는 근심 가득한 얼굴을 한 채 손으로 이마를 짚었다.

'하마터면 같이 있어달라고, 아니, 집에 데려다줄 테니 그냥 같이 퇴근하자고 나설 뻔했어.'

그는 가면 갈수록 심각해지는 자신의 상태에 머리가 어지러울 지경이었다.

'그래. 저 여자를 괴롭히는 데에서 오는 즐거움은 이해할 수 있어. 솔직히 재밌잖아. 그녀의 솔직한 반응도, 거침없는 행동들도 말이야.'

설희는 고개를 숙인 채 자신의 심리를 정리하고 스스로를 이해하려 노력했다.

'하지만…… 점점 더한 것을 바라게 돼.'

그는 자신의 가슴속에서 일렁이는 욕심이 적나라하게 느껴졌다. 설희는 시간이 가면 갈수록, 그녀를 통해 느낄 수 있는 즐거움을 혼자 만끽하고 싶어졌다. 양미쁨이라는 여자가 같이 있으면 절로 웃음이 나오는, 그런 빛 같은 사람이라는 것을 다른 사람들이 알게 하고 싶지 않았다.

그런 욕심 때문에 그는 아까 회의를 갔다 오자마자 하마터면 화부터 낼 뻔했다. 바로 미쁨과 하 프로, 그리고 동혁과 세련이 웃으면서 수다를 떨고 있던 모습 때문에. 그 세 사람은 미쁨과 대화하며 즐거워하고 있었고, 그녀 또한 자신의 감정을 솔직하게 말하고 있었다.

'양미쁨, 이 여자야. 솔직한 건 나에게만 하라고, 나에게만.'

그래서 설희는 수다 떨던 사람들 사이를 비집고 들어가 방해했고, 미쁨과 사람들이 떨어지자 저도 모르게 웃었으며 안심했다. 사람들과 떨어져 혼자 자신의 자리에 앉은 그녀의 뒷모습에 안도를 했던 것이다!

"젠장……."

설희는 중얼거리며 한숨을 푹 내쉬었다. 그에게 이 상황은 당혹스러움의 극치였다.

'고작 회사 사람들과 이야기를 나누는 게 뭐 그리 거북한 일이라고. 굳이 그렇게 떨어뜨려야 속이 시원했나?'

하지만 슬프게도, 시원하긴 했다.

'내가 왜 이런 유치한 짓을 하는 거지?'

설희의 유치한 짓은 거기서 끝이 아니었다. 그는 이유 없이 그녀를 괴롭혔고, 수정하지 않아도 되는 문서를 계속 돌려보냈으며, 입사한 지 얼마 되지도 않은 신입 프로에게 하루가 멀다 하고 야근을 시켰다.

'이건 아냐.'

사무실에 홀로 남은 설희는 자신을 진정시켰다.

'원하는 것이 생기면 안 돼. 난 그저 적당히, 적당히 살아야 한다고.'

그는 스스로를 세뇌시키듯 속으로 외고 또 외었다. '적당히'란 단어를 마치 주문처럼 읊조렸다. 설희는 원하는 것이 생기면 무슨 짓을 해서라도 손아귀에 넣고 마는 '괴물'이 되고 싶지 않았다.

그의 꿈속에 나오는 괴물들이 바로 욕심으로 가득한 자들이었고, 그들로 인해 '그 사건'이 벌어진 것이었다. 그리고 설희는 그 괴물들과 유년기를 같이 지내왔다. 분명 무의식중에 보고 배운 것이 있을 터였다.

괴물이 되지 말자. 욕심을 가지지 말자. 원하는 것이 생기지 않도록 조심하자. 그는 지금까지 그렇게 다짐하고 다짐해 왔다.

'괴물이 되어버리면, 그땐 정말로…… 정말로 주위에 아무도 남지 않을 거야. 다들 무섭다며 도망갈 거라고.'

설희가 괴물이 되지 않기 위해서, 사람들에게 두려움을 주지 않는 존재가 되기 위해서 꼭 필요한 것이 바로 '적당히'였다. 그런데 자꾸만, 자꾸만 미쁨이 눈에 밟혔다. 그녀를 독식하고 싶었다.

"이러면 안 돼. 욕심 부리지 말자."

자신의 머리칼을 꼬옥 부여잡은 설희의 손이 파르르 떨렸다.

7. 질투의 시초

해아의 무대 인사는 성황리에 마무리됐다. 영화 '케이브'는 불과 개봉 1주 만에 손익분기점을 뛰어넘었고, 2주 만에 관람객 수가 700만을 훌쩍 넘어가고 있었다. 그 영화는 사람들의 입소문 속에서 인기도가 수직으로 치솟았고, 전문가들 사이에선 예술의 경지를 넘어섰다는 평을 받으며 승승장구 중이었다. 그런 영화의 중심에 차해아, 그가 있었다.

남자배우 하면 떠오르는 멋진 외모에 무슨 역이든 쉬이 소화하는 신들린 연기력, 거기다 적당한 신비주의까지 갖춘 대한민국 국민배우 차해아. 그런 그는 지금 모자와 마스크, 그리고 선글라스로 얼굴을 꼭꼭 감춘 채 피곤한 몸을 이끌고 초라한 원룸 계단을 터벅터벅 걸어 올라가고 있었다.

해아는 계단 하나하나를 딛고 올라갈 때마다, 엉덩이를 부여잡고 식은땀을 줄줄 흘리며 자신에게 매달리던 미쁨의 얼굴을 곱씹었다.

'전화를 했어야 했는데. 빌어먹을.'

그는 무대 인사와 그 이후 뒤풀이 때문에 아직까지 그녀에게 전화하지 못한 상태였다.

'집에 가서 씻고 옷 갈아입은 후 본격적으로 전화해 봐야지. 감히 날 광고 취급해?'

해아가 이를 뿌득뿌득 갈며 3층으로 향하는 마지막 계단에 올라 복도로 돌아서는데, 305호 앞에 한 여자가 보였다.

'그 여자다!'

그는 미쁨을 바로 알아보고는 빠른 걸음으로 그녀의 옆에 다가가 섰다.

"누, 누구세요?"

미쁨은 수상한 옷차림으로 갑자기 나타난 남자의 모습에 긴장하며 물었다. 동시에 그녀는 어깨에 멘 가방을 손으로 꼭 쥐었다. 그가 이상한 짓을 할라치면 휘둘러 패버리기 위해서였다.

"왜 전화 끊었어요?"

남자의 질문에 미쁨의 눈썹이 꿈틀했다.

'뜬금없이 전화를 왜 끊었냐니. 이건 또 무슨 배고픈 베짱이 기어가는 소리냐.'

"저 아세요? 전화를 끊다니 그건 또 무슨 소리예요?"

"아까 차해아라고 내가 전화를…… 아니 그전에, 절 몰라요? 저를?"

그가 흥분을 가라앉히며 질문의 주제를 달리해 물었다.

'얼굴을 반 이상이나 가려놨는데 내가 무슨 수로 널 알아보겠니?'

그녀는 황당하기 짝이 없었다.

"모, 모르겠는데요?"

"와. 이건 예의가 아니지. 언제는 사례하겠다면서요."

"뭐요?"

"공원에서 똥 급하다고, 제 등에 업혔었잖아요. 방귀 뽕뽕 뀌며."

"으앗!"

그의 말에 바로 생각난 미쁨은 소스라치게 놀라 소리를 빽 질렀다. 경계심 가득하던 그녀의 얼굴이 일순간 민망함으로 벌게졌다.

"기억해요! 그럼요, 기억하고말고요! 하하하! 여기 사시나 봐요?"

미쁨은 껄껄껄 웃으며 똥 얘기를 피하고자 더욱 과장스럽게 행동했다.

'그렇지. 날 잊을 리 없지. 그렇게 강렬했던 첫 만남이었는데 어떻게 잊을 수 있겠어. 낄낄.'

속으로 으쓱하며, 해아가 용건을 말했다.

"사례해 주신다고 했죠? 지금 받고 싶은데 말해도 돼요?"

"뭔데요? 제가 할 수 있는 거라면 다 해드릴게요. 호호."

그녀의 말에 그가 방긋 웃었다.

'오호? 분명 할 수 있다면 다 해주겠다고 했지? 좋았어!'

"큰 건 아니고, 제가 사정이 좀 있어서……."

해아가 자신의 눈을 가리고 있던 선글라스를 벗었다. 마스크는 턱 아래로 내렸고, 모자챙은 자신의 얼굴이 잘 보이도록 옆으로 돌렸다.

그의 얼굴을 정면으로 본 미쁨의 눈동자가 놀라움으로 커졌다.

"그, 그럼 혹시 아까 그 광고 전화가……."

그녀는 영화배우 차해아의 등장에 너무 놀라 말을 채 끝마치지도 못했다. 그저 멍하니 서서 그의 얼굴을 바라보기만 했다.

"네, 맞아요. 접니다, 차해아."

미쁨의 반응에 해아는 어깨를 으쓱했다. 그는 국민배우와 마주했다는 사실에 놀라 어쩔 줄 몰라 할 미쁨의 모습을 상상하며 혼자 만족스럽게 웃었다.

'어때, 내 얼굴을 보니 자지러질 만하지? 그래, 네 심정 백번 이해 가. TV 화면 속에서만 존재할 CG 같은 비주얼이 눈앞에 있으니 놀랍겠지. 충격적일 거야.'

해아가 자신감 있는 표정으로 미쁨을 바라보았다. 치켜 올라간 그의 입꼬리엔 즐거움이 대롱대롱 매달려 있었다.

'지금까지 봐왔던 인간들과는 다른 종족인 것만 같은 느낌이겠지. 같은 인간인데 왜 저 사람은 사람이고 나는 오징어인가 하는 회의감도 들거고. 어때, 후광도 보이는 것 같지 않니?'

해아는 속으로 우훗 웃었다.

'자, 어서 벅차오르는 가슴으로 내 품에 안기렴, 내 종아.'

그가 거만하게 웃으며 두 팔을 천천히 벌렸다.

"……그래서 사례는요?"

"뭐?"

생각보다 이성적인 그녀의 반응에 놀란 해아가 눈을 번쩍 떴다.

'뭐야. 국민배우인 나, 차해아가 앞에 있는데 아무렇지도 않아? 심지어 사인 받을 종이도 안 꺼내네?'

그는 자신의 생각과 다르게 흘러가는 상황에 어리둥절해하며, 당황스럽다는 말투로 미쁨에게 물었다.

"저기, 놀랍지 않아요? 저예요, 저. 차 배우. 우웃빛깔 차 배우. 국민배우 차해아. 갖고 싶은 남자 1위 차해아. 나 누군지 몰라?"

"알긴 아는데요."

"아! 혹시 전에 공원에서 있었던 일 때문에 민망하고 창피해서 그래요? 괜찮아요. 그런 걸로 꼬투리 잡을 사람 아닙니다, 저. 하하하."

해아는 자상한 미소를 연기했다.

'꼬투리를 안 잡기는. 여차하면 잡을 건데.'

온화한 표정 뒤로 본심을 감추며, 그는 미쁨을 바라보았다.

'자, 어서 나의 배려심에 감동해 눈물 한 방울 흘려보렴.'

그의 얼굴에 다시 오만한 표정이 드러나기 시작했다.

"네. 그건 참말로 감사한데요, 도대체 그 사례에 대한 건 언제 말하실 거죠?"

해아의 기대와는 달리, 미쁨이 한 말은 감동스럽기는커녕 건조하기 짝이 없었다. 그녀의 질문에 그의 자존심은 와장창 무너져 내렸다.

'왜 놀라지 않는 거지? 모든 사람들이 원하는 내가 눈앞에 이렇게 떡 하니 서 있는데!'

그는 그녀를 도통 이해하기 힘들었다. 반면 미쁨은 해아가 영 재수가 없었다.

'이 시끼 뭐야?'

그녀가 처음 그의 얼굴을 본 순간 꿈만 같아 숨이 턱 막혔던 것은 사실이었다. 살아오면서 한 번도 연예인을 본 적이 없으니까 말이다. 하지만 문득문득 보이는 해아의 은근한 자만심이 자꾸만 눈에 거슬렸다.

'지 얼굴을 깐 직후 내가 덮치길 바란다는 듯이 눈 감고 두 팔을 벌리지 않나, 스스로를 우윳빛깔에 국민배우 어쩌고 하며 자랑질을 하지 않나. 그리고 뭐라? 갖고 싶은 남자? 지랄 염병 떠네. 뭐 이런 새똥 같은 놈이 다 있어?'

미쁨은 속으로 혀를 쯧쯧 찼다. 설령 해아가 그런 모습을 보이지 않았다 해도 그녀는 그의 품에 달려들거나 안기지 않았을 거였다. 미쁨에게는 이미 설희로 인해 미남에 대한 내성이 생긴 뒤였으니까 말이다.

"어…… 그러니까……."

예상 외로 차가운 미쁨의 반응에 당황한 해아는 뒤통수를 긁적이며 멍하니 서 있었다.

뚜벅뚜벅뚜벅. 그때 누군가가 계단을 타고 올라오는 소리가 들렸다.

'헉! 나 같은 국민배우가 여기 있다는 걸 들키는 날엔 이 건물은 물론이고 이 동네 전체가 들썩일 텐데!'

그는 당황한 나머지 미쁨을 바라보았다.

"빨리빨리! 나 좀 숨겨줘!"

해아는 그녀에게 문을 열라고 재촉했다. 불쌍한 표정을 보여주는 건

키포인트였다.

"자, 잠깐만요!"

그의 연기에 넘어간 미쁨은 더듬더듬하며 도어락의 비밀번호를 눌렀다. 긴급한 상황에 당황한 그녀가 계속 삐긋거리는 모습이 웃겼는지, 해아의 얼굴에 미소가 완연했다. 그때, 그의 눈으로 그녀의 손가락이 향하는 번호판 숫자들이 들어왔다. 볼 생각이 없었지만 미쁨이 너무 꾹꾹 천천히 누르는 바람에 안 볼 수가 없었다.

'1234? 무슨 비밀 번호가 저 따위로 단순해? 거기다 누구 보여줄 것도 아니고, 왜 저렇게 정직하게 눌러? 보는 사람이 나니까 망정이지, 다른 이상한 놈이 봤어봐. 벌써 집 털렸겠네. 저 여자, 영 조심성이 없구만.'

그가 속으로 혀를 찼다. 해아가 뭘 보는지 알 리가 없는 그녀는 문을 열고 그를 먼저 들여보낸 뒤 자기도 들어와 문을 닫았다.

"휴."

미쁨은 다급한 상황이 지나가자 안도의 한숨을 내쉬었다.

"나름 깔끔하네? 똥 냄새로 가득할 줄 알았더니."

해아는 어느새 신발까지 훌렁 벗고 그녀의 방 안으로 들어가 이것저것 살펴보고 있었다. 그는 냉장고를 열어보는가 하면, 침대에 앉아 출렁출렁 흔들어보기도 했다. 남의 집 물건들을 멋대로 건드리는 그의 무례한 행동에 미쁨은 순간 정신이 미쳐 도는 걸 느꼈다.

"뭐 하는 짓이에요? 나와요!"

"어허? 내 몸값이 얼만데? 그리고 나 내보내서 사람들에게 발각되면, 책임질 거야?"

그녀가 해아의 옷을 당겨 내보내려는데, 어이없게도 그가 되레 협박을 하는 게 아닌가!

'뭐 저런 잡것이 다 있어? 그리고 언제부터 말이 저렇게 짧아졌지?'

미쁨이 부글거리는 속을 끌어안고 해아를 흘겨보았다.

'좋아. 사람들이 지나가면 보자.'

그녀는 문밖에서 들리는 사람들의 발소리에 집중했다.

"그리고 나한테 사례도 해줘야지이."

해아는 침대에 앉아 미쁨을 바라보며 눈을 반짝였다. 그의 눈동자엔 동정심을 부르는, 여린 사슴 같은 느낌이 꽉꽉 담겨 있었다.

'저거 연기야, 진짜야?'

미쁨은 헷갈렸다.

"원하는 게 뭔데요."

"내 스위치가 되어줘."

"……뭐요?"

'잘못 들었나? 스위치? 이건 또 무슨 겨드랑이로 방귀 뀌는 소리야?'

그녀가 고개를 갸웃했다. 해아는 자신의 말을 이해하지 못하는 미쁨의 모습에 그럴 줄 알았다는 듯이 고개를 끄덕이며 이어서 설명을 해주었다.

"내가 말이야. 작품 속 캐릭터를 연기할 때마다 너무 깊게 빠지거든. 심할 때는 그 후유증이 몇 달씩 가기도 해."

미쁨은 그런 그의 말을 잠자코 들어주었다.

"그래서 우리 성 대표도 그렇고, 내 매니저도 그렇고, 소속사 사람들도 그렇고 다들 걱정이 이만저만이 아니지. 하긴 그럴 만도 해. 내가 그 회사 먹여 살리는 꼴이나 다름없으니까."

"그래서요."

"이번에 영화 봤어?"

"아뇨. 아직 못 봤는데요."

"왜? 벌써 신기록을 앞두고 있는데 왜 못 봐?"

해아가 인상을 구기며 발끈했다. 그는 그녀가 자신의 영화를 아직 못

본 게 불만스러웠다.

'영화 못 본 게 중요한 거야, 지금?'

미쁨은 황당할 따름이었다.

"회사 일이 바빠서 못 봤어요."

"아니, 내가 나오는 영화가 상영 중인데 감히 어떤 개념 말아먹은 회사가 일을 시켜? 미친 거 아냐?"

말도 안 되는 해아의 말에 그녀는 하! 하고 헛웃음을 지었다.

'누가 들으면 온 세상이 지를 중심으로 돌아가는 줄 알겠네.'

미쁨은 원래의 목적을 잃고 영화 쪽으로 새어 나가는 대화 주제를 바로잡기 위해 손을 휘휘 내저으며 그에게 말했다.

"아아, 됐고. 그래서요. 이번 영화가 뭐요?"

"암튼 영화 속 캐릭터에 푹 빠져서 이번에도 조금 고생 중이었다 이거지. 그. 런. 데! 내가 공원에서 방황하고 있는 그때, 네가 딱! 하고 나타난 거야! 똥방구 기운 풀풀 풍기면서!"

해아의 말에 미쁨이 흠칫했다. 민망함에 얼굴을 붉힌 그녀는 한숨을 푹 내쉬며 그에게 정중하게 부탁했다.

"제가 그쪽 고맙게 생각하고 있어요, 정말로. 생명의 은인이라고 느낄 정도까지요. 그런데 똥, 방귀 이런 얘기는 좀 그만하면 안 될까요?"

"잠자코 들어봐. 네가 딱 나타났는데, 순간 삶의 냄새가 나는 거야. 도시에는 도시의 냄새가 있고, 사람에게는 사람의 냄새가 있듯이, 너에겐 뭔가…… 고향의 냄새?"

"고향……."

'분뇨 냄새를 말하는 거냐? 소똥, 돼지똥, 닭똥 냄새 같은 거? 장난하나, 지금.'

미쁨은 이젠 웃기지도 않았다.

"작품 속 캐릭터가 아닌 나라는 인간, 나라는 존재, 나라는 정체성의 고향! 이런 걸 느꼈다 이거지. 나는 나의 고향이다, 이런 거. 이해해?"

"뭐, 대충은요."

"처음이었어, 이번처럼 배역에서 쉽게 나온 건. 그 와중에 문득 이런 생각이 들더라. 어쩌면 네가 날 캐릭터에서 빠져나와 '나'라는 고향으로 돌아갈 수 있게 해주는 전환점, 혹은 스위치가 아닐까 하는."

소설 쓰고 앉았네. 미쁨은 그의 말이 끝나기만을 기다리고 기다렸으나 해아의 말은 계속되었다.

"그래서 부탁할게. 내가 배역에 빠져 허덕이고 있을 때마다 날 좀 꺼내줘."

"저기요, 대강 무슨 말인지는 알겠는데요. 그런 건 저보다 정신과 의사가 더 도움이 되지 않겠어요?"

"아니. 아무리 난다 긴다 하는 의사들이라 해도 너만큼 확실한 효과를 만들어주지 않더라. 오직 너뿐이야."

그는 다시 불쌍한 척 그녀를 올려다보았다. 그의 눈동자가 차오르는 눈물로 인해 촉촉이 젖어 굉장히 불쌍하게 보였다.

'이래도 안 넘어올 거야? 이 눈물 쏙 필살기를 보고도?'

해아는 미쁨에게서 자신이 원하는 대답을 듣기 위해 필사적이었다.

"……어떻게 해야 하는데요?"

그녀의 말에 그는 속으로 능글맞게 씨익 웃었다.

'후훗. 넘어왔군.'

물론 겉으로는 고맙다며 감사와 안도의 표정을 지었지만 말이다.

"간단해. 내가 작품 하나를 마칠 때마다 쪼르르 달려와서 그냥 있어주면 돼. 넌 내게 솔직하고 온전한 모습만 보여주면 되는 거야. 처음 공원에서처럼."

"뭐 일단 알겠으니까, 그만 가세요."

미쁨은 밖에서 사람들의 걸음 소리가 더 이상 들리지 않자 해아를 침대에서 일으켜 세워 문 쪽으로 밀었다.

"정말? 해주는 거야? 한다고 했다?"

"알겠다니까요."

그녀는 가볍게 약속했다.

'영화 한 편 제작 기간이 보통 이 년에서 삼 년은 걸리지 않나? 그럼 어차피 자주 만나진 않을 거 아냐.'

그것이 미쁨이 쉽게 결정한 이유였다. 하지만 그녀는 알지 못했다. 이 약속이 앞으로 크나큰 재앙을 부를 거라는 것을.

"근데·회사가 엄청 빡센가 봐? 그리고 너 나이 좀 있어 보이는데. 몇 살이야? 내 나이는 알 거고."

해아는 미쁨에게 등 떠밀려 나가는 와중에도 입을 닫지 않았다. 조잘 조잘, 무슨 할 말이 그리 많은지. 누가 보면 미쁨과 그의 사이가 마치 이십 년은 사귄 절친이라 해도 믿을 것 같았다.

"네네. 저 서른입니다. 그리고 엄청 좋은 회사에 다녀요. 많이 바쁘지만."

그녀는 대충대충 심드렁하게 답했다.

"올. 내가 오빠네? 남친은 있고?"

"없거든요!"

해아의 질문에 미쁨이 버럭 소리쳤다. 남친은 있냐는 말에 저절로 설희가 떠오른 것이었다.

'잠시나마 핑크빛 연애를 꿈꾸게 했던 그 빌어먹을 암 덩어리 같은 놈!'

그녀는 이를 뿌득 갈았다. 하지만 곧 다시 표정이 풀어졌다.

'아무리 재수 없는 놈이어도, 나와 그 인간의 관계 정도면…… 썸이라고 할 수 있지 않을까?'

미쁨은 혼자 곰곰이 생각해 보고는 해아에게 슬쩍 말했다.

"사실, 썸남은 있어요."

미쁨의 입이 괜히 삐죽거렸다. 아무리 설희가 얄미워도, 좋은 건 어쩔 수 없었다. 그녀에게 그는 밉지만 계속해서 눈이 가는 애증의 남자였고, 그래서 더더욱 가지고 싶은 남자이기도 했다.

'거기다 키스도 잘 하고…… 야하고…… 그러면서 순진한…… 앗흥!'

미쁨의 광대가 주책없이 넘실댔다. 뭐가 그리 좋은지, 그녀의 뺨이 순식간에 핑크빛으로 물들었다. 이에 해아는 가소롭다는 듯이 피식 웃었다.

"네 썸남 어떡하냐?"

"뭐가요?"

"날 봤으니, 앞으로 오징어로 보일 거 아냐. 안 그래?"

"허."

그의 재수 없는 발언에 미쁨이 야유를 날렸다.

"그쪽보다 어마어마하게 잘생겼고 능력도 겁나게 좋거든요?"

"거짓말. 썸남 감싸지 않아도 돼."

"빨리 나가기나 해요!"

미쁨은 해아를 집 밖으로 내버리듯 밀어내고는 문을 쾅 닫았다.

"아 진짜, 뭐 저딴 미친놈이 다 있지? 피곤해."

그녀가 지쳤다는 듯이 한숨을 내쉰 바로 그때였다.

삐삐삐삐.

"나보다 잘생겼을 리 없잖아!"

비밀번호를 눌러 문을 열고 들어오는 그의 모습에 미쁨은 눈알이 튀어나오는 줄 알았다.

'이 인간 뭐야?!'

그녀는 황당함에 말까지 더듬으며 물었다.

"우, 우리 집 비밀번호 어떻게 알았어요?"

"대답하라니까? 나보다 얼마나 어떻게 잘생겼는데?"

"쫌! 안 나가면 신고한다?"

미쁨이 소리치자 해아가 딱 잘라 말했다.

"됐고. 전에 내가 전화했던 기록 남아 있지? 그거 내 번호니까 보물이다 생각하고 잘 간직해. 확인할 거야, 스위치. 근데 이름이?"

"이름 알아서 뭐하게요. 그냥 아무거나 생각나는 대로 저장해요."

"흠. 그래? 그럼 네 이름은 똥방구다."

'저 빌어먹을 인간이 진짜 끝까지!'

그의 어처구니없는 행동에 미쁨은 이제 머리가 지끈거릴 지경이었다. 결국 그녀는 온 힘을 다해 해아를 문 밖으로 밀쳤다.

"빨리 나가요!"

"알겠어, 알겠어. 참고로 내 집은 옆집이야. 많이 놀러 와야 해?"

해아는 마지막으로 화사한 미소를 남기고는 그녀의 집을 나갔다.

"휴."

미쁨은 해아를 내보낸 후 한숨을 쉬며 집 안으로 들어왔다. 그의 기운이 방 안 곳곳에 남은 것 같아 찝찝했지만 당장 청소할 수도 없는 노릇이었다.

"아, 피곤해."

그녀는 화장을 지우지도 않고 침대 위에 엎어졌다. 머릿속이 차해아라는 인간으로 가득 차서 정신이 없었다.

미쁨은 처음 보는 연예인에 놀라서 순간 이게 꿈인가 생시인가 싶었지만, 신비주의 이미지와 상반되는 그의 모습에 실망스러움을 감출 수 없었다. 그녀의 상상 속 차해아라는 배우는 점잖고, 진중하며, 말수가 적었는데, 현실에선 오히려 그 반대였던 것이다.

'평소 좋아하던 배우였는데, 이렇게 안녕을 고하는구나. 잘 가요, 내 환상 속의 차 배우.'

그녀는 베개에 얼굴을 묻은 채 고개를 가로저었다.

'아, 근데 내 전화번호 어떻게 알았는지 깜빡하고 못 물어봤네.'

미처 짚지 못하고 넘어간 일이 생각나자 그녀의 몸이 움찔거렸다. 그러다 갑자기 미쁨이 벌떡 일어서 앉았다.

"아니, 잠깐! 우리 옆집이면 아까 사람들이 나타났을 때 지네 집으로 가면 되는 거잖아!"

해아에게 낚였다는 것을 알아채자마자 그녀의 가슴속에서 억울함이 용솟음치며 올라왔다.

"노렸구만, 노렸어. 나를 스위치로 삼겠다 어쩐다 하더니 그거 수락받으려고 별별 짓을 다 했구나, 저 인간."

미쁨은 해아가 짜증나면서도 불쌍하게 느껴졌다.

'그 정도로 필사적이었던 거겠지. 자기 자신을 잃고 작품 속 캐릭터만 남는다는 게 어떤 느낌일까?'

그녀는 그를 이해하지 못했다. 하지만 한 가지는 알 것 같았다.

'내가 아닌 나. 그것은 꽤 무서울 것 같아.'

그녀는 그대로 침대에 누웠다. 누운 지 일 분도 안 돼서 눈꺼풀이 무거워지기 시작했고, 그렇게 눈을 감았다.

'내일 또 출근해야 하는데. 늦잠 자면 안 되는데…… 또 윤설희, 그 인간한테 갈굼 당하면 어쩌지…….'

그녀는 신경질로 가득 찬 설희의 모습을 떠올리며 불안해했지만 피곤한 탓인지 졸음이 계속 밀려왔다.

'그전에 누가 내 화장 좀 대신 지워줬으면 좋겠다…… 화장 지우는 게 세상에서 제일 귀찮아…….'

그녀는 그렇게 씻지도 않고 잠들었다.

❦

"몇 번을 말해, 안 한다니까?"

아침부터 해아는 침대 위에 널브러져 게임기를 두드리고 있었다. 그의 얼굴엔 짜증이 덕지덕지 붙어 있었고, 게임기 버튼을 누르는 그의 손가락엔 힘이 잔뜩 들어갔다. 그런 해아의 옆에 성 대표가 앉아 있었다.

소파 하나 들어갈 공간도 없는 작은 원룸에 국민배우 차해아와 그의 소속사 에어 엔터테인먼트의 대표가 나란히 자리 잡고 있는 것이었다. 빛나는 그 두 사람에 비해 방이 유난히 초라하고 비좁게 보였다.

"좋아. 그럼 네가 직접 가서 거절해."

성 대표는 자리에서 일어서며 말했다.

"그런 건 소속사가 알아서 해줘야지, 귀찮게. 나랑 재계약하기 싫은 가 봐?"

"내 역할은 우리 에어 소속 아티스트들이 잘 될 것 같은 방향을 조사하고, 찾아서, 제시하는 거야. 근데 지금은 오히려 네가 그 기회를 차버리는 것 같네? 난 이 기회를 놓치고 싶지 않거든. 그러면 답은 하나. 네가 세성기획 윤 프로에게 직접 찾아가서 거절해."

그녀는 말을 마치자마자 방을 나가기 위해 발걸음을 옮겼다. 구두를 신기 직전에 해아를 향해 빙글 돌아서며 싱긋 웃어 보였다.

"그. 리. 고. 대한민국 국민배우 차해아의 모든 걸 커버 가능한 회사가 우리 에어 말고 또 있을까? 네 그 망나니 같은 성격부터 각종 괴짜 같은 모습까지 케어해 줄 수 있는 회사는 우리밖에 없잖아. 안 그래? 그럼."

성 대표는 그대로 해아의 집을 나가 버렸다. 맨땅에 헤딩을 하며 소속사를 세워 바닥부터 시작해 최고의 배우를 키워내기까지 어마어마한 고생을 감내한 그녀는 해아의 협박에 눈 하나 깜짝하지 않았다. 이 시대의 당당한 여성으로 잡지에도 실린 적 있는 성 대표, 그녀는 과연 해아가 인정한 강적이었다.

그녀가 나간 후, 그는 고개를 푹 숙이며 한숨 쉬었다.

"아, 정말. 귀찮은데."

"형님, 얘기 다 하셨어요?"

성 대표와 해아를 위해 잠시 자리를 비켜줬던 창희가 방으로 돌아왔다. 그와 동시에 해아는 옷을 갈아입기 시작했다.

"CF 거절하러 가자."

미쁨은 다행히도 오늘 회사에 지각하지 않았다. 어젯밤, 집에 도착하자마자 씻지도 않고 잤더니 아침에 말짱하게 눈을 뜬 것이었다. 그러나 그녀는 지각을 면했다는 사실에 안도할 새도 없이 출근하자마자 바쁜 일정에 시달려야 했다. 아직 신입이라 다른 사람들에 비해서 일이 적은 편이지만 그래도 몇 시간째 자리에 앉지도 못하고 선배들의 심부름을 하느라 정신없었다.

"양 프로, 이거 복사 좀."

"나 커피 한 잔만, 양 프로."

"옆 팀에서 지면 광고 샘플 좀 가져다 줘요."

"카피 후보군 결과 요청 좀 해줘요."

쉴 새 없이 밀려오는 요청에 그녀의 머리에는 과부하가 걸리기 직전이었다. 하지만 그 과부하는 비단 바쁜 상황에서 온 것만은 아니었다.

"김 프로님. 똑바로 안 합니까? 내가 이런 쓰레기 같은 의견까지 봐야 하느냔 말이에요. 아니다 싶은 것들은 알아서 쳐내란 소리, 이해 못해요?"

"죄송합니다."

바로 윤설희 때문이었다. 사실 그는 오늘 하루 종일 미쁨을 거들떠보지도 않았다. 평소처럼 작은 일로 갈구지도 않았고, 이유 없이 트집 잡아 괴롭히지도 않았다. 이런 상황을 좋아해야 했지만, 그녀는 어쩐지 가슴 한 편이 씁쓸했다.

'예전 같았으면 간혹 눈이 마주치기라도 했었는데, 지금은 아예 내 쪽으로 고개도 돌리지 않네. 저러니까 일부러 안 보는 것 같잖아……'

미쁨은 미묘하게 바뀐 그의 태도가 신경 쓰여 머리가 복잡했다.

'그렇게 까이기만 하던 문서가 없어지니, 정말로 저놈과 대화할 일이 없구나.'

까마득히 높은 설희와 이제 막 회사에 들어온 갓난쟁이 신입인 그녀 사이엔 그 어떤 공통분모도 없었다.

'문서가 나와 저 인간 사이의 다리 역할이었다니……'

미쁨은 시무룩해져서는 하 프로가 넘긴 데이터를 정리했다.

웅성웅성. 그때, 사무실 내부가 갑자기 술렁이기 시작했다.

"헐 대박. 진짜 왔어? 윤 팀장님 보러 온 거 맞지?"

"진짜 멋있다! 나 실물 처음 봐! 저게 사람이야?"

"와…… 정말 후광이라는 게 있긴 하구나…… 연예인 많이 봐왔는데, 저 사람은 진짜 쩐다……"

사람들이 수군거리는 소리가 사무실 이곳저곳에서 들려왔다.

'뭐야. 무슨 일인데 그래?'

심상치 않은 분위기를 감지한 그녀는 앉은 채로 고개를 들어 주위를 두리번거렸다. 하지만 사람들이 너도나도 자리에서 일어난 통에 무슨 상황인지 잘 보이지 않았다.

"야. 무슨 일이냐?"

미쁨이 앞자리에 있던 세련에게 묻자 멍한 표정의 그녀가 천천히 일어서며 대답했다.

"언니, 대박! 다들 세성기획, 세성기획 하더니, 진짜 장난 아니다!"

"무슨 일인데 그러냐니까."

미쁨은 여전히 앉은 채, 사람들로 막힌 시야를 올려다보며 다시 물었다. 그러자 세련이 흥분한 목소리로 답했다.

"차해아 떴어! 여기 왔다니까?"

"뭐?"

그녀의 말에 미쁨이 경악하며 눈을 크게 떴다. 그녀는 그대로 자리에서 벌떡 일어섰다.

'아 나, 이 인간 여긴 왜 나타난 거지? 그것보다 내가 여기서 일하고 있는 건 어떻게 알았고? 으아, 망했다! 그 미친놈, 여기서 깽판 치는 거 아냐?'

미쁨은 불길한 생각을 하며 서둘러 사람들 사이를 비집고 들어갔다. 그러자 설희와 마주 서 있는 해아가 보였다.

'아니, 둘이 왜 저러고 있어?'

불안해하는 그녀와 달리, 해아는 미쁨이 이 회사에 다니고 있다는 사실 자체를 모르는 상태였다. 그는 그저 광고를 거절하기 위해 설희를 찾아온 것뿐이었다.

'역시 나의 인기란.'

그는 자신을 향한 사람들의 눈에서 흘러나오는 하트에 어깨가 절로 으쓱해졌다. 하나 설희만은 달랐다.

"차해아 씨. 다음부턴 미리 연락 주시고 오셨으면 합니다."

설희의 차가운 태도에 해아의 표정이 살짝 어두워졌다.

'거참 인정머리 없는 사람이네. 내가 직접 왔는데도 커피 한 잔 내어 주질 않다니.'

그는 속으로 혀를 찼다.

'심지어 조용한 곳으로 이동하자는 말조차도 없네. 계약해 달라고 애원하진 못할망정, 도대체 무슨 배짱이야? 쯧쯧. 나와는 완전 상극, 개 상극이다.'

해아는 미간을 살짝 구겼다. 그때 사람들 틈바구니 속에서 그의 눈에 익숙한 얼굴이 보였다.

"똥방구?"

"뭐라고요?"

해아가 무심코 흘린 말에 설희가 반문하자 그는 아무 것도 아니라며 손사래 쳤다.

"아무것도 아닙니다. 하하하."

해아는 미쁨의 얼굴을 세성기획 사무실이라는 뜻밖의 장소에서 보게 된 게 너무나도 신기했고, 생각보다 강력한 인연에 괜히 앞일이 기대되기도 했다. 사실 그는 운명을 믿는, 꽤 로맨틱한 사람이었다.

'취직했다는 곳이 고작 여기였어?'

그가 속으로 낄낄댔다.

'썸남이 있다고 하지 않았던가? 누구일까나?'

해아는 능청스러운 미소를 지으며 바글바글 몰린 사람들을 쭉 훑어 보았다.

'흠. 역시 얼굴만 봐서는 모르겠군. 쳇.'

그는 아쉬워했지만 당장 그녀에게 물어볼 수 있는 상황이 아니었기에 일단 참았다.

"차해아 씨?"

설희가 그의 이름을 부르자 아차! 하고 정신을 차린 해아는 곧 밝게 웃어 보였다.

"광고 잘해보자고 인사할 겸 찾아왔어요."

거절하기로 했던 건을 돌연 승낙으로 바꾼 그는 누가 봐도 혹해서 넘어갈 만한 미소를 날렸다.

"다음에 따로 자리 잡죠. 제가 연락하겠습니다."

해아의 미소에 대응하듯 설희 또한 대답하며 웃어 보였다.

'어쭈, 이것 봐라?'

해아는 자신이 승낙했음에도 불구하고 호들갑을 떨지 않는 설희의 모습에 약이 살살 올랐다. 보통 이런 상황이라면 다른 회사들은 곧바로 회식을 잡았을 터였다. 차해아라는 톱스타를 붙잡기 위해서, 도망가지 못하도록 꼬옥 묶어두기 위해서 말이다.

'그런데 이놈은 뭐냐?'

빠지직. 설희와 해아, 두 사람의 미소 사이로 보이지 않는 불꽃이 튀었다.

"그럼 다음에 봅시다."

해아는 설희에게 인사하고 뒤돌아서며 미쁨에게 찡긋, 윙크를 날렸다. 그러자 그녀 주위의 사람들이 황홀함으로 녹아내리듯 흐느적댔다.

'난 똥방구한테 아는 척했는데 왜 지들이 난리야.'

그는 옷에 걸려 있던 선글라스를 쓰며 사무실 밖으로 나왔다. 경악으로 가득 찬 미쁨의 표정을 보니 마음이 하늘로 날아갈 것 같이 가벼워졌다.

"형님, 진짜 하시는 거예요?"

"그래, 인마."

회사에 있는 내내 해아의 옆에 붙어 있었던, 그러나 존재감은 전혀 없었던 창희가 그의 긍정에 활짝 웃었다. 창희는 성 대표에게 바로 전화를 걸었다. 광고 성사 소식을 전하기 위함이었다. 법석대는 그를 뒤로하고 앞서 걸어 나가던 해아는 미쁨의 목에 걸려 있던 ID카드를 떠올렸다.

'이름이 양미쁨이라고?'

그는 그 카드 속에 적혀 있던 그녀의 이름 세 글자를 읊조리며 입꼬리를 추켜올렸다. 해아의 얼굴은 즐거움으로 가득했다.

'앞으로 재미있겠어.'

그는 속으로 낄낄깔깔 하하호호 웃어댔다.

"아, 세상 참 살 만하구나."

룰루랄라.

해아가 사무실을 떠난 직후, 설희는 심각한 표정으로 자리에 앉아 자신과 제일 먼 끝자리에 앉아서 업무를 보는 미쁨을 바라보았다.

사실 설희는 아까 사람들 틈 속에서 보고야 말았다. 차해아가 날린 미소에 다른 이들이 황홀해할 때 홀로 경악을 금치 않던 그녀의 표정을 말이다. 거기다 그런 그녀를 반갑다는 듯이 웃으며 주시하던 차해아도.

미쁨이 만약 다른 이들처럼 차해아의 모습에 넋이 나갔더라면 설희도 이렇게까지 신경 쓰지는 않았을 것이다. 차해아, 그는 명실상부한 대한민국 대표 실력파 배우니까. 그런데 그녀의 반응은 마치 그와 오래전부터 알고 지내온 사이에서나 나올 수 있을 법한 것이었다.

'저 둘, 무슨 관계지?'

설희는 당장 그녀에게 다가가 차해아와 무슨 관계냐고 따져 묻고 싶었다. 어젯밤 사무실에 혼자 남아 그녀에 대한 집착과 욕심을 털어내겠다고 다짐했건만, 막상 오늘 두 눈으로 차해아와 미쁨 사이의 오묘한 기류를 똑똑히 보고 나니 그는 참을 수가 없었다. 그는 벽에 걸려 있는 시계를 확인했다. 퇴근까지 앞으로 세 시간이 남은 상황. 설희는 차가운 눈으로 미쁨을 바라보았다.

'퇴근 후 당신에게 답을 찾으러 갈게요. 제가 원하는 이야기를 들었으면 좋겠군요.'

그는 그녀에게 해아와의 관계에 대한 전후 상황을 듣고야 말겠다는 의지를 불태웠다.

"그동안 야근하느라 고생하셨으니 일찍 들어가 보세요, 양 프로."

미쁨은 자신의 귀를 의심하지 않을 수가 없었다.

'저 고운 말이 정녕 성격 고약한 윤설희의 입에서 나온 게 맞아?'

그녀는 눈을 껌뻑거렸다.

"저, 정말로 가도 되나요?"

미쁨의 질문에 설희는 그녀를 날카로운 눈매로 쳐다보았다.

"남고 싶으시면 남으시든가요."

"아닙니다! 하하!"

미쁨은 그의 말에 곧장 짐을 챙기기 시작했다. 설희가 말을 바꾸기 전에 후다닥 튈 생각이었다.

"양 프로, 축하해요. 어서 집에 가서 푹 쉬세요."

"네! 감사합니다!"

하 프로가 진심으로 그녀를 축하해 주었고, 미쁨은 활짝 웃으며 대답했다. 정시 퇴근하는 게 축하받을 만한 일까지 되겠느냐마는, 미쁨에겐 충분히 그럴 가치가 있었다.

'그동안 얼마나 개고생을 해왔는데! 집에 있었던 시간보다 회사에 머문 시간이 훨씬 길었을걸?'

그녀는 너무 기쁜 나머지 저도 모르게 콧노래를 불렀다.

"올! 누님! 오늘 간만에 일찍 가시는데요?"

"그러게 말이다! 내가 너보다 일찍 퇴근하게 될 날이 올 줄이야! 내일 보자! 내일 봬요, 하 프로님! 내일 봥, 세련아!"

미쁨은 동혁에 이어 세련과 하 프로에게 웃는 얼굴로 인사하고는 빠르게 사무실 밖으로 뛰어나갔다.

그녀는 가벼운 발걸음으로 버스 정류장까지 막힘없이 걸어 나갔다. 퇴근 시간이라 사람이 어마무시하게 많았지만 참을 만했다. 아니, 오히려 좋았다. 항상 야근을 했던 탓에 사람이 거의 없는 버스를 탔던 미쁨은 조용한 버스에 이골이 났던 참이었고, 그런 그녀에게 공기 반, 사람 반인 이 상황은 행복 그 자체였다.

'내가 사람들의 겨땀 냄새를 좋다고 생각할 날이 올 줄은 상상도 못했는데!'

수많은 인파에 치이고 끼여 인상을 구기는 사람들 틈에서 미쁨 혼자 헤헤헤 웃었다.

'이게 얼마만의 정시 퇴근이냐!'

하지만 그녀는 알까. 그녀가 퇴근한 지 불과 십여 분 만에 설희도 사무실을 나섰다는 것을. 평소보다도 더 굳은 표정과 서늘한 분위기로 자신의 차에 올랐다는 것을. 그리고 그 차의 목적지가 바로 미쁨의 집이라는 것을 말이다.

일찍 퇴근하는 설희의 모습에 회사 사람들은 다들 놀라워함과 동시에 그의 등 뒤로 올라오는 섬뜩한 기운에 기겁했다. 그들은 금방이라도 터질 것 같은 설희의 분위기에 압도되었고, 아무도 그에게 인사를 건네지 못했다.

미쁨이 원룸 계단을 한창 오르고 있을 때, 그녀의 엄마인 심 여사에게서 전화가 왔다.

"엄마는 왜 전화하는 겨. 또 무슨 잔소리를 하시려구."

그녀는 구시렁대면서 전화를 받았다.

"엄마, 왜?"

[너 내일 집에 좀 올 수 있어?]

다짜고짜 집으로 오라는 엄마의 목소리에 미쁨은 살짝 귀찮아지기 시작했다.

'왜 집으로 오라는 거지? 그냥 집에서 쉬고 싶은데.'

거기다 내일은 수요일이었고, 수요일은 설희가 집에 오기로 한 날이었다. 그녀는 일주일에 두 번뿐인 약속을 깨기가 좀 어려웠다.

'일단 회사 일로 바쁘다고 핑계를 대볼까?'

미쁨은 목소리에 피곤한 티를 팍팍 실으며 입을 열었다.

"글쎄. 일이 바빠서…… 왜?"

[아람이가 근육통이 심해서 병원 갔다 왔거든. 사람 없으면 혼자 일어나지도 못해.]

"헐? 그게 무슨 소리야?"

그녀는 엄마의 말에 놀라 물었다.

[말 그대로 근육통이야. 이년이 무식하게 컴퓨터 앞에서 글만 쓰니까 저러지. 목 깁스한 채로 움직이질 못해서, 나 없는 동안 네가 동생 좀 봐줘야겠다.]

"엄마랑 아빠는 어디 가고?"

[네 조카 보러 간다! 윤슬이 년이 애 좀 봐달랴! 이것들은 왜 이렇게 나를 못살게 구는지.]

엄마의 짜증에 미쁨은 귀에 대고 있던 휴대폰을 잠시 떼었다. 떨어진 수화기에서 엄마의 목소리가 두다다다 쏟아져 나왔다.

미쁨에겐 여동생이 둘 있었는데, 첫째 동생의 이름은 아람이고 막내가 윤슬이었다. 아람은 로맨스 소설 작가로 활발하게 작품 활동을 하고 있었고, 윤슬은 회사에 다니다가 결혼한 후 딸 낳고 잘 살고 있었다.

처음 윤슬이 딸을 낳았다는 소식에 온 가족들이 방방 뛰며 기뻐했지만, 시간이 갈수록 지독한 현실이 들이닥쳤다. 조카가 생긴 뒤로 미쁨의 엄마가 거의 전담하다시피 하여 애를 보는 꼴이 된 것이다. 일단 윤슬과 그녀의 남편은 맞벌이였으니까 말이다. 그 덕에 엄마와 윤슬의 시어머니가 번갈아가며 고생 중이었다.

미쁨은 계속 애를 봐야 하는 엄마의 고충이 이해가 가긴 했지만, 귀가 아파서 그녀의 한 맺힌 소리침을 더 들을 수가 없었다. 안 간다고 했다간 잔소리 폭격을 맞을 기세였다.

'설희에겐 미안하지만, 수요일은 안 된다고 하지 뭐. 아람이 봐줄 사람이 없다잖아.'

그녀는 자신의 결정에 고개를 끄덕이며 엄마에게 말했다.

"알겠어. 내일 퇴근하자마자 튀어갈게."

[반찬도 좀 만들어놨으니까, 챙겨 가.]

"엉. 고마버~ 엄마 뽀뽀."

[징그러, 이년아.]

툭. 미쁨은 매정하게 끊긴 전화기를 바라보며 인상을 구겼다.

"하여간 전화 하나는 정말 인정머리 없게 끊는다니까. 그래도 마침 냉장고가 텅텅 비어가던 시점이었는데 반찬이라니! 역시 우리 엄마의 타이밍은 아주 나이스여!"

그녀가 엄마표 반찬들을 떠올리며 실실 웃었다. 그리고 그때였다.

"뭐가 좋아서 그렇게 쪼개시나? 양미쁨 씨."

갑자기 들려오는 익숙하고도 불안한 목소리에 그녀는 고개를 들어 앞을 바라보았다. 그러자 자신의 집 문 옆에 서 있던 해아가 보였다. 물론 선글라스와 마스크로 무장하고 있었지만, 키만 봐도 해아라는 걸 눈치챌 수 있었다.

'저놈은 왜 또 저기에 있는 거지? 아 맞다. 저 인간, 우리 집 옆에 살고 있었지, 참.'

그녀는 고개를 절레절레 저었다.

"제 이름은 어떻게 알았어요?"

"다 아는 수가 있지. 그보다 취직했다는 그 엄청 좋은 회사가 고작 세성이었어? 그것도 기획?"

"그게 뭐 어때서요?"

"아니, 우리 인연이 보통은 아닌 것 같다 이 말이지, 내 말은."

미쁨은 그를 무시하고 집으로 들어가기 위해 문 앞에 섰다. 그러자 해아는 그녀의 옆에 슬쩍 다가오더니 한마디 툭 던졌다.

"비밀번호 바꿨더라?"

"나 없는 사이에 우리 집에 들어가려고 했단 말이에요, 지금?"

그녀는 황당함을 감추지 못하고 그를 노려보며 쏘아붙였다.

"차해아 씨의 그 행동, 무단침입이거든요?"

"그러니까 처음부터 비밀번호 간수 좀 잘하지 그랬어? 거기다 비밀번호가 1234가 뭐야, 1234가. 도둑들더러 털어달라고 광고하는 것도 아니고. 뭐, 바꿨다니까 다행이긴 하지만."

해아는 얄밉게 아랫입술을 삐죽 내밀며 어깨를 으쓱했다.

'어우, 저 인간 면상 진심으로 한 대 후려치고 싶다.'

미쁨은 이를 뿌득뿌득 갈며 주먹을 쥐었지만 애써 참았다. 차마 배우의 몸과 얼굴을 건드릴 수 없었기 때문이었다. 그의 말대로 그녀는 비밀번호를 바꾼 뒤였다. 차해아, 저 인간이 비밀번호를 알고 막 들어오기까지 했으니 미쁨의 입장에서는 바꾸는 게 당연했다.

'저놈이 또 우리 집 비밀번호를 훔쳐보는 건 아니겠지?'

그녀는 불안한 마음에 몸으로 도어락 번호판을 가리고 섰다. 그때 해아는 답답했던지, 자신의 얼굴을 뒤덮고 있던 갖가지 물건들을 휙휙 벗었다. 그러자 선글라스와 마스크로 가려져 있던 얼굴이 드러났다. 역시나 국민배우다운 외모였다. 그의 피부에서 빛이 흘러나오는 듯했다. 해아는 능글능글 웃으며 미쁨에게 슬그머니 물었다.

"그보다 썸남이 누구야? 응?"

"나를 봤으면 얼마나 봤다고 그게 그렇게 궁금하실까? 이해할 수가 없네요."

아, 이 새끼는 내가 누구랑 썸을 타든, 사귀든 무슨 상관이야? 미쁨은 슬슬 짜증이 나기 시작했다.

"당연히 궁금하지! 내 개인 똥방구 스위치와 사귈지도 모르는 남자라는데. 알 권리 정도는 있지 않나?"

"권리 웃기시네."

해아는 그녀가 아무리 차갑게 반응해도 집요하게 물고 늘어졌다. 미뺨의 썸남이 누구인지 궁금해 미칠 것만 같았던 그는 그녀를 살살 구워 삶기로 했다.

"어차피 내가 알아봤자 어디 소문낼 데도 없어요. 그러니까 속 시원하게 까봐."

"내가 까라고 해서 쉽게 깔 것 같아요? 내가 무슨 지 소유물이야, 뭐야."

"궁금하니까 그렇지!"

"누가 보면 엄청 친한 사이인 줄 알겠……."

"왜 그러고 있어요?"

아무 예고 없이 뒤쪽에서 들려오는 낯익은 목소리에 미뺨은 화들짝 놀랐다. 그녀의 앞에 서 있던 해아는 진작 벙찐 모습으로 뒤쪽을 바라보고 있었고, 그녀 또한 뻣뻣해진 어깨와 목으로 삐걱삐걱 뒤돌아보았다. 언제 왔는지 그곳엔 설희, 그가 있었다.

그는 지금 이 상황이 심히 마음에 안 든다는 듯이 팔짱을 끼고 서서 차가운 눈동자로 그들을 바라보고 있었다.

'와우, 아주 격렬하게 난감하군.'

미뺨은 손으로 이마를 짚었다.

"썸 탄다는 사람이 쟤였어?"

"쟤?"

해아의 무례한 단어 선택에 설희는 한쪽 눈썹을 꿈틀거리며 치켜세웠다. 그는 성큼성큼 걸어와 미뺨의 어깨를 긴 팔로 둘러 해아와 그녀 사이의 거리를 떨어뜨렸다.

"미뺨 씨, 일단 들어가죠."

"어? 어어."

설희의 말에 미뺨은 정신없이 도어락의 비밀번호를 눌렀다. 해아는 갑자기 나타난 설희와 그의 품에 안긴 미뺨을 번갈아가며 바라보았다.

미뺨이지아니한가

그리고 괜히 기분이 나빠지는 것을 느꼈다.

'젠장.'

그는 설희가 이유 없이 껄끄럽고 싫었다. 국민배우를 대하는 거만하기 짝이 없는 태도도 그랬지만, 제일 마음에 안 드는 이유는…… 없었다. 그냥 싫은 사람. 해아에게 설희는 그런 존재였다.

뒤도 안 보고 집 안으로 들어간 두 사람을 보고 해아는 하! 하고 웃었다. 그는 무려 자신이 무시당한 이 상황이 어처구니가 없었다. 그저 화가 난 채로 문 앞에 오도카니 서 있을 뿐이었다.

"하하?!"

해아는 정신을 차리자마자 헛웃음부터 지었다. 그러고는 곧바로 초인종을 누르기 위해 손을 들었다. 그는 자신이 누른 초인종 소리에 미쁨이 문을 열고 나오면 들입다 안으로 들어가리라 다짐했다. 그만큼 약이 머리끝까지 올라 있었다.

'이것들이 감히 날 무시해? 들어가서 깽판 친다, 내가.'

해아는 굳게 결심했다.

'그런데 내가 왜 깽판 치려는 거지? 저 둘이 사귀든 말든 별 상관없잖아.'

문득 스스로의 행동에 의아해진 그가 고개를 갸웃하다가 다시 인상을 썼다.

"아, 됐어! 깽판 치려는 이유? 내가 그러고 싶다는 게 이유야!"

해아는 부글거리는 속으로 초인종을 눌렀다.

띵동.

그는 미쁨이 나오길 기다리며 문을 노려보았다. 그러나 오 분이 지나도, 십 분이 지나도 문은 열리지 않았다. 그가 아무리 버티고 서 있어도 그녀와 설희는 코빼기도 비치지 않았다.

'짜증나.'

해아는 두 손으로 머리를 벅벅 긁었다. 그러고는 분에 못 이겨 쾅쾅거리는 난폭한 걸음걸이로 자신의 집으로 향했다.

'저것들을 어떻게 해야 하지?'

해아는 이를 뿌득뿌득 갈면서도 이유 없이 올라오는 비참함과 패배감에 어찌 해야 할지 감조차 잡지 못했다. 그는 집에 들어오자마자 냅다 침대로 뛰어들어 공중에 발길질을 해댔다.

"으아아! 다 뒤졌어! 두고 봐!"

해아가 자신의 집으로 돌아가는 소리가 현관문을 뚫고 희미하게 들려왔다. 그 고요함 사이에서 미쁨과 설희는 신발도 벗지 않고 서 있었다. 가까이 붙어 있는 두 사람의 가운데엔 숨소리만이 조용히 들어찼다.

"오늘 수요일도 아닌데, 왜 왔어?"

적막 사이로 미쁨이 먼저 입을 열어 질문을 던졌다. 하지만 설희는 그녀의 질문에 대답하지 않았다.

"미쁨 씨."

그저 조용히 그녀의 이름을 부를 뿐이었다. 미쁨은 평소보다 경직되어 있는 그의 음성이 살짝 신경 쓰였다.

'뭐야, 왜 저렇게 무게를 잡고 그래? 내가 뭐 잘못했나?'

그녀는 천천히 고개를 들어 설희를 올려다보았다. 그의 날카로운 눈매 끝에 서늘함이 서려 있었다.

"차해아 씨와는 어떻게 아는 사이죠?"

설희가 묻자 미쁨이 놀라 펄쩍 뛰며 소리쳤다.

"알기는 무슨! 옆집으로 이사 왔대. 그것 외엔 없어. 그보다 우리 집엔 왜 왔냐니까? 수요일도 아닌데."

"아까 회사에서 좀 이상한 것 같아서요."

그녀는 그의 말에 흠칫했다.

'헐. 이 인간 눈치가 왜 이렇게 빠르다냐? 차해아 저 인간이 회사에 왔던 그 짧은 순간에 뭔가 눈치채기라도 했던 거야? 무서울 정도로 섬세한 놈이다.'

미쁨은 그의 시선을 피하며 대충 얼버무리려 했다.

"아…… 별 사이 아냐, 정말로."

"거슬려요."

"거슬려?"

거슬린다는 그의 말에 놀라 그녀가 설희를 다시 바라보았다. 그러자 그의 진지한 표정이 눈에 들어왔다.

'뭐가 거슬린다는 거지? 설마 나와 차해아의 사이가 생각보다 가까운 것 같아 신경 쓰인다는 말인가?'

순간 미쁨의 얼굴로 놀라움과 기쁨이 동시에 드러났다.

'어머머머, 뭐니, 얘. 지금 질투하는 거야, 혹시?'

그녀는 속으로 방정을 떨어댔다. 혹시나 하는 마음에 가슴이 두근거리기까지 했다.

"비록 우리 관계가 정의하기 힘든 상태라는 건 알지만, 미쁨 씨가 다른 남자와 이상한 눈빛을 주고받는 게 신경 쓰여요."

"자, 잠깐! 그러니까 네 말은, 내가 딴 남자와 만나는 게 싫다, 이거야?"

그녀는 다시 한 번 확인하기 위해 설희에게 콕 집어 물었다. 그러자 그가 고개를 끄덕였다.

"굳이 말하자면, 그래요."

설희의 말을 듣자마자 미쁨은 입을 벌린 채 그를 바라만 보았다. 그러다 곧 정신을 차리고는 입을 열었다. 그녀의 얼굴엔 미소가 가득 담겨 있었다.

"너 지금 질투하는 거야? 귀엽다, 귀여워."

미쁨이 까르르 웃으며 주먹을 꼭 쥐었다. 손가락이 쪼그라드는 느낌에 가만히 있을 수 없었다.

'이것이 진정 오글거린다는 느낌인가!'

그녀는 너무 기쁜 나머지 당장 여기서 방방 뛰어다니고 싶었다.

"저 지금 장난하는 거 아닙니다."

"나도 장난하는 거 아냐. 너 질투하는 거 맞잖아."

설희의 사뭇 진지한 모습에 미쁨도 딱 잘라 말했다.

'저건 명백한 질투야!'

하지만 설희는 그 감정을 인정하지 않았다. 아니, 인정할 수 없었다. 인정하는 순간 그것은 곧 미쁨을 독식하고 싶어 하는 자신을 증명하는 꼴이었고, 그건 그가 욕심을 가지고 있다는 의미였으니까.

설희에게 욕심이란, 본성을 일깨우는 발화점이었다. 그 본성이란 그가 꿈속에서 봐왔던 괴물처럼 탐욕스러울지도 모르는 일이고 말다.

'그렇게 되면 저 여자도 떠나겠지…….'

그의 표정이 무거워졌다.

'어떻게 얻게 된 즐거움인데, 어떻게 얻게 된 안식처인데, 어떻게 얻게 된 희망인데……!'

설희는 정말로, 욕심으로 가득한 괴물이 되고 싶지 않았다. 그렇기 때문에 자신이 괴물로 변할 만한 싹 자체를 아예 잘라 버리고 싶었다. 그래서 그는 그녀가 말한 질투라는 감정부터 거부했다.

"질투라뇨. 전 단지 기분이 나쁠 뿐이에요."

"그러니까 그게 질투라니까?"

설희의 고집스러운 모습에 미쁨도 기분이 묘하게 나빠졌다.

'왜 인정을 안 하는 거지? 나를 상대로 질투하는 게 그렇게도 싫은가?'

미간을 잔뜩 구긴 그의 표정이 그녀의 눈에 들어왔다. 설희는 똥을 씹은 듯한 얼굴을 하고 있었다.

'뭐야, 나를 상대로 질투심을 느끼는 게 진짜 기분 나쁜 거야? 자존심이라도 상하나? 내 어디가 어때서?'

그런 그와 시선을 마주하는 미쁨의 얼굴도 덩달아 썩어갔다. 그녀의 기분이 바닥을 칠 무렵, 설희가 입을 열었다.

"그간 당신을 봐왔을 때, 당신은 남자에게 아주 잘 빠지는 스타일인 것 같더군요. 병원 앞에서 봤던 그 전 연인도 그렇고, 하 프로도 그렇고, 박 프로도 그렇고, 차해아도 그렇고. 원래 그렇게 남자에게 잘 빠지시나 봅니다?"

그는 질투가 아니라는 쐐기를 박기 위해 더 독한 말을 내뱉었다.

'지금 무슨 소릴 하는 거지? 갑자기 그런 말이 왜 나와? 하 프로님과 동혁이, 그리고 차해아 씨는 또 왜 나오는 건데?'

미쁨은 그가 한 말에 진심으로 화가 났다.

"저 역시 그 수많은 남자 중 하나 아닌가 하는 생각에 기분이 나빠지더군요. 이건 질투가 아닙니다."

"지금 그 말은, 내가 아무에게나 쉽게 빠지는 그런 헤픈 여자란 소리야?"

'하. 쟤 뭐냐? 어쩜 말을 저렇게 이쁘게 하는 걸까.'

짜증이 치민 그녀는 그에게서 조금이라도 떨어지기 위해 신발을 벗고 집 안으로 들어왔다. 답답한 마음에 냉장고 문을 열고 캔 맥주를 꺼내 벌컥벌컥 들이켰다.

"크허!"

미쁨은 입가에 흐르는 맥주를 손등으로 훔치며, 설희에게 보란 듯이 웃어 보였다.

"어머머머. 그게 기분이 나빴쩌요? 너도 한낱 내 어장 속 한 마리의 피라미에 불과할까 봐? 어떻게 알았지? 정확히 짚었네."

"뭐라고요?"

그녀의 비꼬는 말투에 그의 낯빛도 싸늘해졌다.

"네 말이 다 맞다고. 나 남자 좋아하고, 아는 남자 많고, 넌 그들 중 하나일 뿐이라고. 내가 이래뵈도 한 인기 하거든. 어쩜, 속인다고 속였는데 티가 났나 보네. 완벽하게 속일 수 있었는데 아쉽당."

설희는 미쁨이 일부러 저런다는 것을 알고 있었다. 자신이 한 말을 맞받아치느라 저러는 거겠거니 생각했다. 그래도 속이 쓰린 건 어쩔 수 없었다. 옳지 않은 말을 먼저 한 건 본인이면서도 화가 났고, 아무것도 모르면서 막말하는 그녀가 야속했다.

"양미쁨 씨!"

"왜요, 윤설희 씨!"

그들은 서로를 노려보았다.

"너는 그냥 네가 원하는 대로 생각해. 우리, 정식으로 사귀는 것도 아니잖아? 어차피 너는 잠을 자기 위해서 내가 필요한 것뿐이고, 나는 그걸 충족시켜 주고, 이 얼마나 아름다운 관계야? 그러니까 서로 개인 플레이나 하면서 즐길 거 즐기자고."

미쁨이 가볍게 말했다. 그러자 설희가 피식 웃었다.

'그렇게까지 말할 필요는 없잖습니까. 당신은 우리가 정말로 그렇게 가벼운 사이였으면 좋겠어요?'

그는 자신의 신경을 긁는 그녀의 말이 상당히 비참했다. 하지만 그런 속내와 달리 설희의 입 밖으로 나오는 말은 그저 가시 돋친 막말뿐이었다.

"아아. 그러니까 당신 말은 우리가 지금 잠만 자는 '가벼운' 사이다, 이건가요? 혹시나 해서 묻는 건데, 양미쁨 씨와 그런 가벼운 관계의 남자, 저 하나 맞죠?"

"그건 왜 묻는 거야? 당연히……."

"재워주는 남자, 생각보다 많을 것 같아서요."

"뭐, 뭐라고?"

그는 저도 모르게 심한 말을 내뱉고 말았다. 그러자 미쁨의 언성이 높아졌다. 그녀는 머리가 지끈거릴 정도로 극심한 분노가 올라오는 것을 느꼈다.

"그쪽이 하는 행동을 보면 하 프로나 차해아나 다른 남자나, 재워달라고 하면 쉽게 재워줄 것 같은데, 안 그래요?"

"……할 말 끝났어?"

미쁨은 착 가라앉은 목소리로 물었다.

"아뇨, 대답을 들어야 끝내죠. 말해봐요, 이 방에서 자고 간 남자가 몇 명인지."

설희의 말에 그녀는 주먹을 세게 쥐었다. 그녀의 몸이 부들부들 떨렸다.

'아무리 화가 났다지만 윤설희 너, 정도가 지나쳤어. 정말로 끝을 보자, 이거지?'

미쁨은 눈을 부릅뜨고 그에게 소리쳤다.

"너 말고, 수십 명은 된다! 됐냐? 나는 사람 한번 사귀면 끝까지 가는 사람이라 다 퍼주고 다 내준다고! 그에 비해 넌? 넌 제대로 된 연애 한 번 해본 적은 있니?"

그녀의 말에 설희가 흠칫했다. 사람을 믿을 수 없는 그가 연애 경험이 없는 건 당연했다. 그 순간 설희는 자신이 지나쳤다는 걸 깨달았다.

'이런, 너무 심했다.'

이에 그는 더 이상 이 말다툼을 계속하면 안 될 것 같다는 생각이 들었다.

"그만하죠."

설희는 그렇게 그만두자며 선을 그었다. 하지만 이미 폭발한 미쁨은 멈출 수 없었다.

"그만하긴 뭘 그만해? 야, 애처럼 매달리기에 불쌍해서 도와주려 했더니 이딴 식으로 나와?"

"불쌍하다고 했어요, 지금?"

그가 그녀를 똑바로 쳐다보았다. 설희와 눈을 마주친 미쁨은 그의 눈동자가 살짝 떨리는 것을 발견할 수 있었다. 그걸 알면서도 그녀는 울분을 주체하기 힘들었다.

"그래. 너 불쌍한 놈이잖아. 내가 수십 번 사랑을 나눌 동안 넌 뭐 했니? 악몽에 시달린다 어쩐다 겁이나 처먹고, 구석에 처박혀서 찌질찌질 울고나 있었겠지. 앞으로도 평생 그럴 거고! 암만 생각해 봐도 너 같은 새끼보단 내가 백배 천배 나아!"

'아. 너무 멀리 갔다. 이게 아닌데.'

미쁨은 말을 내뱉자마자 후회했다. 그러나 소용없었다. 그녀의 입에선 이미 칼날같이 날카로운 말들이 튀어나온 뒤였고, 그것은 바닥에 엎어져 흩어진 물처럼 도로 주워 담을 수 없었다. 그 잔인한 문장들은 비수가 되어 그의 가슴에 푹푹 박혔다.

설희는 아무 말도 하지 못했다. 오직 그의 공허한 눈동자만이 미쁨을 향하고 있을 뿐이었다.

"이만 가보겠습니다."

설희는 아무런 대꾸도 하지 않고 도망치듯이 미쁨의 집을 나섰다.

"아, 잠깐……."

쾅.

그녀가 그를 불러 세우기도 전에 문이 닫히고 말았다. 미쁨은 설희가 나간 문을 멍하니 바라보았다.

"어휴, 이놈의 주둥아리!"

그녀는 자신의 입술을 손바닥으로 촥촥 때렸다.

"아니, 그전에, 내가 뭘 그리 잘못했어? 지가 먼저 여러 남자 방에 재워준다 어쩐다 하며 날 싼 여자 취급했잖아!"

미쁨의 가슴속에서 갑자기 억울한 감정이 치밀었다.

"그러니까 누가 먼저 내 신경 건드리래? 난 잘못 없어!"

그녀는 자신의 입술을 때리던 것을 관두고는 생각에 잠겼다.

"미쁨 씨가 다른 남자와 이상한 눈빛 주고받는 거 신경 쓰여요."

'분명 그거 질투인데…… 그냥 좋게좋게 넘어갈 수 있었는데…….'

미쁨은 속이 너무 답답했다. 손으로 가슴팍을 탁탁 쳐 봤지만 그래도 막힌 속은 뚫리지 않았다. 그때 그녀의 머릿속으로 문득 설희의 얼굴이 떠올랐다. 상처 받은 듯 파르르 떨리는 눈동자로 자신을 바라보던 그의 표정이…….

'그를 지켜주겠다고, 감싸주겠다고 다짐했는데, 이게 뭐냐? 고작 질투 하나 때문에……!'

미쁨은 밀려오는 죄책감에 눈을 질끈 감았다.

"아오, 빌어먹을!"

그녀는 결국 후다닥 슬리퍼를 신고 밖으로 뛰쳐나갔다. 그를 붙잡아야 한다. 붙잡아서 말이 심했다고 사과해야 한다. 상처 줘서 미안하다고 말해야 한다.

미쁨은 최대한 빨리 뛰었다. 그녀는 한 번에 두세 계단씩 훌쩍훌쩍 뛰어내렸고, 층이 바뀌고 계단의 방향이 바뀔 때마다 난간을 잡고 재빠르게 몸을 돌렸다. 그렇게 건물 밖으로 나왔다. 그러자 그녀의 눈에 막 출발하는 설희의 차가 보였다.

"저기, 잠깐만! 잠깐만 서봐!"

미쁨이 소리쳤다. 그러나 그의 차는 한 치의 망설임도 없이 앞으로 나아갔다.

"좀 기다려 보라고!"

그녀는 이를 악물고 그 차를 쫓아서 뛰며 손을 흔들었다. 뱃살과 팔뚝 살이 출렁거려 아플 정도로 열심히 뛰었건만 설희의 차는 멈추지 않았다.

"제발 좀, 멈추…… 악!"

그때 미쁨의 발이 슬리퍼 위에서 쭉 미끄러졌고, 슬리퍼는 마치 발찌처럼 그녀의 발목에 걸렸다. 동시에 그녀의 몸이 크게 휘청이더니 앞으로 자빠졌다.

꾸당!

달리던 속도 때문에 미쁨의 몸이 땅에 닿은 채 쫙 뻗어갔다. 그 바람에 그녀의 팔다리가 우둘투둘한 땅바닥에 가가가각 갈렸다.

"어헝……."

미쁨은 길바닥 위에 초라하게 엎어진 채로 흐느끼기 시작했다.

"좀 멈춰보라고 이 새끼야…… 미안하다고 말 한마디 좀 하겠다는데 그렇게 가버리는 게 어딨어……."

그녀는 잔뜩 까져 불붙은 것처럼 따가운 팔다리보다 마음이 더 아팠다. 그에게 불쌍하다며 동정한 것도, 사랑해 본 적도 없다며 깔본 것도, 찌질이 겁쟁이에 울보로 만든 것도 모두 다 미안했다.

"내가 다 잘못했어……."

그녀는 일어서지도 않고 그 자리에서 훌쩍훌쩍 울었다.

"왜 쫓아와서는 넘어지고 그래요?"

그때 설희의 목소리가 들렸다. 그녀가 고개를 번쩍 쳐들고 위를 바라보니 어느새 그의 차가 미쁨의 옆에 서 있었고, 차창을 연 설희가 고개를 내밀고 있었다. 그녀가 넘어져 땅에 코 박고 울고 있는 그때, 설희가 슬슬 후진해서 온 것이었다.

미쁨의 집을 떠나던 그는 아무리 사이드미러로 그녀가 뛰어오는 모습을 봤어도 멈추지 않으려고 했다. 미쁨의 말들이 너무 날카롭고 예리해서 가슴이 저릿저릿하기도 했고, 그녀와 있으면 자꾸만 자기 자신이 다른 사람이 되는 것 같아서 기분도 나빴기 때문이었다.

그러나 그녀의 모습이 계속 눈에 밟혔고, 심한 말을 듣기도 했지만 그에 상응하는 말을 했던 것도 걸렸다. 특히 자신을 향해 흔드는 미쁨의 손이 굉장히 애처로워 보였다. 제발 멈춰 서라며 애원하는 것 같았다. 그리고 넘어지는 그녀의 모습에 설희는 브레이크를 밟을 수밖에 없었다. 그렇게 그는 멈췄고, 미쁨에게로 다시 돌아온 것이었다.

"우…… 으……."

그의 얼굴을 보자 미쁨이 다시 울먹거리기 시작했다.

"미, 미안해…… 내가 너무 심했어…… 내가 너무 심했다고!"

그녀는 자리에 앉은 채로 엉엉 울기 시작했다. 이에 설희는 아무 말 없이 미쁨을 내려다볼 뿐이었다.

"그, 그런데 너도 잘못한 거 있지?"

그녀는 펑펑 우는 와중에도 잘잘못을 따졌다. 설희도 미쁨에게 상처 주는 말을 했고, 이건 그도 인정해야 했다.

"……저도 미안해요. 말이 너무 심했습니다."

설희는 그녀의 우는 모습을 바라보며 사과한 뒤, 차에서 내려 미쁨의 앞에 섰다.

"많이 다쳤어요?"

"좀 까졌어."

그는 그녀의 팔다리에 생긴 상처를 바라보았다. 시뻘건 피가 흥건하게 맺힌 생채기에 인상을 썼다.

"그러니까 왜 뛰어가지고는."

설희는 안쓰러워하며 미쁨에게 손을 뻗었다.

"제 손 잡고 일어나세요."

그의 말에 미쁨은 그 커다란 손을 덥석 잡았다. 그렇게 일어나자마자 설희를 끌어안았다.

"아까 정말 미안해. 내가 했던 말, 다 무시해. 아니, 다 반대로 생각해. 나는 화나면 반대로 말하는 습관이 있거든."

그는 자신을 끌어안은 미쁨의 말을 들으며 눈을 감았다.

'그녀의 말을 반대로……'

"넌 불쌍한 사람도, 구석에 숨어 있던 겁쟁이도 아냐. 그리고 앞으로는 너도 나처럼 사랑을 나눌 수 있을 거야. 그러니까 걱정하지 마."

그녀가 했던 말을 반대로 생각해 보니, 꽤나 듣기 좋은 말이었다. 물론 그의 상상이 덧대어져 있었지만 그래도 굉장히 만족스러웠다. 설희의 입가에 미소가 돌기 시작했다.

"제가 했던 말도 잊어주세요. 미쁨 씨가 다른 이와 쉽게 만나고 헤어지는 그런 가벼운 사람이 아니라는 거, 누구보다 잘 압니다. 쉽게 빠진다고 했던 말, 정말 미안해요."

"응……."

미쁨이 그의 품에 얼굴을 박은 채 고개를 끄덕였다.

"내가 널 지켜줘야 하는데, 그러기로 다짐했는데…… 정말, 정말 미안해."

"저에게 그런 말도 했어요?"

'아, 그 다짐은 나 혼자 속으로 했던 건가?'

그녀는 흠칫했다가 곧 얼버무렸다.

"그, 그냥 그렇다는 거지……! 암튼 미안해. 정말 다음부턴 이런 일

없을 거야. 약속해."

미쁨의 진심 어린 말에 설희도 동화됐는지, 두 팔을 벌려 그녀를 마주 안았다. 평소의 그라면 벌써 미쁨을 밀어냈을 테지만, 지금 이 순간만큼은 그녀의 체온을 느끼고 싶었다.

"사실, 미쁨 씨가 했던 말 다 맞아요. 전 사랑해 본 적도 없고, 앞으로 하기도 힘들 거예요. 그리고 악몽에 시달려 겁도 많죠. 당신의 말대로 미쁨 씨가 다른 사람과 소통하고 사랑할 동안 전 그렇게 살아왔어요. 구석에 처박혀서 지질하게 말이에요. 그러니 미쁨 씨가 저보다 백배천배 나아요."

"그런 말 하지 마. 사랑이야 앞으로 하면 되잖아."

미쁨이 설희의 품속으로 파고들었다. 그의 말이 가슴에 사무쳤다.

"이게 제 현실이에요. 미쁨 씨는 모르시겠지만."

"그럼 말을 해주든가."

설희는 말하지 않았다. 아니, 말하지 못했다. 그가 말을 한다고 해도 미쁨이 이해해 줄지는 미지수였고, 그녀가 자신을 무서워하며 도망칠지도 모르니까 말이다. 그의 머릿속엔 자신을 등지고 떠나가는 미쁨의 뒷모습이 너무나도 선명하게 떠올랐다.

'괴물이 내 근처에 머물며 눈을 시퍼렇게 뜨고 서 있는데, 아니, 나 자체가 괴물일지도 모르는데, 나도 나를 모르겠는데…… 누가 내 옆에 있어주겠어.'

설희는 고개를 가로저었다.

'아마 없을 거야. 아무도 감당 못 할 테지. 이것이 내 현실이야.'

그는 그런 현실이 무서웠다. 그렇기 때문에 혼자 남겨질까 봐 두려워 '적당히'란 말을 외우며 살아왔고, 아무도 믿지 않았으며, 사랑하지도 않았다. 회사 동료들도, 주위 사람들도, 심지어 가족들까지도 말이다.

"더 이상 묻진 않을게."

미쁨은 입을 꾹 닫은 그를 더욱 세게 끌어안았다.

'언젠간 얘기해 주겠지.'

그녀는 그렇게 믿었다. 설희는 씁쓸하게 웃으며 미안하다는 말 대신 표정으로 사과했다.

"오늘…… 우리 집에서 잘래?"

미쁨이 나직이 물었다. 그녀의 물음은 설희의 마음을 흔들었다. 하지만 그는 미쁨의 집에서 잘 수 없었다. 이 상태로 그녀의 집에 들어간다면, 이번에야말로 그녀에게 사로잡혀 자신의 모든 감정들을 쏟아낼지도 몰랐기 때문이었다. 설희는 고개를 가로저으며 거절했다.

"아뇨, 오늘은 집에 가봐야 합니다. 내일 봬요. 미쁨 씨 집에서."

그의 말에 미쁨이 고개를 끄덕이며 설희의 품에서 빠져나왔다.

"늦었다. 어서 가봐."

그녀는 밝게 웃으며 그의 등을 떠밀었다.

"상처는 치료해야죠."

"크게 다친 것도 아닌데 뭐. 괜찮으니까 가봐. 내일 출근해야지."

설희는 미쁨에게 떠밀려 운전석에 앉자마자 그녀를 바라보았다. 그러고는 우물쭈물하더니 힘겹게 입을 열었다.

"저기, 차해아 씨와의 사이는……."

"진짜 이웃 그 이상도, 그 이하도 아냐!"

그의 질문이 끝나기도 전에 미쁨이 딱 잘라 명확하게 답했다. 그런 그녀의 확실한 답에 설희는 고개를 끄덕였다. 그의 표정엔 변화가 없었지만, 마음속에 맺혔던 앙금은 점차 풀리고 있었다.

"그럼 내일 회사에서 봬요. 문단속 잘하시고요."

"엉. 잘 가~"

설희는 미쁨의 인사를 받으며 창문을 닫았다. 차창에는 선팅이 짙게 되어 있어 그녀가 그의 표정을 확인할 수 없었지만, 설희는 미쁨 몰래

옅게 웃고 있었다. 그가 모는 차는 미쁨의 배웅을 받으며 점차 멀어졌고, 이윽고 그녀의 시야에서 사라졌다.

미쁨은 그제야 흔들던 손을 내렸다.

'도대체 과거에 무슨 일이 있었기에 저렇게 말을 아끼는 걸까…… 아마도 굉장히 괴로웠던 모양이지? 그러니까 지금까지 악몽에 시달리며 잠을 설치는 걸 거고.'

그녀는 궁금했지만, 그가 스스로 말할 때까지 인내하기로 했다.

"아 진짜 이 놈의 망할 연애, 너무 어렵다!"

미쁨은 그와의 좁혀지지 않는 마음의 거리에 힘겨웠다.

'연애하기까지 엄청나게 오래 걸릴 것 같구만 그래.'

그녀는 뒤돌아 집으로 터덜터덜 걸어갔다.

'그래도 닦달하지 말자. 기다리자. 그를 믿고 기다리다 보면 분명 설희, 그 녀석도 내 맘을 알아줄 거야.'

미쁨은 혼자 고개를 끄덕이며 스스로를 다독였다.

'지금보다도 가까워지면, 그땐 그에게도 용기가 생기겠지. 모든 것들을 솔직하게 털어놓을 용기 말이야.'

그녀는 그를 믿었다. 미쁨은 자신의 이름대로, 믿는 것 하난 자신 있었다.

◊ ◊ ◊ ◊ ◊ ◊ ◊ ◊ ◊ ◊ ◊ ◊ ◊ ◊ ◊ ◊ ◊ ◊ ◊

8. 전생에 나라를 구한 여자

◊ ◊ ◊ ◊ ◊ ◊ ◊ ◊ ◊ ◊ ◊ ◊ ◊ ◊ ◊ ◊ ◊ ◊

설희는 집에 도착하자마자 침대 위에 누웠다. 그는 오늘 하루가 굉장히 길게 느껴졌다. 회사로 차해아가 불쑥 찾아온 것도 그렇고, 그와 미쁨 사이의 오묘한 관계에 대해 신경을 곤두세웠던 것도 그렇고, 그녀의 집에서 심한 말이 오갔던 것도 그렇고……. 모든 것들이 그를 피곤하게 만들었다.

하지만 다행히도 마지막에 미쁨과 화해를 했다는 것이 그에게 큰 힘이 되었다. 설희는 그녀와 차해아의 사이가 별거 아니라는 사실을 알게 된 것만으로도 기분이 좋았다.

그는 누운 채로 천장을 바라보았다. 하얗기만 한 천장은 미쁨의 얼굴을 생각해 내기에 더없이 좋은 도화지였다. 설희는 거기에 미쁨의 얼굴을 그렸다. 붉으락푸르락하던 얼굴도 그렸고, 당황하며 집 밖으로 뛰쳐나와 자신을 붙잡으려 하던 얼굴도 그렸다. 미쁨이 손을 흔들며 차를 쫓아오다가 넘어지던 모습을 상상할 땐 그의 얼굴이 살짝 굳었다.

'아팠을 거야.'

그래도 바닥에 엎어져 울던 그녀의 모습에서 웃음이 나왔다. 눈물 콧물 줄줄 흘리며 미안하다고 매달리는 그 모습이 고맙기도 했고, 나름대로 귀엽기도 했다. 설희는 미쁨의 얼굴로 가득한 천장을 바라보며 혼자 피식피식 웃었다. 그때 그의 머릿속으로 문득 미쁨의 팔과 다리에 난 상처들이 떠올랐다.

'많이 아파 보였는데……'

어느새 설희의 얼굴에서 웃음이라곤 찾아볼 수 없었다.

'잘 치료해야 할 텐데.'

그는 걱정스러운 마음에 주머니를 뒤적거려 휴대전화를 꺼내 들었다. 그녀에게 전화해서 상처는 잘 치료했냐고 묻기 위해서였다. 당장에라도 전화할 것 같던 설희는 어쩐지 휴대전화를 쥔 채 머뭇거렸다.

'연락…… 해도 괜찮을까? 그녀와 적당한 관계를 유지해야 하는데, 욕심을 가지지 말아야 하는데…… 전화를 거는 건 좀 과한 것 아닐까?'

그는 곧 전화하는 것을 관두고 그대로 휴대전화를 내려놓았다. 눕혔던 몸을 일으켜 앉아 두 손으로 얼굴을 감쌌다.

'정신 차리자. 어떻게 얻게 된 사람인데, 잃을 수는 없지.'

그는 여운이 짙게 묻어나는 한숨을 내쉬었다.

'최대한 숨기자. 무서워하지 않도록, 그래서 도망가지 않도록 조심해야 해.'

설희는 마음을 다졌다. 하지만 계속 미쁨이 떠올랐다. 그녀의 얼굴이, 체온이, 자신을 스쳤던 피부의 감촉이, 체취가 하나하나 다 생각나 그의 주위를 둥둥 떠다녔다.

'그 상처, 정말 많이 아파 보였는데.'

그는 다시 떠오르는 미쁨의 상처에 휴대전화를 손에 쥐고 고민에 고민을 더했다.

'연락을 할까, 말까. 전화가 껄끄럽다면, 문자 정도는 괜찮지 않을까?'

설희는 복잡한 마음으로 그렇게 밤을 지새웠고, 뜬눈으로 아침을 맞이했다. 잠을 자지 못해 피곤했지만, 상관없었다. 오늘은 바로 수요일, 그녀와 함께 잘 수 있는 날이었으니까 말이다.

❦

아침이 밝자마자 미쁨은 출근 준비를 시작했다. 눈이 떠지지 않아 고생했지만, 그래도 그녀는 신나 있었다. 이유는 당연히, 썸을 타는 관계인 설희가 회사에 있기 때문이었다. 미쁨은 빨리 회사에 가서 그를 보고 싶었다.

'지금도 이렇게 좋은데, 그놈과 연애를 하게 된다면 아주 회사에서 살고 싶어지겠는데?'

그녀는 설희와 사귀면서 함께할 회사 생활을 상상하며 허허허 웃었다.

'만약 어제 화해하지 않고 헤어졌다면, 이런 희망에 찬 미래는 꿈도 못 꿨겠지.'

비록 그에게 많은 이야기를 듣진 못했지만, 미쁨은 그래도 좋았다. 언젠간 설희와 가까워질 것이고, 그렇게 되면 자연스레 듣게 될 이야기들이니까. 그걸 알기 때문에 미쁨은 참을 수 있었다.

쾅쾅쾅!

그녀가 즐거운 상상에 젖어 있을 무렵, 갑자기 문을 두들기는 소리가 들렸다.

"문 좀 열어봐."

그리고 들려오는 남자 목소리. 옆집 이웃, 해아였다.

"아, 또 왜."

미쁨은 투덜거리며 문을 열어주었다.

"무슨 일인데요?"

"약속했잖아. 나 배역에 빠질 때마다 꺼내주기로."

다짜고짜 배역 어쩌고 하는 해아의 모습에 그녀는 고개를 갸웃했다.

'배역은 무슨 배역? 이거 너무 뜬금없잖아.'

미쁨은 집 안으로 들어오려는 그를 손으로 막으며 말했다.

"제가 지금 출근 준비로 바쁘거든요? 나중에 하죠."

"지금 아니면 안 돼. 넌 그냥 준비해. 난 그저 자연스러운 네 모습만 보면 되니까."

정말 가지가지 하는구나. 해아와 약속까지 한 마당이라 거절할 수 없었던 그녀는 그가 집으로 들어올 수 있게 문 옆으로 비켜서 주었다.

"들어와요. 대신 빨리 끝내요."

해아는 기가 팍 죽은 모습으로 들어왔다. 평소와 다른 그의 모습에 미쁨은 살짝 신경이 쓰였다.

'무슨 배역인데 저래? 아니, 배역 이전에 저 정도로 빠진다는 게 가능해? 저거 연기 아냐, 연기? 아오, 짜증나.'

그녀는 입을 뿌루퉁하게 내밀었다.

"평소에 얼마나 깊게 캐릭터에 심취하길래 그래요?"

"예를 들자면…… 애인과의 잠자리에서 극 중 연인의 이름을 부를 정도라고나 할까? 물론 아직 그래본 적은 없지만."

"헐. 심하긴 하네."

그는 미쁨과의 간단한 대화를 마지막으로, 내내 말없이 그녀의 침대에 웅크리고 앉아 있었다. 해아는 미쁨이 제 눈을 피해 화장실에서 옷을 갈아입고, 바닥에 펴놓은 상 위에 화장품과 거울을 늘어놓은 채, 침대에 기대어 화장을 할 때까지 조용했다.

'이 무거운 공기 때문에 불편해 죽겠네. 저 빌어먹을 놈은 지네 집으로 좀 안 꺼지나?'

미쁨은 입을 삐죽거리며 해아를 향해 소리 없이 욕을 해댔다.

"그 썸남이란 분은 먼저 출근하셨나?"

그때 그가 비꼬는 뉘앙스가 다분한 말투로 말문을 열었다.

"어제 갔어요. 일이 많은 사람이잖아요."

"그으래애?"

그녀의 대답에 해아의 눈동자가 일렁였다.

'같이 동침은 안 했다는 말인가?'

그의 입꼬리가 올라갈락 말락 움찔댔다.

'앗! 그만. 그놈이 일찍 간 거면 간 거지 내가 왜 웃어야 해?'

해아는 곧 들뜬 마음을 가라앉히며 표정을 고쳤다. 하지만 가슴속 저 밑에서부터 안심되는 건 부정할 수 없었다. 마음이 한결 가벼워지자 그는 오감을 통해 많은 것들을 느낄 수 있었다.

폭신폭신한 이불, 따뜻한 공기, 은은하게 풍겨오는 샴푸 냄새와 미쁨이 화장하며 나는 꼼지락거리는 소리까지.

"그쪽이 빠졌다는 배역이 대체 뭔데요? 영화 아직 상영 중 아니에요? 근데 벌써부터 새 작품 고르나?"

그녀가 립글로스를 입술에 톡톡 찍어 바르며 물었다. 미쁨의 입술로 꽉 찬 거울이 해아의 눈에 들어왔다.

'저 색 별로인데. 내 취향은 좀 더 강렬한 색이라고.'

그녀의 입술 색깔이 마음에 안 들었던 그가 인상을 찌푸렸다.

"다른 색 바르면 안 돼?"

"내가 어떤 색을 바르든 무슨 상관? 그전에, 배역이 뭐냐니까요?"

사실 해아에겐 배역이고 뭐고 없었다. 대신 밤새도록 우울하고 비참하고 굴욕적인 본인만이 있었을 뿐이었다. 왜 그런 느낌이 들었는지는 그 자신도 알 수 없었다. 미쁨과 설희가 해아만 복도에 남겨두고 집 안으로 들어갔을 때부터 느낀 그 수많은 우울한 감정들은 밤새 사라지지 않았고, 오히려 더더욱 불타올랐다.

'저 두 인간, 어쩌다 만난 거지? 똥방구는 왜 하필 저런 놈이랑 썸을 타는 거야? 쟤 어디가 좋다고? 하는 짓도 그렇고 생긴 것도 그렇고, 내가 훨씬 낫지 않나? 하여간 저 여자, 눈도 드럽게 낮다.'

해아는 그렇게 밤새도록 자신과 설희를 비교해 댔고, 미쁨의 방과 접해 있는 벽에 귀를 대고 서 있기도 했었다.

'그보다 이놈의 원룸 벽은 왜 이렇게 쓸데없이 방음이 잘되어 있어? 하나도 안 들리잖아악!'

그는 옆집에서 들리는 소리를 훔쳐 듣기 위해 벽에 붙어 서 있는 자신이 비굴했지만, 도저히 궁금증을 참을 수가 없었다.

'저 맘에 안 드는 커플이 지금 뭘 하고 있을까. 아니, 내가 왜 이런 것 따위를 궁금해하는 거지? 내가 왜?!'

해아는 그렇게 자기 자신에게 질문하며 화를 내는가 하면, 혼자 구석에 쪼그려 앉아 비루한 모습의 자신을 끊임없이 질책해 대는 등 바쁘고 피곤하게 밤을 지새웠다.

결국, 그 수많은 질문에 답을 얻지 못한 채, 그는 될 대로 되라는 식으로 그녀의 집에 쳐들어 왔고, 지금처럼 침대에 앉아 그녀의 화장에 참견하고 있는 것이었다.

"뭐, 그냥 비참에 찌든 그런 캐릭터 있어."

해아는 꿍얼꿍얼거리는 와중에 미쁨의 입술을 계속 바라보았다.

'저 립글로스를 바른 입술로 그놈에게 살랑살랑 말을 걸었겠지? 생글

생글 웃으며 눈빛으로 사랑의 화살을 쏘아댔을지도. 혹시 몰라. 사람들이 눈치채지 못하는 틈을 타 그렇고 그런 짓을……!'

그의 얼굴이 분노로 울긋불긋해졌다.

'아, 정말…… 내가 왜 이런 상상을 하며 열 받아야 하는 거냐고!'

그가 고개를 푹 숙이며 한숨을 쉬었다.

'미치겠네.'

해아는 주먹을 불끈 쥐고 다시 고개를 들어 미쁨을 바라보았다. 그리고 요구했다.

"다른 거 바르면 안 돼?"

"전 이 색이 좋거든요?"

그녀가 말하며 코랄색의 립글로스를 흔들어 보이자 그의 얼굴이 팍 구겨졌다.

"다른 걸로 발라! 그 색만 아니면 돼! 에이씨."

해아는 결국 소리치며 자리에서 일어섰다.

"어머. 뭐 하는 거예요, 지금?"

미쁨은 다짜고짜 침대에서 내려와 옆에 앉아서는 자신의 화장품 파우치를 뒤적거리는 그의 행동에 눈알이 튀어나올 지경이었다.

"이거 좋네, 이거!"

그는 파우치 구석에서 새빨간 립스틱을 꺼내 들었다.

"윽."

미쁨은 그 립스틱을 보자마자 난색을 표했다. 그것은 전에 색이 예뻐서 샀다가 막상 발라보니 너무 시뻘건 탓에 처박아두었던 것이었다.

'내가 패셔니스타도 아니고, 저런 색의 입술로 출근했다간 상사에게 욕 뒈지게 먹을걸?'

살면서 한 번 정도는 발라보고 싶었지만 소화시키기 어려워 영 힘든 색이자 회사 생활과 상극인 그런 색. 해아가 손에 든 립스틱이 그런 시뻘건 색이었다.

"싫어요! 저리 가요! 이 인간이 왜 이래?"

"이게 어때서? 예쁘기만 하구만."

그는 립스틱 뚜껑을 뽁! 열고는 그녀에게 발라주려는 듯 손을 뻗었다.

"읍! 싫어! 뭐 하는 짓이야!"

미쁨은 손을 내저으며 해아를 밀어내려 노력했다. 발버둥치는 그녀의 발에 앉은뱅이책상이 차여 그 위에 있던 화장품들이 바닥으로 와그르르 쏟아졌다.

"아오, 이 여자가 진짜!"

그는 그녀가 요리조리 피하는 통에 정신 사나워 인상을 팍 썼다. 그러다 결국 거치적거리던 책상을 치우고 그녀의 앞에 자리 잡고 앉아 손으로 미쁨의 턱을 잡았다.

"좀 발라봐. 어울릴 것 같은데."

강한 집념이 드글드글한 눈빛으로 해아가 손에 쥔 립스틱을 그녀의 입술에 가져다 댔다. 미쁨은 점점 다가오는 립스틱을 피하려 몸을 뒤로 빼려했지만, 등 뒤에 있는 침대에 막혀 어디로 도망갈 수도 없었다. 그녀가 할 수 있는 것이라곤 그를 최대한 열심히 패는 것뿐이었다. 아파서라도 떨어지게끔 말이다.

"저리 가, 저리 가!"

해아는 자신을 징그러운 벌레처럼 취급하는 미쁨의 행동에 더더욱 도전 정신이 불타올랐다.

"내가 꼭 발라주고 만다!"

그는 미쁨이 자신을 때리든 말든 그녀의 얼굴을 붙잡은 손을 끝까지 풀지 않았다. 계속해서 맞고 있는 몸이 아프지도 않은지 그는 그저 웃고 있었다.

'뭐야, 이 새끼! 미쳤나? 갑자기 왜 이래? 아무리 입술 색이 맘에 안

든다지만 이렇게까지 해서 억지로 발라줄 필요는 없잖아, 이 미친 또라이 새끼야!'

침대에 기댄 채 얼굴이 묶인 미쁨은 꿈틀거리며 저항했지만 남자의 힘을 이기기엔 턱없이 부족했다.

'진작 버려 버릴걸!'

그녀는 점점 자신의 입술로 다가오는 빨간 립스틱이 끔찍했다.

톡. 립스틱 심이 미쁨의 입술에 닿았다. 해아는 혀를 날름거리며 온 집중을 다해 그녀의 입술에 립스틱을 발랐다. 꼼꼼하게 색칠 공부하듯 칠했다.

"괜찮고만!"

그는 그녀의 입술을 다 칠하자마자 좋다고 소리쳤다. 하지만 실상, 그녀의 얼굴과 그가 칠한 입술은 전혀 어울리지 않았다. 흐린 이목구비의 얼굴에 시뻘건 입술만 선명하게 떠 있는 느낌이라고나 할까. 소위 사람들이 말하는, 쥐 잡아먹은 구미호 같았다.

해아는 립스틱의 색이 미쁨의 얼굴과 어울리든, 쥐 잡아먹은 구미호 같든 상관없이 그저 자기 뜻대로 되었다는 게 만족스럽기만 했다. 그는 그제야 미소 지었다. 그리고 알아챘다.

자신이 그녀와 닿을락 말락 붙어 있다는 것을. 마주한 그녀의 코에서 새어 나오는 숨이 상당히 관능적이라는 것을. 해아 자신의 시야에 꽉 찬 그녀의 오동통한 얼굴이 생각보다…… 귀엽다는 것을 말이다.

쪽.

그는 저도 모르게 두 눈을 감고 미쁨의 빨간 입술에 입을 맞췄다. 절대로 의도한 게 아니었다. 정신을 차리고 보니 그녀의 입술에 자신의 입술이 닿아 있었고, 눈을 떠보니 놀라 동그래진 눈의 미쁨이 보일 뿐이었다.

"어?"

본인이 저질러 놓고도 그 이유를 알 수 없었던 해아는 고개를 갸웃했다.

'도대체 이게 무슨 영문이지?'

그는 그대로 그녀에게서 떨어져 앉았다.

'내가 무슨 짓을 한 거야?'

해아는 자신의 입술을 만지작거렸다. 그는 이 상황이 굉장히 당황스럽고 어이없었지만 한 가지는 확실했다. 미쁨의 입술이 촉촉했고, 부드러웠으며, 달콤하고 향긋한 과일 같았다는 것이다.

"이 미친 새끼가!"

기분 좋은 느낌에 잠긴 해아와 달리 그녀는 걸쭉한 욕을 내뱉으며 그의 얼굴을 주먹으로 냅다 후려쳤다.

뻑!

"으악 잠깐! 잠깐만! 나 배우야, 배우라고!"

"배우는 무슨, 이 빌어먹을 새끼가. 야, 미쳤냐? 어?! 배우? 배애우?! 내가 너 오늘부로 배우 인생 접게 만들어주마!"

미쁨의 매서운 주먹을 이기지 못한 해아는 신발을 신을 새도 없이 손으로 집어 든 채 후다닥 밖으로 뛰어나갔다.

'무슨 여자 주먹이 저렇게 매워?'

분명 립스틱을 발라주겠다 의지를 불태울 때는 전혀 아프지 않았던 그녀의 주먹이 정신 차리고 보니 너무나도 거셌다. 그는 그렇게 자신의 집까지 맨발로 도망쳤다.

"야 이 새끼야! 문 안 열어? 어?"

간신히 집에 들어온 해아는 당장 문을 부수고 들어올 것만 같은 그녀의 소리침 속에서 멍하니 서 있기만 했다. 그러다 쓰러지듯 문에 기대어 돌처럼 굳어버렸다.

'내가 왜 그랬지? 미쳤나? 미친 거야? 저런 똥방구녀한테 내가 입술

을 들이댔다고? 이 차해아가?'

그는 머리가 복잡했다. 그 와중에도 떠오르는 미쁨의 얼굴은 더더욱 그를 미치게 만들었다. 눈에 확 띄는 빨간 립스틱을 입술에 바르고 눈을 동그랗게 뜬 그 얼굴이…… 다시 생각해도 예뻤다. 그 사실에 해아는 더더욱 좌절했다.

'이 차해아! 대한민국 국민배우인 내가 저런 여자에게 입술을 들이대다니!'

그는 손으로 머리를 짚었다.

'아, 나는 이대로 무너지는 것인가.'

자신의 마음을 인정할 수 없었던 해아는 그녀와의 입맞춤을 잊기 위해 손등으로 입술을 박박 문질렀다. 입술의 껍질이 벗겨질 정도로 여러 번 문질렀다 뗐는데 이것이 무엇인가. 그의 손등에 빨간색이 묻어나오는 것이 아닌가? 그녀와 키스하며 옮겨 붙은 립스틱의 잔해였다.

두근두근두근.

'저 여자의 입술에 발라져 있던 것과 같은 색이 묻은 내 입술이라니.'

해아는 얼굴이 확 달아오르는 것을 느꼈다. 심장이 요동쳤고, 귀는 불붙은 것처럼 뜨거웠다.

'미쳤구나, 차해아.'

❦

미쁨은 회사에 도착한 이후로 지금까지 계속 넋이 반쯤 나간 사람처럼 자리에 앉아 있었다. 그녀는 도통 일에 집중을 할 수가 없었다. 그 이유는 바로 차해아, 그놈에게 있었다.

'다짜고짜 내 입술에 립스틱으로 색칠 공부를 하더니, 그대로 덮쳐? 이게 말이나 되는 상황이야? 어떻게 허락도 없이 남의 입술을 훔치느냔

말이야!'

물론 그가 '너의 입술을 가져가도 될까?'라고 물었어도 미쁨의 대답은 '노!'였을 터였다. 그래도 예고도 없이 키스를 하는 건 그녀의 상식선에서는 있을 수 없는 일이었다. 물론 미쁨 또한 설희의 입술을 마음대로 덮치긴 했지만 그것까지 생각할 겨를이 그녀에겐 없었다.

'미친놈! 변태 새끼! 도둑보다도 더 도둑 같은 놈!'

미쁨은 아침에 있었던 해아와의 입술 박치기가 다시 떠오르자 주먹을 쥐었다.

'그 새끼를 어떻게 죽이지?'

그녀는 이를 까드득 까드득 갈며 생각에 잠겼다.

"와아아아!"

그때 갑자기 주위에서 환호성이 들렸다. 이에 미쁨은 화들짝 놀라 하마터면 맞은편 책상을 발로 찰 뻔했다.

"뭐야, 갑자기 왜 이래?"

그녀는 무슨 일인가 싶어 주위를 두리번거렸다.

"오늘 계약 기념으로 회식 쏩니다! 빨리빨리 업무 마치고 일찍 가자고. 알았죠?"

저 앞에서 강 프로가 싱글벙글 웃으며 말하는 것이 미쁨의 눈에 들어왔다.

"뭐, 뭐야……? 갑자기 웬 회식?"

해아를 살해할 방법을 너무 열심히 고민한 탓에 아무것도 듣지 못한 그녀는 당황하며 애써 웃었다. 회식 소식에 사람들이 좋아하니 그냥 그 분위기를 따라서 같이 환호했다. 그러던 중, 설희가 평소처럼 차가운 얼굴로 미쁨의 앞에 다가와 섰다.

"양 프로, 갈 데가 있으니까 따라와요."

"네?"

그의 말에 그녀가 고개를 갸웃했다. 그러자 옆에 있던 하 프로가 설희에게 물었다.

"선배님, 어디 가시는 겁니까?"

"외근 나갈 일이 있습니다."

"그럼 제가 같이 가겠습니다. 아직 양 프로는 신입이고……."

"하 프로님."

그가 한심하다는 듯이 한숨을 푹 쉬며 하 프로의 말을 도중에 잘라먹었다. 그러자 환호로 들끓던 주위가 급속도로 냉각됐다. 그 서늘한 공기 속에서 설희가 다시 입을 열었다.

"보세요. 지금 여기서 제일 한가한 사람이 누구인지."

그의 말에 사람들의 시선이 미쁨을 향했다. 그녀가 신입인 탓에 당연한 것이었다. 모든 눈빛이 자신에게 향하자 미쁨은 그저 민망할 따름이었다.

"어차피 일은 제가 다 할 거고, 전 그냥 단순 심부름꾼이 필요할 뿐이에요. 그런 일을 맡기기엔 놀고 있는 인력이 제격 아닌가요?"

설희가 그녀를 힐끗 바라보며 설명하자 하 프로가 이해했다는 듯이 고개를 끄덕였다.

"양 프로. 따라 나오세요."

설희는 미쁨에게 말하고는 앞장서서 걸어 나갔다.

"어려운 일은 없을 거예요. 잘 다녀오세요, 양 프로."

하 프로가 미쁨에게 걱정 말라며 웃어 보였다.

"그럼 다녀오겠습니다."

그녀는 의자에 걸려 있던 가방을 챙기고는 그를 따라나섰다.

"뭐야, 지금?"

미쁨은 심히 당황한 어투로 물었지만, 설희는 별 대꾸 없이 그녀의 앞에 무릎을 꿇고 앉았다. 지금 그들이 있는 곳은 한산한 공원이었다. 그곳에서 미쁨은 벤치에 앉은 채 설희를 내려다보고 있었다.

"외근 나간다면서. 여기가 목적지야?"

"어제 다친 곳 좀 봅시다."

그녀는 이해할 수 없는 이 상황에 입을 삐죽거렸으나, 곧 그의 의도를 알아차렸다.

'외근 나가자며 다짜고짜 차 타고 나와서는 인적 뜸한 공원에 오더니, 뜬금없이 다친 곳을 보자고? 어머, 이런 깜찍이! 내가 그렇게 걱정됐니?'

미쁨은 설희의 행동에 기분이 좋아졌다. 겉으로는 싫은 척 톡톡댔지만, 그녀의 입꼬리는 이미 귀에 걸려 있었다.

"바지 좀 올려봐요. 팔보다 무릎이 더 심하게 까졌던 것 같은데."

"아니, 크게 다친 것도 아닌데······."

몸을 배배 꼬는 미쁨의 목소리엔 코맹맹이 소리가 살짝 섞여 있었다. 그녀를 앞에 둔 그는 자신의 가방을 뒤적거리더니, 그 안에서 상처 치료에 필요한 갖가지 물건들을 꺼냈다. 소독약부터 연고에 밴드까지, 없는 게 없었다.

"미쁨 씨 성격에 어제 그 상처, 그대로 방치했을 것 같아서요."

"그래서, 외근을 빌미로 나온 거다?"

"네. 그러니까 무릎 좀 봐요."

미쁨은 자신을 걱정해 주는 설희의 모습에 너무 기뻐 몸이 녹아 흐느적거리는 것 같았다.

'왜 이렇게 귀엽니, 너. 앙! 하고 깨물어주고 싶잖앙. 호호호.'

그녀는 콧구멍을 벌렁대며 흐뭇하게 웃으며 천천히 바지를 올렸다. 그런데, 바지가 정강이에서 걸려 올라가지 않았다. 요즘 살이 조금 올라 바지가 꼭 맞는 데다가, 옷 원단 자체가 신축성이 없는 것이어서 무릎까지 올리기엔 바지통이 너무 작았던 것이었다.

"왜요, 바지가 안 올라가요?"

"아, 잠깐만 기다려 봐. 돌돌 말면 올라갈 수도 있어."

미쁨이 끙끙대며 바지를 올리려 애썼지만 올리면 올릴수록 살을 조여 다리에 피가 통하지 않을 지경이었다. 그녀는 이 상황이 민망했다.

'살을 빼야지, 증말! 이게 뭐냐고!'

"큭큭큭."

미쁨이 바지와 고군분투하고 있을 무렵, 설희가 웃음을 터뜨렸다. 그는 바지와 사투를 벌이는 그녀의 모습에 흘러나오는 웃음을 참지 못하고 고개를 숙인 채 웃었다.

'뭔가 굉장히 귀엽잖아, 이 여자.'

설희의 웃는 모습에 미쁨의 얼굴이 굳었다. 그녀는 그가 살찐 자신을 비웃는 거라고 여겼다.

"웃겨?"

"그럼 웃기지, 슬프겠어요? 무릎은 됐고 팔부터 보죠, 그럼."

설희는 여전히 웃는 얼굴로 손수 미쁨의 바지를 내려 정돈해 주었다.

'에이씨. 분위기 좋았는데, 이놈의 바지가 작아가지고 산통 다 깨버렸네.'

그녀는 아쉬워하며 그에게 팔을 보여줬다. 윗도리는 가을 옷이라 비교적 얇고 통이 커서 쉽게 올릴 수 있었다. 설희가 미쁨의 옷소매를 조심스레 올리자 팔꿈치의 까진 상처가 보였다. 그의 예상대로 상처는 그대로 방치되어 있었다.

"제가 어제 치료하라고 말했죠."

"심한 것도 아니고, 이런 건 바람 통하게 둬야 금방 나아."

설희는 하루가 지났어도 여전히 아파 보이는 상처에 속이 못내 안쓰러운지 인상을 썼다. 그렇게 그는 조심조심 치료했다.

"아까 내가 잠깐 다른 일에 집중하느라 못 들었는데, 오늘 회식 왜 하는 거야?"

미쁨이 차해아 그 빌어먹을 놈 때문에 듣지 못한 회식 이유를 설희에게 슬쩍 물었다.

"광고 계약을 따냈거든요. 그 기념으로 회식을 잡은 거죠."

"아, 그래? 무슨 광고인데?"

그녀의 물음에 그가 살짝 뜸을 들였다. 기분 나쁜 것이 떠올랐다는 듯, 설희는 눈썹 끝을 치켜세웠다.

"TV 광고요."

"아……."

그의 대답에 미쁨이 탄식했다.

'TV 광고…… 차해아와 계약을 했다는 거구나……'

그녀는 그 TV 이름이 블라인드라는 것도, 모델이 해아라는 것도 알고 있었다. 설희와 같은 팀원으로서 모를 리 없었다. 회사 입장에선 블라인드 TV와 딱 어울리는 배우와의 계약을 따냈으니 충분히 축하할 일이었지만, 미쁨에겐 전혀 그렇지 않았다. 지금 그녀에게 해아는 발기발기 찢어 잘근잘근 씹어 먹어도 시원찮을 존재였다. 그런 인간과 일적으로 얽히게 된다니, 미쁨은 생각만 해도 끔찍했다.

그리고 그건 설희도 마찬가지였다. 그는 어제부터 차해아가 그다지 달갑지 않았다. 연락도 없이 제멋대로 회사에 쳐들어온 것은 그렇다 쳐도, 그 사람이 미쁨의 옆집에 산다는 것을 알게 되었을 땐 정말로 불쾌했다.

'왜 하필 그녀의 옆집에 그런 사람이 있는 거지?'

수정원룸은 차해아 정도 되는 거물급 인사와는 어울리지 않는 곳이었다.

'무슨 연유로 미쁨 씨의 옆집으로 이사 온 것일까……?'

그의 신경이 날카롭게 곤두서기 시작했다.

'괜히 그 배우를 모델로 쓰자고 주장해서는.'

설희는 해아를 추천했던 자신이 증오스러웠다.

"그런데 사람들이 오늘 회식, 되게 반기는 눈치더라? 막 엄청 환호하던데? 예전 환영회 때와는 너무 달랐어."

미쁨이 해아에 대한 생각을 지우고자 다른 질문을 던졌다. 그런 그녀의 질문을 기다렸다는 듯이, 그도 얼른 대답해 주었다.

"그때와 목적이 다르니까요. 환영회는 말 그대로 신입 프로들이 주인공이지만, 오늘은 아니거든요. 거기다 요즘에 새로 광고 들어가는 품목도 좀 많고요."

"그거랑 회식이랑 무슨 상관인데?"

"연예인들이 올지도 모른다는 거죠. 광고를 찍고 싶을 테니까. 다른 회사는 모르겠지만, 저희 회사엔 연예인들이 많이 찾아오는 편이에요."

설희의 말에 의하면, 그를 포함한 마케팅 팀원들에게 잘 보이기 위해 연예인들이 종종 회식 자리에 찾아온다고 한다. 와서 간단히 인사 정도만 하고 간다나. 물론 광고주의 눈에 들어야 광고를 따내겠지만, 광고주에게 연예인을 추천할 사람이 누구인지, 그리고 광고주가 원하는 모델에 대한 견해를 제시할 사람이 누구인지를 생각해야 했다. 그 견해는 부정적인 것일지, 긍정적인 것일지 알 수는 없으나, 모델 발탁에 큰 영향을 미친다는 건 누구도 부정할 수 없었다.

광고 기획사 내에서도 특히 입김이 센 사람이 있었는데, 그게 바로 설희였다. 설희의 말 한마디로 해아가 블라인드 TV 모델이 된 걸 보면 그의 영향력이 얼마나 큰지 알 수 있었다. 블라인드 TV 외에도 광고 기획 중인 품목이 여럿인 상태에서 그가 속한 마케팅팀의 회식이라니. 광고를 따고 싶어 하는 연예인들의 입장에선 설희의 눈에 들 수 있는, 몇 안 되는 기회였다.

"그거…… 비리 아냐?"

"비리는 아니에요. 서로 주고받는 것도 없고, 그냥 얼굴 도장만 찍고 가는 정도거든요."

불안해하는 미쁨의 물음에 그가 대수롭지 않다는 듯이 답했다. 인사하러 온 연예인들이 회식 술값을 내주는 것도 아니었고, 오고 가는 뇌물도 없으니 문제 될 건 전혀 없었다. 그리고 그는 그런 뒷거래를 혐오하는 사람이었다.

"아아, 그렇구나."

설희의 설명을 들은 그녀가 알았다는 듯이 고개를 끄덕였다. 그쯤에 설희도 미쁨의 상처 치료를 끝내고 그녀의 소매를 내려주었다.

"다 됐어요. 무릎은 나중에 퇴근하고 나서 집에서 치료하죠."

"어, 그래. 고마워."

띠링. 그때, 미쁨의 휴대전화에 문자가 왔다.

'누구지? 문자 올 데가 없는데?'

그녀는 문자 내용을 확인했다. 첫째 동생, 아람에게서 온 것이었다.

〈언니 오늘 오는 거지? 언제쯤 와?〉

미쁨은 그제야 그간 잊고 있었던 엄마와의 통화 내용이 기억났다.

"아, 맞다! 저기 미안한데, 오늘 같이 못 잘 것 같아."

그녀의 말에 설희의 표정이 단번에 찌그러졌다. 일주일에 편히 잘 수 있는 날이 고작 이틀인데, 그중 하루를 잃다니. 그에게 미쁨의 말은 청천벽력 그 자체였다.

"왜요?"

"동생이 엄청 아프거든. 목에 깁스를 해서 혼자 있으면 아무 것도 못한대. 부모님도 집에 없고 해서, 내가 오늘 하루만 좀 봐줘야 해."

동생이 아프다는데 설희는 차마 가지 말라고 그녀를 붙잡을 수가 없었다. 그렇다고 그는 미쁨과 같이 자는 것을 건너뛸 수도 없었다. 일요일까지 버티기엔 체력적인 한계가 있었기 때문이었다.

"……그럼 오늘 자는 건 내일로 미루죠."

이제 설희는 그녀 없인 아예 잠을 잘 수 없게 되었다.

"오늘 회식은 눈치껏 빠져나가세요. 억지로 붙잡거나 하는 분위기는 아니니까 괜찮을 겁니다."

"그래? 그거 다행이네."

그의 말에 미쁨이 활짝 웃었다. 설희는 들고 있던 약품들을 그녀에게 내밀었다.

"약은 다 드릴 테니까, 집에 가서 꼭 치료하시고요."

"알겠어, 알겠어. 되게 유난 떠네."

미쁨은 그가 내민 것들을 가방 속에 쑤셔 넣으며 괜히 투덜댔다. 그러면서도 내심 좋았는지 그녀의 콧구멍이 기쁨으로 인해 벌렁거렸다. 미쁨은 무뚝뚝한 것 같으면서도 섬세하게 챙겨주는 설희가 사랑스러웠다.

'빨리 저놈을 잡아먹어야 하는데. 저놈이 나에게 고백을 해야 내가 야금야금 씹어 먹든 후루룩 빨아 먹든 할 텐데! 오메, 속 끓는 거. 오메!'

그녀는 그의 잘생긴 얼굴과 잘빠진 몸을 바라보며 허벅지를 꼬집었다.

'크흡! 참자! 참자고!'

"어? 오늘 세성 회식 떴네?"

창희가 휴대폰을 만지작거리며 중얼거렸다.

'뭐? 회식?'

해아의 귀가 팔랑댔다. 그러나 겉으로는 관심 없다는 듯이 냉담하게 말했다.

"걔네가 회식을 하든 말든 네가 그걸 알아서 뭐 하게."

"아아, 고일이한테 넘기게요. 소이 씨가 이번에 거기 샴푸 광고 먹고 싶어 하잖아요."

고일은 에어 엔터테인먼트에 소속된 매니저로 민소이라는 여배우의 담당 매니저였다. 그녀는 긴 생머리를 가진 청순한 여인 이미지가 강해 평소 샴푸 광고를 하고 싶어 했는데, 이번에 세성생활건강에서 출시한 샴푸 소식을 들은 것이었다.

"너 그런 소식에 되게 빠삭하다?"

"세성기획에 아는 사람이 다니고 있거든요. 걔가 다 말해줘요."

해아의 물음에 창희가 어깨를 으쓱하며 자랑스럽다는 듯이 답했다.

"그래서, 회식은 어디서 한다는데?"

창희에게 은근슬쩍 물었다.

"왜요, 형님도 한번 가보시게요?"

"가긴 뭘! 지네들이 선물 바리바리 싸들고 찾아와도 모자랄 판에."

해아가 펄쩍 뛰며 거부했다. 그러자 창희가 고개를 끄덕이며 동의했다.

"하긴, 그렇긴 하죠."

그는 휴대폰 속 주소록을 뒤적거리며 고일의 전화번호를 찾다가 곧 일어서며 해아에게 말했다.

"형님, 저 잠깐 고일이랑 통화 좀 할게요."

해아는 테이블 위에 수북이 쌓인 시나리오들을 읽는 척하며 심드렁하게 고개를 끄덕였다. 현재 그는 미쁨을 피해 자신의 원래 집으로 피신한 상태였다. 한 명이 살기엔 어마어마하게 크고 화려한 그 집은 수정원룸과는 천지 차이였다.

천장이 높게 트인 복층 구조에 시원스레 뚫린 커다란 창문은 보기만 해도 위용이 흘러넘쳤고, 위층으로 향하는 나선형 계단을 따라 올라가면 넓고 우아한 침실이 모습을 드러냈다. 이 집엔 개인 운동 시설도 갖춰져 있고, 욕실 또한 웅장할 정도로 컸다.

하지만 그는 이런 쾌적한 저택보다 아늑한 원룸이 좋았다. 어쩐지 그곳이 더 정이 갔고, 더 따뜻하게 느껴졌다.

'그리고 그곳엔 미쁨이 있으니…… 아냐! 그런 똥방구 따위가 뭐라고!'

해아는 혼자 고개를 내저었다.

"어, 고일아. 세성기획 회식 떴어."

그는 아닌 척하며 창희의 목소리에 집중했다.

'그래. 회식 어디서 한대냐?'

해아의 고개가 저절로 그의 목소리가 들리는 쪽을 향했다.

"7시에…… 어디더라? 거기 있잖아. 거기…… 어…… 어어……."

'아, 새끼 드럽게 질질 끄네. 빨리 말해! 빨리!'

"아! 거기 양재역 P바! 시간 잘 맞춰 가라?"

'예쓰! 7시, 양재역, P바!'

그는 실실 쪼개며 머릿속에 세성기획의 회식 장소와 시간을 새겨 넣었다.

'지금쯤이면 똥방구 화가 좀 가라앉았으려나? 서프라이즈로 딱 나타나면 화가 풀릴지도 몰…… 빌어먹을! 내가 뭐 죄지었어? 내가 뭐 잘못한 거라도 있냐고! 그냥 살짝, 아주 사알짝 입술이……!'

해아는 미쁨의 입술을 떠올리자마자 갑자기 뛰어대는 심장을 움켜쥐었다.

'왜 이렇게 뛰는 거냐, 이 줏대도 없고 무게감도 없는 심장 놈아. 내가 이렇게 가벼운 남자였던가? 난 차해아란 말이다!'

그는 심호흡을 하며 벌렁이는 가슴을 추스르려 노력했다. 하지만 미쁨에 대한 생각은 좀처럼 가라앉지 않았고, 심장도 얌전해지지 않았다.

'젠장. 내가 왜 키스했지.'

해아는 들고 있던 시나리오를 세게 움켜쥐었다.

"형님 괜찮으세요? 안색이 별로 안 좋아요."

그런 그의 상태를 단번에 눈치챈 창희가 걱정스레 물었다.

"됐고, 너 빨리 가. 나 좀 쉬게."

"네? 시나리오 다 검토할 때까지 같이 있어달라고 형님이……."

"그냥 가. 피곤해."

"……알겠어요."

해아의 말에 창희가 돌아가려는 듯 몸을 돌렸다가 다시 그를 바라보며 질문을 던졌다.

"아, 그런데 형님. 그 원룸엔 이제 안 가시는 거예요? 제가 정리할까요?"

"가라니까! 아님 여기서 밤새울래?"

"쉬세요. 그리고 내일 오전에 인터뷰 있는 거 아시죠?"

"가!"

해아의 소리침에 창희는 군말 없이 훌쩍 집을 떠났다. 문 닫는 소리와 함께 창희가 완전히 나가 버리자 그는 기다렸다는 듯이 벌떡 일어섰다.

"7시 양재역 P바~ 7시 양재역 P바~ 7시 양재역 P바~"

해아는 세성기획의 회식 시간과 장소를 노래처럼 흥얼거리며 드레스룸으로 향했다.

"아무래도, 내가 그 똥방구를 생각할 때마다 왜 가슴이 벌렁거리는지 알아야겠어. 직접 보면 얼추 답이 나오지 않을까?"

그는 쫙 펼쳐진 멋진 옷들을 훑어보았다.

"그래도 깜짝 놀래켜 주러 가는 건데, 최대한 멋져 보이는 옷 어디 없나? 비록 얼굴은 가릴 거지만 몸만으로도 뻑 가게 만들어줘야지! 음하하핫."

해아는 눈을 굴리며 옷들을 스캔했다.

"멋진 옷, 깔쌈한 옷, 완전 있어 보이는 옷!"

그는 깔끔하게 나열되어 있는 수많은 옷들을 휙휙 넘기며 고심하고 또 고심했다.

"설마 똥방구, 멋지게 차려입고 나타난 나에게 주먹부터 날리진 않겠지? 후후후."

"대박! 여기도 연예인, 저기도 연예인, 뒤에도 연예인, 앞에도 연예인! 여기 혹시 연말 시상식 자리 아냐?"

미쁨은 눈이 휘둥그레져서는 빈 술잔을 들고 벙하게 있었다. 그 와중에 설희를 힐끗힐끗 훔쳐보는 것도 잊지 않았다. 아무리 삐까뻔쩍한 연예인들이 사방에 널려 있다 해도 그녀의 눈엔 그가 제일 눈에 띄었다.

'잘생겼다. 아름다워.'

특히, 차별 없이 사람을 대하는 모습이 참 보기 좋았다. 상대방이 잘나가는 연예인이든 못 나가는 연예인이든, 선배든 후배든, 남자든 여자든 설희는 적당한 거리를 유지한 채 흐트러짐 없이 사람들을 상대했다.

'일할 땐 개싸가지에 성깔머리 더러운 하이에나 같았는데, 또 이런 자리에선 인성이 참 괜찮게 변한단 말이지.'

미쁨이 그의 멋진 모습을 내심 자랑스러워하며 고개를 끄덕였다.

"꺅! 언니, 나 윤 팀장님이랑 술 주고받고 왔다! 대박! 완전 잘생겼어! 연예인들이 다 오징어로 보일 정도라니까?"

한껏 들뜬 세련이 그녀에게 다다다 뛰어와 재잘거렸다.

'그렇게 좋니? 나도 좋다.'

미쁨도 속으로 실실 웃었다. 세련에겐 미안하지만, 그녀도 설희가 좋은 건 어쩔 수 없었다.

'미안 세련아. 만약 내가 설희와 사귀게 된다면, 너에게만큼은 꼭 제일 먼저 말할게.'

미쁨은 그렇게 세련을 아련하게 바라보며 속으로 다짐했다. 그때였다.

"양 프로. 이 김에 팀장님께 가보는 게 어때요? 양 프로에게 매일 야근시키고 고생시키긴 하지만, 그런 일로 선 긋지 마시고 술 주고받으면서 팀장님과의 악감정을 좀 풀어보세요."

그녀의 건너편에 앉아 있던 하 프로가 조심스레 제안했다.

'설희에게 가보라고? 이런 기가 막힌 생각이!'

미쁨은 싱긋 웃으며 자리에서 일어섰다.

"그럼, 다녀올게요."

"누님, 기죽지 마요!"

술과 술잔을 들고 설희에게 천천히 다가가는 그녀의 뒤로 동혁이 응원을 보냈다.

"지랄들을 하는구나, 지랄들을."

어두운 실내에서 선글라스를 쓰고 구석진 자리에 앉아 있던 해아는 불만에 찬 목소리로 중얼거렸다. 회식 자리에 섞여 있는 사람들은 모를 테지만, 한 발짝 떨어져 바라보니 그의 눈에 들어오는 미쁨의 모습이 아주 가관이었다.

"저 개싸가지를 힐끗힐끗 쳐다보는 꼴이란. 눈에서 하트가 아주 그냥 줄줄줄 흘러내리네, 흘러내려."

해아는 욕을 중얼거렸다.

"윤설희 저놈이 뭐가 그리 좋다고. 누가 봐도 내가 더 괜찮은 남자 아닌가?"

쯧. 그가 혀를 찼다.

"에이, 짜증나."

속이 타, 해아는 자신의 앞에 있던 물을 벌컥벌컥 마셨다.

"뭐야?"

그러던 그때, 탁 소리가 나게 컵을 내려놓으며 그가 선글라스를 검지로 슬쩍 내렸다. 사납게 치켜뜬 눈으로 미쁨을 바라보았다. 술잔과 술병을 든 그녀는 실실 웃으며 설희에게 다가가고 있었다.

"얼씨구?"

해아가 황당하다는 듯이 웃었다.

"저기, 팀장님?"

강 프로와 대화를 나누던 설희의 옆으로 미쁨이 슬쩍 다가왔다. 그녀를 발견한 그의 얼굴에 일순간 웃음이 일렁였다.

"여기 앉으세요."

설희의 말에 미쁨이 슬쩍 앉으며 웃었다.

"술 한 잔 받으러 왔습니다."

그녀의 말에 그가 피식 웃었다. 설희는 내심 미쁨이 반가웠다. 기회가 된다면 그녀와 가까이 앉아 시간을 보내고 싶었는데, 주위에서 계속 찾아오는 통에 그러질 못했다. 그런 상황에 미쁨이 이렇게 스스로 와주다니, 그에겐 더없이 좋은 것이었다. 내색은 안 했지만 설희의 눈동자는 별을 담은 듯 반짝거렸다.

그는 그녀가 들고 왔던 술을 받아 들고는, 미쁨의 잔에 따라주었다. 설희에게서 술을 받은 그녀도 그에게 술을 따라주기 위해 술병을 들었다.

"제 술도 받으세요."

미쁨이 말하자, 설희는 그녀의 술을 받기 위해 자신의 잔 안에 반 정도 차 있던 술을 훌쩍 마시고는 빈 잔을 내밀었다. 미쁨이 부드럽게 술을 부었다. 서로의 잔에 술을 채워준 두 사람은 눈을 깊게 맞추며 바라보았다.

"그럼."

그녀가 건배를 하기 위해 술잔을 들었고, 그도 따라 들었다. 그런데 그때 미쁨의 뒤에서 커다란 손이 불쑥 튀어나오더니 그녀가 들고 있던 술잔을 빼앗아 가는 게 아닌가!

"어이쿠, 감사합니다."

그 손의 주인은 장난스레 말하며 미쁨 대신 설희와 건배를 짠! 하고 는 술을 입에 털어 넣었다.

"크아! 달다. 술이 달아."

미쁨과 설희는 갑자기 튀어나온 사람을 당황한 눈으로 올려다보았다. 훤칠한 키와 매우 바람직한 비율의 몸에 또렷한 이목구비와 세련된 느낌의 얼굴을 가진 그는 쓰고 있던 선글라스를 벗어 주머니에 쑤셔 넣으며 미쁨에게 찡긋 윙크했다.

"차해아다."

"차해아야!"

웅성거림 속에서 들려온 그의 정체는 국민배우라 일컬어지며 어마어마하게 유명한 남자이자 미쁨의 입술을 한순간에 훔쳤던 그 남자, 바로 차해아였다. 미쁨의 얼굴이 단번에 일그러졌다.

'저 새끼가 죽으려고 환장했나.'

그의 등장과 동시에 술집에 있던 사람들이 약속이라도 한 듯 휴대전화를 들고 그의 모습을 찍기 시작했다.

"하하. 사진 찍으셔도 됩니다. 하지만 어디 올리시면 초상권 침해로 신고할 겁니다? 진심이에요."

해아는 사방에서 들려오는 카메라 셔터를 누르는 소리에 능청스레 웃었다. 그의 말에 사람들이 웃었지만 그들은 모르고 있었다. 해아라는 인간은 신고할 거라고 말한 이상 정말로 할 인사라는 걸.

"어머, 완전 그림이다, 그림이야."

"저 둘, 지금 무슨 얘기를 하는 걸까?"

"광고에 대한 얘기하려나?"

"콘셉트에 대해 의견 조율을 하고 있을지도 모르지."

"역시 윤 프로님이야. 대박."

연예인들을 포함한 사람들이 너도나도 수군대기 시작했다. 그들의 시선이 향한 곳은 오직, 설희와 해아가 마주 앉아 술잔을 기울이는 자리였다. 사람들은 그 두 사람의 기에 눌려 쉽사리 다가가지 못하고 힐끗힐끗 쳐다볼 뿐이었다.

'아, 저 시끼 뒤통수 한 대 갈겨줘야 하는데, 보는 눈이 너무 많아!'

미쁨은 자신의 원래 자리로 돌아와 이글이글거리는 눈으로 해아를 노려보며 술잔을 비웠다. 그때 그녀의 바지 주머니에서 진동이 일었다.

〈언니, 언제 올 거야? 나 화장실 미치게 가고 싶은데 움직일 수가 업★썽★〉

'아, 맞다, 아람이! 벌써 밤 9시네.'

미쁨은 불안한 눈으로 설희와 해아를 바라보았다.

'가야 하는데, 저 인간들이 뭔가 사고를 칠 것 같아서 못 가겠어! 특히 차해아, 저게 문제야, 저게!'

"양 프로, 무슨 일 있어요?"

그녀가 다리를 달달 떨며 불안한 모습을 보이자 하 프로가 물었고, 미쁨은 난색을 보이며 답했다.

"아, 그게 제가 집에 일이 있어서요."

"그러면 들어가 보세요. 여기 억지로 붙잡고 그런 분위기 아니니까."

"그렇긴 한데……."

그녀는 불안한 눈초리로 설희와 해아를 힐끗 바라보았다.

'가도 괜찮겠지? 설령 해아 새끼가 개지랄 떨어도 설희가 막아줄 거야. 그렇겠지?'

미쁨은 설희를 믿기로 하고 짐을 챙겼다.

"그럼 이만 가보겠습니다."

그녀가 가방을 다 챙기고 자리에서 일어나자 하 프로가 내일 보자며 인사해 줬다. 미쁨이 술집을 나가려 문을 여는데, 해아의 등장으로 인해 모든 관심이 그에게 쏠린 터라 그녀를 배웅해 주는 사람이 아무도 없었다. 심지어 동혁과 세련까지도 그녀가 가는 것을 알아차리지 못했다.

'하. 국민배우 버프가 세긴 세구나.'

미쁨은 한숨 쉬며 유유히 바를 빠져나갔다.

"그쪽이 왜 미쁨 씨의 옆집에 사는 거죠?"

"우리 사이엔 뭔가 끈끈한 운명 같은 게 있거든."

설희가 해아를 날카롭게 바라보며 묻자, 그는 어깨를 으쓱하며 자랑이라는 듯이 답했다.

"말 같지도 않은 소리를."

해아의 말에 그가 가소롭다는 듯이 피식 웃었다. 사람들이 광고 계약이나 콘셉트 토론처럼 진중할 거라 예상한 설희와 해아의 대화는 고작, 한 여자를 사이에 둔 두 수컷의 진흙탕 싸움일 뿐이었다. 그들 주위로 아무도 다가오지 않은 덕에 두 사람은 꽤나 자유롭게 대화를 나눌 수 있었다.

"내가 똥방구 성격을 좀 알거든? 걘 너 같은 애랑 못 만나. 나 정도는 돼야 커버 가능하지."

해아가 도발하듯 말하자 설희는 눈 하나 깜박이지 않고 말대꾸했다.

"그쪽이 미쁨 씨에 대해서 알아봤자 얼마나 아신다고."

꿀꺽, 꿀꺽. 둘은 말을 한 마디, 한 마디 나눌 때마다 서로 경쟁이라도 하듯 술을 벌컥벌컥 마셔댔다. 누가 더 많이 마시고 더 오래 견디나. 암묵적으로 그 두 사람 사이에 흐르는 경쟁이었다.

"하, 나 은근 많이 알거든? 너야말로 똥방구 파우치에 어떤 립스틱이 들어 있는지 알기는 해?"

미쁨에 대해서 아는 게 없을 것이라 단정 짓는 설희의 말에 발끈한 해아가 언성을 높였다. 그러자 설희의 표정이 굳어졌다.

"그걸 왜 당신이 알고 있는 거죠?"

"하하! 내가 이 정도로 가까운 사람이다, 이거지."

꿀꺽. 해아가 술을 마시자 이내 설희도 같이 술잔을 비웠다. 해아가 자신의 예상보다도 그녀에 대해 많이 아는 것 같자, 설희는 잠시 생각에 잠겼다.

'무엇으로 저 인간의 입을 틀어막아야 하나.'

그의 머릿속엔 오직 그것뿐이었다.

"겨우 파우치 가지고. 그러는 당신은 미쁨 씨의 잠버릇이 무엇인지 알고는 계신가요?"

"모, 모, 모르지."

해아의 당황한 모습에 설희는 미소를 지어 보였다.

'사실 잠버릇 같은 건 나도 모르는데.'

같이 잤다고는 해도, 설희가 항상 미쁨보다 먼저 잠이 들었으니 그녀의 잠버릇을 알 도리가 없었다. 그가 아는 거라곤 대자로 뻗어 자는 그녀의 수면 자세 정도가 고작이었다. 그렇지만 그걸 해아가 알 리 없으니, 설희는 피식 웃으며 술잔을 비웠다. 그것은 승리의 축배였다.

'으! 저 치사한 놈.'

해아는 이를 뿌득 갈았다.

'어, 잠깐. 똥방구 잠버릇을 저놈이 어떻게 아는 거지? 그 여자 말에 의하면 아직 사귀는 사이는 아닐 텐데……?'

그는 의아해하며 설희에게 넌지시 질문을 던졌다.

"혹시 똥방구랑 연애하냐?"

해아의 물음에 그가 멈칫했다.

'연애…….'

속으로 중얼거리며 설희는 곧 마른침을 삼킨 뒤, 해아를 쏘아보았다.

"그걸 왜 물으시는 거죠?"

"대답 못 하는 거 보니까 아직 사귀는 건 아니구만?"

해아가 활짝 웃었다. 설희와 미쁨의 관계가 아직 깊지 않다는 사실에 기쁘기까지 했다.

'잠깐. 내가 왜 이 사실에 기뻐해야 하냐?'

그는 문득 든 생각에 입꼬리를 살짝 내렸지만, 그래도 기쁜 걸 어쩌 겠는가.

'몰라. 좋으면 좋은 거지.'

해아는 단순 명료하게 답을 내리고는 이 즐거움을 만끽했다.

'똥방구가 아직은 저 윤설희와 사귀지 않는구나! 하하하하.'

그때 그가 부르는 미쁨의 호칭이 거슬렸던지, 설희가 물었다.

"그런데, 왜 아까부터 미쁨 씨를 똥방구라고 부르는 거죠?"

그러자 해아가 콧방귀를 헹! 하고 뀌었다.

"그건 걔와 나의 아름다운 추억에서 온 거니까 넌 자세히 알 필요 없 어."

설희는 그의 말을 이해하지 못했다.

'아름다운 추억에서 온 호칭이 똥방구라고?'

동시에 그는 미쁨과 해아 사이에 자신이 모르는 일이 있었다는 사실 이 기분 나빴고, 이 상황이 못마땅했다. 해아는 불쾌감으로 물든 설희 의 얼굴을 구경하며 술을 들이켰다.

"캬, 술맛 죽이네!"

달달한 술을 넘기며 그는 포크를 들고 안주를 찾아 테이블 위를 두리 번거렸다. 해아가 마침 접시 위에 있던 소시지 하나를 발견하곤 포크로 집으려는데, 설희가 먼저 자신의 포크를 꽂아 넣는 게 아니겠는가? 그 도 이에 질세라 그 소시지에 포크를 박았다.

"제가 먼저 집었습니다."

설희가 부드럽게 웃으며 말했으나, 정작 그의 손은 필사적으로 소시지를 차지하려 애썼다.

"네가 이 소시지의 참맛을 알어?"

이를 드러내며 으르렁대던 해아는 설희에게 소시지에 대해 설명하기 시작했다.

"이 예쁜 곡선을 그리며 떨어지는 라인과 먹음직스러운 때깔을 봐. 탐스럽고 통통한 게 귀엽⋯⋯."

해아의 머릿속으로 귀여웠던 미쁨의 얼굴이 스쳐 지나갔다.

'제길!'

그가 얼굴을 붉히며 소리쳤다.

"암튼 이 소시지는 내 거야!"

설희도 이에 질세라 하나하나 따지기 시작했다.

"소시지의 매력은 겉모습뿐만이 아니죠. 입으로 깨물었을 때 탄력 있게 터지면서 그 안의 진한 육즙이 입속으로 흘러드는데, 그 맛이란 황홀 그 자체⋯⋯."

설희의 머릿속으로 황홀했던, 미쁨의 모든 감촉들이 떠올랐다.

'빌어먹을!'

"어찌 됐든 제 것입니다."

그 둘은 소시지를 사이에 두고 한 치의 양보도 없이 서로를 노려보았다. 그러면서도, 그 와중에 소시지가 둘로 갈라질까 두려워 잡아당기지도 못했다. 그들은 기필코 온전한 모습 그대로의 소시지를 차지하겠다고 생각하며 눈을 부라릴 뿐이었다.

"됐다. 내가 너와 무슨 짓이냐."

'유치하게 소시지 하나로 뭐하는 짓인지. 애도 아니고.'

해아는 쥐고 있던 포크를 냅다 놔버렸고, 이에 설희는 소시지를 냉큼 입에 물었다. 탁 터지는 그 식감은 진정 환상이라 할 만했다. 그들은 그렇게 서로를 의식하며 술잔을 기울였다.

한 잔이 한 병 되고, 세 병 되고, 일곱 병이 될 쯤에 두 사람의 상태가 살짝 퍼지기 시작했다. 설희는 손으로 이마를 짚고 고개를 숙인 채 앉아 있었고, 해아는 진즉에 테이블 위로 엎어져 있었다.

"미쁨 씨 보고 싶다……."

설희가 눈을 감은 상태로 중얼거렸다. 술에 취한 탓에 속마음이 덜컥 튀어나온 것이었다. 얼마나 많이 취했던지, 그는 자신의 속내를 털어놓고서도 당황하지 않았다. 그저 멍하니 자리에 앉아 있을 뿐이었다.

"그러고 보니 똥방구가 없다? 어디 갔냐?"

해아가 바람 새는 목소리로 주위를 두리번거렸다. 그의 말대로 미쁨은 술집 안에서 코빼기도 보이지 않았다. 도중에 집에 갔으니 당연한 거였다.

"아무래도 먼저 가봐야겠습니다. 안 보면 미칠 것 같아요."

설희가 비틀대며 일어섰다. 그는 당장에라도 미쁨에게 찾아갈 기세였다. 사실 설희는 그녀의 본가가 어디인지 알고 있었다. 아까 낮에 미쁨이 동생을 봐줘야 한다는 말을 들은 직후, 회사로 돌아오자마자 그녀의 인적 사항을 조회해 봤기 때문이었다.

그의 그런 행동은 혹시나 발생할 비상사태에 대비한 것이었다. 그 비상사태란 그 자신이 극심한 악몽에 시달려 피곤을 견디지 못해 초주검이 되어가는 긴박한 것이었고, 그런 사태는 충분히 발생할 법한 것이었다. 원래 자야 하는 날이 오늘인데, 잘 수 없는 상황이니까 말이다.

설희는 그런 상황이 들이닥칠 때 미쁨의 본가로 슬쩍 찾아가 얼굴만이라도 보게 된다면 상태가 많이 호전될 거라 확신했다. 알고나 있자는 식으로 봐뒀던 건데, 막상 그녀의 위치가 어디인지 알게 되니 그는 찾아가고 싶어 미칠 것만 같았다. 미쁨을 보고 싶은 욕망에 취기까지 더해지니 찾아가고픈 마음이 기하급수적으로 커졌다.

미쁨과 적당히 거리를 둔다느니, 욕심을 버려야 한다느니 같은 쓰잘 머리 없는 생각들이 술기운으로 인해 설희의 머릿속을 탈출해 안드로메다로 날아가 버렸다. 제정신이 아닌 그는 회식 자리를 빠져나가기 위해 휘청거리며 짐을 챙겼다. 그런 설희의 손을 해아가 탁 붙잡았다.

'똥방구한테 간다고? 절대로 못 가!'

"가긴 어, 어딜 가! 나만 두고 어딜?"

그들은 몰랐지만, 두 남자가 손을 맞잡고 있는 모습은 제삼자가 보기에 상당히 야릇한 분위기를 풍겼다. 붉어진 두 얼굴, 애처롭게 쳐다보는 해아의 눈빛, 설희가 도망갈세라 꼬옥 붙잡은 손. 심상치 않은 그들의 모습에 주위 사람들의 눈이 욕정으로 불타올랐다. 호모나 게이득 세상에.

"이거 놓으세요."

"안 돼! 똥방구한테 가려는 거지? 나도 데려가!"

설희가 비틀대며 손을 뿌리치자 해아는 그의 허리를 껴안고 매달렸다.

'이 인간이 미쳤나.'

설희는 그런 그를 필사적으로 떨어뜨리고는 서둘러 자리를 떴다.

"선배님, 괜찮으세요?"

그가 바를 나가던 도중 만난 하 프로가 물었다. 그의 눈엔 비틀비틀 걸어가는 설희의 모습이 아슬아슬하게만 느껴졌다.

"괜찮아요. 저 이만 대리 불러서 가보겠습니다."

설희는 괜찮다며 발걸음을 옮겼지만, 당장에라도 쓰러질 듯한 그의 모습에 하 프로는 그를 부축했다.

'언제나 똑바르기만 했던 사람이 이렇게까지 취하다니.'

설희의 흐트러진 모습을 처음 본 하 프로는 신기하면서도 걱정도 되어 대신 대리를 불러줬고, 그가 차에 타고 나서야 안심할 수 있었다.

"여기, 여기로 가주세요."

설희는 차에 타자마자 미쁨의 본가 주소가 찍힌 휴대전화 화면을 기사에게 보였다. 미쁨을 볼 생각에 그의 얼굴엔 미소가 가득 들어차 있었다. 설희를 태운 차가 천천히 앞으로 움직였다.

"저런 모습은 또 처음 보네."

하 프로가 멀어지는 그의 차를 바라보며 피식 웃었다. 그때 뒤에서 해아가 헐레벌떡 뛰쳐나왔다.

"아, 차해⋯⋯."

"택시, 택시!"

해아는 자신에게 말을 거는 하 프로를 쌩하니 무시하고는 냅다 택시를 잡아탔다.

"저 앞차 좀 쫓아가 주세요! 따따블, 따따블!"

해아가 설희의 차를 쫓아가 달라는 말만 남기고 유유히 사라져 버리자 하 프로는 어리둥절 그 자리에 굳어 서 있었다.

"뭐야, 저 두 사람?"

쌀쌀한 가을바람이 그의 몸을 훑고 휘이잉 지나갔다.

❧

"언니 나 맥주 좀~"

"예, 예. 알겠습니다."

방 안에서 들려오는 아람의 목소리에 대답하며 미쁨이 투덜댔다.

"내가 아주 지 몸종이구만."

그녀는 집에 온 이후로 끊임없이 아람의 심부름을 하고 있었다. 물을 떠다주는 것은 기본이요, 화장실에 갈 때마다 부축해 주고, 밥도 먹여주는 등, 똥 눈 후 뒤처리만 안 해줄 뿐이지 그 외의 것들은 하나하나 다 해줬다.

아람은 어깨부터 목까지 심하게 뭉친 것인지 누웠다 일어나는 것도, 몸을 숙이는 것도, 계단을 오르내리는 것도, 심지어 입을 벌려 웃는 것까지도 하지 못했다.

미쁨은 맥주를 갖다 달라는 그녀의 부탁을 들어주기 위해 부엌에 있는 냉장고 앞으로 걸어갔다.

띵동띵동띵동.

그때 초인종 누르는 소리가 연이어서 계속 들렸다.

'이 밤중에 어떤 미친놈이 초인종을 저따위로 연타하는 거냐?'

오래된 아파트라 밖을 볼 수 있는 인터폰이 없기에 그녀는 하는 수 없이 문을 열었다.

"누구세……."

"미쁨 씨!"

누구냐고 채 묻기도 전에 커다란 덩치의 남자가 찬바람을 가득 품고 들어와 미쁨을 훅 감싸 안았다. 설희였다.

"야, 똥방구…… 여기 화장실이 어디냐?"

거기다 차해아까지!

'이게 무슨 집 안에 별똥 떨어지는 상황이냐?'

그녀는 당혹스럽기 짝이 없었다.

"보고 싶었어요!"

"화장실, 화장실 어디냐고!"

미쁨은 다짜고짜 밀고 들어오는 두 남자 때문에 정신이 없었다. 게다가 자신을 보고 싶었다며 무식하게 꽉 끌어안는 설희 때문에, 그녀는 창백한 안색의 해아를 미처 살펴보지 못했다. 입을 틀어막고 뭔가가 넘어올세라 꾹 참고 있던 그의 모습을 말이다.

"우웁!"

해아는 결국 속에서 뭔가가 올라오는 급박한 상황에, 신발을 벗지도 못한 채 집 안으로 우당탕탕 뛰어들었다. 그는 직진으로 쭉 달려 제일 먼저 손에 닿은 문을 벌컥 열었다.

"거긴 제 동생 방……!"

"우웨엑!"

해아는 미쁨이 차마 말릴 새도 없이 아람의 방 한가운데에 걸쭉한 부침개 하나를 부쳤다. 그런 그에게, 방 안의 의자에 앉아 있던 아람이 한마디 던졌다.

"헐."

🐝

"으음……."

침대에 누워 잠을 자던 설희가 뒤척였다. 그는 옆에서 느껴지는 누군가의 존재에 무의식적으로 그 사람을 끌어안았다.

"미쁨 씨……."

술에서 덜 깼는지, 설희가 조용히 중얼거렸다.

'그런데 그녀가 이렇게 컸던가? 팔이 이렇게 길었던가? 몸이 이렇게 다부졌던가……?'

그가 눈을 번쩍 떴다. 그러자 그의 눈앞에 두둥! 하고 해아의 얼굴이 들어왔다. 설희는 이에 기겁하고 해아를 뒤로 밀쳐 버렸다. 그는 불쾌감이 가득한 얼굴로 먼지 털 듯 자신의 옷을 툭툭 털었다.

"아오, 씨. 창희야 물 좀."

설희의 움직임에 잠에서 깬 해아가 자신의 매니저를 부르며 손을 허공에 대고 휘휘 내저었다. 하지만 그런 그의 손에 물을 쥐여주는 이는 당연히 아무도 없었다.

"아, 뭐야…… 이 빌어먹을 창희 새끼 게을러 빠져가지고는……."

해아는 인상을 찌푸리며 눈을 슬며시 떴다. 그렇게 두 남자의 눈이 딱 마주쳤다.

"뭐야? 네가 왜 여기 있어?"

상황을 제대로 인지하지 못한 해아가 소리쳤다.

"당신이야말로 여기에 왜 있는 거죠?"

기분이 나빴던 설희도 해아에게 반문했다.

"그러는 너네 둘은 왜 여기 계신데요?"

그들이 서로에게 뭐라 하기도 전에 미쁨의 목소리가 불쑥 끼어들었다. 화가 머리끝까지 난 그녀의 얼굴이 붉으락푸르락했다. 미쁨의 등장에 두 남자는 입을 꼭 다물었다.

설희와 해아는 어제 그녀의 집에 들이닥쳤던 뒤 일어난 모든 것들을 다 기억하고 있었다. 두 남자는 금방이라도 폭발할 것만 같은 미쁨을 바라보며, 퍼렇게 질린 얼굴로 침을 꼴깍 삼켰다.

"먹어."

미쁨의 강압적인 어투에 두 남자는 잔뜩 움츠러든 어깨로 콩나물국을 받아 들고 식탁에 앉아 있었다.

"똑바로 안 먹어?"

깨작거리는 두 사람의 모습에 미쁨이 버럭 소리쳤다. 그러자 하염없이 작아진 두 남자의 몸이 움찔댔다. 그때 아람이 목에 깁스를 한 채 뻣뻣한 걸음걸이로 그들의 앞에 나타났다. 그녀의 두 눈동자는 반짝반짝 빛나고 있었다.

"와, 대박. 둘 다 장난 아니다."

아람의 등장으로 분위기가 살짝 풀어지는 것 같자 그제야 설희와 해아의 얼굴에 헤~ 하고 웃음꽃이 피었다.

"둘 중 누가 언니 애인이야?"

"애인은 무슨. 둘 다 내 원수다, 원수. 철천지원수!"

그녀의 소리침에 설희가 살짝 서운했는지 입을 삐죽 내밀었다.

'그래도 두 번이나 같이 잤는데, 애인까지는 아니더라도 원수라고 할 것까진 없잖아요.'

그런 그의 의기소침한 모습에 해아가 콧구멍을 벌렁대며 웃었다.

'낄낄. 역시 두 사람, 사귀지 않는 것이 확실하군.'

그때 미쁨의 화살이 해아를 향했다.

"아니, 차해아 씨. 집에 부모님이 안 계셔서 망정이지, 다짜고짜 찾아 와서 뭐 하자는 거예요?"

"어…… 그게 그러니까……."

그는 뒤통수를 긁적이며 그녀의 시선을 피했다.

"그리고 우리 팀장님은 술 드시면 안 되겠어요? 어쩜 그렇게 사람이 달라지실까?"

미쁨은 보고 싶었다며 자신을 끌어안았던 설희의 모습을 회상하며 언성을 높였다. 솔직히 그녀는 그의 행동에 기분 나쁘지 않았다. 오히려 좋았다. 취중진담이라고, 설희의 그런 적극적인 행동은 분명 그의 진심 이었을 테니까. 하지만 따질 건 따져야 했다. 적극적인 모습은 좋았지만, 멋대로 집에 찾아와서 깽판이나 부린 설희의 행동은 명백히 민폐였다.

"기억이 잘……."

설희는 모든 것들을 기억하면서도 모르는 척 잡아뗐다.

"우리 집 주소는 어떻게 알았어?"

"한 팀의 팀장으로서 응당 알아야 할……."

"바른대로 말 안 하지?!"

미쁨이 자신의 질문에 대한 대답을 은근히 회피하는 설희에게 버럭 소리쳤다. 그러자 그가 얼굴을 찡그리며 바른 대로 말했다.

"혹시나 하는 마음에 인적 사항을 조회해 봤습니다. 하지만 미쁨 씨의 집으로 찾아오려는 의도는……."

설희는 말하던 도중 자신의 목소리가 살짝 떨리는 것을 깨닫고 거짓말을 하기에 앞서 숨을 한 번 돌렸다.

"절대로 없었습니다."

그는 거짓말을 내뱉자마자 입술이 바짝바짝 타들어가 물을 들이켰다.

"그리고 이거 봐, 이거."

그때 미쁨이 바지를 걷어 올려, 설희에게 자신의 무릎을 보여줬다. 그가 뭔가 싶어 보았는데 글쎄, 그녀의 무릎에 밴드 수십 개가 덕지덕지 붙어 있는 게 아닌가! 거기다 그 밴드 사이로 끈적끈적한 연고가 새어나왔으며, 그 연고엔 먼지가 들러붙어 지저분하기까지 했다.

설희는 그걸 보자마자 손으로 이마를 짚었다. 엉망진창인 미쁨의 무릎은 바로 그 자신의 작품이었다.

"양미쁨 씨! 빨리 내 앞에 앉아요!"

그는 전날 밤 미쁨을 억지로 앉혀놓고, 치료해 주겠다며 갖은 생떼를 써댔다.

"상처 치료해야죠. 당장 이리 와요. 제가 직접! 정성을 들여서! 치료해 드릴 테니까."

……정성이 너무 과했다. 설희는 자신이 한 일을 떠올리며 고개를 푹 숙였다.

"내가 너무 어이가 없어서 그냥 뒀어! 네 눈으로 직접 보라고! 이걸 보고도 설마 기억이 안 난다고 발뺌하진 않겠지?"

미쁨이 그에게 쏘아붙였다. 설희는 과하게 치료된 그녀의 상처를 바라보며 한숨을 푹 쉬었다. 그는 술에 취해 저지른 일들이 너무너무 창피했다. 그렇지만 역시나 이번에도 설희의 입 밖으로 튀어나온 말은 조금 전과 같았다.

"그것도 기억이 잘……."

"하! 참!"

미쁨은 필름이 끊겼다며 어젯밤의 일을 무마하려는 그의 모습에 답답할 따름이었다.

'이 인간들을 어떻게 처단해야 하지?'

그녀는 너무 화가 난 나머지 몸이 부들부들 떨릴 지경이었다. 그런 미쁨의 모습을 파악한 두 남자는 단번에 고개를 숙이고 잘못했다 빌었다.

"죄송해요."

"미안."

꼬리를 팍 내리깐 설희와 해아는 마치 엄마 앞에서 된통 혼나는 쌍둥이 아들들 같았다.

'미안하다고 하는 마당에 화를 낼 수도 없고!'

미쁨은 속이 답답해서 가슴을 주먹으로 탁탁 쳤다.

"에이, 언니 그만, 그만. 덕분에 눈 호강하는데 뭐. 안녕하세요! 전 미쁨 언니의 동생, 양아람이라고 해요!"

아람이 미쁨의 옆구리를 툭툭 치며 배시시 웃고는 설희와 해아에게 자신을 소개했다. 미쁨의 열을 토닥토닥하며 식혀주는 그녀의 모습은 그들의 눈에 천사로 비쳤다.

"그보다 둘 중에 누가 언니랑 결혼하려나?"

"결혼은 무슨 결혼? 너 너무 앞서간다?"

아람의 질문에 미쁨이 펄쩍 뛰었다.

'내가 아무리 나이가 많다지만 그렇게 성급하게 결혼하고 싶진 않거든?'

그런 그녀의 속을 아는지 모르는지 설희가 손을 슬쩍 들었고, 해아가 그를 째려보았다. 설희는 차해아라는 인간이 미쁨의 결혼 문제와 얽히는 것이 싫었다. 그녀의 결혼에 관해 그 남자의 이름이 오르는 것 자체가 마음에 안 들었다.

물론 그 결혼이라는 게 지금 당장 일어날 일이 아니라는 것을 알고 있음에도 불구하고 말이다. 그래서 그는 해아의 날카로운 눈빛에 아랑곳 않고 일단 입부터 열었다.

"다른 건 몰라도 차해아 씨는 아닐 겁니다."

"나중 일은 모르는 거예요."

아람의 시원한 말 한마디에 해아가 쾌재를 불러 젖혔다.

'나이스 샷! 거 참 마음 맞는 여성분이시네.'

설희는 그녀의 말에 기가 팍 죽어 몸을 더 웅크렸다.

'킥킥, 꼴좋다, 윤설희.'

해아는 보란 듯이 어깨를 폈다. 그의 쫙 펴진 넓은 어깨에서 자신감이 팡팡 솟아올랐다.

"그렇다고 내 방에 토해대는 인간이 언니와 어울린다는 건 아니고요."

그러나 바로 날아오는 아람의 강펀치에 해아 역시 고꾸라졌다.

'윽. 만만치 않은 여자다.'

그때 그녀가 수줍어하며 그에게 말을 걸었다.

"근데, 저…… 사진 한 장만 같이 찍어도 될까요?"

아람의 질문에 자신감을 회복한 해아가 빙그레 웃었다.

'하하, 그래. 진즉 이렇게 나왔어야지. 보았느냐, 이것이 나의 힘이다! 이것이 너와 나의 차이다!'

그는 어깨를 으쓱하며 설희를 한 번 슥 바라보았다.

"그럼요! 사인도 해드릴게요. 제 사진도 자랑하고 싶으면 막 뿌려도 됩니다!"

'얼라리요. 회식 자리에선 초상권 침해, 신고 어쩌고 하더니, 같은 사람 맞아?'

미쁨은 급작스러운 해아의 변화에 허! 하고 웃었다. 그녀가 그러거나 말거나, 아람은 원하는 것을 설명하느라 바빴다.

"아니이~ 그게 아니고요. 제가 아닌 두 사람이 같이 있는 모습을 찍어도 되냐고요."

"……왜요?"

그녀의 이상한 제안에 해아가 고개를 갸웃했다.

'나와 아람 씨가 같이 찍는 게 아니라, 이 옆의 시커먼 남정네와 같이 찍으라고?'

그의 어벙한 표정에 아람이 이유를 말하기 시작했다.

"제가 작가거든요. 두 분 외모 퀄리티가 너무 뛰어나서 모델로 삼고 싶어서 그래요. 제 머릿속에 들어 있던 주인공들 모습과 너무너무 일치한 거 있죠?"

그녀의 말에 서로의 눈치를 보며 설희와 해아가 탐탁찮게 고개를 끄덕였다.

'예술을 하는 사람이라 그런가 하는 행동이 4차원이네. 예상을 할 수가 없어.'

해아는 속으로 생각하며 애써 웃었다. 평소 본인도 성 대표에게 예측 불가한 망나니 괴짜라는 소리를 들어왔는데, 지금 아람의 행동에 비하면 미비한 수준이었다.

"예, 예…… 찍으세요."

그가 승낙하자 아람은 활짝 웃으며 휴대폰 카메라를 켰고, 해아와 설희는 친한 척 들러붙어서는 어색한 웃음을 남발해야 했다.

'아이고, 그림 참 예술이다.'

미쁨은 쯧쯧쯧 혀를 찼다. 그런데 과연 저들은 알까? 열심히 사진을 찍고 있는 그녀가 쓰는 소설의 장르가 BL이라는 것을. 아람은 설희와 해아를 연인으로 묶을 것이 분명했다.

'껄껄. 그 소설 나도 한번 읽어보고 싶네.'

미쁨은 아람에게 사진 찍히는 두 남자를 바라보며 피식피식 웃었다.

"일단 너 먼저 가."

"아뇨. 차해아 씨를 먼저 보낸 뒤에 갈게요."

설희와 미쁨은 집 밖에서 해아의 매니저를 기다리며 실랑이를 벌이고 있었다. 설희는 먼저 돌아가고 싶지 않았다. 그는 자신이 가고 난 뒤 미쁨과 해아 둘만 남을 상황을 생각하는 것만으로도 끔찍하리만큼 기분이 나빴다.

"절대로 먼저 가지 않을 겁니다."

설희의 얼굴에는 집에 가지 않겠다는 고집이 꽉꽉 들어찼다. 그런 그의 모습에 피곤해진 미쁨은 한숨을 쉬었다.

'하. 쟤 오늘따라 왜 저러니.'

"그래, 남고 싶으면 남아. 사실 너와 해아 씨의 사회적 위치를 생각해서 나름 배려하는 마음에 따로따로 족치려고 했는데, 같이 하지 뭐. 좋네. 한 큐에 둘이나 해치울 수 있고."

"……먼저 가볼게요, 그럼."

서늘하게 빛나는 그녀의 눈동자에, 설희는 대리운전으로 타고 왔던 자신의 차에 군말 없이 올랐다. 그가 차의 시동을 걸자 해아는 굉장히 불안해졌다. 미쁨의 등 뒤에서 올라오는 검은 기운이 살벌했기 때문이었다.

그는 지금 이 순간만큼은 설희가 머물러 줬으면 좋겠다고 생각했다. 그러나 그런 해아의 속내를 모르는 설희는 매정하게 핸들을 틀었고, 떠나기 직전에 창문을 열어 미쁨에게 말했다.

"오늘 원룸으로 돌아오시는 거 맞죠?"

"어. 그러니까 빨리 가."

"알겠어요. 출근 준비 잘 하시고, 조금 있다 회사에서 봬요."

해아는 유유히 떠나가는 설희가 진심으로 부러웠다. 그는 무서운 기세로 자신을 쏘아보는 그녀의 눈빛에 피부가 타들어갈 것만 같았다.

"이보세요, 차해아 씨."

'드디어 올 것이 왔구나.'

해아는 삐거덕거리는 몸짓으로 미쁨 쪽을 향해 몸을 돌렸다.

"왜, 왜?"

"당신 혹시 나 좋아해요?"

"뭐?"

그녀의 질문에, 해아의 표정이 단번에 굳었다.

'지금 이 여자가 뭐라고 하는 거야? 내가 널 좋아하냐고? 하! 나 참, 어이가 없어요.'

"내가 미쳤냐? 너 같은 똥방구를 좋아하게?"

"그럼 왜 그런 건데요? 어제 저에게 뽀뽀했잖아요. 그리고 집까지 쳐들어오고. 해아 씨의 그 행동, 도무지 이해가 안 돼."

해아는 찌글찌글하게 구겨지는 자존심에 가슴이 저릿저릿해졌다. 그는 자신의 가슴속에 미쁨을 향한 오묘한 감정이 생겼을지도 모른다고 어렴풋이 짐작하긴 했지만, 저렇게 대놓고 그녀의 입을 통해 들으니 심장이 뚝 떨어지는 것 같았다. 확인 사살을 당하는 기분이었다.

'설마, 내가 저런 똥방구를 좋아하리라고는……'

미쁨이 말에 아무런 대꾸도 못한 채 그는 굳어 있었고, 어쩐지 그녀의 말이 맞을 것 같은 불길한 느낌에 주먹을 꽉 쥐었다.

"솔직히 그쪽이랑 저, 알게 된 지 얼마 안 됐잖아요. 거기다 만난 적은 손에 꼽을 정도로 적고요. 그런데 어떻게 이렇게까지 들이댈 수 있어요?"

'제길. 빌어먹을.'

미쁨의 말에 해아는 속으로 욕지거리를 내뱉었다. 그는 뭐라 또박또박 대들고 싶었지만 할 말이 없었다. 그녀의 말이 다 사실이었으니까.

"하긴 그쪽은 국. 민. 배. 우. 니까 설마 나 같은 사람에게 반했으려구. 안 그래요? 몇 번 만나지도 않아서 잘 알지도 못하는 여자한테 쉽게 빠질 정도로 가벼운 사람 아니잖아요, 당신. 그렇죠?"

해아의 심기를 살살 건드리는 미쁨의 말에 그의 머리 뚜껑이 금방이라도 열릴 듯이 포글포글 끓었다.

'그만 좀 하지.'

해아의 바람과 달리, 그녀의 말은 계속됐다.

"설마 나 가지고 노는 거야? 아무리 생각해도 그게 제일 타당한 것 같아. 내가 가지고 놀기에 참 재밌나 보죠? 하기야 당신처럼 만인의 연인 옆엔 나같이 평범한 여자, 드물겠지. 모두들 세련되고 길쭉길쭉하고 우아한 모습을 한 여자들뿐이었을 테니까."

미쁨은 턱을 괸 채 혼자 생각하고 혼자 답을 내렸다.

"반대로 난 처음 만났을 때부터 똥방구 냄새 폴폴 풍기고. 하하. 정말 특이하다, 그렇죠? 충분히 관심이 갈 만해."

그녀의 말을 듣다 못한 해아는 결국 뚜껑이 펑 열린 상태로 이를 악물고 말했다.

"가지고 노는 거 아냐."

"네?"

미쁨이 그를 바라보았다. 그러자 해아는 격분으로 인해 파르르 떨리는 목소리로 조용히 말을 이어 했다.

"내가 아무리 막돼먹은 사람이라지만 다른 사람을 가지고 놀 정도로 쓰레기는 아냐."

착 가라앉은 그의 진중한 모습에 그녀의 표정 또한 진지해졌다.

'이제야 진짜 대화를 할 수 있겠네.'

"그럼 뭔데요? 설마 정말 날 좋아하는 거? 에이, 그건 아니겠죠."

"그래 맞다! 나 너 좋아한다! 됐냐?"

"뭐요?"

뜻밖의 고백에 미쁨이 눈을 동그랗게 뜬 채 굳어버렸다.

"나도 내가 당황스러워. 네 말대로 난 널 몇 번 보지도 못했는데, 그런데도 네가 계속 떠올라. 처음 봤을 때 너의 그 추잡한 모습이 떠오른다고! 비지땀 뻘뻘 흘리며 똥 마렵다고 했던 그 모습이!"

그녀는 해아의 노골적인 표현에 당황했다.

'이 인간이 동네방네 소문낼 일 있나!'

미쁨이 당황하든 말든 그의 말은 계속되었다.

"난들 좋은 줄 알아? 나 차해아야. 우리나라 최고 배우 차해아! 그런데 그런 내가 너 따위를⋯⋯!"

후우. 해아는 숨을 한 번 고르고는 한층 가라앉은 목소리로 다시 말을 이었다.

"그래. 네 말대로 나는 어딘가에 쉽게 빠지는 가벼운 사람이야. 그래서 배역에 심취해 헤어 나오기 힘들어하는 거고. 하지만 캐릭터가 아닌 사람에게 빠진 건 나도 처음이야. 알아? 너 때문에 이젠 작품뿐만이 아닌 사람에게도 헤픈 남자가 됐다고!"

미쁨은 어버버버 선 채로 그의 말에 뭐라 할 말이 없었다. 그저 당황스러울 뿐이었다.

빵빵!

그때, 그들의 뒤편에서 클랙슨 소리가 들려왔다. 창희였다.

"내가 이렇게 된 건 너 때문이니까 네가 책임져! 알겠어?"

간신히 정신을 차린 미쁨이 그의 말에 경악했다.

'책임이라니! 책임이라니! 설희도 나보고 책임지라더니, 이젠 저 인간까지! 왜 다들 나만 보면 책임지라고 그러는 거지? 도대체 왜?'

"난 책임 못 져요! 전 이미 좋아하는 사람이 있다고요."

"그게 뭐 어쨌다고? 아까 네 동생이 그랬잖아. 나중 일은 모르는 거라고. 결혼행진곡 들으며 웨딩마치 한 후 반지 주고받을 때까진 모르는 거 아냐?"

"무슨 그런 말도 안 되는 소리를!"

그녀의 외침에 해아가 눈을 감고 웃으며 능글맞게 말했다.

"나 정말 미쳤나 봐. 너의 그 시끄러운 목청소리마저도 좋아 죽을 것 같아. 계속해 줘."

"저 미친놈."

"아무튼 난 너한테 계속 들이댈 거니까 그런 줄 알아!"

그는 말을 마치자마자 밴이 있는 곳으로 뛰어가더니 훌쩍 올라탔다. 미쁨은 멀어져 가는 밴의 뒷모습을 멍하니 바라보며 돌처럼 굳은 채 움직이지 못했다.

'어머, 대박! 나 전생에 나라라도 구했나 봐! 한쪽엔 영화배우 차해아가, 다른 한쪽엔 광고계 최고 능력자 윤설희가 있다니!'

그녀의 얼굴이 홍시처럼 붉어졌다.

"아오! 어우! 와 씨!"

해아는 밴에 오른 후 이동하는 내내 소리치며 차 시트 위에서 뒹굴었다. 무슨 영문인지 알 수 없었던 창희는 그저 그의 눈치만을 요리조리 살필 뿐이었다.

'아 씨. 인터뷰 가야 하는데 저 형은 또 왜 저래……?'

룸미러를 통해 해아를 보는 그의 눈동자가 심하게 떨렸다.

"뭐? 가지고 노는 거 아니라고? 너 좋아한다고? 너 때문에 헤픈 남자

됐다고? 웨딩마치 후 반지 주고받을 때까지는 모를 일이라고?! 계속 너한테 들이댈 거니까 그런 줄 알라고! 으아아아!"

자신이 했던 말들을 곱씹으며 해아는 머리를 쥐어뜯었다.

'내가 그런 간질간질한 말을 지껄였다니! 오글거리는 게 혐오스러워 로맨스 작품까지도 일체 거절했던 이 차해아가!'

그의 심상치 않은 모습에 창희가 조심스레 물었다.

"혀, 형님 괜찮으……."

"야. 너에게 만약 나 같은 남자가 들이댄다면 좋지 않겠냐?"

"예에?!"

갑작스럽게 치고 들어오는 해아의 질문에 그는 깜짝 놀라 핸들을 놓칠 뻔했다. 그 순간 차가 크게 휘청거렸다.

'뭐야, 이 형님 왜 이래?'

창희는 자신이 앉아 있는 운전석으로 얼굴을 쑥 내민 해아가 진심으로 무서웠다. 그에게서 최대한 떨어지기 위해 창문 쪽에 몸을 붙인 창희는 그 상태로 말을 더듬으며 해아의 질문에 답했다.

"저, 저는 남자…… 인데요……?"

"야, 이 등신아. 그냥 대답해라?!"

"혀, 형님 같은 남자라면 좋, 좋긴 하겠죠……?"

그의 짜증을 감당할 자신이 없는 창희는 맘에도 없는 말을 지껄였다.

'남자인 제가 남자를 좋아할 리 없잖아요, 형님! 전 여자가 좋다고요! 갑자기 무섭게 왜 이러세요?!'

그런 그의 입발림에 해아는 주먹을 불끈 쥐며 쾌재를 불렀다.

"그렇지! 그게 정상이지! 어디 나 같은 남자가 흔해? 누가 봐도 얼굴 최상이지, 몸도 남자답고 허벅지도 튼실하지, 돈도 잘 버는 데다가 머리까지 좋아요! 운동도 많이 해서 정력도 좋다 이거야! 물론 성격도 이 정도면 퍼펙트고! 그런데 뭐? 이미 좋아하는 사람이 있어요오? 하! 얼탱이가 없어서!"

"형…… 님……?"

가면 갈수록 알 수 없는 말을 하는 그의 행동에, 창희는 한쪽 손으로 자신의 몸을 보호하려는 듯 가리며 몸서리쳤다. 그는 진심으로 공포를 느끼고 있었다. 그러나 해아는 자신의 매니저가 무슨 생각을 하는지 알 바가 아니었다. 그는 그저 사그라들지 않는 분노에 뒷좌석에 앉아 다시 나뒹굴기 시작했다.

"내가, 이 내가! 기필코 저 두 인간 갈라놓고 만다! 하! 두고 보자! 두고 보자고! 으아아!"

이성을 잃은 그가 소리치며 밴 안에서 마구 날뛰었다.

"다 죽었어! 용서 못 해! 조져 버릴 거야!"

9. 중력은 나와 당신 사이에

한 중년 부부가 인천국제공항 입국 게이트를 통해 걸어 나왔다. 그들은 사람들의 눈을 피하며, 공항 밖에 대기하고 있던 차에 올랐다.

"사장님, 회장님께서 연락을 기다리고 계십니다."

조수석에 앉은 강 비서의 안내에 사장이라 불린 중년 남자는 코트 안주머니에서 휴대전화를 꺼내 바로 회장에게 전화를 걸었다.

"네, 아버지. 저 왔습니다. 네. 네. 그럼 주말 모임 때 봬요."

그가 간단히 통화를 마치자 출발한 차는 미끄러지듯 나아갔다. 뒷좌석에 앉은 부부는 각자 창문 밖을 내다볼 뿐, 말 한마디 없었다. 차 안 그 좁은 공간에 무거운 긴장감이 흘러넘쳤다.

윤계진 사장과 그의 아내 이모연. 세성전자 유럽 지사의 대표이자 이제 막 본사로 발령받은 그와, 그의 아내는 바로 설희의 부모였다.

설희는 자신이 지내고 있는 스미스오피스텔 주차장에 차를 주차한 뒤, 엘리베이터에 몸을 실었다. 술에 진탕 취해 미쁨의 본가에서 자고 난 후, 집으로 돌아온 그의 얼굴에는 기분 좋은 미소가 담겨 있었다. 동시에 술기운에 젖어 했던 자신의 민망하고 창피한 행동들이 떠올라 얼굴이 화끈거렸다.

그럼에도 미쁨의 집에서 그녀와 그녀의 동생을 만났던 그 상황만큼은 너무 재미있어서, 그는 곧 다시 웃었다. 거기다 그녀의 본가는 굉장히 따뜻한 느낌이었다.

'아마 그곳에서 사는 사람들의 기운이 가득 차서 그런 것이겠지.'

설희는 그녀의 부모님이 굉장히 기분 좋은 기운을 가진 사람들일 것이라 예상했다. 하긴 그런 부모님의 밑에서 자랐으니 미쁨도 그런 분위기를 가진 것이겠지. 그녀 또한 따뜻하고 포근하니 말이다.

'차해아만 없었다면 더 즐거웠을 텐데.'

그는 자신의 집이 있는 층에 도착하여 엘리베이터에서 내리던 중 문득 떠오르는 해아의 모습에 쯧, 하고 혀를 찼다.

"형 꼴 정말 대단하다, 대단해."

그때 설희의 앞쪽에서 한 남성의 목소리가 들려왔다. 그는 고개를 들어 소리의 근원지를 바라보았다.

"선우야. 네가 여긴 웬일이야?"

단정하면서 고급스러운 슈트 차림으로 설희의 집 앞에 서 있는 남자는 햇빛을 받을 때마다 짙은 밤색으로 반짝이며 윤기가 흐르는, 부드러운 머리칼을 가지고 있었다. 설희와 비슷하면서도 다른 분위기의 그는 누가 봐도 훈훈하다고 평할 정도로 준수한 외모를 가진 남자였고, 바로 설희의 동생이었다. 선우의 등장에 그는 빙그레 웃으며 반겼다.

동생이 자신을 주시하고 있다는 생각에 거부감을 드러낼 만도 했지만 의외로 설희는 진심으로 선우를 반가워했다. 그는 설희 자신을 걱정해서 주시하는 것이었으니까, 그래서 괜찮았다.

"형이 집에 없어서 문 비서한테 찾아보라고 연락하려던 참이었어."

"내가 한두 살 먹은 애도 아니고, 그 정도까지야."

그는 현관문을 열고 선우와 함께 집 안으로 들어갔다.

"일단 샤워 좀 할게. 아무 데나 앉아서 기다리고 있어."

설희는 들어오자마자 욕실로 직행했다. 오랜만에 만난 동생에게 몸에 밴 술 냄새를 풍기고 싶지 않았던 것이었다.

방에 혼자 남은 선우는 우두커니 서서 집을 둘러보았다. 가구라고는 침대와 책상, 그리고 옷장이 전부인 이 작은 오피스텔은 썰렁하기 짝이 없었다. 그는 어디 하나 정을 두지 않는 설희의 성격이 그대로 묻어나는 방이 스산하다고 느꼈다.

'흉가가 따로 없군. 이게 사람 사는 집인가.'

선우는 고개를 내저었다.

위잉. 위잉.

설희가 벗어 옷걸이에 걸어놓은 외투 속에서 휴대전화가 진동하는 소리가 작게 들려왔다. 선우는 그의 프라이버시를 존중해 주기 위해 무시하려 했지만, 끓어오르는 궁금증을 도통 참기 힘들었다.

'이 아침부터 누구지?'

그는 설희의 외투 속에서 휴대전화를 꺼내어 들었다.

양미쁨

010 - **** - ****

'이름으로 봐서는 여자인데.'

선우는 고개를 갸우뚱했다. 그렇잖아도 그는 문 비서에게 요즘 들어 설희의 외박이 잦아졌다는 소식을 들었던 차였다.

'혹시 그 이유가 이 여자 때문인가?'

선우는 평소 제 형에 대한 걱정을 달고 살았다. 어렸을 때 '그 사건' 이후로 그는 언제나 설희가 테이블 모서리에 아슬아슬하게 놓여, 작은 진동에도 툭 떨어져 산산이 조각날 것만 같은 유리 인형처럼 느껴졌다.

선우는 그런 설희의 위태로운 모습에 자신의 형을 더더욱 기밀하게 살폈다. 바쁜 일정 탓에 직접 형을 만나지 못하는 대신, 문 비서를 통해 설희에 대한 소식을 속속들이 접했다.

지금까지 별 탈 없이 잘 지내는 듯싶었는데, 이게 웬일? 외박이 잦다? 처음엔 선우도 그가 어디서 밤을 지새우는지 알아보려 했다. 그래서 문 비서에게 조사해 보라 했는데, 설희는 어떻게 알았는지 매번 자신을 미행하는 사람을 요리조리 따돌리는 게 아닌가! 선우는 난감했지만 외박을 한다 해서 큰 사건이 터진 것도 아니었고, 오히려 설희의 얼굴에 생기가 오른 것 같다는 문 비서의 말에 외박 장소를 찾는 것을 포기했던 참이었다. 형의 긍정적인 변화는 그 과정이 어떻든 그에겐 대환영이었다.

"흠."

선우는 휴대전화 화면에 떠 있는 '양미뿜' 세 글자를 바라보며 생각에 잠겼다.

'혹시 이 여자의 집에서 자는 건가?'

그는 그녀의 번호를 기억해 두기 위해 머릿속으로 여러 번 되뇌었다. 그러고는 전화가 끊기자마자 외투 주머니 속에 휴대전화를 다시 넣어 놨다.

"거기 서서 뭐해?"

갑자기 들려온 설희의 목소리에 선우는 괜히 너스레를 떨었다.

"집이 너무 좁아서 앉을 데가 있어야지, 쯧. 이런 데는 도대체 얼마나 해?"

미쁨이지아니한가

그의 불평에 설희는 피식 웃으며 젖은 머리칼을 수건으로 대충 비벼 말린 뒤 선우의 옆을 지나 뒤에 있던 싱크대로 향했다.

"뭐 마실래?"

"패스. 이제 곧 출근해야 하잖아. 그전에, 이번 주 토요일에 가족 모임 있는 거 기억하지?"

멈칫. 선우의 물음에 찬장에서 컵을 꺼내던 설희의 손이 그 동작을 멈추었다. 그러다 곧 아무렇지도 않다는 듯 컵에 물을 따랐다.

"어차피 난 안 가도 되잖아. 친자도 아닌데. 너나 가."

그의 답에 선우의 미간이 구겨졌다 펴졌다.

'친자라……'

그는 설희 쪽을 바라보면서 팔짱을 꼈다.

"할아버지가 이번엔 꼭 오래. 지금 장난 아니셔, 얼굴도 안 비치고 통화만 하면 다냐고. 거기다 요즘 몸도 힘들다며 좀 서운해하시네. 이번에도 안 오면 정말 노발대발하실걸?"

선우가 말하는 가족 모임이란, 그의 할아버지 윤주환을 중심으로 그 밑 항렬의 모든 가족들이 모이는 자리였다.

'그런 곳에 같은 핏줄도 아닌 내가 꼭 가야 할까.'

설희는 가족 모임 자리가 거북했다. 그는 사실 입양아였다. 세 살 때 윤 씨 집안으로 입양되어 지금까지 살아온 거였다. 선우는 자신을 친형처럼 대했지만, 그와 함께 지냈던 괴물들은 그렇게 생각하지 않았다. 입양아는 어쩔 수 없이 입양아일 뿐이었다.

"글쎄."

설희는 물을 마시며 대답을 회피했다. 솔직히 그는 가고 싶지 않았으나 선우는 설희의 사정 따윈 봐주지 않았다.

"할아버지가 이번엔 참석하겠다는 형의 확답을 받아오래. 그전엔 나도 못 돌아가."

"가족 모임 말고 따로 찾아뵙겠다고 내가 말씀드릴게."

"이런 말까진 안 하려고 했는데, 이거 통보야. 할아버지의 명령이라고."

윤씨 집안은 가족 모임을 중요시했다. 어마어마한 규모도 한몫했지만, 가주 윤주환의 뜻이 가장 큰 이유였다.

윤주환. 그는 윤씨 집안의 주인이자 선우의 할아버지이면서 동시에 세성그룹의 회장이었다. 하지만 그의 힘이 아무리 막강하다 해도 윤씨 집안의 핏줄이 아닌 설희에겐 먼 나라의 먼 이야기일 뿐이었다. 거기다 그는 관심도 없었다. 그들의 세상엔.

그런데도 윤 회장은 계속 설희를 불러들이려 애썼다. 지금도 이렇게 할아버지의 말에 따라 선우가 단단히 벼르고 찾아오지 않았는가. 그는 머리가 지끈거렸다.

"그래, 알겠어. 하지만 오래는 못 있어. 잠깐 들러서 할아버지께 안부 인사 정도만 할 거야."

"OK! 됐어, 그럼. 난 이만 가볼게. 그 대답 듣는 게 목적이었거든."

설희의 답이 떨어지자 선우는 돌아서서 현관문 앞으로 다가가 신발을 신었다. 현관문 손잡이를 잡고 나가려던 그는 돌연 뒤돌아 설희를 바라보며 다소 무거운 표정을 지었다.

"참고로 아버지, 어머니도 오셔. 오늘 비밀리에 들어오셨거든."

"뭐?"

"알고는 있으라고."

말만 툭 던져 놓고 선우는 훌쩍 떠나 버렸다. 그의 말에 설희는 망치로 머리를 한 대 얻어맞은 것 같은 것 같은 큰 충격을 받았다.

'아버지, 어머니가 오셨다고? 그런 자리에 할아버지께선 날 왜 부르신 거지? 왜 그들과 날 한자리에서 만나게 하려는⋯⋯.'

그는 당혹스러웠다. 할아버지의 생각을 이해할 수 없었다. 머리가 아파왔고, 속이 뜨거워졌다. 반면 손끝과 발끝은 혈액 순환이 되지 않는 것처럼 차갑게 식어 시릴 지경이었다.

'이건 아니잖아. 왜, 왜. 도대체 왜?'

설희는 아무도 없는 방 안에서, 무언가로부터 도망치듯 뒷걸음질 쳤다. 어머니의 고함 소리가 들리는 것 같았다. 자신을 마구 때리는 그녀를 말리던 아버지의 눈빛도 떠올랐다. 어머니를 제지하면서 자신을 내려다보던 아버지의 눈빛, 의미를 알 수 없는 그 눈빛.

어머니의 목소리에 아버지의 눈을 한 괴물이 설희의 어깨에 업혀 그를 묵직하게 짓눌렀다.

위잉. 위잉.

그때 전화가 왔다. 그는 두려움에 덜덜 떨리는 손으로 외투 주머니를 뒤적거려 휴대전화를 찾았다. 양미쁨. 그녀에게서 온 전화였다. 설희는 미쁨의 이름이 박힌 화면을 멍하니 바라만 보았다. 두려움에 사로잡혀 통화 버튼을 누르지 못하고 굳어 있었다.

선우는 설희의 집에서 나와 주차장에 있던 자신의 차에 올랐다. 그는 운전석에 앉자마자 문 비서에게 바로 전화를 걸었다.

[네, 이사님.]

"지금 바로 이름이랑 번호 하나 보낼 테니까, 그 사람에 대해 좀 알아봐 주세요."

[알겠습니다.]

선우는 전화를 끊은 직후 문 비서에게 미쁨의 이름과 전화번호를 문자로 적어 보냈다.

"후……"

문자 전송 직후, 그는 핸들에 머리를 박았다.

'지금쯤 형은 어떤 표정을 하고 있을까? 절망스러울까? 아마도 무섭

겠지. 그 괴물들을 마주할 생각에 미칠 것만 같겠지.'

선우는 생각할수록 답답했다.

'할아버지는 형의 상태에 대해 알면서도 왜 그러시는 걸까?'

그는 할아버지의 속내를 도통 알 수 없었다.

'하긴. 세성그룹을 이끌어온 어마어마한 내공의 인간을 겨우 이십 년 남짓 살아온 햇병아리가 어떻게 꿰뚫을 수 있겠어.'

선우는 문 비서에게 보낸 문자 속에 박혀 있던 여자의 이름과 번호를 바라보며 골똘히 생각에 잠겼다.

'도대체 이 여자의 정체가 뭐지?'

그의 눈동자에 약간의 빛이 일렁였다.

'혹시 형을 잡아줄 사람이지 않을까? 설희 형을 밝게 만들어줄 사람일지도 몰라. 끊임없는 두려움 속에서 형을 끄집어내 줄 그런 사람이라면 좋겠다.'

선우는 그랬으면 좋겠다는 희망 섞인 상상을 잠시 했지만 곧 고개를 획획 내저었다.

'말도 안 되는 소리.'

그는 피식 웃었다.

'오히려 그 여자가 물들지나 않으면 다행이겠지.'

선우는 마음을 접으며 핸들에 기댔던 상체를 세웠다. 그는 휴대전화의 화면을 끄고 옆 좌석에 던진 뒤 차의 시동을 걸고 핸들을 틀었다.

'혹시 모르니 저 여자에 대해 알아놔도 나쁘진 않을 거야.'

날렵하게 생긴 세단이 주차장을 부드럽게 빠져나갔다. 마음이 답답해진 선우는 달리는 차 안에서 창문을 열었다. 바깥의 찬 기운이 차 내부를 한 번 휘돌자 공기가 맑아지는 느낌이었다. 그 청량함 속에서 그는 확신했다.

'이 여자, 감당 못 할 게 분명해.'

미쁘지 아니한가

미쁨은 막 출근 준비를 마치고 신발을 신었다. 그녀는 아직 본가에 있었는데, 퇴근 후 원룸으로 돌아갈 계획이었다.

신발을 다 신고 일어서던 도중, 미쁨은 설희와 연락이 되지 않는 게 문득 마음에 걸렸다. 그녀는 주머니에서 휴대전화를 꺼내 들어 그에게 전화를 걸었다. 그러나 통화 연결음만 들릴 뿐, 그의 목소리는 들을 수 없었다. 이전에도 미쁨은 설희에게 두 번이나 전화를 걸어봤지만, 그는 두 번 다 받지 않았다. 그렇다고 회답이 온 것도 아니었다.

"뭐야…… 왜 연락이 안 돼?"

미쁨은 설희에게 오늘 밤 자신의 집에서 만날 때 각오하라는 말을 하려고 했다. 술에 취해 본가로 쳐들어왔던 그를 용서할 수 없었기에 퇴근 후 집에서 제대로 쏘아붙일 참이었다.

'어디 퇴근 시간이 가까워질 때까지 똥줄 좀 타봐라!'라는 의미로 경고를 하고 싶었는데, 회사에선 그럴 수 없으니 전화를 한 것이었다. 그. 런. 데! 설희가 전화를 받지 않는다!

'이 인간, 내가 잔소리할 걸 미리 알고 피하는 거 아냐?!'

미쁨은 극으로 치닫는 스트레스 때문에 목덜미가 찌릿찌릿했다. 할 말을 꼭 해야 하는 성격의 그녀는 지금 이 상황이 굉장히 마뜩잖았다.

"어후, 진짜 두고 보자."

바들바들 떨리는 목소리로 중얼거리며 미쁨은 자리에서 벌떡 일어나 쿵쾅쿵쾅 거친 발걸음으로 출근길에 올랐다. 그녀가 그렇게 이를 뿌득뿌득 갈며 버스를 타고, 빠르게 걸어 회사 사무실에 도착했는데, 어인 일인지 설희가 보이지 않았다.

'뭐야? 언제나 나보다 먼저 회사에 있었는데……?'

미쁨은 행여나 그가 커피를 마시러 잠시 밖에 나갔나 싶어 사무실 문을 바라보며 기다렸지만, 설희는 업무 시간이 되어도 나타나지 않았다.

"야. 팀장 시끼 왜 아직 안 나왔냐?"

궁금증을 참지 못한 미쁨이 옆에 있던 동혁에게 물었다.

"아, 못 들으셨구나. 오늘 난리 났었어요!"

"왜?"

동혁의 호들갑에 그녀는 몸을 그의 자리 쪽으로 기울였다.

"윤 프로님이 글쎄, 월차를 내셨대요!"

'설희가 월차?'

미쁨은 동혁이에게서 들은 말이 믿기지 않았다.

'오늘 우리 집에 있을 때까지만 해도 되게 멀쩡했는데?'

"왜 월차를 냈대?"

그녀는 곧바로 이어서 질문을 던졌다. 미쁨은 이 상황이 도저히 이해되지 않았다. 멀쩡했던 설희가 월차를 내다니, 너무 뜬금없지 않은가! 하지만 미쁨의 질문에 대한 동혁의 대답은 뜨뜻미지근하기만 했다.

"글쎄요, 그건 저도 모르죠."

그가 자신의 자리로 돌아가자, 이번엔 하 프로가 신기하다는 듯이 입을 열었다.

"어제 팀장님, 평소와 다르긴 했어요."

"뭐가요?"

그녀의 물음에 하 프로가 어제 일을 골똘히 생각하더니 이어서 말했다.

"한 번도 취하거나 한 모습을 본 적 없는데, 어제는 많이 취하셨더라고요. 그런 모습, 처음이었다니까요?"

"아아……."

미쁨이 그의 말에 동의하며 고개를 끄덕였다. 하 프로처럼, 그녀도 설희의 그런 모습은 처음 본 터였다. 특히 다짜고짜 집에 쳐들어와서는 보고 싶다면서 끌어안았던 모습은 신선하면서도 귀여웠다. 하지만 미쁨은 그런 그의 모습을 회상하면서도 쉽사리 웃을 수가 없었다.

'오늘 아침에 분명 멀쩡했는데, 왜 출근을 안 한 거지?'

그녀는 곰곰이 생각했다.

"아무튼, 어제 팀장님의 그런 모습을 보니까 그분도 사람이긴 하구나, 싶더라고요."

하 프로는 큰 깨달음을 얻었다는 듯이 혼자 고개를 끄덕였다.

"그, 그렇죠. 팀장님도 엄연히 사람이죠. 하하하."

그녀는 어색하게 웃으며 자신의 자리로 몸을 돌렸다. 제자리에 앉은 미쁨은 컴퓨터의 바탕화면만 멍하니 바라보았다.

'술병에 걸리지도 않았고, 아침에도 분명 멀쩡했던 설희가 월차라…… 거기다 연락도 안 되고, 또 오는 연락도 없고…….'

미쁨은 깊은 사색에 잠겼다.

'도대체 무슨 일이지?'

그녀가 생각하기에 설희는 절대로 작은 일로 회사에 빠질 인사가 아니었다. 때문에 그가 월차를 냈다는 것은, 그만큼 큰일이 생겼다는 것을 의미했다. 미쁨은 설희에게 큰일이 생긴 게 분명하다는 강한 예감에 마음이 불안해졌다.

'어쩌지? 어떻게 해야 하지?'

하지만 그녀가 할 수 있는 일이라곤 아무것도 없었다. 전화를 하거나, 문자를 하는 것. 그리고 연락을 기다리는 것 외에는…….

"요즘 형님이 좀 이상하다니까요?"

창희와 성 대표는 에어 엔터테인먼트 회사의 복도를 따라 걸으며 대화를 나누었다. 의아함이 가득 담긴 그의 말에 성 대표가 심각한 표정으로 물었다.

"그게 정말이야? 잘못 들은 건 아니고?"

"아니에요! 소이 씨가 직접 봤대요! 형님이 윤 프로랑 완전 다정하게 있었다던데요?"

그녀의 의심에 창희가 답답하다는 듯이 과장된 몸짓을 해 보였다. 성 대표는 해아가 세성기획의 회식 자리에 들이닥쳤다는 소식을 듣고 있으면서도 도저히 믿을 수가 없었다.

'천하의 차해아가 왜 그런 자리에 간 거지? 사측에서 그를 찾아가면 찾아갔지, 해아가 직접 간 적은 여태껏 한 번도 없었는데? 그런데 소이 씨가 직접 봤다는 걸로 보아하니 거짓말은 아닌 것 같고……'

성 대표는 창희가 한 말을 하나하나 찬찬히 되짚어보았다. 그의 말에 의하면 창희는 세성기획의 회식 시간과 장소를 에어 엔터테인먼트 소속 여배우 민소이의 매니저, 고일에게 넘겼다고 한다. 소이는 그 정보대로 회식 자리에 갔고, 거기서 해아를 봤다는 것이다.

'해아가 윤 프로와 술을 마셨다? 그것도 다정하게? 이게 도대체 무슨 소리야?'

성 대표는 머리가 아팠다. 윤 프로와 다정한 모습의 해아라니, 그녀는 전혀 상상이 가질 않았다.

'그래도 뭐, 나쁘진 않아. 윤 프로와 친해져서 해가 될 건 없으니까. 오히려 좋지.'

성 대표는 머리를 빠르게 굴려 답을 딱 내려 버렸다.

"참, 창희 씨. 그럼 해아, 오늘 오전 인터뷰를 마지막으로 아무 것도 없는 거지?"

"네. 그렇지 않아도 형님 어제 술을 많이 마셔서 아마 집에서 내리 잠만 잘걸요?"

창희는 오늘 아침에 봤던 해아의 모습을 떠올렸다. 처음 듣는 주소로 다짜고짜 불러내더니, 차에 타자마자 이상한 질문을 마구 내뱉던 해아의 모습에 그는 당황깨나 했었다.

'으으…… 형님 정말 무서웠어!'

창희는 고개를 가로저으며 몸서리쳤다.

"그럼, 해아는 지금 어딨어? 원래 집? 아니면 저번의 그 이상한 원룸?"

"……원룸이요."

창희의 대답에 성 대표는 미간을 구겼다.

"어제 잠깐 자기 집에 있기에 원룸 생활 끝낸 줄 알았는데, 다시 가더라고요."

그가 말을 덧붙이자, 그녀는 한숨을 푹 쉬었다. 해아가 도대체 왜 저러는지 알 길이 없어 답답하기만 했다.

"거기에 꿀이라도 발라놨다니? 왜 거기서 지지리 궁상인지."

"그러게요……."

그들의 목소리에는 갑갑함이 그득했다.

"아무래도 왜 원룸에 집착하는지 알아야겠어. 창희 씨가 좀 은밀하게 알아봐, 응?"

"넵! 제가 잘 알아볼게요."

"그럼, 부탁할게? 수고!"

대표이사실 앞에서 성 대표와 창희는 헤어졌다.

❧

비가 추적추적 내렸다. 가을의 쌀쌀한 날씨에 비까지 내리니 살짝 춥기까지 했다. 설희가 없는 게 기회다 싶었던 마케팅팀 사람들은 너도나도 퇴근 준비를 미리 했고, 미쁨 또한 누구보다 빠르게 짐을 챙겨두었다.

'한시라도 빨리 집에 가서 본격적으로 설희에게 연락해 봐야지! 받을 때까지 계속 전화한다!'

비가 오자 욱신욱신 쑤셔오는, 전에 골절됐던 꼬리뼈 부근을 만지작거리며 그녀는 시계를 뚫어져라 쳐다보다가 6시가 되자마자 자리에서 벌떡 일어섰다.

"이만 가보겠습니다!"

회사 사람들 모두에게 큰 소리로 인사한 미쁨은 광속으로 사무실을 빠져나갔다. 그녀는 인파가 몰린 엘리베이터와 에스컬레이터를 과감히 포기하고 온 힘을 다해 비상계단을 펄쩍펄쩍 뛰어 내려갔다. 18층에서 1층까지 말이다!

"하, 내가 다이어트를 이렇게 하는구나."

미쁨은 헉헉 숨을 몰아쉬며 구시렁거렸다. 우산이 없는 그녀는 회사 앞에서 마주한 제법 굵은 빗줄기에 살짝 머뭇거렸지만, 입고 왔던 카디건을 벗어 머리 위에 펼쳐 들었다. 택시 승강장까지 비를 맞으며 뛸 심산이었다.

"흡!"

숨을 들이키며 50m 달리기를 하듯 최고 속도로 뛰려는데, 갑자기 옆에서 클랙슨 소리가 들려왔다.

빵빵!

넓은 도로의 갓길에 서 있던 차 한 대가 미쁨을 향해 상향등을 번쩍번쩍 쏴댔다.

"뭐, 뭐야?"

차에 대해 아무것도 모르는 그녀가 봐도 빠까뻔쩍 잘 빠진 SUV였다. 조수석 쪽 창문이 지잉 하고 내려가더니 열린 창문 안쪽으로 선글라스를 쓴 해아가 보였다.

"야, 타!"

어리둥절한 표정의 미쁨에게 해아가 발랄하게 말했다. 그의 입꼬리는 금방이라도 승천할 듯 귀에 걸려 있었다. 그녀는 머리에 카디건을 뒤집어쓴 채 그저 멀뚱멀뚱 서 있기만 했다. 대한민국 정상에 있는 배우가 자신을 찾아왔다는 이 비현실적인 상황에 머리가 멈춰 버린 것 같았다.

"타라니까! 그렇게 비 맞고 서 있을 거야?"

해아는 주위 사람들을 의식해 차 안에 있으면서도 쓰고 있던 선글라스를 코끝까지 내리며 소리쳤다. 그의 말에 순간 정신이 돌아온 미쁨은 딱 잘라 거절했다.

"싫거든요? 내가 그쪽 차를 왜 타요?"

그녀는 택시 승강장을 향해 빠르게 발걸음을 옮겼다. 해아는 그런 미쁨을 차로 슬슬 쫓아가며 다시 말했다.

"타는 게 좋을 텐데? 비 와서 택시 기다리는 사람들도 많을 거고, 그만큼 택시도 없을 거야."

미쁨이 멈칫했다. 그의 말대로 저 앞에 있던 택시 승강장이 사람으로 가득 차 붐비고 있었다.

'제길! 빨리 집에 가서 설희한테 전화해야 하는데!'

그녀는 다급한 마음에 입술을 깨물었다.

"내 차 타고 가면 평소보다 빨리 집에 도착할 수 있을걸?"

해아의 말이 미쁨의 귀에 정확히 꽂혔다.

"……좋아요. 대신 최대한 빨리 집으로 가야 해요, 알겠어요?"

"알겠습니닷!"

그는 그녀의 대답에 희고 가지런한 이를 드러내며 해맑게 웃었다. 미쁨은 살짝 망설였지만, 어쩔 수 없이 그의 차에 올랐다.

"우우우우우우우우우우우우우~"

해아는 미쁨이 차에 타자마자 선글라스를 벗어 던지더니, 당최 무슨 곡인지 알 수 없는 이상한 음으로 노래를 불렀다.

'노래 진짜 못한다.'

미쁨은 소음 제조기 해아를 슬쩍 흘겨보았다.

'아우 시끄러.'

그러나 그녀는 어느 순간부터 저도 모르게 그의 잘생긴 얼굴을 구경하고 있었다. 아무리 악감정을 가지고 그를 바라보아도, 미쁨은 해아의 외모에서 흘러나오는 배우 오라에 금방 매료되었다. 그녀는 그런 그의 모습이 참 대단하다고 느꼈다.

'배우는 확실히 다르구나.'

미쁨이 생각하기에 누구라도 홀릴 정도로 매력적인 해아의 얼굴은 단순 잘생겼다고만 하기엔 한참 모자랐다. 그에게는 설명할 수 없는 요상한 느낌이 있었다. 뭔가 많은 스토리가 담겨 있을 것 같은 얼굴이라고 해야 할까.

눈에는 아름다우면서도 슬픈 이야기가, 코에는 아슬아슬한 스릴러가, 입에는 유쾌한 코믹이, 턱 선엔 격정적이고 관능적인 로맨스가, 그리고 눈썹엔 누아르가 묻어났다. 그처럼 다양한 장르의 이야기가 그의 얼굴 곳곳에 숨어 있었다.

'헉! 정신 차리자!'

해아의 얼굴을 멍하니 보던 미쁨이 고개를 획획 저었다.

'아무리 잘생겨도 저딴 놈은 내 입술을 훔쳐 간 도둑놈이여!'

그녀는 표정을 굳히며 그를 쏘아보았다.

'근데 저 인간은 배알도 없나? 나한테 그렇게 차였으면서도 뻔뻔하게 찾아오다니. 나 같으면 쪽팔리고 불편해서라도 피할 텐데.'

그녀는 그렇게 생각했지만 곧 그의 행동을 수긍했다.

'하긴. 나한테 들이댄다고 대놓고 선전포고를 했었지, 참.'

미쁨은 오늘 아침, 집 앞에서 자신의 상스러운 욕마저 좋다며 소리치던 해아의 모습을 떠올리고는 피식 웃었다. 그때, 그런 그녀에게 그가 한층 밝은 목소리로 물었다.

"오늘 어땠어? 내가 눈앞에 막 딸랑딸랑 떠오르진 않았나 몰라?"

"니예, 니예~ 아주 잘 떠올랐죠. 제 동생 방에다가 뜨끈한 전 한 판을……."

"그거 말고! 이제 그 얘기 좀 그만해!"

미쁨이 해아의 치부를 건드리자 그가 붉게 달아오른 얼굴로 소리쳤다.

"이 차해아가 본격적으로 널 꼬시겠다 선전포고를 했는데, 가슴이 막 벌렁대지 않았느냐 이 말이야!"

"저어어어어어언혀요!"

그녀는 누가 봐도 한 대 쥐어박고 싶을 만큼 얄미운 표정을 지으며 해아를 골렸고, 제대로 약이 오른 그는 핸들을 세게 쥐었다.

'저 여자가 정말 보자보자 하니까! 사람 인내심을 제대로 테스트하네?'

해아가 이를 악물었다.

"네가 나에 대해서 뭔가 많이 잘못 알고 있는 모양인데, 나 절대로 평범한 사람 아니다? 어마어마하게 위대한 사람이야. 네가 함부로 대할 수 있는 그런 사람이 아니라고. 이름만으로도 사람 가슴 터지게 할 수 있는 사람이 바로 나란 말씀이지."

"옳거니, 잘한다! 얼쑤."

"이……!"

미쁨이 덩실덩실 추임새를 넣자 해아가 이를 갈았다.

'이 여자가 진짜!'

끓어오르는 화를 참기 힘들었던 그가 갓길에 차를 세우기 위해 속도를 줄이며 말했다.

"안 되겠다. 아무래도 너, 나에 대해 제대로 알아야 할 필요성이……."

"아아아. 그쪽이 대단한 사람이란 건 이미 알고 있고요, 그전에 빨리 좀 가주시면 안 될까요? 제가 지금 좀 급해서."

"퇴근한 마당에 급할 게 뭐가 있어? 천천히 가, 천천히~ 이 김에 밥이나 좀 먹고 들어갈까? 배고프지 않아?"

그녀의 재촉에 금세 화가 식은 듯, 해아는 웃으며 밥 타령을 하기 시작했다. 그의 눈동자가 미쁨과 함께 식사할 생각에 반짝반짝거렸다. 이에 미쁨은 고개를 가로저으며 한숨을 쉬었다.

'아, 빌어먹을. 이 차 괜히 탔다.'

그녀가 꿍얼댈 때, 해아가 질문을 던졌다.

"근데, 너 걔랑 싸웠냐?"

"걔요?"

누구를 말하는 건지 바로 알아차리지 못한 미쁨이 그에게 되물었다.

'걔라 하면…… 설희를 말하는 건가?'

"윤설희인가 머시깽인가 하는 그놈이랑."

'역시나 그렇네.'

그녀는 자신의 예상이 적중하자 어이없다는 듯이 픽 웃었다.

'무슨 남자가 저렇게 단순해? 싫다는 티가 아주 적나라하게 나는구나. 아무리 나 때문에 그렇다지만, 한 팀의 팀장인 설희에게 걔가 뭐냐, 걔가.'

미쁨이 고개를 가로저으며 해아의 말에 답했다.

"무슨 근거로 그런 말씀을 하시는지 도통 알 수가 없네요."

"아니, 그렇잖아! 퇴근인데 같이 나오지도 않고."

'쓸데없이 눈치는 빨라요.'

그녀는 얼굴을 찡그렸다. 싸운 건 아니었지만, 연락도 안 되니 싸웠다 해도 무방한 것이 미쁨과 설희의 현 상태였다.

"피곤하니까 그만하죠. 빨리 가기나 해요."

그녀는 사뭇 진지하게 말했다. 급격히 올라오는 피곤함에 미쁨은 뻐근해진 눈을 손바닥으로 살짝 비볐다. 그녀에게서 평소와 다른 무서운 분위기가 풍겨 나오자, 그가 씨익 웃었다. 미쁨이 설희와 싸웠을지도 모른다는 생각에 기분이 좋아진 것이었다.

"싸웠구나?"

해아가 깐죽거리기 시작했다.

"아니라니까."

"싸웠으면 그냥 헤어져 버려! 질질 끌어봤자 소용없다? 빨리 치우고 새로운 사람을 만나야지! 안 그래?"

"에휴."

미쁨이 듣다못해 한숨을 쉬었다.

'제발 입 좀 다물어!'

그의 입이 닫혔으면 하는 그녀의 바람을 깡그리 무시한 채, 해아는 입에 모터를 단 것처럼 끊임없이 떠들어댔다.

"똥차 가고 벤츠 온다고, 혹시 알아? 너에게 어마어마한 명차가 올지?"

"벤츠고 뭐고, 빨리 가기나 하자고요!"

"헤어져, 헤어져!"

그의 헤어지라는 말에 미쁨이 결국 폭발하고 말았다.

"이 인간이 증말! 사귀어야 헤어지든가 말든가 하지! 사귀지도 않는데 헤어지긴 뭘 헤어져! 그리고 설사 사귀는 상태라 해도 헤어지는 건 쉽지 않거든요? 무슨 사랑에 무슨 스위치라도 달렸나? 켜면 만나고 끄면 헤어지게? 하긴 그쪽이 제대로 된 사랑이나 해봤겠어요? 받기만 해봤겠지."

그녀의 말에 해아는 순간 울컥했다.

"나도 사람이야. 제대로 된 사랑, 해본 적 있다고. 하긴 그래, 나에 대해 아무 것도 모르는 네가 알 리가 없지."

그가 다소 가라앉은 목소리로 말했다. 그런 해아의 목소리에 미쁨은 아차 싶었다. 실수다!

"죄송……."

"항상 작품과 사랑을 나누는 난 프로라구."

그의 장난 어린 목소리에 그녀는 지쳤다는 듯이 고개를 푹 숙였다.

'그러면 그렇지. 저 깃털같이 사뿐한 인간이 진지할 리가 없지.'

"아…… 네…… 그래요. 어마어마한 프로시네요."

끼익.

그때 해아와 미쁨이 타고 있던 차가 수정원룸 앞에 도착했다. 그녀에게 함께 밥 먹자고 조르며 집에 늦게 갈 줄 알았는데, 해아는 의외로 샛길로 빠지지 않고 바로 왔다. 이에 미쁨은 놀랐다.

"피곤해 보여서 봐주는 거야. 대신 다음에 식사 같이 해줘야 해."

그가 찡긋, 윙크하며 시동을 껐다. 그런 해아가 살짝 고마웠던 미쁨이 입꼬리를 올리며 차에서 내렸다. 그러던 순간, 그녀의 뇌리에 찝찝함이 스쳐 지나갔다. 아무리 그가 장난치듯 넘어갔다지만, '그쪽이 제대로 된 사랑이나 해봤겠어?'라고 말했던 게 계속 가슴에 걸렸다.

"그…… 아까 제대로 된 사랑 못 해봤을 거란 말 취소할게요. 좀 심했던 것 같아."

"응?"

미쁨의 말에 해아가 차에서 내리며 고개를 갸웃했다.

"뭐가 미안하다는 거야?"

"그쪽도 그쪽 나름의 감정이 있을 거고 경험도 있을 텐데, 유명인이란 이유로 사랑받기만 했을 거라 확신했잖아요. 그게 좀 미안하다고요."

"에이, 난 또 뭐라고. 네 말이 맞아."

그는 그녀의 설명에도 어깨를 으쓱하며 아무렇지도 않다는 듯이 말했다. 능글맞게 웃으며 미쁨의 앞으로 뚜벅뚜벅 걸어와 섰다.

'헉! 왜, 왜 다가오고 그러냐?'

당황한 그녀가 뒤로 물러났다. 등에 차가 닿았다.

"네 말대로 난 사랑받기만 해봤지, 다른 사람에게 줘본 적이 없어."

해아가 한 발짝 더 다가왔고, 그들의 몸은 닿을락 말락 가까워졌다. 두 사람이 동시에 숨을 들이쉴 때면 가슴이 아슬아슬하게 닿을 정도였다.

"그래서 지금 너무 당황스러워."

"뭐, 뭐가요……?"

그의 말에 미쁨은 침을 꼴깍 삼키며 되물었다.

"가만히 얼굴을 보노라면 너, 정말 평면적으로 못생겼거든. 이렇게 동글동글한 몸과 개성적인 페이스는 난생 처음 봐. 근데 보다 보면 또 눈에 익어서 계속 생각난단 말이지. 이게 사랑이란 감정의 힘일까?"

진지한 목소리와 다소 어울리지 않는 해아의 대사에 미쁨은 눈을 질끈 감았다.

'어떻게 해야 이 새끼를 잘 후드려 팼다는 소리를 들을 수 있을까.'

그녀는 진심으로 고민됐다.

"아, 진짜!"

배우인 해아의 몸과 얼굴을 차마 건드릴 수 없었던 미쁨은 결국, 비를 피하기 위해 벗어 들었던 카디건을 그의 면상에 팍 던졌다. 잔뜩 젖은 옷이 해아의 얼굴에 철퍽! 하고 들러붙었다.

"저리 가요! 안 그래도 짜증나 죽겠는데!"

그녀는 그를 떼어내고 계단 쪽으로 성큼성큼 걸어가 거의 뛰다시피 계단을 올라갔다.

"알겠어, 알겠어. 되게 틱틱대네."

미쁨의 카디건을 만지작거리며 배시시 웃던 해아도 빠르게 그녀의 뒤를 쫓았다. 앞장서서 걷던 미쁨의 뒷모습을 바라보는 해아의 눈동자에서 아주 꿀이 넘치다 못해 흘러내렸다.

"알아들었으면 나 좀 내버려……"

그녀는 말을 이을 수 없었다. 3층에 도착하는 순간 보았기 때문이었다. 온통 젖은 채로 미쁨의 집 문 앞에 서 있던 설희를 말이다. 물방울이 뚝뚝 떨어지는 머리카락으로, 파란 기운을 잔뜩 머금은 피부로, 너무 검어 아득하게까지 느껴지는 눈동자로, 그는 멍하니 바라보고 있었다. 해아와 함께 나타난 그녀를.

해아는 집 안으로 들어와 침대에 앉았다. 미쁨은 아까 3층 복도에서 설희를 발견하자마자 그와 함께 집 안으로 들어가 버렸고, 해아는 그렇게 덩그러니 혼자 남겨진 것이었다. 그는 미쁨을 붙잡을 수 없었다. 설희의 모습에 반사적으로 뛰어나가는 그녀가 어찌나 빠르던지, 그가 미처 손을 뻗기도 전에 훌쩍 떠나 버렸다.

"그놈이 뭐가 그렇게 좋다고."

해아는 살짝 약이 올랐다.

"내 저것들을 당장 갈기갈기 찢어놔야 하는데!"

동시에 화도 났다. 그러면서도 한편으로는 설희가 부러웠다.

'저런 여자가 내 옆에 있다면 얼마나 좋을까. 윤설희 그 이상한 놈 말고 날 먼저 만났더라면, 내가 저 여자와 저런 사이이지 않을까?'

그는 한발 늦은 자신이 너무나도 원망스러웠다.

'아니, 나 같으면 바로 사귀었다! 썸? 그런 것 따위 없어! 나라면 만나는 순간이 바로 1일이라고!'

해아는 외로웠다. 그것도 아주 미치게 외로웠다.

'전엔 이런 느낌 한 번도 가져 본 적 없었는데, 오늘만큼은 사무치게

외롭구나.'

웅크리고 앉은 해아는 자신이 마치 작은 원룸 속에 버려진, 더 작은 돌멩이가 된 기분이었다. 그는 몸을 둥글게 만 상태에서 미쁨이 두고 간 카디건을 바라보았다. 빗물에 젖어 촉촉한 그것에서 그녀의 향긋한 체취가 나는 것 같았다. 해아는 슬쩍 일어서서 미쁨의 카디건을 들어 코 박고 킁킁댔다.

'……아, 이게 무슨 추태야.'

그는 자신의 행동에 좌절하며 고개를 푹 숙였다.

"됐어. 분명 이 여자는 똥방구 냄새가 가득할 게 뻔해."

흥. 해아는 입을 샐쭉거리며 그녀의 카디건을 침대 끝으로 휙 던져 버렸다. 그것으로도 모자라 그것을 무시하려는 듯이 일어섰다.

해아는 꼿꼿이 서서 카디건을 노려보았다.

"뭘 봐. 내가 너 따위한테 관심이나 가질 위인으로 보여?"

그는 괜히 중얼거리고는 그렇게 카디건과 의미 없는 눈싸움을 벌였다. 그렇게 한 삼십 초 정도 버텼을까, 별안간 해아가 침대로 다이빙했고, 그대로 미쁨의 카디건에 얼굴을 파묻었다.

"궁금해서 그러는 거야, 궁금해서. 똥방구 냄새가 나나, 안 나나."

그녀의 카디건에서는 빗물 냄새가 났다. 그리고 미묘하게 햇빛 냄새도 났다. 미쁨의 집에서 보았던 푹신푹신한 이불의 냄새도 났고, 따뜻한 공기 냄새도 났으며, 샴푸 냄새와 화장품 냄새도 났다. 그는 미쁨이 화장을 할 때 들었던 꼼지락거리던 소리와, 그녀의 손가락이 떠올랐다. 붉은 립스틱을 바른 미쁨의 얼굴도 해아의 감은 눈앞으로 펼쳐졌다.

"빌어먹을……."

그가 조용히 중얼거렸다.

'나 진짜 어떡하냐? 똥방구 냄새라도 좋으니 너의 체취를 좀 더 느끼고 싶어.'

설희는 그녀의 집 안으로 들어와 침대에 등을 기대고 바닥에 앉아 있었다. 비에 젖은 채 계속 있을 수 없어 샤워를 하고 나온 터라 옷은 바짝 마른 상태였지만, 머리칼은 여전히 젖어 있었다.

"아니, 우산 내비두고 왜 비를 쫄딱 맞고 있어? 일단 이것부터 마셔."

미쁨은 그의 옆에 김이 올라오는 녹차를 놓았다. 그러나 설희는 그것을 거들떠보지도 않고 그저 멍하니 앉아만 있을 뿐이었다. 젖은 머리칼에서 뚝뚝 떨어지는 물방울들이 그의 어깨를 적셨다.

"으휴."

아무것도 할 생각이 없어 보이는 설희의 모습에 미쁨은 고개를 가로저으며 수건을 꺼내 들고 그의 앞에 앉았다. 그러고는 젖은 그의 머리를 수건으로 비벼 물기를 닦아주었다. 어지럽게 흔들리는 수건과 머리카락 속에서 설희는 눈을 감았다. 미쁨의 손길이 느껴지자 마음 한 구석이 살짝 놓이는 느낌이 들었다.

물이 흐르던 설희의 머리칼을 대충 닦아준 미쁨은 수건을 뒤에 있던 선반에 대충 걸어놓고 그의 옆에 나란히 앉았다. 두 사람 사이에는 아무런 대화도 오가지 않았다. 설희도, 미쁨도 그저 조용할 뿐이었다.

띠릭.

그 정적을 참기 힘들어, 미쁨이 리모컨을 들어 TV를 틀었다. 작은 원룸처럼 아담한 크기의 TV 속에서는 마침 고전 영화 '메리 포핀스'가 방영되고 있었다. 한 여인이 우산을 타고 강풍을 일으키며 하늘에서 내려오는 장면이었다.

"……저에게도 저런 능력이 있으면 좋겠어요."

미쁨의 옆에서 설희의 목소리가 들려왔다. 드디어 그가 입을 연 것이다. 그녀는 고개를 돌려 설희를 바라보았다. TV 속에서 우산을 타고 내려오는 여자를 하염없이 바라보는 그의 눈동자엔 부러움이 가득 차 있었다.

"왜?"

"마음만 먹으면 저렇게 자유롭게 떠날 수 있잖아요."

그의 말에 미쁨도 TV를 다시 바라보았다. 과연, 우산을 타고 땅으로 내려와 상큼한 미소를 지어 보이는 예쁜 여자는 굉장히 자유로워 보였다. 하지만 미쁨은 설희와 다르게 생각했다.

"난 별로. 저 여자 겉으로는 저렇게 웃고 있는데, 잘 봐. 혼자 다니잖아. 내가 장담하는데, 혼자 왔던 것처럼 갈 때도 혼자 떠날걸?"

아직 영화의 초반부라 마지막에 어떻게 될지는 알 수 없었지만, 미쁨은 어쩐지 그녀가 혼자 떠날 것만 같았다. 그리고 그것은 완벽한 해피엔딩이 아니었다. 혼자는 외로우니까, 아무리 행복해도 혼자는 혼자니까.

"전 혼자여도 좋으니 어디론가 좀 사라지고 싶어요."

그럼에도 불구하고 설희는 여전히 영화 속 그녀를 부러워했다.

"살다 보면 한 번씩 떠나고 싶은 마음이 들 때가 있지. 그래도 난 결국 안 가게 되더라. 내가 이래봬도 겁이 좀 많거든."

미쁨은 자신이 어렸을 때의 일을 떠올렸다.

"일곱 살 때였나? 암튼 내가 아주 어렸을 때 엄마랑 대판 싸우고 가출한 적이 있었어. 그때 내가 시골에서 살았는데, 얼마나 시골이었냐면 버스가 세 시간에 한 대밖에 없었어. 그때 난 그걸 타고 나가서 영원히 집에 돌아오지 않겠다고 다짐하고는, 엄마 주머니에서 돈을 훔쳐다가 정류장으로 당당하게 걸어갔지."

미쁨은 훔친 돈을 손에 쥐고 호기롭게 집을 떠나는 어린 자신의 모습을 상상하고는 혼자 피식 웃었다. 그때 그녀가 훔친 돈은 고작 천 원이었고, 가출한 것치곤 짐도 옷도 너무 가벼웠었다.

"그렇게 버스를 기다리는데, 저~ 멀리서 버스가 오더라? 문이 열리고 버스 기사 아저씨와 눈까지 마주쳤는데 결국 못 탔어."

"왜요?"

설희가 궁금해하자 미쁨이 장난스럽게 웃으며 답했다.

"그 버스를 타면 정말 집에 못 돌아올 것 같아서. 혼자가 될 생각을 하니 버스 기사 아저씨 얼굴까지도 무섭게 느껴지더라고. 그래서 결국 버스도 못 타고 두 시간도 안 돼서 집에 들어갔지."

"……그렇군요."

그는 고개를 끄덕였다.

'지금의 당신처럼 과거의 당신도 참 맑고 따뜻하네요. 반면 내 과거는 참혹하기만 할 뿐인데.'

설희가 고개를 푹 숙였다. 그들 사이에 다시 무거운 정적이 흘렀다.

"미쁨 씨는 제게 물어보질 않는군요. 오늘 제가 왜 회사에 나가지 않았는지."

설희가 먼저 입을 열었다. 그의 말에 미쁨은 기다렸다는 듯이 답했다.

"솔직히 완전 물어보고 싶지. 질문들이 턱 밑까지 가득 찼는데 참는 중이야."

"그냥 물어보지 그래요."

"억지로 듣는 거 싫어. 너도 말하기 싫으니까 가만히 있는 거 아냐?"

그는 마른침을 삼켰다. 자신에게 질문을 하지 않는 그녀가 고맙기도 했고, 동시에 서운하기도 했다.

'한번 물어봐 주면 못 이기는 척 얘기하려고 했는데. 오늘만큼은 그렇게라도 내 가슴 속의 짐을 덜고 싶었는데…….'

미쁨의 집에 들어온 직후 설희는 쭉 그렇게 생각했다. 하지만 그녀는 지금까지 아무것도 묻지 않았고, 그저 그를 지켜보고만 있었다. 설희는 그녀를 통해, 뭔가를 털어놓을 때도 용기가 필요하다는 것을 뼈저리게 배우는 중이었다.

"나는 막 눈 부라리며 상대방의 개인적인 이야기를 캐내는 거, 성격에 안 맞아. 그냥 기다리는 게 편해. 믿고 기다리다 보면 언젠간 말해주 겠지, 하면서."

'또 믿음……'

설희는 질렸다는 듯이 한숨을 쉬었다.

"너무 믿지 마세요. 언제 돌아설지 모르는 게 사람이에요. 이 세상엔 믿을 만한 사람, 하나도 없으니까."

"나는 안 그래."

역시나 미쁨은 당당하게 말했다.

'어떻게 저렇게 확신할 수 있는 거지? 뭘 믿고 저렇게 거침없는 거냐 고.'

그는 그녀를 도저히 이해할 수가 없었다.

'처음 봤을 때도 차이고 있지 않았던가? 그렇게 믿던 연인에게서 말 이야. 비단 그 남자뿐만이 아니었겠지. 저 여자는 지금껏 수많은 사람 들에게 버려졌을 거야.'

그는 미쁨을 바라보며 씁쓸하게 웃었다.

'그런데도 겁이 나지 않는 건가? 방어하고자 하는 의지가 생기지 않 는 거야? 왜 움츠러들지 않는 거냐고. 왜…… 왜 몸을 사리지 않는 거 냔 말이야!'

자신이 이해할 수 없는 그녀의 모습에 설희는 속이 점점 불편해졌고, 그 불편함은 미쁨에 대한 반감까지 불러일으키고 있었다.

"전 당신도 믿을 수 없어요."

그는 이를 악물었다. 그녀에게 상처가 될 말이란 건 알았지만 어쩔 수 없었다. 그것이 자신의 솔직한 심정이니까.

미쁨은 설희의 차가운 말이 진심이 아니란 걸 알아차렸다. 고개를 푹 숙여 자신의 표정을 숨기는 그의 행동이, 몸을 웅크리고 동글게 만 그 방어적인 모습이 겉과 속이 다른 어린아이 같았기 때문이었다. 상대방을 밀어내면서도 속으로는 자신의 말을 들어달라며 우는, 그런 거짓말쟁이 같은 아이 말이다. 때문에 미쁨은 그에게 화내지 않았다. 저런 꼬맹이에게 화를 낼 수는 없지 않은가. 대신 그녀는 설희를 어르고 달랬다.

"걱정 말고 날 믿어. 난 한 번도 누군가의 믿음을 저버린 적 없……."

"저희 부모님도 그랬으니까."

"……뭐?"

갑작스러운 그의 말에 미쁨은 말문이 턱 막혔다.

"하물며 가족도 그러는데, 남이라고 안 그러겠어요?"

"그게…… 무슨 소리야?"

그녀는 침대에 기댔던 몸을 똑바로 세우며 눈을 커다랗게 뜨고 설희를 바라보았다. 그는 그런 미쁨의 시선을 피하며 힘겹게 입을 열었다.

"……전 입양아예요."

설희는 숨을 한 번 크게 들이쉬었다 내쉬며 호흡을 안정시키려 애썼다.

'그의 말을 들어주자. 꼭꼭 씹어 하나하나 다 소화시키자.'

그녀는 굳게 다짐하며 아무 말도 하지 않고 조용히 기다렸다. 호흡을 가다듬은 설희가 천천히 입을 열었다. 그의 입에서는 그동안 하지 못했던 말들이 봇물 터지듯 흘러나왔다.

"아이를 가지고 싶었지만 그러지 못한 젊은 부부가 절 데리고 갔죠. 그게 제가 세 살일 때였어요. 벌써 삼십 년이나 지났네요."

설희가 혼자 피식 웃었다.

"새로 생긴 부모님 밑에서 남부럽지 않게 지냈어요. 오히려 분에 넘치게 행복했죠. 한 번도 먹어본 적 없는 고급스러운 음식에 달콤한 간식, 처음으로 생긴 내 방과 옷들, 그리고 가족이라는 끈끈한 소속감……. 그런 것들 속에서 여섯 살 때까지 지냈는데, 아이가 생긴 거예요, 부모님 사이에."

입안이 자꾸만 마르는지 그가 불편하게 침을 삼켰다. 그러자 미쁨은 녹차를 내밀었다. 고마워요, 라고 말하며 설희가 차를 마신 뒤 말을 이었다.

"남동생이 생긴다는 소식에 정말 기뻤어요. 아무리 행복해도 혼자는 좀 외로웠는데, 동생이 생긴다니 기대도 됐고요. 동생이 오면 책도 읽어 주고 같이 놀아줘야지. 하루에 수백 번도 더 그렇게 다짐했어요. 하지만 어머니는 좀 달랐죠."

그는 답답한 마음에 손으로 마른세수를 해댔다.

"제가 질투를 할 거라고 생각하셨나 봐요. 갓 태어난 동생을 데리고 집에 온 순간부터 저를 멀리하셨어요. 경계심 가득한 눈으로 저를 바라보았고, 동생 곁에는 다가가지 못하게 했어요. 조금만 다가가면 노려보시고, 동생을 쓰다듬으려 하면 꼬집거나 때렸죠. 아버지가 회사에서 돌아오시는 저녁마다 파양하자며 소리쳤어요. 저를 앞에 세워두고요."

설희의 눈가가 붉어지기 시작했고, 머리가 지끈거리는지 그는 손바닥으로 이마를 짚었다. 미쁨은 설희의 말을 조용히 계속 듣기만 했다.

"그래도 다행히 동생은 절 싫어하지 않았어요. 어머니의 눈을 피해 저와 몰래몰래 놀았거든요."

자신의 동생에 대한 생각에 그의 얼굴에 옅게나마 미소가 돌았지만, 그것마저 곧 사라졌다.

"그러다 저 열한 살 때 사고가 터졌어요. 어머니와 아버지가 집을 비우셨는데 어머니의 감시가 사라지자 동생이 놀자며 제게 왔죠. 그때 전 몸이 좋지 않아 학교에 가지 못하고 방에 누워 있었거든요. 지금 생각해 보면 동생의 말을 무시하고 누워 있었어야 했어요."

그는 자신의 표정을 보이기 싫다는 듯이 손으로 눈을 가렸다.

'저 커다란 손 뒤엔 눈물을 금방이라도 후드득 쏟아낼 것 같은 눈이 있겠지.'

미쁨은 확신했다.

"갈라지는 목소리로 책을 읽어주고, 장난감 로봇으로 같이 놀아주고, 그림도 그리고…… 한참 그렇게 놀다가 동생이 배가 고프다기에 라면을 끓여주려는데, 잠깐 한눈을 판 사이에 그 녀석이 그만 끓는 냄비를 잘 못 건드려 엎은 거예요."

설희의 목소리가 파르르 떨렸다.

"동생을 끌어안아 보호했지만 동생은 결국 손등에 뜨거운 물이 닿아 화상을 입고 말았어요. 많이 아팠을 거예요. 정말 아팠을 거야."

그때 당시의 상황이 선명하게 기억나는지, 그의 표정이 일그러졌다.

"동생은 눈물을 뚝뚝 흘리며 울기 시작했어요. 그리고 그때 약속이라도 한 듯 부모님이 들어오셨죠. 그때 선우야, 라며 동생의 이름을 부르던 어머니의 날카로운 목소리가 아직도 귓가에 선해요."

자신의 옷자락을 세게 쥔 그의 호흡이 미세하게 불규칙적으로 변해 갔다.

"평생 살면서 그렇게 맞아본 적이 없는 것 같아요. 열 때문에 정신없던 와중에 맞기까지 하니까 정말 머릿속과 몸속이 뒤틀리는 것 같더군요. 아버지…… 가 어머니를 말리셨지만…… 전 결국 정신을 잃었어요."

설희가 애써 웃었다. 그는 괴로운 옛 기억을 웃음으로 승화시켜 이 불행하기만 한 과거를 그나마 가볍게 만들고 싶었다. 하지만 설희의 미소는 전혀 좋아 보이지 않았다. 입꼬리를 추켜올리며 미소 짓고 있었지만 눈은, 그의 눈동자만큼은 두려움으로 가득 차 오들오들 떨리고 있었다.

"설희야, 괜찮…… 아?"

뭔가 심상치 않다는 것을 느낀 미쁨이 조심스레 물으며 그에게 다가 갔다. 그러나 설희는 말을 멈추지 않았다.

"깨어나고 보니 병원이었어요. 고열로 인해 기절한 것도 있지만, 알고 보니 등 전체에 화상을 입어 위험했대요. 동생을 감싸준다며 끌어안아서 끓는 물이 제 등으로 떨어졌나 봐요. 전혀 몰랐어요."

그녀는 불안해 보이는 그를 안심시켜 주고자 어깨에 손을 얹었다. 그러자 설희의 몸이 파들파들 떨리는 게 미쁨에게까지 그대로 전해졌다.

"병원에서 깬 이후로 지금까지 계속 악몽을 꿨어요. 잠들 때마다 어머니가 꿈에 나타나 저를 때렸죠. 그런 어머니를 말리며 저를 내려다보던 아버지의 눈빛도…… 그 목소리도……."

설희는 말을 잇지 못했다. 숨을 쉴 수가 없었다. 그의 안색이 점점 창백해지기 시작했다.

"그, 그만하고, 일단 숨을 좀 쉬어봐. 응?"

생각보다 심각한 설희의 상태에 미쁨은 덜컥 겁이 났다.

"제발…… 제발 진정하고 숨을 쉬어!"

그녀는 떨리는 손으로 그를 꽉 끌어안았다.

"윽……! 잠깐……!"

설희는 말을 잇지 못할 정도로 극심한 두통에 얼굴을 찡그렸고, 동시에 멀미가 나는 것처럼 속이 메스꺼워졌다. 방금 마신 녹차가 역류해 올라오는 듯했다.

'또 시작이구나.'

언제나 두려움에 떨 때면 올라오는 구토에 그는 손으로 입을 틀어막고 황급히 화장실로 뛰어 들어갔다. 설희는 화장실 문을 잠그자마자 투명한 액체를 변기에 쏟아냈다. 오늘 하루 종일 먹은 게 없었기에, 그가 토하는 것들은 그저 위액과 물뿐이었다.

"야! 너 왜 그래? 많이 아파? 병원 가봐야 하는 거 아냐?"

화장실 밖에서 미쁨이 문을 두들기며 다급하게 외쳤다.

"문 좀 열어봐! 내가 등이라도 두드려 줄게!"

그녀는 굳게 잠긴 문고리를 삐걱삐걱 돌리며 소리쳤다. 하지만 설희는 문을 열어주지 않았다.

'이런 모습을 보여줘서 뭐해, 어차피 남인데.'

그는 위 속에 있던 모든 것들을 게워내고 나서야 조금이나마 속이 편해지는 것을 느꼈다. 그렇게 화장실 물을 내리고 입을 헹군 뒤, 화장실 밖으로 나왔다. 문밖에는 미쁨이 서 있었다.

'이 여자는 끝까지 문을 열지 않은 나에게 뭐라고 할까? 병원에 가자고 손잡아 이끌까, 어두운 표정으로 왜 문을 열지 않았느냐며 화를 낼까, 아니면 쉬라면서 억지로 침대에 밀어 넣을까?'

설희는 그녀를 바라보며 생각에 잠겼다.

'속은 괜찮으냐며 걱정스러운 표정으로 바라볼지도 몰라. 그것도 아니면……'

그는 순간 아무런 생각도 할 수 없었다. 갑자기 품속으로 훅 들어오는 미쁨의 뜨거운 체온 때문에 그저 목이 메일 뿐이었다. 그녀는 아무런 말없이, 그 어떠한 예고도 없이 설희의 품속으로 들어가 그를 안아주었다. 그렇게 등을 토닥이며 조용히 달래주었다.

'많이 아프지? 무섭기도 할 거야. 힘들지는 않고?'

미쁨의 따뜻한 손이 설희의 몸을 부드럽게 쓰다듬어 주었다.

'내가 옆에 계속 있어줄 테니까 걱정하지 마.'

그는 귀가 아닌 머리로 들어오는 그녀의 목소리에 몸에서 긴장감이 빠지고 편안함만이 남는 것 같았다. 나른하게 녹아내릴 것만 같았다. 설희는 몸을 웅크려 그녀의 체온 속으로 더 깊이 파고들었다.

'역시 이 여자는 이상한 여자야. 신기한 여자야. 포근하고 강한 여자야.'

그에게 미쁨은 자신을 보듬어주는 어른이었다.

"한숨 자자. 특별히 오늘은, 내 팔 빌려준다."

귓가에 은은히 맴도는 그녀의 목소리에 설희가 웃었다.

'그래. 그녀의 말대로 한숨 자자. 침대로 가자. 따뜻한 그녀의 품속에

서 악몽 없는 꿈을 꾸자.'

하지만 그는 발걸음을 옮길 수가 없었다. 움직일 힘이 하나도 남아 있지 않았다. 설희는 자신의 몸이 물먹은 솜처럼 자꾸만, 자꾸만 땅 밑으로 꺼지는 것 같았다.

'미안해요, 미쁨 씨. 정말 미안해요. 조금만, 아주 조금만 더 당신의 품속에 있어도 될까요? 당신의 품속은 온갖 아름다운 것들로만 가득한 것 같아요.'

그가 그녀에게 힘없이 기댔다.

'차라리 이대로 당신의 체온에 치여 영원히 일어나지 않았으면 좋겠어요. 당신의 손길과 목소리에 깔려 제 숨이 멎었으면 좋겠어요.'

설희의 팔이 아래로 힘없이 축 처졌다.

'그렇게 당신의 숨 자체가 되었으면 좋겠어요.'

그는 미쁨에게 자신의 온몸을 맡기며 눈을 감았다.

'그렇게 되고파요. 그렇게 되고파요⋯⋯.'

설희야, 설희야 하고 부르는 그녀의 목소리가 저 멀리로 사라져 가는 느낌에, 그는 마음이 떨렸다.

❧

새벽 3시. 설희가 눈을 뜬 시각이었다. 그는 잠에서 깨자마자 촉촉이 젖은 눈동자로 미쁨을 찾았다. 그녀의 이름을 부르며 울부짖은 것은 아니었지만, 설희의 눈만큼은 처절하게 미쁨을 찾아 헤맸다.

다행히도 그녀는 그의 손 근처에 엎드려 자고 있었다. 설희는 미쁨을 발견하고 나서야 자신의 모습을 돌아볼 수 있었다. 그는 침대 위에 누워 있었고, 이불까지 따뜻하게 덮고 있었다.

'그녀가 옮겨주었구나.'

설희가 미쁨을 바라보며 몸을 일으켜 세우자 그의 움직임을 느낀 그녀가 감았던 눈을 뜨며 설희를 바라보았다. 두 사람은 서로의 눈동자를 마주한 채 움직이지 않았다.

"나 아까 그 영화 다 봤다? 예상대로 여자주인공 혼자 하늘로 올라가더라. 그렇게 친하던 사람들에게 작별 인사도 하지 않고 말이야."

고요함을 깨고 먼저 말한 미쁨이 일어나 앉으며 설희를 보며 빙그레 웃었다.

"마지막에 웃는 그 여자의 얼굴이 뭔가 슬펐던 거 있지. 배경음악은 밝았는데."

미쁨은 께름칙하다는 듯, 뒤통수를 긁적였다.

"해피엔딩 같지 않은 해피엔딩이었어."

그녀가 영화 속 주인공, 메리 포핀스의 마지막 표정을 떠올리며 중얼거렸다. 미쁨의 귓가에는 남자주인공이 여자주인공에게 한 말이 계속 감돌았다. 그는 메리 포핀스에게 잘 가라고 인사했고, 하늘에 너무 오래 머무르지 말라며 당부했다.

'오래 머무르지 말라니. 그렇다는 건, 그 여자는 긴 시간 동안 하늘 위에서 혼자 지낸다는 걸까?'

미쁨이 사색에 잠겼다. 그녀가 본 메리 포핀스는 하늘에서 내려온 처음부터 하늘로 올라가는 마지막까지 철저히 혼자였고, 외로워 보였다.

물론 미쁨은 영화를 깊게 생각하며 보는 사람이 아니었기에 작품 속의 숨은 상징이나 뜻을 알아채지는 못했다. 그냥 보이는 대로 느낄 뿐이었다. 슬프면 슬퍼서 울고, 재밌으면 재밌어서 웃고, 답답하면 답답해서 화를 내는 그녀는 지극히 1차원적인 사람이었다.

그렇게 단순한 미쁨은 영화 '메리 포핀스'를 보며 어쩐지 쓸쓸한 느낌을 받았다. 그래서일까, 그녀는 영화 속 주인공처럼 떠나고 싶다는 설희의 말이 계속 떠올라 기분이 나빴다.

"그런데도 넌, 그 여자처럼 떠나고 싶어?"

미쁨의 질문에 설희는 입을 꾹 다문 채 답을 하지 않았다.

"평생 살아오면서 제대로 된 사랑 한 번 받아보지 못하고 그렇게 사라지고 싶은 거냐고."

"……모르겠어요."

그의 어중간한 대답에 미쁨은 답답하기 짝이 없었다. 좋으면 좋다, 싫으면 싫다 하는 자신의 속내조차 쉬이 표현하지 못하는 설희가 짜증이 날 지경이었다.

'솔직하게 말하면 누가 혼내니? 입 밖으로 감정을 드러내는 게 창피해? 아니면, 솔직해지면 네 곁에 있던 사람들이 떠날 것 같아서 두려운 거야? 나도 그 마음 알아! 나도 솔직해지면 솔직해질수록 주위 사람들이 후드득 떨어져 나갔으니까.'

그녀는 속으로 그에게 마구 따졌다.

'그러니까 나한테는 솔직해져도 돼! 난 혼자 남겨지는 그 마음을 너무나도 잘 안단 말이야. 그래서 절대로 타인을 버리지 않는다고! 왜 이렇게 겁 많은 애처럼 구는 거야?!'

그때 미쁨의 머릿속으로 그간 봐왔던 설희의 모습들이 떠올랐다. 그녀의 옆에서만 새근새근 잘 자던 그의 모습이, 무의식중에 그녀의 손길을 바라던 그의 모습이, 두려움에 바들바들 떨며 입을 꼭 다물고 있던 그의 모습이……. 그것들은 사랑을 원하나 상대방이 떠날까 봐 안아달라 말하지 못하는, 그래서 혼자 손톱을 물어뜯다 결국 스스로에게 상처를 내고 마는 애정결핍에 걸린 아이의 모습이었다.

미쁨은 입술을 깨물고 마른침을 삼키며 최대한 화를 억누른 뒤 찬찬히 말했다.

"어쩐지 처음부터 이상했어. 분명 성인 남자인데 어딘지 어린애 같더라니. 네 옛날이야기를 들어보니 알 것 같아."

"뭐를…… 요?"

"넌 어린 시절을 제대로 겪지 못했지? 사랑 듬뿍 받아야 할 그때를 그냥 건너뛰어 버렸어."

"당신의 눈엔 제가 어린아이로 보였어요?"

"그래! 다 큰 어른인 줄 알았는데, 아무것도 할 줄 모르는 어린애가 따로 없더라! 좋으면서 좋다고 표현 하나 못 하는 그런 애 말이야!"

그녀의 외침에 설희가 고개를 숙였다.

"그런 감정을 받아본 적이 있어야 하죠."

"그러니까! 그러니까, 어디 멀리 떠나고 싶다는 그런 생각은 하지 말라고! 설령 떠날 수 있는 기회가 오더라도 다 해보고 가라고! 좋아하기도 해보고, 싫어하기도 해보고, 싸움도 해보고, 사랑도 해보고……! 넌 그런 것도 모르는 채 그냥 가고 싶어? 그 좋은 것들을 해보지도 않고?"

미쁨은 언성을 높이고 말았다. 그가 떠나겠다고 말한 것도 아니었는데, 저도 모르게 흥분해 버린 것이다. 하지만 어쩔 수 없었다. 그녀의 눈에 그는 언젠가 다른 먼 곳으로 떠날 것만 같았고, 영영 돌아오지 않을 것처럼 위태로워 보였으니까. 아니, 언젠가가 아니라 바로 지금 당장 영화 속 메리 포핀스처럼 공중으로 떠올라 하늘로 사라질 것만 같았다.

"저, 저는……."

미쁨의 말에 설희의 눈동자가 당장에라도 꺼질 듯한 촛불처럼 흔들렸다.

'그래. 떠나고 싶다고 말하기 힘들겠지. 너는 분명 나와 함께하면서 좋았으니까! 겉으로 티내진 않았지만 계속 날 느끼고 싶어 했잖아!'

미쁨은 확신했다.

'그냥 여기 계속 있고 싶다고 말해.'

그녀는 침대 위로 올라와 설희의 옆에 앉았다. 그러고는 마치 공중으로 날아가 서서히 멀어질 것 같은 그의 손을 쥐었다. 가지 말라고 애원이라도 하듯 그렇게 그를 붙잡았다. 그러나 그는 미쁨과 손을 맞잡지 않았다.

"그래요. 미쁨 씨 말이 맞아요. 그런 감정들을 느끼고 싶고 표현하고 싶어요. 그런데 무서워요. 또 버려지면 어쩌죠? 그럼 전 정말 어떻게 해야 해요?"

"잠시 슬픔 속에 잠겨 있다가 회복하고 다시 일어나면 그뿐이야. 그런 것 따위 다 네가 마음먹기 나름이라고."

"하지만 저는…… 저는……!"

"내가 해줄게. 내가 사랑해 줄게! 난 널 버리지 않을 자신 있어! 내가 말했잖아, 내 이름이 '미쁨'이라고! 믿음. 믿음직한 마음!"

그녀는 설희의 눈동자를 똑바로 응시하며 강직하게 말을 이었다.

"넌 그동안 내 이름을 부르며 믿음을 외친 것과 같아. 그러니까 나를 믿어. 난 너를 실망시키지 않을 자신 있어. 응? 내가 꼭 평생 널 버리지 않고 사랑해 줄게."

미쁨의 말에 그의 몸이 바들바들 떨렸다.

'그래요. 당신의 말대로 전 미쁨이라는 이름을 부르며 희망을 품고 믿을 수 있는 사람을, 아니 믿음 자체를 바랐는지도 몰라요. 그래, 맞아. 그래……'

가슴속에서 밀려오는 벅찬 감동에 견디기 힘들었던지 설희는 이를 악물며 고개를 푹 숙여 몸을 웅크렸다.

"미쁨 씨…… 미쁨 씨…… 미쁨 씨……!"

그가 그녀의 이름을 되뇌었다.

'당신은 날 사랑해 줄 수 있어요? 한 번도 사랑받지 못했던, 그런 초라하기 짝이 없는 날 품어줄 수 있어요?'

설희가 숙였던 고개를 들어 미쁨을 바라보았다.

'어쩌면 전 제 부모처럼 무서운 사람일 수도 있어요. 감정들을 깨우쳐

가며 집착도 심해지고 당신을 억누를지도 몰라요. 질투도 심해서 당신을 고립시킬 수도 있어요. 나만이 당신을 가질 수 있게, 나만이 당신을 사랑할 수 있게 말이에요. 난 그런 부모 밑에서 자랐으니까……!'

그는 속으로 그녀에게 물었다.

'그런 이기적인 사람이 될지도 모르는데 당신은 견딜 수 있겠어요?'

마치 설희의 속마음을 알기라도 하듯, 미쁨이 말했다.

"난 네가 어떤 사람이든 안아줄 수 있어, 설희야."

그녀는 온 힘을 다해, 힘없이 늘어져 있던 그의 손을 잡았다.

'제발, 제발! 난 널 놓치고 싶지 않아!'

톡. 그때, 설희의 손을 꼭 잡고 있던 미쁨의 손등 위로 물방울 하나가 떨어졌다. 따뜻함이 배어나는 그의 눈물에 미쁨이 웃었다. 당장에라도 떠날 것만 같던 그가, 중력을 거스르고 하늘로 날아갈 것만 같던 그가 그녀의 마음에, 그리고 땅에 닿는 느낌이 들었다.

"그래, 차츰차츰 그렇게 돌아와. 그리고 앞으로 떠나고 싶다는 생각은 꿈도 꾸지 마. 이 작은 눈물방울처럼, 나에게 항상 닿아 있어."

미쁨은 설희를 바라보며 부드럽게 웃었다.

"계속 날 불러. 그리고 날 믿어. 그러면 나도 널 끝까지 붙잡고 놓아 주지 않을 테니까."

그녀의 말에 비로소 그도 미쁨의 손을 잡았다. 그제야 둘은 완전히 닿았다. 떠나고 싶다는 마음에 공중으로 날아갈 듯했던 설희의 모든 감정들이 점차 무거워졌다. 사라졌던 중력이 그의 몸에 스며들었다.

설희는 평생 느낄 수 없을 거라 여겼던 수많은 따뜻함과 믿음, 그리고 사랑이 자신의 가슴속에 묵직하게 내려앉는 걸 느낄 수 있었다. 그렇게 그는 상처를 받기 전인 세 살 때로 돌아왔다.

그가 완전히 생기를 되찾은 순간, 미쁨은 설희가 다시 떠날세라 꼭 끌어안았다. 그 역시 그녀의 품에서 떨어질까 두려워 힘껏 마주 안았다.

"제가 미쁨 씨밖에 모르는 사람이 되어도 다 당신 탓이에요. 이기적으로 변해도 당신 때문이고, 집착이 심해져도 그 또한 당신 때문이에요."

"야, 이 멍청아. 원래 그런 거거든? 그리고 난 그런 속박 미치게 좋아해."

"저 버리면 정말로 안 돼요. 알겠죠?"

"너야말로 나 변태 같다고 피하지나 마."

미쁨의 말에 설희가 웃기 시작했다. 마음 속 벽을 쉬이 허무는 능력을 가진 그녀는 공기보다 가벼웠던 그의 감정들을 품에 안고 중력과 함께 나타났다.

'나와 당신 사이의 중력, 그것이 우리 둘을 언제나 묶어주겠지.'

설희가 웃었다.

'내 마음에 작용하는 중력은 땅으로 향하는 게 아니라 당신에게 향하는 거예요. 난 이제 당신밖에 없어요, 미쁨 씨.'

그가 미쁨을 더더욱 세게 끌어안았다.

"너 때문에 이 새벽에 무슨 개고생이니."

그녀는 투덜대면서도 숨이 막힐 정도로 안아오는 그의 등을 토닥여줬다. 설희는 자신을 보듬어주는 미쁨이 신기했다. 그가 느끼기에 그녀는 자신보다도 훨씬 강하고, 또 훨씬 어른인 것 같았다.

"아까 그 영화, 저도 보고 싶어요."

"지금 다운받지 뭐. 고전 영화라 그리 비싸지도 않을 거고."

자신과 눈을 맞추고 말하는 설희에게 답하며 그녀는 그의 요구를 들어주기 위해 TV 리모컨을 들었다. 그렇게 영화 다운로드 페이지로 넘어가 메리 포핀스를 찾아 헤맸다. 설희는 영화 찾는 데에 집중하는 미쁨의 어깨에 얼굴을 기댔다. 가슴이 벅찬 느낌이 들었다.

그녀와 맞잡고 있던 손이 너무 따뜻해서, 닿아 있는 피부를 뚫고 아름답게 섞여가는 맥박이 너무 뜨거워서, 두 사람 사이에 존재하는 만유

인력을 타고 올라오는 미묘한 감정이 보글보글 끓어올라서…….

그래서 그는 그녀의 목덜미에 입을 맞췄다.

미쁨의 방 안, 환하게 켜져 있는 TV를 통해 메리 포핀스의 OST가 흘러 나왔다. TV 앞엔 영화를 보면서 먹으려던 맥주와 과자, 물이 있었지만, 미쁨과 설희는 그곳에 없었다. 바로 침대 위에 있었다.

그들에겐 영화가 문제가 아니었다. 그들은 아지랑이처럼 새로이 피어오르는 감정과 채워지지 않는 갈증을 느꼈고, 물을 마시고 마셔도 머릿속은 촉촉해지지 않았다. 미쁨과 설희는 목이 말랐다. 감정이 고팠고, 손길이 그리웠다.

OST 소리는 미쁨과 설희의 관심 저편으로 아스라이 사라져 갔고, 그들 사이엔 오직 서로가 살아 있음을 증명하는 감각만이 가득 찼다.

"너, 처음과는 많이 다르다……?"

미쁨이 설희와 입을 맞추며 말했다. 그와 아찔한 호흡을 주고받던 그녀는 머리가 멍해서 정신을 똑바로 차리고 있기 힘들 지경이었다. 온몸을 부드럽고 촉촉하게 어루만지는 설희의 손이, 그의 입술이 너무나도 황홀했기 때문에.

설희는 새로운 것을 하나하나 느끼고 배워가는 것처럼, 천천히, 섬세하게, 그러면서도 과감하게 그녀를 매만졌다. 모텔에서와는 천지 차이였다. 미쁨은 그런 그의 등을 손으로 감쌌다. 시간이 많이 지나 남아 있진 않을 테지만 그래도 끓는 물에 데인 흉터가 있을 넓은 등을 쓰다듬으며 잘 견뎠다고 토닥여 주었다. 그녀의 손길에 대답이라도 하듯, 설희가 움직일 때마다 등 근육이 꿈틀댔다.

미쁨은 그 움직임이 좋았다. 단단한 근육들이 그녀에게 살아 있다고 외치는 것 같았다. 더 이상 아프지 않다고 웃는 것 같았다.

'아아, 이러다 정말 이성이 남아나지 않겠어.'

미쁨이 설희를 끌어안았다. 언제부터인가 그녀와 그, 둘 다 말이 없었다. 그들의 모든 것들이 섞였다. 폐 깊숙한 곳에서 올라오는 달큰한 숨도, 성대에서 울리는 야릇한 음성도, 입을 통해 주고받는 물기도, 착 달라붙은 피부도, 속에서 피어오르는 땀도, 심장의 박동도.

그 외 존재하는 모든 것들이 얽히고설켜 서로를 꽉 묶었다. 본능으로 가득한 두 사람은 그렇게 서로에게 매달렸다.

"기분 좋아."

설희가 저도 모르게 말을 내뱉었다.

"미쁨 씨……"

그가 미쁨의 품속으로 파고들었다. 따뜻하고 촉촉한 그녀의 품속은 정말 아름다웠고, 포근했으며, 이루 말로 설명할 수 없는 눈부신 것들로만 가득했다.

설희는 행복했고, 기뻤다. 그녀의 모든 것들이 영롱했고, 사랑스러웠다. 무섭지 않았고, 두렵지도 않았다. 미쁨이지 아니한가. 그녀의 이름을 부르며 믿으면 되는 것이다. 설희는 더더욱 깊숙이 미쁨의 품속으로 파고들었다.

"이런 거 처음이야."

그녀가 고개를 바짝 쳐들었다. 미쁨은 주체할 수 없는 생경한 느낌에 몸을 제대로 가누기 힘들 정도였다.

"윽."

그녀의 입을 통해서 나온 외마디 비명은 괴로움에서 비롯된 것이 아니었다. 그 어떤 생각도 할 수 없을 정도로 강한 수축이 미쁨의 몸 안에서 일었다.

'어쩌지, 미칠 것 같아!'

뒤로 젖힌 고개 밑으로 드러난 그녀의 긴 목에 핏대가 섰다. 숨 쉴 생각조차 못 할 정도로 찌릿한 느낌에 숨이 막혔다. 미쁨은 목을 지나는 동맥이 콩닥콩닥 뛰는 것이 보일 정도로 흥분했다. 그녀의 피부 밖으로 드러난, 유약한 혈관에 설희가 입을 맞추었다.

"그만……! 너무 강해……!"

부서질 듯 강한 힘으로 끌어안아 오는 그의 행동에 미쁨은 덜컥 겁이 났다. 머릿속으로 새하얗고 강한 빛이 내리쪼이는 느낌이 들며, 체력이 다한 몸이 바들바들 떨렸다.

동시에 미쁨은 자신이 공중에 붕 뜨는 듯한 착각을 느꼈다. 이곳이 과연 아담과 이브가 있는 에덴일까, 환상 속에서만 존재하던 그런 공간 속에 내가 있는 게 아닐까, 싶을 정도로 그녀는 기분이 좋았다.

달콤하게 젖은 설희의 입술은 그녀의 탐스러운 목을 스치며 지나 곧 그녀의 입술을 찾았다. 그가 입을 맞출 때마다, 그녀는 설희가 과연 애라는 걸 느꼈다. 바라는 것을 맹목적으로 가지려 하는 어린아이, 원하는 것을 순수하게 갈망하는 그런 어린아이 말이다.

미쁨은 그와 키스를 나눴다. 보드라운 것들이 넘나들며 서로의 생명력을 주고받았다.

'그래. 이런 게 살아 있음이지.'

그녀가 생각하며 웃었다.

"우리 이제부터 1일이지?"

미쁨이 묻자 설희가 말없이 고개를 끄덕이며 그녀의 입술에 계속 입을 맞췄다.

'고백 받고 싶었는데, 결국 이번에도 내가 먼저 들이대는구나. 그래도 상관없어! 이 남자를 가질 수만 있다면!'

그녀는 설희를 꼭 끌어안았다. 곧 미쁨은 앞이 보이지 않을 정도로 날 선 느낌에 그의 피부를 꽉 쥐었다. 소름이 돋고 살을 할퀴어가는 듯한 그 자극은 금세 희열로 변모해 그녀의 몸을 덮쳤다.

달콤한 꿀이 방 안에 가득 차 출렁거리다 못해 넘치는 것 같은 느낌이 들었다. 고통스럽지만 극적인 환희였다. 서로를 끌어안은 두 사람은 거짓 없이 모든 것들을 주고받았다. 그 과정은 가히 아름답다 표현할 수 있었다.

그들이 비로소 이성적인 생각을 할 수 있게 되었을 즘엔 이미 TV 화면에 엔딩 크레디트가 한창 올라가는 중이었다. 온몸에 송골송골 맺혔던 땀이 마르고, 숨을 고르면서 그들은 자신들이 얼마나 정신없이 감정을 나눴는지 알 수 있었다.

TV 앞에는 그들의 움직임에 휩쓸려 엎어진 맥주와 물이 보였다. 침대 옆 테이블 위에 있던 책들은 이미 바닥에 난잡하게 널려 있었고, 책 옆에 있던 두루마리 휴지도 같이 떨어졌는지 저 멀리까지 길게 풀려 굴러간 상태였다.

설희와 미쁨 사이에는 활활 타오르던 불이 사그라든 후 남은 열기처럼 은은한 감정의 향이 났다. 그 내음 속에서 그가 조용히 말했다.

"부모님이 오셨대요."

설희와 그녀는 서로 마주 보며 옆으로 누운 채 웃었다. 그들 사이엔 달콤한 맛이 흘렀다.

"이번 주 토요일에 가족 모임이 있는데, 할아버지의 강압으로 참석해야 할 것 같아요. 거기서 부모님과 만나겠죠."

"그래서 무서워?"

그의 말을 가만히 듣던 미쁨이 물었다. 사실 그녀는 물으면서도 설희의 답을 알고 있었다.

'무서웠겠지. 몇 년 동안이나 그렇게 두려워했는데 쉽게 극복할 수 있겠어? 그 두려움 때문에 월차를 냈던 거구나.'

미쁨의 질문에 그가 솔직하게 답했다.

"네, 무서워요. 꿈속에서 절 끊임없이 괴롭히던 그들을 직접 마주하게 됐으니까요."

이제 설희는 그녀의 질문에 답을 피하지도, 얼버무리지도 않았다.

"내가 도와주고 싶지만, 할 수 있는 게 없네. 차라리 꿈이었다면 도와줄 수 있었을 텐데. 나랑 있으면 꿈도 안 꾸고 잘 자니까."

"괜찮아요. 제 옆에 있어주는 것만으로도 큰 힘이 돼요. 미쁨 씨는 저를 떠나지만 말아요."

"나는 네가 스스로 잘 이겨낼 거라고 믿어."

미쁨이 확신에 찬 어조로 말하자 설희가 빙그레 웃었다. 믿음이 믿는다고 하는 그 모습이 신기하면서도 신빙성 있게 다가왔다.

"고마워요."

그가 미쁨의 입술에 가볍게 키스했다. 그녀도 거부하지 않고 눈을 감으며 설희의 보드라운 입술을 느꼈다. 그가 자신의 긴 팔로 미쁨의 허리를 감았다. 가벼웠던 입맞춤이 점차 무겁고 진해지며 진정되었던 그들의 맥박이 다시 요동쳤다. 설희는 미쁨과 일 초라도 떨어지기 싫은 듯, 그녀를 꽉 끌어안고 놓아주질 않았다.

'얘는 힘들지도 않나?'

미쁨은 그의 스킨십에 의아해했지만 곧 그 답을 알 수 있었다.

'……하긴 그 긴 시간 동안 받지도, 주지도 못했던 감정들이 그리 쉽게 지치겠어.'

그녀는 피식 웃었다. 설희와 미쁨은 또다시 서로를 강하게 옭아맸다.

10. 괴물이 괴물에게

선우는 이른 아침부터 자신의 사무실 책상 앞에 앉아 밀린 서류들을 결재하고 있었다. 하루도 빠짐없이 밀려드는 서류들 속의 수많은 숫자와 글자들이 그의 주위를 윙윙 맴돌며 정신없게 만들었다.

똑똑.

"들어와요."

노크 소리와 함께 깔끔한 슈트 차림의 남자가 나타나 선우의 앞에 똑바로 섰다. 그의 이름은 문보준. 선우를 보필하는 비서로, 다소 냉소적인 인상을 가진 삼십대 초반의 젊은 남성이었다. 문 비서는 그의 앞으로 다가가 빳빳한 서류 봉투를 내밀며 말했다.

"전에 요구하셨던 사람의 자료입니다."

선우는 봉투를 바라보며 놀랍다는 듯이 고개를 갸웃했다.

"벌써?"

그는 봉투 속 사진과, 몇 장 안 되는 서류들을 휙휙 넘겨보았다.

"평범하네."

선우는 미쁨의 인적 사항이 적힌 페이지를 훑어보며 중얼거렸다.

"얼마 전에 공채로 세성기획에 입사했고, 현재 같은 팀이랍니다."

"그러니까 이렇게 빨리 조사할 수 있었던 거군."

그는 문 비서의 설명을 들으며 사진 한 장을 유심히 바라보았다. 그 안에는 설희에게 잔뜩 혼나는 미쁨의 모습이 담겨 있었다.

'이건 누가 봐도 연인이 아닌 회사 앙숙 모습이잖아?'

선우가 고개를 갸웃했다.

"······이상한데."

❦

피부가 따가울 정도로 강한 햇빛이 창문을 통해 떨어졌다. 미쁨은 눈을 감고 있음에도 불구하고 느껴지는 눈부심에 얼굴을 구기며 잠에서 깼다.

"암막 커튼을 설치하든가 해야지, 빌어먹을."

그녀는 아침부터 시원하게 욕을 투척하며 몸을 세웠다. 그런데 왠지 일어나기 힘들었다. 묵직한 뭔가가 그녀의 몸을 꽁꽁 감싸고 있기 때문이었다.

"헐."

그건 바로 설희의 팔과 다리였다. 뭔가를 꼭 안고 자는 것이 잠버릇인지, 아니면 미쁨과 함께 잠을 자면서 새로 생긴 버릇인지는 몰라도 그는 미쁨을 자신의 팔과 다리로 칭칭 옭아매고 있었다.

'크으! 요거이 진정한 연애의 참맛이제잉. 잠에서 깰 때마다 남친의 얼굴을 볼 수 있다니! 대박! 아침부터 눈 호강하는구나.'

그녀가 눈을 반짝반짝 빛내며 설희의 얼굴을 감상했다.

'저 입체적인 면상 좀 보소. 오똑한 콧날은 어떻고! 아찔하니 손 베이

겠네, 베이겠어.'

미쁨은 자신이 보고 있는 것을 머릿속에 꼭꼭 집어넣어 저장이라도 하려는 듯, 눈도 깜빡이지 않고 그의 얼굴을 바라보았다.

'하아아앍…… 이대로 시간이 멈추면 얼마나 좋을까. 그렇다면 자고 있는 내 남자의 얼굴과 몸을 구석구석 살펴보며 오랫동안 감상할 수 있을 텐데. 출근하기 싫다…….'

……출근? 마약에 취한 듯 멍하던 미쁨의 눈동자가 출근이라는 단어에 일순간 선명해졌다. 그녀는 개미지옥 같은 설희의 매력에서 빠져나와 자리에서 벌떡 일어났다. 침대 옆 선반에 놓여 있던 휴대전화를 켜보니 8시 반이었다!

"젠장, 지각이다!"

미쁨은 시간을 확인하자마자 스프링처럼 침대 밖으로 튀어나갔다. 그런데 어찌 된 일인지, 그녀의 몸은 이불 속으로 다시 빨려 들어가고 있었다.

"시끄러워. 조금만 더 자요……."

설희가 부산스럽게 튕겨 나가는 그녀를 팔로 감아 이불 속으로 끌어들인 것이었다.

"지금 잘 때가 아냐! 8시 반이라고! 왜 알람은 안 울려서 지랄인지!"

그때 순간 미쁨의 머릿속으로 빠릿! 하고 날 선 생각이 하나 들었다. 그녀는 실눈을 뜨며 목소리를 묵직하게 내리 깔아 공포감을 조성하고 그에게 물었다.

"너냐? 네가 내 폰 알람 껐냐?"

설희는 아무 말도 하지 않았다. 그랬다. 미쁨의 예상대로 알람을 끈건 그였다. 설희는 전날 밤, 처음으로 느껴본 다양한 감정에 그저 그녀와 함께 있고 싶은 마음뿐이었다.

조금이라도 더 그녀와 오래 붙어 있고 싶다. 조금이라도 더 그녀의 온기를 느끼고 싶다. 조금이라도 더 미쁨이란 여자와 모든 걸 주고받고 싶다. 그래서 그 황홀했던 밤이 다시 왔으면 좋겠다.

그런 소망에 그는 눈을 뜨자마자 이성적으로 생각할 겨를도 없이, 대책 없이 미쁨의 알람을 끈 것이었다.

"너 미쳤어?"

그녀는 매서운 눈으로 설희를 째려보았다. 미쁨의 무서운 눈빛에 주눅이 들 만도 했지만, 그는 되레 웃어 보였다. 설희는 들킨 마당에 될 대로 되라는 식으로 미쁨을 더욱 세게 끌어안으며 말했다.

"그냥 회사 관둬요. 관두고 같이 살면 딱 좋겠다."

"가, 같이…… 살아?!"

미쁨은 설희의 말에 순간 '그, 그럴까……?'라고 대답할 뻔했다.

'내 남자와 동거라니! 그러다 결혼에 골인하는 건가?'

그녀의 마음이 심하게 요동쳤다. 하지만 미쁨은 곧 이성의 끈을 붙잡았다. 사귄 지 아직 하루도 안 됐는데 벌써부터 동거라니, 그건 안 될 말이었다. 물론 사귀지 않는 사이였을 때도 잠을 같이 잔 적이 여러 번 있었지만, 그땐 그에게 감정이 없었던 때였으니 지금과 완전히 다른 상황이었다. 미쁨은 기쁜 마음을 애써 억누르며 차갑게 말했다.

"어떻게 취직한 회사인데 미쳤다고 관두니?"

하지만 즐거움에 벌렁거리는 콧구멍은 어찌하지 못했다.

"설마 제가 미쁨 씨 하나 못 먹여 살릴까? 걱정 말아요. 더 통통하게 살찌워 드릴게요."

"뭐?"

순간 그녀가 울컥했다.

'안 그래도 살이 안 빠져서 걱정인데, 더 찌워주겠다고? 저게 말이야 방구야?'

미쁨이 얼굴에서 웃음을 싹 지우며 설희를 흘겨보았다. 그는 그런 그녀의 모습을 바라보며 말했다.

"전 미쁨 씨 안을 때 느낌이 너무 좋아요. 아니, 좀 더 폭신폭신했으면 좋겠어요. 그리고 미쁨 씨는 더 통통해야 보기 좋을 것 같아요."

'저거 진심이야, 구라야?'

미쁨은 자신을 쿠션처럼 끌어안은 설희의 품속에서 잠시 생각에 잠겼다. 그녀는 더 쪄야 예쁠 것 같단 그의 말이 사실인지, 거짓인지를 몰라 마음이 복잡했다. 하지만 이거 하나는 확실했다. 그가 내뱉은 그 말이 너무 유혹적이었다는 것. 전 연인들은 그녀가 조금이라도 살찌면 하나같이 다이어트 좀 하라고 성화였는데, 설희는 그렇지 않았고 오히려 지금 모습을 좋아해 주었다.

'이런 사람이 바로 내가 꿈꾸던 그런 사람이었다고!'

미쁨이 설희 몰래 싱글벙글 웃었다.

"아이참…… 이거 놔앙……!"

그녀는 좋으면서 싫은 척, 흥칫뿡 콧방귀를 뀌며 그의 품에서 빠져나와 출근 준비를 하기 위해 화장실로 들어갔다.

"너는 회사 안 가?"

샤워를 마치고 막 나온 미쁨이 앉은뱅이책상 앞에 앉아 설희에게 물었다.

"전 주말까지 휴가 썼어요. 회사 다니면서 지금까지 쉰 적이 없어서 월차가 많이 남았거든요."

"부럽다……."

그녀는 화장을 시작하기 위해 파우치를 열었다.

"너야말로 똥방구 파우치에 어떤 립스틱이 들어 있는지 알기는 해?"

미쁨의 파우치를 보자 설희의 뇌리에 해아가 했던 말이 반사적으로 떠올랐다. 순간 울컥한 그는 굳은 표정으로 옷을 주워 입고는 미쁨의 옆에 앉았다. 그리고 그녀의 파우치 속을 바라보며 그 안에 뭐가 들어 있는지 유심히 살펴보았다.

"뭐야, 너? 나 화장하는 거에 관심 있어?"

미쁨은 자신의 옆에 찰싹 달라붙은 설희에게 이상한 눈초리를 보냈다.

'차해아도 그렇고, 얘도 그렇고 왜 다들 내 화장에 관심을 가지는 건지 모르겠네.'

그녀는 실로 얼탱이가 없었다.

"아뇨, 그냥 뭐가 들었는지 궁금해서요."

그가 어정쩡하게 답했다. 설희는 미쁨에게 차마 '당신에 대해 차해아보다 제가 더 많은 것을 알아야겠어요'라고 말할 수 없었다. 본인이 생각하기에도 민망하고 유치한 감이 없잖아 있었기 때문이었다.

그 순간 그는 놓쳤던 것이 떠올랐다. 부모님의 귀국 소식에 정신이 팔려 그냥 넘어갔던 그것. 바로 어제 미쁨과 해아가 같이 집으로 돌아왔던 그때 그 상황이었다. 일순간 미간을 구기며 그는 다짜고짜 미쁨에게 질문부터 던지고 봤다.

"어제 차해아와 어떻게 된 거예요? 왜 둘이 같이 온 거죠?"

"왜 안 물어보나 했다. 그 사람이 우리 회사 앞으로 왔기에, 비도 오고 해서 얻어 탔지."

그의 진중한 물음에 미쁨은 아이라인을 그리며 대충대충 답했다. 그녀는 지금 아주 어마어마한 집중력을 발휘하는 중이었기에, 설희의 물음에 자세히 대답할 여력이 없었다.

"그 사람, 도대체 뭐죠? 미쁨 씨를 좋아하기라도 한대요?"

"어. 좋아한대. 고백했어, 나한테."

"뭐라고요?"

그의 언성이 한 옥타브 높아졌다. 자신을 믿어주고 사랑해 주는 유일한 사람인 미쁨에게 찝쩍대는 남자가 나타났다니! 설희는 이 상황을 참을 수가 없었다. 심지어 그 남자는 미쁨의 옆집에 살고 있지 않은가!

"그래서 미쁨 씨는 어떻게 할 건데요?"

"진지하게 거절해야지. 생각해 보니, 이런 저런 일 때문에 정식으로 거절을 못했네."

그녀는 화장을 마치고 파우치를 닫으며 말했다.

'그래. 미안하지만 나에겐 이미 좋아하는 사람이 있다고, 그래서 당신의 마음을 받아줄 수 없다고, 그렇게 진심을 다해 거절해야겠어.'

미쁨은 자신을 좋아한다고 말한 해아가 참 고마우면서도 딱했고, 미안했다. 본디 장난기가 많은 사람이라 진지하게 해야 할 고백도 고래고래 소리치며 얼렁뚱땅 했지만, 그래도 그렇게 말하기까지 힘들었을 거라고 그녀는 생각했다.

'그 사람은 공식적으로 우리나라에서 제일 잘나가는 배우잖아. 그런 그가 나같이 평범하기 그지없는 여자에게 그런 말을 하다니. 모르긴 해도 고민 많이 했을 거야. 속앓이도 심했을 거고.'

그녀가 이런저런 생각에 잠겨 있자, 설희가 말을 툭 내뱉었다.

"저와의 관계도 꼭 말씀하세요."

"아, 예! 팀장님!"

미쁨이 그의 말에 답하며 피식 웃었다.

'허허, 저놈 저거, 질투하는 것 좀 보소.'

사실 그녀는 질투심에 사로잡힌 그의 모습이 너무 좋아 미쳐 버릴 것만 같았다. 해아 얘기만 나왔다 하면 눈에 불을 켜는 그의 모습은 잘생겼지만 귀여웠고, 섹시한 동시에 깜찍했다.

'그래, 더 질투하렴. 질투의 화신이 되어서 날 꽁꽁 옭아매라규!'

미쁨은 그의 질투를 만끽하며 회사에 가기 위해 자리에서 일어났다. 그러고는 신발을 대충 신으며 현관문을 열기 위해 손잡이를 잡았다. 막 문을 열려는 찰나, 설희가 말했다.

"저 여기 계속 있을 테니까 퇴근하자마자 바로 오세요. 여기서 회사까지 넉넉잡아 한 시간이니까, 무조건 7시엔 도착해야 해요. 알겠죠?"

"알겠어."

"언제 오나 시간 잴 거예요."

한시라도 빨리 보고 싶으니 빨리 퇴근하라고 보채는 그를 바라보며 미쁨은 그저 웃을 뿐이었다.

'무슨 사람이 하루 만에 저렇게까지 변하냐? 아무리 자신의 감정을 인정하고 본격적으로 연애를 하기 시작했다지만 너무 귀엽잖아!'

미쁨은 설희의 양쪽 볼을 손으로 쭉 잡아당기며 살랑살랑 흔들었다.

"알겠다니까. 그럼 다녀올게."

그의 모습은 주인을 떠나보내고 시무룩해하는 강아지 같기도 했고, 심통 난 고양이 같기도 했으며, 엄마한테 가지 말라 조르는 아이 같기도 했다.

'무슨 짓을 해서라도 일찍 퇴근해야지!'

그녀는 다짐했다.

"다녀오세요."

미쁨은 설희의 배웅을 받으며 집을 나섰다.

설희는 문이 닫히고 난 후에도 한동안 서 있었다. 닫힌 문이 열리고 미쁨이 혹시나 빠뜨린 뭔가를 가지러 다시 들어올지도 모른다는 미미한 희망에 발걸음을 떼기 힘들었다.

그렇게 그는 오 분 정도 계속 서 있었고, 그녀가 오지 않는다는 확신이 서고 나서야 집 안으로 들어갔다.

설희는 주말이 될 때까지 미쁨의 집에서 같이 지냈다. 가족 모임 날이 다가올수록 긴장이 강해지는지, 그는 미쁨이 있음에도 곧잘 악몽을 꿨다. 그럴 때면 설희는 어김없이 그녀의 품속을 찾았다.

'도대체 얘 할아버지는 이런 상태의 설희를 왜 부른 걸까?'

미쁨은 악몽을 꾼 직후 사시나무처럼 떠는 그를 볼 때마다 그런 의문이 들었다. 한편 설희를 통해 꿈 이야기를 들을 때마다 이상함도 느꼈다.

'의외로 엄마보단 아빠 쪽을 더 무서워하는 것 같단 말이지.'

엄마에게 학대받은 것치고는 아버지가 나오는 꿈을 주로 꾸는 그의 모습이 좀처럼 앞뒤가 맞지 않았다.

아버지의 눈을 가진 길고 차가운 괴물이 설희 자신의 몸을 집어삼키는 내용의 꿈.

이리 보나 저리 보나, 자신을 죽일 듯이 팬 어머니가 아닌 아버지를 두려워하는 꿈 아닌가. 그의 아버지는 어머니처럼 학대도 하지 않은 것 같았고, 또 설희를 학대하던 어머니를 막아줬다고 하지 않았던가?

"저를 내려다보던 아버지의 눈빛도…… 그 목소리도……."

미쁨은 그가 했던 말을 떠올렸다. 끝이 심하게 흐려진 말이어서 똑바로 알아들을 수는 없었지만, 아버지 쪽도 평범하진 않을 것 같은 느낌이 들었다.

'음…… 여러모로 이상하다.'

그녀의 의문은 꼬리에 꼬리를 물고 길어져 이젠 그 시작이 어딘지 보이지도 않을 지경이었다.

'언젠간 알게 되겠지.'

그녀는 급하게 가지 않으려 마음먹었다.

"조심해서 다녀와."

오지 않길 바랐던 주말은 순리에 따라 오늘로 훌쩍 다가왔다. 미쁨은 가족 모임에 참석하기 위해 막 준비를 마친 설희를 현관문 앞에 서서 배웅해 주고 있었다.

"금방 갔다 올게요. 오면 같이 맛있는 거 먹으러 가요. 좋은 데 알거든요."

생각보다 무덤덤한 그의 모습에 미쁨은 도리어 걱정이 앞섰다.

'저거 분명 나 생각해서 아무렇지도 않은 척 연기하는 거겠지.'

그녀는 씁쓸하면서도 설희의 모습이 고마웠고, 그가 기특했다.

"네 부모님이 뭐라 뭐라 신경 거슬리는 말을 하면 그냥 물어뜯어 버려. 너희 엄마 아빠도, 할아버지도, 동생도 마찬가지야. 인정사정 봐주지 마. 그냥 상 뒤엎고 나와도 되니까 참지만 말고 다 내지르고 와."

미쁨이 밝게 웃어주자 그도 따라 웃었다.

"혹시 알아? 이번에 눈 딱 감고 미친 척 한 번 하면 다음부턴 안 부를지."

"그래요."

설희는 그녀의 뺨에 가볍게 키스하고는 집을 나섰다. 미쁨은 손을 흔들며 점차 멀어지는 설희를 잠시 동안 바라보았다. 검정 슈트를 깔끔하게 차려입은 그의 뒷모습은 어딘지 경직되어 있었다.

'무슨 가족 모임에 저렇게까지 챙겨 입고 가냐. 우리 집은 그냥 스레빠 찍찍 끌고 집 근처 고깃집에 가서 퍼먹는 게 전부인데. 아니, 가족 모임이고 뭐고 할 것도 없지.'

미쁨은 자신의 집안과 그의 집안을 비교해 보았다.

'……그만큼 가족 모임이라는 자리가 생각보다 중요한 모양이지? 그만

큼 많이 불편할 거고.'

그녀는 설희가 말한 가족 모임이라는 것이 생각보다 어마어마하게 크다는 사실을 알지 못했다. 손가락 하나만으로도 나라 전체를 휘청이게 할 수 있는 사람들의 집합체라는 것을 미쁨은 상상조차 하지 못했다. 그녀는 그저 어깨를 으쓱하며 집 안으로 들어가 현관문을 닫았다.

'힘내. 돌아오면 위로해 줄게. 참지 말고 네 감정을 다 쏟아내고 와.'

미쁨은 그 어떤 때보다 간절한 마음으로 그를 응원했다.

❦

조 블랙. 으리으리한 이 레스토랑의 수많은 방들 중, 가장 호화로운 금빛 방의 긴 테이블에 윤 회장과 그의 가족들이 모여 앉았다. 그의 자식에 손녀, 손자들까지 합치니 그 수가 열셋, 설희까지 온다면 열넷이었다.

"우리 선우, 살이 좀 빠졌네. 고생하고 있는 거 아냐?"

윤 회장의 옆에 앉아 있던, 선우의 어머니인 모연이 맞은편에 자리한 제 아들의 얼굴을 이리저리 살펴보며 말했다. 오랜만에 본 아들의 모습에 그녀의 목소리는 흥분으로 가득했지만 그에 비해 선우는 건조하기만 할 뿐이었다.

"어머니도 잘 지내셨어요?"

"그럼! 내 걱정은 하지 않아도 돼. 아버님도 건강하시죠?"

모연의 안부 인사에 회장은 고개를 살짝 끄덕일 뿐이었다. 모연의 옆, 회장과 가장 가까운 자리에 앉아 있던 계진은 말없이 와인을 마셨다.

"아버지, 안색이 좋아 보이시네요. 무슨 즐거운 일이라도 있으세요?"

선우가 웃는 것인지 노려보는 것인지 알 수 없는 눈동자로 묻자 그의 아버지, 계진은 보란 듯이 활짝 웃었다. 표정 관리를 그렇게 해서야 쓰나, 라며 거짓 웃음에 대해 가르쳐 주는 듯이 말이다.

"너와 설희를 오랜만에 보는 자리지 않니. 기다려지는 건 당연한 거다."

"그렇군요."

선우와 그의 부모님 사이에서 흘러나오는 서늘함에 다른 사람들은 서로 눈치만 보며 앉아 있었다. 그들은 방 안을 감도는 긴장감에 숨이 막힐 지경이었다. 오직 윤 회장만이 느긋하게 식사를 하고 있었다. 그는 포크와 나이프로 두꺼운 스테이크를 써는 와중에도 틈틈이 시간을 확인하곤 했는데, 그것은 오지 않는 설희 때문이었다.

'고얀 놈. 오기만 해보거라.'

윤 회장은 어금니를 악물었다. 그때 그의 시선 속으로 계진이 들어왔다. 강한 벽이 느껴지는 아들의 모습에 안 그래도 굳어 있던 윤 회장의 표정이 더 심하게 굳어졌다.

'여전히 변한 게 없구나.'

드륵. 조용한 도중에 의자 끄는 소리가 들려오자 모든 이들의 시선이 계진에게로 향했다. 몇몇은 그가 일어서면서 난 소리에 흠칫 놀라기까지 했다.

"잠깐 실례 좀 하겠습니다."

계진은 그의 아버지, 윤 회장에게 말하고는 입구로 뚜벅뚜벅 걸어갔다. 설희가 언제 오나 싶어 연신 시간을 확인하는 윤 회장의 모습이 자꾸만 계진의 심기를 건드렸다. 그는 그대로 문을 열고 방 밖으로 나와 버렸다.

머리끝부터 발끝까지 온통 검은색으로 무장한 경호원들이 레스토랑을 점령이라도 한 것처럼 곳곳에 배치되어 있었다. 그런 그들의 앞으로 설희가 나타났다. 경호원들의 시선이 발걸음을 옮기는 설희를 따라 움직였고, 그 수많은 눈알들은 그의 몸에 들러붙어 떨어지지 않았다.

'거북해.'

설희는 인상을 팍 구겼다. 저 멀리 그의 목적지로 보이는 문 안에서 한 남자가 막 나오는 것이 보였다. 설희는 철렁 가슴이 내려앉는 느낌과 동시에 우뚝 멈춰 섰다. 손끝이 떨리며 입술과 입안이 말라 그는 마른 침을 삼켜야 했다.

문에서 막 나온 남자는 설희를 발견하고는 씨익 웃어 보였다. 따뜻하게까지 느껴지는 그 미소에 설희는 온몸에 소름이 돋았다. 그의 눈에 비친 그 남자의 모습은 감정이라고는 없는 기계가 사람을 흉내 내는 것 같았다. 그것도 아주 똑같고 완벽하게.

"왔구나."

설희를 반기는 그 남자는 바로 설희의 아버지, 계진이었다.

방 밖으로 나온 계진과 딱 마주친 설희는 자신이 떠는 것을 감추기 위해 숨을 고르고 주먹을 쥐었다. 멈췄던 걸음을 걸으며 아무렇지도 않은 척 그에게 다가갔다.

"오랜만입니다, 아버지."

"내가 너 때문에 물먹은 뒤로 아주 오랜만이지."

두근. 계진의 직설적인 말에 설희의 심장이 두려움으로 요동쳤다. 그러나 그는, 표정만큼은 부드럽게 웃는 모양새를 잃지 않았다. 그것은 계진의 것보다도 더 완벽한 가면이었다.

"저 때문이라뇨. 아버지께서는 아직도 오해 속에서 사시는 것 같네요. 전 당신의 친자도 아니지 않습니까."

설희의 말에 그의 눈썹이 꿈틀댔다.

'무슨 의미로 한 말이지?'

계진의 입은 여전히 웃고 있었지만, 머릿속은 팽팽 돌아가고 있었다.

'오해와 친자라……'

그가 설희를 바라보며 생각에 잠겼다.

'……아, 그렇구나.'

곧 답을 찾아낸 계진은 손으로 입을 가리고 웃었다.

'가소롭기 그지없구나, 너.'

그는 사람을 업신여기는 눈빛으로 설희를 내려다봤다.

"그래 맞다. 넌 내 친자식이 아니지, 참. 그래, 인정하마. 네 잘못이 아니구나. 하하하."

'아버지의 저 반응, 어떻게 받아들여야 하나……. 저 사람의 머릿속에 도대체 무엇이 들어 있을까. 아니, 알고 싶지 않다. 알게 된다면 내가 미칠지도 모르니까.'

설희는 계진의 웃음소리에 주먹 쥔 손에 힘을 주면서도 여전히 아무렇지도 않은 척, 웃으며 그를 마주했다.

"들어가자."

계진은 자신이 나왔던 문의 손잡이를 다시 잡았다. 천천히 열리는 문틈으로 윤 회장이 보였다. 언젠가 올라가고 싶었던 그 자리가 그의 눈에 똑똑히 들어왔다.

"참 빨리도 오는구나. 이십 분이나 늦었다. 우리에게 이십 분의 값어치가 얼만지는 알아?"

윤 회장의 불호령에 설희가 느긋하게 답했다.

"죄송해요, 할아버지. 그래도 이렇게 왔잖아요."

"내가 네놈 얼굴 한 번 보려다가 숨넘어가 죽겠다. 넌 나 죽고 나서 올 게냐? 하긴 너란 놈은 내 무덤 앞에서도 눈물 한 방울 안 흘릴 테지."

그의 말에 설희가 풋, 하고 웃었다.

"할아버지가 그러셨잖아요, 나중에 죽으면 화장해서 물고기들 떡밥으로 뿌려달라고. 그동안 먹은 회가 너무 많아 미안하시다면서요. 무덤이 없으니 울 일도 없겠죠."

"이놈이 입만 살아가지고는. 조심해! 네 주둥아리도 회 떠서 먹는 수가 있어!"

"이야. 굉장히 섬뜩하네요."

그의 등장으로 인해 딱딱하기만 했던 윤 회장의 표정이 풀어지자 방 안에는 그제야 훈훈한 기운이 돌았다.

"앉지 않고 뭐해? 어서 앉아."

윤 회장이 자리를 내주었지만 설희는 손을 내저으며 거절했다.

"아뇨, 어차피 안부 인사 정도만 하려고 했던 터라 이만 가볼게요."

"그게 무슨 소리야? 오랜만에 왔으면 식사라도 하고 가야 하는 거 아니냐? 어여 앉아."

그의 강요에도 설희는 앉을 생각 따윈 하지 않았다. 그 누구도 윤 회장의 말에 토 달지 않는 와중에 오직 설희만이 유일하게 그의 뜻을 거스르는 존재였다. 다양한 계열사 사장과 임원들 사이에서 일개 팀장 나부랭이가 말이다. 하지만 설희는 아무리 할아버지가 같이 식사하라고 해도 이 자리에 함께할 수 없었다. 식사가 끝날 때쯤엔 극심한 스트레스로 인해 병원에 실려 갈지도 모르는 일이었기 때문이었다.

그는 겉보기엔 아무렇지도 않아 보였지만 실상은 구석에 몰린 생쥐와 같았다. 부모님이 저렇게 두 눈 시퍼렇게 뜨고 쳐다보는데 어찌 맘 편히 이 자리에 있을 수 있겠는가. 자신을 죽일 듯이 학대했던 어머니 앞에서, 또 그런 그녀를 제재하며 의미를 알 수 없는 무서운 눈빛으로 자신을 내려다보는 아버지 앞에서 말이다. 그런 그들과 같은 공간에 있는 건, 설희에겐 불가능한 일이었다.

"너는 오랜만에 봤는데도 인사 한마디 없구나."

모연의 날카로운 목소리가 그의 귀를 자극했다. 설희는 하마터면 한쪽 눈을 찡그릴 뻔했지만 가까스로 참은 덕에 감정을 겉으로 드러내지 않을 수 있었다.

"반가워요, 어머니. 그동안 잘 지내셨어요?"

"그래. 잘 지냈다. 너는 잘 지냈니?"

"그럼요."

그녀는 부드럽게 웃으며 설희와 대화를 나눴다. 하지만 그건 그저 윤 회장이 지켜보고 있는 상황 속에 어쩔 수 없이 이어지는, 형식적인 것이었다. 회장의 존재가 없었더라면 그들은 말 한마디 섞지 않았을 터였다. 확실히 선우를 대할 때와 설희를 대할 때 그녀의 행동은 극명하게 달랐다.

"아무튼 죄송해요, 할아버지. 이만 가봐야 할 것 같아요. 다음에 따로 찾아뵙겠습니다."

설희가 윤 회장에게 작별을 고했다.

"대신 다음에 올 때 양손 무겁게 해서 오너라. 벌이야. 알지? 내 입맛."

"알겠어요. 할아버지가 좋아하시는 자연산 회 잔뜩 사 들고 갈게요."

그는 윤 회장의 허락에 선우와 부모님, 그리고 다른 친척들에게까지 고개 숙여 인사했다.

"죄송합니다."

설희는 그대로 문을 열고 방 밖으로 나가 버렸다.

탁. 그곳에 있던 사람들 사이로 문 닫히는 소리가 메아리치듯 울렸다.

🐛

"아이씨."

심플한 연회색 셔츠에 짙은 남색 바지를 깔끔하게 입고 있던 해아는 밴 뒷좌석에 앉아 신경질적으로 혼잣말을 내뱉었다. 그는 퇴근하는 미쁨과 함께 집에 갔던 뒤로 장장 삼 일 내내 알콩달콩 꼭 붙어 떨어질 줄 모르는 그녀와 설희의 모습을 봐왔던 터였다.

'썸 탄다 어쩐다 하더니, 결국 사귀는 건가?'

해아는 불길한 생각에 파묻혀 예민함의 극치를 달리고 있었다.

"하! 아주 그냥 동거를 하지 그래."

그는 미쁨과 설희의 꼴 보기 싫은 모습에 자신의 원래 집으로 돌아갈까 싶기도 했지만, 그들의 애정 행각이 들릴지도 모른다는 생각에 벽에 귀를 대고 있느라 그러지도 못했다. 해아는 그들의 격정 로맨스를 실제로 마주한다면 자신이 상처받을 걸 알면서도 미치도록 궁금했다.

"그럴 수도 있지만 아닐 수도 있잖아?"

그 미미한 희망이 그가 원래 집으로 피신하지 못한 이유였다.

'제발 옆집에서 아무런 소리가 없길. 내가 생각하는 그런 천박한 소리가 들리지 않길!'

하지만 옆집의 소리가 그의 귀로 들어오기엔 원룸의 벽이 상당히 두꺼웠다.

'낡아 빠진 건물 주제에 방음 처리는 세계 최고 수준이다. 젠장.'

해아가 벽 너머 소리에 집중하던 것을 그만둔 이유는 다름 아닌 바퀴벌레 때문이었다. 이것들이 뭘 하고 있을까 싶어 벽에 착 달라붙어 있던 중 마주친 바퀴벌레 한 마리. 그 바퀴벌레는 해아와 눈을 맞추며 움직이지도 않았다. 도망가기는커녕 오히려 낄낄 웃으며 "야, 너 뭐하냐?"라고 묻는 것 같았다. 홋, 하고 비웃는 것 같기도 했다. 움찔대는 두 더듬이가 "아이구, 불쌍해라."라고 동정하는 것 같았단 말이다!

해아는 그 이후로 관뒀다. 옆집 소리 염탐하는 것 따위를.

'대한민국 국민들의 사랑을 받으며 높아질 대로 높아진 콧대를 가진 내가 바퀴벌레에게 연민을 사다니……!'

할 수만 있다면 창문 밖으로 뛰어내리고 싶었지만, 어쩌랴. 그녀를 좋아한다는 걸 깨달은 그 시점부터 그는 이미 패자인 것을.

"하. 나 왜 이렇게 초라하냐."

해아는 한 레스토랑의 주차타워에 서 있는 밴 안쪽에 홀로 남아 궁상맞게 몸을 웅크렸다.

지금 그는 성 대표와 홍 감독과의 약속 자리에 참석하기 위해 기다리는 중이었다. 성 대표는 해아가 좀 긍정적인 캐릭터에 빠졌으면 하는 마음에 밝은 로맨스 시나리오 위주로 살펴보던 중, 눈에 확 띈 홍 감독의 시나리오를 보고 이거다 싶어 이런 자리를 마련한 것이었다. 그러나 로맨스엔 일절 관심 없던 해아에겐 홍 감독과의 만남이 그저 귀찮을 뿐이었다.

'로맨스는 얼어 죽을. 내 연애도 지금 막막해 죽겠는데.'

그는 댓발 나온 입으로 휴대폰을 만지작거렸다. 음식점 테이블에 앉아 상대방이 올 때까지 기다리는 걸 극도로 싫어하는 해아는 언제나 다른 이들보다 미묘하게 늦게 가기 위해 이렇게 차 안에서 뒹굴뒹굴하곤 했다.

"형님, 오셨어요. 가요!"

그는 성 대표와 홍 감독이 도착했다는 소식에 천천히 몸을 일으켜 세웠다. 그때 해아의 눈에 주차타워 입구로 걸어 들어오는 설희가 보였다.

'뭐야, 저놈! 왜 여기까지 나타나? 내 스토커냐?'

그는 기분 나쁘다는 듯이 눈을 치켜뜨며 차에서 내렸다.

'잘 만났다. 만난 김에 신경 좀 건드리러 가볼까? 너의 불행은 나의 행복…….'

"형!"

해아는 새로이 등장한 남자 쪽으로 시선을 돌렸다. 설희를 형이라 부르는 남자, 그의 어깨를 붙잡아 세우며 숨을 몰아쉬는 그 남자……. 선우였다. 해아는 그의 등장에 창희를 데리고 밴 안으로 후다닥 들어가 문을 달았다.

"헐. 형님. 저, 저, 저, 저 사람! 그, 그 사람 맞죠? 세, 세성가의……."

창희가 선우를 가리키며 말까지 더듬었다.

"그런데 저분이 왜 윤 프로님에게 형이라고……?"

"야 이 새끼야, 조용히 좀 해봐!"

창희를 날카로운 눈으로 째려보며 해아는 설희와 선우의 대화를 듣기 위해 창문을 살짝 열어 귀를 댔다.

'윤설희, 누구냐 너. 누구기에 저런 거물과 함께 이곳에 있는 거지?'

해아는 설희의 동생 선우가 누군지 정확히 알고 있었다. 그가 세성그룹 회장인 윤 회장의 손자라는 것도, 세성 본사의 이사직을 맡으며 후계자 수업을 차근차근 밟고 있다는 것도 말이다.

해아가 그런 것들을 아는 것은 당연했다. 윗대가리들이 많이 나오는 모임에 참석하다 보니 볼 기회가 많았고, 기본적으로 신문이나 인터넷 기사로도 여러 번 접했으니까 말이다. 그런데 증권가에는 오래전부터 찌라시 하나가 떠돌고 있었다. 그 내용은 바로 세성의 재산 상속에 대한 것이었다.

장남이 회장직을 물려받는다는 세성가 상속 조건에 선우는 부합하지 않으며 이유는 그가 윤 회장의 맏손자가 아니기 때문이라는 것이다. 그는 사실 중손이었고 숨겨진 맏손자가 어딘가에 따로 있다나? 거기다 그 의문의 맏손자가 현재 세성전자 사장이자 윤 회장의 장남인 윤계진 사장의 재산 상속에 걸림돌이라고. 왜 그런지는 모른다. 하지만 확실한 건, 현 세성전자 윤계진 사장이 윤 회장의 장남임에도 불구하고 회장 자리에 못 올라가고 있는 현시점 아닐까.

해아는 처음엔 이 소문을 듣는 둥 마는 둥 했다. 소문은 소문일 뿐이고, 찌라시는 찌라시일 뿐이니까. 그런데 지금 상황으로 봤을 때 그냥 넘어갈 뜬구름 잡는 소리가 아닌 것 같다는 느낌이 팍 들었다. 분명 윤 선우가 설희에게 형이라고 부르지 않았던가. 해아는 침을 꼴깍 삼켰다.

"형, 잠깐만!"

선우는 설희를 멈춰 세웠다.

"괜찮아?"

"괜찮으니까 걱정하지 마."

설희의 아무렇지도 않아 보이는 모습에 답답했던 선우는 머리를 긁적였다. 그는 설희의 속이 절대 괜찮을 리 없다는 것을 알고 있었다.

"나도 할아버지가 왜 저러시는지 모르겠다. 다 아시는 분이…… 그래도 할아버지는 형을 제일 좋아하시는 거 알지?"

"알지, 그럼. 그리고 할아버지 속이야 누군들 알겠어. 난 생각보다 괜찮으니까, 들어가 봐."

"모임 끝나고 연락할게. 전화 꼭 받아. 알았지?"

가족 모임 때문에 길게 자리를 비울 수 없었던 선우는 설희의 상태만 확인하고는 다시 들어가기 위해 몸을 틀었다. 그런 그를 등진 설희는 마치 도망가는 것처럼 빠르게 주차타워를 떠났다.

"하. 어쩐지 묘하게 자신감이 넘치더라니."

이 모든 상황을 지켜본 해아가 피식 웃었다.

'재수 없던 놈의 배경을 알게 되니 더 재수가 없구만.'

"와, 윤 프로님, 와……."

그는 말도 제대로 못 하고 감탄사만 남발하는 창희의 반응도 이해는 갔다. 찌라시에 불과한 줄 알았던 것들이 사실이었으니까. 게다가 의문의 그 주손이 다른 이도 아닌 바로 윤설희라니.

'이 어마어마한 비밀을 그냥 넘어갈 내가 아니지.'

해아는 씨익 웃었다.

'내가 파급력이 제대로 커질 타이밍을 골라서 뿌려주마.'

물론, 그 파급력이란 미쁨에게만 해당하는 것이었다. 그는 그녀가 사실을 숨긴 설희에게 제대로 실망하기 좋을 때 이 비밀을 뿌릴 것이라 다짐했다.

'그런데 더 좋아하면 어쩌지? 재벌이잖아. 말로만 듣던 그 돈 많은 재벌!'

해아는 순간 든 생각에 흠칫했다.

'아냐, 상관없어. 나도 벌이 하나는 재벌급이잖아.'

그는 곧 고개를 끄덕이며 씨익 웃었다.

'양미쁨이 나와 윤설희, 두 재벌 중 누굴 택하겠어? 바로 거짓 없이 솔직했던 쪽이겠지. 그것이 바로 나고! 난 적어도 그 여자에게 숨기는 게 없으니까!'

하지만 해아의 얼굴이 다시 굳었다.

'아냐. 차라리 알리지 않는 게 좋으려나. 아무래도 재벌이라는 것이 걸린다. ……아냐! 아냐! 미쁨은 돈이라면 눈에 불을 켜는 그런 여자가 아닐 거야……!'

복잡 복잡하게 생각에 생각을 더하던 그가 결국 고개를 푹 숙였다.

'……젠장. 모르겠다.'

대사 외울 때만 쓰던 머리를 다른 데에 쓰려니 과부하가 일어나기 직전이었다.

'일단 보자. 상황을 좀 지켜보다가 이 사실을 뿌릴지 말지 정하자. 아이고, 골 아프다.'

그는 지끈거리는 머리를 절레절레 내저었다.

"너, 이 상황 절대로 떠벌리고 다니지 마라. 알겠냐? 잘못하면 쥐도 새도 모르게 골로 가는 수가 있으니까."

해아의 충고에 창희는 고개를 끄덕였다.

설희는 떨림을 멈출 수가 없었다. 부모님과 함께 있던 그 상황에서 오는 공포감이 온몸에 고스란히 남아 있었다. 그는 그들이 두려웠다. 오래전의 일이라 기억이 가물가물함에도 불구하고 무서웠다는 느낌만큼은 날이 갈수록 선명해졌으며, 시간이 지날수록 과감하게 뒤틀렸고 복잡하게 찢어져 재조합되어 과장되었다. 때문에 그는 부모님이라는 사람이 아닌 괴이한 괴물에게 고통 받는 꿈을 꾸곤 했다. 그리고 그게 현실이었던 것처럼 뇌리에 선명하게 박혔다.

그래서일까, 이제 그의 눈엔 부모님이 사람이 아닌 괴물로 보였다. 괴물. 괴물. 사람을 씹어 살과 뼈를 목구멍으로 넘기는, 피에 굶주린 흉측하고 징그러운 그런 괴물 말이다.

설희에겐 지금 미쁨이 필요했다. 자신에게 끊임없이 다가오는 그 괴물의 발걸음 소리를 잊을 수 있게, 그리고 그 괴물이 자신을 찾을 수 없게 안전한 세이프 하우스가 필요했다. 그는 부정적인 모든 것들을 튕겨낼 수 있는 방패막이 필요했다.

'미쁨 씨, 당신이 필요해요.'

설희는 두려움을 이기지 못하고 그녀를 향해 차를 빠르게 몰았다.

'저 신호등을 지나 골목으로 향하면 그녀의 원룸 건물이 나올 것이다.'

'차에서 내려 계단을 오르면 그녀가 있는 집 문이 나오겠지.'

'초인종을 누르면 미쁨 씨가 대답할 거야.'

그는 집으로 향하는 과정을 하나하나 셌다.

띵동.

"네!"

미쁨의 목소리를 들은 설희는 그녀가 빨리 보고 싶어 안달이 나서 마른침을 삼켰다.

'이제 305호라는 글씨를 약 삼 초간 보면 그녀가 활짝 웃는 얼굴로 내 앞에 나타나겠지. 그리고 내 이름을 부르며 날 반길 거야.'

미쁨이지아니한가

"설희야, 왔어?"

그녀의 등장에 잔뜩 굳어만 있던 그의 얼굴이 순식간에 녹아 풀어졌다. 미쁨의 환한 미소에 눈이 부셨던 설희는 눈을 찡그렸다.

"괜찮아?"

그는 그녀의 물음에 말없이 고개를 끄덕이며 미쁨을 끌어안았다. 후, 하고 답답하게 쉬어지지 않던 호흡이 그제야 시원하게 트였다. 설희는 뻥 뚫린 숨에 마음이 놓였다.

"들어가자."

그가 몸을 힘없이 기대오자 미쁨은 설희의 등을 부드럽게 토닥이며 집 안으로 들어갔다. 그는 그녀에게 이끌려 미쁨의 공간으로 발을 들였다.

설희는 미쁨을 꼬옥 붙잡고 놓아주지 않았다. 그는 밀려오는 불안함에 그녀를 끌어당겨 세게 안았다. 설희는 중천에 떠 있던 해가 지고 어둠이 내려와 하늘의 별이 보이기 시작할 때까지 자신의 품에 미쁨을 가두고 풀어주지 않았다. 이미 잠든 상태인 그녀가 어디로 갈 리 없지만, 그럼에도 불구하고 설희는 미쁨을 필사적으로 안고 있었다. 부모님을 잃고 불안해하는 아이가 토끼 인형을 꼬옥 안고 있는 것처럼.

"미쁨 씨. 당신마저 없었더라면 저는 정말 견디지 못했을 거예요."

그는 미쁨의 자는 얼굴을 보며 작게 속삭였다. 깊은 잠에 빠진 그녀가 듣고 있을 리가 만무하지만 상관없었다. 설희는 미쁨의 머리에 키스하며 생생하게 들려오는 그녀의 숨소리에 귀 기울였다. 들숨과 날숨이 아름답게 섞여 그의 가슴팍을 간지럽혔다.

'그런데 정말 왜 이렇게까지 두려운 걸까요? 도저히 떨쳐 낼 수가 없어요. 무언가 내 안에서 잘못된 게 아닐까요?'

보통 시간이 해결해 준다고 하지 않던가. 그런데 어째서인지 그의 두려움은 시간이 흐를수록 더 농후해졌다.

"그렇구나. 넌 내 친자식이 아니지, 참. 그래, 인정하마. 네 잘못이 아니구나. 하하하."

자신에게 활짝 웃으며 말하던 괴물이 떠올랐다. 낮에 있었던 아버지의 모습을 회상하는 것일 뿐인데도 설희의 손에는 절로 힘이 들어갔다. 그 괴물은 어느새 설희에게 제멋대로 말을 걸기 시작했다.

"네가 날 두려워하는 이유를 아직도 모르겠니? 정말 한심하기 짝이 없구나."

그 괴물은 설희를 질타하며 가소롭다는 듯이 웃었다. 그 웃음소리에 미쁨의 어깨를 끌어안은 설희의 팔이 파르르 떨렸다.
'그만해.'
그가 속으로 말했다. 하지만 그 괴물은 오히려 깔깔깔 웃어댔다. 그 웃음소리는 아버지의 것과 어머니의 것이 복잡하게 뒤섞인 것이었다. 섬뜩한 웃음소리 사이로 즐겁다는 듯이 쳐 대는 박수 소리도 들렸다. 설희는 귀가 아팠다. 시끄러웠다.

"내가 그 이유를 알려주련?"

아버지의 목소리가 다시 들려왔다. 그 음성에 담긴 거만함은 설희의 정수리에서 허리까지 섬뜩하게 훑고 내려갔다. 기분 나쁠 만큼 진득한 느낌이었다.
'필요 없어. 당신 말 따윈 듣고 싶지 않아.'

그가 괴물의 제안을 거부했다.

"그 두려움은 네 안에서 평생 돌고 돌 거니까."

애석하게도 아버지의 목소리는 멈추지 않았다.

"네 품속의 여자가 언제까지 네 곁에 있을 것 같으냐. 돌이킬 수 없는 상처나 받고 허무하게 끝나 버릴걸?"

'그렇지 않아요. 전 평생 미쁨 씨의 곁에 머물며 치유 받을 겁니다.'

"치유? 네가 치유? 그건 불가능해. 왜냐면 네가 그렇게 혐오하던 공포가 바로 너니까. 너 자신이니까."

'시끄러워요. 그 입 다물어요. 닥치란 말이에요!'
설희는 눈을 질끈 감았다.

"넌 절대로 그 여자와 행복해질 수 없어. 네가 죽기 전엔."

괴물이 낄낄대는 목소리가 설희의 주위를 계속 웅웅 맴돌았다.
'그만하세요! 내 머릿속에서 나가란 말입니다!'
그는 자신의 귀까지 틀어막았다. 듣고 싶지 않았다. 거짓말일 게 분명하니까, 들어봤자 쓸데없을 테니까 말이다.

"사실 너도 알고 있잖아. 그냥 모르는 척하는 거잖아. 안 그러니?"

'당신의 말은 일체 믿을 수 없어요. 그만하시죠……!'

"넌 그 여자를 지킬 수 없어. 사랑받을 수도, 사랑해 줄 수도 없지. 넌 너밖에 모르는 이기적인 놈이거든. 자신을 위해서라면 무엇이든 할 그런 놈이라고. 그리고 나와 아주 똑같지."

'똑같다고?'

감고 있던 설희의 눈이 불현듯 번쩍 떠졌다. 불행인지 다행인지 그의 눈동자엔 더 이상 두려움은 사라지고 없었다. 대신 얼음장 같이 차가운 것만이 들어찼다. 그것은 서늘한 조소였다.

'허튼소리.'

설희의 눈에 서려 있던 비웃음은 그의 입으로 내려와 입꼬리를 올렸다.

'당신의 말 따위 믿을 것 같습니까? 한낱 괴물 주제에.'

그는 빙그레 웃으며 미쁨의 머리칼을 부드럽게 쓰다듬었다. 새근거리며 자는 그녀의 얼굴이 사랑스러웠다.

'당신이 뭐라 하든, 전 절대로 제 손에서 이 여자를 놓지 않을 겁니다.'

"너 때문에 이 여자 또한 크게 다칠지도 모르는데?"

'글쎄요.'

설희는 미쁨의 이마에 부드럽게 키스했다.

"으음……."

그녀가 뒤척였다. 미쁨의 움직임에 가볍게 풀썩이는 향기가 감미로웠다.

'저에겐 미쁨 씨가 있어야만 합니다.'

그가 미쁨을 놓칠세라 꼬옥 끌어안았다. 그러자 아버지의 목소리가 갑자기 웃기 시작했다.

"하하하하."

설희는 미쁨을 품에 안은 채로 잠을 청했다. 웃음소리가 쩌렁쩌렁한 와중에도 힘들지 않았고, 두렵지도 않았다.

'그래. 이 여자만 있으면 돼.'

그가 확고한 답을 얻은 순간이었다.

'무슨 일이 있어도 절대로 놓아주지 않을 거야. 그러면 되는 거야. 그러기만 한다면 저 괴물 따위 아무것도 아니야. 견딜 수 있어.'

"태어나자마자 철들기 전까지 봐온 게 나일 텐데 그 이기적인 선택은 당연하지."

'이기적이어도 상관없어.'

설희의 눈이 감겼고 선명한 답에 긴장이 풀린 그의 정신이 점점 흐려졌다. 설희는 아버지의 음성 사이로 블랙홀에 빠져들 듯 잠들었다.

'피곤하다. 너무 피곤해. 이 상태로 내일 눈이나 뜰 수 있을까?'

잠에 취해 정신이 아득히 멀어져 가는 그를 천장에 매달린 채 내려다보던 괴물이 입을 열어 미소 지었다. 그러자 잇몸에 못처럼 박힌 이빨들이 슬쩍슬쩍 보였다. 핏물이 잔뜩 어린 그의 입속에서 부드럽고 온화한 음성이 새어나왔다.

"과연 내 아들답구나."

계진의 피가 깔깔 웃으며 설희의 혈관을 타고 그의 몸 안을 돌고 돌았다.

🐛

가족 모임이 끝난 후, 윤 회장과 같은 차로 이동하던 선우는 옆에 앉아 있는 자신의 할아버지를 바라보았다.

"할아버지."

그의 부름에 차창 밖, 하늘로 향해 있던 윤 회장의 시선이 선우 쪽으로 향했다. 그는 선우가 무슨 이유로 자신을 불렀는지 이미 알고 있는 듯했다.

"할아버지는 왜 굳이 형을 부르신 거예요? 아버지와 어머니도 계시는데."

"글쎄다."

윤 회장은 선우가 눈치채지 못하도록 조용히, 깊은 한숨을 내뱉었다. 명치 부분이 답답해졌던 것이다.

'신경성이겠지. 스트레스에 이렇게 약해서야, 이거 원.'

윤 회장의 미간이 구겨졌다.

"전 할아버지를 이해할 수 없어요. 형과 제일 가까우시면서 어떻게 그러실 수 있으세요?"

"선우야."

모든 것들을 포용할 만큼 부드럽고도 강인한 윤 회장의 음성이 선우의 입을 막았다. 이미 답이 정해져 있다는 듯한 그의 확고한 표정에 선우는 어금니를 악물었다. 윤 회장은 폭신한 시트에 꼿꼿이 세웠던 상체를 눕히고 고개를 뒤로 젖힌 채 눈을 감았다.

"설희도 살아야 하지 않겠니."

"이게 살 길이라고요?"

선우는 이해할 수 없었다. 형을 깎아지른 절벽으로 등 떠미는 꼴인 이 행위가 자살하라 부추기는 게 아니고 무엇이란 말인가.

"차라리 아버지 어머니를 먼저 정리하시는 게 좋지 않을까요?"

선우의 다부진 말에 윤 회장은 무너지듯 좌석에 기댔던 몸을 다시 세웠다.

"설희는 내 손자지만 네 아버지는 내 아들이다. 둘 다 똑같이 소중해. 난 그 녀석들을 정리할 자신이 없다."

"그래서 형에게 다 떠맡기는 거예요?"

"그래."

윤 회장의 솔직한 말에 선우는 말이 꽉 막혔다. 언제나 확고히 제자리를 지키던 할아버지의 눈동자가 어쩐지 아슬아슬하게 흔들리는 것 같았다.

"그건 너무 안일한 처사 아닌가요?"

윤 회장은 대답하지 않았고, 그저 말없이 창밖을 향해 시선을 던질 뿐이었다. 밖으로 빠르게 지나가는 다양한 풍경에 그의 시선이 향한 곳은 딱히 없었다. 그저 전체를 아우르며 바라볼 뿐이었다.

'안일하다라. 그래, 선우야. 네 눈엔 나의 결정이 허술할 수도, 무책임할 수도 있겠지. 하지만 말이다. 난 네가 생각하는 것만큼 강한 사람이 아니다.'

그는 무릎 위에 올려놨던 손을 조용히 움켜쥐었다.

'아들이 아무리 큰 죄를 지었어도, 난 내 아들에겐 질 수밖에 없는 사람이다. 나도 다른 이들과 다를 바 없는 한낱 평범한 부모일 따름이야.'

윤 회장은 불만에 가득 차 꽉 다문 입술로 고개를 돌려 버린 선우를 조용히 바라보며 씁쓸히 웃었다.

'다만 말이다. 나는 뼛속까지 사업가라 결과만큼은 똑 부러지게 받아

들일 수 있어.'

그는 다시 차창 밖으로 고개를 돌렸다.

'내가 못할 바엔 차라리 그들끼리 서로 물고 뜯었으면 좋겠구나. 둘 중 하나는 나가떨어질 테지만 그 이후로 고통받을 일은 없지 않겠니.'

윤 회장이 조용히 한숨을 내쉬었다.

'결과는 나도 모른다. 그저 확신할 수 있는 건, 난 싸움판에서 이긴 놈의 상처를 치료해 줄 거라는 것이다. 군말 없이 결과를 받아들일 것이다. 그것이 설희든 계진이든.'

몽롱하던 윤 회장의 눈빛이 선명해졌다. 그의 눈동자로 파란 하늘에 뜬 얇고 예쁜 낮달이 들어왔다. 눈처럼 흰 그것은 강한 햇빛에 지지 않고 자신의 존재감을 드러낸 채 곱디고운 곡선을 그리며 싱긋 웃고 있었다. 윤 회장의 입가에 은은하면서 부드러운, 낮달과 같은 미소가 번졌다.

11. 뻔하지만 방해꾼

정 교수는 상담실로 걸어 들어오는 설희의 모습에 놀라움을 금치 못했다. 이전부터 잡혀 있던 상담 일정이었지만, 그는 설희가 나오지 않을 거라 확신하고 있었다. 자신의 친구인 윤 회장에게서 가족 모임에 대한 이야기를 들었기 때문이었다. 끔찍한 기억을 심어준 부모를 만났을 설희가 제정신일 리가 있겠는가. 분명 어디 구석에 처박혀 이러지도 저러지도 못하는 상태일 것이라고 정 교수는 확신했다.

때문에 그는 설희가 나타나지 않으면 바로 그의 집에 가보려 했다. 그런데, 기대도 안 했던 설희가 제 발로 상담실 안으로 걸어 들어오는 게 아니겠는가. 그것도 멀쩡한 모습으로!

"야, 얌마…… 너……."

"뭐가요?"

정 교수가 말까지 더듬으며 놀라움을 표하자, 설희는 그를 위아래로 훑어보며 어깨를 으쓱했다.

"빨리 하고 끝내죠. 집에 가고 싶어요."

그는 아주 자연스럽게 안락의자에 몸을 눕혔다.

"너…… 괜찮은 거냐?"

"아주 괜찮습니다."

정 교수는 설희를 유심히 바라보았다. 그는 설희가 속은 엉망이면서 겉으로는 괜찮다며 연기하는 것일 가능성이 클 것이라 여겼다. 그는 제 부모를 만나면 절대로 멀쩡할 수가 없는 사람이었으니까 말이다. 그런데 정 교수가 아무리 눈을 씻고 봐도, 설희에게서 그 어떤 불안감이나 두려움도 찾아낼 수 없었다.

정말로 괜찮아 보였다. 오히려 안색도 전보다 눈에 띄게 좋아졌고, 졸음과 피곤에 절어 썩은 동태 눈깔 같던 눈도 지금은 윤기가 좌르르 흐르는 것이 맑디맑았다. 그리고 무엇보다 그의 표정 자체가 긴장감 하나 없이 편안하게 풀어져 있었다.

'뭐야, 얘. 무섭게 왜 이래.'

설희의 극적인 변화에 정 교수는 불안하기까지 했다.

'사람이 갑자기 변하는 건 보통 큰 결심을 했을 때인데, 설마 저놈 자살…… 같은 이상한 생각을 하고 있는 건 아니겠지?'

그가 불길한 생각에 잠겨 있을 무렵, 설희가 정 교수를 불렀다.

"교수님."

"어? 어어. 왜, 왜?"

그의 부름에 정 교수가 순간 말을 더듬었다. 그는 갑자기 달라진 설희의 모습에 너무 놀란 나머지 머리가 잘 돌아가지 않았던 것이다.

"저에게 할 말 없으시죠?"

"아…… 뭐…… 요즘 너 무슨 일 있었냐?"

정 교수의 물음에 설희가 피식 웃었다.

"할 말 없으시면 그냥 갈게요."

그는 자리에서 벌떡 일어섰고, 정 교수는 그런 설희를 멍하니 바라만 보았다.

'저건 변해도 너무 변했잖아.'

그가 놀라움에 멍하니 있는 그때, 설희가 장난스럽게 웃으며 말했다.

"사실, 정 교수님보다도 더 뛰어난 사람을 만났거든요. 이거 어쩌나, 교수님의 입지가 점점 좁아지네요. 은퇴하셔야 하는 거 아닙니까?"

"뭐, 인마?"

'저 새끼 저거, 재수 없고 건방진 성격은 그대로네. 그보다 나보다 더 뛰어난 사람? 그게 누구지?'

정 교수는 궁금함에 그에게 물었다.

"그 사람이 누군데?"

"있어요. 뭐랄까, 눈만 마주쳐도 가슴속에 있는 뭔가가 분출되는, 그런 사람이라고나 해야 할까요?"

'저놈 저거, 두려움에 떨다가 드디어는 미쳤나?'

정 교수가 얼굴을 구겼다.

"이제 약도 필요 없으니 상담은 그만 받겠습니다. 할아버지께도 그렇게 말씀해 주세요."

설희는 잔뜩 찌그러진 그의 얼굴을 바라보며 말하고는 상담실을 나가기 위해 몸을 돌렸다. 그는 일분일초라도 빨리 나가고 싶었다. 미쁨이 밖에서 기다리고 있었기 때문이었다.

설희는 미쁨과 함께 병원에 온 상태였다. 상담 일정이 잡혀 있었기에 혼자 오려고 했지만, 그녀가 같이 가자며 손을 잡았던 것이다.

'부모님을 만나고 나서 두려워하던 나를 걱정해 주는 것이겠지.'

그는 상담실 문을 열고 나가면 있을 미쁨을 상상하며 문손잡이를 잡았다.

"괜히 왔나……."

미쁨은 설희가 들어간 상담실 문 앞쪽에 놓여 있는 긴 의자에 앉아 다리를 달달달 떨었다. 그녀가 불안해하는 이유는 바로 이 병원 자체에 있었다. 이 병원은 다름 아닌 미쁨의 전 남친, 지완의 직장이었다.

'혹시 만나면 어쩌지……?'

그녀는 설희가 가족 모임에 갔다 온 뒤로 그를 혼자 두고 싶지 않았다. 옆에 계속 붙어 있으면서 무서운 생각이 들지 않게 지켜주고 싶었다. 그래서 그가 상담받을 일이 있어 병원에 간다고 했을 때 같이 가자며 덜컥 손을 잡았다. 그렇게 설희의 손을 꼭 잡고 그의 차에 올라 룰루랄라 병원으로 향했는데, 점차 병원의 모습이 보이면서 중요한 사실을 뒤늦게 깨달았다.

'맞다! 설희와 처음 만난 병원이 바로 지완이가 다니던 병원이었지, 참?!'

미쁨은 심히 후회가 됐지만 그렇다고 해서 집으로 다시 돌아갈 수도 없었다. 설희를 지켜줘야 했으니까!

'내가 미쳤지. 전 남친이 다니는 병원에 또 오다니! 거기다 신경정신과! 지완이도 같은 과 의사라고!'

결국 그녀는 설희를 상담실 안으로 들여보내고, 고개를 푹 숙인 채 손으로 얼굴의 반을 가렸다. 지완이 오더라도 자신을 못 알아보게끔 말이다. 하지만 아무리 미쁨이 고개를 숙이고 얼굴을 가린다 해도 지완이 그녀를 못 알아볼 리 없었다. 그래도 일 년 이상 사귄 남자인데, 몸의 형태나 작은 손짓만 봐도 미쁨인지 아닌지 척 보면 척이었다.

"양미쁨?"

익숙한 목소리가 귀에 들리자 미쁨이 경직했다.

'참 대단하다. 저놈은 이 넓디넓은 병원에, 그 많은 복도를 내버려 두고, 왜 하필 여길 지나가는 거야? 아오, 이 시베리아 씹던 껌 같은……'

그녀는 입을 움질거리며 소리 없이 욕설을 내뱉었다. 그러나 이제 와서 그를 피할 수는 없었다. 미쁨은 이왕 들킨 거, 당당하게 자신을 밝히기로 했다.

"하하, 오랜만이야?"

그녀는 활짝 웃으며 고개를 들고 지완을 바라보았다. 그는 정 교수 밑에서 배우는 의사였는데, 설희가 들어가 있는 상담실 바로 옆에 사무실이 있었다. 그러니 당연히 미쁨과 만날 수밖에 없었던 것이다. 놀랍다는 듯이 그녀를 바라보며 서 있던 지완은 주머니에서 휴대전화를 슬금슬금 꺼내 들었다.

"……내가 다시 나타나면 신고한다고 했지?"

"아냐! 널 찾아온 게 아니라고!"

미쁨은 벌떡 일어서며 그의 손에 들린 휴대전화를 빼앗으려 팔을 뻗었다. 그러나 지완은 손을 위로 치켜들어 자신의 휴대전화가 그녀의 손에 닿지 않게 했다. 그의 휴대전화엔 112가 선명하게 찍혀 있었다.

'와, 대박! 진짜로 신고하려고 했네, 이 새끼? 그게 언제 적 이야기인데!'

"날 찾아온 게 아니면? 왜 여기 왔는데?"

지완이 휴대전화를 빼앗으려 폴짝폴짝 뛰는 미쁨을 바라보며 물었다.

"그럴 일이 있어! 아무튼 진짜로 너 때문에 온 거 아니니까, 신고하지 마."

"……진짜야?"

"어! 진짜! 그리고 나 사귀는 사람 있단 말이야."

"뭐? 네가?"

애인이 있다는 미쁨의 말에 지완이 화들짝 놀라 소리치며, 위로 들었던 손을 내려 휴대전화를 다시 주머니 속에 집어넣었다. 놀라워하는 지완의 반응에 미쁨이 코 슥 닦으며 훗, 하고 웃었다.

"완전 대박 남자와 연애 중이지. 왠지 이번 남자는 내 인생에서 정말 마지막……."

"와, 그 남자 인생 어떡하냐. 망했네."

"뭐, 인마?"

그녀가 눈을 부라리며 그를 째려보자 지완이 웃으며 말했다.

"내가 뭐 틀린 말 했어?"

"너는 나랑 사귀어놓고, 그런 말이 나와?"

"너니까 이런 말이 나오는 거지. 너 아니었어 봐, 전 여친이랑 어떻게 이렇게 쉽게 수다를 떨겠어? 서로 피하느라 바쁘겠지."

"하! 챠! 허! 하하! 나 참 어이가 없어서."

미쁨은 뭐라 쏘아대고 싶었지만 할 말이 떠오르지 않았다.

'이렇게 아무 말 못하고 헤어지면 꼭 집에 가서야 뒤늦게 할 말이 떠오르더라고. 빌어먹을.'

그녀는 주먹을 꼭 쥐었다.

"너는 연애 상대로는 좀 그렇지만, 친구로서는 참 좋아. 영원한 내 편 같은 듬직함이 있어."

"얼씨구. 그래서, 친구라도 하자는 거야?"

"나야 좋지."

기가 찬 미쁨이 그의 말에 허! 하고 웃으며 말을 이었다.

"친구는 무슨 얼어 죽을. 난 이제 너랑 친구하기 힘들거든? 난 본디 뒤끝이 기이이이이인 사람이라 사귀다 헤어진 전 애인과는 같이 못 지내. 배알이 꼬이고 속이 쓰려서."

"아쉽네. 그래도 너만 한 친구 없는데."

"날 차버린 걸 후회해 봤자 이미 늦었네요. 난 이미 임자 있는 몸이라고. 호호호."

"누가 헤어진 걸 후회한대? 그냥 친구로서 아깝다는 거지."

"이……."

미쁨이 이를 뿌드득 갈았다.

'저 한 마디도 안 지는 놈! 머리가 똑똑하면 말도 잘하는 모양이지?'

그녀는 속을 부글부글 끓이며 그를 노려보았다.

"뭐 하세요?"

그때, 기다렸다는 듯이 설희가 상담실 안에서 나왔다. 그의 등장에 지완은 입이 떡 벌리더니 바로 미쁨에게 말했다.

"너 이제 연하도 건드리냐?"

"뭐어?!"

그의 말에 그녀가 빽 하고 소리쳤다.

'이게 미쳤나!'

"연하는 무슨! 아니야!"

"연하 맞구만! 누가 봐도 너보다 어려 보여!"

"하! 하하하하하! 말도 안 돼!"

저 자식이 나보다 어려 보인다고? 미쁨은 설희의 얼굴을 바라보며 자세히 관찰했다. 주름 없이 흰 피부, 예쁘게 자리 잡은 눈과 코, 그리고 입술…….

'어, 어려 보이나……?'

그녀는 지완의 말에 머리가 복잡해졌다. 설희의 나이를 알고 있었기에 더 기가 찼다.

'아, 아니 아무리 어려 보여도 그렇지! 윤설희 쟤는 나보다 나이가 세 살이나 많다고! 나는 서른, 쟤는 서른셋!'

"내가 어? 관리를 좀 안 해서 그렇지! 그래도 이 인간보단 많지 않거든!"

"누나."

헉! 미쁨은 순간 발끝에서 머리끝까지 소름이 쫘악 돋는 것을 느꼈다.

'누나라니! 설희의 입에서 누나라니!'

그녀는 삐걱거리며 설희를 돌아보았다. 반짝거리는 그의 눈동자에 장난기가 가득 들어차 있었다.

설희는 처음 미쁨이 낯선 남자와 같이 있는 것을 보고 기분이 나빴고, 그가 그녀의 전 연인이라는 것을 깨달았을 땐 불쾌하기까지 했다. 그런데 잠자코 상황을 보아하니 전 연인은 미쁨한테 관심이 없는 듯했고, 자신이 걱정할 만한 것이 아니라는 걸 금방 깨달았다. 거기다 나름 재밌어 보이기까지 했다. 그래서 설희는 미쁨을 누나라 부르며 골리기 시작한 것이었다.

"야, 너 왜 그래……? 정신 차려."

그녀가 지완의 눈치를 살살 살폈지만, 그는 '설마 했는데, 역시나……' 라는 표정으로 미쁨을 바라보며 혀를 찼다.

"누나, 빨리 집에 가요."

그녀의 반응에 재미가 붙은 설희가 웃음 가득한 얼굴로 능청스레 말하며 미쁨의 팔을 잡았다. 그러자 그녀가 소리치며 그를 밀어냈다.

"아, 진짜 왜 이래?! 노망났어?"

"야, 어린 동생한테 왜 그래? 생긴 것도 잘생겼는데, 사귀어주셔서 감사합니다~ 하고 넙죽 절해야 하는 거 아냐?"

아무것도 모르는 지완이 혀를 쯧쯧 차며 그녀를 질타했다.

"글쎄, 그런 거 아니라니까! 연하 아니라고!"

그녀는 미칠 노릇이었다.

'이 윤설희 팀장 새끼 나한테 죽으려고 환장했나!'

하지만 설희의 다음 말은 더 가관이었다.

"집에 빨리 가요. 가면 재밌는 동영상 보여주신다면서요. 그거 보면서, 무슨 자세 연습이라고 했나? 그런 거 하자고 그러셨잖아요. 그거 급한 거 아니었어요? 어제 되게 흥분해서 말씀하셨던 것 같았는데……?"

'동영상? 자세? 연습? 흐응분?'

설희의 말이 계속되면 계속될수록 미쁨을 바라보는 지완의 표정이 점점 충격으로 일그러졌다.

"너 역시나…… 그대로구나. 아니, 더 심해진 것 같아……."

그는 정말로 큰 쇼크에 빠진 것 같았다. 이에 미쁨은 설희에게 소리쳤다.

"내가 언제 그런 말을 했어?! 거짓말도 좀 정도껏……."

"누나가 준비하라던 것도 다 준비했어요. 그런데 채찍과 밧줄, 그리고 깃털은 어디에 쓰시게요?"

그녀의 말을 끊은 그가 순진한 얼굴을 연기하며 고개를 갸웃했다.

'채찍…… 밧줄…… 깃털…….'

설희의 말에 미쁨의 얼굴이 당혹과 분노로 시뻘겋게 물들었다.

'하다하다 SM까지……! 처음엔 순진한 얼굴로 아무것도 모른다는 듯이 행동하더니, 이 자식도 알 건 다 알고 있잖아?!'

"나, 나 이만 간다! 너, 따라와!"

그녀는 그의 입을 틀어막고 끌어당기며 지완에게 인사하고는 급히 자리를 벗어났다.

"끼리끼리 만난다더니……."

멀어져 가는 미쁨과 설희를 바라보며 지완은 고개를 절레절레 저었다. 그런 그들의 모습 뒤로 살짝 열린 상담실 문을 통해 이 모든 것들을 지켜본 정 교수가 피식 웃었다.

"저놈 저거, 연애하네."

그는 설희가 급격히 변한 원인을 알아내고 나서야 안심할 수 있었다.

'그래. 그렇게 계속 연애해라. 얼마나 좋으냐.'

정 교수는 은은한 미소를 담은 얼굴로 상담실 문을 탁, 하고 닫았다.

"너 미쳤어? 쌍으로 변태 커플 될래?"

미쁨은 설희를 데리고 주차장으로 오자마자 소리쳤다. 그러나 그는 빙긋 웃을 뿐이었다.

"전 변태 좋은데요."

"뭐, 뭐?"

미쁨은 순간 당황스러워 말을 잇지 못했다. 아니, 당황스럽다기보다는 어딘지 묘하게…… 기분이 좋았다. 그녀는 변태가 좋다는 설희의 그 말이 마치 자신에게 하는 새로운 형식의 고백같이 느껴졌기 때문이었다.

미쁨의 귀에 설희가 한 '전 변태 좋은데요'라는 말이 '전 미쁨 씨 좋은데요'라고 들렸다. 그녀의 얼굴이 새빨갛게 달아올랐다.

"아…… 나도 좋아…… 앗흥."

"네?"

그의 반문에 미쁨이 화들짝 놀랐다.

'아, 내가 또 속마음을 말로 내뱉은 건가?'

"아, 아무것도 아니야!"

미쁨은 자신의 입을 틀어막으며, 당장에라도 터질 듯이 붉게 변한 얼굴로 손사래 쳤다.

'으앗! 너무 창피해!'

그녀의 모습을 바라보며 설희가 곰곰이 생각하더니 이내 곧 툭, 말을 꺼냈다.

"말 나온 김에 정말로 구해볼까요?"

'응? 저건 또 무슨 소리야?'

미쁨이 고개를 들어 그를 바라보았다.

"뭘?"

"채찍, 밧줄, 깃털이요."

설희가 능청스럽게 말했다.

'지금 포박 플레이를 하자는…… 건가?'

그녀의 눈이 살짝 반짝거렸다.

"근데 너, 그런 거 어떻게 알아? 첫 경험도 나랑 했으면서."

"그런 건 살다 보면 저절로 알게 되는 거 아닌가요? 미디어 매체를 통해서 간혹 봤는데."

그의 말에 미쁨이 고개를 끄덕였다.

'하긴. 그런 것들, 많이 나오긴 하지. 영화에서도, 드라마에서도, 만화책에서도, 애니메이션에서도, 심지어 뮤직비디오에서도.'

"그보다, 이제 집에 가야죠."

설희가 그녀의 손을 잡고, 주차되어 있던 자가용 쪽으로 걸어가 조수석 문을 열어주었다. 미쁨이 차에 타자 그도 운전석에 앉았다.

"근처에 맛있는 거 파는 식당 없나? 배고픈데."

미쁨이 꼬르륵거리는 배를 만지작거렸다. 설희는 배 위에서 꼼지락대는 그녀의 앙증맞은 손가락을 바라보며 밝게 웃었다.

"저도 빨리 먹고 싶어요. 그러니까 집에 가요."

그가 말하며 미쁨과 눈을 맞췄다. 그러자 별안간 그녀의 얼굴이 다시 붉어지기 시작했다.

'지, 집에서 뭘 먹고 싶다는……'

설렘과 두근거림, 그러면서도 살짝 끈적거리는 기운을 가득 실은 설희의 차가 주차장을 빠져나갔다.

❦

화려한 금빛으로 청란이라 적힌 입구를 지나 아름다운 소나무들이 나열된 길을 따라 차를 타고 이동하다 보면, 한국미 물씬 풍기는 한식 전문점 청란이 나온다. VVVIP 전용 음식점으로, 연예인은 물론 정치적으로나 사업적으로 굵직굵직한 유명 인사들까지 애용하는 한식 전문점 청란. 해외 정상들이 입국할 때마다 음식을 대접하는 청란은 일반인들이라면 얼씬도 하기 힘들 정도로 중후하며 고급스러운 분위기를 풍겼다.

커다란 창문을 통해 청란이 자랑하는 소나무 숲이 한눈에 들어오는 은하수 방에 윤계진, 이모연 부부가 조용히 들어왔다. 그러자 그들을 기다리던 중년 남자가 일어서며 그들을 반겼다.

"어서 오세요, 윤 사장님. 기다리고 있었습니다. 이게 얼마만입니까."

"반갑습니다, 정 사장님."

그의 인사에 화답하는 계진의 얼굴에 미소가 돌았다. 그때 옆에 있던 한 젊은 여인이 그의 눈에 들어왔다.

"듣던 대로 따님 미모가 출중하군요. 이름이?"

계진의 물음에 정 사장이 자신의 딸을 인사시켰다.

"정화란입니다. 인사하거라, 화란아."

"안녕하세요, 아버님."

그녀는 당돌하게도 처음 보는 계진에게 대뜸 아버님이라 칭했다.

'이것 봐라? 어린 것이 상당하네?'

계진의 눈동자가 흥미롭다는 듯이 빛났다.

"앉으세요, 앉으세요."

그를 자리로 안내하는 남자는 정경수라는 이름을 가진, 한국 국민 열 명 중 여섯 명이 탄다는 자동차 회사, 폭스모터스의 대표였다. 폭포처럼 쏟아지는 외제차 대란 속에서도 건실하게 자리를 지키고 있는 이 회사의 대표는 지금 딸의 약혼 문제로 윤 사장 부부와 마주 앉아 있었다.

계진은 온화한 미소 속에 송곳니를 꽁꽁 감추며 정 사장의 딸 화란을 관찰했다. 다소곳한 자세, 그러면서 당돌한 말투.

'나쁘지 않군.'

그녀를 위아래로 훑는 그의 눈동자가 시퍼렇게 빛났다. 오싹하게 올라오는 계진의 눈빛을 마주한 화란은 순간 자신의 몸이 굳는 것을 느낄 수 있었다.

'과연 세성가(家)의 사람이군.'

화란은 애써 웃으며 계진의 눈빛을 받아냈다.

"설희라고 했던가? 윤 사장님의 자제분도 같이 나왔으면 좋았을 것을 요."

"저희도 그러고 싶습니다만, 워낙 바쁜 아이다 보니."

정 사장의 말에 계진이 아쉽다는 척 웃었다.

"따님이 볼수록 예쁘네요. 설희에게 아까울 정도로 말이죠. 화란이 라 불러도 되지?"

계진 아내, 모연이 화란을 바라보며 감탄했다.

"그럼요, 어머님."

그녀가 친근하게 말을 건네자 화란이 빙그레 웃었다. 모연은 예의 바른 그녀의 말투가 너무 사랑스러웠다.

'아깝다. 아까워. 이런 애는 설희가 아닌 우리 선우와 이어줘야 하는데.'

모연은 속으로 씁쓸해했다.

"처음엔 몰랐는데, 알고 보니 윤 사장님 장남분이 아주 어마어마하더 군요. 왜 신분을 숨기고 그렇게 고생하고 있는지는 모르겠습니다만 대단합니다. 과연 윤 회장님과 윤 사장님의 핏줄다워요. 그런 남자와의 약혼이라니. 우리 화란이가 너무 미흡할 정도네요."

정 사장이 말하자, 계진이 화답했다.

"무슨 그런 섭한 말씀을. 화란 양도 멋집니다. 듣기로는 폭스 기획부에서 활약 중이라지요."

"윤 사장님의 자제분에 비하면 턱도 없습니다. 하하."

"저, 아버님."

정 사장과 계진의 대화 사이에 화란의 목소리가 슬쩍 끼어들었다. 그녀의 목소리에 계진이 눈동자만 돌려 화란을 바라보았다. 그녀는 그의 날카로운 눈빛에 순간 움츠러들었지만 티 내지 않고 당당하게 입을 열었다.

"아드님께서 혹시 저에 대해 아시나요?"

"글쎄. 잘 모르겠구나. 그 애가 혼자 모든 것을 다 해보겠다고 독립한 이후로 우리와 거의 담쌓고 살았으니까. 스스로의 힘으로 내가 있는 곳까지 오고 싶다나."

"그분이 절 모르신다면 자연스레 친해지고 싶어서요."

"자연스레?"

화란의 제안에 흥미를 느꼈는지 계진의 눈썹꼬리가 씰룩 추켜올라갔다.

"네. 모르는 척 같이 회사 다니다가 나중에 놀라게 해주고 싶었거든요. 그런데 알 수도 있으니 힘들 것 같네요."

"어머, 굉장히 좋은 생각이네. 기획 담당이라더니 생각도 남다르구나."

그녀의 말에 모연이 활짝 웃으며 맞장구쳤다.

'다들 뭐가 그리 즐거운지.'

계진은 속으로 그들을 비웃었다.

'여우같이 꼬리 살랑살랑 흔들며 잘도 떠드는구나. 자신의 이익을 위한 연기일 거라는 거 안다. 그래서 좋아. 진심이 아닌 가벼움이어서 좋다.'

그는 조용히 고개를 끄덕였다.

"회사 생활 정도는 같이 해보는 것도 괜찮지. 내가 손 써보마."

"어머. 감사합니다, 아버님."

화란이 활짝 웃었다. 그녀의 머릿속엔 계진의 장남, 설희와의 첫 만남에 대한 생각이 가득 들어찼다.

'어떻게 해야 그 남자를 가질 수 있을까?'

사실 화란은 아무런 걱정이 없었다. 자신 있었으니까.

'돈이면 돈. 외모면 외모. 능력이면 능력. 세상 어디에 나 같은 여자가 있겠어?'

화란은 희고 긴 손가락으로 입을 살짝 가리며 호호 웃었다. 그 어느 현모양처도 부럽지 않을 만큼 단아한 모습이었다.

"그보다 약혼 당사자가 거부감을 드러내진 않을까 모르겠군요. 너무 저희끼리만 정한 것 같아서……."

정 사장이 조심스레 부정적인 미래에 대해 언급하자 화란의 얼굴이 살짝 굳었다. 그러나 계진은 느긋하기 그지없었다. 그는 싱긋 웃으며 간단하게 한마디 했다.

"걱정 마세요. 그 녀석은 제 말이라면 무조건 들을 겁니다."

주말이 지나고 오랜만에 출근한 설희는 하 프로와 함께 한창 외근 준비를 하느라 바빴다. 오늘은 신상 TV '블라인드'의 광고 촬영이 있을 예정이었다. 때문에 경기도 외곽에 있는 대형 스튜디오에 가야 했는데, 제시간에 도착하려면 서둘러야 했다.

설희는 자신의 짐을 챙기며 한숨을 푹푹 쉬었다. 그는 외근 나가기가 무척이나 싫었고 귀찮았다. 회사에서 미쁨과 있고 싶은데, 그럴 수 없는 현실이 너무 한탄스러웠다.

'난 왜 그를 모델로 선정한 것인가.'

설희는 속으로, 블라인드 모델로 해아를 추천한 자신을 저주하며 입꾹 다물고는 필요한 자료들을 챙기는 데 집중했다.

'그런데 미쁨 씨는 언제 오시는 거지? 가기 전에 얼굴이라도 봤으면 좋겠는데.'

설희는 비어 있는 미쁨의 자리와 사무실 문을 연신 힐끗거렸고, 누군 가의 손에 의해 사무실 문이 확 열릴 때면 혹시 그녀인가 해서 유심히 살펴보기도 했다.

"안녕하세요!"

그때 한 줄기의 빛이 그의 귀를 통해 흘러들어왔다. 미쁨의 목소리였 다. 그녀는 사무실로 들어오자마자 발랄하게 웃으며 사람들에게 인사 를 건넸다. 그러다 설희와 눈을 마주치자 생글생글 웃으며 고개 숙여 인사했다.

미쁨의 웃음에 설희는 당장 그녀에게 달려가 꼭 끌어안아 주고 싶었 다. 그러나 참아야 했다. 미쁨이 그러길 원했기 때문이었다.

"그냥 대놓고 연애하면 안 돼요?"

"안 돼. 사내에 널 좋아하는 사람들이 얼마나 많은데! 섣불리 알렸 다가 큰코다칠걸?"

설희는 그녀의 말을 이해할 수 없었다.

'사내에 날 좋아하는 사람들이 많다고? 그럴 리가 없는데.'

그는 실제로 회사 생활을 하면서, 단 한 번도 고백을 받아보거나 선 물을 받아본 적이 없었다. 대신 자신이 없는 틈을 타 뒤에서 욕하는 것 을 들은 적은 많았다. 어쩌면 당연한 것이었다. 회사에서 설희의 성격은 입이 벌어질 만큼 굉장히 더러웠으니까.

하지만 미쁨은 알고 있었다. 아무리 설희의 성격이 개똥같아도 그를 좋아하는 사람이 있다는 것과, 설희가 지나간 자리엔 언제나 얼굴을 붉 히며 슬며시 미소 짓는 사람들이 있었다는 것을 말이다. 그들이 아무리 그의 성격에 넌더리를 치며 뒤에서 욕한다 하더라도 마지막엔 결국 그 를 칭찬하느라 바빴다.

"그래도 능력 완전 좋잖아. 그 정도 능력에 그 정도 얼굴이면 성격도 용서가 되지 않나?"

"그렇긴 해. 저 얼굴로 나 좋다고 쫓아다니면, 바로 넘어갈 듯."

이런 사실을 알고 있는 미쁨이 연애 사실을 회사 내에 알릴 리 없었다. 설희는 미쁨과의 약속을 기억하고는 과한 웃음을 자제하려 애쓰며 가벼운 묵례로 그녀의 인사에 답했다. 미쁨은 설희에게 인사한 후 자신의 자리에 앉아, 분주하게 짐을 챙기는 그를 바라보았다.

'오늘 아침 출근하면서 외근 나간다고 말하더니, 준비 중인가 보네.'

반 정도 걷어 올린 소매 사이로 보이는 설희의 단단한 팔뚝에 미쁨의 목으로 절로 침이 꼴깍 넘어갔다.

'내 몸을 소중한 보물 다루듯 안았던 저 팔. 허벌나게 섹시하구려, 껄껄.'

그들은 주말 내내 함께 있었다. 설희가 가족 모임에 갔다 와서 병원까지 다녀온 이후로 그들은 침대 밖으로 나가질 않았다. 잠도 침대 위에서, 식사도 침대 위에서, 야시시하고 꽁냥꽁냥한 짓도 침대 위에서……! 미쁨과 설희는 씻을 때를 제외하고는 침대라는 그 직사각형의 공간 밖으로 나가지 않았다.

그뿐이랴. 옷을 입은 기억 또한 없었다. 그들은 토요일과 일요일 이틀 내내 실오라기 하나 걸치지 않고 생활했다. 근육이 적당히 붙어 아름다운 설희의 몸은 조각이 따로 없었다. 그에 비해 미쁨은 자신의 비루한 몸이 좀 창피했다. 팔과 허벅지와 복부 등등 온몸에 지방이 드글드글했고, 앉으면 뱃살이 접힐 정도였다.

'빌어먹을.'

미쁨은 자신의 몸이 부끄러워 이불로 몸을 감추려 했는데 그때마다 설희가 하는 말이 있었다.

"이불로 가릴 때마다 덮칠 거야."

미친 저 반말! 그가 그런 에로틱한 말을 내뱉을 때마다 그녀가 하는 짓은 언제나 단 하나였다. 보란 듯이 이불을 몸에 칭칭 감는 것.

'그래, 좀 덮쳐 줘. 망가뜨려 줘. 반말도 좀 해가며, 욕도 해줘. 네 야한 소리 계속 듣고 싶어!'

미쁨은 사무실에 들어와 자신의 자리에 앉은 뒤로도 주말의 여운에 심취해 있었다. 그때 그녀의 귀에 앙칼진 목소리가 훅 파고들었다.

"언니, 그거 알아?"

세련이 그녀의 옆으로 슬쩍 다가와 눈을 반짝반짝 빛내며, 먹이를 노리는 하이에나와 같이 입맛을 다셨다.

'얜 또 왜 이래.'

"알긴 뭘 알아."

"인사팀 황 대리한테서 들었는데, 오늘 부팀장 급으로 새로운 여자 프로가 한 명 온대."

'허. 회사 입사한 지 얼마나 됐다고, 벌써부터 인맥이 두둑하구나.'

미쁨은 감탄하면서도 살짝 비꼬는 말투로 세련에게 물었다.

"또 그 윤 프로 팬클럽 모임에 다녀왔냐?"

"언니는! 팬클럽 아니거든? 그냥 정보 교환 모임일 뿐이라고."

"어련하시겠어."

윤설희 프로 팬클럽. 구성원 본인들은 정보 교환 목적의 모임이라고 말하지만 그 모임원 대부분은 설희를 좋아하다 못해 스토커처럼 쫓아다니는 이들이었다. 다수의 여성들과 소수의 남성들로 이루어진 그 클럽은 설희의 의상은 물론이고 그날의 일정부터 컨디션까지 모르는 것이 없었다. 그들은 그가 출근할 때면 설희의 머리끝부터 발끝까지 체크하여 문자로 공유하는 것으로 하루 업무를 시작했다.

현재 설희와 비밀 연애를 하고 있는 미쁨에겐 최고의 적, 그리고 미래의 시어머니 같은 존재였다.

'어, 잠깐만. 그러고 보니 세련이 얘 요즘 말버릇처럼 우리 설희 씨, 우리 설희 씨 하던 게 사라졌네? 하긴 그랬다간 팬클럽에 매장당하겠지, 쯔쯧.'

그녀가 속으로 혀를 찼다. 그런 미쁨을 앞에 두고 세련은 말을 계속 이었다.

"암튼 들어봐. 그 여자 좀 이상하다니까? 이전 이력이 없대! 거기다 위에서 직접 꽂아 넣었다나 봐. 뭔가 느낌이 파박 오지 않아?"

"무슨 느낌?"

"낙하산!"

그녀가 답답하다는 듯이 작은 목소리로 소리쳤고, 이에 미쁨은 한숨을 쉬었다.

"야, 낙하산이 뭐 어때서. 면접 봐서 들어오든 인맥으로 들어오든 다 같은 능력이다? 인맥도 능력이라는 말, 못 들어봤냐?"

"아니, 궁금하지 않아? 얼마나 대단한 집안의 자제이기에 위에서 꽂았을까?"

"자, 주목."

마침 강 프로가 처음 보는 한 여자와 함께 들어왔다.

"오늘 새로 온 정화란 부팀장입니다. 갑작스러운 감이 없잖아 있는데 잘해봅시다?"

"반가워요. 정화란이라고 합니다. 잘 부탁해요."

강 프로의 소개에 화란이란 이름의 여자가 고급스러운 단발머리를 손으로 쓸어 귀에 살포시 걸며 미소 지었다.

'와 대박. 진짜 예쁘다.'

미쁨은 화란을 멍하니 바라보았다. 몸매가 은근히 드러난 관능적인 스커트에 높은 스틸레토 힐을 신고 있는 그녀는 얼굴도 특 A, 몸매도 특 A였다. 물론 세련도 미인이었지만, 저 여자는 정말 누군가와 비교할 수 없을 정도로 뛰어난 외모를 가지고 있었다.

'세성기획 이거, 혹시 외모로 사람 뽑나?'

미쁨이 잠시 그렇게 생각했지만 곧 부정했다.

'……내가 뽑힌 걸 보면 외모는 아냐.'

그녀는 슬픈 현실에 보이지 않는 눈물을 흘렸다.

'그런데 이상하게 유난히 우리 팀에 인물들이 많단 말이지. 설희도 그렇고, 세련이부터 저 새로 온 여자까지 다 평균 이상의 황금 외모들이잖아! 하하. 일반인 오징어는 어디 서러워서 살 수나 있겠나.'

미쁨은 혼자 헛웃음만 지었다.

"윤설희 팀장님 맞으시죠? 잘 부탁해요. 정화란이라고 합니다."

옆에서 말없이 외근을 준비하는 설희에게 악수하자며 손을 내미는 화란의 모습에 미쁨을 포함한 수많은 여성들의 시선이 집중되었다.

'저년이 뭐하는 짓이야? 설마 오자마자 꼬리 치는 건가?'

그녀는 욱하는 성질에 인상을 구겼지만, 애써 분노를 가라앉혔다.

'설마, 아닐 거야. 부팀장이니까 팀장인 설희에게 말 그대로 부탁하는 거겠지.'

주위 공기 온도가 사내 여성들의 질투와 분노로 인해 천천히 달아올랐다.

"네."

준비에 여념이 없던 설희는 그녀가 내민 손을 보지 못했고, 악수도 하지 않은 채 단답으로 대답했다. 이에 화란은 어색하게 손을 걷었다.

'나이스. 그래, 설희 넌 그렇게 철벽남이 되거라.'

미쁨은 입술을 악물며 스믈스믈 흘러나오는 웃음을 참느라 애썼다.

"어디 가시는 건가요?"

화란의 질문에 설희는 딱히 답하지 않았다.

'뭐야, 이 사람. 원래 이렇게 딱딱한가?'

그녀는 표정 관리에 힘쓰며 웃는 표정을 유지했다.

'하긴. 혼자 독립해 아버님의 자리까지 올라가겠다고 한 거 보면, 고지식한 면이 좀 있겠네.'

화란은 혼자 생각하며 답을 유추했다.

"아, 오늘 광고 촬영 건으로 외근 나가는 겁니다."

묵묵한 설희의 행동에 보다 못한 하 프로가 웃으며 대신 답했고, 그의 답에 화란의 표정이 밝아졌다.

'그래, 이거야!'

"윤 팀장님. 이분 대신 제가 가고 싶은데. 괜찮은가요?"

기회를 놓치지 않는 그녀의 말에 미쁨은 저도 모르게 인상을 팍 구겼다.

'저, 저, 저, 여우년 끼 부리는 것 좀 보게?'

그녀의 눈에서 분노가 불처럼 이글이글 피어올랐다.

"그 차림으론 힘들지 않겠어요?"

화란을 위아래로 훑어보며 높은 굽에 딴지를 거는 설희의 싸늘한 행동에 미쁨은 속으로 쾌재를 불렀다.

'멋지다, 윤설희! 꼴좋다, 불여우!'

하지만 화란은 그 정도로 물러설 여자가 아니었다.

"걱정 마세요. 그리고 저도 여기 실무에 대해 알아야죠. 그래도 부팀장인데."

"……그렇긴 하군요. 그럼 하 프로님, 오늘은 정 프로님과 가겠습니다."

설희의 말에 하 프로는 불안한 눈초리로 화란과 그를 번갈아가며 바

라보았다. 그러나 당황스러운 건 본디 하 프로뿐만이 아니었다. 미쁨도
마찬가지였다.

'아니 왜 단둘이 가냐고!'

물론 그녀는 설희를 믿었다. 그리고 새로 온 부팀장이 팀장과 함께 현
장에서 뛰며 실무를 익히겠다는데, 마다할 사람이 어디 있겠는가. 다만
그저 저 여자가 설희와 함께 가는 상황이 마음에 안 들 뿐이었다. 정확
히는 그를 바라보는 화란의 눈빛이 싫었다. 금방이라도 설희를 잡아먹
을 듯이 바라보는 그 눈동자는 마치 사람의 간을 쏙 빼먹을 것 같은 구
미호의 눈깔과 같은 종류의 것이었다.

미쁨의 속이 부글부글했다. 그런 그녀의 심정을 아는지 모르는지, 설
희와 화란은 보란 듯이 사무실을 빠져나갔다.

'……그만하자. 공적인 일에 감정 섞지 말자고. 설희는 팀장이고, 새로
온 여우는 부팀장이니까 같이 외근 나가는 건 당연한 거지. 거기다 새로
온 사람의 경우, 실무 파악을 위해 더더욱 나가야 하는 게 맞는 거고.'

하지만 미쁨은 좀처럼 화를 가라앉히기 힘들었다.

'그런데 왜 이렇게 열이 받지?'

그녀의 머릿속에 설희를 향한 부팀장이란 여자의 욕망이 가득 담긴
눈동자가 떠올랐다.

'악! 짜증나!'

미쁨이 손에 쥔 펜이 분노로 인해 파르르 떨렸다.

해아는 자신의 방 침대에 멍하니 누워 있었다. 그는 주말 내내 아무
도 나오지 않던 미쁨의 집 생각에 머리가 복잡했다.

'주말 동안 같이 있었겠지, 두 사람? 근데 왜 밖으로 나오질 않는 거

냐? 이틀 내내 안에서 뭘 한 건데?!'

더럽고 노골적인 생각들이 그의 전두엽을 자극했고, 이를 참지 못한 해아는 결국 이불을 머리끝까지 덮었다.

'짝사랑이란 아주 처량한 거구나. 우울해.'

그는 새삼 느껴지는 서러움에 눈물이 왈칵 넘쳐흐를 것 같았다.

'더 좋아하는 쪽이 지는 거라더니, 난 완패했구나!'

해아는 이불 속에서 발을 동동 굴렸다.

"아오!"

갑자기 그가 벌떡 일어섰다.

"나 차해아야, 이거 왜 이래?"

해아는 결심한 듯 휴대전화를 들어, 빠른 손놀림으로 누군가에게 전화를 걸었다.

[네, 형님.]

수화기를 통해 창희의 목소리가 흘러나왔다.

"너 빨리 안 오냐? 오늘 스케줄이 몇 개인데, 쯧. 지금이 몇 시인 줄은 알아?"

[아직 여유 있는데요? 빨리 가면 피곤하다고 싫어하시잖아요.]

"그래서, 지금 안 오겠다 이거야? 정신 안 차리지, 너?"

[아닙니다! 바로 가겠습니다! 좀만 기다리세요!]

해아는 전화를 끊자마자 휴대전화를 바닥에 휙 던졌다.

'쉽게 물러날 내가 아니지.'

그는 괜히 미쁨의 집 쪽을 노려보았다.

'누가 이기나 두고 보자고. 네 머릿속에 내가 끊임없이 떠오르게 만들어주마.'

"첫 외근이라 그런지 참 떨리네요."

화란은 설희의 옆, 조수석에 다소곳이 앉은 채 말했다. 자신의 예쁜 다리가 도드라지도록 은근슬쩍 스커트를 끌어 올리는 것도 잊지 않았다. 그녀는 옆에서 운전하는 그를 힐끗 보며 얼굴을 붉혔다.

'처음엔 그냥 약혼 목적으로 다가가려 했는데, 외모가 끝내주잖아? 여느 영화배우 뺨치겠어. 물론 좀 쌀쌀맞지만, 그것도 얼마 안 갈 거야. 내가 살살 녹여 버려야지.'

"그런데 성함이 윤설희라고 하셨나? 원래 그렇게 말이 없으세요?"

"네. 좀 묵묵한 편입니다."

그럴 리가. 뭔가를 요구하고 조르고 매달리는 것이 그의 특기인 것을. 물론 상대가 미쁨일 때에 한하지만 말이다. 미쁨을 생각하자 설희의 얼굴에 미소가 절로 떠올랐다. 화란은 그런 그의 미소를 놓치지 않고 낚아챘다.

"어, 웃었다. 무슨 좋은 생각이라도 하시는 거예요?"

"잠깐 다른 생각을 했을 뿐입니다."

"얼마나 좋은 거길래 웃기까지 하시는 걸까? 궁금하네요."

"개인적인 거라서요."

설희의 대답에 화란이 입술을 살짝 깨물었다.

'개인적이라…… 말해주기 싫다는 거지?'

그녀는 생각에 잠겼다.

'연인이라도 있는 걸까? 뭐 상관없어. 조만간 저 미소, 내 걸로 만들 테니까.'

화란의 입꼬리가 시원하게 씩 올라갔다. 자신감 넘치는 미소였다.

"그보다 윤 프로님, 저랑 어디선가 만난 적 있지 않아요? 낯이 익은 데."

화란이 기초공사에 들어갔다. 설희가 자신의 정체에 대해 알지도 모른다는 생각에 슬쩍 물어본 것이었다.

그가 자신을 모르면 모르는 척하며 자연스러운 관계로 다가가야 했고, 알면 시간 끌 거 없이 본론부터 바로 시작해야 했으니까. 그녀는 기왕이면 모르는 척 자연스러운 관계가 되고 싶었지만, 후자여도 상관은 없었다.

"아뇨, 처음 뵙습니다."

"아, 그래요? 제가 착각했나 봐요."

'좋아. 시작이 좋아.'

화란은 속으로 쾌재를 불렀다.

'윤설희 씨, 우리 능력 좋은 사람끼리 어울려요. 당신에겐 나 같은 사람이 어울릴 겁니다. 난 당신을 가지고, 당신은 세성을 가지고.'

첫걸음을 좋게 뗐다고 확신한 그녀는 생긋 웃으며 자신의 아름다운 머리칼을 뒤로 넘겼다. 꽃처럼 예쁜 화란의 얼굴이 환하게 빛났다. 은은한 샴푸 향기가 차 안에 감돌았다.

경기도 외곽 대형 스튜디오, 그 가운데에 위협적인 거대 수조가 눈에 띄었다. 과장 좀 섞어서 수심이 적어도 5m는 되어 보이는 데다 물이 찰랑찰랑하게 찬 그것은 어쩐지 무서운 분위기를 풍겼다.

깊은 수조 안에는 산소통을 멘 다이버가 물속에 잠길 해아에게 공기를 제공하기 위해 들어가 있었다. 잘못하면 빠져 죽을지도 모르는 만일의 사태에 대비해 대기하고 있는 앰뷸런스도 넘쳐흐르는 긴장감에 크게 기여했다. 해아는 그 수조를 마주 보며 메이크업을 받고 있었다.

그는 눈을 지그시 감고, 연인과의 기억이 모두 거짓이라는 걸 깨닫는 비운의 캐릭터를 떠올리며, 블라인드라는 TV에 가로막혀 사랑하는 사람을 붙잡지 못하는 마음에 집중했다. 그렇게 집중하면 할수록 그는 점차 자신을 잃어갔다.

아니, 오히려 자기 자신을 찾아갔다. 해아는 캐릭터에 심취할수록 미쁨에게 쉽사리 다가가지 못하는 자신의 모습이 떠올랐고, 아무리 손을 뻗고 뻗어도 요리조리 피해만 가는 그녀의 얄미운 모습이 그의 머릿속에 감돌았다. 해아는 미쁨이 설희의 품에 안기는 것을 보면서도 아무것도 하지 못하는, 무능하기 짝이 없는 자신의 모습에 화가 났다.

지금 그의 모습은 누가 봐도 블라인드 광고 속 캐릭터와 동일인이라 믿을 정도였다.

'빌어먹을.'

그렇게 해아는 광고 속 인물에 적합한 사람이 되어가고 있었다. 그의 얼굴에 창백하고 건조한 느낌이 깃들기 시작했다.

철컹. 커다란 문이 열리는 소리가 스튜디오 내에 메아리쳤다.

"안녕하세요."

이어서 들린 설희의 음성에 해아는 눈을 번쩍 뜨더니 그대로 설희 쪽을 바라보았다. 혹시 미쁨이 오지 않았을까, 하는 작은 희망이 그의 눈동자에 돌았다. 하지만 그녀는 오지 않았다.

이는 당연했다. 해아가 미쁨에게 평범 이상의 감정을 느낀다는 사실을 알게 되었는데 설희가 미쳤다고 그녀를 이곳에 데리고 오겠는가. 그것은 어불성설이었다. 해아는 으르렁대며, 설희에게 대놓고 적대감을 보였다.

그때 그의 눈에 익숙한 여자가 들어왔다.

"뭐야, 저 여자."

해아는 저도 모르게 자세를 고쳐 앉았다. 그가 아무리 뒤척여도, 해아의 얼굴 위를 바삐 돌아다니는 메이크업 팀원들의 손동작은 멈추지 않았다. 해아는 분주히 움직이는 브러시들 사이로 설희와 함께 온 여자를 자세히 살펴보기 위해 눈을 실처럼 가늘게 떴다.

"정화란?"

그는 갑작스러운 그녀의 등장에 의아해했다. 해아는 설희와 같이 온 여자가 누군지 정확히 알고 있었다. 그는 폭스모터스가 후원한 영화에 출연한 적이 있었는데 그로 인해 폭스사에서 주최한 연말 파티까지 참석하게 되었고, 그곳에서 폭스모터스 대표의 막내딸인 화란을 봤던 것이다.

'저 여자가 왜 여기에 있어?'

그는 속으로 그 질문을 던지자마자 설희를 바라보고는 피식 웃었다.

'이유는 뻔하지. 윤설희를 노리러 온 거겠지. 둘을 약혼시키기 위해 위에서 말이라도 맞췄나?'

해아의 얼굴에 웃음이 감돌았다.

'이 상황, 완전 나이스야. 윤설희 저놈은 저 여자에게 던져 버리고 양 미쁨은 내가 가져야지. 하하.'

❦

"와, 세성그룹 대박이다."

"뭐가?"

동혁의 혼잣말에 미쁨이 슬그머니 다가갔다.

"이 기사 좀 봐요. 세성이 남몰래 꾸준히 기부해 왔대요. 그 규모가 장난 아닌데요? 거기다가 알려지지 않은 스포츠에 후원도 하는가 하면, 정부도 못하는 일도 엄청 해요. 친일파를 싫어하는 기업이기도 하고……근데 우리 회사는 왜 이런 걸 마케팅에 안 써먹는 거지? 기업 이미지 대박 좋아질 것 같은데."

"어, 박 기자님의 기사가 이제 났네요?"

어느새 다가온 하 프로가 동혁의 모니터를 바라보았다. 기사 내용을 확인하는 그에게 미쁨이 물었다.

"하 프로님, 왜 우리 회사는 이런 걸 마케팅에 안 써먹는 거예요? 더 없이 좋은 자료 아니에요?"

"지금 하고 있는 거예요."

"네?"

그녀는 하 프로의 말을 이해하지 못했다. 그것은 동혁도 마찬가지였다.

"이 기사 자체가 마케팅이라고요."

그들이 이해를 못 하는 것 같자 하 프로가 좀 더 자세히 설명해 주기 시작했다.

"세성그룹 측은 저런 일을 하는 게 당연한 거라고 생각하기 때문에 지금까지 마케팅에 써먹으려 하지 않았어요. 거기다 나 기부한다! 라고 스스로 떠벌리고 다니면 그 모습도 썩 좋진 않잖아요. 그래서 윤 프로님이 머리를 살짝 쓴 거죠."

"어떻게요?"

미쁨이 고개를 갸웃했다.

"박 기자님한테 연락해서 적당한 시기가 되면 선행 사실이 들킨 것처럼 기사로 뿌려 달라고 했어요. 그러면 기부했다고 스스로 자랑하지도 않아도 되고, 얼마나 좋아요? 사람들은 이 기사를 보고 마케팅 하나 제대로 못 하는 세성을 살짝 모자라지만 욕심 없이 착한 기업이라고 여기겠죠."

"아아……"

미쁨이 이해했다는 듯이 고개를 끄덕였다. 하 프로의 설명은 계속되었다.

"이제 곧 있으면 면접 프로젝트 결과물이 방송될 건데, 그때가 되면 세성그룹 이미지가 더 많이 바뀔 듯싶어요. 이 기사로 얻은 정직하고 강직한 이미지에 진보적인 이미지가 더해지면 아마 세성그룹에 대한 편견이 확 줄어들겠죠. 그 파급력도 어마어마하게 커질 테고요. 보세요, 곧 SNS로도 퍼질 텐데, 그러면 그 결과는 상상 초월일 겁니다."

'헐. 이런 것도 다 계획 하에 있다니.'

미쁨은 놀라지 않을 수가 없었다.

"선배님께 기사 떴다고 연락 드려야……."

자신의 책상 위에 있던 휴대전화를 가지러 간 하 프로는 뭔가를 발견하자마자 안색이 싸악 죽었다. 뭐지? 미쁨은 왜 저러나 싶어 그를 바라보았다.

"하 프로님, 왜 그러세요? 무슨 문제라도 있으세요?"

그녀의 말에 하 프로는 파르르 떨리는 손으로 책상 위에 있던 파일을 들어 보였다.

"이거 영상 콘티 자료…… 너무 정신없어서 저 대신 간 정 프로님께 못 드렸어요. 현장에서 같이 봐야 하는 건데."

하 프로는 촬영장에 같이 가겠다는, 화란의 갑작스러운 제안에 당황한 나머지 그만 중요 자료 하나를 깜빡한 것이었다.

외근을 나가지 않아도 된다는 사실에 이미 다른 일을 잡아버린 그는 도저히 자료를 전해줄 수 있는 상황이 아니었고, 그걸 알게 된 미쁨은 기회다 싶었다.

"하 프로님, 제가 갈게요!"

❦

"제발, 그만 좀 해!"

미쁨은 지금 눈물 콧물 줄줄 흘리며 앞만 보고 있었다.

"알아! 나도 안다고! 나 운전 못하는 거!"

그녀는 뒤에서 클랙슨을 울려대는 차에 겁먹고 꺅꺅 비명을 질러댔다.

'내가 왜 간다고 설쳤을까. 운전면허 딴 지 오 년도 더 된 장롱면허인 데! 그런 주제에 경기도 외곽?'

미쁨은 핸들을 쥐고 있는 손과, 액셀과 브레이크를 수시로 왔다 갔다 하는 발이 달달달 떨려 미칠 지경이었다.

"내가 미쳤지! 미쳐 돌았지!"

빵-빵!

"알겠어, 죄송하다고!"

그녀는 고래고래 소리치며, 스튜디오까지 펼쳐진 험난한 길을 회사에 서 배정받은 차와 함께 비실비실 나아갔다. 미쁨의 등에 식은땀이 줄줄 흘러내렸다.

미쁨은 두 시간 가까이 지나서야 스튜디오에 도착할 수 있었다. 그녀 는 스튜디오 건물 전면에 있던, 차들이 드나들 수 있도록 만들어놓은 커다란 철제문을 조심히 열고 슬쩍 들어갔다. 그러자 무거운 공기가 느 껴졌다.

그곳은 조용한 와중에 모든 이들의 시선이 한 군데에 몰려 있었고, 다들 약속이라도 한 것처럼 하나같이 입을 꾹 다물고 있었다. 몇 명은 넘쳐흐르는 슬픔에 입을 틀어막고 있었고, 몇 명은 심각한 표정으로 서 있었다. 이제 막 도착해 아무것도 모르는 미쁨은 이 생소한 분위기 속 에서 주위를 두리번거리며 사람들의 이목이 집중된 곳을 바라보았다. 그곳에 해아가 있었다.

그는 온몸이 젖은 채로 카메라를 응시하고 있었다. 아니, 카메라를 바라보는 것인지 카메라와 미묘하게 같은 선상에 있는 미쁨을 바라보는 것인지 알 수 없지만…… 그의 눈동자는 불안과 슬픔과 허망함에 파르 르 떨리고 있었다.

잡을 수 없는 여자. 끌어안을 수 없는 그녀. 손을 뻗어도, 뻗어도 벽 에 가로막혀 닿을 수 없는 그대. 해아는 흐를 듯 말 듯 눈물이 고인 눈으로 카메라를, 그리고 그녀를 바라보고 있었다.

광고 콘티의 마지막 씬, 공포와 애잔함을 선사하는 그 장면. 그의 겁에 질린 표정과 아련한 슬픔이 담긴 눈빛. 미쁨을 포함한 현장의 모든 사람들이 해아의 감정에 휩쓸려 숨조차 함부로 쉬지 못한 채 빠져들고 있었다.

"커, 컷!"

감독이 소리침과 동시에 똑 하고 떨어진 그의 눈물 한 방울에 사람들의 눈시울도 같이 붉어졌다. 해아는 뺨을 따라 흐르는 눈물을 멈추지 못하고 미쁨을 바라보았다. 스태프들이 그를 담요로 감싸 대기실로 끌고 가기 직전까지, 해아의 시선은 그녀에서 떨어지지 않았다.

미쁨은 그 강렬한 시선에 옴짝달싹 못하는 생쥐처럼 굳어 있었다. 그녀는 시간이 멈춘 것 같았다. 고작 삼 분 남짓이었지만 미쁨의 가슴이 철렁대기에는 충분했다.

'이럴 수가. 저 인간이 내가 알던 그 차해아란 말인가? 배역에 심하게 심취한다더니 그 말이 과연 맞구나. 저 사람은 정말 배우야. 뼛속까지 배우라고.'

그녀는 괜히 벅차오르는 마음에 숨이 가빠졌다.

"어머, 아까 회사에서 얼핏 봤던 것 같은데, 맞죠?"

마른침을 삼키며 멍하니 서 있던 미쁨에게 화란이 말을 건넸다. 뒤늦게 그녀를 발견한 설희도 다가왔다.

'왜 미쁨 씨가 여기에 있는 거지?'

그의 표정은 썩 좋지 않았다.

"양 프로, 어쩐 일이에요?"

설희의 물음에 미쁨이 어깨에 메고 있던 가방 속에서 묵직한 파일 하나를 꺼내 그에게 건넸다.

"하 프로님이 영상 콘티 자료 건네줘야 한다고 하셔서요."

"어, 이거 윤 프로님도 가지고 계신 건데요. 여분으로 카피해 뒀다고 하지 않으셨어요?"

화란의 말에 설희가 당황 섞인 표정으로 고개를 끄덕였다. 그러자 화란은 미쁨을 향해 가소롭다는 듯이 피식 웃었다.

'저 여자, 지금 날 비웃은 거야?'

미쁨은 침착하게, 미소를 잃지 않으려 노력했다.

"그래도 고생하셨어요. 조금 쉬었다가 나중에 같이 식사하시죠."

설희는 그녀에게서 콘티 자료를 받아 들며 웃어주었다.

그는 해아와 미쁨이 같은 장소에 있다는 현시점이 달갑진 않았지만, 막상 뜻하지 않게 그녀의 얼굴을 보게 되니 기분은 좋았다.

"윤 프로님! 잠깐 감독님이 보자세요!"

저 멀리서 한 스태프가 설희를 부르자 그는 미쁨과 화란에게 고개를 살짝 끄덕여 인사하고는 감독을 만나러 갔다.

"잠깐 가보겠습니다."

그가 사라지자 화사하던 화란의 얼굴이 싹 굳었다.

"아, 다리야."

그녀는 옆에 있던 작은 의자에 앉아 다리를 주물렀다.

'저렇게 높은 힐을 신고 서 있었으니 당연하지. 킬힐이잖아, 완전. 이런 일을 하러 나왔으면서 저런 구두라니.'

미쁨은 속으로 쯧쯧 혀를 찼다.

"양 프로라고 하셨나? 할 일 없죠?"

"아, 네, 뭐……."

"그럼 잠깐 심부름 좀 할래요?"

'무슨 심부름을 시키려고.'

미쁨의 눈썹 끝이 꿈틀댔다.

"아니, 내가 무슨 지 시다바리야? 커피랑 구두를 사오라고? 하! 정힘들면 지가 가든가! 와, 미친년."

미쁨은 화란에게서 받은 카드를 들고 차 안에 앉아 구시렁대고 있었다.

"양 프로, 차 타고 왔지? 다리가 아파서 그러는데 내 것보다 낮고 양 프로 것보단 높은 구두 좀 사오세요. 커피도 좀 사오고. 여기에 따로 구비된 게 있긴 한데, 내 입맛엔 안 맞네. 또 센스 없게 제 것만 사오지 말고, 윤 팀장님 것도 같이 사와요."

검지와 중지에 카드를 딱 끼고 거만하게 내미는 그녀의 모습을 떠올린 미쁨은 머리 뚜껑이 열리기 일보 직전이었다.

"아니, 지랑 나랑 언제부터 알던 사이라고 중간중간에 반말이야, 반말이? 나보다도 어려 보이던데 이쁘면 다야? 돈 많으면 다냐고!"

그녀는 화란이 내밀었던 카드를 바라보았다. 마음 같아선 두 동강 내고 싶었다.

"아, 이걸 어떻게 복수하지? 티 안 나면서 확실하게 골탕 먹일 기막힌 방법 어디 없나?"

미쁨은 고심에 고심을 더했지만 마땅한 방법이 떠오르지 않았다.

"골탕은 무슨. 확 할머니 신발이나 사다 주마! 구두 가게 없다고 구라치지 뭐."

그녀는 카드를 뒷좌석에 휙 내던졌다.

"귀하신 정 프로님의 카드님이시니 자리도 회장 자리에 모셔야 하지 않겠어?"

미쁨은 차에 시동을 걸었다.

벌컥!

그때 난데없이 나타난 누군가가 차 문을 열었다. 그러고는 다짜고짜 조수석에 털썩 자리 잡고 앉는 게 아닌가? 눈알이 튀어나올 정도로 똥그랗게 뜬 미쁨이 그 누군가를 바라보았다. 젖은 머리칼과 온몸에 담요를 꽁꽁 두른 그 남자는…….

"차해아 씨!"

해아였다. 예고 없이 들이닥친 그의 등장에 미쁨은 저도 모르게 소리쳤다. 반면 해아는 아주 자연스럽게 안전벨트를 매고는 좌석에 몸을 푹 기대었다.

"같이 가자. 저 수조 때문에 다음 촬영까지 시간 좀 걸린다네."

"무슨 소리예요? 그냥 대기실에서 쉬세요. 머리도 좀 말리고!"

"나 배역에서 꺼내줘야지. 아까 못 봤어? 나 지금 어마어마어마하게 우울해."

"윽."

미쁨은 인상을 썼다.

'아니, 이 인간이 이렇게까지 활동이 많은 배우였어? 극장 스크린에서만 얼굴 비치는 인간인 줄 알았는데 세세하게 많잖아?'

해아는 평소 은둔설, 도박설, 게이설까지 돌 정도로 신비감의 끝판을 보여주고 있었다. 때문에 미쁨은 그가 영화 말고는 일 따위 없을 줄 알았고, 영화 찍을 때나 잠깐 잠깐씩 보면 될 거라고 안일하게 생각했다.

'그런데 이건 뭐, 툭하면 촬영을 하질 않나, 툭하면 배역 심취를 핑계로 집에 찾아오질 않나, 툭하면 지금처럼 들러붙어서 떼쓰질 않나. 뭐하자는 거냐, 정말.'

그녀는 한숨을 푹 쉬며 해아에게 물었다.

"사람들한테 들키면 어쩌려고 그래요?"

"들키라지. 난 상관없어. 오히려 좀 들켰으면 좋겠네. 스캔들이나 나게."

그가 히죽 웃었다.

"진정으로 헤드가 빙빙 도셨나 보네요."

"아, 그만 시끄러워. 나 진짜 기분 안 좋단 말이야. 무능함의 극치를 달리는 중이라고."

해아의 말에 미쁨은 입을 꾹 닫았다. 사실 그녀는 촬영장에서 봤던 그의 모습에 놀라긴 했다. 멀어져 가는 사람 하나 붙잡지 못하던 남자의 눈빛이, 겁에 질려 아무것도 못 하고 바라만 보던 그 눈동자가 미쁨의 마음속에 깊이 남아 심장이 뛰었으니까.

하지만 다행히도 그 심장박동은 설희를 바라보며 뛰는 것과는 다른 종류의 것이었다. 뭐랄까, 감탄과 놀라움, 그리고 존경의 두근거림이라고나 할까.

"……알겠어요. 대신 신경 쓰이지 않게 조용히 있어요! 나 완전 초보라서 죽을 수도 있으니까."

"어이구, 무서워라."

미쁨은 해아가 자신의 옆자리에 앉는 것을 쿨하게 허락했다. 마침 쉬는 시간도 길다고 하고, 또 할 말도 있었으니까 말이다. 그녀는 이 틈을 통해 그에게 설희와 사귀게 되었으니 자신에 대한 마음을 접으라는 말을 하기로 다짐했다.

'당신, 오늘 나한테 정식으로 차일 거야.'

12. 불안은 흐르는 강물처럼

[300m 앞, 좌회전입니다.]

"아, 진짜 일차선으로 가라고 좀! 직진밖에 못 해?"

"그럴 거면 그쪽이 하든가요! 우울하다더니 목소리만 크네요?!"

이십 분째 직진만 하는 미쁨의 답답한 운전 실력에 참다못한 해아가 고래고래 소리 질렀다.

'이 인간 분명 슬프다며, 무능력한 배역에 심취해 우울하다며! 그러신 분이 기차 화통을 삶아 잡쉈나, 목청이 왜 저렇게 커?'

그녀는 속으로 구시렁댔다.

"얼씨구, 여긴 또 어디냐?"

도로 옆으로 논이 보이기 시작하자, 해아는 어이가 없어서 웃음이 튀어나왔다. 당황스러운 건 미쁨도 마찬가지였다. 그녀는 내비게이션님의 말씀을 왕명처럼 공손히 받들어 꺾으라면 꺾고 속도를 줄이라면 줄이고 유턴하라면 뱅글뱅글 돌았다.

'그런데 왜 논이 펼쳐지는 거지? 왜 소가 옆에서 느릿느릿 걸어가는

거지? 우리나라가 원래 소가 막 돌아다니는 그런 곳이었어?'

[목적지에 도착하였습니다. 안내를 종료합니다.]

황량한 논만 펼쳐진 작은 샛길 가운데에 미쁨과 해아를 태운 차가 덩그러니 서 있었다.

'분명 제일 가까운 카페를 검색해 내비에 입력했는데 여긴 어디냐.'

그녀는 이 상황을 좀처럼 받아들이기 힘들었다.

"하하하하!"

해아는 웃다 못해 눈물까지 흘릴 지경이었다.

"해아 씨도 같이 있어서 알잖아요. 분명 그대로 왔다니까요?"

"어련하시겠어."

사실 내비게이션을 엉터리로 조작한 건 해아였다. 그는 미쁨 몰래 아무것도 없는 빈 공간을 터치해 목적지로 삼았다. 마음 같아서는 그녀와 멀리멀리 도망가 하루 종일 헤매며 시간을 때우고 싶었지만 생각보다 일찍 도착해 버린 것이었다.

'이럴 줄 알았으면 바다 한가운데를 찍을걸.'

해아는 아쉬움에 입맛을 쩝 다셨다. 감정적인 이유로 펑크라니. 평소 자기 관리가 철저하기로 정평이 난 그에게는 있을 수 없는 일이었다. 촬영하고 있는 도중은 더더욱.

그렇지만 이번만큼은 해아도 도저히 참을 수 없었다. 많은 스태프들이 자신 한 명 때문에 고생할 게 분명했지만 그런 어마어마한 민폐마저 잊게 만드는 감정이 그의 안에서 미친 듯이 솟구쳤기 때문이었다.

그 감정을 한마디로 설명하자면, '촬영장엔 윤설희, 그놈이 있어서 싫어'와 같이 유치찬란한 것이었다. 해아는 설희가 있는 촬영장엔 가고 싶지 않았다. 일정에 차질이 생기든 말든 그가 알 바 아니었다.

"아, 이런 미친……! 심부름해야 하는데!"

미쁨이 답답한 마음에 소리치자, 해아가 그녀에게 물었다.

"심부름? 무슨 심부름?"

"새로 온 또라이 부팀장이 이 시골에서 구두랑 커피 좀 구해 오라잖아요. 진짜 개념 밥 말아 먹었어."

'아아, 정화란 그 여자 얘기 같군.'

해아가 이해했다는 듯 고개를 끄덕였다.

'설희, 그놈 옆에 붙어 있더니 부팀장이었어? 팀장과 부팀장, 세성그룹과 폭스모터스. 끼리끼리 논다 이건가.'

그는 피식 웃으며 미쁨의 말에 맞장구쳐 줬다.

"그 짧은 치마 입고 비쩍 곯은 이상한 여자?"

"맞아요! 이쁘면 다야? 날씬하면 다냐고!"

"이쁘긴 개뿔. 난 몰랑몰랑하니 통통한 게 더 좋다고."

해아의 적절한 반응에 미쁨은 기분이 좋아졌다.

'이 인간, 사람 말 들을 자세가 아주 잘 되어 있구만.'

그녀는 그를 바라보며 피식 웃었다. 그때 미쁨의 머릿속으로 해아에게 해야 할 말이 떠올랐다. 그 말은 바로, 그녀가 설희와 사귀는 사이가 되었다는 사실이었다. 미쁨은 지금처럼 좋은 타이밍이 없을 것이라는 판단 하에 표정을 굳히며 해아를 불렀다.

"저기, 차해아 씨."

해아는 살짝 가라앉은 미쁨의 목소리에 뭔가 눈치를 챘는지, 그의 얼굴에 남아 있던 웃음이 연기처럼 사라졌다.

"대체 무슨 말을 하려고 목소리까지 깔고 그래? 평소처럼 해, 평소처럼……."

해아가 그녀의 시선을 피했다. 미쁨의 입에서 좋지 않은 소식이 나올 것 같다는 느낌에 그는 무의식중으로 어금니를 악물었다.

"저, 윤설희 씨랑 사귀기로 했어요."

"그래?"

해아는 무심한 척 계속 창밖을 내다보았다. 그녀의 얼굴을 볼 용기가 나지 않았다.

"미안하게 됐어요."

미쁨의 말에 해아는 묵묵부답이었다. 그는 자신의 몸을 감싼 담요를 미쁨 몰래 세게 쥐었다. 주먹 쥔 해아의 손이 파르르 떨렸다.

설희는 다음 촬영 작업에 앞서, 감독과 몇 가지 대화를 나눈 후 스튜디오 사무실에서 나왔다. 그는 촬영장으로 돌아오자마자 스튜디오 분위기가 다소 번잡스럽다는 것을 단번에 눈치챌 수 있었다. 분주하게 왔다 갔다 하는 사람들, 긴급하다는 듯이 이곳저곳에 전화하는 스태프들. 그들은 하나같이 불안해하는 눈치였다.

"정 프로님, 지금 무슨 일……."

"뭐?! 차 배우가 사라져?"

설희가 화란에게 다가가 이 분위기의 원인을 물어보려는 찰나, 감독의 외침이 뒤쪽에서 들렸다. 그의 말에 설희의 표정 또한 놀라움으로 굳어졌다.

'차해아가 사라졌다니, 그게 무슨 소리지?'

그는 상황을 파악하기 위해 감독과 그 주위 사람들의 말을 유심히 들었다.

"해아 씨 전화는? 안 받아?"

"폰 대기실에 있대요!"

"미치겠다, 진짜……!"

그들의 대화를 듣던 설희는 문득 불길한 생각이 들었다.

'미쁨 씨, 미쁨 씨는 어디 간 거지?'

"정 프로님, 혹시 양 프로 어디 갔는지 아십니까?"

"심부름 때문에 잠깐 나갔어요. 올 때가 됐는데 아직 안 오네요?"

그의 질문에 화란이 답하자, 설희의 머릿속에 최악의 그림이 그려졌다. 미쁨과 해아가 그 좁은 차 안에 함께 있는 끔찍한 모습이, 그리고 운전하고 있을 그녀를 느끼하게 핥을 그의 능구렁이 같은 눈빛이 말이다.

'빌어먹을.'

그는 서둘러 조용한 장소로 이동하며 바로 주머니에서 휴대전화를 꺼내 미쁨의 번호를 입력했다.

띠리리리 띠링.

미쁨이 어딘지도 모르는 이 논을 벗어나기 위해 차를 몰고 좁은 샛길을 덜덜거리며 나아가고 있을 무렵, 전화가 오기 시작했다. 하지만 그녀는 운전하는 것만 해도 벅차 전화까지 받을 수가 없었다.

"저기, 해아 씨. 저 대신 전화 좀 받아주세요."

미쁨이 해아의 눈치를 살피며 그에게 부탁했다. 아까부터 아무 말 없는 그의 모습에 분위기가 살짝 서먹했지만, 지금 그런 걸 따질 때가 아니었다. 그녀는 지금 일하는 중이었고, 발신인이 회사일 수도 있는 상태였으니까 말이다.

해아는 말없이 차 기어 변속기 앞, 컵 홀더에 놓여 있던 미쁨의 휴대전화를 들었다. 화면에 윤설희라는 이름이 선명하게 떠오른 게 보였다. 그의 이름에 순간 짜증이 올라온 해아는 고민도 안 하고 바로 종료 버튼을 눌러 버렸다.

"왜 전화 안 받아요? 누군데요?"

"광고 전화야."

미쁨은 운전에 온 정신을 쏟아붓느라 그의 말을 의심할 여력이 없었기에, 묵묵히 고개를 끄덕이며 계속 앞으로 나아갔다. 그녀는 운전하랴, 우울해 보이는 해아의 눈치를 살살 살피랴 피곤함만 쌓여갔다.

'힘들겠지?'

미쁨은 해아를 힐끗 바라보았다. 그는 여전히 창밖을 내다보며 미쁨과 눈도 마주치지 않았다. 그녀는 그의 행동과 마음을 충분히 이해했다. 아니, 오히려 대단하다고 생각했다. 미쁨 자신이 만약 해아와 같은 상황이라면, 즉 짝사랑하던 사람에게 용기 내어 고백했는데 차였다면 그녀는 아마 울고불고 난리를 치며 가지 말라고, 사귀어달라고 매달렸을 것이다.

그런데 해아는 조용했고, 묵묵했으며, 그래서 더 슬퍼 보였다. 창밖을 내다보는 그의 뒷모습에서, 겉으로 표현되지 않는 해아의 슬픈 감정들이 강물처럼 고요히 흘러나왔다.

'휴…….'

미쁨은 미안한 마음에 한숨을 푹 쉬었다.

'미안해요, 차해아 씨.'

띠리리리 띠링.

해아는 그 이후로도 계속 오는 전화를 끊임없이 거절하다 결국 무음 처리해 버렸다. 그런 그의 행동에 미쁨은 고개를 갸웃했다.

'뭐지? 지금까지 내 핸드폰으로 저렇게 많은 광고 전화가 왔던 적이 있었나?'

뒤늦게 피어오른 의심에 그녀는 차를 멈춰 세웠다. 갑자기 서더라도 누가 뭐라고 할 일이 없는 텅 빈 시골길이기에 그녀는 맘 편히 정차할 수 있었다. 비포장 도로 특유의 먼지가 사방으로 뭉게뭉게 피어올랐다.

"제 휴대폰 이리 내요!"

미쁨은 먼지가 들끓는 길 위에서 해아가 손에 쥐고 있던 휴대전화를 빼앗았다.

〈수신 전화 18통. 윤설희.〉

'으악! 무슨 전화를 이렇게 많이 했지? 급한 일이라도 생긴 건가?'

미쁨이 부재중 전화 내역을 확인하자마자 설희에게 바로 전화를 걸려는 찰나였다.

띠리리리 띠링.

휴대전화 화면에 설희의 이름이 떠올랐다

"여보세요!"

미쁨은 다급하게 전화를 받았다. 해아는 영 언짢은 표정으로 그녀가 통화하는 모습을 바라보았다.

[미쁨 씨, 어디예요?]

"심부름이 있어서 나왔어! 왜? 무슨 일이야?"

[혹시 차해아 씨랑 같이 있나요?]

"어? 어어. 어쩌다 보니…… 왜, 왜, 왜?"

미쁨은 곁눈질로 해아를 바라보았다.

'낭패다. 안 그래도 설희는 내가 저 인간이랑 같이 있는 거 싫어하는데.'

그녀는 불길함에 침을 꼴깍 삼켰다.

[지금 당장 들어오세요. 차해아 씨 없어져서 여기 올 스톱…….]

미쁨이 설희와 통화하는 도중 해아가 그녀의 휴대전화를 날름 낚아챘다.

"아, 뭐 하는 짓이에요?!"

미쁨이 소리치든 말든, 그는 무작정 통화 종료 버튼을 눌러 버렸다. 휴대전화는 띠리링, 하고 허무하게 꺼져 버렸다.

그런 해아의 몰상식한 행동에 그녀가 소리쳤다. 지금 미쁨에겐 짝사랑 상대에게 차인 그의 딱한 사정을 봐줄 여유 따윈 없었다.

"이 인간이 돌았나! 미쳤어요?! 미쳤어? 미쳤나 보네!"

"아야, 아얏, 아야악!"

그녀가 주먹으로 해아의 어깨와 팔을 퍽퍽 치자, 그의 입에서 비명소리가 뻗어 나왔다.

'무슨 여자 주먹이 슈퍼 파이터 급이야? UFC에 나가도 되겠어!'

그는 미쁨의 폭력을 피해 차에서 내렸고, 해아가 저지른 짓에 어이가 없었던 그녀도 그를 따라 내렸다. 미쁨은 한 장의 화보처럼 우아하게 팔짱 끼고 차에 기대어 서 있는 해아에게 다가갔다.

"지금 뭐 하자는 거예요? 불티나게 오는 전화를 광고라고 속이질 않나, 통화 중에 폰을 빼앗아가질 않나. 지금 스튜디오 난리 났대요! 당신 때문에!"

"가기 싫어."

고개를 홱 돌리며 그는 입을 삐죽거렸다.

'이거 도대체 무슨 시추에이션? 누구, 나에게 이 상황 좀 설명해 줄 사람?'

미쁨은 해아의 막무가내적인 행동에 놀라 입을 쩍 벌렸다.

"혹시 제가 설희와 사귄다고 해서 심통 나거나 그런 건 아니죠?"

"그래! 심통 났다! 나는 네가 그놈이랑 사귀는 거 완전 마음에 안 들어!"

그가 그녀의 물음에 솔직하게 털어놨다. 해아의 말에 미쁨은 황당할 따름이었다.

"아니, 내가 다른 남자가 좋아서 사귀겠다는데, 그쪽이 왜 그러는 건데요?"

"너는 내가 짝사랑한 사람인데, 적어도 나보단 괜찮은 놈을 만나야 하는 거 아냐? 윤설희 그놈은 안 돼. 네가 아까워."

'저 인간 지금 뭐라고 씨부리는 거냐? 뭐, 내가 아깝다는 말이 그렇게 듣기 싫은 건 아닌데, 그래도 지가 우리 부모님이야? 가족이냐고? 내가 누굴 만나든 왜 쓸데없이 참견인데!'

미쁨은 울컥하고 넘어오는 분노에 버럭 소리쳤다.

"내 마음이에요! 내가 좋다고요!"

"나보다 괜찮은 놈 아니면 절대로 허락 못 해!"

그녀에게 대항하듯 해아도 소리쳤다. 턱이 쪼글쪼글하게 패일 정도로 꾹 다문 그의 입에서 굉장한 고집이 느껴졌다.

"그래서 지금, 해아 씨는 끝까지 절 방해하겠다는 말이에요?"

"방해가 아니라, 널 위해서 하는 말이야. 너에게 나만큼 좋은 남자는 없어. 나로 갈아타."

그가 딱 잘라 말했다.

"하아……."

미쁨은 물러설 기미가 없는 해아의 모습에 답답하기 짝이 없었다.

"해아 씨는 자존심도 없어요? 우리나라 최고 배우인 당신이 아무것도 아닌 평범한 저한테 차이고도 이렇게 매달릴 마음이 생기냐고요?"

그녀가 부들부들 떨리는 목소리로 그의 자존심을 건드렸다. 이렇게 상처 주는 말까지 해야 할까, 싶었지만 어쩔 수 없었다. 미쁨은 지금 이 상황을 미적지근하게 끌고 갈 바에야, 한 번 크게 상처 주고 떨어뜨리는 것이 나은 일이라 생각했다. 그래서 생각한 말이 '차이고도 매달리냐?'라는 질문이었다.

그녀 자신이 해아의 입장이었다면 어떤 말이 가장 상처가 될까 생각해 보니 바로 자존심을 건드리는 말이었고, 때문에 그런 질문을 던진 것이었다. 하지만 그는 생각보다 강력했다.

"어, 나 자존심 없어. 너한테 고백한 이후로 싹 다 버려 버렸거든. 그리고 내가 널 좋아하게 된 그 시점부터 넌 더 이상 아무것도 아닌 게 아냐. 이 세상에서 내게 제일 특별한 여자가 된 거라고."

해아는 미쁨의 시선을 피하지도 않고 똑바로 마주하며 또박또박 답했다.

"그러니까 너도 내가 납득할 만한 놈을 데려와. 그전엔 나도 포기 못해."

그녀는 그를 물끄러미 바라보았다. 너무나도 멋진 외모를 가진 해아가 그런 말을 하니 마치 영화 속의 한 장면처럼 보였다. 그리고 미쁨 자신도 그 영화 속에 들어가 있는 느낌이었다.

그랬다. 해아는 그녀를 환상에 젖게 하는 존재였다. 그와 함께 있으면 이 세상의 주인공이 된 것 같았고, 앞으로 멋지고 재밌는 스토리가 펼쳐질 것 같았다. 하지만 환상은 현실이 아니었다. 언젠간 깨야 했고, 잊어야 했다. 평생 꿈속에서만 살 순 없지 않은가.

결국 미쁨은 이 세상이 아닌, 그녀 자신의 인생이라는 작은 무대의 주인공이라는 것을 깨달아야 하고, 앞으로 펼쳐질 이야기 또한 마냥 멋지지도, 재밌지도 않을 것이란 사실을 알아야 한다. 그렇기에 미쁨에게 해아는 환상이었고, 설희는 현실이었다. 그리고 그녀는 현실을 사랑했다. 환상은 환상으로 두고 싶었다.

"해아 씨. 전 환상 속에서 살고 싶지 않아요. 현실을 보고 싶어요."

해아는 미쁨을 바라보며 차갑게 굳은 표정으로 조용히 입을 열었다.

"뭔 개소리야? 뜬금없이 환상은 무슨."

'윽. 내가 너무 앞뒤를 잘라먹고 얘기했네.'

그녀가 당황스러움에 삐질삐질 땀을 흘렸다.

"어쨌든 나보다 괜찮은 놈이 나타날 때까지 너에게 매달릴 테니까, 그런 줄 알아."

"아, 진짜……."

'저 인간 정말로 때려죽이고 싶다!'

미쁨은 한 치의 양보도 없는 그의 모습에 숨이 막힐 것 같았다.

"그래도 다행인 건 내가 아주 쿨해요. 나보다 잘난 놈이 나타나면 미련 없이 보내줄 테니까 걱정하지 마. 물론 그런 놈은 세상에 없겠지만."

해아가 가지런한 이를 샥 보이며 씩 웃어 보였다.

'무슨 인간이 저렇게 자기애가 강한 걸까!'

그녀는 머리를 쥐어뜯었다.

'말이 통해야 대화를 하든, 뻥 하고 차든 하지! 저 인간은 분명 지금 지가 차였던 것도 잊었을 거야!'

미쁨은 의견 차이가 좁아질 기미가 보이질 않자, 일단 그를 데리고 스튜디오로 돌아가기로 마음먹었다. 그녀는 이를 악물며 최대한 얌전한 목소리로 말했다.

"……스튜디오로 돌아가요."

미쁨은 마치 경찰이 범죄자를 연행하듯, 해아를 차 안으로 밀어넣고 그대로 스튜디오를 향해 나아갔다.

[아, 뭐 하는 짓이에요?!]

"미쁨 씨? 미쁨 씨! 여보세요?"

[뚜, 뚜, 뚜…….]

미쁨의 소리침과 함께 끊어져 버린 전화에 설희는 미칠 것만 같았다. 그는 그녀에게 다시 전화를 걸었지만 받지 않았다.

"빌어먹을."

속절없이 흘러나오기만 하는 통화 연결음에 설희는 저도 모르게 욕설을 내뱉었다. 스트레스로 인해 두통이 살살 올라오기 시작했다.

'차해아, 이 남자는 뭐 하자는 것일까? 왜 미쁨 씨를 쫓아간 거지?'

그는 앞으로 넘어온 머리칼을 신경질적으로 뒤로 넘기며 현장으로 돌아갔다.

'젠장. 젠장. 젠장!'

끼익. 미쁨은 설희와의 통화 직후 바로 차를 돌렸고, 스튜디오에 도착하자마자 사이드 브레이크를 걸었다.

"으! 늦었다."

그녀가 서둘러 안전벨트를 푼 후 차 밖으로 나가려는 순간 해아가 미쁨의 손목을 잡아당겼다.

"앗!"

체중이 뒤로 쏠려 중심을 잃은 그녀는 자리에 쓰러지듯 주저앉았다. 그는 그런 미쁨의 몸 쪽으로 바짝 다가갔다.

"뭐, 뭐 하는……."

"어허. 기다려 봐."

그녀가 기겁하고 떨어지려 하자 해아가 그녀의 어깨를 잡고 바짝 끌어당겼다.

'이 인간이 지금 뭐 하자는 거야?! 또 맞고 싶은 건가? 정녕 나에게 죽임을 당하고 싶은 게야?'

"당장 안 떨어지면 저한테 처맞을 줄 아세요."

"그거 알아?"

"뭐, 뭐가요?"

해아의 뜬금없는 질문에 미쁨이 당황해 되물었다. 그러자 그의 입꼬리가 부드럽게 올라갔다.

"남녀 관계에 비밀이 쌓이면 쌓일수록 그 사이는 찐해진다는 거."

해아의 의미심장한 말에 미쁨은 원인 모를 불길함을 느꼈다.

"차해아 씨, 경고예요! 삼 초 안에 안 떨어지면……."

"너 저번에 나랑 키스했던 거 그놈한테 말 안 했지?"

그의 물음에 그녀의 머릿속으로 해아와 입을 맞췄던 그 끔찍한 장면이 떠올랐다. 억지로 빨간 립스틱을 칠해놓고 덮쳤던 그의 모습이, 점차 다가왔던 빌어먹을 남자의 얼굴이, 잘생겼지만 그래도 싫은 그의 면상이 뇌리에 적나라하게 펼쳐졌다.

미쁨은 무슨 말을 해도 통할 것 같지 않은 해아의 행동에, 더 이상 설득하는 걸 포기하고는 바로 카운트다운에 들어갔다.

"당장 비켜요, 삼!"

"그놈한테 키스까지 한 우리 사이에 대해 말하지 마. 사이좋게 비밀로 하자고, 응?"

그의 얼굴이 더 가까이 다가왔다.

"이! 비밀이고 뭐고 없어요! 계속 이러면 성추행으로 신고할 거예요!"

"지금 네 얼굴이 얼마나 섹시한지 알아? 욕해줘. 난 네가 욕할 때가 그렇게 좋더라."

"이런 미친 새끼를 봤나!"

철썩!

미쁨은 해아의 얼굴이 점차 가까워지자 저도 모르게 손을 휘둘렀고, 차진 소리가 차 안을 꽉 메웠다. 그는 난데없이 얻어터진 이 상황이 황당하다는 듯이 눈을 동그랗게 뜨고는 화끈거리는 뺨을 손으로 감싸 쥐었다.

"야, 넌 내가 무슨 짓을 할 줄 알고 이렇게 때리는 건데? 그리고 일은 세지도 않았잖아!"

"키, 키스하려고 했잖아요! 제가 한 번 당하지 두 번 당할 것 같아요?"

그녀가 말을 더듬으며 말하자 해아가 허, 하고 웃었다.

"아니, 내가 네 얼굴에 묻은 속눈썹이나 어깨에 붙은 머리카락을 떼주려는 것일 수도 있잖아?"

"그렇다면 미안한데요, 그래도 정황상 이건 누가 봐도 강제로 뽀뽀하려는 상황이거든요? 아니에요?"

"……마, 맞아. 그러려고 했어."

미쁨의 물음을 들은 그가 얼떨결에 속내를 털어놓았다. 그러자 그녀는 한숨을 내쉬며 짜증 섞인 목소리로 말했다.

"하아. 뭐 하자는 거예요? 난 분명 사귀는 사람이 있다고 말했고, 정중히 거절한 걸로 아는데, 해아 씨 제정신이세요? 아무리 날 포기 못 한다고 했다지만 이따위로 이기적으로 굴면 안 되죠. 당신, 이렇게 가벼운 사람이었어요? 정말 실망이에요!"

미쁨은 상심하다 못해 화가 났다. 그녀는 그를 노려보며 부들부들 떨리는 목소리로 말했다.

"키스를 하진 않았지만, 만약 그랬다면 절대로 용서하지 않았을 거예요. 성추행범으로 고소는 물론이고, 온갖 욕이란 욕은 다 먹도록 만들었을 거라고요. 다시는 재개 못 하게."

해아는 미쁨의 말을 들으면서도 그저 조용히 있었다.

"가만히 있을 거예요? 적어도 저에게 사과 정도는 해야 하지 않나?"

그는 여전히 묵묵부답인 채로 똑바로 앉아 창밖을 내다보기만 했다. 그러다 곧 미쁨을 바라보며 진지한 표정으로 말했다.

"미안하지만 난 사과할 마음이 없는데."

해아의 말을 듣자마자 미쁨은 피가 거꾸로 솟는 기분을 느꼈고, 결국 참지 못하고 말을 내뱉었다.

"야. 너는 인간도 아냐. 이게 즐겁니? 재밌어? 네가 전에 너 자신은 다른 사람 가지고 놀 정도로 쓰레기는 아니라며? 그런데 지금 뭐야? 뭔가 착각하는 모양인데, 이게 사람 가지고 노는 거야. 넌 너 스스로가 쓰레기라고 광고하는 꼴이라고, 알아? 이 쓰레기야!"

"이젠 뭐든 상관없어. 오늘 일까지 치면 너와 나 사이에 벌써 비밀이 두 개네? 앞으로 더 쌓아보자고."

"미친 새끼."

윙크를 날리며 웃는 그의 얼굴에 울컥한 미쁨은 차 안을 박차고 뛰쳐

나갔다. 차 안에 혼자 남은 해아는 그녀의 뒷모습을 바라만 보았다.

'가지고 노는 게 아니야. 난 진심이란 말이야.'

그는 차 좌석에 몸을 푹 기대어 앉았다.

'오히려 네가 날 가지고 놀고 있잖아. 내 앞에서 세상에서 제일 행복한 얼굴로 윤설희, 그놈을 보고 있잖아. 그놈과 사귄다 어쩐다 하면서 나를 밀어내려 하잖아.'

자신의 뺨에 남은 미쁨의 감촉에, 해아의 얼굴이 일그러졌다.

'난 너밖에 없는데, 날 배역에서 꺼내 진정한 나로 만들어주는 사람은 너뿐인데…… 네가 가버리면 난 어떡해?'

해아는 답답한 가슴을 손으로 세게 쥐었다.

'너는 어차피 그놈이랑 힘들어. 끼리끼리 만난다고, 그 자식이 너와 앞으로 계속 만날 수 있을 것 같아?'

그의 눈동자가 촉촉이 젖어갔다. 해아의 눈에는 금방이라도 쏟아질 듯, 눈물이 그렁그렁 맺혔다.

'그래, 그놈과 너의 마음이 변함이 없다고 치자. 주위에서 가만히 둘 것 같냐고. 그것도 모르면서 칠락팔락 좋아서는!'

해아는 구차하게 눈물을 쏟지 않기 위해 마른세수를 해댔다.

'다 아무것도 모르는 멍청한 네 잘못이야.'

미쁨 탓을 하는 와중에도 자신이 한 잘못을 알기에 그는 머리를 쥐어뜯었다.

"나보고 어쩌라고."

해아는 스튜디오로 돌아오는 내내 마음이 급해 미칠 것만 같았다. 그는 이대로 돌아오기 싫었다. 미쁨과 단둘이 있을 수 있는 얼마 안 되는 기회인데 이대로 그냥 돌아오는 건 너무 허무했다. 뭐라도 하지 않으면 애써 촬영장을 빠져나온 의미가 없었다. 거기다 뜬금없이 설희와 사귄다는 말을 들었을 땐 더욱 가만히 앉아 있을 수가 없었다. 그는 미쁨을 붙잡기 위해 뭐라도 해야 했다. 그리고 그것이 바로 키스였다.

'너무 조급했어. 오늘 연기한 배역에 심취해서 그런가, 나 스스로가 덧없이 작아지는 것 같아.'

그는 앞으로도 평생 미쁨을 붙잡을 수 없을 것 같아서, 속절없이 손에서 흘려보낼 것 같아서, 그래서 화가 나고 목이 말랐다. 마음이 아팠고, 그러면서도 분노가 사라지지 않았다.

해아는 그대로 웅크리고 앉았다. 젖은 머리카락 때문인가, 주위가 굉장히 춥게 느껴졌다.

"젠장······."

그의 작은 음성이 차 안에 감돌았다.

"죄송합니다, 죄송합니다."

미쁨이 스튜디오로 돌아오자마자 한 것은 끊임없는 사죄였다. 그녀는 모든 스태프들의 따가운 눈총을 받으며 고개를 조아리고 또 조아렸다. 이미 설희가 부하 직원 관리에 소홀했다며 상황을 얼추 정리해 놓은 탓에 큰 소리가 오가진 않았지만, 그래도 미쁨은 마음 편히 고개를 들 수가 없었다.

"양 프로, 잠깐 저 좀 보죠."

'올 것이 왔구나.'

그녀는 굳은 표정인 설희의 말에 경직되었다.

"너무 그러지 마세요. 제가 몸이 안 좋아서 약 좀 사러 가자고 조른 거예요."

잔뜩 움츠러든 미쁨의 옆으로 창백한 느낌의 해아가 나타났다. 그녀는 그런 그를 힐끗 쳐다보며 인상을 구겼다.

'아까진 멀쩡하더만, 저거 연기야 진짜야?'

미쁨은 그의 상태가 의심스러웠지만, 겉으로 보이는 그의 안색이 좋지 않은 것은 확실했다.

"해아 씨는 빠지세요. 이건 저와 양 프로 사이의 일이니까. 가죠, 양
프로."

설희는 미쁨을 변호하는 해아의 모습조차 거슬리고 싫었다. 그는 보
란 듯이 해아의 옆을 지나쳐 스튜디오 밖으로 나갔고 미쁨은 그런 설희
의 뒤를 쫓아갔다. 그녀의 작은 등이 해아의 눈동자에 콕콕 박혔다.

'빌어먹을, 저 뒷모습 보기 싫다. 언제나 정면을 보고 싶어. 나에게로
다가오는 정면 말이야.'

설희와 미쁨이 스튜디오 밖으로 나가자, 화란이 해아에게 슬그머니
다가왔다. 그녀는 팔짱 낀 도도한 자태로 그를 똑바로 쳐다보았다.

"차해아 씨, 나 연말파티에서 본 적 있죠?"

"네."

화란의 질문에 해아가 고개를 끄덕였다. 그녀는 모든 스포트라이트
가 쏠린 장남에 비해 알려진 게 거의 없었다. 2남 2녀 중 막내라 그 관
심이 덜한 것은 당연한 일이었다. 폭스사에서 개최하는 연말 파티에 참
석하지 않았더라면 해아도 몰랐을 것이다.

"모른 척 좀 해줘요. 이유는 묻지 말구."

화란은 윤기가 흐르는 머리카락을 찰랑이며 해아의 옆을 천천히 지
나갔다. 그는 그녀의 뒷모습을 바라보며 피식 웃었다.

'싫은데, 이걸 어쩌나? 난 내가 유리할 때 빵! 터뜨릴 거야. 너와 윤설
희의 상황을 봐줘야 할 이유 따윈 내게 없으니까.'

"죄송합니다."

미쁨은 앞서가던 설희가 아무도 없는 스튜디오 주차장에 다다라 멈
춰 서자 그의 등에 대고 고개 숙여 사죄했다.

그녀의 진심 어린 말에도 그는 그 어떤 반응이 없었다.

'화났겠지? 그럴 만도 해. 중요한 일인데 나 때문에 큰 차질이 생겼으니.'

"미쁨 씨."

설희는 커다란 손으로 미쁨의 손목을 낚아채며 그대로 그녀의 몸을 뒤로 밀었다. 미쁨은 딱딱하고 차가운 벽에 붙어 자신을 내려다보는 설희를 바라보았다. 그는 화와 불안이 어지러이 뒤섞인 복잡한 표정을 하고 있었다.

"회사 관두세요. 제가 자를 겁니다."

설희의 나지막한 음성은 소름 돋을 정도로 서늘했다. 그는 갑자기 미쁨을 꼭 끌어안았다.

"무, 무슨 짓이야? 사람이 올지도 몰라!"

미쁨은 난감함이 가득 담긴 목소리로 설희를 저지했으나 그는 오히려 그녀를 더더욱 세게 안았다. 그녀가 아무리 자신을 덮쳐 오는 설희를 있는 힘껏 밀어내려 해도, 그가 강고하게 버티고 있는 바람에 이러지도 저러지도 못했다. 얘, 왜 이래?

"화나. 짜증나고, 기분 더러워. 둘이 무슨 얘기했어요? 그것도 그 좁은 차 안에서."

설희의 팔에 점점 더 강한 힘이 실렸고, 미쁨은 숨이 막힐 지경이었다. 분노와 사랑이라는 감정이 뒤섞여 조절이 안 되는 그의 상태가 스킨십으로 고스란히 드러나고 있었다. 이것이 그가 화를 내는 방식이었다. 어찌할 줄 몰라 그저 미쁨을 안기만 하는 모습이 말이다.

설희의 힘에 눌려 이러지도 저러지도 못하는 그녀는 아무리 발버둥 쳐도 소용없는 이 상황에 미묘한 두려움을 느꼈다.

'남자는 남자구나.'

"정신 좀 차리는 게 어때? 진정 좀 해. 이러지 말고."

미쁨이 떨리는 목소리로 말했지만 설희는 여전히 그녀를 놓아주지 않았다.

"지금 정신 차리게 생겼어요? 제가 모르는 상황이, 대화가, 분위기가 두 사람 사이에 있었는데 어떻게 진정을 할 수 있겠냐고요."

"미안해! 미안한데, 여기서 이러지 마. 나중에 집에 가서⋯⋯!"

"좀 조용히."

읍! 설희의 입술이 미쁨의 입술을 덮었다. 주차장 한구석 딱딱한 시멘트벽에 기댄 두 사람은 그렇게 입을 맞췄다. 그는 미쁨의 손을 놓고, 그녀의 목과 얼굴을 감싸 고정시켰다. 자신의 입술을 피하지 못하도록, 거부하지 못하도록 미쁨을 세게 붙잡은 거였다.

그녀가 최대한 그를 밀치며 거부해도 도저히 밀어낼 수가 없었다. 미쁨은 그가 거칠게 밀고 들어오는 느낌에 숨이 막혔다. 너무 가까이 밀착해 있어서 발로 찰 수도 없었고, 온 힘을 다해 때려도 벽에 대고 주먹질하는 것처럼 그녀의 손만 아플 뿐이었다.

'미쳤어! 그만해! 들키겠어! 사람들이 오면 어떡해! 거기다 이런 감정으로 키스라니, 최악이야!'

미쁨은 눈을 질끈 감았다.

'나도 더 이상 못 참아. 죽었어!'

빡!

그녀의 딱딱한 이마가 설희의 눈두덩을 덮쳤고, 그의 눈앞에 별이 보이며 사방이 일렁거리는 것처럼 보였다. 설희가 비틀거리며 그녀에게서 한 걸음 물러섰다. 그는 욱신거리는 자신의 왼쪽 눈을 손으로 감쌌다.

"너 진짜 내 손에 죽을래? 정신 안 차리지? 어디 남자가 여자를 힘으로 이기려 들어? 그리고 나는 낮져밤이가 좋거든? 그래서 네가 날 이겨서 칭찬받을 수 있는 때는 밤, 침대 위밖에 없어! 알아?"

설희는 미쁨에게 맞은 후 많이 아팠는지, 말없이 고개를 푹 숙이고 부들부들 떨었다.

"미쁨 씨, 머리 진짜……."

그가 엄지를 척 들어 보였다. 눈에는 고통으로 인한 눈물이 그렁그렁 맺혀 곧 떨어질 듯 출렁거렸지만, 제정신으로 돌아왔는지 목소리는 한층 부드러워진 상태였다. 반대로 이번엔 그녀가 제대로 돌아버린 상태였다.

"막말로 내가 바람이라도 폈어? 해아 놈이랑 짝짜꿍 손잡고 도망이라도 갔니? 아니잖아! 멀쩡히 돌아왔잖아! 그런데 뭐가 문제야?"

"제가 모르는 일이 둘 사이에 있었을 거 아니에요. 전 그런 거 싫어요."

'싫어요'에 힘을 실어 말하는 설희의 모습을 본 미쁨은 순간 양심의 가책을 느꼈다. 그녀는 그에게 '사실 아무 일도 없었던 건 아냐. 그놈이 키스하려고 했어'라고 솔직하게 얘기하고 싶었지만 입이 떨어지지 않았다.

'털어놔야 하는데, 말해야 하는데. 저렇게까지 민감하게 반응하는 사람에게 말할 수 있을 리가 없잖아!'

"아무 일도 없었어! 내비게이션 오작동 때문에 헤매서 그렇지, 정신없이 운전만 하다가 네 전화에 달려온 거라고."

"전에도 말했지만, 미쁨 씨는 믿어요. 다만 그놈은 믿을 수 없어요."

고통에 얼추 적응된 설희는 눈을 감싸고 있던 손을 뻗어 그녀를 끌어안았다.

"여기서 이러지 말라니까."

"괜찮아요. 사람 많이 안 와요, 여기."

그의 말에 미쁨은 그의 품에 가만히 안겼다.

'이 질투 심한 놈을 어이해야 좋을꼬.'

그녀의 눈에 설희는 질투를 넘어 불안 증세까지 보이는 게, 마치 분리 불안증에 걸린 강아지 같았다. 아니, 외모로 보면 강아지보단 고양이에 더 가까웠다. 덩치 산만 한 고양이.

"아깐 화내서 미안해요. 결코 미쁨 씨를 힘으로 이기려고 한 게 아니었어요. 그냥 당신에 관한 일이라면 이성이 자꾸 달아나요. 저 스스로도 감당 못 할 만큼."

그의 품속에서 미쁨은 눈을 꼭 감았다. 비밀이 많아지면 많아질수록 사이가 진해진다는 해아의 말이 계속 귓가에 맴돌았다.

'아냐! 그럴 리 없어! 난 설희뿐이라고!'

그녀는 해아의 껄끄러운 말을 잊고자 설희의 품속에 파고들었다. 그런 미쁨의 머리칼을 설희의 커다란 손이 부드럽게 쓰다듬어 주었다.

'아, 이제야 마음이 안정되는구나.'

그녀는 자신의 마음이 풀어지고 얼굴에 미소가 떠오르는 걸 느낄 수 있었다.

'난 이래서 네가 좋아. 너도 내게 기대고, 나도 네게 기대는 그런 관계라서 너무 좋다고.'

"날 믿어."

미쁨이 작게 중얼거렸다.

'그래. 날 믿어. 지금 네게 말 못할 일이 있고, 또 앞으로도 있을지 모르지만 허튼 마음을 가질 생각은 추호도 없으니까. 거기다 우리 엄마 아빠도 얼마나 금슬이 좋은데. 바람 유전자 또한 없단 말이지.'

"주위에서 아무리 날 흔들어도 꿋꿋하게 네 옆에 버티고 있을 자신 있으니까, 마음 편히 먹어."

그녀의 말에 설희가 미쁨을 더 세게 껴안았다.

"그런데 참 신기해요."

"뭐가?"

그의 말을 이해할 수 없었던 그녀가 고개 들어 설희를 바라보았다. 고개를 마주 숙인 그의 표정이 한없이 밝았다.

"분명 아까까진 정신 차릴 수 없을 정도로 화가 머리끝까지 차 있었는데, 미쁨 씨한테 한 대 얻어맞고 나니까 원래대로 돌아온 것 같아요. 물론 계속 욱신거리긴 하지만."

"미안, 많이 아팠어? 오뜩해, 우리 자기……."

미쁨은 자신이 들이박았던 그의 눈가를 손으로 쓰다듬었다.

"아니요. 오히려 제가 미안해요. 미쁨 씨, 무서웠어요?"

"무섭긴 개뿔. 너 따윈 한주먹 거리도 아니지."

그녀가 씨익 웃어 보이자 설희가 가볍게 입 맞췄다. 아까완 다른, 산 뜻하고 기분 좋은 키스였다.

"그래, 이 맛이지. 아까처럼 밀어붙이는 강한 스킨십은 침대 위에서 맘껏 해줘. 내가 말했지? 네가 내게 이길 수 있는 시간은 밤뿐이라고."

미쁨의 말에 그가 고개를 끄덕였고, 그녀는 만족스럽다는 듯이 미소 지었다.

"나 이만 가볼게. 어차피 여기 있어봤자 도움도 안 될 것 같고."

"그래도 제가 상사인데 그렇게 막 가도 돼요?"

설희는 자신의 품에서 미쁨을 놓아주었다.

"아, 맞다."

그때 그녀가 근처에 있던 차 뒷문을 열고 뭔가를 챙기더니 설희에게 내밀었다. 그것은 화란이 미쁨에게 줬던 카드였다.

"이거 부팀장한테 좀 전해 줘. 상황이 상황인지라 심부름을 못했어."

설희는 굳은 표정으로 그녀가 내민 카드를 받아들었고, 이내 곧 웃으 며 미쁨에게 말했다.

"조심해서 가세요. 오늘 끝나면 늦게라도 연락할게요. 그리고 아까 자 르겠다고 한 것은 진심이니까 생각해 보시고요."

"말 같지도 않은 소리 한다."

"정말인데요? 전 미쁨 씨가 전에 작성하셨던 사직서도 가지고 있어 요."

"그거 당장 버려!"

그들은 장난을 주고받으며 아까 싸웠던 게 마치 꿈인 것처럼 환하게 웃었다.

"미쁨 씨, 조심해서 가세요."

"응. 나중에 봐."

미쁨이 탄 차가 스튜디오 주차장을 벗어나 저 멀리 사라질 때까지 설희는 웃으며 손을 흔들었다.

"양 프로는 어디 갔어요?"

촬영 현장으로 돌아온 설희에게 화란이 다가오며 물었다.

"돌아갔습니다."

그의 대답에 화란이 미간을 구기며 기분 나쁘다는 듯이 투덜거렸다.

"그 여자 안 되겠네. 너무 무능한 거 아닌가요? 간단한 심부름 하나 못하고. 따로 부하 직원 교육 좀 해도 되죠?"

그녀의 말이 설희의 신경에 거슬렸다.

'심부름? 혹시 그 심부름 때문에 미쁨 씨가 운전대를 잡고 밖으로 나간 건가? 그래서 차해아는 그 틈을 노린 거고?'

그는 관자놀이가 싸해지는 것을 느꼈다. 화를 참아야 했지만 도저히 참을 수가 없었다.

"정 프로. 그쪽이 뭐라고 심부름을 시키시는 겁니까?"

설희의 날카로운 질문에 화란의 표정이 굳었다.

'뭐야. 지금 나한테 따지는 거야?'

"저보다 아랫사람인데 간단한 심부름 정도는 시켜도 되는 것 아닌가요?"

"당신이 시킨 그 심부름이라는 게 뭐죠? 말해줄 수 있습니까?"

설희의 날선 질문에 화란이 흠칫했다.

"그저 간단한 일을 좀……."

"그러니까 그 간단한 일이 무엇이냐는 겁니다, 제 말은."

그녀는 설희의 말에 아무런 대꾸도 할 수 없었다. 차마 구두와 커피를 사오라 시켰다고 답할 수가 없었던 것이다. 화란이 묵묵하자 그가 피식 웃었다. 실로 기분 나쁜 웃음이었다.

"정 프로가 여기 와서 하는 일이 뭡니까? 아무것도 없잖아요. 그저 현장을 보고 배우는 것일 뿐, 맞죠?"

그녀는 답이 없었다.

"제가 정 프로에게 딱히 시킨 일도 없고, 때문에 당신도 무척이나 한가할 텐데 무슨 심부름을 시켰을까요. 대충 짐작 가는데 한번 말해볼까요?"

주먹을 꼭 쥔 화란의 손이 바들바들 떨렸다. 그녀는 치미는 수치심을 참기 힘들었다.

'당신, 내가 누군지나 알고 잘도 그런 말을!'

화란의 속을 아는지 모르는지, 설희는 주차장에서 미쁨에게 받은 카드를 내밀었다.

"상사라고 해서 아래 사람에게 그런 쓸데없는 갑질하지 마세요. 없어 보이니까."

그에게서 카드를 받아 들며, 듣다 못한 그녀가 이성을 잃고 설희를 불렀다.

"이봐요, 윤 프로님."

자신을 부르는 소리에 그는 한쪽 눈썹 끝을 추켜세우며 화란을 내려다보았다.

"네, 말씀하세요."

"당신 내가 누군지나 알고 그런 말씀을 하시는 거예요? 나중에 후회하실 텐데."

"정 프로는 지금 스스로 낙하산이다, 라고 떠드는 겁니까?"

설희의 날카로운 말에 그녀의 얼굴이 분노로 인해 붉게 달아올랐다.

"나, 낙하 뭐요?"

"전 그쪽이 저희 부서에 어떻게 들어왔고, 어떤 사람과 인맥이 있는지 정확히는 모릅니다. 하지만 대충은 아는데, 한번 들어보실래요?"

"그래요. 한번 들어나 보죠."

화란은 악에 받쳐 웃어 보였다.

'대충? 대충이라고 해봤자 회사 내 영향력 있는 사람들이 고작이겠지. 폭스 쪽이라는 건 죽어도 모를……'

"그냥 모르는 척 넘어가려고 했지만, 폭스사 대표님의 자제분이 아니십니까."

그녀의 등골이 서늘해졌다.

'뭐야, 알고 있었어? 거기다 모르는 척 넘어가려 했다고?'

화란의 당황하는 표정을 바라보며 설희가 피식 웃었다.

"할아버지나 선우가 계획한 일은 아닌 것 같고. 부모님이 오신 직후 이런 거 보면 그들과 연관된 것 같은데, 큰 기대는 하지 마세요. 전 그쪽 집안 핏줄이 아닙니다."

그의 말에 그녀의 예쁜 얼굴이 일그러졌다.

'핏줄이 아니라니. 그게 무슨 소리야? 누가 봐도 윤설희, 당신은 윤 사장과 판박이인데?'

설희는 화란의 앞으로 한 발짝 더 가까이 다가왔다. 그의 큰 키와 서늘한 표정이 위압감을 고조시켰다. 그녀의 눈에 설희는 코앞으로 다가온 맹수 같았다. 칠흑같이 검은 흑표범. 맛있는 먹잇감을 앞에 두고 입맛을 다시는, 그런 괴물과 같은 짐승 말이다.

"저는요. 제가 아끼는 사람에게 해가 되는 이가 있다면 그 누구든 가만두지 않아요. 여자라고 봐주지도 않고요."

"그 말인즉슨 아까 그 여자가 아끼는 사람이라는 건가요?"

그는 화란에게 더 가까이 다가서더니 몸을 숙여 그녀의 귓가에 입을 가져다 댔다.

"그 이상이죠. 그러니까 조심하세요. 처음이자 마지막 경고입니다."

나직이 고막을 뚫고 들어오는 설희의 목소리에 화란은 섬뜩함을 느꼈다. 솔직히, 무서울 정도였다.

"그럼 알아들으셨으리라 믿고, 이만 실례하겠습니다."

그는 마치 처음부터 아무 일 없었다는 듯이 빙긋 웃어 보이고는 자리를 떠났다.

설희가 떠나고 혼자 남은 화란은 심각한 표정으로 선 채 굳어 있었다. 침을 꿀꺽 삼키며 떨리는 손으로 치맛자락을 붙들었다. 반면 그녀의 입은 반달을 그리며 웃고 있었다. 악이 가득 찬 눈과 웃고 있는 입이 상반되어 기묘한 표정이었다.

'뭐야, 윤설희. 어쩌면 윤계진 사장보다 더 무서운 사람일지도 몰라. 이거 상황이 재밌는데?'

고개를 들어 눈을 감은 화란은 마음을 진정시키고 눈동자에 들어찬 화를 빼내기 위해 숨을 골랐다.

'윤 사장보다 무서운 사람이라…… 가졌을 때 성취감이 어마어마하겠어.'

그녀는 설희가 제 아버지의 힘에 눌려 이러지도, 저러지도 못하게 되는 것보단 차라리 물어뜯고 싸워서 정상에 서는 게 훨씬 더 좋다고 생각했다.

'그런 그를 잡았을 때야말로 진정 세성이 내 손에 들어오는 거겠지. 세상이 내 손에 들어오는 거라고!'

화란은 눈을 번쩍 떴다. 그녀의 꽃 같은 얼굴에는 자신감 넘치는 미소와 더불어 활기가 넘쳤다.

'윤설희. 난 절대로 당신을 포기하지 않아.'

해아는 대기실의 소파에 누워 뒹굴뒹굴하고 있었다. 스태프들이 자신을 급하게 찾길래 바로 촬영에 들어가는 줄 알았는데 십 분째 기다리는 중이었다. 그는 소파에 누워 긴 다리를 내놓은 채 천장을 바라보며 자신의 신세를 한탄하고 있었다.

"어쩌다 이렇게까지 추락한 거냐, 차해아."

해아는 미쁨에게 얻어터진 것보다 오늘 일을 계기로 그녀가 자신을 피할 것이라는 확신이 더 기분 나빴다.

'그 여자를 다시 어떻게 붙잡아야 하지? 쓰레기라는 소리까지 들었는데!'

해아는 두 손으로 얼굴을 가렸다.

"아니, 근데 이 높은 퀄리티의 바디와 페이스를 가진 국민배우가 옆에 있는데, 왜 넘어오질 않아?"

이해할 수 없다는 듯이 그가 벌떡 일어섰다.

"장벽이 왜 이렇게 높은 거냐, 양미쁨 이 여자야……!"

해아는 다시 쓰러지듯 소파에 푹 엎드렸다.

"솔직히 내가 윤설희 그 자식보다 못한 게 뭔데? 키가 작아, 얼굴이 못생겼어, 능력이 후달려? 그 어떤 것도 없잖아! 누가 봐도 내가 더 우위라 이 말이지!"

입을 삐죽대며 그가 투덜댔다.

'……사과해야 하나……?'

해아는 문득 든 생각에 고개를 세차게 저었다.

"미쳤어? 내가 뭘 잘못했는데! 아무것도 모르고 보란 듯이 내 앞에서 그놈이랑 시시덕거리는 그 여자가 다 잘못한 거야! 내 진심도 몰라주는 그 멍청한 여자가 잘못한 거라고! 사과? 사아과아? 하이고 얼탱이 없어서……."

순간 그의 눈앞에 오만 정이 다 떨어졌다는 표정을 짓던 미쁨의 얼굴이 떠올랐다.

'앞으로 내 얼굴 안 보려고 하면 어쩌지? 진짜 작정하고 날 피해 다닐지도 몰라.'

"아, 돌아버리겠네."

해아는 얼굴을 소파에 박은 채로 축 처졌다. 그는 파도처럼 밀려오는 피곤함에 그냥 모든 일들을 다 뒤로 미뤄 버리고 싶다는 마음이 들었다.

벌컥!

그때 누군가가 난폭하게 문을 열어젖히며 들어왔다. 해아가 늘어졌던 고개를 들었을 즈음엔 막 들어온 그 사람이 대기실 문을 잠그고 있었다.

"뭐야?"

해아는 불쾌하다는 표정으로 일어나 앉았고, 대기실로 들어온 사람의 얼굴을 확인하자마자 인상부터 썼다. 그랬다. 다짜고짜 대기실로 들어와 해아의 앞에 선 사람은 다름 아닌 설희였다. 그는 흔들림 없는 눈동자로 해아를 내려다보았다. 설희에게서 느껴지는 강한 긴장감에 해아의 몸이 살짝 굳었다.

'이거 평소완 다른데?'

설희의 심상치 않은 낌새를 감지한 그가 피식 웃었다. 그런 해아를 바라보며 설희가 먼저 입을 열었다.

"뭐 하자는 겁니까. 그쪽은 주인 있는 물건에 손대는 게 취미인 모양이죠?"

"내가 도벽 끼가 좀 다분하지."

진지한 물음을 웃음으로 맞받아치는 해아의 모습에 설희의 입가에도 미소가 번졌다.

'재밌네.'

그는 여전히 차가운 목소리로 해아를 향해 말을 이었다.

"단도직입적으로 말하겠습니다. 그만하세요. 참는 것도 정도껏이죠."

"너랑 똥방구랑 결혼이라도 했어? 내 거다, 라고 침이라도 발라놨냐고. 막말로 약한 바람에도 후두둑 흩날리는 민들레 씨앗 같은 게 사람 마음이야. 똥방구 동생이 한 명언이 있지. 나중 일은 모르는 거다. 기억하지?"

"쓸데없이 말이 너무 많으시네, 차해아 씨는."

"네가 할 말이 없는 거겠지."

한 치의 물러섬도 없는 두 사람의 공방전에 주위가 착 가라앉았다.

"참고로 난 앞으로 똥방구한테 해 같은 존재가 될 거야. 눈을 못 떼게 만들 거라고. 두고 봐. 양미쁨은 나만 보며 활짝 웃는 해바라기가 될 걸?"

해아의 자신감 넘치는 목소리에 설희가 가소롭다는 듯이 웃었다.

"절대 그럴 일 없을 겁니다. 설령 그런다 하더라도 해 따위 보지 못하도록 억지로라도 고개를 꺾을 거니까."

그의 대답에 해아는 심기가 불편해졌다.

'뭐야, 저놈. 좀 이상한데?'

"그러면 해바라기는 부러져."

"내 옆에만 있을 수 있다면."

언제나 느긋하게 웃음이 들어차 있던 해아의 표정이 싹 굳어갔다.

'윤설희, 저 자식 지금 제정신으로 하는 소리인가?'

그는 일어서 설희와 동등한 눈높이로 그의 눈을 똑바로 쳐다보았다. 그리고 알 수 있었다. 설희의 눈동자엔 감정이라고는 아무것도 없다는 것을. 거울처럼 매끄러운 설희의 눈동자엔 그저 해아 자신만이 비치고 있었다.

"너······!"

"어, 형님? 문은 왜 잠그셨어요?"

철컥, 철컥, 철컥.

해아가 화난 목소리로 설희를 향해 입을 떼려는 순간 문밖에서 창희의 목소리가 들렸다. 잠긴 문을 열기 위해 손잡이를 돌리는 소리도 따라 들렸다.

쿵쿵쿵!

"형님, 바로 촬영 들어간다는데, 주무세요?"

문을 두들기는 소리가 들리자, 설희는 표정을 풀며 잠갔던 문을 땄다.

"유, 윤 프로님이 어쩐 일로……?"

그가 세성그룹 사람이라는 걸 안 직후라서 그런가, 창희는 잔뜩 주눅 들어 기어가는 목소리로 말도 다 잇지 못했다.

"잠시 해아 씨와 광고 관련해서 할 얘기가 있었습니다. 다 했으니 이만 가보겠습니다."

설희는 아무 일도 없었던 것처럼 능청스레 웃으며 대기실을 빠져나갔다. 그가 시야에서 사라지자 창희가 주춤주춤 다가왔다.

"혀, 형님, 저분과 무슨 얘기를 하신 거예요?"

"아~주 재밌는 얘기."

해아는 즐거워 미치겠다는 표정으로 킥킥 웃었다.

'윤설희 이 멍청한 놈. 넌 나에게 졌다, 이놈아.'

해아는 시원하게 팔을 뻗어 기지개를 켰다. 모든 걱정거리가 날아간 듯, 가벼운 몸놀림이었다.

'넌 똥방구를 사랑하는 게 아냐. 그냥 옆에 두고 싶은 거지.'

기분이 절로 좋아진 그는 콧노래까지 불렀다.

'너, 나에게 들켰어. 겁먹은 모습 말이야. 똥방구가 없으면 안 되는 건 네 쪽이지? 다치는 건 해바라기가 아니라 너야, 그렇지?'

곧바로 대기실을 나가 촬영장으로 가는 내내, 그는 얼굴에서 웃음을 지울 수가 없었다.

'두려움에 사로잡혀 상대방에 대한 배려고 뭐고 없는 걸 보아하니 답 나온다. 그 정도로 넌 필사적인 거겠지. 무슨 사연인진 모르겠지만, 넌 너 하나 살고 싶어서 이기적인 선택을 한 걸 거야.'

그렇지만 그는, 한편으로 설희를 이해하기도 했다.

'그래, 알아. 양미쁨은 그런 가치가 있는 여자라는 거. 어떤 상황이든 사람을 온전한 자기 자신의 모습으로 있게 만들어주는 능력이 있는 여자야.'

하지만 곧 다시 같잖다는 듯이 웃었다.

'아무리 그래도 앞뒤 안 가리고 가지려고 하면 쓰나. 아예 그냥 반으로 나누자고 하지 그래? 이 한심한 새끼.'

해아는 어깨를 으쓱하며, 자신을 노려보던 설희의 표정을 떠올렸고, 필사적이던 그 모습에 혀를 쯧쯧 찼다.

'넌 평생 두려움에 갇혀 떨기나 해라. 양미쁨은 내가 보란 듯이 데려갈 테니까. 화사하게 빛나는 여자는 너에게 안 어울려.'

그는 한층 높은 목소리로 창희에게 말했다.

"후다닥 끝내 버리고 집에나 가자. 발 뻗고 한숨 자야겠다."

해아의 말에 한시름 놓은 창희가 활짝 웃었다. 대기 시간이 길어져 분위기 안 좋을 것 같았는데 아니어서 다행인 그였다.

'윤 프로님과 뭐 좋은 얘기라도 나눴나?'

창희는 설희와 해아 사이에 오간 이야기가 궁금했지만 그냥 넘겼다. 그에게는 지금 이 분위기로 스케줄을 후다닥 진행하는 게 더 중요했다.

쏴아아아!

세면대에 틀어놓은 물소리가 사방을 울렸다. 막 세수를 마친 설희가 흐르는 물기를 손등으로 대충 훑으며 거울을 바라보았다. 거울 속엔 당연히 보여야 할 자신의 모습이 보이지 않았다. 오직 한 마리 흉측한 괴물이 서 있을 뿐이었다. 온통 시꺼먼 그것은 서슬 퍼렇게 빛나는 눈으로 설희와 마주했다.

그는 빨려 들어갈 듯한 검은자위와 새하얀 흰자가 선명히 대비되는 눈이 무서웠다. 그러면서도 누구 하나 죽이지 않으면 누그러지지 않을 것 같은 투기가 들끓어 온몸에 소름이 돋았다.

"저 괴물, 죽여 버려야 하는데."

설희는 중얼거리며 그 괴물을 노려보았다. 그러나 괴물은 되레 아버지와 같은 목소리로 깔깔깔깔 웃어댔다.

'혐오스럽다. 지우고 싶다. 어째서 나에게 저런 징그러운 모습이 겹쳐져 있는 거지? 왜 아버지의 모습이 보이는 거냐고. 난 분명 친자식이 아니잖아⋯⋯!'

그는 떨리는 손으로 눈을 가렸다.

'눈을 감고 미쁨 씨를 생각하자. 그녀의 감각들을 떠올리자. 목소리, 체취, 호흡, 피부, 입술, 그리고 보드라운 품속, 모두 다 기억하는 거야.'

설희는 시야를 가리고 미쁨을 떠올리며 마음을 안정시키려 노력했고, 불규칙적이었던 숨을 고르려 애썼다. 쉽진 않았지만 효과가 있었다. 그녀의 느낌이 선명해지면 선명해질수록 불안했던 자신의 상태가 스스로도 알 수 있을 만큼 눈에 띄게 좋아졌던 것이다.

떨렸던 호흡이 규칙적으로 돌아오고, 괴물의 웃음소리가 사그라들자 설희는 자신의 얼굴을 가렸던 손을 천천히 내렸다. 다행히 거울 속 괴물은 사라지고 평소 자신의 모습이 자리 잡고 있었다. 그런 온전한 자신의 모습을 확인하자 설희는 더더욱 울컥했다.

"이렇게 생각하는 것만으로도 내 자신을 찾아주는 당신을 제가 어떻게 보낼 수가 있겠어요. 전 무조건 당신이 있어야 해요."

그는 좌절해 무너지듯 무릎을 굽혀 앉았다. 세면대 위를 잡고 있던 그의 손이 파르르 떨렸다.

11시 39분. 미쁨은 홀로 원룸 구석에 앉아 소주를 들이켜고 있었다. 안주는 비빔밥이었다. 그녀는 스테인리스 양푼에 밥과 고추장과 참기름과 김치, 그리고 참치 통조림을 넣고 야무지게 삭삭 비벼 먹었다. 크게 한술 떠서 오물오물 씹고, 목구멍으로 넘기기 직전에 소주 한 잔.

"크으! 짜릿하구만."

그녀는 오늘 받았던 스트레스를 밥과 소주와 함께 넘기려 노력했다. 정화란의 심부름도, 차해아의 미친 짓도, 설희에게 끼쳤던 걱정과 자신이 저지른 잘못도 모두 다 잊으려 애썼다. 비빔밥을 소주와 함께 먹는 것. 그녀의 스트레스 해소법 중 하나였다.

그녀는 옆에 나뒹구는 리모컨을 집어 TV를 틀었다.

[이것도 카메라에 잡히는 거지? 아주 이~쁘게 클로즈업해라! 어?]

컥! TV를 틀자마자 보이는 대문짝만한 손가락에 미쁨은 입안의 모든 것들을 뿜었다. 입으로도, 콧구멍으로도 밥풀과 참치 덩어리들이 지저분하게 분출되었다.

"켈룩, 켈룩, 쿨럭!"

모자이크 처리를 했지만 누가 봐도 뻐큐인 그 손 모양은 분명 미쁨의 것이었고, 목소리 또한 아무리 음성 변조를 했어도 미쁨 자신의 것이 명백했다. 그녀는 당황한 나머지 TV 속 영상을 멍하니 바라보았다.

"허허."

미쁨은 가운뎃손가락이 가득 찬 화면에 헛웃음까지 나왔다.

'클로즈업하랬다고 정말로 하다니……!'

[네, 따끈따끈한 핫 영상이었습니다! 오픈된 지 얼마 안 되었는데도 벌써부터 화제가 되고 있죠! 정말 화끈하죠? 와- 누군지 한번 보고 싶

다. 세성그룹에 입사하면 볼 수 있는 건가요?]

케이블 방송 중 한 주간 뜨거웠던 영상을 순위별로 알려주는 프로가 하나 있었는데, 이번 주 1위 영상이 바로 미쁨의 면접 영상이었다. 영상을 소개해 준 남자 MC는 박수를 치며 미쁨을 찬양했다. 그녀는 만나적도 없는 남자에게서 칭찬을 받으니 기분이 묘했지만, 창피한 건 어쩔 수 없었다.

[개성 만점인 다른 분들의 광고 영상도 있지만, 이분이 단연 최고죠! 조회 수가 어마어마합니다! 아무래도 압박 면접의 극심한 스트레스를 한 방에 날려주기 때문이겠죠? 정말 대단합니다! 이런 분들이 있는 회사라, 기대가 되네요! 나도 한번 들어가 볼까?]

그 MC와 공동 MC인 다른 여자가 말을 이었다.

[거기다 세성그룹은 이 면접에서 아쉽게 떨어진 지원자분들께 진심 어린 사과와 적절한 보상도 했다고 합니다. 면접에서 들은 심한 말들 때문에 마음 고생하셨을 분들을 위한 배려 차원이라고 알려졌는데요, 정말 멋지지 않나요? 이번 일을 계기로 세성그룹 이미지도 굉장히 좋아졌다는 평이 있어요. 긍정적인 이미지와 젊고 당찬 신입 사원들을 얻은 세성그룹, 한 번에 두 마리 토끼를 다 잡은 셈이죠.]

미쁨은 그들의 대화를 들으며 덜덜덜 떨리는 손으로 휴대폰을 들어 인터넷에 접속했다. '세성 면접'이라 검색하니 단번에 그녀의 영상이 맨 위쪽에 떴다. 그것 외에도 세련의 것도, 동혁의 것도, 그 외 다른 패기 넘치는 신입 사원의 것도 있었지만 단연 미쁨의 것이 제일 많은 조회 수를 자랑하고 있었다.

'미쳤구나…… 미쳤어!'

그녀는 화면을 주르륵 내려 댓글들을 살펴보았다.

-와 대박. 졸라 통쾌. 나도 세성 들어가고 싶다!

—완전 세다. 이런 여자한테 맞으면 저세상 갈 듯.

—저 가운뎃손가락에서 후광이 보이는 건 나뿐?

반응은 대체로 긍정적이었다. 물론 악플이 없는 건 아니었다.

—저런 애들 모아놓으면 회사 망하는 거 아님? 세성 미쳤음?

—저런 드센 여자, 난 싫더라.

—저 여자 노처녀 각

"너네가 날 봤어? 나 사실 알고 보면 굉장히 여린 여자거든?"

미쁨은 씩씩대며 댓글 하나하나에 싫어요를 눌러댔다. 없어 보이지만 나름 소심한 복수였다. 하지만 그녀를 제일 당황케 한 댓글은 따로 있었으니…….

—세성 회장도 저 여자 앞에선 쫄 듯.

바로 베플이었다.

"으아! 젠장할! 이거 기획한 새끼 누구야! 윤설희!"

미쁨은 댓글을 보다, 보다 당황과 분노를 더 이상 못 참고 소리를 빽 질렀다.

"어쩐지 면접 때 그 커다란 카메라가 있을 때부터 알아봤어야 했어. 면접 영상이 기업 이미지 마케팅 자료에 쓰일 거라는 말을 들었을 때 알아차렸어야 했다고! 아니, 애초에 인사팀 사무실로 첫 출근했을 때 받은 유인물에 동의 자체를 하지 말았어야 했어!"

세성그룹의 긍정적인 이미지 변화에 큰 기여를 한 건 참으로 기쁘지만 그녀의 마음은 너덜너덜해졌다.

"으아아아!"

미쁨은 밀려오는 스트레스에 미친년처럼 비빔밥을 퍼먹었다.

띵!

그때 미쁨의 휴대전화로 문자가 하나둘씩 오기 시작했다.

〈언니 대박! 너무 멋지다! - 한세련〉

〈누님이 진정 이 시대의 선봉장입니다. - 박동혁〉

〈양 프로 정말 짱이시네요. - 하 프로님〉

〈쯧쯧. 그 성격 어디 가겠느냐마는…… 네 아빠도 걱정하신다. 너 이래서 시집이나 갈 수 있겠니? - 심여사〉

〈역시 언니는 나의 활력소!! - 아람이년〉

〈ㅋㅋㅌㅌㅋㅋㅋㅋㅋㅋㅌㅌㅌㅋ - 막내년〉

'아, 신이시여. 어찌 저에게 이런 시련을 안겨주시나이까.'

띠리리리 띠링.

미쁨은 전화벨 소리 함께 액정 화면에 뜬 설희의 이름을 보자마자 전화를 받으며 소리쳤다.

"윤설희, 너 진짜!!"

그녀는 사실 오늘 그에게 잘못한 것도 있고 해서 얌전히 있으려 했다. 하지만 방송을 보고 나니 당혹감과 쪽팔림을 도저히 억누를 수 없었다.

[네, 네? 무슨 일…….]

다짜고짜 들려오는 미쁨의 외침에 설희가 당황했다. 어쩐지 심하게 졸아든 목소리였다.

"면접 영상 말이야! 면접!"

[아, 이제 보셨어요? 완전 멋있죠? 미쁨 씨 정말 대단해요.]

마냥 밝기만 한 그의 목소리에 그녀는 기운이 쪽 빠졌다.

'얘는 이런 거 좋아하는구나. 아, 정말, 웃는 얼굴에 대고 침 뱉을 수도 없고…… 아이고 두야.'

후우. 미쁨은 화를 참으며 설희에게 물었다

"일은, 다 끝났어?"

[지금 막 회사에 들렀다가 퇴근하는 중이에요.]

"늦게까지 수고했어. 너희 집으로 가는 거지?"

[음…… 당신에게 가도 되나요?]

"뭘 그런 걸 물어보고 그래? 당연히 와도 되지."

[그럼 곧 봬요, 미쁨 씨.]

띵동.

"뭐지?"

전화를 끊기 무섭게 울리는 초인종 소리에 미쁨은 몸을 일으켜 세웠다.

'설마, 차해아는 아니겠지?'

"누구세요?"

내심 불안했던 미쁨은 조심스럽게 문을 열었다. 그러자 어딘지 눈에 익숙한 검정 구두와 단정한 옷차림이 보였다. 자유분방한 해아의 것과는 먼 거리의 그 복장은 바로 설희의 것이었다.

"바로 왔어요."

"뭐야, 퇴근 중이라며?"

"사실 계단 올라오면서 전화한 거였어요."

배시시 웃으며 활기차게 말하는 그의 모습에 미쁨은 안심했다.

'화가 완전히 풀렸구나.'

"들어와."

그녀가 들어오라며 문 옆으로 비켜섰는데, 어쩐 일인지 설희는 들어올 생각조차 하지 않았다. 오히려 뭔가 원하는 게 있는 것처럼 그녀의 손목을 부드럽게 잡았다.

"안 들어와?"

미뽐은 자신의 손목을 잡은 설희의 손과 그의 얼굴을 번갈아 보며 물었고, 이에 설희가 그녀를 살짝 당겨 품에 안았다.

"오늘은 저희 집으로 가요."

사람이 뜸한 골목 어귀에 설희의 차가 세워져 있었다. 그 안은 이미 달궈질 대로 달궈져 흐물흐물 녹을 것만 같았다. 그의 집으로 가기 위해 미뽐의 집을 나선 그들은 어찌 된 일인지 집에 도착하기도 전에 뒷좌석에 앉아 체온과 감각을 나누고 있었다.

사실 설희는 벽 하나만 사이에 두고 있을 해아와 미뽐의 모습을 생각하니 기분이 나빴다. 그래서 그녀를 데리고 나온 것이었다. 그는 미뽐이 조금이라도 해아와 거리를 뒀으면 하는 마음에 자신의 집으로 곧장 가려 했지만 조수석에 앉은 그녀를 안고 싶어 참기 힘들었다. 스튜디오에서 일하는 내내 자신의 모습을 유지하기 위해 되새기고 또 되새겼던 그녀가 현실로 옆에 있자 가만히 있는 게 불가능이었다.

"집에 안 가?"

뒷좌석에 설희와 마주 앉은 미뽐이 그의 입술과 손길을 느끼며 떨리는 목소리로 묻자, 설희는 말없이 고개만 가로저었다. 그에겐 지금 말할 여력이 없었다. 그녀가 주는 감각에 집중하고 싶었고, 미뽐의 피부와 향기에 취하고 싶었다.

"사, 사람들이 지나가면 어떡해⋯⋯!"

"괜찮으니까, 당신은 저만 봐요."

설희가 미뽐을 더욱 세게 끌어안았다.

'어머, 이런 바람직한 낮져밤이 좀 보게? 너 내가 그리워서 많이 급했구나? 허허허.'

자신을 강하게 안은 설희의 팔 안에서 미뽐은 입꼬리를 슬쩍 올렸다. 그녀가 손으로 그의 셔츠 단추를 하나하나 푸르려는데, 흥분으로 인해 시야가 흔들려 손이 떨려 연신 삐끗하고 말았다.

'한두 번도 아니고 맨날 왜 이러지? 얘와 같이 이럴 때면 항상 처음 인 것처럼 긴장돼.'

미쁨이 마른침을 삼켰다. 그녀의 등을 쓰다듬던 설희가 미쁨의 웃옷을 슬쩍 들어 올렸다. 옷으로 가로막혀 있던 체온이 훅 끼쳤고 그는 그 뜨거운 열기에 정신이 몽롱해져갔다.

설희는 미쁨이 자신의 옷 단추를 하나하나 풀 때까지 기다렸다. 그녀의 저 탐스러운 입술을 서둘러 맛보고 싶었지만 미쁨이 마음대로 움직이지 않는 자신의 몸에 당황하는 모습과 흥분한 그녀의 얼굴이 너무 예뻐서 계속 보고 싶었기 때문이었다.

톡. 마지막 단추가 풀리자마자 그는 미쁨에게로 바짝 다가가 그녀의 입술을 훔치며 자신의 셔츠를 벗었다. 그러고는 그녀를 천천히 눕혔다.

미쁨의 입술을 달콤하게 아우르던 그의 혀가 그녀의 귀와 목을 따라, 그리고 가슴과 허리를 따라 밑으로, 밑으로 향했다. 미쁨이 눈을 질끈 감았다. 산사태가 일어나듯 몸이 무너지는 것 같은 고통, 아니 희락에 온몸이 두근거렸다. 손가락 끝에도, 머릿속에도, 뱃속에도 커다란 심장이 들어 있는 것처럼 맥박이 정신없이 강하게 뛰었다.

"이렇게 당신을 안을 때마다 무서워요."

설희가 미쁨의 어깨에 가볍게 키스하며 말했다.

"너무 행복하고 포근해서, 그래서 두려워요. 저도 모르게 당신을 찾을 때마다 불안하고, 당신에 대한 생각만 할 뿐인데도 온전한 제 자신으로 돌아올 때마다 걱정돼요."

그의 몸이 점차 떨리기 시작했다. 오들오들 떠는 설희의 몸을 미쁨이 끌어안았다.

"당신이 없으면 정말로 안 될 것 같아서. 이제 앞으로는 저 혼자 아무것도 못 할 것 같아서."

미쁨은 그의 겁먹은 모습이 안타까웠다.

"무서우면 함께 있으면 되지."

그녀는 그의 등을 토닥였다. 문득 처음 설희와 깊은 감정을 나눴을 때 그가 했던 말이 떠올랐다.

"이기적으로 변해도 당신 때문이고, 집착이 심해져도 그 또한 당신 때문이에요."

미쁨이 피식 웃었다.

"다 나 때문이니까 내가 책임지마. 설마 너 하나 못 먹여 살리겠니, 내가."

그녀는 설희의 귀에 속삭이며 키스했다. 미쁨의 음성에 파르르 떨던 그가 그녀와 눈을 맞췄다. 그들은 같은 눈높이로 서로의 붉게 상기된 얼굴을 바라보며 말없이 눈빛으로만 대화했다.

따뜻해. 촉촉해요. 부드러워. 아름다워요. 기분 좋아. 황홀해요. 사랑해. 사랑해요.

별이 보이던 차창에 김이 서려 뿌옇게 변해 아무것도 보이지 않을 때까지 그들은 서로를 끌어안았다. 끊임없이 올라오는 의심도, 물밀듯 들어차던 집착도, 불쑥 불쑥 찾아오던 불안감도, 언제나 맴돌던 두려움도 함께 부둥켜안은 이 순간만큼은 조용히 내리는 눈처럼 착 가라앉았다. 오직 뜨거운 숨과 솔직한 음성과 거리낌 없는 몸짓만이 시끄러이 풀썩였다. 그리고 그 풀썩임은 설희의 집에 도착한 후에도 계속되었다.

늦은 밤, 운전대를 잡은 선우는 차 한 대 없는 도로를 무섭게 내달렸다. 문 비서에게 세성기획에 정화란이 들어왔다는 소식을 막 접한 후, 윤 회장이 있는 본가에 가기 위함이었다. 정화란, 폭스가의 막내딸. 그녀가 세성기획에 있는 이유는 보나마나 딱 하나였다.

윤설희, 바로 자신의 형이었다.

'그녀가 목적을 이루도록 발판을 놓아준 사람은 분명 아버지겠지. 한국으로 들어오자마자 움직이기 시작하시는군.'

선우는 마음이 급해 아랫입술을 잘근거렸다.

[면접관님 상판 보아하니 한숨 푸욱푹 나오는 게 모쏠일 것 같은데. 어휴. 결혼은 고사하고 연애도 못 해봤겠네.]

"파하하하하! 대장부네, 대장부야."

윤 회장은 침대에 앉아 태블릿으로 동영상을 보고 있었다. 그는 미뿜이 말 한 마디, 한 마디를 내뱉을 때마다 숨도 제대로 못 쉴 정도로 꺽꺽 웃었다. 깊게 파인 눈주름을 타고 눈물도 줄줄 흘러내렸다. 웃음이 얼마나 격렬했는지 콧등에 올리고 있던 돋보기가 밑으로 후드득 떨어질 지경이었다.

"윤설희 이놈의 자식, 머리 하난 비상하단 말이지."

세성그룹이 행한 선행에 대한 기사 속 멍청하고 강직한 이미지와, 면접 프로그램으로 생긴 똘끼와 진보적인 이미지가 뒤섞여 주가가 대폭 상승했다.

"할아버지!"

윤 회장이 안경을 고쳐 쓰려는 찰나, 문이 벌컥 열리며 선우가 들이닥쳤다. 다짜고짜 쳐들어온 선우의 등장에 깜짝 놀란 그는 태블릿을 떨어뜨릴 뻔했다.

"에으, 씨. 깜짝이야."

윤 회장은 선우를 노려보았다.

"남의 방에 들어올 땐 노크가 기본 아니냐?!"

"알고 계셨죠?"

"뭐를?"

그는 앞뒤 싹둑 잘라먹고 본론부터 튀어나온 선우의 질문을 이해하지 못했다.

"정확히 무엇을 물어보는 것이냐. 워낙 아는 게 많아서 콕 집어 말하지 않는 한 모른다."

"폭스사 막내딸이요."

"아아."

역시 알고 있었다는 듯, 윤 회장은 고개를 끄덕였다. 이에 선우는 이를 뿌드득 갈았다.

'할아버지라면 모를 리 없겠지. 내가 형을 살펴보는 것 이상으로 알뜰살뜰히 살피시는 분인데.'

"아시면서 왜 가만히 계세요? 뻔하잖아요, 아버지 계획."

"내가 전에 말하지 않았니. 난 이기는 쪽을 맞이할 거라고 말이다."

"할. 아. 버. 지!"

답답하다는 듯이 선우가 한 자 한 자 끊어 윤 회장을 불렀다. 그러자 윤 회장은 쯧쯧 혀를 찼다.

"어찌 저렇게 성격만 급해가지고. 일단 지켜보⋯⋯."

[세성기획인지 삐— 기획인지 내가 지켜본다. 얼마나 가나. 이 상태면 십 년 안에 망한다!]

⋯⋯기막힌 타이밍에 치고 들어온 미쁨의 목소리에 윤 회장은 잠시 할 말을 잃었다.

"허허, 아주 대찬 아가씨야. 한번 만나보고 싶구나."

어색하게 웃는 그의 목소리 사이로 선우의 한숨 소리가 묻어났다. 그는 답답하다는 듯이 말했다.

"그 여자예요."

"뭐가 말이냐?"

선우의 말을 이해하지 못한 윤 회장이 고개를 갸웃했다. 그러자 선우가 친절히 설명해 주었다.

"요즘 형, 여자 생겼잖아요."

"뭐? 설희한테 여자가 생겨?"

'다른 건 다 빠르시면서 이건 또 모르시네.'

선우는 아무것도 모른다는 듯한 윤 회장의 모습에 고개를 절레절레 저었다.

"형한테 여자가 생겼는데, 그 여자가 지금 할아버지가 보고 계신 그 여자라고요."

그의 손가락이 태블릿 속 미쁨을 정확히 가리켰다. 일순간 사고 회로가 정지한 윤 회장은 그저 딱딱하게 굳어만 있었다.

'윤설희, 그놈에게 여자가 생겼다고? 평생 혼자 지낼 것 같던 그 철벽에게 여자가?'

생각해 보니 그는 얼마 전에 자신의 친구, 정 교수에게 전화를 받은 적이 있었다. 그때 그는 조만간 좋은 소식이 있을 거라며 두루뭉술하게 말하고는 전화를 끊었는데, 윤 회장은 어쩐지 그 좋은 소식이 지금 이 상황과 연관되어 있을 거라는 강한 직감이 들었다.

'혹시……'

윤 회장은 아까와는 사뭇 다른 눈빛으로 동영상을 바라보았다.

'이 여자가 설희 옆에 붙어 있단 말이지……?'

세성그룹 전체를 통솔하는 날카로운 눈동자, 그 망막에 미쁨의 모습이 선명하게 박혔다.

"나쁜 징조는 아니지."

"예, 나쁜 징조는 아니죠. 불안한 징조죠. 사람 하나 골로 보낼까 봐

조마조마하다고요."

"이 아가씨, 결코 쉽게 무너질 만한 그릇이 아니다."

선우의 걱정 어린 말투에 윤 회장이 확고한 목소리로 말했다.

[이것도 카메라에 잡히는 거지? 아주 이~쁘게 클로즈업해라! 어?]

팔십여 년이란 세월 동안 사람 보는 눈을 차근차근 길러, 누군가를 파악하는 데에 능통한 그는 어쩐지 기분이 묘했다. 자신의 눈에 가득 들어오는 화면 속 아가씨에게서는 굉장히 밝은 에너지가 넘쳐흘렀고, 그 주위는 반짝반짝한 빛을 머금고 있었다.

'대어 한 마리가 설희 옆에 노니는구나.'

윤 회장은 껄껄 웃었다.

'어디 보자. 힘없이 폭삭 엎어질지, 모든 것을 끌어안고 소화시켜 죄다 차지할지 한번 지켜보자꾸나. 집안 환경이 어떻든 다른 문제가 있든 상관없다. 이겨내기만 한다면.'

그의 얼굴이 기대감으로 가득했다.

"정말로 만나보고 싶게 만드는구나."

❦

미쁨의 걸쭉한 욕이 노골적으로 담긴 동영상은 말 그대로 어마어마한 파급력을 가져다주었다. 그것은 비단 광고를 본 사람들에게만 해당되는 말이 아니었다. 윤 회장은 물론이고 윤 사장까지 강한 관심을 보였다. 윤계진 사장 또한 윤 회장과 선우처럼 설희를 지켜보고 있던 터였다. 그가 설희의 옆에 사람을 붙여놓은 것은 이미 오래전의 일이었다.

"양미쁨이라……."

유럽 지사에 있을 때도 설희가 바로 옆에 있는 것처럼 생생한 정보를 듣고 있던 그가 미쁨의 존재에 대해 모를 리 없었다. 당차고 쾌활하며 뜨거운 빛을 뿜는 1등성 별 같은 여자.

'이 여자가 만약 무너져 버린다면, 설희 그놈은 회생 불가능한 상태가 되겠군.'

계진의 얼굴에 미소가 일었다.

"천천히 상황을 지켜보면서 결정해야겠어."

언제 어떻게 건드려야 가장 아름답게 쓰러지는 도미노를 볼 수 있을까? 그는 즐거운 상상을 하며 계획을 세웠다.

구수한 욕과 함께 발생한 미쁨에 대한 호기심은 세성가의 핏줄들 사이에서 미묘한 골칫거리가 되었다. 윤 회장, 윤 사장, 그리고 윤선우까지, 그들의 머릿속에 제일 먼저 들어찬 계획은 바로…….

"일단 만나봐야겠어."

였다.

❦

식지 않는 열기와 끊임없이 올라오는 욕망으로 인해 설희의 방 온도는 평소보다 높았다. 그는 여전히 그녀의 향기에 취해 있었다.

어느새 날이 밝아오는지, 방 안이 서서히 노란빛으로 물들었다. 태양의 조각들이 창문을 토도독 토도독 두들겼다.

"그만, 벌써 아침이야. 출근해야지."

미쁨이 자신의 품에 얼굴을 묻은 설희를 밀어냈다.

"잠 한숨 못 잤네. 오늘 죽어나겠다."

그러나 그는 끈질기게 미쁨의 몸에 착 달라붙어 지근거렸다.

"넌 지치지도……."

설희의 팔이 그녀의 허리를 감싸 혹 끌어안자, 미쁨은 그의 탄탄한 근육들이 몸에 닿으며 느껴지는 꿈틀거림에 숨을 삼켰다.

"······않는구나."

'너 체력 정말 짱이다. 난 지금 온몸이 뻐근하고 아파서 죽을 지경인데.'

설희는 여전히 도취경에 빠진 채 그녀의 몸에 얼굴을 담고 말없이 키스하고 또 키스했다. 점차 미쁨도 그의 감정에 스며들기 시작했다. 설희를 밀어내던 그녀의 손에서 힘이 빠지고, 녹녹하게 배어드는 그의 야릇한 움직임에 미쁨은 눈을 감았다.

사랑은 사랑을 낳고, 욕정은 갈망을 낳는다. 설희는 그 법칙을 무섭도록 순수하게 느끼고 있었다. 그는 미쁨의 몸에 뿌리박고 기생하는 동충하초처럼, 그녀의 깊은 곳을 탐하고 또 탐했다. 설희에게 미쁨이란 존재는 언제나 모자라고 모자라는 것이었다.

13. 접촉의 시작

타닥타닥. 다른 사람들의 손이 키보드 위로 바삐 움직이는 동안 미쁨의 손은 어째 죽은 오징어처럼 축 처져 있었다.

"어필 포인트 목록 가져와요!"

"여기 있던 USB 못 봤어요?"

"나 커피 좀!"

자료를 들고 이리 뛰고 저리 뛰며 바삐 움직이는 사람들 속에서 미쁨은 자신의 자리에 앉은 채 고요하기만 했다. 새까만 컴퓨터 화면 앞에 앉아 있던 그녀의 고개가 뚝 떨어졌다 원래대로 돌아오기를 반복했고, 병든 닭처럼 머리가 책상에 박힐 정도로 깊게 숙여진 것도 꽤 여러 번이었다. 보는 사람의 입장에선 꽤나 스펙터클했다.

리드미컬하게 출렁이는 그녀의 고개를 보면 알 수 있듯이 미쁨은 아주 적나라하게 졸고 있었다. 설희와 그렇고 그런 짓을 밤새도록, 해님이 방긋 웃으며 뜰 때까지 했더니 후폭풍이 밀려온 것이었다. 츄릅. 미쁨은 중간중간 깰 때마다 흐르는 침을 닦으며 정신 차리려 뺨을 찰싹찰싹 때렸으나, 그래도 소용없었다. 삼 초만 지나면 졸음이 미친 듯이 밀려왔으니까.

'이러면 안 되는데…… 정신 차려야 하는데…… 정신……'

그러나 그녀가 염원하는 정신은 돌아오지 않았다. 아디오스. 바이. 짜이찌엔. 사요나라를 외치며 아득히 멀어져 갔다. 몸과 영혼이 분리되어 유체 이탈의 경지에 이르려는 미쁨을 가만히 지켜보던 사람이 있었으니, 바로 설희였다.

'어제 너무 심했나.'

내심 미안했던 그는 미쁨을 못 봤다는 듯이 고개를 숙여 서류를 검토하는 척했다. 그녀가 조금이라도 더 잘 수 있도록 말이다.

'다음부턴 주중엔 좀 참아야겠군.'

설희는 남몰래 다짐하며 미쁨을 살피는 것을 멈추지 않았다. 그때 그의 시선 가장자리로 비어 있는 화란의 자리가 보였다. 그녀는 오늘 회사에 나오지 않았다.

'무단결근을 하다니.'

설희는 피식 웃었다.

'좋은 선택이야.'

그의 얼굴에 자리 잡은 미소는 즐거움인지 비웃음인지 알 수 없는, 오묘한 것이었다.

"저기, 선배님."

하 프로의 부름에 설희는 고개를 들어 그를 바라보았다.

"네, 무슨 일이시죠?"

"오늘 테스트 일정 때문에요."

설희는 하 프로의 말을 듣자마자 무슨 테스트를 말하는 건지 알아차렸다.

그가 말한 테스트란 사용 협조를 구한 세성디스플레이 사옥에서 시행 예정인 블라인드 이벤트에 관한 것으로, 미리 가서 이것저것 살펴보며 점검해야 하는 일정이었다. 때문에 설희와 하 프로는 슬슬 나갈 준비를 해야 했다. 하지만 준비를 하기는커녕 일정에 관한 이야기만 꺼낸 그의 행동에 설희는 고개를 갸웃했다.

"사전 테스트가 왜요. 문제 있나요?"

"제가 날짜를 착각해서 드라마 촬영장에 가봐야 할 것 같습니다. 죄송합니다."

하 프로가 기어가는 목소리로 말했다. 그의 어깨는 심하게 움츠러들어 있었다. 일 처리에 있어서 차질이 생기는 것을 극도로 싫어하는 설희의 성격을 알고 있었기에 죽었다 싶었던 것이다.

"흠."

설희의 숨소리를 들은 하 프로의 안색이 눈에 보일 정도로 창백해졌다.

'곧 불호령이 떨어지겠구나. 과연 어떤 악담이 날아올까? 기본이 없다는 말은 당연히 하겠지. 시간 관리 거지꼴로 할 거면서 뭐 하러 이 일을 하느냐고 반문할지도 모른다. 아아, 한동안 괜찮은 듯싶었는데 실망이라고 할지도.'

그는 긴장으로 인해 심장에 무리가 가는 느낌까지 들었다.

"하 프로."

설희의 목소리에 그의 몸이 움찔했다.

"괜찮아요. 착각할 수도 있죠."

"네……?"

불호령이 떨어질 줄로만 알았는데 들려온 나긋한 목소리에 하 프로는 되레 섬뜩해졌다.

'뭐야, 왜 이러시는 거지?'

그는 실로 걱정됐다.

'사람이 갑자기 변하면 죽는다던데⋯⋯ 해가 서쪽에서 뜨려나? 내일 지구가 멸망하려나? 나는 이 세상 마지막 날에 뭘 해야 하지. 사, 사과 나무⋯⋯?'

하 프로의 정신은 점점 안드로메다로 향하고 있었다.

"그럼 대신 갈 사람을 알아봐야겠군요."

설희는 속으로 답을 정했으면서 고심하는 척 팔짱을 끼었다. 그는 이미 미쁨을 점지해 둔 상태였다. 그는 속으로 뛸 듯이 기쁜 와중에도 겉으로는 아닌 척 미쁨을 바라보았다. 졸고 있는 그녀의 모습이 굉장히 아니꼽다는 표정을 짓는 건 당연지사였다. 그녀와 완전히 남인 척하는 설희의 연기는 생각보다 철저했고 계산적이어서 틈이 없었다.

설희는 자리에서 일어서서 미쁨 쪽으로 뚜벅뚜벅 걸어갔다. 하 프로는 졸음에 허덕이던 그녀를 뒤늦게 발견하고는 순식간에 얼굴을 굳혔다.

'오 마이 갓! 양 프로, 근무 시간에 졸면 어떡해요?'

당황한 그는 속으로 외쳤지만 상황은 이미 늦은 후였다. 눈에 불을 켠 저 또라이 윤 프로가 그녀의 옆에 딱, 섰으니까. 하 프로는 손으로 이마를 짚었다.

'죽었다, 진짜.'

미쁨은 설희가 옆에 왔는지도 모르는 채 계속 졸았다. 음냐음냐. 고개를 푹 숙인 채 세상모르고 단잠에 빠져 있던 그녀의 입가로 진득한 점성을 가진 침이 한 방울 똑 떨어지며, 찌익 늘어났다.

톡톡.

설희의 긴 검지가 그녀의 어깨에 가볍게 닿자 미쁨이 반사적으로 발딱 일어섰다.

"예, 예!"

각 잡고 일어나는 그녀의 꼴이 군인 저리 가라였다. 미쁨은 저 안 잤습니다! 라고 외치듯 설희를 바라보며 차렷 자세로 빳빳이 굳어 있었다. 그때 그녀의 입안에 고여 있던 침이 주르륵 흘러 블라우스를 타고 흘렀다.

"하하…… 죄, 죄송합니다……."

미쁨은 민망스레 웃으며 흘린 침을 후다닥 닦았다.

'내가 졸다니! 이 미친년!'

그녀는 눈을 질끈 감으며 제 자신을 책망했다. 그런 미쁨을 바라보는 설희는 하마터면 웃음이 튀어나올 뻔했다. 눈 감고 입을 움찔대며 들리지 않는 욕을 꿍얼거리는 그녀의 모습이 너무 귀여웠던 것이었다.

'어떻게 저렇게까지 앙증맞을 수 있는 거지? 어떻게 침 흘리며 자는 모습마저 좋을 수 있는 거냐고?'

그는 표정 관리에 힘쓰며 주먹을 세게 쥐었다. 설희의 꽉 쥔 주먹을 본 사람들의 목구멍으로 침이 꼴깍 넘어갔다. 그들은 금방이라도 터질 듯한 시한폭탄을 바라보는 표정으로 미쁨을 바라보았다.

'쯧쯧. 서류 정리 때문에 그렇게 혼나고도 아직까지 정신 못 차렸네.'

몇몇은 혀를 차기도 했다.

후우. 미쁨의 귀로 설희의 한숨 소리가 흘러 들어왔다. 이에 그녀는 고개를 더 조아렸다.

'진짜 나 왜 이러냐. 송구스러워 돌아버리겠다. 아무리 그래도 회사에서 졸다니. 이건 명백한 내 잘못이야. 입이 백 개라도 할 말이 없다!'

"죄, 죄송……."

"정신 좀 깨실 겸 하 프로님 대신 같이 가셔야겠어요. 짐 대충 챙기고 따라오세요, 미쁨 씨."

순간 사람들은 자신의 귀를 의심했다. 미쁨 씨라고? 양 프로가 아닌 미쁨 씨? 그가 무심코 내뱉은 말에 사무실 내부는 서로 눈치 보는 사람들 사이로 미묘한 긴장감이 흘렀다.

"저기, 방금 미쁨 씨라고 한 거 맞지?"

"저 똘추가 사람의 이름을 부른 적이 있던가?"

"뭐야, 저 두 사람."

사람들이 귓속말로 소곤소곤했다. 그들에겐 '미쁨 씨'라 부른 설희의 말이 충격 그 자체였다.

평소 설희는 사람의 이름을 부른 적이 단 한 번도 없었다. 오직 '프로'라는 호칭을 사용할 뿐이었다. 물론 성과 이름을 같이 부르며 화를 낸 적은 있었다. 그러나 지금처럼 이름만 단독으로 '다정하게' 부른 적은 결단코 이번이 처음이었다. 그런 사실을 모르는 미쁨은 먼저 나간 설희를 따라잡기 위해 허둥지둥하며 가방을 대충 챙겨 따라나섰다.

그녀가 사무실을 나간 뒤에도 사람들이 웅성대는 소리는 좀처럼 줄어들지 않았다. 그 어수선함 속에서 세련이 혼자 깊은 사색에 잠겨 있었다.

선우는 사무실 창가에 서서 스카이라인을 바라보고 있었다. 반대편 건물의 수많은 창문마다 각기 다른 일들에 파묻혀 바삐 사는 사람들의 모습이 비쳤다. 그런 답답한 모습들을 내려다보자니, 선우는 숨이 턱 막히다 못해 찌르르하고 두통까지 오는 듯했다.

"이 아가씨, 결코 쉽게 무너질 만한 그릇이 아니다."

송곳으로 이마를 푹푹 쑤시는 것 같은 날카로운 느낌과 함께 할아버지의 말이 그의 귓가에 아른거렸다.

'도대체 뭐가 무너지지 않는다는 말입니까.'

선우는 이를 악물었다.

'강해봤자 평범한 여자예요. 아무것도 모르는 사람일 뿐이라고요!'

그는 자신의 의자에 풀썩 앉았다.

'어떡하지. 그냥 이대로 둬야 할까, 아니면 혼자서라도 막아야 할까?'

선우는 검지로 책상을 톡톡 치며 고민에 빠졌다. 그러다 곧 손 닿는 곳에 있던 인터폰의 버튼을 눌렀다.

"문 비서. 지금 당장 양미쁨 씨 소재 좀 파악해 주세요. 실시간으로 보고도 해주고."

[알겠습니다, 이사님.]

'그래. 알게 된 이상 가만히 있을 순 없지. 할아버지가 아무리 사람 보는 눈이 뛰어나더라도 틀릴 수도 있잖아. 이 세상에 100%는 없어. 99%가 맞다 해도 1%의 틀릴 가능성이 있으니까.'

선우는 미쁨을 만나기로 마음먹었다.

"두 사람 다 큰 상처를 받기 전에, 서로 떨어뜨려 놓는 게 좋겠어."

❦

미쁨이 눈을 뜬 것은 입술에서 느껴지는 달콤한 맛과 부드러운 움직임 때문이었다. 그런 깊으면서 산뜻한 키스에 그녀의 정신이 서서히 돌아왔다.

"일어났어요?"

미쁨이 잠에서 깨자마자 본 건 설희의 눈부신 얼굴이었다. 그녀는 강한 햇빛 같은 그의 후광에 눈을 찡그렸다.

그들이 있는 곳은 설희의 차 안이었다. 미쁨은 이벤트 사전 테스트가 열릴 장소에 가기 위해 설희의 차에 올라탔으나 너무 졸린 나머지 그대로 잠들어 버린 것이었다. 설희는 그런 그녀가 조금이라도 많이 잘 수 있도록 가까운 거리를 빙 둘러 갔고, 목적지에 도착하고 나서도 한동안 미쁨이 자는 모습을 바라보았다.

그러다 이젠 정말로 기다릴 수 없는 시간이 되었기에 어쩔 수 없이 그녀를 깨웠다. 키스라는 세상에서 가장 야릇한 방법으로, 세상에서 가장 섹시한 방법으로, 세상에서 가장 기분 좋은 방법으로.

설희의 얼굴을 마주하며 미쁨은 저도 모르게 키스 이후의 상황을 상상해 버렸다. 차 좌석을 눕혀서 진한 스킨십을 나누는, 그런 아찔한 상황을 생각하는 그녀의 얼굴에 음흉한 미소가 떠올랐다.

'나도 참, 어제부터 오늘 아침까지 그렇게 하고선. 알고 보면 나, 지치지 않는 어마어마한 색녀인가? 삼십대가 되면 끓어오른다더니 정말인가 보다.'

"지금 이상한 상상했죠?"

능글능글한 눈빛을 흘리는 미쁨의 모습에 설희가 싱긋 웃으며 장난쳤다.

'윽, 내 심장!'

미쁨은 민망할 정도로 팔딱대는 가슴을 부여잡고 애써 아무렇지도 않은 척 말했다.

"아, 아니거등?"

말을 더듬는 건 미처 숨기지 못한 채 말이다. 설희는 그런 그녀가 귀여워 죽겠다는 듯이 바라보았다.

"하고 싶어도 참아요, 미쁨 씨. 가만 보면 당신, 참 야한 여자야."

"야하다니! 하! 나보다 네가 더 심하게 야하……."

"그래서 좋아."

'아, 이런 미친…… 그래, 나 야한 여자야. 변태라는 소리까지 듣는다구.'

미쁨은 입을 헤벌리며 웃었다.

'오늘 밤엔 내가 널 덮칠지도 모르겠다. 그 빌어먹을 반말 좀 자주 해주면 안 되겠니?'

그녀는 저도 모르게 침을 꿀꺽 삼켰다.

"어서 가요. 오늘 테스트, 재밌을 거예요."

설희가 미쁨의 안전벨트를 풀어주며 말했다. 그녀는 그의 밝은 목소리가 참 듣기 좋았다.

'그래, 가자. 같이 가자. 끝까지 가자!'

미쁨이 고개를 힘차게 끄덕였다.

이벤트 사전 테스트. 블라인드 TV 출시 기념으로 세성디스플레이 사옥에서 열릴 이벤트를 미리 해보는 것이 이 테스트의 목적이었다. 최종적으로 수정해야 할 점이 무엇인지, 강화해야 할 점이 무엇인지 등등 모든 것들이 여기서 결정 나는 거였다.

이벤트 컨셉은 공포증이었다. 현실적인 사운드와 영상이 강점인 TV라 화면상에서 겪는 체험들이 간접적임에도 불구하고 실제와 같은 공포증을 불러일으킬 수 있다나, 뭐라나. 그래서 블라인드를 감당하기에 적절한 사람인지 아닌지 공포증을 식별해 주는, 일종의 건강 지식에 관한 정보 전달 목적의 이벤트였다. 우주 공포증, 고소 공포증, 폐소 공포증 등등 데스크에서 나눠주는 설문지를 받고 체크된 항목에 따라 무슨 공포증을 가지고 있는지 알려주는 행사라고나 할까.

1층에선 설문지로 조사하고 안내원의 지시에 따라 5층으로 이동하면, 5층에 자리 잡고 있을 실제 정신과 상담가에게 상담을 받는 형식이었다.

'오호? 나 공포증에 관심 되게 많은데. 살면서 한 번쯤 상담을 받아보고 싶었는데 잘됐다.'

미쁨은 꽤나 흥미로운 이벤트에 잠이 확 달아났다.

"미쁨 씨가 한 번 참여해 보세요. 해보고 의견 내주시면 좋겠어요."

설희는 이벤트 안내 데스크에서 설문지를 받아 그녀에게 내밀었다.

"나 이런 거 완전 좋아해."

미쁨은 신나서 종이를 받아 들고 근처에 있던 테이블 앞의 의자에 앉아 설문지를 바라보았다.

-당신은 블라인드를 가질 수 있을 정도로 강한 사람인가?

세상에 존재하는 수많은 공포증! 당신도 겪고 있을지도 모른다!

미쁨에게 설문지 지문들이 재밌게 다가왔다.

'고작 TV 하나 보면서 두려움에 떨 리 없겠지만, 그 정도로 사운드와 디스플레이에 많은 심혈을 기울였단 거겠지.'

-높은 곳에 올라가 그 밑을 바라보면 식은땀이 흐르며 불안해진다. YES / NO

-우주를 생각하면 자신이 너무 작은 것 같아 두려움을 느낀 적이 있다. YES / NO

-깊은 수심 때문에 검은색에 가까운 바다를 생각하면 저절로 긴장된다. YES / NO

평소 공포증과 거리가 멀었던 그녀는 질문지의 모든 답에 NO를 택했다. 체크를 끝낸 미쁨은 안내 데스크에 설문지를 내밀었고, 안내원은 그녀가 작성한 것을 쭉 본 후에 옆에 있던 엘리베이터를 가리켰다.

"저쪽 엘리베이터를 타고 5층으로 가세요."

미쁨과 설희는 엘리베이터 앞에 서서 문이 열리길 기다렸다.

"이벤트 재밌다. 공포증 같은 거 요즘 사람들 사이에서 되게 관심 많아졌잖아. 왠지 느낌 좋아."

"그래요? 다행이네요."

그녀의 긍정적인 반응에 그가 안도했다는 듯이 빙긋 웃었다.

'설마 이 이벤트도 설희가 낸 기획인가?'

미쁨은 그가 참 대단했다.

'넌 몸이 무슨 서너 개는 되냐, 일이 많아도 너무 많은 거 아냐?'

엘리베이터 도착하는 소리와 함께 문이 열렸다. 바닥을 제외한 모든 면이 투명한 엘리베이터 내부가 그녀의 눈에 들어왔다.

"아, 미쁨 씨 먼저 올라가시겠어요? 전 여기 안내 데스크에 넘길 서류가 좀 있어서요."

"알겠어. 일 봐."

그대로 엘리베이터 안에 혼자 남은 미쁨은 문이 닫히자 5층을 눌렀다. 그러자 올라가는 느낌과 함께 문 위쪽에 층수가 표시되었다.

1층…… 2층…… 3층…….

덜컹!

엘리베이터가 3층과 4층 사이쯤 통과할 무렵 큰 진동이 일었다.

"뭐, 뭐지?"

그녀는 불안함에, 그 자리에 굳어버렸다.

덜컹, 덜컹!

"엄마야!"

진동이 강해지자 미쁨은 벽에 기대어 소리 질렀다.

"뭐야! 이거 왜 이래?"

그녀가 고개를 돌려 바깥을 바라보니 엘리베이터는 이미 높이 올라온 상태였다.

"아, 뭐야! 고장이야?"

미쁨은 불안한 표정으로 엘리베이터 문 위를 바라보았다. 4층. 엘리베이터는 4층 허공에 멈춰 서서는 움직이지 않았다. 그녀는 꼼짝없이 갇힌 상태였다.

'이런 젠장. 공포증 알러 왔다가 공포증 얻어 가게 생겼네.'

그때 멈췄던 엘리베이터가 갑자기 미친 듯이 위로 향하기 시작했다. 4, 5, 6, 7······! 덜커덩거리는 격한 진동에 미쁨은 더더욱 불안해졌다.

"이, 이게 뭐, 뭐야!"

그녀는 벽에 달라붙은 채, 계속 올라가는 엘리베이터의 숫자만을 하염없이 바라보았다. 미쁨은 지금 이 상황이 너무나도 무서웠다. 밖으로 보이는 풍경이 빠른 속도로 멀어지는 것을 확인하자 그녀의 다리가 후들거렸다.

'설마 나 정말 여기서 끝인 거야?'

25, 26, 27, 28······! 층수는 순식간에 30층을 지나 꼭대기로 향하고 있었다.

'젠장! 내가 왜 엘리베이터에 탄 거지! 고작 5층인데 그냥 계단으로 올라갈걸! 빌어먹을 엘리베이터 새끼!'

그녀의 이마에는 식은땀이 송골송골 맺혔다.

덜커덩!

"꺅!"

그녀는 엘리베이터가 흔들릴 때마다 비명을 질렀다.

'살려주세요. 나 이대로 죽기 싫어! 엘리베이터 추락하면 나 어떡해? 아프려나? 괴롭게 납작궁 되는 건가? 싫어, 싫어, 싫어!'

이젠 창밖의 모든 것들이 손톱만 하게 보였다. 저 멀리 지평선이 보일 정도로 고도가 높았다. 41, 42, 43, 44, 45!

후웅! 꼭대기 층인 45층을 지나자 커다란 바람 소리와 함께 창문 밖의 풍경이 사라졌다. 엘리베이터가 건물 안으로 들어간 모양이었다. 층수를 표시하는 숫자도 사라졌다.

팟! 불마저 나갔다. 그러자 엘리베이터 안은 정말로 아무것도 보이지 않는 어둠 그 자체가 되어버렸다. 벽에 달라붙어 있던 미쁨은 덜덜 떨리는 몸으로 눈알만을 굴리며 주위를 살펴보았다.

'엘리베이터는 멈춘 건가, 아니면 계속 올라가고 있는 건가. 멈춰 서는 느낌이 들지 않았어. 그러니 멈춘 건 아닐 거야. 그런데 꼭대기 층은 이미 지났는데 왜 멈출 생각을 안 하지? 이러다 갑자기 추락하려나?'

그녀는 덜덜 떨리는 손으로 자신의 옷자락을 쥐었다.

'혹시 나, 인지하기도 전에 이미 죽은 거 아닐까? 왜 그런 거 있잖아. 자기가 죽었다는 걸 모르는 귀신들 이야기 말이야. 벌써 떨어져 죽었는데 너무 순식간의 일이라 기억을 못 하는 것일지도 몰라.'

미쁨은 어쩐지 시간이 갈수록 점점 초연해졌다. 죽을지도 모른다는 현실에 다다르니 되레 냉정해진 거였다.

'엄마랑 아빠랑 동생들한테 인사도 못 했는데…… 친구들은 어쩌지? 회사는? 취직한 지 얼마나 됐다고 벌써 죽어버리다니.'

순간 그녀의 머릿속에 설희의 얼굴이 떠올랐다.

'그리고 설희…… 날 혼자 엘리베이터에 태워 보낸 걸 후회하면서 울지도 몰라. 걔 잘못이 아닌데.'

헉…… 헉……. 그녀의 숨소리만이 엘리베이터 안을 가득 메웠다. 그 안은 완벽한 암흑이었다. 손을 뻗어도 자신의 손이 보이지 않았고, 고개를 숙여도 발이 보이지 않았다. 그 어둠은 자신의 몸이 존재하기는 했나 싶을 정도로 사람을 무감각하게 만들었다. 그 무감각은 땅을 디디고 서 있는 느낌마저 집어삼켜, 마치 공중에 붕 떠 있는 듯한 착각까지 들게 했다.

미쁨이 어둠에 취해 자신의 몸이 없는 것 같은 느낌을 받을 때쯤 밖으로 빛이 하나둘 올라왔다.

"뭐지?"

그녀는 빛이 올라오는 쪽으로 더듬더듬 걸어갔다. 칠흑 속에 콕콕 박혀 있는 수많은 빛 덩이들이 보였다. 끝을 알 수 없는 무한대의 암흑 공간을 가득 메운 그것들은 바로 밤하늘에 아름답게 빛나는 별들이었다. 저 멀리 은하수가 보이는가 하면, 작은 별들이 오글오글 모인 성단도 여럿 보였다.

사방이 투명한 엘리베이터는 아름다운 우주 한가운데를 둥둥 떠다니고 있었다. 그 안의 미쁨은 자신을 압도하는 거대한 풍경에 숨이 턱 막혔다. 심장이 격하게 요동쳤고, 숨을 제대로 쉴 수가 없었다.

"아름다워……."

그녀는 저도 모르게 중얼거렸다.

'빌딩 꼭대기 층을 향하던 엘리베이터는 그대로 하늘을 뚫고 우주로 날아간 걸까? 아아, 나는 정말 죽은 건지도 모르겠다.'

자신의 죽음을 인지하는 순간, 이를 확고히 하기라도 하듯 엘리베이터를 감싸고 있던 벽이 사라지고 한순간에 사방이 우주로 변했다. 바닥도 천장도 벽도 온통 대자연, 코스모스 그 자체였다.

디딜 땅이 사라지자 그녀는 그만 중심을 잃고 주저앉아 웅장한 은하수와 별들과 성단과 천체를 멍하니 마주했다. 미쁨은 눈물을 왈칵 쏟았다. 슬퍼서가 아니었다. 괴로워서도 아니었다. 그것은 황홀함이었다.

'난 고작 티끌만 한 존재였구나. 이 광활한 우주에서 아무것도 아니었구나. 그저 잠시 나타났다 금방 사라질 작은 에너지일 뿐이었구나……!'

그녀는 마음이 편해졌다. 벅차올라 불규칙적으로 뛰던 심장도, 호흡도 점차 제 속도를 되찾았다. 지금까지 살아왔던 게 꿈인 것 같았다.

'이젠 아무런 미련도 뭐도 없어. 이대로라면 저승사자 따라서 고이 저세상으로 갈 수 있겠다.'

미쁨은 온몸을 휘감는 황홀한 느낌에 눈을 감았다.

"설희야. 미안. 너에게 정말 미안해. 지금 이 순간 내 앞의 우주를 아름답다고 느끼는 날, 그리고 널 잊을 수 있을 것 같은 날 용서해 줘."

"뭐를요?"

'······응? 설희의 목소리가 들린다. 환청인가?'

눈을 감고 있던 미쁨의 미간이 꿈틀댔다. 곧 다시 그의 목소리가 들려왔다.

"뭘 용서해 달라는 건가요."

생각보다 선명한 음성에 미쁨의 눈썹이 파르르 떨렸다.

'속세에 대한 미련을 떨쳤다고 생각했는데 아직 아닌가?'

그녀는 슬쩍 눈을 떴다.

"미쁨 씨, 괜찮아요?"

그곳에는 미쁨을 똑바로 바라보며 웃고 있는 설희가 있었다. 곧 그의 뒤에 있는, 처음 보는 사람들 세 명도 그녀의 눈에 들어왔다.

'저승사자인가? 근데 설희는 여기 왜 있지? 설마 얘도 죽었나? 나 죽었다고 따라서 자살이라도 한 거야?!'

미쁨의 눈이 번쩍 떠졌다.

'이 멍청한 새끼!'

"흠. 강도가 너무 센 것 같네요. 저분 설문에 전부 공포증 없다고 체크했잖아요. 그런데도 저 정도면······."

"아녜요. 아직 첫 번째니까, 이후 테스트 참여자들에게 의견을 직접 들어보는 게 좋지 않을까요?"

"이러다 파투 나는 건 아니겠죠?"

'가만? 저 저승사자들 무슨 소릴 지껄이는 거야?'

설희 뒤쪽에 서 있던 사람들의 대화를 가만히 들어본 그녀는 더더욱 이 상황을 이해하기 힘들었다.

'무슨 강도가 세다는 소리야? 첫 번째라면 나를 얘기하는 건가? 그리

고 뭐가 파투 난다는 거야?! 누가 나 좀 이해시켜 줘!'

미쁨은 도통 모르겠다는 표정으로 설희를 바라보았다. 그는 손으로 얼굴을 가린 채 그녀의 앞에 앉아 있었다. 파르르 떨리는 어깨로 보아하니 그는 분명 필사적으로 웃음을 참고 있었다.

큭큭큭.

"하. 몰카……."

그녀는 엘리베이터의 정체를 바라보며 헛웃음 짓고 있었다.

'황홀할 만큼 아름다웠던 우주를 겪게 해준 것이 고작 TV 화면이었다니.'

테스트를 마치고 탔던 엘리베이터 옆쪽에 '관계자 외 출입금지'라고 적혀 있는 문이 있었는데, 그 문을 열고 들어가면 엘리베이터의 실체에 대해 알 수 있었다.

커다란 리프트와 그 위에 놓인 엘리베이터 크기의 세트장, 그리고 그 벽을 이루고 있는 많은 화면들이 엘리베이터의 진짜 모습이었다. 거기다 엘리베이터 안전 바와 투명한 유리벽 틀 사이에 교묘하게 TV를 배치해 그 경계선도 안 보이게 해놔서 완전 감쪽같았다.

엘리베이터는 처음부터 1층을 벗어난 적이 없었다. 커다란 리프트에 실려 오르락내리락하며 올라가거나 흔들리는 느낌만 주었을 뿐. 즉 바닥도, 투명했던 엘리베이터 내부도 모두 다 블라인드 TV 화면이었다. 엘리베이터 안의 모든 벽이 다 TV였던 것이다.

'으휴, 속은 내가 멍청이지. 그것도 똥 멍청이.'

실제인 줄 알았던 창문 밖 풍경도, 숨이 턱 막힐 정도로 으리으리했던 우주도 다 가짜, 즉 그래픽이었다.

'짜가에 속아 울고, 속세에 대한 모든 미련을 떨쳐 냈던 것인가.'

미쁨은 뭔가 굉장히 억울했다.

"이벤트라며……."

엘리베이터의 실체를 알고 난 후, 다시 설희의 차에 오른 그녀가 중얼거렸다.

"많이 놀라셨죠? 그래도 미쁨 씨의 반응이 나쁘지 않아서 다행이에요. 부정적인 반응일까 봐 얼마나 조마조마했는지 몰라요."

그가 미쁨에게 안전벨트를 매주며 자상하게 말하자, 반쯤 넋 나간 그녀는 고개를 끄덕였다.

"나도 조마조마했다. 정말 죽는 줄 알았다고. 난 왜 이렇게 몰카에 많이 당하지……?"

사실 미쁨은 이 경험이 너무나도 좋았다. 물론 좋았던 만큼 모든 것들이 허상에 불과했다는 사실을 깨달았을 땐 굉장히 허무하기도 했지만, 그래도 멋진 경험이 아닐 수 없었다.

'우주라니……! 온통 우주라니!'

그것은 정말로 자기도 모르게 눈물을 흘릴 만큼 값진 광경이었다. 이는 비단 미쁨뿐만이 아니라 이걸 겪은 사람들이라면 충분히 다 공감할 것이었다. 때문에 그녀는 개발자들에게, 잔뜩 흥분한 목소리로 감상을 얘기했다.

"대박 좋았어요! 진짜 짱이에요! 진짜, 진짜, 어마어마하게 멋졌다고요! 하지만 처음에 엘리베이터가 막 올라갈 때는 좀 많이 무서웠어요. 잘못하면 없던 트라우마가 생길 정도로. 그 부분만 좀 조정하면 정말 완벽할 것 같아요!"

그런 미쁨의 반응에 개발자들과 이 모든 것을 기획한 설희의 얼굴에 웃음꽃이 만발했다. 혹여 공포증이 있는 사람이라면 이런 몰래카메라를 실행할 수 없으니, 공포증 테스트를 한다며 속인 것이었다.

즉, 설문지 항목에 하나라도 YES에 체크한 사람은 '진짜' 엘리베이터로 안내해 원래 이벤트대로 전문의들에게 상담을 받게 할 예정이었다.

반대로 미쁨처럼 모든 항목에 NO라고 체크한 경우에만 특별 제작한 엘리베이터로 안내해 몰래카메라를 찍을 계획이었고 말이다.

그래도 강도가 세다는 미쁨의 의견을 받아들인 개발자들은 엘리베이터의 움직임을 멈췄다가 위로 빠르게 올라가는 것에서 멈춘 상태를 유지하는 것으로 바꿨다. 그리고 엘리베이터 시스템의 오류이지 기계적인 문제는 아니므로 곧 정상작동 될 테니 안심하고 기다리라는 방송도 추가했다.

이 이벤트는 세계 각국에서 이루어질 것이며, 다양한 국적의 사람들 반응을 모아 홍보 영상으로 제작한다는 게 설희의 기획이었다.

'그런데 정말 엘리베이터 안의 모든 것들이 다 디스플레이였다니. 창문도, 그 밖의 풍경도, 실제와 같았던 우주도!'

미쁨은 놀라움에 고개를 절레절레 내저었다.

"너도 참 대단하다. 그런데 블라인드 TV 진짜 짱이다. 정말인 줄 알았거든. 대박 날 것 같아."

그녀의 말에 설희가 빙긋 웃었다. 그때 그녀의 뇌리에 문득 불길한 생각이 스쳐 지나갔다.

"야, 설마 아까 나도 카메라에 찍혔어? 몰래카메라라며."

"네. 저는 엘리베이터 옆에서 미쁨 씨의 모습 다 봤어요."

미쁨의 얼굴이 순식간에 화끈 달아올랐다.

'으아 쪽팔려! 겁먹은 것도, 넘어지는 것도, 우는 것도 다 봤단 말이야?'

하지만 그녀가 질문을 던진 목적은 그것이 아니었다.

"그, 그럼…… 혹시 그 홍보 영상에 나도 들어가는 거야?"

"아, 그건 걱정 마세요. 사전 테스트라 미쁨 씨는 해당 안 됩니다. 그리고 넣는다고 해도 제가 반대할 거예요."

설희의 확고한 답에 그녀는 고개를 갸웃했다.

'내가 기획자라면 나같이 반응 격렬한 사람을 쓰고 싶을 텐데, 왜 반대할 거라는 거지?'

"해당 안 된다니 다행이다만, 반대는 왜?"

"전에 인터뷰 광고 영상 때문에요."

"면접 영상? 그게 왜? 그거 완전 대성공했잖아."

미쁨은 더더욱 이해가 안 됐다.

"미쁨 씨 좋아하는 사람들이 많아졌잖아요. 그런 거 싫어."

"풉. 프흐흐흐……! 파! 하하하하하!"

진지하게 말하는 설희에겐 미안하지만, 그녀는 튀어나오는 웃음을 도저히 참을 수 없었다.

"너 혹시 댓글 본 거야?"

미쁨이 눈가로 줄줄 흐르는 눈물을 닦으며 묻자 설희가 고개를 끄덕였다. 그의 입술은 툭 튀어나와 있었다.

'아 정말 저 주둥이 귀엽다. 쪽 빨아먹고 싶을 정도로 귀여워!'

그녀는 너무 웃어 배가 아플 지경이었다. 여기서 그 댓글이란, 미쁨의 걸걸한 욕이 고스란히 담긴 면접 영상에 달린 것을 의미했다. 설희가 특히 신경 쓰는 것은 그녀를 찬양하는 댓글들이었는데, 그 내용이 실로 가관이었다.

─완전 사이다! 누님 사랑합니다!

─걸 크러쉬 대박! 언니 너무 좋아요! 짱짱! 같은 여잔데도 반하겠다!

─멋지십니다. 저와 결혼하시죠.

미쁨에 대한 긍정적인 내용의 댓글들이 설희는 영 마음에 안 들었다.

'그 때문에 이번 몰래카메라에서 뺀다고 할 정도라니. 정말 미치겠다.'

그녀는 뭔가 유치하면서도 간질간질한 그의 행동에 기분이 좋았다.

오글오글거려서 더 좋았다.

"뭐, 내가 안 나온다니 다행이긴 한데, 너 너무 웃긴 거 아냐? 공과 사는 구분해야지."

"전 미쁨 씨에 한해서는 공사 구분 못해요."

미쁨은 피식피식 튀어나오는 웃음을 애써 참으며 설희의 머리를 쓰다 듬었다. 그의 부드러운 머리칼이 그녀의 손가락을 기분 좋게 스쳤다.

'얘는 머릿결도 어쩜 이렇게 좋을꼬.'

"늦었으니 미쁨 씨는 먼저 퇴근하세요. 전 회사 가서 일 마무리하고 갈게요."

미쁨을 차로 집 근처 큰길까지 데려다준 설희가 말했다. 그의 말에 그녀는 손을 흔들며 그를 배웅했다.

"에효. 능력이 좋아도 고생이다, 고생이야."

미쁨은 점차 멀어져 가는 자동차를 바라보며 한숨을 푹 내쉬었다. 그 녀는 아직도 미묘하게 남은 대자연의 황홀함에 두근거리는 심장을 끌어 안고 집으로 총총총 걸어갔다.

"아, 오늘 정말 너무 멋있었어."

미쁨의 입가로 미소가 번졌다. 그녀가 가벼운 발걸음으로 자신의 방 이 있는 원룸 건물 안으로 들어가려는데, 누군가가 뒤에서 불렀다.

"양미쁨 씨 되시죠?"

"네?"

그녀가 뒤돌아 목소리의 근원지를 바라보니, 한 남자가 어마어마하게 비싸 보이는 차에서 내리는 게 아닌가. 깔끔한 정장 차림의 그는 차 문 을 탁, 닫고는 미쁨의 앞에 섰다.

'뭐지? 어딘가 익숙한 얼굴이야. 어디서 봤더라?'

그녀는 실눈을 뜨고 그를 이리저리 살펴보았다.

"윤선우라고 합니다. 설희 형의 친동생이죠."
자신을 설희의 동생이라고 소개한 그는 미쁨을 똑바로 응시했다.
"할 얘기가 있는데, 잠깐 시간 되시나요?"

〈2권에 계속〉

미쁨이지아니한가